OS JOGOS DOS DEUSES

ABIGAIL OWEN

OS JOGOS DOS DEUSES

A PROVAÇÃO • VOLUME 1

Tradução
JANA BIANCHI

paralela

Copyright © 2024 by Abigail Owen

A Editora Paralela é uma divisão da Editora Schwarcz S.A.

Grafia atualizada segundo o Acordo Ortográfico da Língua Portuguesa de 1990, que entrou em vigor no Brasil em 2009.

TÍTULO ORIGINAL The Games Gods Play

CAPA Bree Archer e LJ Anderson, Mayhem Cover Creations

IMAGENS DE CAPA © longquattro/ stock.adobe.com, © SOMATUSCANI/ stock.adobe.com, © pit3dd/ adobe.stock.com, Ricky Saputra/ iStock e © T Studio/ stock.adobe.com

GUARDAS Kateryna Vitkovskaya

MAPA Elizabeth Turner Stokes

IMAGENS DO MAPA Paratek/ Shutterstock, Mitya Korolkov/ Shutterstock e ©ekosuwandono/ stock.adobe.com

PINTURA TRILATERAL Bree Archer

IMAGENS DA PINTURA TRILATERAL Grafissimo/ iStock, © NORIMA/ stock.adobe.com e atakan/ iStock

PREPARAÇÃO Matheus Souza

REVISÃO Luíza Côrtes e Juliana Cury

Dados Internacionais de Catalogação na Publicação (CIP)
(Câmara Brasileira do Livro, SP, Brasil)

Owen, Abigail
  Os jogos dos deuses / Abigail Owen ; tradução Jana Bianchi.
— 1ª ed. — São Paulo : Paralela, 2025. — (Série A Provação ; 1).

  Título original: The Games Gods Play
  ISBN 978-85-8439-446-3

  1. Ficção norte-americana I. Título. II. Série.

24-245326	CDD-813

Índice para catálogo sistemático:
1. Ficção : Literatura norte-americana 813

Cibele Maria Dias — Bibliotecária — CRB-8/9427

Todos os direitos desta edição reservados à
EDITORA SCHWARCZ S.A.
Rua Bandeira Paulista, 702, cj. 32
04532-002 — São Paulo — SP
Telefone: (11) 3707-3500
editoraparalela.com.br
atendimentoaoleitor@editoraparalela.com.br
facebook.com/editoraparalela
instagram.com/editoraparalela
x.com/editoraparalela

Para Robbie:
meu esposo, minha fortaleza, meu parceiro de Jeopardy!,
meu herói arrebatador, minha estrela.
Uma única vida com você não é o suficiente.

Em *Os jogos dos deuses*, divindades gregas caminham entre nós — e são tão indizivelmente belas quanto fatais. Assim, como seria de esperar, esta história apresenta elementos que podem não ser adequados a todos os leitores, incluindo sangue, tripas, violência (entre humanos, deuses e monstros), situações perigosas, hospitalização, doença, ferimentos, vômito, abuso, bullying, roubo, isolamento, morte, luto, uso de álcool, fobias comuns (incluindo de altura, fogo, afogamento, insetos e escuridão), linguagem obscena e atividade sexual explícita. Pessoas que possam ser sensíveis a esses elementos: estejam cientes, e se preparem para entrar na Provação...

PARTE 1
A PROVAÇÃO

Os deuses amam brincar com a gente, meros mortais.
E a cada cem anos... nós permitimos.

PREFÁCIO

Que se fodam os deuses.

Eu cheguei tão perto. Tão perto de enfim alcançar meu objetivo, de enfim ver minha maldição quebrada e de talvez, apenas talvez, enfim sentir o amor do único homem que desejo.

Enquanto meu corpo jaz no solo encharcado de sangue, tudo em que consigo pensar é "e se?".

E se eu não tivesse tentado destruir o templo de Zeus?

E se eu não tivesse conhecido Hades?

E se eu não tivesse tentado alcançar mais do que este mundo estava disposto a me oferecer...?

Uma lágrima escorre pelo canto do meu olho. Os pés de Zeus surgem no meu campo de visão, bem diante de mim. Provavelmente para terminar o serviço.

E, para falar a verdade, prefiro morrer rápido a ficar aqui sangrando.

— Vai logo, babaca.

1
UMA PÉSSIMA IDEIA

Um raio crepitante estala bem acima do templo de Zeus, e me encolho enquanto ouço os "oh!" e "ah!" da multidão. Pessoas de todos os estilos de vida, culturas e panteões vivem em San Francisco, mas não tem como negar que Zeus é queridinho por aqui.

Sei de cor como é o santuário — clássicas colunas estriadas de pedra branca e imaculada, todas iluminadas por lampejos de um roxo-esbranquiçado e faíscas emitidas pelos intermináveis arcos de energia capturados acima do telhado.

Balanço a cabeça. Ele *morre* de orgulho dessa coisa dos raios, de San Francisco ser a única cidade do mundo cuja energia elétrica provém de um deus. Se bem que, quando Zeus está de mau humor... bom, digamos que isso tende a afetar a rede elétrica. Só consigo imaginar quanto tempo as pessoas que curtem energia ininterrupta devem passar de joelhos naquele templo.

Já eu preferiria viver no escuro.

— A gente não devia estar aqui — murmuro entre os dentes enquanto marco uma caixa de seleção no meu tablet.

Em seguida, olho ao redor e vejo um dos nossos batedores de carteira se movendo em meio à turba ingênua.

Minha única função esta noite é observar — o que, no geral, é a única coisa que me pedem pra fazer. Observar e registrar. Mas, na lista de esquemas mais capengas que o Felix, meu chefe, inventou nos últimos anos, este empata em primeiro lugar com a tentativa de capturar um pégaso pra vender no mercado ilegal. Isso colocou nossa quadrilha na lista de desafetos de Poseidon por anos. Sim, nossa "quadrilha". O nome não é exatamente criativo, mas somos ladrões, não poetas.

Mentalmente, dou de ombros. Pelo menos o Felix não está na pira de tentar roubar as sementes de romã de Hades de novo. Dizem as más línguas que ele não é tão misericordioso quanto Poseidon.

Além disso, não é como se nós, oferendas, tivéssemos escolha sobre quais trabalhos podemos aceitar ou não.

Fomos oferecidos como garantia para quitar dívidas dos nossos pais, e a maior parte de nós anseia por cada próximo trabalho. *Qualquer coisa* é um passo a mais na direção de limpar nosso nome. Mas comigo é diferente. Não tenho mais dívidas. Eu era tão novinha quando minha família me entregou para a Ordem que nem lembro meu nome de nascença. Mas tenho vinte e três anos agora, então isso aconteceu há um tempão e não estou mais a fim de pensar no assunto.

Um lampejo ilumina as nuvens baixas lá em cima, apenas um instante antes de um estalo alto fazer o alarme de carros disparar e bebês caírem no choro.

Me sobressalto dessa vez, mas forço o olhar a continuar focado num ponto fixo à minha frente.

— Tá com medinho dos trovões, Lyra? — provoca Chance, um ladrão-mestre à minha esquerda.

Esta noite, sua função é receptar o produto de todos os furtos, mas ele desvia a atenção do serviço por tempo o bastante para me dirigir um sorrisinho condescendente. Escroto.

Chance é um dos ladrões mais velhos da quadrilha, e já devia ter quitado sua dívida a esta altura, mas não quitou. Ele morre de ódio do fato de que eu cuido da contabilidade da quadrilha e sei exatamente o quanto ele ainda precisa pagar. Isso também faz com que eu seja seu alvo favorito.

Mas a melhor forma de lidar com esse tipo de babaca é ignorar.

Assim, foco na inocente e bajuladora multidão enquanto mais e mais pessoas se apinham na base do templo, preenchendo toda a rua serpenteante que sobe pela montanha até chegar à construção. Estão todos aqui para ter uma vista privilegiada das cerimônias de abertura da Provação, à meia-noite. A oportunidade era boa demais para que Felix abrisse mão dela — perfeita para bater carteiras a torto e a direito. Roubar tão perto de um edifício sagrado é perigoso, mas nosso chefe ignorou o risco de despertar a ira dos deuses dizendo que seria tanto um teste para a nova leva de oferendas quanto uma chance de juntar uma boa grana antes do início das cerimônias.

Alguém ainda vai acabar morrendo por causa dele. Ou pior...

O que me faz pensar que provavelmente é por isso que Felix mandou a contadora da quadrilha — eu, no caso — bancar a babá esta noite. Considerando os riscos adicionais, ele precisava de uma pessoa que ficasse de olho para, em suas palavras, "evitar a todo custo que alguém emputeça os deuses".

E ele está certo. Não desejo a ira dos deuses nem para meu pior inimigo. Nem para Chance.

Como meu antigo mentor, Felix sabe disso. Na verdade, ele é o *único* que sabe exatamente o porquê.

Um grupinho de foliões usando camisetas com imagens de Zeus passa apressado por mim, seguindo na direção do templo. Alguém me empurra com o ombro para a esquerda, depois continua abrindo caminho em meio à turba. Hábil, aproveito a oportunidade para me afastar alguns metros de Chance. Ele é de longe a pessoa de que menos gosto no mundo. Vou continuar de olho nele caso se meta em confusão ao irritar um deus, mas é tranquilo fazer isso à distância.

Quando me viro de novo na direção dele, solto um suspiro de alívio. Chance não está mais me encarando com aquele olhar de desprezo, e tornou a voltar a atenção para o serviço.

Uma jovem oferenda com cabelo castanho cacheado abre caminho até Chance e puxa a manga de seu sobretudo, soltando um rápido "Licença!" antes de chegar bem perto dele. É verão, mas o ar está fresco o bastante para que ninguém sequer desconfie da escolha estilística do ladrão-mestre — o que é ótimo. Ele precisa de vários bolsos.

Não vejo a receptação acontecer, e olha que eu estava prestando atenção. Sempre tive esperanças de virar ladra algum dia, mas infelizmente me falta uma habilidade importantíssima — sutileza.

Sem nem olhar para trás, a oferenda se mistura à multidão, e ninguém percebe nada. Chance enfia a mão no sobretudo, depois franze a testa. Precisa tatear outros dois bolsos antes de encontrar o produto do roubo, o que significa que sequer sentiu a entrega.

A nova oferenda é boa — claro, o mentor dela é o melhor que temos.

Por um segundo, imagino como seria estar por aí com ela, como uma das ladras, em vez de apenas assistir à distância. Mas esse não é meu papel na vida. Já fiz as pazes com a ideia. Ao menos cheguei até aqui sem morrer de fome, acabar jogada numa vala, ser assassinada... ou pior.

Eu faço tudo certinho.

Tenho até algumas economias escondidas num lugar onde ninguém vai encontrar. Dinheiro vivo, nada de números numa tela. Algum dia vou desistir desta vida, e vou ter recursos para isso.

Aí você vai acabar ainda mais solitária, sussurra uma vozinha carregada de dúvida dentro de mim.

Troco o peso de perna.

É... bom, aí eu arrumo um gato. Não, espera... Um cachorro.

Não tem como se sentir solitária com um cachorro, né?

Olho de soslaio para a icônica ponte Golden Gate, com suas colunas coríntias brilhantes, combinando com o templo, e os tirantes de suspensão imensos que sustentam a estrutura. À meia-noite, vão fechar o trânsito na avenida para permitir que o povo ocupe a ponte a pé. Ela se estende do Promontório de Minos, sobre o qual o templo se ergue na entrada da baía, até a ofuscante cidade do outro lado. As luzes cintilantes piscam enquanto a baía em si jaz preta como a noite, a escuridão interrompida aqui e ali pela iluminação das embarcações.

Pelo canto do olho, vejo uma das oferendas mais novas escolher como vítima um casal idoso. Eles estão andando lado a lado, obviamente apaixonados, e não consigo evitar sentir um aperto no peito. A mulher se esforça para manter o ritmo, andando com a ajuda de uma bengala; o senhor arrasta os pés ao lado dela, demorando o dobro do tempo em cada passo para acompanhar o ritmo da amada. Ela ergue o olhar e sorri, agradecendo o gesto, e sei que a última coisa de que precisam é ter a noite arruinada ao se dar conta de que mãos leves lhe bateram a carteira ou o relógio.

Antes que a ladra nova se aproxime demais, assovio um sinal que todas as oferendas reconhecem como uma ordem para interromper tudo o que estiverem fazendo.

A ideia de só observar e registrar foi para as cucuias. Com sorte, Felix não vai descobrir e me punir por ter cruzado os limites.

A garota para, olha ao redor, e seu rosto se ilumina um pouco enquanto ela acena. Não para mim. Para alguém atrás de mim.

— Ei, Boone! — grita a oferenda. Ela deve achar que foi ele quem assoviou.

Me forço a não virar imediatamente para olhar.

O rosto de Boone é o único que almejo ver todos os dias, mas aqui é *meu* território. Depois de fazer um lembrete no tablet para alertar a garota sobre não chamar a atenção pra si enquanto trabalha, me permito espiar em volta e o encontro à esquerda.

Boone Runar.

Ladrão-mestre. A fantasia de qualquer pessoa e o pesadelo de qualquer pai ou mãe.

E não há nada que eu possa fazer para evitar que meu coração pule mais rápido sempre que o vejo. Especialmente enquanto ele sorri para a aprendiz, se agachando para ficar na altura dela enquanto diz algo que a faz rir. Logo depois, os dois ficam sérios. Ele deve estar dizendo à garota para não chamar atenção.

Abaixo o tablet e aproveito a oportunidade para usufruir da visão.

Quase um metro e noventa de puro músculo, força bruta e aquele ar de "mexe comigo pra ver" que ele ostenta graças a — de novo — seus músculos, além da recente barba desgrenhada, de um tom de castanho mais escuro do que o do cabelo. Tem também a forma como ele se veste, parecendo um motoqueiro. Jeans e couro pra todo lado. Ele faz jus à energia que passa: Boone Runar sabe se virar.

Só de olhar, ele dá a impressão de ser um grande escroto vinte e quatro horas por dia. Muitos dos ladrões-mestres, como o Chance, de fato são. É um mecanismo de dcfcsa. Uma técnica de sobrevivência. Mas Boone não é assim. O que mais gosto nele é a forma como trata os aprendizes, como um guia paciente.

Depois de um segundo, ele manda a ladra seguir caminho. Quando fica de pé, varre a área com o olhar, e meu estômago se revira de expectativa. Não que ele esteja me procurando. Sem dúvida está em busca da própria aprendiz — aquela primeira moça, que já entregou o produto do furto — ou algum dos outros ladrões-mestres.

Mas, quando Boone se vira na minha direção, ele me olha de cima a baixo. Duas vezes.

Depois, vai embora.

Solto o ar devagar e fico observando enquanto ele cruza a multidão até sumir — e, pela bilionésima vez, desejo que a bolsa da minha mãe não tivesse estourado no templo de Zeus no dia em que nasci.

O dia em que fui amaldiçoada.

2
SÓ PIORA

— Puta merda... — Chance solta uma risada bem no meu ouvido.

Salto no lugar. Não tinha ideia de que ele havia se aproximado de novo, muito menos — que Hades o carregue! — que estava tão perto de mim.

— Agora entendi... — ele diz, num tom malicioso. — Lyra Keres, você tá apaixonada pelo Boone?

As palavras dele caem entre mim e o resto das oferendas próximas como pequenas bombas.

Todas explodindo no meu peito. À queima-roupa.

Era de esperar que, a essa altura, eu fosse imune. Mas será que alguém é capaz de "superar" a vontade de ser amada, mesmo carregando a maldição de nunca ter um amor correspondido? Se a dor ricocheteando no meu peito for alguma indicação, a resposta é um retumbante "não".

Ondas de arquejos abafados e murmúrios altos o bastante para serem ouvidos acima da barulheira constante do mar de gente irrompem entre as oferendas, e ao menos duas olham na nossa direção com olhos arregalados e curiosos.

Não dê a ele a satisfação de uma reação surpresa.

Insuportavelmente ciente da nossa audiência, encaro o tablet nas minhas mãos, a humilhação se espalhando pelo meu corpo como um bando de formigas.

Maldito seja.

Escapar seria ótimo, mas não posso sair correndo. Fraquezas sempre serão exploradas.

Descartando meu orgulho como se fosse um familiar manto puído, jogo o quadril de lado e abro meu sorriso mais doce.

— Você tem a vida inteira pra ser um imbecil, Chance. Por que não tira uma noitezinha de folga?

Algumas oferendas riem baixinho, ou talvez sejam os desconhecidos ao nosso redor, e uma veia pulsa no pescoço do ladrão-mestre. Tudo em Chance é afiado — do nariz ao ângulo agudo das sobrancelhas, das maçãs do rosto aos joelhos e cotovelos. Geralmente, o tom de voz combina. Mesmo quando está de bom humor, seu jeito de falar é cortante e súbito.

Mas quando ele fica todo amaciado e doce, e seus olhos azuis bem claros no rosto pálido são engolidos pelas pupilas, é bom prestar atenção. Como agora.

— Acha que ele percebeu? — As palavras saem num tom que faz os pelos da minha nuca se arrepiarem. — Não é de admirar que você sempre dê um jeito de deixar os melhores trampos pra ele.

— Você devia estar no meio da multidão — digo, o maxilar rígido.

Estou parada de lado, um pouco acima no aclive da montanha, e me movo um pouco para a esquerda, como se quisesse ter uma visão melhor dos arredores.

É claro que ele ignora minha tentativa de colocar alguma distância entre nós e chega mais perto de novo.

— Não se preocupa — diz Chance. — Vou fazer questão de contar pro Boone na próxima vez que a gente se vir. Quem sabe? Talvez ele fique com tanta pena que tope transar com você.

Preciso me esforçar muito para não ceder enquanto absorvo esse golpe.

Ah, pelos deuses... Estou começando a tremer. Foda-se. Não vou ficar aqui ouvindo merda.

— Você é um cuzão, Chance — murmuro.

Abraçando o tablet contra o peito como se fosse uma armadura, saio andando, sabendo que, como receptador dos furtos, ele não pode vir atrás de mim.

— Não, acho que ninguém te levaria pra cama só por pena — diz ele, enquanto me afasto. — Pra isso, alguém precisaria se importar o bastante com você.

Cada músculo do meu corpo congela e depois fica incandescente. Chance poderia muito bem ter pegado o arco, que ele maneja tão bem, e acertado uma flecha no meu coração. Uma morte limpa, num único golpe.

E ele falou tão alto. Impossível que qualquer um por perto não tenha ouvido.

Respiro pelo nariz, o queixo erguido numa falsa postura de confiança. Sem olhar para trás, mostro o dedo do meio por cima do ombro e forço minhas pernas a funcionarem e continuarem me carregando.

Mais tarde, ele não vai ser o único punido por esse rolo todo. Acabo de quebrar uma das regras primordiais da Ordem: nunca abandonar o serviço enquanto ainda tem ladrões em ação. Felix vai ficar *puto*.

Mas não estou nem aí.

De cabeça baixa, continuo andando, me afastando deles e da multidão, seguindo pela encosta na direção de um bosque de árvores decorativas que cercam o templo — um lugar abençoadamente vazio e silencioso. No instante em que sei que ninguém mais pode me ver, todo o orgulho engomado que ostentei até aqui desaparece. Colapso contra uma árvore, ignorando o nó na madeira que cutuca minhas costas.

Ninguém vem atrás para ver como estou.

Porque Chance estava certo sobre uma coisa: eu não tenho amigos. Ao menos nenhum que realmente se importaria caso eu não voltasse hoje à noite.

O pior é que Boone vai ficar sabendo do que aconteceu. O que significa que vou ter que encarar o homem todo dia sabendo que *ele sabe*. E mais: sabendo que o que sinto jamais será recíproco.

Submundo, por favor, já pode me levar... Neste momento, eu preferiria até estar em algum canto do Tártaro.

Enxugo as lágrimas que conseguem escapar da minha fortaleza e encaro as gotículas na minha mão, algumas escorrendo além da cicatriz grossa no meu punho. Prometi a mim mesma, muito tempo atrás — depois de quase morrer num furto que terminou com meu pulso aberto e ninguém indo ver como eu estava no hospital —, que minha *situação* não vale minhas lágrimas *de jeito nenhum*. Ainda assim, aqui estou...

— É isso — murmuro.

Tenho que me conformar.

Girando a cabeça, encaro o templo cintilando acima da copa das árvores. Foda-se o Chance. Foda-se essa maldição. E, definitivamente, foda-se o Zeus.

Enfio o tablet no bolso da jaqueta e me apoio na árvore para me levantar, a queimação da raiva fazendo fervilhar minha dor e humilhação, mas também me preenchendo com uma nova sensação de propósito.

De uma forma ou de outra, vou botar um ponto-final na porra dessa maldição... e já estou no lugar certo para isso.

Hora de bater um papinho com certo deus.

3
NEM QUE SEJA MEU ÚLTIMO ERRO

Emoções cruas borbulham dentro de mim como uma poção venenosa no caldeirão de uma bruxa.

Ainda não decidi o que fazer quando chegar ao templo de Zeus. Uma opção é implorar que a porra daquele deus egoico me livre dessa punição, ou então fazer algo pior.

De uma forma ou de outra, meu problema será resolvido.

E, ao contrário de mais cedo, já não dou a mínima para o fato de que meia-noite começa a Provação, e muito menos para todas as "regras" que vêm com esse festival críptico.

Nós mortais sabemos apenas como o festival começa, como termina e como *nós* celebramos. As festividades começam com cada uma das principais entidades olimpianas escolhendo um campeão entre os mortais durante os ritos iniciais e se encerram quando alguns dos mortais selecionados voltam — muitos não conseguem. Os que retornam não se lembram de nada, ou talvez fiquem assustados demais para falar a respeito. E os que não voltam... Bom, a família deles é inundada de bênçãos, então supostamente é uma honra ser escolhido, não importa o que aconteça.

De todo modo, os mortais celebram esse festival a cada cem anos desde o que parece o início dos tempos, todos torcendo para serem escolhidos por sua divindade favorita. O que dizer? Humanos são idiotas.

Zeus provavelmente está em sua cidade divina no Monte Olimpo, preocupado com os preparativos para o início da Cerimônia de Seleção, mas quero falar com ele *agora*.

Não posso esperar. Preciso chamar a atenção dele, só isso. Por sorte, todo mundo sabe o que Zeus mais valoriza em nosso mundo — a porra do templo dele.

A adrenalina corre pelas minhas veias enquanto disparo por entre as árvores. O templo já está cercado por cordões de isolamento, mas tive treinamento de ladra o suficiente para passar despercebida por esse tipo de barreira.

Sigo a passos largos por uma fileira de arbustos perfeitamente podados e me aproximo pelos fundos, onde há menos chances de me verem. Tão perto assim do templo, os arcos de relâmpagos lá em cima enchem o ar de eletricidade, mascarando o som dos meus passos enquanto os pelos dos braços se eriçam como soldadinhos de chumbo.

Eu devia encarar isso como um aviso.

Não encaro.

Sigo em frente.

Fitando as colunas imaculadas que cercam a área interna do templo, tento formular um plano. Orar e implorar primeiro seria a coisa mais inteligente a se fazer. Mas, agora que estou aqui, sozinha na escuridão, fechando e abrindo as mãos ao lado do corpo, minha mente é tomada por cada milissegundo insuportável e excruciante de dor que a maldição de Zeus me causou.

Tremo tanto com a mistura de raiva, sofrimento e desgosto que balanço nos calcanhares, mas a pior parte de tudo é admitir pra mim mesma — talvez pela primeira vez na vida — que sou solitária *pra caralho*.

Nunca soube o que é sussurrar segredos para um amigo, ou segurar a mão de alguém, ou ter companhia quando estou chateada. Sem nem precisar falar.

E eu só...

Atordoada, quase como se estivesse me vendo de fora do corpo, tateio o chão e encontro uma pedra. Me preparo, mirando na coluna mais próxima.

Mas alguém me agarra pela cintura antes que eu possa fazer qualquer coisa, e sou puxada contra um peito largo. Braços fortes me envolvem.

— Eu não faria isso — diz uma voz grave no meu ouvido.

Esqueço todas as técnicas de autodefesa entranhadas em mim e, em vez disso, fico tentando me desvencilhar do meu captor.

— Me solta!

— Eu não vou te machucar — diz ele. E, por alguma razão, acredito. Não significa que não quero me soltar, porém. Tenho coisas a resolver.

— Eu. Falei. Pra. Me. Soltar — digo entredentes.

O aperto fica mais intenso.

— Não se você for jogar pedras no templo. Não tô a fim de lidar com Zeus hoje à noite.

— Bom, *eu* tô! — Tento me livrar dele, me debatendo.

— Ele é um imbecil, tô ligado. Pode acreditar — murmura meu captor, a voz baixa. — Mas, se dar chilique mudasse alguma coisa, eu teria derrubado este templo com minhas próprias mãos anos atrás.

Não são apenas as palavras — algo no tom de voz dele faz eu parar de me debater, quase como se nós dois estivéssemos compartilhando a mesma emoção. A mesma raiva. O sentimento me deixa sem fôlego, e então percebo que estou me inclinando para trás, me deleitando com o momento. Como se, pela primeira vez na vida, eu não estivesse completamente sozinha.

24

Esta é a sensação de se conectar com alguém?

Ouço grilos à distância, a cadência lenta sincronizada com as respirações do sujeito. E com a minha própria respiração, percebo.

— Se eu te soltar, promete que não vai mais atacar uma construção indefesa? — pergunta ele, baixinho.

— Não — admito, e sinto o peito dele se agitar. Então acrescento: — Aquele filho da puta não merece oração *nenhuma*.

— Cuidado. — A voz do meu captor vacila. Ele está rindo?

— Por quê? — pergunto, com um sorriso surpreendente se abrindo nos meus lábios, considerando que segundos atrás eu estava pronta para tretar com um deus. — Tá com medo de alguém querer me fulminar com um raio enquanto tô nos seus braços?

— Com esse seu jeitinho de falar, você poderia conquistar corações. — A voz dele é macia, sua respiração soprando na minha orelha.

Sinto o corpo enrijecer, o queixo grudando no peito.

— Muito improvável — murmuro para o chão. — Zeus fez questão de garantir que ninguém *jamais* me amasse.

Um silêncio persistente recebe meu amargor. Meu benfeitor solta os braços e recua um passo, talvez preocupado com a possibilidade de maldições serem contagiosas. De imediato, sinto falta do calor e enfio as mãos nos bolsos.

— Eu... — Ele hesita, considerando as palavras. — Acho difícil acreditar nisso.

Estou tão desesperada para me livrar da situação que a mudança no tom de voz do sujeito não exerce todo o efeito enquanto dou a volta nele.

— Escuta, eu tô bem agora. Pode seguir sua vida e...

O resto das palavras morrem nos meus lábios.

Posso ter ficado completamente imóvel algum dia na vida, mas agora é como se pudesse olhar Medusa nos olhos. A única coisa que se mexe em mim é o sangue correndo rápido e forte pelas veias, pulsando nos ouvidos. Minha mente acelera para encontrar alguma lógica no que meus olhos estão me mostrando.

Ai, não. Não pode ser.

De repente, é como se todas as emoções que me trouxeram até aqui como uma banshee que não quer largar o osso tivessem explodido, me deixando vazia.

Enfim senti um fragmento de conexão com alguém, e foi... digo... eu *de fato* vim aqui para ter uma conversa com um deus — mas não com *este*.

Mesmo na escuridão, iluminada apenas pelos constantes lampejos de raios, consigo ver a perfeição de seu rosto cinzelado — o maxilar reto, o cenho alto, os olhos escuros e os lábios quase lindos demais para o resto das feições afiadas. Isso já me diz *o que* ele é. Apenas divindades ostentam tamanha beleza. Mas é o cacho branco em meio ao pretume da cabeleira que denuncia sua identidade.

Todo mortal conhece a história de como o irmão tentou matá-lo abrindo sua cabeça com um machado enquanto ele dormia, mas só conseguiu deixar uma cicatriz que alterou seu cabelo no local do golpe. Inconfundível — para não dizer inesquecível — e extremamente azarado da minha parte.

Arrumar briga com *este* deus é mil vezes pior do que meu plano original.

Corre. O instinto lampeja dentro de mim, me mandando mover as pernas. Mas não adianta. O instinto de congelar no lugar é mais forte.

— Acho que um de nós não deveria estar aqui — provoco, a boca *sempre* sendo mais rápida do que o cérebro quando estou nervosa.

Não tá ajudando, Lyra.

Mas não estou de todo errada. O que *ele* está fazendo neste templo em particular?

O deus fica em silêncio, parado com os braços cruzados, me encarando de volta. A tensão preenche o ar com mais eletricidade do que os raios de Zeus.

Eu sei o que ele vê — uma mulher magrela com cabelo curto e preto como as penas de um corvo, rosto pequeno, queixo pontudo e olhos de gato. Minha única vaidade. São de um verde profundo, com um anel externo mais escuro e o centro dourado, emoldurados por cílios longos e pretos. E se eu pestanejar agora? O único problema é que seduzir não é uma das minhas melhores habilidades, então ignoro o pensamento.

Ele ainda me encara.

Sua presença exala uma intensidade que me deixa mais ansiosa a cada segundo, fazendo meu corpo formigar dos pés à cabeça.

O silêncio preenche o vazio entre nós por tanto tempo que reconsidero a ideia de fugir.

— Você sabe quem eu sou? — pergunta ele, enfim.

Sua voz grave seria macia, não fosse a rouquidão no fundo. Como um lago aveludado e imóvel quebrado por ondas de algo se esgueirando sob a superfície.

Será que a pergunta é séria? *Todo mundo* sabe quem ele é.

— Deveria saber?

Pelo amor dos deuses, Lyra, deixa de ser maluca.

Ele semicerra os olhos de leve ao ouvir minha resposta atrevida. Com o rosto tomado por um olhar intenso, dá dois passos lentos e largos até chegar bem perto de mim.

— Você *sabe* quem eu sou?

Tudo em mim se revira como se meu corpo já soubesse que vou morrer e estivesse antecipando as coisas. O medo tem um gosto mais do que familiar pra mim — um toque metálico na boca, como o de sangue. Ou talvez eu só tenha mordido a língua.

Divindades já puniram mortais por muito menos do que eu fiz e disse esta noite.

Meu corpo inteiro estremece. *Que os deuses tenham piedade.*

— Hades. — Engulo em seco. — Você é o Hades.

O deus da morte e rei do Submundo em pessoa.

E ele não parece nada feliz.

4
A BELA E PROVOCATIVA MORTE

O sorriso quase imperceptível de Hades assume um ar condescendente.

— Foi tão difícil assim me reconhecer?

É completamente... deliberado. Como se ele tivesse decidido jogar de um jeito diferente. Só que não faz sentido algum.

Embora deuses não precisem fazer sentido, imagino.

Atrair a atenção de qualquer um deles é uma péssima ideia. São criaturas caprichosas que podem escolher amaldiçoar em vez de abençoar uma pessoa dependendo do seu humor e de como a brisa está soprando naquele dia. Especialmente este deus.

— Agora, vamos conversar sobre o que você acha que tá fazendo — fala Hades.

Enrugo a testa, confusa.

— Achei que você já...

— E com a Provação começando hoje à noite, ainda por cima — continua ele, num tom de voz decepcionado, como se eu não tivesse falado nada.

Suspiro.

— Você quer um pedido de perdão antes de me obliterar ou coisa assim?

— A maioria das pessoas cairia de joelhos aos meus pés. Imploraria pela minha misericórdia.

Ele está brincando comigo agora. Sou um ratinho. Ele é um gato. E eu sou o jantar.

Engulo em seco, tentando forçar meu coração a descer pela garganta.

— Tenho certeza de que eu já era, de um jeito ou de outro. — Claro que já era. Não vamos botar ainda mais humilhação no meu fim precoce. — Ajoelhar vai ajudar em algo?

Os olhos prateados de Hades — não escuros, como imaginei no início, mas de uma cor que lembra mercúrio — cintilam, achando graça. Será que eu disse algo engraçado?

— É por isso que você tá aqui? — questiono. — Por causa da Provação?

Hades *nunca* participou, e Zeus nem de longe é seu irmão favorito, então *por que* ele está neste templo?

— Tenho minhas razões pra ter vindo.

Em outras palavras: *não faça perguntas a divindades, mortal insolente.*

— Por que você me impediu de jogar aquela pedra? — Corro o olhar pelo templo, ignorando completamente seu tom.

Em vez de responder, Hades bate com o dedo no queixo.

— A pergunta é: o que faço com você agora?

Ele está se divertindo com a minha situação? Nunca pensei muito sobre o deus da morte — minha preocupação é sobreviver, para começo de conversa. Ainda assim, estou começando a não gostar dele. Se Boone agisse mais assim, eu já teria superado ele anos atrás.

— Imagino que você vá me mandar pro Submundo.

Sério, Lyra... Só cala essa boca.

— Hum — diz Hades, pensativo. — Posso fazer pior do que isso.

Assim como aconteceu com Chance mais cedo, recuar agora não é uma opção.

— É? — Tombo a cabeça de lado, fingindo que não sei do que ele está falando. — Ouvi dizer que você é criativo em suas punições.

— Fico lisonjeado. — Ele faz uma pequena reverência zombeteira. — Poderia fazer você empurrar uma pedra montanha acima e nunca chegar ao topo, só pra recomeçar do zero todos os dias pelo resto da eternidade.

Já aconteceu com Sísifo eras atrás.

— Tenho certeza de que isso foi ideia do Zeus.

Ele aperta os lábios.

— Você estava lá?

Dou de ombros.

— De uma forma ou de outra, pra mim isso seria como tirar férias. Um trabalho pacífico, sem interrupções. Quando começo?

Minha boca grande ainda vai me matar.

Estou só aguardando ir parar no Submundo a qualquer segundo, ou ver o famoso bidente de Hades surgir em sua mão antes de ele me empalar.

Em vez disso, o deus nega com a cabeça.

— Não vou te matar. Ainda.

Sério? Será que devo confiar nele?

Hades provavelmente vê a desconfiança nos meus olhos, porque um músculo se tensiona em seu maxilar como se estivesse irritado com a possibilidade de eu duvidar de sua palavra.

— Relaxa, minha estrela.

Hesito ao ouvir o apelido afetuoso. Claramente, não significa nada para ele. O deus da morte não diz mais nada, então eu me forço a também continuar em silêncio. Em vez de abrir a boca, aproveito o tempo para absorver os detalhes da divindade à minha frente.

Ele não é exatamente o que eu imaginava. Digo, além do óbvio jeitão sombrio e sofredor.

São suas roupas. Pelo Elísio, ele está usando botas e jeans. A calça é de cintura baixa e combina com a camisa azul-celeste, as mangas enroladas para revelar um bronzeado mais intenso do que eu imaginaria para alguém que vive no Submundo. Quem diria que antebraços poderiam ser tão sexy?

Por cima da camisa, ele usa suspensórios de couro vintage, que suspeito que se encontram nas costas, logo acima das escápulas, lembrando um coldre. Os anéis metálicos na peça parecem ter um propósito, embora não estejam sendo usados no momento. Será que são para prender armas? Ou ele sofre de dor nas costas?

— Passei na sua análise? — indaga ele, a voz preguiçosa.

Ergo o olhar para encarar seu rosto.

— Você é diferente do que imaginei.

As sobrancelhas castanhas se erguem.

— E o que você imaginava? Roupas pretas dos pés à cabeça? Talvez um traje completo de couro?

Sinto o pescoço ruborizar. Mais ou menos isso, na verdade.

— Sem esquecer dos chifres — zombo. — E talvez uma cauda.

— Esse aí é outro deus da morte. — Ele solta um som exasperado, depois murmura algo sobre expectativas abomináveis.

Acho que ele está falando de ter que *atender* tais expectativas. Estranho eu ter tanto em comum com uma divindade. Posso ter sido amaldiçoada, mas nem ferrando ia permitir que isso ditasse quem eu sou.

— Seu lar no Submundo é o Érebo — digo, como se fizesse sentido.

— E...?

— Significa... você não vai acreditar... — Espalmo as mãos no ar. — Terra das *Sombras*.

Alguém devia fechar minha boca com fita isolante.

Hades enfia as mãos nos bolsos, casualmente relaxado na postura de um predador contido por uma coleira.

— Sempre achei o nome pouco original. É o Submundo. Óbvio que tem sombras.

Bom, esta conversa parece ter dado uma despirocada.

— Acho que sim, né. — E depois, porque meu cérebro é incapaz de se controlar, considero de verdade o que ele acabou de falar. — Digo, tecnicamente você não é o deus das sombras, nem a deusa da noite. — Daqui pra frente, é só pra trás. — E se a coisa do fogo e do enxofre for verdade, imagino que deve ser bem iluminado lá embaixo.

Ele me fita, os olhos afiados como facas.

Não sei dizer se fica ofendido ou surpreso com o comentário.

Infelizmente, para nós dois, eu tenho uma imaginação muito fértil — e opinião até demais.

— Você tem um problema de representação, se parar pra pensar — digo.

— *Eu* tenho um problema de representação? — repete ele.

— Sim, tem sim. Quando não podem ver com os próprios olhos, os mortais acreditam no que escutam. Sempre falaram por aí que o Hades vive envolto em escuridão, tem cheiro de fogo e é coberto de tatuagens que criam vida conforme o seu desejo.

Ele corre o olhar pelo meu corpo de uma forma tão deliberadamente lenta que faz o rubor que senti antes subir mais pelo pescoço, até alcançar as bochechas.

— Quem tá vestida de preto e cheia de tatuagens é você, minha estrela — afirma ele.

Acompanho seu olhar por minha camisa preta justa e minha calça jeans — não é *tudo* preto. Uma das mangas está um pouco erguida, expondo a pele branca do meu pulso, onde se destaca uma tatuagem em tinta preta. Duas estrelas. A terceira fica no meu outro pulso: quando junto os braços, elas formam o Cinturão de Órion.

Uma das poucas coisas de que me lembro antes de ter sido levada pela Ordem é Órion se movendo pelo céu além da janela do meu quarto. A constelação nunca muda, é um marco fixo na noite.

Será que é por isso que ele me chamou duas vezes de "minha estrela"? Puxo a manga para baixo.

— Então... — Hades sai da postura despojada e chega mais perto. Tão perto que consigo sentir seu cheiro, e é assim que descubro que o deus da morte tem cheiro de chocolate, o mais amargo e pecaminoso do mundo. — Qual é o seu nome?

Definitivamente *não quero* que um deus saiba meu nome.

— Félix Argos.

Hades não dá sinal de perceber a mentira. Só fica me olhando, a expressão de alguém pensando profundamente em algo. Numa nova e criativa punição para mim, provavelmente.

— Então... — Imito a expressão que ele usou agora há pouco, olhando para a lateral do templo e a encosta da montanha. A rota de fuga está tão perto... Logo além do alcançável, como a porta de uma gaiola aberta com um gato sentado do lado de fora. — E agora?

— O que você quis dizer quando falou que foi amaldiçoada?

Argh. Não quero falar sobre *esse assunto*. Em vez disso, enrolo.

— Você não sabe?

— Me conte como se eu não soubesse.

— E se eu não quiser?

Hades ergue uma das sobrancelhas, e capto a mensagem. Tentando não cerrar os dentes, me nego a pensar que ele será apenas a segunda pessoa com quem já compartilhei isso.

Depois de respirar fundo, digo num rompante:

— Vinte e três anos atrás, quando eu ainda estava no útero da minha mãe, ela e meu pai vieram até aqui para fazer uma oferenda e orar pra que o meu nascimento fosse coberto de bênçãos. Só que a bolsa da minha mãe estourou e, ao que parece, seu irmão se ofendeu com essa profanação do santuário dele. Como punição, amaldiçoou o bebê, que no caso sou eu, pra que ninguém nunca o amasse. E é isso. Fim da história.

Seu olhar fica mais frio, tão calculista que recuo um passo.

— Ele te tornou inamável? — pergunta Hades, como se não tivesse muita certeza se acredita ou não em mim.

Confirmo, balançando a cabeça.

Essa é a maldição, segundo meus pais. Disseram que era essa a dívida com o deus, mas eu sei a verdade. Foi o que me fez ir parar na Ordem dos Ladrões quando tinha três anos. É o motivo pra eu não ter amigos do peito. É por isso que o Boone...

Até esta noite, tentei me convencer de que as coisas poderiam ser piores. Quer dizer, eu poderia ter acabado como comida de kraken, ou com cobras no lugar do cabelo e estátuas de pedra como amigos.

Mas isso tudo me trouxe até este momento. Encarando outro deus. Um ainda pior.

Um que obviamente acha minha maldição interessante. Mas por quê? Porque foi Zeus quem me amaldiçoou? O atual rei dos deuses é um babaca. Pelo menos nisso Hades concorda comigo. A questão é: o que ele vai fazer comigo agora?

A divindade agita a mão na minha direção, um gesto quase lânguido.

— Pode ir agora.

Posso...?

Espera... Como assim?

5
NUNCA PERGUNTE "POR QUÊ?" A UM DEUS

— Posso... ir? Sério?

Hades ergue a sobrancelha devagar.

— Quer retrucar?

— Não. — De cavalo dado... ou melhor, de saída de emergência dada... não se olha os dentes.

— É por ali — fala ele.

E segue na direção de uma trilha que leva por um caminho diferente montanha abaixo. É para eu ir atrás dele? Hades tem toda uma pose enquanto anda. Foco nas botas dele, porque encarar as costas — onde as alças do suspensório se encontram entre as omoplatas — ou sua bundinha malhada (porque esse é o caso) não é opção.

Prendo o fôlego e cada centímetro de mim formiga com uma consciência desconfortável que só cresce enquanto acompanho seu ritmo. Culpa de todo o lance do "poder nu e cru dos deuses". É a única razão para o formigamento, digo a mim mesma.

Não sei se acredito.

Hades caminha em silêncio até que uma calçada paralela à rua principal surge diante de nós, assim como a multidão. Me detenho. Ele também para, olhando por cima do ombro.

— Algum problema?

— Eu... — Encaro um ponto fixo além dele, e ele acompanha meu olhar.

Dali a menos de um metro, todo mundo vai poder nos ver juntos. *Me ver...* com a porra do deus da morte.

— Não se preocupa com eles — diz Hades, como se estivesse lendo minha mente. — Só você consegue ver quem eu sou. Os outros só enxergam um homem mortal qualquer.

Ótimo. Maravilha. Agora as oferendas espalhadas por este lugar poderão me ver com um homem estranho e sairão fazendo perguntas. Como vou me safar dessa?

— Vem.

Acho que não tem como.

Entramos na calçada fervilhante e paro de andar. Será que falo tchau antes de a gente se separar... ou coisa assim?

Faço um cumprimento curto com a cabeça.

— Valeu por não ter me obliterado.

Acho que estou livre quando me viro para ir embora, mas Hades me puxa pelo ombro com a mão firme, para que eu fique de frente para ele. De repente, estou encarando olhos de metal derretido e cintilante, só que em chamas. Como carvões ardendo em brasas pretas.

— Mais cuidado com as palavras, minha estrela — diz ele, numa voz que não parece tão macia quanto antes. Agora me lembra seda bruta. — Você nunca sabe quando um deus vai encarar sua provocação e aumentar a aposta. Se hoje fosse qualquer outro dia, eu provavelmente teria obliterado você.

Minhas partículas estão tão tensionadas que é como se pudessem romper a qualquer instante, a adrenalina tão quente nas veias que minha pele se retesa. Mas aí vem o problema: neste momento, me sinto mais... *viva*. Como se cada segundo que tenho fosse precioso porque são segundos contados.

— A obliteração é uma morte rápida — sussurro. — Tem coisa pior.

Os olhos dele cintilam enquanto analisa minha expressão. Prendo o fôlego, antecipando o lampejo de dor antes do nada absoluto da morte. É como eu imagino que seja.

Mas a dor não vem.

Em vez disso, a expressão dele muda. No começo, a alteração é tão sutil, tão lenta, que nem sei se ela está mesmo acontecendo. Mas a queimação do alerta fica mais... amena. Um tipo de calor diferente.

Hades ergue a mão e percorre a ponta do dedo da minha têmpora até o maxilar. O toque é um mero sussurro contra minha pele, deixando um rastro inebriante por onde passa. Ele me encara e eu o encaro de volta, sabendo que deveria desviar o olhar. De nós dois, eu sou a mortal, então *eu* deveria desistir, ceder, reconhecer a derrota.

Mas não consigo. E não vou.

— Você tá certa, minha estrela — murmura ele. Seu olhar desce até meus lábios. — Tem coisa pior.

Depois, seus olhos vão de fogo a gelo num instante. Hades apruma a postura, me gira de volta para frente e me dá um empurrãozinho na direção da turba, como se estivesse devolvendo um peixe pequeno demais para o oceano.

O resto do meu corpo parece ter sido desligado, mas meus pés conseguem me carregar para longe mesmo assim. Ele chama minha atenção de novo antes que eu tenha percorrido dez metros.

— Não se mete em confusão, Lyra Keres.

Me detenho de súbito, mas não me viro. Não foi *esse* o nome que falei para ele.

Eu adoraria saber como ele descobriu, ou por que sequer se deu ao trabalho de perguntar se já sabia como eu me chamava de verdade. Mas meu senso de autopreservação enfim voltou, mesmo que um pouquinho atrasado, e a liberdade está a literalmente uma esquina de distância.

Então, ergo a mão num sinal de que ouvi o que ele disse... e continuo caminhando, contando meus passos como se pudessem ser os últimos.

6
OS POUCOS ESCOLHIDOS

Ser convocada para os ritos de abertura da Provação é pior do que descer rio Estige abaixo.

Felix está surtado. Sei disso porque toda vez que vejo um lampejo dele em meio ao caos da multidão, ele está com os dentes cerrados enquanto olha loucamente ao redor. Legal da parte dele ter, enfim, aparecido aqui. Pelo menos consegui me juntar aos outros no lado urbano da ponte sem chamar sua atenção.

Um pequeno milagre, na verdade.

Também não fui vista por Boone ou Chance. Meu plano é que continue assim. No instante em que tudo começar, vou me esgueirar de volta até o covil da quadrilha. Não só para evitar confrontos, mas também para processar tudo pelo que passei hoje à noite. Em especial certo deus.

Felix volta o olhar na minha direção e eu me encolho, tentando ficar tão pequena quanto possível. Talvez ele ainda não saiba que abandonei minha posição mais cedo do que deveria, mas não é hora de descobrir. Quando ele se vira de costas sem me ver, solto um suspiro aliviado e não consigo evitar um pequeno sorriso. A frustração não combina com suas feições afiadas.

Não que ele não tenha razão. Aqui é o paraíso de qualquer ladrão. Apesar dos bolsos cheios, todas as oferendas dele estão de mãos atadas, já que agora passou um pouco da meia-noite e o festival já começou oficialmente.

As pessoas reunidas aqui estão espremidas em turbas agitadas. A sensação é de que cada alma num raio de mil quilômetros de San Francisco — até as que não adoram este panteão — está aqui.

Faz sentido, quando paro para pensar.

A maior parte dos mortais tem interesse em saber quem vai ser coroado próximo rei dos olimpianos por várias razões — seja por ter divindades favoritas, mais odiadas ou mais temidas, ou por ter como patrono algum deus específico, como eu. E algumas pessoas são impactadas de forma mais direta. Imagino que muitos agricultores prefiram que Deméter vença, pensando em bênçãos para suas plantações e colheitas. Já soldados devem apoiar Ares. Acadêmicos e professores querem que Atena governe, e assim por diante.

Até mesmo mortais que adoram outros deuses estão ali interessados no espetáculo. Ou talvez não gostem de alguma divindade que tem poderes parecidos ou que competem com os de seus favoritos. E tem ainda os que simplesmente não querem ofender tais deuses.

Sob qualquer ponto de vista, o mundo está assistindo a tudo, interessado.

E, apesar disso, qualquer bem valioso está seguro agora.

Não é de se admirar que meu antigo mentor esteja estressado. Não se ouve um único assovio no ar. Ao menos não do tipo que nossas oferendas usam para coordenar a abordagem a potenciais vítimas.

E vai ser assim o mês inteiro.

Alterno o peso de perna, encarando o templo de Zeus do outro lado. Não há nada de diferente, apenas o costumeiro espetáculo de raios.

Dentro dele, lá em cima, os acólitos mortais dos deuses queimam suas ofertas, sussurram preces e cumprem os ritos que acham necessário. Como isso só acontece a cada cem anos, eu apostaria dinheiro que é tudo inventado na hora.

Não que dê para ver daqui. Câmeras são proibidas dentro do santuário — outra regra dos deuses. Mas isso significa que estou presa com milhões de outras pessoas encarando o monumento de colunas brancas no topo da montanha do outro lado da ponte como se a qualquer momento ele pudesse se transformar em um dragão cuspidor de fogo.

Até o momento, tudo o que aconteceu foi uma única trilha de fumaça branca subindo na direção do céu — provavelmente de um sacrifício.

Há pessoas lotando as ruas por toda a baía até a fronteira da cidade. Quem está no fundo precisou se espremer entre prédios. É onde eu estou.

As outras oferendas estão reunidas em pequenos grupos, debatendo se Hermes vai escolher ou não um ladrão como representante. Já aconteceu uma vez. Depois da rodada inicial de sorrisinhos e olhares na minha direção, todos voltaram a me ignorar, o que é ótimo para meu plano de fuga.

Várias pessoas ao meu redor encaram os telefones, assistindo a várias formas de "cobertura ao vivo" de ainda mais pessoas pelo mundo paradas nas ruas de outras cidades, encarando templos desses deuses. Capto alguns comentários aqui e ali, mas ninguém tem muito o que dizer, por enquanto.

— Segundo as lendas, as divindades ficaram tão cansadas de ter Zeus como rei que começaram a lutar entre si para ocupar sua posição, resultando nas Guerras Anaxianas — diz um âncora de jornal num celular ao meu lado. — A escalada nas tensões foi tão intensa que houve destruição de maravilhas, como a demolição do Colosso de Rodes, que transformou centenas de guerreiros em terracota.

Solto uma risadinha. Ao que parece, aquilo emputeceu um conjunto de deuses completamente diferente.

O âncora continua falando:

— Destruíram cidades como Atlântida e Pompeia, e quase demoliram seu lar no Olimpo, que foi reconstruído depois do evento.

Todo mundo conhece essa história. Após a guerra, os deuses fizeram um pacto de jamais lutarem diretamente entre si, e assim foi criada a Provação — o evento em que eles deixam os mortais se digladiarem em seu nome, aparentemente.

Um arquejo irrompe na multidão ao meu redor.

— Zeus! — exclama alguém. — Zeus tá escolhendo.

Depois disso, vozes se erguem numa cacofonia. Chego mais perto de um homem à esquerda, que encara seu celular com interesse.

E, de fato, num templo que não reconheço, em algum outro lugar do mundo, um raio imenso rasga o céu azul e atinge o santuário com um trovão tão alto que parece estremecer o chão. Então, surge uma voz retumbante — talvez de dentro do templo, já que não vejo o deus em lugar algum.

— Eu sou Zeus, primeiro rei dos deuses, senhor do céu, do trovão e dos raios, divindade do clima, da lei e da ordem, da realeza, do destino e da sina.

Reviro os olhos. Destino e sina não são a mesma coisa? Que babaca pomposo.

E o certo seria rei dos deuses *olimpianos*, aliás — mas os deuses do meu panteão são tão egoístas que querem reivindicar a coisa toda, então é "rei dos deuses" e ponto-final.

— Hoje, no primeiro dia de Provação, cabe a mim começar a seleção. — Zeus faz uma pausa, como se esperasse aplausos ou algo assim. Como estamos todos incertos sobre o funcionamento e o significado dessa cerimônia, imagino que as pessoas ao redor daquele templo ficaram com o ouvido zumbindo por causa do trovão, então não conseguem escutar direito e permanecem apenas olhando em silêncio. — Eu escolho...

7
SAI DO MEU CAMINHO

É como se o burburinho escapasse do vídeo e pendesse sobre o povo enquanto aguardamos e observamos juntos, sem respirar de tanta curiosidade, sem coragem sequer de tossir. Quem ele vai escolher?

Outro raio cai do céu, dessa vez acertando um ponto do lado de fora do templo — no topo da escadaria que fica entre os dois pilares da entrada principal. O barulho faz várias pessoas gritarem. Do nada, um homem surge no local atingido pelo relâmpago, visivelmente desorientado.

A voz de Zeus ecoa pelo ar de novo.

— Samuel Sebina.

Encaro o telefone. O mortal escolhido por Zeus consegue ser ainda mais alto e mais musculoso do que Boone, com pele negra e cabelo preto curto. Parece atordoado demais para fazer mais do que olhar ao redor. Tão rápido quanto apareceu, ele some, sabe-se lá pra onde.

Outro grito se eleva na multidão.

— A Hera! — berra alguém. — A Hera tá escolhendo.

Cabeças permanecem inclinadas sobre os celulares, assistindo à cena.

— Sou Hera, deusa do casamento, das mulheres e das estrelas do firmamento. — De um telefone próximo, capto a voz sedutora que poderia muito bem pertencer a Afrodite. Ela vem de um dos templos de Hera em alguma outra cidade do mundo. — Eu escolho...

Não ouço o resto porque, à minha direita, Chance vem abrindo caminho para chegar até mim. Meu corpo é inundado por uma onda formigante de apreensão. Mais constrangimento, retaliação ou uma tentativa de chamar a atenção de Felix para o fato de que deixei meu posto mais cedo do que deveria — são todas alternativas plausíveis do que pode acontecer caso ele me encontre. Hora de vazar.

Saio de lado, entrando num beco estreito entre construções. Quando olho por cima do ombro, Chance está virando a cabeça de um lado para o outro. É, ele definitivamente está procurando por mim. Preciso empregar algumas manobras evasivas, mas enfim dou a volta na esquina e quase trombo com um homem.

— Opa, opa, opa! — exclama Boone, com uma voz excessivamente jovial. — Calma lá, Lyra Piradin... — Ele corta o apelido, que me deu quando éramos crianças, de forma tão abrupta que é atordoante.

Ai, deuses. Ele sabe. Sobre Chance. Sobre a minha paixão. Sobre tudo.

Não que eu esteja surpresa.

— Você tá murmurando de novo — diz ele, abrindo um sorriso. — Achei que o treinamento do Felix tinha acabado com isso.

Cubro a boca com as mãos como se pudesse fazer as palavras voltarem para dentro. Murmurar sozinha era um hábito que eu tinha quando era uma jovem oferenda. Nem notei que estava fazendo isso de novo. Já se passou um bom tempo desde os meus dias de treinamento, porém, então acho que a mania voltou.

— Foi mal — sussurro, e começo a desviar dele.

Mas Boone também se move, bloqueando o caminho.

— Aonde você vai com tanta pressa?

Tenho certeza de que, desde que nos conhecemos, ele nunca se deu ao trabalho de me perguntar isso. Recuo meio aos tropeços e me forço a olhar nos olhos dele. Olhos castanhos e profundos. Sempre gostei dos olhos de Boone.

Eu poderia simplesmente cair no choro. Anos torcendo para que ele prestasse mais atenção em mim e o cara escolheu justo hoje, o único dia em que eu não quero. Olho para trás, mas não vejo Chance. Ainda.

— Pra lugar nenhum — respondo.

Dou um passo. Boone também, bloqueando de novo meu caminho.

— Dá licença.

Tento avançar mais uma vez.

Ele volta a me impedir.

— Qual é? — solto.

Boone pestaneja, talvez porque eu nunca tenha respondido assim para ele. Depois, manchas de rubor sobem por seu rosto e ele esfrega a nuca.

Ah... não. Ele não quer falar sobre isso, né? Eu realmente, *realmente* gostaria que não. Menos ainda aqui e agora.

Os olhos dele são tomados por uma luz esquisita, e ele abre a boca apenas para fechá-la de novo. Claro.

— Lyra...

Um murmúrio alto se ergue no meio dos presentes que apinham as ruas dos dois lados do beco.

— Não quero perder essa parte.

Consigo dar a volta nele, enfim.

— Espera.

Boone segura meu braço e me faz virar, me lembrando de outro homem que fez algo parecido esta noite.

Estou começando a me sentir uma boneca de pano e abro a boca para dizer isso quando Boone chega tão perto que consigo sentir o cheiro de sabonete barato usado no covil da quadrilha. Fico imóvel por um instante, depois chacoalho a cabeça. *Preciso* sair daqui antes que Chance me alcance e piore tudo. Olho para a mão dele, incisiva.

Ele acompanha meu olhar, depois me solta de forma abrupta.

— Escuta. Eu... Porra... Eu sinto muito. Chance é um babaca. Se eu estivesse lá, teria reagido.

As coisas só estão piorando. Não preciso que ele sinta pena de mim. E é isso o que está acontecendo.

— Tá tudo bem, Boone — falo. — Eu dei conta da situação.

— Fiquei sabendo. — Ele faz outra careta. — Tem certeza que...

— Sim, tá de boa. Não é problema seu, de toda forma. — Dessa vez, quando dou a volta nele, Boone não me detém.

Chego longe o bastante para achar que ele vai mesmo me deixar ir, mas noto sua presença atrás de mim, não para me parar, mas para caminhar comigo.

— Você não estava tentando ver melhor. — É uma afirmação, não uma pergunta. Sua voz derrama curiosidade. — Então, aonde você tá indo?

Olho para ele de soslaio.

— Não preciso que você seja meu amigo só por pena, Boone. Eu tô bem. Sério.

— Não é por pena.

Ele abre um sorriso meio de lado que exala remorso.

Eu queria não saber que é mentira. Mas não é culpa dele.

— Achei que a gente estava de boa — ele diz.

Certo. Normalmente, eu o fulminaria com algum comentário sarcástico, mas hoje não estou no clima. Então tento uma abordagem diferente e falo a verdade.

— Eu tô voltando pro covil.

— Voltando, agora? — Sua voz está carregada de dúvida enquanto olha ao redor, para a multidão que estamos deixando para trás. — E o festival? Os deuses estão escolhendo.

— Eu vejo os melhores momentos depois.

Contanto que Zeus não seja rei de novo, eu não dou a mínima para o resultado, embora uma vitória de Hermes fosse ser ótima para a Ordem.

Aponto para o templo.

— Felix não vai gostar nada nada de descobrir que perdemos a cerimônia. Os chefões dizem que todo mundo precisa estar presente pra honrar o Hermes.

A expressão de Boone é séria.

— Não é fácil se esconder do Chance por muito tempo. Vou te acompanhar até o covil.

Eu devia ter imaginado que ele perceberia.

— Você não quer assistir?

Esse sorriso pretensioso sempre me pega. Ele ergue um celular.

— Já dei um jeito nisso. De qualquer forma, de onde a gente estava não dava pra ver bosta nenhuma.

Grudado como um carrapicho, Boone mantém um olho em mim e outro no telefone, me informando sobre a escolha dos deuses enquanto avançamos pelas ruas quase vazias da cidade. O caminho que pegamos, o mais rápido, passa pela Torre de Atlas.

É um lugar de gente podre de rica e questionavelmente poderosa. Apesar da quantidade de milionários morando nos apartamentos daquele arranha-céu, seu interior é inatingível a qualquer oferenda. Os habitantes têm tempo, dinheiro e ódio o suficiente para garantir que qualquer intruso tenha um fim terrível caso seja pego. Além disso, todo mundo sabe que Hades é o dono da cobertura.

Os cabelos da minha nuca se arrepiam quando me pergunto se ele está em casa.

Por que estou pensando nele agora? O deus é a menor das minhas preocupações. Eu *vivo* com um babaca chamado Chance e, por mais que esteja dando um perdido nele hoje, sei que é uma questão de tempo até o sujeito destruir minha vida como se fosse uma bola de demolição.

Dou uma rápida olhada para Boone outra vez e então solto um longo suspiro. Por pior que fosse antes, tenho certeza de que nutrir um crush *secreto* por um cara é infinitamente menos doloroso do que ter um público, que meu inimigo mortal pode usar contra mim.

Quando chegamos a um alambrado que bloqueia a entrada dos túneis que correm sob as ruas da cidade, Boone destranca o portão e o tranca de novo atrás de nós. Um pouco mais à frente, vestimos as galochas escondidas atrás de pilhas de lixo. É função das oferendas garantir que as várias entradas para nosso covil subterrâneo tenham botas de borracha e lanternas como essas.

Endireito o corpo depois de calçar meu par, quando Boone diz:

— Parece que vai rolar outra escolha agora. Acho que é a Ártemis.

Torço o nariz. Se tiverem seguido a ordem de escolha, quer dizer que já selecionaram os primeiros dez mortais. Foi rápido. Depois de Ártemis, só falta uma divindade. Suspiro mais uma vez. Achei que teria mais tempo antes de todo mundo retornar.

Pego uma das lanternas e começo a avançar pela passagem de cimento toda grafitada.

Boone mantém o celular erguido enquanto caminhamos para que ambos possamos ver.

Sem floreios ou escândalo, do outro lado da tela, uma das famosas flechas douradas de Ártemis dispara do nada e afunda no solo. No mesmo lugar, surge um mortal do meio de uma baforada de fumaça.

A turba se agita, e Boone murmura:

— Olha só, quem diria! Ártemis escolheu um homem dessa vez.

— Hum — digo, e continuo abrindo caminho pela água na altura do calcanhar, olhando rápido para a tela só a tempo de ver um homem esbelto e atlético com pele marrom-clara e cabelo escuro piscar para a câmera.

Historicamente, a deusa seleciona apenas mulheres.

Boone dá de ombros, sem diminuir o passo.

Com a facilidade da prática, chegamos ao nosso destino — uma parede de aparência sólida coberta com uma representação heroica de Hermes segurando o elmo sob um dos braços e os pés calçados com a Talária, seu par de sandálias aladas. A imagem foi grafitada aqui, claro, para se mesclar a todas as outras artes.

Paro para inspecionar os dois lados com a lanterna, conferindo se ninguém nos seguiu. Consigo apenas capturar o brilho dos olhos de um rato antes de apagar a luz. Boone também desliga o celular. No breu absoluto, pressiono a palma da mão contra a parede de cimento, tateando até encontrar os criptocódigos que sei que estão aqui — protuberâncias pequenas e escondidas. É um sistema de letras imperceptível aos olhos dos mortais, embora nós, ladrões, saibamos como encontrá-lo, e conseguimos ler usando apenas o tato. Uma forma de deixar orientações entre os nossos: quais prédios evitar, brechas na cobertura das câmeras de vigilância e coisa do gênero.

Nem me dou ao trabalho de ler direito a inscrição, porque já sei o que diz. Mas é ao fim das letras que fica o botão, também escondido. Aperto o dispositivo, fazendo com que uma grossa porta de cimento se abra com um deslocamento de ar. Corremos para passar pela fresta, que já está se fechando rápido. Todo ano, ou a cada dois anos, uma oferenda nova não se move com velocidade suficiente. Quando isso acontece, é sangue para todo lado — que cabe a mim limpar — e uma verdadeira pena.

Assim que a porta se fecha atrás de nós, as câmaras secretas criadas pelos deuses para abrigar nossa quadrilha são iluminadas por lamparinas que queimam com um fogo azul que nunca apaga — fogo, dizem, que Hermes deu de presente à Ordem para que iluminássemos nossos covis ao redor do mundo.

Boone volta a ligar o celular.

— Você tem sinal aqui embaixo? — pergunto.

— Eu roubei a senha do wi-fi do Felix. — Ele se senta no chão enquanto paramos para tirar as galochas.

Quando termino, coloco meu par e a lanterna nas prateleiras disponíveis para que outras oferendas usem os itens ao entrar e sair do covil. Boone ainda está lutando para tirar os calçados, e observo sua cabeça baixa. Ele não precisava me ajudar a fugir de Chance.

Ele olha para o telefone.

— Parece que o Hermes fez a escolha dele.

Engulo em seco antes de perguntar:

— Um ladrão?

Boone espreme os olhos para enxergar melhor a tela, depois nega com a cabeça.

— Zai Aridam? — diz ele.

Fico em silêncio por um instante.

— Onde foi mesmo que ouvi esse nome?

Boone vira o celular e, como era de se esperar, vejo o nome brilhando na base da imagem. Enfim me lembro do porquê de ele ser familiar: na última Provação, cem anos atrás, um homem chamado Mathias Aridam foi escolhido por Zeus. Ele nunca voltou. Na verdade, nenhum mortal voltou daquela Provação — mas a família de todos eles foi coberta de bênçãos inimagináveis.

Aridam. A família aceitou as bênçãos e se mudou para longe de qualquer pessoa conhecida. Não pode ser coincidência, pode?

— Pronto, acabou — diz Boone. — Espero que todos voltem pra casa no fim.

Ele provavelmente é minoria, já que ainda estamos usufruindo da quantidade imensa de bênçãos concedidas depois que ninguém voltou da última Provação. Não falo nada disso em voz alta, porém.

— Pronta? — Boone fica de pé.

Respiro fundo.

— Claro. Por que não estaria?

Meu estômago embrulha quando tenho a impressão de que ele está prestes a responder a minha pergunta absolutamente retórica, mas gritos chocados irrompem do alto-falante do celular e nós dois olhamos para baixo.

— Mas que p... — Encaramos a tela.

— Pelos infernos... — murmuro.

O templo de Zeus agora exibe uma coluna imensa e rodopiante de chamas bem à sua frente, fazendo fluir fumaça preta na direção dos céus. Só um deus faria uma entrada dessas.

Hades.

Aposto que ele estava analisando o templo mais cedo só para isso. Claro que eu seria sortuda assim... A única vez na vida em que cheguei *perto* daquele lugar maldito, trombei com o deus da morte.

— O que ele vai aprontar agora? — murmuro, ignorando o olhar questionador que Boone me dirige.

— Saudações, mortais viventes. — A voz de Hades não retumba, mas desliza. Sinto o estômago embrulhar com o reconhecimento claro daquela insondável e distinta voz aveludada.

— Como todos sabem, acabei de perder uma pessoa muito querida. Minha adorável Perséfone.

44

Fecho os olhos com força.

Perséfone. Sua rainha sombria e obsessivamente amada — Perséfone. Sua rainha *morta*.

Estremeço.

— Em homenagem a ela... também vou escolher um campeão — ele anuncia.

Puta merda. Hades não participa da Provação. Tecnicamente, sequer faz parte do grupo de Olimpianos principais. Aqui na Superfície, os boatos dizem que é por ele já ser rei do Submundo: os outros deuses não querem lhe dar ainda mais poder, então não permitem que se torne rei dos deuses do Olimpo.

Uma onda de murmúrios se espalha pela multidão ao redor do templo, tão alto que a transmissão ao vivo captura o burburinho.

E agora tem o mortal que ele vai escolher. Ser selecionado pelo deus da morte... Eu, hein. Não ligo para o que os deuses forçam as pessoas a fazer quando são escolhidas como campeões — mas sei que *esse* mortal vai estar mais do que ferrado.

Hades abre um sorriso devagar.

— E quem escolho é...

De repente, uma fumaça preta e espessa começa a rodopiar ao redor dos meus pés, preenchendo a câmara. Na mesma hora, compreendo o que está acontecendo, e o pavor começa a carcomer meu estômago. Ergo a cabeça para encarar Boone, que me encara de volta com um horror crescente arregalando seus olhos.

— Lyra?

Ah, pelos deuses.

— Isso só pode ser...

A fumaça me envelopa por completo, e minha visão fica preta. Apenas por um segundo. É como se eu tivesse piscado mais lento do que o normal, e quando volto a enxergar já não estou mais no covil, observando tudo numa tela minúscula.

Não, eu estou parada na entrada do templo de Zeus, em meio a uma nuvem evanescente de fumaça preta que tem cheiro de fogo e enxofre, com Hades ao meu lado.

O maldito me puxou para cá no pior momento possível, no meio de uma frase, e minha boca termina o que estava dizendo:

— ... zoeira, porra.

As duas palavras ecoam no silêncio aturdido que tomou o templo e toda San Francisco. Provavelmente, toda a porcaria do mundo.

Hades sorri para mim — astuto e extremamente satisfeito, como se não pudesse ter achado mais graça nas palavras obscenas. Ele envolve minha mão com a sua, erguendo as duas, e se vira para a multidão.

— Lyra Keres!

PARTE 2
A VIRTUDE DA MORTE

Esta alma infratora gostaria de agradecer à Morte pela honra...
mas se nega a fazer algo assim.

8
AZAR DO CÃO

Me ferrei. Me ferrei. Me ferrei pra caralho.

— Não faz isso — sussurro, inclinando a cabeça e torcendo para que ninguém leia meus lábios ou me ouça implorar para que Hades me deixe ir.

Ainda estou parada diante do povo, esperando sei lá o quê.

— Está feito.

O deus não cede. Não demonstra misericórdia.

Ele enfim encontrou uma forma de me punir por mais cedo. Só pode ser isso. Tenho um azar desgraçado com deuses mesquinhos e este templo maldito.

— Sorria, minha estrela — ordena Hades, a voz suave mas imperiosa. — O mundo todo tá dando uma boa olhada em você antes de eu te levar embora.

Num lampejo desorientador seguido imediatamente por um trovão que faz meus ouvidos zumbirem, surge mais alguém ao nosso lado.

Zeus.

O atual rei dos deuses, sedento por poder. Gosto de pensar nele como uma criancinha narcisista.

Assim como Hades, Zeus é inconfundível, com cachos claros que parecem ter sido eriçados por um choque e formam um halo ao redor de sua testa. É estranho como isso não faz a pele pálida parecer macilenta. A aparência é de alguém com menos de trinta anos... e Hades aparenta ainda menos, apesar de ser o mais velho dos dois. Acho que é verdade o que dizem sobre genes bons e exercícios físicos. Zeus, porém, é lindo demais para o meu gosto, embora digam por aí que sua pele ostenta as cicatrizes das Guerras Anaxianas. Algo a ver com Hefesto e um vulcão.

Ele veste um terno impecável, branco, com uma gravata verde que parece um monte de algas escorrendo pelo pescoço.

Seus olhos arrogantes, tão azuis que quase dói observar, fulminam Hades dos pés à cabeça.

Se eu já não estivesse bastante ocupada evitando surtar com minha situação, talvez achasse graça da mistura de frustração e fúria contorcendo as feições até então angelicais de Zeus. Parece que pensamentos horríveis podem corromper a beleza, mesmo que seja divina.

49

A multidão que se espalha montanha abaixo, cruza a ponte e ocupa a cidade explode com a aparição.

— A Provação não é pra você, irmão — diz Zeus, abrindo um sorriso, a voz retumbando enquanto ele se vira para a audiência.

— Mas ambos sabemos que você não pode me impedir — murmura Hades, casual, de modo que só nós ouçamos. Depois, numa voz que também desce pela encosta, ele acrescenta: — Meu *irmão* não teria medo de uma competiçãozinha, teria?

As exclamações da turba fazem o rosto angelical de Zeus se contorcer numa careta de desprezo. A eletricidade faísca ao redor da cabeça dele em pequenos raios de luz.

Me inclino na direção de Hades.

— Você tá tentando ser eletrocutado?

Ele está observando Zeus, e não sei se a careta que faz é para o irmão ou para mim.

— Não sabia que você se importava.

É pra mim, pelo jeito. Solto uma risadinha pelo nariz, nada elegante.

— Não me importo. Mas eu tô no raio de alcance de qualquer golpe e, diferente de você, eu sou mortal.

Ele continua sem olhar para mim.

— Esse instinto de se salvar primeiro vai ser de grande utilidade.

O que, pelo Submundo, ele quer dizer com isso? Posso ter a maldição de nunca ser amada, mas não significa que não me preocupo com os outros. Na verdade, em vários sentidos, isso faz com que eu me preocupe demais, colocando a alegria de todo mundo à frente da minha. Mas esse não é meu maior problema no momento...

Abro a boca para dizer que, se ele pensa que vou entrar nessa farsa de demonstração da soberania divina, ou sei lá o que é isso, ele está muito enganado.

Antes que eu — ou Zeus — possa responder, Hades ergue a voz acima do rugido da multidão:

— Que os jogos comecem!

E um raio lampeja no exato momento em que desapareço de novo, agora sem os efeitos da fumaça. A piscadela dura um pouco mais dessa vez, e juro sentir uma mão tocando a minha lombar.

Quando volto a enxergar, Hades e eu não estamos mais diante do templo em San Francisco à noite. Estamos numa ampla plataforma semicircular que irrompe da encosta da montanha e parece flutuar sobre um abismo imenso repleto de nuvens, com o sol brilhando lá no alto.

Estamos a sós, mas provavelmente não por muito tempo.

Preciso dar um jeito de enrolar Hades e me livrar disso. E rápido. Olho ao redor, tentando ter ideias, mas congelo. Todos os pensamentos sobre escapar desaparecem quando, de queixo caído, encaro uma paisagem que os mortais apenas sonham contemplar.

O Olimpo — o lar das divindades.

Erguidas no topo de montanhas colossais, as construções imaculadamente brancas parecem ser parte das rochas. Em típico estilo grego, são perfeitamente simétricas — e, é claro, ostentam colunas altas e distintas de várias eras.

Não consigo ver sinais ou marcas duradouras das Guerras Anaxianas.

— Para de encarar — diz Hades.

— Nunca vi nada assim — digo com um suspiro, me esquecendo por um instante com quem estou.

— Não é *tão* impressionante assim.

Eu o observo de canto de olho. Hades é o único deus que não morou aqui. Nunca.

— Você parece meio amargo. Comeu uva azeda?

É possível que olhos prateados fiquem escuros como breu? Ele sorri como um tubarão exibindo os dentes com os quais vai devorar a presa.

— De jeito nenhum. — Hades desvia o olhar para a paisagem à nossa frente. — Já vi coisa mais bonita. Acredita em mim.

Algo mais bonito do que isso? Não sei se é possível.

— Só acredito vendo.

— Posso cuidar disso.

É uma ameaça?

Finjo que não escutei, olhando cada vez mais para cima, para o templo imenso acomodado no pico mais alto. Logo atrás, há três rostos entalhados lado a lado na encosta. Zeus, Poseidon e Hades: os três irmãos responsáveis por derrotar e prender os titãs que comandavam o mundo antes deles. Da boca aberta de cada escultura, corre uma cachoeira.

A água jorrando da boca de Zeus é de um branco quase iridescente, transformando-se em nuvens brumosas que rodopiam montanha abaixo e protegem o Olimpo dos olhares da Superfície. As águas de Poseidon são turquesa, como fotos que vi do mar do Caribe, tão claras que até daqui é possível enxergar os detalhes do rosto de rocha de onde são jorradas.

Já a cachoeira de Hades é...

Me inclino para perto dele.

— A sua alimenta o rio Estige?

— Sim.

— A água é preta.

Posso ver, pela forma como os lábios do deus se contorcem, que não preciso falar mais nada.

— Não é preta no Submundo.

— Sério? E de que cor é? Por favor, diz que é rosa.

Hades chega mais perto ainda, os olhos focados em mim.

— Você vai descobrir em breve se não tomar cuidado.

Escondo a careta desviando o olhar.

A cachoeira de Hades não jorra por uma distância muito longa, se transformando num rio que parece desaparecer nas entranhas da montanha. O rio de Poseidon, por outro lado, serpenteia longamente pela superfície, se dividindo para acompanhar cada montanha. Flui sob belas pontes curvadas, alimentando a vegetação exuberante que cobre as encostas antes de desaparecer em alguns lugares só para ressurgir brotando de estátuas esculpidas mais para baixo.

Tudo aqui meio que... brilha. É surpreendente que não haja coros cantando ao fundo. O Olimpo é avassaladoramente perfeito. De repente, me sinto pequena. Insignificante.

Eu não devia estar aqui.

Sou a última pessoa que devia estar aqui. Precisa ter um jeito de vazar deste lugar.

— Eu... — Eu o quê? Sinto muito? Estou aterrorizada? Estou sofrendo da síndrome do lugar errado, hora errada?

Antes que consiga escolher as palavras certas, Hades entra na minha frente e diz:

— A gente não tem muito tempo. Preciso que você escute.

9
DEUSES ZOMBETEIROS

Engulo o que ia dizer a seguir, o medo subindo pela minha coluna.

— Be... leza. — Estendo a palavra, os olhos correndo de um lado para o outro, procurando quem quer que esteja vindo atrás de nós.

Hades ergue uma das sobrancelhas, provavelmente chocado com minha concordância imediata, mas não comenta nada.

— Eu envolvi a gente numa coisa... importante.

Escolher o novo governante dos deuses? Também acho, mas tenho a impressão de que não é disso que ele está falando.

— Importante em que sentido?

Ele balança a cabeça.

— Quanto menos você souber, melhor. A única informação de que precisa no momento é que, até o fim da Provação...

Eu sacudo a cabeça.

— Até o fim... O quê?

Ele analisa meu rosto por um instante.

— Você é minha.

Minha garganta aperta enquanto sinto um friozinho idiota na barriga. Eu nunca fui de ninguém. E, apesar dos eventos recentes, tenho sentimentos por Boone. Esse friozinho na barriga não deveria existir.

— Precisamos apresentar uma frente unida caso você queira vencer. Entendeu?

Nego com a cabeça.

— Não entendi foi nada. Como assim "uma frente unida"?

— Você vai descobrir logo. Mas, antes que os outros cheguem aqui, vou propor um negócio... Se você vencer, eu acabo com a sua maldição.

Ele poderia muito bem ter me dado um tapa. Recuo tão rápido que tropeço, e ele me segura pela mão. Hades consegue fazer isso? Desfazer minha maldição?

Ainda estou processando a informação quando o resto das divindades chega com seus campeões escolhidos, quase sem fazer barulho. Num instante, estamos sozinhos; no outro, não estamos mais.

E todos encaram nossas mãos dadas.

Em vez de me soltar, Hades se aproxima e me vira na direção dos recém-chegados. Tenho a impressão de que encara cada divindade nos olhos — os dele, frios como lascas de gelo.

Será que ele está desafiando os outros a impedi-lo? A protestar? A falar algo?

Ninguém se pronuncia.

Nem mesmo Zeus, apesar do olhar fixo e dos estalos de eletricidade. Afinal, Hades desafiou o irmão na frente do mundo todo.

Hera se aproxima. Elegantemente monárquica, a sofredora esposa de Zeus está vestida com uma armadura dourada em camadas, toda decorada, sobre uma túnica lilás. Com um olhar rápido, percebo que todas as divindades estão de armadura, incluindo Zeus.

O mortal parado ao lado de Hera parece ser o mais novo aqui. Tem no máximo uns dezesseis anos, e seu queixo esculpido está erguido num ângulo arrogante, que imagino ser uma tentativa de encobrir o medo. Está vestindo um terno de um roxo profundo com um sobretudo impressionante cujas pontas arrastam no chão. Há uma coroa de louros aninhada em seu cabelo escuro e sedoso.

Olho ao redor e todos os mortais estão trajados em roupas chiques com as cores de seus deuses — verde, roxo, turquesa, bordô.

Qual é a minha cor?

Baixo o olhar e a irritação surge, depois recua de uma forma familiar demais. Todos vestidos de forma esplendorosa, e eu continuo de jeans e camiseta. Mais uma vez destacada como alguém que não se encaixa.

— Ei — digo, apontando para mim e depois para os outros.

Hades me encara com o olhar vazio e despreocupado.

— Você tá ótima.

Alguém por perto estala os dedos e de repente estou usando um vestido preto decorado com lantejoulas, feito de um tecido tão transparente que não deixa muita coisa para a imaginação.

— Sério? — solto entredentes. — Enfim, deixa quieto.

As sobrancelhas de Hades se franzem.

— Afrodite. — O nome sai da boca dele como se fosse uma maldição.

A deusa do amor e da beleza exibe um sorriso despreocupado, claramente ignorando o tom irado da voz de Hades. Sua armadura não é cheia de corações fofinhos como imaginei por um instante — é de ouro rosê, com peças moldadas para representar casais e grupos de todos os gêneros fazendo... todo tipo de coisas.

Atrás dela está uma mortal alta e loiríssima, usando um vestido acetinado cor de vinho com uma fenda até o quadril que exibe o par de pernas mais lindas que já vi, e nem mesmo ela está tão... *exposta* quanto eu.

Hades aponta um dedo acusatório na minha direção.

— O quê? — Afrodite pestaneja os olhos inocentes de cílios longos. — Você não estava ouvindo, então achei que podia ajudar. Muito melhor, não acha? — Depois ela ergue a cabeça. — Cadê sua armadura?

Hades coloca as mãos no bolso num movimento aparentemente casual que, analisado mais de perto, lembra o de um tigre preso na coleira.

— Só uso armadura quando vou lutar.

Atrás de Afrodite, tenho a impressão de ver Dionísio fazer uma careta, mas a deusa mal ergue as sobrancelhas.

— Que chatão.

Só então presto atenção nos trajes de Hades. Nada de jeans e botas. Corro o olhar do cabelo preto e brilhante com um único cacho branco como neve para o casaco formal de veludo preto e colarinho alto, bordado discretamente também em linha preta, os pontos formando uma borboleta solitária na gola e estrelas nos punhos e na barra. Desço mais e quase dou risada quando vejo os sapatos pretos engraxados.

— Era *isso* que eu imaginava. Digo, só falta a cauda.

Ele dá de ombros, casual.

— Às vezes a gente precisa agradar ao público. A Superfície funciona com base na mentalidade de rebanho, não?

Errado ele não está.

— E o mundo imortal, também? — pergunto.

— Definitivamente.

— Lembra o que falei sobre seu problema de representação? — Olho ao redor. — Talvez ele persista aqui em cima.

Os lábios de Hades continuam curvados num sorriso, mas ele estreita os olhos. Ele agita a mão e o barulho das cachoeiras — e qualquer outro som além de sua voz — desaparece.

— Tá tentando me docilizar? — pergunta.

Sinto as costelas apertarem ao redor dos pulmões.

— É possível te tornar dócil?

— Não.

Hades estala o dedo de novo.

A única indicação de que algo mudou é o farfalhar de tecido. Olho para baixo e vejo que estou usando um terninho combinado com uma jaqueta cropped transparente e sandálias de salto agulha com tiras prateadas. O material é macio e sedoso contra minha pele, luxuoso de uma forma que me faz sentir vontade de correr as mãos pela superfície. As mangas longas e o colarinho alto da jaqueta dão um ar quase inocente à composição. Há estrelas bordadas com linha prateada — duas num dos lados da gola e outra do lado oposto, lembrando o padrão das minhas tatuagens.

É um traje simples, e nem de longe tão chique como os dos outros.

A garotinha em mim que costumava se maravilhar com as roupas lindas que as oferendas afanavam de vítimas ricas deseja poder olhar no espelho e vislumbrar o efeito completo. Quer se sentir bonita, só por diversão, pelo menos uma vez na vida.

Hades está tão imóvel que nem sei se continua respirando. Ergo a cabeça e vejo seu olhar em mim. *Muito* em mim. Como se estivesse assimilando cada centímetro.

Solto uma respiração suave e digo a primeira coisa em minha mente que pode servir de distração:

— Da próxima vez que estalar os dedos, pode me mandar de volta pra casa.

— De jeito nenhum.

Não vou desistir.

— Não é tarde demais pra abrir mão disso tudo.

— Não, Lyra.

Ergo o queixo.

— Então não espere cooperação.

Hades congela de um jeito estranho, e fico presa em seu olhar fixo.

— Você *vai* me obedecer em tudo, Lyra Keres. — É uma ordem, não uma pergunta, com a certeza absoluta da minha submissão.

Uma florzinha de curiosidade brota dentro de mim. Como seria só... *obedecer* a ele?

Que os infernos me carreguem.

Disfarçar minha reação atrás de uma máscara de indiferença é como tentar impedir meu coração de bater.

Depois de anos na Ordem, sei como dançar conforme a música dos outros. Mas isso é diferente. Sempre me mantive em segurança sozinha, tomando minhas próprias decisões a despeito do envolvimento da Ordem, desde os três anos de idade. Quem diria que a simples ideia de me submeter a um ser poderoso como Hades seria tão... sedutora?

Não deveria ser.

Talvez eu esteja estragada por dentro.

— Sou melhor como parceira do que como marionete — insisto.

Num movimento que mal antecipo, ele se aproxima com um passo, os ombros bloqueando minha visão dos demais. Hades não fala, apenas me encara com os olhos prateados se transformando em diamantes afiados; é como se estivesse tentando entender quais são minhas regiões mais fracas, macias e vulneráveis. Depois ele se inclina de leve e percebo que só quer ser ouvido por mim.

— Eu não tenho parceiros.

Como eu ainda não me transformei numa poça no chão? Pigarreio.

— Isso parece... pouco eficiente.

Quase digo *solitário*, mas imagino que ele saberia que isso também vale para mim mesma.

O deus da morte curva os lábios de modo quase imperceptível, mas depois fica sério.

— As coisas vão ser mais fáceis pra você se... acatar minhas ordens.

Por que sinto que suas palavras têm um significado mais profundo do que aparentam? Um alerta, mas um alerta cuja intenção é me ajudar. Não consigo enxergar Hades como um sujeito prestativo. Será que é, de novo, a história de jogar e vencer?

Com um chiado, o som da cachoeira retorna.

— Tá fazendo o quê, irmão? — pergunta Poseidon do outro lado da plataforma. — A coitada da sua mortal parece morta de medo.

Hades não se move, não olha na direção do deus dos oceanos. Em vez disso, ergue uma única sobrancelha.

— Então é isso, minha estrela? Você tá com medo?

10
ROCHA. UMA SITUAÇÃO COMPLICADA. E EU.

Algo na expressão e na voz de Hades parece diferente do que há um segundo. Ou talvez eu esteja interpretando mal a sua reação. É difícil dizer, mas tenho quase certeza de que está atuando. Agindo como esperam que aja. Não gosto nada disso.

Enquanto isso, ele e Poseidon continuam esperando a minha resposta.

Qual é a coisa mais segura a se falar? Hades só me deu pistas do que está acontecendo, mas tenho a sensação de que se as outras divindades enxergarem fraqueza em mim, ou discordância entre nós, vão dar o bote. Crescer sozinha na Ordem me ensinou isso do pior jeito.

Pigarreio e ergo a voz.

— Ele só estava... me informando das regras.

O sorriso lento e satisfeito de Hades provoca partes de mim que eu não sabia que podia sentir. Ele se aproxima, os lábios roçando minha orelha, a respiração me enchendo de calafrios.

— Essa é a minha garota.

Odeio essa merda de infantilizar os outros... mas meu corpo captou a mensagem. Vou fingir que ele não engatilhou dezenas de coisas que eu nem sabia que tinha dentro de mim.

— Não sou nada sua — sussurro de volta.

Ele não parece ter ouvido quando enfim se afasta, o sorriso sumindo do rosto ao se virar para Poseidon. Este nos encara com olhos aguçados e curiosos.

— Você escolheu uma campeã interessante, irmão. — O deus dos oceanos me olha de cima a baixo. — E uma ladra, ainda por cima, considerando sua aparência.

Escroto. Semicerro os olhos antes que possa evitar.

— Você contrata os serviços de um monte de ladrões, não contrata? — pergunto.

Os olhos de Poseidon se escurecem meio segundo antes de ele erguer a mão para acertar meu rosto com um tapa. Com uma velocidade que o faz parecer quase invisível, Hades se coloca entre nós. Não diz nada, não toca no irmão, mas Poseidon empalidece. Depois de um momento, grunhe e se afasta.

Fico ali pestanejando. Hades me protegeu.

Eu.

A lógica me diz que é porque ele precisa que eu vença essa competição idiota, mas a sensação de poder respirar um pouquinho mais fácil é inevitável.

Por apenas um instante.

Todos ao redor também parecem se afastar, talvez porque Hades esteja emanando tensão como os vapores de um gêiser.

Num movimento nervoso, levo a mão ao cabelo, que ainda está curto, mas sinto que está ajeitado para cima e talvez penteado ao redor de... Faço uma pausa. Depois deixo a mão cair de repente.

— Isso é um diadema?

Olho para os outros mortais. Estão utilizando adereços de cabeça que combinam com a roupa, mas são todos similares a coroas de louros gregas. O meu, definitivamente, não é feito de folhas.

Quase como se meu nervosismo o acalmasse, a tensão em Hades vai sumindo aos poucos. A mudança é sutil, mas consigo enxergar de perto.

— Achei que mulheres amassem diademas. — Ele não poderia soar mais entediado.

— A questão é *não* se destacar.

— Por quê?

Ele não pode ser tão inocente assim.

— Você nunca escolheu um campeão para a Provação, né?

— Nunca.

— Então isso já faz com que eu seja diferente dos demais.

E *não de uma forma boa*, eu penso, mas não falo. Não quero morrer agora. A lógica não parece fazer sentido para ele.

— Não tem por que se misturar aos demais. Tem?

Cerro os dentes, soltando um gemido de frustração.

Hades baixa a voz e seu timbre muda, soando mais genuíno.

— Você se destacaria mesmo que eu te vestisse com trapos e te cobrisse de lama.

Porque sou a mortal escolhida por *ele*, Hades quer dizer. Não tem por que eu sentir esse frio todo na barriga.

— Tenta não piorar, pelo menos — murmuro de volta, enxugando a palma das mãos na calça.

Ele dá uma risadinha. Não de forma maldosa ou calculista — parece achar graça de verdade. Uma repentina onda de horror percorre meu corpo, porque o som é alto o suficiente para os outros ouvirem, e sinto que todos os pares de olhos no recinto já se viraram em nossa direção.

Odeio essa sensação, sério.

— Estrelas são *meu* símbolo — Hera diz para Hades, numa voz que parece o mais doce dos cremes, suave e adorável.

Analiso seu rosto com mais atenção. Algo no modo como falou... Me pergunto se ser rainha de Zeus a faz sentir que não tem muita coisa neste mundo que seja só dela. Conheço a sensação.

— E? — Até eu faço uma careta com o tom de Hades. Ele enfia uma das mãos no bolso, e Hera acompanha o movimento com cautela. — Você pode ser a deusa das estrelas — afirma a divindade —, mas todos sabem que sou o deus da escuridão.

Pelo amor dos deuses. Ele tem mesmo que confrontar *todas* as divindades agora, logo no começo da Provação?

Se eu conseguir voltar pra casa depois que tudo isso acabar, vou me converter para outro panteão.

Respiro fundo.

— Não precisa provocar eles deliberadamente.

Hades não responde.

A questão é que... tem algo nessa atitude que invejo: ele não liga. Não dá a mínima se é ou não bem-vindo aqui, que dirá se é aceito ou amado.

Como se fosse incapaz de deixar de ser o centro das atenções e precisasse recuperar sua posição, Zeus bate palmas, e duas fileiras de cadeiras douradas surgem de cada um dos lados da plataforma.

— Podem se sentar — diz o rei dos deuses.

Hades imediatamente me pega pela mão — sua pele quente e áspera é de certo modo tranquilizadora, mesmo que o aperto seja um pouco insistente — e me escolta como se eu fosse da realeza. Ele não escolhe lugares na fileira de trás ou nas pontas. Não. Hades se senta na frente, bem no centro.

Zeus, que não conseguiu chegar com seu mortal com a mesma velocidade, me fulmina enquanto se acomoda à minha esquerda. Samuel — é esse o nome dele, certo? —, por sua vez, me cumprimenta com um aceno de cabeça. Que beleza. Estou sentada entre dois deuses que parecem estar travando uma batalha silenciosa de egos. Melhor lugar da casa, ao que parece. Ou um bom lugar para acabar morta antes mesmo de saber o que está acontecendo.

— Eu vou me foder tanto, mas tanto... — murmuro, depois fixo um sorriso nos lábios que parece prestes a rasgar meu rosto no meio.

Hades se inclina para o lado, mas projeta a voz de modo que Zeus consiga ouvir:

— Só se você quiser ser fodida.

Pelos. Deuses.

Endireito tanto a coluna que parece que ela foi atingida por um raio de Zeus e me nego a olhar para Hades. Ou responder, que seja. Ele falou de brincadeira. Sei que falou. Ele também não tem ideia do tipo de reações lamentáveis que estou tendo a ele. Esse tipo de bobagem é só para irritar Zeus, qualquer que seja o motivo, e não merece resposta.

Consigo sentir o olhar de Hades pousado sobre mim, provavelmente com aquela expressão zombeteira que estou começando a odiar.

— Não? — questiona o deus da morte. — Que pena.

Depois se acomoda no assento, aparentemente feliz de poder se deleitar com qualquer tipo novo de tortura que virá a seguir.

— Zelo — chama Zeus. — Pode declarar as regras da Provação.

11
SEMPRE TEM UM PORÉM

A Provação.

A ficha enfim cai. Fui selecionada para vencer uma *competição* da qual nem todo mundo retorna — e não tenho ninguém para receber as bênçãos por mim caso eu não volte. Meu coração começa a acelerar, mas tento me acalmar imaginando que esse torneio deve consistir em jogos, tipo xadrez ou Twister. Eu sei jogar xadrez. Talvez corrida?

Me inclino na direção de Hades.

— É tipo as Olimpíadas? — sussurro.

Há um mundo de diferença entre corrida de obstáculos e algo como salto em altura ou até mesmo luta livre. Estou tentando evitar sequer considerar algo que envolva monstros.

Hades aponta para os daemones voando acima de nós.

Zelo escancara as asas negras e, num piscar de olhos, rodopia no ar até aterrissar na nossa frente. O cara claramente não é do tipo que fica de sorrisinho por aí. Sua pele, de um marrom cálido, está toda exposta, uma vez que está seminu, mostrando o impressionante torso esculpido. Talvez seja difícil encontrar modelos de camisa com buracos para asas.

Terrivelmente consciente de Hades ao meu lado e dos outros ao redor, me forço a prestar atenção nos três daemones enfileirados atrás de Zelo.

— Bem-vindos, campeões — diz o daemon, ainda sem sorrir. — Parabéns. Vocês tiveram a honra de ser selecionados para competir na Provação, representando o deus ou deusa que escolheu cada um.

Uma competição da qual nem todos os mortais retornam não é mencionada, como se o fato fosse irrelevante para as divindades. Isso vai ser muito pior do que eu imaginava.

— Além de representar seu deus ou deusa, vocês também competem em nome dessa divindade. É assim que escolhemos nosso próximo governante. É assim que garantimos que as Guerras Anaxianas jamais voltem a acontecer.

Usando mortais como peças de xadrez que os deuses movem de um lado para o outro, num tabuleiro que apenas eles enxergam. Isso faz de mim o quê?

Um peão.

Fecho os olhos. É exatamente o que sou. Um peão nos jogos mesquinhos dos deuses, e o que está em jogo é um trono.

Zelo ergue os braços, como se estivesse nos abençoando.

— Que o tempo de vocês no esplendor do Olimpo os encoraje a dar o seu melhor pelos deuses e deusas. E que, no fim, este lugar represente um pedaço de beleza que levarão com vocês para a Superfície... ou para o Submundo, caso pereçam.

Uau... Era pra ser estimulante e inspirador? Olho ao redor, para os outros campeões no meu campo de visão. Todos encaram Zelo com a expressão neutra. Ou será que também foram pegos de surpresa e estão em choque? Ele basicamente acabou de confirmar que há grandes probabilidades de a gente morrer. Certo?

— Antes de definir os Trabalhos e as regras, vamos fazer as apresentações, agora que estamos reunidos — continua o daemon.

Ele disse Trabalhos.

Tipo os Trabalhos de Hércules? Isso não é nada bom.

Eu preferia ir logo para a parte dos jogos e das regras, mas ao menos agora vou descobrir o nome dos escolhidos por cada divindade. Informação nunca é demais.

Uma por vez, as treze divindades apresentam seus campeões pelo nome e pela nacionalidade, e falam um pouco sobre sua vida pregressa. Memorizo tudo que posso sobre cada competidor. Realmente formamos um grupo diverso de gente de todo o mundo, com uma grande variedade de gênero, idade, classe social, habilidades e estilos de vida. E, ao que parece, não existe nenhuma característica comum a todos. Nenhuma óbvia, ao menos.

Zelo se aproxima de nós, as asas enormes roçando no chão com um farfalhar.

— Há um prêmio para o mortal que ajudar seu patrono a conquistar a coroa — anuncia.

Um dos campeões sentados atrás de mim murmura algo, interessado. Outros se ajeitam na cadeira. O daemon acena e um grupo desce a escada, surgindo da trilha além da curva da montanha. As pessoas param enfileiradas, entre balaustradas torcidas.

— Quero apresentar a vocês Mathias Aridam e sua família.

— Caralho — murmuro, o choque arrancando a palavra da minha boca.

O sujeito parece tão jovem quanto, imagino eu, era no dia em que venceu — quarenta e poucos, no máximo. Graças à providência divina, suponho. Os demais familiares também não parecem ter envelhecido nada. Não que eu os conhecesse antes, mas há imagens. Os rumores diziam que a família toda ficou tão abalada com sua morte que se mudou — em parte, estavam corretos. Só não mencionavam que a família havia se instalado no Olimpo.

Zelo volta a falar.

— Como vencedor da Provação anterior, Mathias teve a oportunidade de pedir qualquer bênção dos deuses. Escolheu viver aqui no Olimpo pelos últimos cem anos, junto com a família. Enquanto isso, na Superfície, sua terra foi agraciada pelos deuses e deusas com abundância e paz. Zai, seu filho, agora tem a chance de levar adiante o legado do pai.

Não sou a única que se vira para encarar Zai, sentado na fileira de trás, perto de Hermes. A pele negra clara tem um fundo pálido, e seus olhos estão fundos como se ele não tivesse dormido uma única noite inteira na vida. Também parece magro demais para sua altura. Pela cara, a vontade de Zai é desaparecer na cadeira.

Enquanto isso, a família mal dá atenção a ele, olhando apenas brevemente na direção do rapaz. Olhares atordoados, se captei direito.

— Nunca o filho de um vencedor anterior foi escolhido. — Zelo aponta na direção de Aridam; depois que Mathias fita o filho com um olhar estranhamente incisivo, a família desaparece escada acima. — É *isso* que vocês têm a chance de ganhar. O trono para seu patrono, cem anos para viver com sua família no Olimpo, servidos de tudo de que precisarem, e bênçãos sem-fim sobre o território e o povo de sua terra natal.

E quanto aos perdedores? Sei que campeões anteriores voltaram para casa, mas os outros não. Será que foram punidos? Os deuses não são exatamente conhecidos por sua natureza clemente.

— Agora, quanto às regras dos Trabalhos... — Zelo volta à fila com seus irmãos. Os quatro daemones se empertigam, quase entrando num estado de transe. Falam num uníssono sombrio, como se estivessem lendo um roteiro. — Os deuses e deusas do Olimpo serão divididos em quatro grupos, por virtude: Força, Coragem, Razão e Emoção. A virtude que mais favorece cada um.

Então... tendo Hades como patrono, qual é a minha virtude?

— Cada divindade criou uma prova da qual os participantes vão participar. O campeão que vencer o maior número de Trabalhos ganha a Provação.

Não é uma luta por vida ou morte, no fim. Vencer ou não vencer. Disso eu dou conta. Estou começando a pensar em aliados. Não para vencer, apenas para sobreviver.

A princípio, Samuel está no topo da lista, considerando seu tamanho e força. Também gosto de Rima Patel, escolha de Apolo. O longo vestido azul-marinho favorece sua compleição esbelta e destaca os grandes olhos castanhos. Ela é uma neurocirurgiã, o que pode ser útil se nem todos os Trabalhos envolverem força física. Jackie Murphy, escolha de Afrodite, é outra possibilidade. Com pelo menos um e oitenta de altura e quase trinta anos, acho, ela parece que cresceu numa propriedade rural na Austrália, fato evidenciado pelos músculos invejáveis e a pele profundamente bronzeada de quem toma sol todo dia.

Não que criar alianças seja algo provável. Não no meu caso, ao menos. Agora tenho dois pontos negativos: minha maldição e o fato de que sou a campeã de Hades.

Todo mundo vai querer ficar longe de mim, com certeza. Isso se não quiserem acabar comigo. Posso quase sentir o alvo desenhado nas minhas costas.

Ainda assim, vale tentar.

— Ou... — O daemon interrompe meus pensamentos com seu tom monocórdio. — Caso os campeões morram durante a Provação, se acontecer de sobrar apenas um ao final, esta pessoa vence automaticamente.

Sinto uma pedra afundando no estômago, escorregando sobre uma pilha imensa de pavor já acumulada lá dentro. Estão praticamente dizendo que podemos matar uns aos outros para vencer.

Os conceitos de aliado e adversário acabam de ser atualizados.

— Onde, pelas profundezas do Tártaro, você foi me meter? — sussurro para Hades.

Ele não responde.

Acaba comigo agora, tenho vontade de dizer. Seria mais rápido e provavelmente menos dolorido.

— Para cada desafio, os campeões podem levar qualquer tipo de ferramenta mortal, exceto armas modernas, que consigam carregar. Além disso, vão poder portar as bênçãos que porventura recebam durante a Provação. De agora em diante, as divindades podem orientar e encorajar seus campeões, mas são proibidas de ajudar ou interferir de alguma forma no desempenho de qualquer participante, seu ou de outro deus ou deusa.

Está mais do que nítido que esse ponto precisou ser acrescentado às regras em algum momento.

— Nós, daemones, vamos atuar como juízes e guardiões das regras dos Trabalhos, e juntos determinaremos o vencedor.

De repente, os daemones acordam de qualquer que seja o transe em que estavam e Zelo acrescenta:

— Houve uma mudança nas regras este século. Como Hades se juntou à Provação, e devido às consequências para a humanidade caso o deus da morte seja coroado rei, decidimos permitir que os humanos recebam seus mortos e sejam informados do vencedor de cada evento.

As pessoas ao meu redor arquejam, tanto mortais quanto deuses. Por um instante, me pergunto se alguém ligaria caso meu corpo fosse devolvido à Ordem.

— Agora, campeões, vocês podem escolher não entrar no jogo — continua Zelo. — Nesse caso, seu deus ou deusa vai precisar selecionar outra pessoa.

Me volto para encarar Hades, de queixo caído, pronta para me retirar.

— Eu...

Ele nega com a cabeça, murmurando:

— A última pessoa que tentou abrir mão de participar da Provação... Bom, o Ares selecionou a filha do cara no lugar dele.

Não há ninguém realmente próximo de mim que ele pudesse escolher — ainda assim, fecho a boca com um suspiro lento e silencioso. Captei a mensagem. Todo mundo sabe que as coisas nunca terminam bem quando um mortal diz não a uma divindade.

Ninguém rejeita a "honra".

— Excelente — diz Zelo. — Alguma pergunta?

Por onde eu começo?

Mas os outros campeões balançam negativamente a cabeça, então não digo nada. Acho que é mais esperto esperar e perguntar qualquer coisa para Hades quando estivermos a sós.

— Então, sem mais delongas, declaro aberta a Provação deste século — fala Zelo. — Campeões, se preparem para o seu primeiro Trabalho. Ele começa agora.

12
NUNCA FUI BEM NAS PROVAS

Fico imóvel na cadeira, com as costas eretas. Agora? Sem tempo para digerir tudo isso? Ou me preparar, pelo menos mentalmente? Só... ir e torcer para não morrer?

Esse povo não está de brincadeira.

Zelo envolve o corpo com as asas.

— Este primeiro Trabalho é um desafio de aquecimento. Ainda não é um dos doze em que vão competir uns contra os outros... E é o único Trabalho na Provação em que todos têm chance de vencer.

Ele deixa que a informação seja absorvida.

Ainda estou tentando lidar com o fato de que vamos começar imediatamente.

— E vocês *vão* querer vencer — acrescenta ele. — Aqueles que participarem vão receber *dois* presentes de seu deus ou deusa: uma relíquia e uma habilidade ou atributo. Ambos poderão ser usados ao longo do restante da Provação.

Zelo bate uma palma, e o espaço ao redor das mesas cheias de restos de comida é instantaneamente preenchido por mil itens cintilantes de todas as formas, tamanhos e tipos, dispostos e empilhados por toda a plataforma, chegando a subir os corrimãos da varanda. O lugar fica tão abarrotado que parece que o conteúdo de um antiquário foi vomitado aqui.

— Campeões... escondido nesta plataforma está um símbolo, um item que cada um de vocês, exclusivamente, precisa encontrar. Um item diferente para cada campeão. — Zelo corre o olhar por todos nós. — Quando o encontrarem, serão levados Olimpo acima... — Ele aponta para uma vasta escadaria. — ... junto com seu deus ou deusa. Quando alcançar sua divindade, cada um de vocês vencerá o desafio e vai poder receber os dois presentes.

Não pode ser tão simples assim. Pode?

— Se não alcançarem sua divindade no Olimpo dentro de uma hora... — O daemon aponta para um relógio de sol no chão, aos nossos pés. — Vocês perdem o direito aos presentes.

Ah, aí está a pegadinha. Se todo mundo tiver os tais presentes, menos eu, já vou começar em grave desvantagem. A ideia me deixa tão confortável quanto estar aqui sentada entre divindades.

Olho para Hades, que pego me olhando de volta — quase me analisando, parece. Tentando entender se sou esperta o bastante para este pequeno teste? Só que ele não tem mais permissão para me ajudar, tem? E, surpresa, não sou treinada ou avaliada pela Ordem há anos — e não me saí muito bem quando fui. Também não sei o quanto minhas habilidades com contabilidade ajudariam agora.

Encolho os ombros. Hades escolheu a porra da campeã errada.

Ele pega minha mão e a ergue, acomodando-a no braço de sua cadeira, nossos dedos entrelaçados para que todos possam ver. Então percebo que este é outro pequeno espetáculo para os demais.

E funciona. À minha direita, vejo Dionísio de queixo caído.

A voz sedosa de Hades me envolve, penetrando meus músculos e os deixando tensos como molas a cada palavra.

— Não se preocupa, minha estrela. Vou manter você em segurança. Essa prova é críptica, mas sinais vão te ajudar pelo caminho.

— Chega — dispara Zeus, repreendendo o irmão.

Até Zelo parece um pouco atordoado, as asas estremecendo de leve. Dado onde minha mão está, não o culpo. Nenhuma das outras divindades está se engraçando assim com seus campeões. Mas, claro, acho que esse é o ponto.

Hades dá uma risada sombria, mas ergue a outra mão num gesto de suposta rendição.

— Não vou falar mais nada.

Zelo aperta os lábios, mas segue em frente.

— Campeões, a contagem regressiva começa... agora.

Os outros competidores saltam da cadeira, vários correndo, até as relíquias empilhadas à nossa frente.

Me desvencilhando de Hades, avanço com mais desespero do que elegância, e acabo tropeçando. Ártemis, sentada perto de nós, faz uma careta zombeteira. Seus inteligentes olhos cor de avelã me lembram do falcão com o qual ela caça. Sua compleição é a de uma caçadora — esbelta e forte, embora leve. A forma como move a cabeça, analisando tudo, só intensifica essa impressão. Sua armadura é como eu esperava, feita de luas, arcos e flechas sobre um vestido verde que combina com a pele cor de mogno.

Verde, a cor da... Força? Ou da Emoção, talvez? Não consigo me lembrar, e consigo enxergar Ártemis valorizando ambas as virtudes.

De propósito, abro um sorriso bobo e dou de ombros. Ela desvia o olhar, obviamente me considerando desajeitada e inocente. Não é algo ruim. Da forma e no lugar em que cresci, aprendi cedo que espalhar algumas pistas falsas me beneficia. Boone *até hoje* acha que tenho medo do escuro.

Falando nisso, o que raios ele deve estar pensando agora? Me ver desaparecer do covil da quadrilha e surgir no templo com Hades deve ter sido chocante.

Hades, ainda relaxado na cadeira, aponta para as mesas e as pilhas de coisas.

— Vai lá e se diverte, minha estrela.

Será que ele realmente acha que isso é divertido para mim?

Mordo a língua e não faço a pergunta em voz alta.

— Que olhar fulminante... — Afrodite faz um som de desaprovação com a língua. — Melhor ficar de olho, Hades. Talvez eu a roube de você. Adoraria ser fulminada dessa forma. Com tanta... paixão. — Ela suspira, e a última palavra é praticamente um gemido.

Um calor sobe pelo meu pescoço até as bochechas.

O cabelo longo e preto que escorre pelas costas da deusa chacoalha com cada movimento do quadril, os olhos castanho-claros nunca se desviando dos meus enquanto ela se aproxima. Afrodite parece ter a minha idade, talvez um pouco mais — mas seus olhos contam outra história.

— Eu saberia aproveitar melhor toda essa paixão — murmura ela numa voz sedutora, quase um ronronar. — Será que você não quer...?

— Dite! — dispara Hades, da cadeira.

Dite?

Imediatamente, tudo no semblante da deusa muda; suas feições, antes suaves, se enrijecem. Pelos infernos, toda a suavidade nela se endurece até que ela se transforma numa guerreira, o olhar irado fixo em Hades.

— Você é um baita estraga-prazeres mesmo. Isso não foi nada legal. — Depois, ela dá uma piscadela para mim e vai embora.

Hades balança a cabeça.

— Cuidado com a Afrodite. Se ela disser as palavras "será que você não quer", pode tapar os ouvidos. Caso termine a frase, você vai ser forçada a fazer o que quer que ela tenha pedido. — Ele desvia o olhar dela e o fixa em mim. — Queira você ou não. Transar com um inimigo. Trair um amigo. Ela pode até mesmo forçar seu corpo a obedecer sozinho, contra a sua vontade. Suas reações, seus movimentos, suas... sensações.

"Sensações" é a última coisa que quero discutir com Hades.

— Não vou dar ouvidos quando ela disser essas palavras. Saquei.

Um leve curvar de um dos cantos da boca é a única resposta dele.

— Achei que vocês todos desapareceriam até a gente encontrar nossas divindades com os artefatos — digo, olhando de relance para Zeus, que não parou de encarar Hades desde que ele segurou minha mão.

É Zelo quem responde:

— Eles vão desaparecer quando o item for encontrado, ou quando receberem a instrução de partir, faltando alguns minutos para o fim.

Em outras palavras, eles querem testemunhar nosso desespero.

— Melhor ir logo, então. — Hades se afasta e para na base da escadaria, tão longe quanto consegue ficar do resto das divindades, que foram para as mesas de comidas e bebidas.

Me junto aos outros campeões entre as mesas, debatendo o melhor plano para alcançar o sucesso.

Um gongo soa, e a campeã de Dionísio arqueja. Seu cabelo castanho--escuro está preso numa trança intrincada, e ela veste um terninho de veludo vinho bordado com parreiras que combinam com a armadura de seu deus. Meike Besser, acho que é esse o nome dela. Tem um nariz grande e bem adunco, com olhos castanhos inteligentes e uma franja grossa. Ela me dirige um sorriso meio envergonhado, depois ignora as pilhas de antiguidades e segue na direção da mesa de banquete.

— Faltam cinquenta e cinto minutos — anuncia Zelo.

Será que ele vai ficar contando os minutos assim? Não vai ser nem um pouco estressante.

Enquanto isso, Meike pega um pedaço de comida da mesa de itens meio apodrecidos, analisa o alimento e dá uma mordida de teste. Ela engasga imediatamente, expelindo ar e poeira da língua. Depois pega uma taça e bebe, mas começa a ter engulhos e cospe o líquido também, e a mancha vermelha no chão de mármore não é vinho... é sangue.

Não vamos encontrar nossos objetos misturados à comida, ao que parece. Além disso, os alimentos não são para mortais.

Quando Meike endireita a postura, vejo que alguns de seus cachos escuros estão manchados de vermelho. Sério, os deuses são uns escrotos.

Foco, Lyra.

Graças ao pouco que aprendi observando Meike, um plano começa a se formar na minha mente. Não me apresso, andando e olhando ao redor, mas não encosto em nada. Fico só de olho nos outros campeões, tentando encontrar padrões entre os itens. Não consigo enxergar nada.

Outro soar do gongo.

— Cinquenta minutos.

— Estou curioso... — A voz de Hades soa bem ao meu lado, e me sobressalto.

Não estou acostumada a pessoas chegando tão perto de mim. Esse hábito dele de surgir onde quer, sendo que no segundo anterior estava do outro lado da plataforma, é algo com que vou precisar me acostumar.

— Não tenho tempo pra bater papo — digo.

— Eu sei, mas você não parece estar se esforçando muito. Os outros pelo menos já escolheram algumas coisas. Você não quer ganhar seus presentes?

— Só tô começando com calma.

— Percebi. Por quê?

Dou de ombros.

— Quero aprender o que não fazer primeiro. Parece prudente num jogo planejado por um bando de deuses entediados.

— Interessante. Descobriu algo até o momento?

— Sim. Melhor não comer nada.

13
SEGUINDO AS PISTAS

Um grito atrai meu olhar para a direita a tempo de ver a estátua de pedra de um querubim se transformar numa gárgula e dar o bote em Isabel Rojas Hernáiz, campeã de Poseidon, com seu deslumbrante vestido lilás. Ela empurra outro competidor para o lado, depois começa a berrar com a gárgula num espanhol frenético.

Aponto Isabel com a cabeça.

— E não toque nas estátuas — acrescento.

Ela chega a jogar uma taça dourada na coisa, que quica em sua testa com um estalido. A criatura, grunhindo, enfurna as asas, que soltam um som farfalhante quando ela sai voando. Abro um pequeno sorriso com a série de palavrões que Isabel ainda está proferindo. Se não estou enganada, Poseidon disse que ela era modelo antes de começar a trabalhar com tecnologia.

— Toma essa — exclama Isabel, pegando um dos itens próximos à gárgula que tentava alcançar.

Na minha mente, acrescento a campeã à lista de potenciais aliados.

— Preciso encontrar meu item logo — digo para Hades. — Não vai arranjar confusão.

A risadinha baixa dele me acompanha e se esgueira por sob minha pele como uma farpa que não consigo ver.

Logo depois, o gongo soa mais uma vez e Zelo anuncia a contagem de tempo.

Essa coisa está começando a mexer comigo.

Enquanto o tempo corre, continuo procurando padrões nos itens, observando discretamente os outros campeões. Mas depois de outros dois toques do gongo e do aviso de Zelo de que faltam apenas trinta e cinco minutos, começo a repensar meu plano. Isso não está me levando a lugar algum. Os outros parecem estar lidando com dúvidas similares, porque seus movimentos de repente parecem mais apressados, a expressão de todos ficando mais tensa.

Foco em Zai, analisando o rapaz com mais atenção.

Ele pegou uma bugiganga de vidro, que não consigo ver bem o que seria, e está tentando analisar a parte de baixo discretamente. Passa tanto tempo fazendo isso que começo a me perguntar se ele viu alguma coisa. O jovem tosse e solta o item. Depois segue para o próximo e faz a mesma coisa, procurando algo na parte de baixo, mas dessa vez coloca o objeto de lado em menos tempo.

Meu coração bate um pouco mais rápido. Talvez minha paciência esteja rendendo frutos. Será que ele descobriu algo?

Começando longe de Zai, para evitar chamar qualquer atenção para ele, pego diferentes objetos, um por vez — um cetro, um cálice, um orbe. Itens de valor inestimável. Felix teria um troço se visse essas preciosidades.

Alterno uma análise da parte de baixo de cada artefato com outras ações enquanto, aos poucos, me aproximo da quinquilharia que Zai conferiu primeiro.

Baixo um orbe e suspiro, olhando ao redor. É quando Hermes entra no meu campo de visão, as sandálias aladas e o elmo sendo os itens mais interessantes de seu traje. Além de uma capa dourada que flutua atrás dele enquanto anda, sua armadura não exibe adornos ou símbolos. Sempre gostei do deus dos ladrões.

Tenho a sensação de que não é recíproco, porém. Ele estreita os olhos e fecha a cara para mim enquanto caminha pelas antiguidades, parando apenas quando está perto o bastante para que eu possa ouvir sua voz baixa.

— Sei quem você é. Uma das oferendas da minha Ordem.

Agora não, penso. *Fala comigo mais tarde, quando eu não estiver com a corda no pescoço.*

Faço uma mesura diante dele, como jamais fiz com Hades — ou qualquer outra divindade até o momento.

— Sempre o honrei como meu deus, Hermes. Espero que...

Ele ergue a mão e me detenho, a boca aberta até me lembrar de fechá-la.

— Não sou seu deus durante a Provação.

Insegura, desfaço a minha posição de reverência.

— Claro que...

— Cala a boca — ordena ele.

E obedeço tão rápido que mordo a parte de dentro da bochecha, mas me recuso a fazer uma careta de dor.

Hermes me encara intensamente, como se eu escondesse todos os segredos do mundo.

— Por que você? — murmura para si mesmo. — Você é insignificante.

Ai, essa doeu. Mas acho que ele não é o único com a mesma dúvida.

Enquanto isso, o tempo segue passando, e ele está desperdiçando muitos minutos meus.

— Cuidado — diz Hermes. — Fica esperta.

— Tá me ameaçando? — questiono, olhando na direção dos quatro daemones que observam com muita atenção cada alma nesta plataforma.

— Isso seria contra as regras. — Algo no jeito dele enquanto diz isso, algo na sua postura, nos olhos e nos ombros rígidos, me impede de relaxar. — Mas as regras não se aplicam mais depois do fim da Provação.

Então sim, *é* uma ameaça.

Não sou sem noção ou corajosa o bastante para bater de frente com um deus, então me inclino um pouco à esquerda para enxergar além dele. Para ver Hades. Não falo nada, mas acho que Hermes capta o sinal quando se vira e nota em que direção estou olhando.

Será que ele quer mesmo tretar com esse deus em específico? Mesmo depois da Provação? Não que Hades vá dar a mínima para mim depois que isso tudo acabar, mas não tem como Hermes saber.

— Tenho a impressão de que o Hades é muito possessivo com o que considera dele, e parece ser bem rancoroso também. — Olho para Hermes. — Tô errada?

Sem dizer mais nada, Hermes se afasta.

Ótimo: a Provação mal começou e eu já sou a inimiga pública número um.

O gongo soa de novo, me deixando com os nervos ainda mais à flor da pele.

— Trinta minutos — anuncia Zelo.

Olho ao redor, para a quantidade de coisa atulhada aqui. Trinta minutos não serão o bastante para conferir cada item, e ainda não entendi o que Zai encontrou para que eu possa procurar também. Sigo mais rápido agora, caminhando pela plataforma até onde ele estava antes, tentando disfarçar. É quase como se eu pudesse ouvir um tique segundo a segundo do relógio de sol, como se fosse um relógio com engrenagens. É só quando um outro campeão me olha de soslaio que percebo que estou resmungando. De novo.

Pigarreio e pego um bastão fino, mas me sobressalto quando ele se transforma de repente numa cobra entre meus dedos. A serpente sobe pelo meu braço. Outro truque dos deuses, entendi. Será que devo gritar? Correr e me esconder? Eles são amadores em questão de pegadinhas, se comparados às oferendas.

— Calma lá, amigona. — Estendo a mão, seguro o réptil gentilmente pela cabeça e o solto do meu braço antes que possa se enrolar no meu pescoço. Olho para o bicho. — Não tenho tempo para distrações no momento.

— Ah, dá isso aqui pra mim — diz uma voz feminina impaciente.

A armadura dourada de Deméter cobre a pele bege e o cabelo cor de trigo maduro. Até seus olhos parecem piscar em ouro. Entrego o animal a ela, e a cobra envolve seu pulso e se aninha contra a pele da deusa como se fosse um bichinho de estimação.

Mas Deméter está focada em mim.

74

— Por que Hades te escolheria?

Ao que parece, é o que todos estão se questionando.

— Pergunta pra ele.

Me viro, mas paro no lugar quando ela especula:

— Aposto que ele só quer transar com você.

Caraca. Abro a boca, mas me detenho na mesma hora. E se isso não for só ela sendo uma escrota? E se for uma mãe com ciúmes pela filha? Ela ainda deve estar sofrendo muito com a morte de Perséfone.

— Minhas condolências — começo — pela perda da sua...

A expressão de Deméter fica venenosa, assim como sua voz.

— Não ouse tocar no nome dela, mortal.

Numa urna próxima, belas hidrângeas lilases começam a murchar, escurecendo nas bordas.

Olho de soslaio para Hades. Ele mantém a expressão pétrea. Não vou conseguir ajuda com ele. Fico em silêncio; com o peito subindo e descendo por conta das emoções que é incapaz de controlar, Deméter — uma mãe de coração visivelmente partido — caminha para longe.

Ótimo. Vou conseguir a proeza de ser mais popular aqui do que sou na quadrilha. Isso já deu pra ver. Pelo menos, quase todo mundo aqui me ignora. E, pelo andar da carruagem, vou precisar competir sem presentes para me ajudar, além de doze divindades e seus respectivos campeões torcendo pela minha derrota.

Forçando a minha mente a voltar para o jogo, enfim chego à pequena flor de vidro que Zai estava encarando antes e luto para controlar minha expressão quando a euforia enche meu peito. Há um símbolo entalhado na base. Um arco e uma flecha — esse é o item que o campeão de Ártemis precisa encontrar.

Deixo o objeto de lado e sigo em frente como se nada tivesse acontecido.

Pelo menos agora sei o que estou procurando — algo com o símbolo de Hades.

O gongo toca.

— Vinte e cinto minutos — exclama Zelo.

Não vou mais disfarçar o que estou fazendo. Aperto o passo.

De repente, Hermes desaparece. Literalmente: *poof*, não está mais aqui. O mesmo acontece com Zai segundos depois, e uma sineta toca.

— Acho que ele encontrou o item dele — comenta a campeã de Ares com um típico sotaque canadense.

Com seus cachos de Shirley Temple e — preciso forçar a visão para ler — um colar escrito BABYGIRL no pescoço, Neve Bouchard não tem nada a ver com o que eu esperaria do deus que a escolheu. Mas não sou boba e sei que é melhor não baixar a guarda perto dela.

Os demais campeões ficam ainda mais frenéticos com essa prova cabal

75

de que os itens podem mesmo ser encontrados. Me detenho e observo a tensão em seu rosto, os dedos inquietos, os olhos marcados pela preocupação.

Estamos, todos nós, só tentando sobreviver a isso tudo.

E juro pelos deuses: não tem nada que eu odeie mais do que entrar num jogo já em desvantagem. É algo com que convivi a vida inteira, graças a Zeus.

Olho de soslaio para o deus da morte, que agora está apoiado na parede de pedra longe dos outros presentes enquanto me observa. Quando nota que estou olhando, franze a testa.

O que vou fazer agora vai deixar Hades realmente puto.

O gongo soa.

— Vinte minutos.

Que se foda.

Vou em frente mesmo assim.

14
NADA BOM

Sem hesitar, volto até a rosa de vidro e a ergo no ar.

— Quem é o campeão da Ártemis mesmo?

Um rapaz mais ou menos da minha idade ergue o olhar de uma pilha de objetos do outro lado da plataforma. Reconheço o sujeito da tela do celular de Boone, embora ele pareça menos atordoado agora. Suas feições exibem os traços clássicos e perfeitos que só vi na televisão e nos filmes, e ele está usando um terno verde-escuro bordado que combina com as luas e flechas na armadura de sua deusa. Quando nossos olhares se encontram, ele caminha até mim.

— Sou eu. Por quê?

Só que as palavras e o movimento de seus lábios não estão sincronizados.

Apenas então que me dou conta de que Hermes — que, entre outras coisas, é o deus das línguas — deve estar traduzindo as coisas para que todo mundo se entenda. Ele não fez isso no caso do espanhol de Isabel — eu sou fluente no idioma, afinal. Línguas estrangeiras são outra coisa que ladrões aprendem desde a tenra idade, e uma das áreas em que me dou muito bem. Ainda assim, esse lance de tradução é um truquezinho muito útil.

Ergo a rosa para que ele possa ver o símbolo da deusa na base da peça. Seu queixo cai.

— Por que você me ajudaria a...

— Só pega. — No segundo em que coloco a flor de vidro na mão do rapaz, Ártemis desaparece, seguida por ele.

— Ei! — Dionísio, com seu rosto de querubim assumindo um tom ruborizado e um cacho do cabelo loiro pendendo sobre a testa, acena na direção dos daemones como se eles devessem intervir. — Ela não pode fazer isso.

Zelo olha para mim, depois dá de ombros.

— Não é contra as regras os campeões se ajudarem.

Excelente. Respiro fundo e ergo a voz.

— Procurem o símbolo do seu deus ou deusa na base de cada item.

Todo mundo corre para conferir as coisas ao nosso redor. Eu realmente

77

deveria ter esperado para compartilhar a informação depois de ter encontrado o meu. Me viro para continuar procurando e me deparo com o olhar fixo de Hades. Ele me fuzila, quase no sentido literal — é uma surpresa que seus olhos não estejam disparando projéteis. Dou de ombros, e ele olha para cima como se outros deuses pudessem ter alguma ideia de como lidar comigo.

Outro campeão desaparece junto com sua divindade. Depois outro. E o gongo soa de novo.

— Cadê...? — sussurro comigo mesma, pegando e largando objeto após objeto.

— Lyra Keres.

Quando ergo o olhar, dou de cara com Ares e sinto o sangue sumir do rosto. O deus da guerra — com seu cabelo de um ruivo profundo, a pele claríssima e um olho chocantemente escuro — parece pronto para a batalha numa temível armadura de ouro negro com um abutre gravado no peitoral, as asas abertas numa imitação das asas de metal que irrompem das costas dele. Seu elmo também é alado e cobre metade de seu rosto, incluindo o olho que perdeu durante as Guerras Anaxianas. Um ferimento causado por Atena, contam as lendas.

Em sua mão, ele segura uma pequena tigela de obsidiana. Ares tomba o objeto para que eu possa ver a base, onde está a marca do bidente com o cetro. Estendo a mão na direção dele.

— Caso você tenha vontade de ajudar alguém no futuro — diz o deus, com uma voz que poderia fazer uma montanha estremecer —, lembre-se disso.

E atira a peça no chão.

— Não! — grito, saltando na direção do objeto.

Mas não consigo chegar a tempo, e a tigela cai com tudo, batendo no mármore com tanta força que perco o fôlego ao ver meu item se desfazer em milhares de pedacinhos.

— Não, não, não, não...

Estendo a mão desesperada para tocar num dos cacos de vidro, torcendo para que seja o suficiente, mas não desapareço. Ainda estou esparramada aos pés de Ares, e a compreensão do que acabei de fazer a mim mesma dói como se ele tivesse me atravessado com a lança presa às suas costas.

Antes que qualquer pessoa possa se mover, um som horrendo que eu imaginaria vir de um dragão rabugento ao ser despertado do cochilo — ou melhor, quatro dragões — me faz cobrir os ouvidos. E não sou a única; os outros campeões fazem o mesmo.

Os daemones, num redemoinho de penas e fúria, agarram Ares pelos braços e o levam embora voando.

— Não! — grita Neve.

O cabelo loiro-avermelhado da mulher está preso em marias-chiquinhas. O vestido verde com uma curta saia bufante chacoalha a cada passo que ela dá, me fazendo lembrar uma boneca enquanto avança na minha direção.

— Sua vaca idiota!

Recuo aos tropeços, mas algo atrás de mim a faz se deter de repente. O rosto da mulher empalidece tão rápido que parece que todo seu sangue foi sugado por um vampiro, e os olhos azuis e as sardas se destacam nitidamente.

— Ares interferiu. *Isso* é contra as regras — diz Hades, do outro lado da plataforma.

O deus se afasta da parede e vem na nossa direção. É só então que vejo. A maneira como os campeões se dispersam como se ele estivesse abrindo caminho entre eles... Os deuses e deusas fazem algo similar, embora de forma menos óbvia. Como se Hades semeasse morte a cada passo, e eles não quisessem chegar perto demais.

Será que é sempre assim, por onde quer que ele ande?

Trêmula, fico de pé antes de ele me alcançar.

Hades ainda está encarando Neve quando chega e diz para ela:

— Foi uma infração leve, e ele vai ser punido de acordo. Não vai te afetar. Continua procurando seu item.

Se olhares fossem lâminas, o que a campeã de Ares dirige a mim teria se alojado no meu coração. E assim a excluo da lista de potenciais aliados.

Antes que Hades possa encostar em mim, agarro seu braço. Não sei por quê. Talvez para ter algo sólido em que me segurar. Seus músculos tensionam sob meu toque, mas isso mal faz cócegas no pânico que começa a se instalar quando me dou conta das consequências dos meus próprios atos.

— Eu... Eu não vou conseguir... — Não vou conseguir meus presentes. Vou ser a única campeã a entrar na Provação sem auxílio mágico.

Se eu já achava que estava em apuros antes...

Hades se desvencilha da minha mão, e sinto meu coração apertado. Ele já desistiu de mim, está preparado para me abandonar. Me encolho um pouco. Mas ele me pega pelos ombros, aproxima o rosto do meu e me encara nos olhos.

— *Sempre* há mais de uma forma de vencer os Trabalhos da Provação.

Minha mente não consegue acompanhar as palavras, e faço uma cara confusa.

— Como assim?

Ele aperta meus ombros de leve.

— Há várias formas de vencer. Você precisa encontrar alguma outra.

Eu nem sequer havia encontrado a primeira; foi Zai. Tudo o que fiz foi prestar atenção.

Olho ao redor, para os campeões que agora vasculham os objetos freneticamente. Por onde começar?

Hades suspira.

— Tenta se lembrar do que te falei no começo da prova.

— Chega. — É Zeus quem grunhe as palavras. — Você tá chegando muito perto de interferir, irmão.

Um músculo no canto do lábio de Hades estremece, mas ele me solta e de repente abre um sorriso tão charmoso que fico atordoada por um instante, sem conseguir respirar. O deus da morte tem covinhas.

— Claro — diz ele.

E se afasta enquanto tento lembrar o que, pelo Tártaro, ele falou antes. Algo sobre... Caramba, sobre o que era mesmo?

Sem surtar, Lyra.

Geralmente, a voz na minha cabeça é a minha própria, mas de vez em quando a voz do Felix também dá o ar da graça, ou lembro coisas de quando ele era meu mentor.

Muito rápido, vou pegando e soltando outra dezena de objetos da pilha. Como nenhum me faz sumir daqui, sinto os ombros murcharem. Abraço uma tigela de um verde brilhante contra o peito enquanto meus olhos saltam de item a item. Preciso de um plano. Não tenho tempo para encostar em cada peça daqui — e acho improvável que alguma das coisas restantes me transporte para o fim.

Respiro fundo. O pânico não vai levar a nada. Preciso pensar. O que caralhos Hades disse exatamente? *Essa prova é críptica, mas sinais vão te ajudar pelo caminho.*

Ele quis dizer alguma coisa com isso? Não estava sendo apenas um idiota inútil?

Pensa, Lyra. O que ele quis dizer?

Separo as palavras importantes. Prova. Críptica. Sinais.

Estou apertando a tigela com força, a borda irregular áspera contra minha palma. Quando a deixo de lado, me dou conta de algo. Por que um deus sequer *permitiria* que um de seus artefatos fosse maculado?

Corro o dedo pela borda afiada de novo e percebo que não é um engano... Há protuberâncias minúsculas na superfície. *Criptocódigos!*

Não ouso olhar na direção de Hades enquanto corro os dedos pela aresta da cumbuca lisa de mármore.

Por favor, que eu esteja certa...

— Pelo Olimpo, o que ela tá fazendo? — Acho que é a voz de Atena. Não me viro para ver.

Quando fecho os olhos, sinto os pontinhos e traços protuberantes, como se fosse código Morse. As sinetas continuam tocando enquanto mais campeões encontram seus itens.

Mas sigo focada, lendo o código na tigela. *Orientações.*

As regras dizem que quem *alcançasse* sua divindade receberia os presentes. E, a princípio, encontrar o objeto parecia a única forma de alcançar essa linha de chegada, por assim dizer. Mas não tem nada nas regras contra encontrar minha divindade *sozinha*.

Deixo a cumbuca de lado e pego outro objeto, sentindo o padrão de minúsculas protuberâncias. Todos os itens aqui passam as mesmas orientações — orientações que fazem a esperança murchar no meu peito como as hidrângeas quando Deméter ficou chateada.

Olho para o caminho até o coração do Olimpo, quase todo feito de escadarias que rodopiam encosta acima, e meu otimismo volta a despencar até os meus pés, pronto para ser pisoteado.

Me fodi.

O gongo toca de novo.

— Cinco minutos. Deuses e deusas, hora de partir para aguardar seus campeões no lugar indicado.

Nunca chegarei a tempo.

Do nada, Hades surge ao meu lado.

— Vai.

Ergo o queixo e respiro fundo. Não passei a vida toda subindo e descendo ladeira em San Francisco por nada.

Seguro o braço dele para me equilibrar enquanto arranco os saltos dos pés. Depois jogo os sapatos no chão e saio correndo escadaria acima.

15
SE JOGA, GATA

A escadaria é íngreme, vasta e... de mármore. Mármore escorregadio. Em poucos segundos já sinto os pulmões e as pernas arderem, minha respiração tão ofegante que pareço um pequeno motor a vapor tentando subir a montanha. Fico escorregando o tempo todo, o que me atrasa mais ainda.

Lá em cima, um lampejo de movimento chama minha atenção, mas estou ocupada demais olhando para os degraus e tentando não tropeçar, então não vejo o que é. Viro numa esquina e preciso recuar num salto quando uma cabeça imensa dá o bote na minha direção, estalando o maxilar cheio de dentes afiados. Um rosnado ameaçador ricocheteia das montanhas ao redor à medida que a hidra eleva o corpo, bloqueando a escada, suas sete cabeças se revirando e tentando morder umas às outras. Três, no entanto, focam em mim.

Quase posso sentir a carruagem de Apolo movendo o sol mais rápido pelo céu. O tempo que tenho para chegar ao Olimpo está acabando. Não poderia lutar contra um monstro agora, mesmo que tivesse uma arma — o que não tenho.

A hidra me encara e eu a encaro de volta.

Uma borboleta prateada voa perto de uma das cabeças, e arquejo. O monstro balança o pescoço e fecha a mandíbula no ar para bloquear minha passagem, mas não ataca. Fico olhando a borboleta voar em círculos acima da criatura gigante. Espera. Não. Vejo a borboleta... *atravessar* a criatura.

Será que isso é uma ilusão? Como a comida ou a gárgula?

O que devo fazer? Meu tempo está acabando.

Com o coração palpitando, respiro fundo, fixo os olhos nos pés e *só vou*. Passo voando pela hidra e solto um berro quando seus dentes amarelados e irregulares me cercam; estou mergulhando no que seria a boca aberta do monstro. No instante em que nos tocaríamos, porém, a hidra some num fiapo de fumaça e vejo as escadas livres.

Cambaleio e tento recuperar o fôlego. Não tenho dúvidas de que Hades enviou a borboleta para mim. Dá vontade de beijar aquele maldito deus da morte quando chegar lá em cima.

Só de pensar nisso, tropeço e quase caio, mas consigo me reequilibrar.

Passo correndo por mais dois monstros ilusórios no meu caminho, um ciclope e um grifo, mas agora sei que é só atravessá-los. Não deixo que me atrasem.

A esta altura, já estou perdendo o fôlego. Não consigo puxar oxigênio para os pulmões rápido o bastante. Minhas pernas parecem cheias de milhares de bolinhas pesadas enquanto me apresso escada acima, mal sentindo os pés.

Diminuo a velocidade.

Mais.

E mais.

Até estar me arrastando para cima com o corrimão. Boone estaria se saindo melhor. Caramba, qualquer oferenda estaria se saindo melhor.

Eu com certeza tô perto... né?

Faço uma careta. Já estou vendo o cume, mas meu corpo não vai conseguir me levar até lá. Não a tempo.

— Isso é o que você chama de tentar?

Por um segundo, penso que alucinei com Felix à minha frente — até me concentrar com esforço e perceber que Hades está parado no topo da escada. Será que isso já é Olimpo o suficiente? Se chegar até onde ele está, eu venço?

— Sei que você é melhor do que isso, Lyra.

Cuzão. Esse maldito me colocou aqui e agora vai ficar me provocando? Uma raiva quente se revira no meu peito e dispara até a ponta dos meus dedos do pé, gerando uma necessária carga de adrenalina que se espalha pelos meus músculos e clareia a minha mente por um instante.

Me forço a avançar. A avançar mais rápido do que meu corpo deseja. A avançar mais rápido do que eu deveria. E pago o preço por isso. Cada nervo meu grita como se estivesse pegando fogo. Minha visão começa a se afunilar, a escuridão tentando consumir as bordas enquanto pareço estar enxergando por um túnel. Mas corrijo isso fixando o que ainda tenho dos meus sentidos em Hades e não paro.

Sequer vacilo quando o gongo soa de novo, fazendo meu coração apertar — mas não é como se meu coração fosse me fazer subir esses degraus. Não me resta nada além da *pura força de vontade*.

— Vai! — grita Hades. Como se importasse para ele se vou ou não conseguir.

E o gongo soa mais uma vez. Deve estar marcando os segundos agora, anunciando o fim do meu tempo. Subindo dois degraus por vez, corro no ritmo dos clangores.

— Cinco! — grita ele.

É a contagem regressiva.

Merda.

— Quatro!

Continua. Forço as pernas, que agora parecem sacos de areia, e rezo para não tropeçar. Se eu cair agora, já era.

— Três!

Quase lá.

— Dois!

Vai ser por pouco.

Ainda estou à distância de um corpo de Hades. Não tenho escolha... Salto e flutuo pelo ar, e por alguns segundos sinto que talvez chegue no topo em segurança — até a gravidade me arrebatar e me fazer despencar com tudo na escada, o choque de dor se estilhaçando dentro de mim. Se estilhaçando em pedacinhos afiados.

E, com o último soar do gongo, minha mão aterrissa na ponta do sapato preto de couro bem engraxado de Hades.

Eu consegui? O badalar do sino está se dissipando, e ainda estou na escada. Será que...?

Uma sensação de repuxo, como a vez em que fiquei presa numa corrente no oceano, me suga para longe. E de repente estou esparramada não numa escada, mas num chão plano, liso e abençoadamente fresco. Consigo erguer o peso do corpo nas mãos e nos joelhos, mas estou exausta demais para erguer o rosto, e minha visão ainda parece borrada. Meu peito chia enquanto inspiro e expiro, inspiro e expiro, como se ainda estivesse correndo.

Uma voz grave de fogo e chamas surge de algum lugar muito distante.

— Sabia que você tinha toda essa determinação.

Ergo a cabeça, sorrio para Hades... e vomito em seus sapatos chiques.

16
POR QUE ISSO TINHA QUE ACONTECER COMIGO?

Não tem motivo melhor para um deus me punir do que eu ter despejado os restos do meu parco jantar em cima dos sapatos dele. É por isso que me encolho quando Hades estende a mão na minha direção — mas ele só tira o cabelo do meu rosto e o segura para trás enquanto recupero o fôlego.

— Me diz que você nem gostava desses sapatos, vai — resmungo entre arquejos, depois me desvencilho daquele toque estranhamente reconfortante. E também da poça de vômito, porque é nojento.

— Preciso admitir, Lyra Keres: você é imprevisível.

Seria ótimo ter um momento para ouvir ele elaborar o pensamento, mas meu estômago se revira de novo. Dessa vez, consigo não botar tudo para fora. Infelizmente, sou empática em termos de vômito: se vejo, ouço, ou sinto cheiro de alguém vomitando, vomito também.

— Pronto.

Ouço um estalo acima da minha cabeça e a sujeira desaparece.

E não só: a mão de Hades surge no meu campo de visão segurando um copo de água tão gelada que o vidro já está suando.

Se tem alguém imprevisível, eu diria que é ele.

Aceito a água e, grata, engulo o líquido fresco entre arquejos, puxando o ar para meus pulmões ainda desesperados. Foco nisso, em recuperar minhas funções corporais, até conseguir respirar o bastante para falar.

É quando enfim ergo o olhar.

— Valeu.

Espero que ele saiba que estou agradecendo não só por essa demonstração de decência, mas também pela borboleta, pelos criptocódigos e por me deixar tão puta que continuou me forçando a avançar — o que tenho quase certeza de que configura quebrar a regra de não interferir. Ao contrário de Ares, porém, ele não foi pego, então não vou falar nada disso em voz alta.

Hades se agacha à minha frente, com as mãos relaxadas e o olhar passeando por mim.

— Não sou alguém a quem as pessoas agradecem, Lyra. Sou alguém que as pessoas temem.

Tipo todo mundo abrindo passagem sempre que ele chega perto? Ele acredita nisso mesmo? Ou está investindo numa reputação que estou começando a questionar? Se fosse de fato mau ou insensível, não teria me oferecido água.

— Então finge aí que tô tremendo da cabeça aos pés.

Seus lábios se contraem.

— Pés estes que estão descalços.

— Eu nunca teria conseguido usando saltos.

Imagens de tornozelos quebrados e concussões dançam pela minha cabeça, e estremeço de leve.

— E o resto da sua roupa? — pergunta ele.

Olho para baixo. Estou só com o terninho — arranquei o casaco lindo em algum ponto da subida.

— Tava atrapalhando.

— Entendi...

Bebo outro gole de água.

— Ok, mas então... Quer receber seus presentes agora ou não? Você certamente fez por merecer.

Ai, pelos deuses. Essa é a única razão pela qual quase me matei tentando chegar até aqui. Hades estende a mão e, depois de uma brevíssima hesitação, permito que ele me ajude a levantar. Só então me dou ao trabalho de olhar ao redor.

O cômodo não é o que eu estava esperando. O estilo não é grego, e sim... vitoriano, talvez? As paredes são de brocado vermelho com intrincados lambris pretos na base. Cortinas de veludo também vermelho pendem da porta e das janelas. Todos os móveis — mesa, cadeiras e poltrona — são de madeira escura e veludo carmim. E no teto... Um dragão esculpido em madeira preta serpenteia ao redor da base do lustre.

— Onde exatamente a gente tá?

— Ainda no Olimpo. — A voz dele parece seca como poeira na estiagem. — Em uma das salas da minha casa.

Sério?

— Achei que você nunca ficava no Olimpo.

— Eu não fico.

Ergo as sobrancelhas, ainda olhando ao redor.

— Entendi. Então eles só... o quê? Deixaram um espacinho reservado pra você?

— Algo assim.

— Você não escolheu a decoração.

Não é uma pergunta.

Ele aperta os olhos quase imperceptivelmente.

— Isso é coisa da Dite. Ela tem um gosto, digamos... exagerado.

Agora, há um toque sutil em sua voz. Algo que parece quase afeição. Por Afrodite? A deusa sobre a qual ele me alertou?

Franzo o nariz.

— Acho que ela não ficou sabendo das expectativas abomináveis que todos têm de você.

Hades reprime um som que lembra uma risada.

— Acho que nunca falei isso pra ela. — Ele desvia o olhar. — Além do mais, quase não passo tempo aqui e sei que ela ia ficar feliz de cuidar da decoração.

Sinto o peito esquentar, mas afasto todos os sentimentos vulneráveis no mesmo instante. A última coisa que quero é pensar em Hades como qualquer coisa além do que ele é — o deus da morte, que me arrastou para esta bagunça sem pensar em mim.

É inadmissível pensar que ele pode ser gentil.

— Bom. — Ele apruma os ombros. — Lyra Keres, concedo a você dois presentes para ajudar na Provação.

— Que formal... Não dá pra gente resolver isso logo?

Ele me olha de cima a baixo.

— Eu poderia simplesmente não te dar *nada*.

Encaro Hades com os olhos semicerrados.

— Sabe que um presente não é um presente se a gente precisa fazer por merecer, né? Vocês deviam chamar isso de prêmio, sei lá.

O deus da morte suspira, a expressão alternando para uma de tédio.

— Você quer seus *presentes* ou não?

17

AO DUVIDOSO VENCEDOR...

Se eu não tomar cuidado, vou ter subido as escadas correndo e vomitado nos sapatos de Hades por nada. Então fixo um sorriso nos lábios.

— Claro que quero meus prêmios.

— Imaginei. — Agora ele voltou a ser um babaca. — O primeiro presente escolhe você.

— Os outros também estão fazendo isso na casa deles?

A irritação pela interrupção toma seu rosto, depois some.

— Sim. Não saber quais presentes os outros receberam torna as coisas mais...

— Desafiadoras. Saquei. — Reviro os olhos. — Vocês deuses precisam se divertir, é claro.

O olhar dele assume um ar zombeteiro, e seus lábios perfeitos se curvam.

— Não me coloca no mesmo balaio que eles, hein? Não tive nada a ver com as Guerras Anaxianas, e muito menos com a Provação.

O que significa que ele estar entrando na competição *desta* vez é deliberado, e não só algo feito para me punir. A curiosidade é tão grande que o resto do quarto desaparece, meu foco se voltando para ele, apenas para ele.

— Então, por que agora?

Seu rosto se comprime por um curto instante, depois os vincos desaparecem. Mas entendi: ter me contado isso foi um escorregão.

— Vamos dizer apenas que tenho outro jogo pra vencer.

Pisco com força, olhando para ele.

— E eu sou seu peão?

Depois de um segundo, ele dá de ombros. O gesto é indiferente, insensivelmente casual.

Solto o ar com força, fazendo o possível para não surtar e dar uma joelhada no saco do deus da morte. Quanto mais tempo passo perto dele, mais esqueço quem e o que ele é — e isso é algo perigoso de se esquecer.

— Que tal a gente ir logo pra parte dos presentes?

— Cuidado... — alerta ele, e tenho a leve impressão de que as chamas nos braseiros nos cantos do quarto se inclinam um pouco na minha direção. — Você me diverte... por enquanto.

Em outras palavras, não vou colher as consequências contanto que *continue* assim.

Estou cansada demais para lidar com isso, então reproduzo o que faço toda vez que Felix está pagando de gostoso: baixo os olhos, tímida como uma mortalzinha submissa, e espero com as mãos entrelaçadas diante do corpo.

Suspiro fundo.

— Você é um perigo — murmura Hades, tirando o paletó.

Depois enrola as mangas da camisa, como se só conseguisse passar certo tempo confinado pelas roupas.

Desvio o olhar. *Antebraços não são sexy. São só uma parte do corpo.*

— Toma. — Ele pega minha mão direita e a coloca palma a palma contra a dele, depois fecha os olhos e sussurra algumas palavras que não entendo.

Quase imediatamente, seu olhar recai nas nossas mãos.

Não, não nas nossas mãos. No braço dele.

Como se tivesse despertado espíritos adormecidos, linhas aparecem em reação ao seu toque. Fico encarando enquanto tatuagens que não estavam ali um segundo atrás se materializam na pele dele. Não, não são tatuagens — não são linhas pretas de tinta. São coloridas e cintilantes, e cada conjunto de traços se junta para formar um animal diferente — uma coruja azul, uma pantera verde, uma raposa roxa, uma tarântula vermelha e... uma minúscula e adorável borboleta prateada.

Os desenhos se movem por sua pele como se estivessem vivos: a tarântula cumprimenta a borboleta com o que parece um leve aceno de uma das patas, a coruja agita as asas para a pantera de dentes arreganhados. Não consigo desviar o olhar, presa de fascinação.

A coruja, em particular, olha para Hades no que parece um questionamento. Pedindo permissão, acredito?

— Tudo bem. Podem ir pra ajudar sua nova senhora — ordena Hades.

A tarântula, a mais próxima das nossas mãos unidas, é a primeira a se mover. Ela se esgueira pela pele de Hades até chegar à minha, e arquejo com a leve sensação de borbulhar quando se instala no meu pulso. Depois é a raposa que avança, a cauda sumindo por último das costas da mão de Hades antes de subir pelo meu braço; ela envolve as patas com o rabo e tomba a cabeça de lado, curiosa. Os outros animais fazem a mesma coisa, escolhendo um lugar na minha pele e piscando para mim.

Exceto a borboleta.

— Você também — diz Hades. Ela continua ali, porém, batendo devagar as asas.

— Parece que não sou a única que não dou ouvidos a você — sussurro. Ele me encara, mas não o encaro de volta.

— Tá tudo bem — falo para a pequena criatura. — Pode ficar com ele.

— Você prometeu me obedecer, Lyra.

Ergo as sobrancelhas, depois abro meu sorriso mais agradável.

— Prometi?

Não me lembro de ter concordado com isso.

Hades solta minha mão, o calor de sua palma áspera deixa a minha... e a ausência dói como uma perda.

Se controla.

— Você tem sorte — diz ele, enfim. — Elas não saem do meu braço pra ir pra pele de outra pessoa desde que minha mãe as deu pra mim.

A mãe dele? A titânide Reia? Aquela contra a qual ele e os irmãos lutaram e que prenderam no Tártaro com os outros titãs? Essas tatuagens foram presente *dela*? Fico encarando os desenhos.

— Agora deslize o dedo do cotovelo até o pulso — diz Hades.

Quando faço isso, os animais desaparecem, fechando os olhos e se deitando enquanto afundam na minha pele e somem.

— Uau — sussurro.

— Agora, quando você acordar os animais, eles vão te obedecer.

Ergo os olhos.

— E vão fazer o quê?

— O que você precisar. Podem trazer objetos, por exemplo. Ou você pode despachar um deles para buscar informações: encontrar a melhor rota, entreouvir conversas, espiar os outros campeões. — Ele curva de leve os lábios. — Talvez até algum deus, se você for cuidadosa.

Parece uma ótima forma de arranjar outra maldição.

— Não precisa enviar todos ao mesmo tempo — continua ele. — Assim como os animais que representam, cada um tem talentos diferentes.

Olho para minha pele, que agora está imaculada como se os desenhos nunca tivessem surgido ali. Como se não houvesse animais adormecidos sob a superfície.

Hades pigarreia.

— Você também tem direito a um presente pessoal...

Ele cai em silêncio.

Por tanto tempo que compreendo: o deus da morte está... hesitando.

Hades baixa os olhos.

— Eu te ofereço um beijo.

A essa altura eu não deveria me chocar com mais nada, sobretudo em relação a Hades, mas o impacto daquela palavra reverbera como um diapasão após bater em metal. Faz um calafrio percorrer meu cerne, onde uma nova sensação se agita em mim. Uma sensação inquietante.

Uma sensação *assustadora.*

Eu nunca fui beijada. Não deveria querer algo assim. Deveria? Ou é só curiosidade?

Hades se aproxima de mim, erguendo meu queixo.

— O beijo vai te marcar como sendo minha.

Em menos de vinte e quatro horas desde que o conheci, senti milhares de emoções diferentes por esse deus — medo, ódio, irritação, inveja, frustração, gratidão relutante. A maior parte delas vem acompanhada de raiva, da queimação de fúria que surge e depois desaparece a cada novo acontecimento.

Eu não merecia isso. Nada disso.

Então ninguém fica mais surpresa do que eu quando a palavra "minha", proferida naquela voz sedosa enquanto o olhar mercúrio de Hades permanece fixo no meu rosto, se agita no meu peito como se suas preciosas borboletas estivessem aprisionadas dentro de mim.

Não. Definitivamente não. Horrivelmente não. Não, mil vezes não. Não vou sentir frio na barriga por divindade alguma, especialmente essa.

Com um minúsculo passo para trás, fico séria.

— Que tipo de presente é esse?

Ele me encara.

— Essa marca vai te dar livre passagem pelo Submundo. Assim você vai poder voltar à Superfície e não ficar presa lá embaixo.

— Ah.

Não volto a recuar quando ele se aproxima mais um passo. É um presente que vale a pena receber, mesmo que envolva um beijo.

Hades dá outro passo, e seu cheiro único de chocolate amargo me envolve. Com um empurrão gentil do indicador, ele inclina meu rosto para cima e depois se curva devagar. E, em vez de um beijo fraternal em algum local neutro, seus lábios pairam sobre os meus, quase os tocando.

Sinto sua respiração quente contra a pele antes de me dar conta do que está acontecendo, e um pequeno gemido sobe pela minha garganta.

Ele congela de imediato, o olhar se erguendo para encontrar o meu, mas não se move.

— Algum problema?

— Você não pode só beijar minha testa ou minha bochecha? — Pelos deuses, estou agindo como uma virgem petrificada. O que eu sou, mas não precisava *soar* como uma.

Após um segundo, ele nega devagar com a cabeça.

— Não funciona assim. Prefere outro presente?

Não. Esse presente não deve ser rejeitado por ninguém. E o pior: eu não deveria querer beijar Hades, mas a curiosidade já me prendeu. Não é como se eu estivesse colocando meu coração em risco.

É só um beijo, Lyra.

Tomada a decisão, fecho os olhos e volto o rosto na direção do dele como um girassol seguindo Apolo.

— Vai.

Ele fica imóvel por tanto tempo que quase abro os olhos de novo, mas enfim sinto seus lábios tocando os meus.

Suave no começo, mas essa não é a parte surpreendente. O que me pega é que ele não me beija simplesmente e fim. Em vez disso, desliza os lábios pelos meus, depois repete, e então os une com mais firmeza. Toca meu queixo com os dedos e minha boca com a sua, bem de leve, mas seu calor se espalha... por todos os lados.

Com carinho, os lábios de Hades incitam os meus a se abrirem, dando forma, provocando, ficando mais exigentes. Não me encolho. Estou imersa demais *na coisa toda*. Minha cabeça gira e não sei onde é para cima, para baixo ou para os lados. Me abro a seu toque, me inclino em sua direção e ele não hesita, o beijo assumindo calor e vida própria enquanto Hades toma para si tanto quanto consegue de mim.

E eu não quero parar.

Porque os beijos do deus da morte são... deliciosos.

Sinto o desejo de provar mais quando seu cheiro de chocolate me envolve, se misturando ao gosto dele.

De repente os beijos mudam de padrão, tornando-se famintos, cálidos e ameaçadores como o predador que eu sei que ele é — mas é tarde demais para mim. Tarde demais em muito sentidos. Estou perdida em minha resposta a seus movimentos. Retribuindo beijo a beijo em calor e perigo, é embriagante e estonteante. Exposta e indiscutivelmente vulnerável, e ainda assim cheia de um poder só meu, porque ele começa a gemer.

Hades *geme*.

Sem aviso algum, seu poder se espalha a partir do toque. Dispara por mim com uma sensação de queimação, fazendo fervilhar cada nervo, cada centímetro, tomando todo o meu corpo a partir dos meus lábios. A magia do deus da morte me consome como uma labareda, penetrando minha pele, como as tatuagens.

Me marcando como sua.

Um tremor involuntário toma conta de mim. No rastro de tudo — quando o incêndio morre e a magia se acomoda —, surge um estalo súbito de realidade, de onde estamos, da única razão pela qual ele está me beijando. E fico imóvel como um cadáver sob seu toque. Hades deve sentir a mudança em mim, já que, embora continue segurando meu queixo com o polegar e o indicador, sinto ele recuar de leve.

Pisco os olhos e volto a encará-lo sem dizer palavra alguma, prendendo a respiração. O que poderia falar num momento como este?

— Achei que... — sussurra ele, mais para si mesmo do que para mim. Os olhos prateados cintilam como se estivessem repletos da luz das estrelas, e, por um segundo insano, penso que ele talvez esteja tão abalado quanto eu.

E então ele abre um sorriso zombeteiro.

Nem ferrando que vou ficar aqui parada e desviar o olhar, constrangida como uma garotinha que acabou de dar o primeiro beijo. Em vez disso, reviro os olhos e digo a primeira coisa que me vem à mente:

— Claro que o deus da morte ia beijar como um demônio.

18
DE VOLTA AO PRINCÍPIO

Um novo badalar de sinos me faz virar o rosto, quebrando o contato visual com Hades enquanto ele solta meu queixo.

Tudo o que ele diz é:

— Este é o sinal pra se juntar de novo aos outros.

Após desenrolar as mangas e colocar de volta o paletó, Hades se vira e, num gesto formal que só vi em filmes de eras passadas, me oferece o braço.

É isso? Ele me beija até eu estar atordoada e pegando fogo e depois só segue o baile?

Franzo a testa, e ele aponta com a cabeça para o cotovelo. Assim que pouso a mão em sua manga, desaparecemos e reaparecemos na plataforma, que agora não contém mais comida e objetos para todos os lados.

Os outros deuses estão esperando. E nos encarando de novo.

Zeus solta uma risadinha pelo nariz.

— Pela primeira vez em mais de dois milênios de Provação, todos os campeões receberam seus presentes.

Ele olha para mim. É minha imaginação ou vejo o brilho de raios em seus olhos?

Não me dou conta de que estou fincando os dedos no braço de Hades até ele cobrir minha mão com a sua. Forço os meus músculos a relaxarem.

— O que aconteceu com os sapatos dela? — questiona Hera, me olhando de cima a baixo.

— Com os sapatos? — O risinho de Afrodite por si só é um pecado sonoro. — O que aconteceu com a *blusa* dela. — Depois solta um barulhinho de desaprovação. — Ir pra cama com campeões não é proibido, é claro... Mas já, Hades? Foi rápido, hein?

A provocação me faz lembrar de Boone. Pela minha experiência, em vez de gaguejar, corar e negar, é melhor ficar quieta e fazer cara de bunda — e é o que faço.

Hades passa a mão de leve sobre meus dedos, num toque sedutor.

— Eu não faria isso *aqui*, e não com pressa assim. — Ele encara os dois irmãos. — E eu não precisaria me transformar num animal pra convencê-la.

Pelos. Deuses.

O rubor sobe pelo meu pescoço. Ele não podia simplesmente ter ficado quieto? É tão difícil assim?

Um estalar estranho de eletricidade preenche o ar, leve mas presente, e tenho a impressão de que Zeus está prestes a surtar. Até Hera segurar sua mão.

— Deixa isso pra lá — pede ela, baixinho. — Você sabe que ele vive pra te provocar.

Depois de um segundo, os ombros de Zeus relaxam. Ele dá um passo adiante, e todos os olhos se voltam para ele. O deus do trovão está de volta ao comando.

— Vocês vão viver aqui no Olimpo com suas divindades quando não estiverem participando dos Trabalhos.

Mais de um campeão faz uma careta, empalidece ou arqueja. Eu, porém, quase entro em pânico. *Viver...* com Hades. Com *Hades.*

Zeus não dá a mínima para nossas reações.

— Esperamos que se divirtam nesse tempo aqui no Olimpo. Nosso primeiro Trabalho oficial começa amanhã.

Mal posso esperar.

Antes que eu dê mole e sem querer diga isso em voz alta, minha visão pisca. Como quando viemos para o Olimpo, a jornada acontece em plena escuridão, sem sensação alguma de som ou tato além do braço sob minha mão. Também não sinto a pressão dos movimentos.

Quando minha visão volta com um ruído abrupto, estou... Espera, onde eu estou? Analiso a sala de estar de um apartamento imenso, num nível mais baixo que os cômodos que a cercam. Aqui é... onde estou pensando que é? A vista das janelas, que vão do chão ao teto, confirma: estou em algum lugar de San Francisco.

— É sua cobertura?

— Sim. — A respiração dele bagunça meu cabelo.

— Achei que os campeões tinham que morar no Olimpo até a Provação acabar.

— E você vai morar. Isso é só uma visita, e este ainda é meu território. Tem uma diferença aí.

Estou começando a sentir que Hades gosta de ver até que ponto pode forçar os limites das regras.

Me afasto um passo, focando no espaço em vez de em Hades.

A decoração não tem nada da Grécia — não tem nem mesmo um toquezinho grego. Acho que eu já devia esperar algo assim de Hades. Os ricos nesta cidade geralmente são abençoados por Zeus porque puxam demais o saco dele, incluindo ter inclinações estéticas que lembram a Grécia antiga. Já este lugar mistura itens de várias culturas e épocas entre as superfícies cromadas e o couro preto de móveis modernos.

E não há uma única fotografia ou item pessoal. Sei que câmeras são uma invenção recente e que esse cara é *velho* — ainda assim, não vejo retratos de família pintados ou lembranças de qualquer tipo.

— Me conta mais sobre sua maldição — pede ele.

Sou pega de surpresa.

— Achei que você sabia, ou que conseguia ver, sei lá... uma marca ou coisa assim.

— Não.

— Zeus nunca te falou sobre isso?

— Não tem um grupo de mensagens dos deuses no qual a gente compartilha nossas maldições diárias.

Faço uma careta.

— Vocês amaldiçoam mortais todo dia?

— Não. E como ele não disse nada sobre sua maldição hoje... — Hades cruza os braços. — Acho que ele esqueceu.

Fácil demais para ele arruinar a vida de alguém por completo e nem se dar ao trabalho de lembrar.

— Imaginei.

Nada se altera no semblante de Hades, mas tenho a impressão de que ele está... satisfeito, talvez? Orgulhoso? Sobre o quê, não faço a menor ideia.

— Então a maldição é que você não pode ser amada?

Confirmo com a cabeça.

— O que significa que ninguém jamais vai querer se juntar a mim nos Trabalhos. Não de um jeito maldoso, mas de um jeito tipo "vou manter distância, vai que". Ninguém se apega a mim ou se preocupa com o meu bem-estar, acho. E, com os Trabalhos, ainda tem um detalhe: você. — Ele me encara sem expressão, mas continuo: — Você podia me mandar de volta pra...

— Tarde demais. Quando os daemones perguntaram se alguém queria desistir, foi sua última chance. A Provação segue um contrato mágico firmado pelos deuses que entram nele. A gente assina garantindo que vai até o final e, depois que os campeões aceitam participar, também são incluídos no contrato.

— Essa é a versão imortal do "leia a porra das letrinhas pequenas"? — Minha voz sai quase como um guincho, e pigarreio. — Sério, isso precisava ser explicado melhor.

— Não teria feito diferença. Você era minha única escolha.

Com isso, Hades me deixa parada no meio da sala de estar enquanto caminha até a entrada. Ele aponta para o corredor.

— Seu quarto fica por ali. Terceira porta à direita. É uma suíte.

E vai embora, fechando atrás de si a porta ao fim do corredor.

Fico ali parada, olhando na direção de onde ele sumiu, um pouco mais do que atordoada. Depois tombo a cabeça para trás e fico piscando, encarando o teto, que poderia muito bem ter sido pintado pelo próprio Michelangelo — é uma representação em friso de todos os níveis do Submundo.

E é para lá que vou cedo ou tarde se não tomar cuidado.

— Não preciso do lembrete — murmuro para o universo. — Já sei que tô fodida.

19
BRECHAS

Não sei o que eu estava esperando, mas o quarto que Hades aponta para mim é notavelmente feminino, decorado em tons de creme que destacam o mobiliário clássico de madeira, com toques lilases aqui e ali nas mantas e peças de decoração. Pela porta aberta do banheiro, vislumbro uma imensa banheira vitoriana e solto um suspiro alto.

O covil da Ordem tem só alguns banheiros coletivos compartilhados por todo mundo, com cabines tão estreitas que bato os cotovelos nas paredes enquanto lavo o cabelo ou raspo a perna — e geralmente não tem água quente.

Isso aqui é puxo luxo. Minha recompensa por ter sobrevivido a um dia de merda.

Jogo o diadema na cama, arranco as roupas — que nunca foram minhas, para começo de conversa —, e em minutos estou mergulhada em pura paz. Que maravilha.

Meus músculos, doloridos por conta da corrida na escadaria do Olimpo, vão se soltando na água quente como se também suspirassem. Sob bolhas com aroma de jasmim e baunilha, corro os dedos pelos hematomas, que formam um curioso padrão paralelo — uma marca da minha queda de barriga naqueles degraus.

— Tenho sorte de não ter quebrado nada — falo para mim mesma, apoiando a cabeça na borda da banheira.

Estar machucada não é nada bom. O primeiro Trabalho começa amanhã, e já vou estar meio capenga enquanto os outros campeões ostentam perfeita saúde. Que beleza.

O que eu fiz para as Moiras, hein?

Depois de um tempo a água esfria, e me forço a sair da banheira. Paro à porta quando vejo um pijama lilás — recatado, com calça comprida e camisa de manga curta, além de um top e uma calcinha — dobrado, esperando arrumadinho na cama. As outras roupas sumiram, mas o diadema continua aqui.

Balanço a cabeça.

— O Hades é um ótimo anfitrião. Quem diria!

Só quando estou vestida, me enfiando embaixo das cobertas, é que enfim dou uma boa olhada no diadema, que levo para a cama. Fico parada como uma estátua de mármore, encarando a peça.

— Não pode ser...

Feita de ouro negro, foi desenhada para parecer uma borboleta com as asas abertas a partir da joia preta no centro. Os dois lados são salpicados de diamantes negros e pérolas. E é nelas que fixo o olhar.

Porque as pérolas escuras com um leve toque rosado são familiares. Familiares até demais.

Conto quantas são, depois conto de novo.

Como eu temia, há exatamente seis.

Dou meia-volta com uma precisão que qualquer soldado admiraria e marcho para fora do quarto. Paro no meio da sala de estar, sem saber muito bem para onde ir. Escuto um som — de um liquidificador, juro — vindo do lado esquerdo e sigo o ruído até encontrar Hades na cozinha. Ele está com o cabelo molhado do banho, o cacho branco pendendo da testa em vez de penteado para trás. Ele se trocou e agora está com um jeans e uma camiseta azul desbotada que já viu dias melhores com a inscrição CLARO, PODE FAZER CARINHO NO MEU CACHORRO.

Se eu ainda não estivesse puta por causa do diadema, teria rido porque o cachorro dele é ninguém mais, ninguém menos que Cérbero — o cão infernal de três cabeças que, segundo as más línguas, não gosta de ninguém.

Ah, Hades também está descalço.

Quer dizer, eu também estou, mas ele é um deus. Nunca, na minha vida inteira, imaginei deuses ou deusas descalços. Na cozinha, ainda por cima.

Ele ergue o olhar.

— Quer vitamina?

Em que dimensão alternativa eu vim parar? Nego com a cabeça.

— Então fica à vontade pra se servir na geladeira.

Ele aponta para o eletrodoméstico.

Como se fôssemos pessoas normais. Dividindo um apê como se não fosse nada de mais. Mas, para mim, é demais sim. Não sei muito bem como lidar com esse Hades, que de repente é pura educação — o que parece estranho vindo dele, como usar roupas de um número menor que o ideal.

— Não precisa disso — digo.

Ele franze a sobrancelha.

— De quê?

— Essa coisa de pagar de charmoso e educado.

— É como eu faço as pessoas ficarem à vontade — diz ele.

O deus da morte tentando deixar os outros à vontade? O pensamento é meio perturbador.

— Tem certeza de que funciona?

— Sempre funcionou, até hoje — murmura ele.

Estamos desviando do assunto. Ergo a mão, mostrando o diadema.

— Me diz que essas pérolas não são o que eu tô pensando.

Ele olha de soslaio para o objeto, depois volta ao preparo da vitamina.

— São sim.

— Por que você...? — Me calo, depois começo de novo. — Que raio de motivo te faria...

— Elas podem te ajudar. — Ele diz casualmente, como se estivesse listando alimentos na geladeira.

Deixo a mão com o diadema pender ao lado do corpo.

— Você já me deu dois presentes. Não pode me dar mais coisas.

— Eu te dei o diadema antes de os daemones dizerem que eu não podia mais ajudar. Além disso, não é um presente. É um item de vestuário.

Nunca vi brecha mais esfarrapada — e olha que ladrões são bons em achar brechas.

Enrugo a testa.

— Então as pérolas podem me ajudar?

— Sim.

— Como?

— Se eu não te contar, definitivamente não é um presente. Só um mistério que você vai ter resolvido sozinha.

Eu o encaro e algo enfim me ocorre. Devia ter pensado nisso há muito tempo.

— Você já conhece *todas* as brechas, não?

Os olhos dele se enrugam nos cantinhos, mas ele não curva os lábios.

— Vou me recusar a responder, para que minhas palavras não me incriminem.

Em seguida, ele liga o liquidificador e o barulho preenche a cozinha.

Em outras palavras, ele conhece *sim* todas as brechas.

Puxo um banquinho até a ilha central, de frente para onde ele está.

— Mas... isso é da Perséfone — comento no instante em que o liquidificador para.

Ele não reage ao nome dela como eu esperava — abrindo uma carranca, ficando mal-humorado, dizendo "não toca no nome dela" e assim por diante. Em vez disso, apenas dá de ombros.

— As pérolas não podem ajudá-la agora.

Ajudar? Segundo a lenda, Hades usou essas pérolas para prender Perséfone no Submundo com ele, não para *ajudá-la*. Certo? Uma série de questões circulam na minha mente como cães perseguindo o rabo, mas não digo nenhuma em voz alta. Pela primeira vez. Não tenho nada a ver com isso.

— Elas são suas, agora — diz Hades.

Minhas. Minhas pérolas, que fazem alguma coisa que costumava ajudar Perséfone. O que as histórias dizem sobre elas mesmo? Digo, para começo de conversa, são sementes de romã.

— É pra eu comer?

As sobrancelhas de Hades se erguem devagar, como... É impressão minha ou o deus da morte está *relutantemente impressionado*?

— Não posso responder — diz ele.

Então, sim. É pra eu comer.

— Achei que só tinham mais quatro.

Ele nega com a cabeça.

— Os mortais sempre se confundem com os detalhes.

Até aqui, nenhuma surpresa.

— As sementes de romã da Perséfone a mantinham no Submundo. — Estou falando sozinha agora, virando o diadema de um lado para o outro. — Ou... talvez a levassem até lá. E eu tô protegida no Submundo.

Será que é isso?

Encaro aqueles olhos prateados, que me fitam de um jeito que me faz virar para o outro lado. Hades é intenso demais. É... *Hades* demais.

— Cheguei perto? — pergunto.

— Você é rápida, sem dúvida, mas agora vai ter que esperar e descobrir.

Tento reprimir um rubor.

— Por que eu precisaria de proteção?

Hades dá de ombros.

— Parece que você é atraída pelo perigo.

A pausa que ele faz paira no ar.

Babaca.

Mas, agora, ao menos sei que estou perto. Uma forma de escapar de um Trabalho? Ou de me proteger quando a gente estiver no Olimpo, talvez. Mas do que importa? São Doze Trabalhos, e só seis sementes. Melhor eu reservar essas belezinhas para quando estiver à beira da morte.

Ele termina de preparar a vitamina e vai com o copo na direção da sala de estar, onde liga a televisão.

— Pronto — diz ele. — Hora de analisar seus competidores.

Vou atrás dele e me dou conta de que ele ligou no canal de notícias, que está cobrindo as cerimônias de abertura. Os âncoras mortais já estão discutindo e mostrando gravações das comemorações pelo mundo, dos deuses e, é claro, de seus campeões. Estão começando a listar dados de cada um de nós enquanto questionam quem somos e por que fomos escolhidos.

Meu rosto surge na tela — uma imagem de mim com uma expressão de desprezo parada ao lado de Hades no templo.

— Eles não encontraram nada sobre você além do seu nome de oferenda — diz o deus da morte, soando satisfeito.

E não vão mesmo. Minha existência foi apagada quando a Ordem me recebeu, e eles são muito bons no que fazem.

— Lyra Keres é um mistério — diz o comentarista —, mas acho que o mistério maior é por que Hades resolveu se juntar à Provação.

Estou encarando a tela e as palavras meio que simplesmente saem da minha boca:

— Por que eu?

Ele baixa o volume da televisão.

— Eu te escolhi porque, quando a gente se conheceu, ainda que estivesse com medo, você não recuou ou se acovardou, mesmo diante de um deus. — Ele apoia a cabeça no encosto do sofá como se de repente estivesse cansado. — O deus da morte, ainda por cima.

Eu vi como os outros o temem e evitam. Mesmo os deuses, cujos olhares repletos de medo cintilam com um tipo curioso de desejo. Sei qual deve ser a sensação. Não o lance de ser temida, mas de não fazer parte de um todo maior.

Ainda assim, sério que ele me escolheu porque achou que eu talvez tenha uma chance? Não para me punir, mas porque ele gostou de como sou... o quê? Atrevida?

Solto uma risada. Provavelmente ela sai com um toque de agitação, mas não me importo.

— O Felix sempre disse que minha boca grande ainda ia me meter numa enrascada.

— Felix? — pergunta ele.

— É o meu chefe na Ordem.

— Entendi.

Ele me olha de uma forma que me faz querer alternar meu peso de uma perna para a outra.

Não sei se acredito nessa justificativa para ter me escolhido como campeã, mas é alguma coisa, acho. O fato de que queria alguém que não fosse recuar diante de deuses, porém, é meio preocupante.

— Tem certeza de que você consegue remover minha maldição se eu ganhar? — questiono.

Hades assente.

Penso a respeito. Nunca me permiti imaginar um futuro sem a maldição. Para ser sincera, nunca me permiti imaginar um futuro além da próxima refeição. Não porque tenho medo de morrer a qualquer instante — nossa vida na Ordem não é tão precária assim. Só não achava que fazia sentido pensar em algo que poderia nunca acontecer.

Me acomodo do outro lado do sofá e me sento sobre as pernas.

— Que tipo de jogos são? — pergunto.

— Como assim?

— Quais são as provas que eu terei a super honra de encarar em seu nome? Sobre o que a gente tá falando? Imagino que não seja nada do tipo, sei lá, uma partida de Jenga, né?

— Cada prova é planejada com muita antecedência e validada junto aos daemones, e não pode ser modificada depois do início dos Trabalhos. E a natureza de cada tarefa só é revelada quando chega a prova de cada divindade.

Por que tenho a impressão de que essa é uma resposta evasiva?

— Tá, mas e no passado? Como foram os Trabalhos?

Ele não responde de imediato, como se estivesse considerando o quanto pode me contar.

— Variaram muito.

Vago.

— Me dá uma noção geral, então.

— Admito que não prestei muita atenção no passado.

Como assim?

— Então por quê...? — Esquece. Ele já respondeu a essa mesma pergunta de forma igualmente vaga. — Eu gosto de me planejar. Vou me dar melhor se souber o que esperar.

— Provavelmente, cada tarefa vai girar em torno da virtude e dos poderes específicos de cada divindade.

O que me lembra de...

— A qual virtude eu vou ser associada?

Hades ergue uma das sobrancelhas.

— Quer dizer que você me acha virtuoso?

Certo, *acho* que isso responde à pergunta.

— O que mais? — pergunto.

Ele pensa por um minuto.

— Algumas provas vão ser coisas do tipo resolver quebra-cabeças.

Hum... Quebra-cabeças... Depende do tipo, mas beleza.

— Já vi algumas que consistiam em resolver um mistério ou resgatar um inocente em perigo.

Boa. Boa. Boa. Até o momento, nada mal.

— Algumas pistas com obstáculos...

Eu não era a melhor nos treinamentos, mas também não era a pior.

— E algumas vão ser tipo os Trabalhos de Hércules mesmo — comenta ele.

Então eu estava certa?

— Você diz tipo lutar com hidras ou segurar o mundo pro Atlas? Caçar um javali gigante? *Esse* tipo de Trabalho? — Minha voz vai ficando mais aguda, algo que anda acontecendo com frequência no dia de hoje.

Hades só dá de ombros.

— Deuses não morrem — falo, a raiva marcando minha voz. — E semideuses são difíceis de matar.

— Qual é o seu ponto?

A raiva borbulha com mais força, contaminando meu sangue.

— Mortais não podem reaparecer do nada ou usar outra vida como se fosse a porra de um jogo de videogame.

Pego uma almofada do sofá e arremesso na direção dele.

Ela atinge seu rosto antes de cair no chão. Hades me encara como se nunca tivesse visto uma almofada antes, depois ergue o rosto devagar, até me encarar nos olhos. Estou esperando uma fúria fulminante, mas ele só parece meio confuso.

Acho que ninguém nunca jogou uma almofada na cara de Hades antes.

— Você é um imbecil, que nem os outros.

Ele ergue as sobrancelhas, depois sua expressão se ameniza um pouco.

— Você vai ficar bem, Lyra. Vou estar ao seu lado ao longo de toda a Provação.

Hades não pode interferir, o que significa que vai garantir um lugarzinho na plateia para assistir ao momento da minha morte. Esplêndido.

— Sério, não dá pra acreditar em você — rosno.

Ele abre um sorriso provocador.

— Só percebeu isso agora?

Ah. Meus. Deuses. Vou acabar matando esse desgraçado se eu não for embora agora.

Levando o diadema comigo, atravesso a sala de estar na direção do meu quarto, murmurando todos os palavrões criativos que aprendi com a Ordem ao longo dos anos.

Estou quase na metade do caminho quando ouço uma risada pecaminosamente divertida. Claro que Hades é capaz de rir diante da iminência da morte. Eu que lute com o fato de que é o *meu* fim que ele acha tão engraçado.

20
O QUE VOCÊ TÁ FAZENDO AQUI?

Oferendas são ensinadas a dormir com um olho aberto.

Não literalmente, claro. Mas nosso sono é bem leve — uma das primeiras e mais longas lições, que leva anos de pessoas interrompendo e surpreendendo nosso descanso a qualquer hora da madrugada até desenvolvermos reflexos que nos alertem sobre possíveis ameaças. No meu caso, ainda guardo tudo o que conseguimos com os furtos, já que não tenho companheiro de quarto e há espaço disponível. Então esse é um hábito que não tenho escolha a não ser continuar a praticar.

Não que eu esteja conseguindo dormir bem, sabendo o que acontece amanhã. Mas, quando acordo de repente no meio da madrugada, não tenho dúvidas.

Tem algo errado.

Não abro os olhos. Minha intenção é que quem quer que esteja nesse quarto nem desconfie que sei de sua presença. Fingindo rolar enquanto durmo, de costas para a porta, aguardo, todos os sentidos alertas à mais ínfima movimentação.

Queria muito estar armada agora.

Minha tensão alcança o pico no instante em que uma mão tampa minha boca. Imediatamente começo a me debater, mas um braço me envolve e me gira até que eu esteja cara a cara com a pessoa.

É quando reconheço uma cicatriz fina e branca no canto da boca. Ergo o olhar e encontro Boone Runar me encarando com seus olhos escuros.

— Porra, Lyra — sussurra ele. — Fica calma, ou vai acordar ele.

— Porra digo eu, Boone — sussurro de volta enquanto me sento. — Você me assustou. Tá fazendo o que aqui?

Ele está agachado ao lado da minha cama, me fitando.

— Eu? — Boone balança a cabeça. — Eu que pergunto. O Hades, Lyra? Sério? O bicho de estimação dele é um *cachorro demoníaco* de três cabeças.

— Sério? Nossa, achei que ele era o deus da doçura e da luz — resmungo.

Boone me fulmina com o olhar.

— Em que exatamente você foi se meter?

— Num problemão do cacete. Como soube que eu estava aqui?

— As luzes estão acesas no único lar de Hades na Superfície — diz ele, seco. — Todo mundo sabe.

E Boone é ladrão-mestre por um motivo, mesmo numa construção que ninguém deveria invadir. Por muitas razões, aliás.

— Saquei. — Ter essa discussão com ele enquanto estou sentada na cama usando um pijama de seda é ridículo. — De um jeito ou de outro, você não deveria estar aqui. Por que veio, inclusive?

Ele parece se aquietar com a pergunta.

— Pra ajudar, se puder.

Me afasto quando a descrença invade meu peito. A gente se conhece há doze anos — desde o dia em que ele chegou ao nosso covil, quando eu tinha onze —, e esta é a segunda vez na vida que ele demonstra interesse em me ajudar.

Boone não tem ideia do que vou ter que encarar. Como poderia ajudar?

Ele se senta na outra ponta da cama e solta um suspiro baixinho.

— Uau... Que delícia.

Os colchões da quadrilha não são exatamente confortáveis. Chamá-los de "funcionais" já seria generoso da minha parte.

Ele bota uma bolsa de lona em cima da cama — não entre nós, mas diante dele. Depois abre o cordão e começa a sacar vários itens. Os primeiros são peças de roupa.

— Você mexeu nas minhas coisas? — Os pelos da minha nuca se arrepiam. — Como entrou no meu quarto?

— Felix — diz ele.

Engolindo as perguntas, fico olhando enquanto Boone tira minhas roupas da bolsa. Provavelmente esvaziou minhas gavetas. Não sei se estou mais constrangida ou flutuando de alegria por ele ter fuçado nas minhas coisas. Porque ele está aqui. E ele fez isso por mim.

Meu cérebro assume o controle, acalmando as frivolidades. Pelo menos não vou mais depender do senso estético duvidoso dos deuses no que diz respeito à moda.

Em seguida, ele pega...

— Um colete tático?

— Eu não sabia qual era sua situação. Trouxe tudo em que consegui pensar. — Ele dá de ombros. — Achei que você talvez pudesse usar isso, nem que seja embaixo da roupa, e levar uma arminha ou outra escondida.

Meus olhos ardem, e pisco várias vezes enquanto aceito o colete, hesitante.

— Eu... beleza.

— Ele já tá preparado com algumas surpresinhas.

Ergo a sobrancelha, depois começo a revirar os bolsos de zíper e as frestas para encontrar algumas ferramentas que, na nossa profissão, são comuns — cordas de sisal, alicates, uma parafusadeira pequena com várias bocas e até mesmo uma tocha de corte.

A questão é que eu também não sei o que vou encarar — mas se depender do que Hades descreveu, ferramentas de ladrão podem ser bem úteis. Mal não vão fazer.

Chego no último bolso, o mais fundo, forrado de vinil, na parte de trás do colete, mas dessa vez arquejo e derrubo o item que encontro. Encaro o instrumento brilhante, dourado e prateado.

Minha relíquia.

21
É REAL

Toda oferenda que se forma ladrão-mestre recebe uma relíquia. Acreditamos que são presentes de Hermes para ajudar em nossa função. É a única coisa de valor significativo que não precisamos roubar ou vender para encher os bolsos da Ordem.

Só que, tecnicamente, nunca me formei. Não houve cerimônia. Eu não deveria ter recebido relíquia alguma.

Mesmo assim, certo dia, esse machado simplesmente apareceu na minha cama.

Prateado com detalhes dourados, ele tem um cabo de ouro cuja ponta é revestida de couro turquesa. Um círculo estampado com o símbolo da cabeça de Zeus divide a lâmina maior de outra na parte de trás, cuja forma lembra mais a ponta de uma lança.

Na época, pensei que as outras oferendas estavam me pregando uma peça cruel, tentando me pegar com uma relíquia que não era minha. Toda vez que eu a devolvia aos cofres, porém, o item magicamente voltava para mim. Ninguém — ninguém *mesmo* — sabe que tenho o machado.

— O que é isso? — Tento parecer inocente.

Sem a lâmina, a relíquia parece um cabo qualquer de uma ferramenta ou arma. Viro o objeto de um lado para o outro, fingindo tentar entender do que se trata.

Boone revira os olhos.

— Eu sei sobre isso já faz uns anos — diz ele.

E nunca me entregou para Felix? Olho para ele de soslaio.

— Como?

— Vi você treinando na arena em uma noite que cheguei tarde depois de um furto que deu errado — responde ele.

Ah.

Caramba...

Pelos infernos...

Engulo em seco, mas Boone não acabou.

A próxima coisa que me entrega é um kit de ferramentas para arrombar portas. Mas não a versão barata, trambolhuda e pesada que a Ordem nos dá... Não, é o estojo pessoal de Boone, que ele pagou com o próprio dinheiro, mesmo tendo que trabalhar por mais tempo para quitar as dívidas da família. É menor. Vai ser fácil guardar no bolso de trás do colete tático.

Mas eu nego com a cabeça. Sei que é algo muito valioso para ele.

— Não posso aceitar.

— Pode sim — insiste Boone. — Vou usar um dos kits da Ordem até você voltar.

Fico encarando.

— Talvez eu não volte.

Ele retorce os lábios, mas não diz nada antes de voltar a enfiar a mão na bolsa de lona.

— Tem isso aqui também.

Boone me estende um saquinho de couro fechado por um cordão. Quando o chacoalha, ouço o som de pequenos objetos colidindo uns contra os outros. A curiosidade sempre foi um ponto fraco meu. Não estendo a mão no mesmo instante, e ele faz o saquinho saltar na palma.

— Qual é, Lyra Piradinha... Sei que você quer saber o que é.

Arranco o saquinho dele, despejando o conteúdo na minha mão. Dentes?

— Eu... — Olho para Boone. — Achei meio nojento.

— É minha relíquia — diz ele, como se não fosse nada de mais.

Quase derrubo os dentes na mesma hora, e eles tremelicam na minha mão.

— Porra, Boone. Você não pode dar isso pra mim.

— A relíquia é *minha*. Posso fazer o que quiser com ela. — Ele dá de ombros. — Não é muito útil pra mim como ladrão, então...

Ainda não me sinto confortável em aceitar.

— O que exatamente é isso?

— Dentes de dragão.

São brancos como neve, meio amarelados nas raízes. Têm várias formas e tamanhos, e me fazem lembrar de armas antigas. Espadas longas e curvadas. Adagas minúsculas e retas. Estrepes pequenininhos de três pontas. E molares que lembram martelos, feitos para esmagar em vez de cortar.

— São tão...

— Impressionantes?

— Pequenos.

Olho para cima e vejo os ombros de Boone chacoalhando em silêncio.

— É que foram enfeitiçados pra facilitar o transporte, mas eles ainda funcionam muito bem. É só plantar na terra, qualquer tipo de terra, e em minutos brotam uns soldados de ossos que não podem ser mortos e obedecem aos seus comandos. Use com sabedoria, hein?

— O que, exatamente, você acha que vou precisar fazer? — pergunto, cautelosa. É quase como se ele tivesse uma noção do que vou encarar, mas sei que não é possível.

— Sei lá! — diz ele. — Se usar os dentes, ótimo. Se não, pego quando você voltar.

Ele não faz a menor ideia de que, de todas as coisas que me trouxe, esses dentes vão ser os mais úteis caso eu precise lutar contra monstros. Mesmo assim, não posso aceitar.

— Isso aqui... Eles devem valer uma grana boa. Mesmo que você não use, ainda dá pra vender e terminar de pagar sua dívida. E acho que ainda sobraria boa parte do dinheiro.

Boone faz um gesto com os ombros.

— Peguei minha Prova de Quitação dois anos atrás.

Fico imóvel, encarando o rapaz com meus olhos arregalados. Dois anos?

— Quer dizer que você continua na Ordem porque *quer*? — pergunto devagar. — Quer virar chefão?

— Tenho meus motivos pra ficar.

Não insisto nas perguntas, e ele também não fala mais nada.

— Mas enfim... Isso aqui pode te ajudar quando você for embora de vez. — Ergo o saquinho. — Você não devia me dar isso. Todo o resto já é mais do que suficiente.

Ele permite que eu despeje os dentes em sua palma, depois pega o saco de couro e os guarda um a um, com estalidos de osso contra osso... E então entrega a bolsinha para mim.

Não sei como lidar com essa versão do Boone. Sim, ele sempre foi gente boa comigo, mas de um jeito indiferente, do tipo "a gente só trabalha junto", somado ao tom de flerte que ele usa com todo mundo. Talvez até sentindo um pouco de pena de mim. Mas uma amizade em que ele sacrifica coisas pelo meu bem? Isso é novo.

Pela primeira vez em duas noites, lágrimas umedecem meus olhos, e pisco para ignorar a ardência.

— Se você não pegar eu vou jogar isso fora — diz ele.

Conhecendo Boone, ele não está falando só por falar. Solto o ar, irritada.

— Teimoso até o fim.

Boone dá uma piscadela.

— Olha quem diz.

Resmungo mais um pouco, mas pego a bolsinha da mão dele.

— Quanto tempo eles duram?

— Até você não precisar mais. E cada dente só funciona uma vez.

— Saquei. — Coloco a pequena bolsa na mesa de cabeceira e olho para ele, esperando que vá embora.

Em vez disso, Boone permanece imóvel enquanto um silêncio constrangedor se instala entre nós.

— Você sempre foi fascinado por dragões — digo, para quebrar a quietude. — Tava sempre lendo a respeito. Acho que agora sei o porquê.

Ele desvia o olhar, e me dou conta de que não somos próximos o bastante para que eu saiba disso. Sei que estou me entregando — se bem que ele já soube dos meus sentimentos através do Chance.

Boone se ergue da cama, e, não sei por que, também me levanto e o acompanho até a porta do quarto.

— Vou só conferir se tá tudo limpo — digo a ele.

A sensação é de que o mundo virou do avesso e começou a girar para trás — Boone no meu quarto, o risco que ele corre ao me ajudar...

Estendo a mão na direção da maçaneta, mas ele a alcança antes.

— Mais alguma coisa? — pergunto.

Ele me olha nos olhos, mas é diferente agora. É como se estivesse tentando encontrar um segredo neles. Seu queixo estremece, como se estivesse rindo consigo mesmo. Ou talvez rindo *de si mesmo*, já que sua expressão é solene.

— Você sempre achou que eu te odiava. Que todos nós te odiávamos — diz ele.

— Eu... — Por favor, alguém me livre desse sofrimento... — Não que odiavam, exatamente.

— Eu sei que tô certo, não precisa nem tentar negar.

Fecho a boca devagar e ele assente, de novo para si mesmo. Vira a maçaneta e espia o corredor, dando uma olhada ao redor antes de voltar.

— Só pra você saber, a gente não te odeia.

Torço os lábios, sentindo as lágrimas presas na garganta, e evito dizer que eu já sabia disso. Há muito tempo me dei conta de que minha maldição não faz as pessoas me odiarem, mas apenas... nunca me *escolherem*.

Mas não depois da Provação. Não se eu vencer.

E, pela primeira vez, cai a ficha de que, depois de revogada a maldição, eu talvez tenha uma chance com Boone. É estranho não ter pensado nisso antes. Mas, enfim, eu estava lidando com algumas coisas complicadas.

— Te vejo daqui a um mês — diz ele, abrindo aquele sorriso de pirata metido, sua marca registrada, antes de sumir.

Fecho a porta e apoio as costas contra ela, minha nuca batendo na madeira com um ruído baixinho.

— Caralho... — murmuro.

A vinda de Boone dissipou a bruma de negação na qual vivo desde o momento em que Hades anunciou meu nome. Ou o que me fez acordar talvez tenha sido o fato de que ele se preocupou o bastante para me trazer todas essas coisas.

De uma forma ou de outra, a verdade que venho evitando agora está clara como água, faiscando em luzes neon bem na minha cara. É inescapável.

Não tem como eu fugir de participar da Provação.

Vou ter mesmo que fazer isso.

E agora tem algo em jogo nessa brincadeira.

22

NÃO TEM NADA NORMAL NISSO

Sinto, mais do que vejo, Hades entrando na cozinha na manhã seguinte e sei que está me encarando por causa do formigamento na minha nuca. Ele está me analisando longamente, com cuidado. Meu estômago já começou a se revirar quando ele enfim diz alguma coisa.

— O que exatamente é isso que você tá vestindo?

A voz de Hades é rouca de manhã, e ele fica um pouco mal-humorado. Pensar que o deus que mete medo em todo mundo não é uma pessoa funcional de manhã é... meio fofo. Não consigo reprimir o calafrio em minha pele. Atribuo isso ao fato de que mal dormi esta noite, e agora a exaustão está fazendo eu me arrastar como se fosse uma força extra da gravidade.

Olho para baixo, depois volto a preparar meus ovos mexidos.

— O uniforme que recebi.

O atlético conjunto de duas peças, feito de um material que favorece os movimentos e respira bem, surgiu no meu quarto junto com o nascer do sol. É formado por uma calça simples e uma camisa de manga comprida com gola decorativa — roupas esportivas. Estou tentando muito, muito mesmo, pensar que é para ser confortável, e não para facilitar que eu corra pela minha vida.

O nome de Hades está estampado no peito em letras de forma amarelas. Parece meio malfeito, lembra o uniforme de presidiários. É cinza, um tom feio que faz minha pele parecer macilenta. Cinza também *não* é uma das cores que combina com as quatro virtudes em que supostamente seríamos divididos.

— Minha roupa é dessa cor porque você não tem virtude? — A pergunta sai da minha boca antes que eu aplique o filtro do que é ou não apropriado ao ego dos deuses.

Na noite passada me dei conta de que ele nunca chegou a responder a essa pergunta.

— Era pra ser uma piada?

Um pouco, talvez. Dou de ombros.

Ouço seus passos confiantes antes que ele surja no meu campo de visão, parado ao meu lado na bancada. Está usando jeans de cintura baixa e uma camiseta azul-clara.

— Eu e os outros deuses valorizamos coisas diferentes.

Ser curiosa às vezes é uma merda.

— E o que você valoriza?

— A sobrevivência.

Eita.

É algo que temos em comum, mas um tipo diferente de surpresa me faz erguer as sobrancelhas.

— Você é um deus. Imortal. A sobrevivência já me parece garantida.

— Sobreviver não é apenas não morrer — diz ele, com a voz mais áspera.

Se tem alguém que se identifica com isso, sou eu.

— Você tá certo. Não é.

— Mas enfim... — Hades continua, acenando para a minha roupa. — Não tô falando disso.

A voz dele assume um tom mais suave que começo a identificar como irritação.

Não sei muito bem por que *ele* está incomodado com o que estou vestindo. Está no *meu* corpo. Não é o suprassumo das roupas esportivas e casuais, mas e daí?

— Preciso estar bonita pra tentar não morrer?

— Noite passada você só sabia falar sobre se misturar aos outros. Isso com certeza não vai ajudar. — Ele cruza os braços. — Além disso, é uma afronta deliberada contra mim. Fazer minha campeã parecer *inferior*.

— "Inferior"? — Bufo. — Eu vou pra uma competição em que talvez precise correr, espero que não aos berros.

Sério, quem liga?

Continuo:

— Isso serve. Na verdade, eu até gosto de o estilo não ter nada a ver com a imagem ofensiva e absurda que a maior parte das pessoas tem como referência de mulheres que praticam esportes ou lutam.

— Vou me arrepender de perguntar, mas... — Ele apoia o quadril na bancada. — Que imagem ofensiva e absurda?

Ah, pronto. Bufo de novo, com desdém.

— Não sei se deuses assistem a filmes... Você tem uma televisão e vê o noticiário, então faz sentido que...

— Direto ao ponto, por favor.

— Certo. Bom, qualquer top que não passa de um sutiã vagabundo do qual meus peitos podem saltar pra fora a qualquer momento é completamente inútil, a menos que eu vá usar os seios como distração. — Posso ou não ter ouvido uma risada reprimida enquanto mexo os ovos. — E, pelos deuses, corpetes podem ser ótimos pra postura e pra aparência, mas é uma merda andar com um. Imagina *lutar* com um. Mal deve dar pra se mexer. — Reviro os olhos e apago a boca do fogão. A maior parte das fantasias com mulheres, na minha opinião, são burras pra caralho. — Isso sem falar em couro, que deve prender todo o suor. E botas de cano alto são sexy e tal, mas tenta pular de um telhado com saltos de dez centímetros pra ver o que acontece.

— Acho que passo — diz Hades, depois fica em silêncio por um bom tempo antes de acrescentar: — Mas eu não ligaria de ver você nessas botas.

Suspiro. É decepcionante ele ser como os outros.

— Nem começa.

— Vou manter suas exigências em mente.

Ele estala os dedos e, como no dia anterior, minhas roupas mudam do nada.

Olho para baixo, depois tiro a frigideira do fogão para me analisar melhor.

O traje ainda é esportivo, mas de melhor qualidade. Dessa vez, é todo preto — a cor que combina com a figura pública do deus da morte, aparentemente — e estampado com o que parece um padrão de... chamas, talvez? Os desenhos cobrem toda a camisa sob o colete, mas só uma faixa na frente das pernas da calça.

— Agora minhas roupas são mais estilosas do que a dos outros campeões?

— Assim espero.

Quase sorrio. Ele definitivamente gosta de provocar as outras divindades — e, apesar de isso ter o potencial de me garantir mais desafetos, é algo que eu apoio.

— Jogando com as aparências de novo?

— Exato.

Torço o pescoço para ver o colete mais de perto. É o colete tático que Boone me trouxe ontem à noite. Hades manteve aquele exemplar como parte do traje, tenho certeza; a diferença é que agora há uma borboleta bordada no peito com um fio de ouro rosê.

E não é só isso.

Minhas mãos estão cobertas por luvas sem dedos com pequenas borboletas da mesma cor decorando as costas. Elas se encontram com protetores de antebraço feitos de um couro maleável e elástico sem deixar de ser resistente. Nos pés, calço botas que protegem as canelas, mas dá para notar que vai ser fácil correr e escalar com elas.

Uau. Ele me deu ouvidos mesmo.

— Por que borboletas?

Não olho diretamente para Hades, mas vejo de soslaio que dá de ombros.

— Gosto delas.

Eu também, mas não digo em voz alta. Não precisamos desse vínculo através de um inseto.

Deliberadamente, aprumo a postura. Também não vou agradecer. Só estou usando isso porque sou a campeã dele. Não vou agradecer é nada.

Sirvo metade dos ovos mexidos num prato e o levo junto com uma xícara de chá até a ilha no meio da cozinha, onde me sento numa banqueta.

— Deixei um pouco pra você — digo, depois franzo a sobrancelha. — Imortais precisam comer?

— Sim, mas só por...

Ele fica em silêncio por tanto tempo que ergo o olhar. Me deparo com o dele, cintilante, voltado para mim. Nos encaramos pela primeira vez esta manhã — é algo que eu vinha evitando até agora.

— Por...?

— Prazer.

Pelo amor dos deuses, a forma como a palavra desliza pela língua dele... A esta hora do dia, o brilho travesso e provocador em seus olhos é demais para mim. Sem falar no fato de eu estar fazendo todo o possível para não pensar no *presente* dele desde que aconteceu.

Só que agora a única coisa que ocupa minha mente é aquele beijo. A sensação da língua dele se entrelaçando à minha. E, se o prateado rodopiante em seus olhos for alguma indicação, ele está pensando exatamente na mesma coisa.

23
CAFÉ DOS CAMPEÕES

— Deve ser legal — digo, antes de baixar o olhar e continuar tomando meu café da manhã.

Um minuto depois ele está sentado ao meu lado na ilha, com o prato cheio.

— Como você aprendeu a cozinhar? — pergunta Hades.

— No covil da quadrilha a gente se alterna cuidando da cozinha, e todo mundo come a mesma coisa. Quem chega primeiro se serve primeiro.

Durante horas bem específicas, e depois toda a comida é trancada a sete chaves. Quem bobeia passa fome.

— Até os chefões cozinham?

— Você tá tão falante hoje de manhã... — resmungo.

— É útil saber as habilidades, forças e fraquezas da minha campeã, não acha?

Eu preferiria que ele não soubesse.

— Os chefões são oferendas que já pagaram suas dívidas e ganharam o direito de não fazer nada que não queiram.

— Entendi. E você planeja conseguir esse privilégio?

Meu estômago se revira, as palmas suando de repente. Não quero explicar que já quitei todos os meus débitos, só não tenho para onde ir. Encaro os ovos no garfo e espero que ele não note o tremor na minha voz.

— Eu gosto de cozinhar.

Um silêncio constrangedor se instala entre nós enquanto tento ao máximo ignorar Hades — até ele puxar minha banqueta com o pé e me girar para ficar de frente para ele, suas pernas envolvendo as minhas, tão perto que em vez do cheiro de café da manhã eu sinto o cheiro... dele. De chocolate bem amargo.

Sempre tive uma queda por chocolate.

Hades não fala nada, só fica me olhando.

Sustento o olhar, milagrosamente sem derrubar os ovos na ponta do garfo. Ainda encarando, enfio a comida na boca e mastigo como uma rebelde antes de engolir.

— Algum motivo específico pra me fazer adorar vossa magnificência enquanto como?

Péssima escolha de palavras. Aguardo algum comentário sobre como adorá-lo é algo fadado a acontecer cedo ou tarde, ou sobre como é legal eu enfim reconhecer sua magnificência.

Felizmente já terminei de comer os ovos, caso contrário, sem dúvidas teria engasgado ao ouvi-lo dizer:

— Talvez eu embarque nessa sua afronta velada e tome como um desafio conseguir que você faça exatamente isso.

Será que ele é capaz? Digo, com seus poderes, não só com esse magnetismo bruto que o envolve?

— Você não me engana — arrisco. — Você não é a Afrodite.

Depois de outra pausa cheia de tensão, seus lábios se curvam.

— Agradeça aos titãs por isso, ao menos.

Solto a respiração, mas arquejo logo depois, conforme ele continua a me encarar. A única diferença é seu olhar, que fica mais intenso, as íris de um tom prateado puro e radiante à luz do sol.

— E, para responder à sua pergunta... Talvez seja eu que goste de olhar para *você*, minha estrela.

Por todos os cães do inferno. Isso é mais do que qualquer pobre mortal deveria ter que lidar. Fico o tempo todo me esquecendo de quem e do que ele é — deveria é manter a boca fechada e a cabeça baixa perto deste deus.

Mas, se eu baixar o olhar agora, ele vence. Assim, em vez disso, ergo uma sobrancelha.

— Bom, sei que sou bonitinha e tal, mas se apaixonar por mim talvez seja uma péssima ideia.

Não que ele pudesse. Esta talvez seja a primeira vez que esqueci isso. Mesmo que por um segundo.

— Não quero que as coisas fiquem esquisitas entre a gente — acrescento, indiferente.

Ele abre um sorriso, um bem real, e o impacto parece uma pancada no meu peito. As covinhas escondidas surgem conforme uma risada lhe escapa dos lábios.

Engulo em seco, mas agora por outro motivo.

Com um agitar da cabeça, ele me traz de volta à ilha no meio da cozinha.

— Pelo menos agora você tá olhando pra mim em vez de evitar contato visual.

Deixa quieto. Deixa a última palavra ser dele.

— Você tá com uma cara péssima, aliás — acrescenta Hades.

— Eu sei. Não dormi direito. — Com toda a coisa de Boone, de Hades e do primeiro Trabalho pairando sobre a minha cabeça como a lâmina de uma guilhotina, dormir foi bem complicado. Corro as mãos pelo rosto, cansada. — Você deveria ver os machucados embaixo da minha roupa.

A expressão que ele faz me lembra as nuvens de tempestade de Zeus.

— Me mostra. — É uma ordem.

Talvez ele se sinta mal ao ver os hematomas e fique com pena de mim. Estendo a mão para trás, abro o colete tático e ergo a camiseta justa. Até eu faço uma careta quando vejo as listras roxas na base das costelas.

— Caralho — ele diz. A palavra sai como um grunhido, e eu pisco os olhos.

Depois ele pega um celular do bolso da calça — eu nem sabia que deuses tinham telefone — e começa a digitar rápido. Quase no mesmo instante em que pousa o celular na bancada, um sujeito aparece na cozinha.

É um senhor mais velho, com rugas ao redor dos olhos castanhos e a barba e o cabelo das têmporas já ficando grisalhos.

Hades entra em modo autocrático, disparando ordens.

— Asclépio, ela precisa de reparos.

Como se eu fosse um computador quebrado ou algo assim, mas agora ao menos sei quem é esse cara.

Asclépio. Isso explica a idade. Deuses não envelhecem, mas algumas versões da história dizem que Asclépio nasceu como um homem mortal, punido mais tarde por Zeus pelo crime de trazer mortos de volta à vida. Após o ocorrido, ele foi recebido no Olimpo como o deus da cura.

Asclépio dá uma olhada nos meus ferimentos, estendendo a mão acima de mim. Sua pele bege brilha num azul bem escuro, quase o roxo dos meus hematomas, e um calor delicioso se espalha para fora a partir do meu peito. Arquejo quando a dor persistente de cada machucado na barriga some. O brilho das mãos de Asclépio vai mudando de cor até restar apenas pele saudável. Cutuco a área com o dedo e sorrio. Nada de dor.

— Mandou bem. — Olho para Asclépio. — Valeu.

Os olhos dele se semicerram com um sorriso.

— Nada de pular de novo de barriga numa escadaria, senhorita.

— O senhor sabe o que aconteceu?

Ele exibe os dentes tortos.

— Todos os deuses, semideuses e outras criaturas imortais acompanham a Provação. O resultado *tende* a afetar a nossa vida.

Eu deveria ter imaginado.

— Nós assistimos a noite toda, com muito interesse.

Ele alterna o olhar entre mim e Hades.

Que maravilha. Sou tipo uma celebridade de reality show do mundo imortal. Exatamente o que sempre quis.

Asclépio olha para Hades com uma expressão severa, que imagino no rosto de um avô.

— Devia ter me chamado antes.

Enrijeço a postura. Alguém ousa falar assim com Hades? Além disso... Ele está dando uma bronca no deus.

— Ah, já gostei do senhor — falo.

Hades aperta os lábios.

— Ela não me contou.

Asclépio bufa.

— Você deveria saber. Estava lá quando ela caiu naquela escada. — Antes que Hades possa responder, Asclépio dá um tapinha no meu ombro. — Não vou poder fazer isso depois do início do primeiro Trabalho, querida. Curas mágicas são reservadas apenas a quem vence cada evento, e aos campeões que compartilhem da mesma virtude do vencedor.

Que beleza. Trabalhos podem exigir cura. E sou a única da virtude da Sobrevivência — o que significa que, se eu não vencer, não vou ser curada de nada. Só mais um item na lista de "desvantagens de Lyra".

Eu deveria parar de pensar nessa lista. É deprimente.

— Boa sorte. Que a competição seja ótima. — Em seguida Asclépio some tão rápido quanto surgiu.

Hades continua carrancudo, então baixo de novo a camiseta, fecho o colete — que parece bem mais confortável agora — e viro a banqueta na direção da ilha para terminar de comer minha comida, que já deve estar gelada a essa altura.

— Da próxima vez, me conta — diz Hades.

— Beleza.

Ambos ficamos em silêncio, mas ele continua ao meu lado, todo ressentido. Aos poucos, os músculos nos meus ombros vão se tensionando.

— Você sabe qual é o desafio de hoje? — pergunto.

Hades nega com a cabeça.

— Só o deus ou deusa que planejou o Trabalho sabe. Não devem contar nada, nem ao próprio campeão. Se bem que imagino que todos dão um jeitinho de contrariar isso.

Paro de mastigar no meio do movimento, depois engulo. Nesse ritmo, nunca vou terminar esses ovos.

— Você vai ser responsável por algum Trabalho?

— Não. Disseram que é tarde demais. Eu precisaria ter acertado os detalhes com os daemones um ano atrás.

Perfeito. Vou estar despreparada para todos os Trabalhos, sendo que cada campeão vai ter vantagem em um deles. Engulo a informação com mais uma garfada do café da manhã.

Estou um pouco perdida nos meus próprios pensamentos, e é provavelmente por isso que a pergunta de Hades me atinge como um raio vindo do nada.

— Quem era o cara no seu quarto ontem à noite?

24
PEGA DE SURPRESA

Engasgo e tusso com o ovo, bebendo chá para tentar ajudar. Quando enfim consigo respirar, baixo o garfo com cuidado.

— Você não machucou o Boone, machucou?

— Não, ele foi embora sem saber que percebi tudo.

Bem, graças aos deuses. Mas não consigo captar muito bem o que está se passando na cabeça de Hades, cuja expressão é tão neutra quanto possível.

— Ele é seu namorado? — pergunta o deus da morte, parecendo entediado.

Eu riria se a pergunta não cutucasse uma ferida que provavelmente nunca vai sarar.

— Claro que não — respondo, tomando todo o cuidado com o meu tom.

Pelo jeito, deuses *são capazes* de sentir culpa. A expressão some tão veloz quanto veio, mas consigo perceber.

— Ele é um dos ladrões-mestres da minha quadrilha. Nem sequer é meu amigo. — Hesito porque, depois da noite passada, não sei mais se isso é verdade.

— Então por que ele veio até aqui?

É uma ótima pergunta. Eu adoraria saber.

— Pra me trazer coisas. Boone tava me ajudando a evitar uma pessoa quando você me convocou... Ele me viu desaparecer.

— E *quem* seu não amigo estava te ajudando a evitar?

— Longa história.

— E você não quer contar ela pra mim.

Qual é a da voz dele agora? Achei que estava começando a entender sua entonação e significados. Um olhar de soslaio basta para ver que sua expressão permanece neutra. Mesmo assim, ele está soando meio esquisito.

— Não, na real. Não.

Me levanto e vou até a pia para lavar meu prato e a frigideira.

— Você tá apaixonada por ele?

Coloco a frigideira na cuba, fazendo um pouco de barulho, e me viro para Hades.

— Você gosta de enfiar o dedo na ferida, né?

Ele inclina a cabeça para o lado, parecendo minimamente interessado.

— Tá ou não tá?

Pelos infernos, eu *realmente* não quero falar sobre o assunto.

— Não interessa.

Me viro de volta para a pia.

Há um silêncio revelador atrás de mim.

— Seria bom que não estivesse. Quanto menos preocupações tiver, melhor vai ser sua performance na Provação.

Isso me traz de volta à realidade com um baque, e olha que eu nem tinha notado que estava tão dispersa. A voz de Hades não estava tensa porque ele se preocupa comigo ou com o modo como minha vida pode ser afetada. Só o que importa é seu objetivo final, qualquer que seja, e eu sou apenas mais um degrau para chegar até lá.

Seria esperto da minha parte manter isso em mente.

Ouço um som de notificação atrás de mim.

— Porra. — O palavrão que Hades murmura sai baixo e urgente.

Um segundo depois, ele estende a mão ao redor do meu corpo e fecha a torneira, então me vira para ficarmos cara a cara, seus olhos prateados foscos e sérios.

— Achei que teria mais tempo pra te preparar. O primeiro Trabalho vai começar agora.

Meu coração quase sai pela boca, claramente pronto para abandonar o resto do meu corpo amaldiçoado. Engulo em seco para que ele volte ao lugar.

— Como você sabe?

Ele ergue o celular e me mostra a tela. Os deuses *têm* um grupo num aplicativo de mensagens. Sério?

— Meu irmão acabou de avisar — explica Hades.

O nome de Poseidon paira na tela por um segundo. Meu cérebro demora para pegar no tranco.

— Poseidon. Então... água? Oceano?

Hades assente.

Talvez eu devesse estar usando algo impermeável.

— Qual é mesmo a virtude dele?

— Coragem.

Coragem?

— Bom, então não deve ser uma partida de damas — murmuro, tensa. Depois acrescento, mais alto: — Monstros?

— Não faço ideia. Na última Provação, ele fez os campeões encararem seus maiores medos, todos ao mesmo tempo. — Hades não está tirando sarro de mim ou me provocando agora, o que só me deixa mais nervosa.

Ele provavelmente percebe, já que abre um sorriso tranquilizador — um que tenho quase certeza de que não usa há um milênio: é tão rígido, sem covinhas à vista, que me deixa *ainda mais* nervosa. Hades está tentando me acalmar. Isso é péssimo.

— Você pegou tudo de que precisa? — questiona ele.

Pérolas. Dentes de dragão. O kit de arrombamento do Boone. Minha relíquia. Algumas outras ferramentas. Tudo guardado no colete. Os dois presentes de Hades — as tatuagens e seu beijo —, que carrego como parte de mim, aqui dentro.

Confirmo com a cabeça.

— Ótimo. Não assuma riscos desnecessários. Deixa isso pros outros campeões.

Agora? Só agora ele me dá esse conselho?

— Fica esperta — continua. — O instinto de sobreviver é inerente a todos, mas especialmente nos mortais. Como você mesma disse, vocês não têm segundas chances. Isso faz com que todas as criaturas vivas sejam implacáveis, não importa a personalidade ou o comportamento delas em outras situações.

— Disso eu já sabia — murmuro.

Ele finca os dedos nos meus braços.

— Só use seus presentes se for muito necessário. A melhor alternativa é forçar os outros campeões a usar os deles enquanto guarda os seus.

Confirmo de novo com a cabeça. Por alguma razão, as instruções que ele está disparando me tranquilizam. Talvez por me fazerem lembrar dos anos de treinamento, quando Felix explicava tudo tão rápido que era difícil acompanhar. A sensação é... familiar.

Foco nas palavras, na voz dele.

— Nada é o que parece quando há deuses envolvidos — diz. — É bom questionar *tudo*.

— Ah, jura?

Os lábios dele se curvam, embora os olhos permaneçam sérios.

— E, se você precisar de mim, é só me encontrar.

Franzo as sobrancelhas.

— Você vai estar lá? Não pode interferir, né? Tá nas regras.

A expressão dele assume um tom arrogante.

— Eu sou o deus da morte, e a morte não segue regras.

Solto uma risada trêmula.

— Enfim algo positivo em ter sido escolhida por você.

Que o Olimpo me salve. Não acredito que acabei de falar isso. Arregalo os olhos, e tenho a sensação de que ele pode ler meus pensamentos: Hades estende uma das mãos para envolver minha nuca e me puxar mais para perto, o rosto bem próximo do meu.

— Foco, Lyra — diz.

Certo. Foco. Confirmo com a cabeça uma vez, depois outra.

— Beleza.

— Não falei pra você me chamar. Falei pra você *me encontrar*. É diferente. Entendeu?

Outro enigma para resolver. Que beleza.

A frustração cobre suas feições.

— Não posso dizer nada além disso.

— Vou dar um jeito de entender.

Alguma hora. Talvez.

Começo a sentir algo engraçado, como se meu corpo estivesse borbulhando, em especial meus pés. Olho para baixo e vejo eles sumirem, com botas e tudo, e a sensação começa a se esgueirar perna acima.

— Espero que a água esteja quentinha, pelo menos — murmuro. Não sei por que falo isso.

— Olha pra mim — ordena Hades.

Obedeço. Olho bem nos seus olhos de prata líquida, rodopiando com emoções impossíveis de decifrar.

Ele aperta meu ombro.

— Aconteça o que acontecer, Lyra, lembre-se de uma coisa.

Uma? Ele me disse umas dez.

— O quê?

— Eu te escolhi por um motivo. Você é capaz.

O deus da morte me selecionou. Me escolheu. Ele bota fé *em mim*. Apesar da minha maldição.

A sensação esquisita já está batendo no meu queixo, e Hades começa a sumir enquanto desapareço. Sua voz me segue em direção ao nada.

— Você é capaz, Lyra... porque é *minha*.

PARTE 3

QUE COMECEM OS JOGOS

Quem desiste nunca vence, e quem vence nunca desiste.
Sobreviventes, porém, podem mudar o jogo.

25
O TRABALHO DE POSEIDON

Minha.

A última palavra de Hades me acompanha enquanto cruzo o mundo, que volta ao foco da mesma forma que sumiu: com uma sensação de borbulhar, mais intensa conforme desce pelo meu corpo.

Até que o calafrio de estar na água bota meus nervos à flor da pele quando uma onda quebra sobre a minha cabeça.

A onda retrocede e eu engasgo, porque, caraca... claro que a água está gelada pra caralho.

Tento limpar o sal dos olhos, mas noto que estou presa. Mesmo com a visão enevoada, baixo o rosto e vejo que estou atada pelos pulsos, os braços puxados para cima. A corda está amarrada no topo de um mastro de madeira. Uso o ombro para tentar enxugar o rosto, depois pisco sem parar até enxergar melhor.

Vejo água e rochas.

Uma caverna?

Estou no que parece uma imensa gruta, aberta para o oceano num dos lados, de um jeito que permite a entrada de luz do sol. O espaço é composto pelas formações mais esquisitas que já vi. A rocha diante de mim é marrom, na forma de colunas regulares — fileiras e camadas de estruturas perfeitamente verticais que se erguem até o teto arredondado lá em cima. Daqui, dá para ver o que talvez seja a base dessas colunas, que aparentam ter sido mergulhadas em tinta dourada, de tão brilhantes. A bela água esverdeada sobe e desce, me forçando a erguer a cabeça para ver o ambiente inteiro.

Começo a estremecer à medida que meus músculos tentam gerar calor. É agosto, então acho que este é o máximo de calor que faz aqui. E, vivendo na costa do Oceano Pacífico, já estou acostumada à água fria. Mas a maior parte das pessoas usa trajes especiais para nadar nesta temperatura. Ainda estou com as roupas de campeã, que grudam em mim mas não providenciam calor algum.

— Ei! — Uma voz masculina ecoa no ar. — Onde na Superfície a gente tá?

— Numa caverna no oceano, idiota — solta uma voz feminina em espanhol. — Você precisa mesmo saber mais?

— Que porra de Trabalho é esse? — outra pessoa exclama.

O que exatamente esperavam dos deuses? Charadinhas?

Um lampejo de asas negras no pequeno trecho visível de céu me faz perceber que os daemones estão aqui. Cadê Poseidon, então? Ou será que a gente precisa começar sozinhos e descobrir o que é para fazer?

Forço as cordas para me inclinar pra frente e olho para a esquerda e para a direita.

Os outros campeões estão todos aqui, presos nos próprios pilares numa linha reta, em intervalos de três ou quatro metros. Alguns estão acordando agora. Um ou outro se debate, começando a entrar em pânico. À minha direita, reconhecível pelo cabelo ruivo e pelas roupas verdes, está Neve; ela não parece desesperada, embora olhe ao redor como eu. Quando percebe que estou observando, me fulmina com o olhar. Claro que iam me prender ao lado da campeã que já está puta comigo.

À minha esquerda, na direção da saída da caverna, reconheço a única cabeça raspada do grupo — a cabeça raspada mais sexy que já vi, inclusive. É Dex Soto, o campeão de Atena, vestido de turquesa como os outros da virtude da Razão. Se não estou enganada, ele é de alguma das ilhas do Caribe.

Um grito vem de um ponto da fileira de postes de madeira além de Dex. Me inclino tanto quanto possível, os ombros doendo com o esforço.

Meu coração aperta quando vejo o oceano além da caverna começar a borbulhar, como se houvesse um gêiser em erupção logo abaixo. As águas se agitam e espumam até revelarem Poseidon, irrompendo com seu tridente voltado para o céu. Atrás dele, dois golfinhos saltam no ar, dando piruetas antes de voltar a mergulhar.

É zoeira, né? Ele realmente acha que a gente vai se importar com uma entrada triunfal estando aqui, amarrados a mastros nessa água congelante?

Mas claro que o espetáculo não é para nós. É para os imortais assistindo ao evento com tanta avidez. Pelo jeito, Poseidon é tão pomposo quanto Zeus.

Acompanhando uma onda que começa a se elevar ao redor dele, o deus dos oceanos escorrega caverna adentro até estar flutuando diante de mim numa coluna rodopiante de água que o sustenta no ar. Pelo jeito, estou posicionada no meio do grupo.

Ele claramente está à vontade aqui: no lugar da armadura traz o peito desnudo, exibindo a pele escura e o físico impressionante... E também não esconde nada com a calça justa que lembra escamas de um azul metálico. Tenho quase certeza de que as marcas na lateral da costela são guelras. Seu cabelo preto azulado, quando molhado, fica negro como o breu, combinando com a barba bem aparada.

— Bem-vindos à Gruta de Fingal! — diz ele, como se estivéssemos aqui de férias.

— A gente tá na Escócia?

A pergunta de Neve faz o deus sorrir.

— Sim, jovem mortal. A ilha de Staffa é um dos dois lugares mágicos que ficam um de frente para o outro, separados pelo mar. Estão em lados opostos de uma ponte que o gigante irlandês Fionn mac Cumhaill construiu pra acessar a Escócia e lutar contra seu imenso rival escocês, Fingal. Os deuses celtas fizeram a gentileza de emprestar o espaço pro meu Trabalho.

Neve fica calada, e me ponho a pensar. Não conheço o panteão celta tão bem quanto o meu. Esse lance da gruta de Fingal é bom ou ruim?

— Pro primeiro Trabalho, suas restrições de movimento... — Poseidon gesticula na nossa direção. — Bem, elas não são seu *único* problema. Há um desafio maior.

O sorriso dele assume um tom enigmaticamente satisfeito.

— Não há limite de tempo — continua o deus dos mares. — Vence quem descobrir primeiro a solução pro maior desafio.

Ele olha para cada um de nós enquanto balançamos pendurados nos mastros, acompanhando o movimento do mar, suspensos como iscas.

A água está quase translúcida, mas não consigo enxergar muito fundo. O que tem ali embaixo? Penso em todas as criaturas oceânicas que os antigos deuses gregos gostam de usar. Será que é uma selkie? Sereias? Acho que uma hidra seria exagero, além de grande demais para esta gruta.

Ao menos meu tremor começa a diminuir conforme me acostumo à temperatura da água.

Poseidon continua:

— Este Trabalho vai testar não só sua coragem como também sua inteligência, e até mesmo a capacidade de trabalhar com aqueles que desejam seu fracasso. Habilidades necessárias a um líder.

Por que a Provação exigiria que alguém se mostrasse um bom líder? O mortal vencedor não vai liderar nada — quem vai é o deus ou deusa que o campeão representa.

O sorriso de Poseidon é quase prazeroso, mas não sei se é porque ele está sedento por sangue ou muito orgulhoso do que reservou para a gente hoje. Será que o primeiro Trabalho é o mais difícil? Ou eles vão ficando cada vez mais complicados?

— Ah! — O deus dos oceanos dá uma risada. Sério, o desgraçado dá uma risadinha. — Vocês provavelmente já notaram a temperatura da água. É verão, então não vão morrer de cara, mas o frio vai começar a afetar vocês conforme o tempo passar. Minha sugestão é que se apressem.

Fodeu.

A Provação é mesmo só um jogo para os deuses. *Nós* não somos reais ou dignos de preocupação para eles. Para as divindades não é questão de vida ou morte, mas uma diversão qualquer.

Nem fodendo que vou deixar me matarem por esporte. Ou os outros campeões, se eu puder evitar. Até os que já me odeiam. Nenhum de nós pediu por isso.

— Boa sorte pra todos. — Poseidon vira a cabeça para olhar para a própria campeã, que deve estar atada mais fundo na caverna. — Mas especialmente pra você, Isabel.

Depois ele volta a mergulhar na água, mandando outra onda sobre minha cabeça. Pelo menos consigo ver essa a tempo e me preparo. Quando limpo o rosto salgado nos ombros, ele já se foi.

O silêncio se estende por um instante, enquanto absorvemos o fato de que ele vai mesmo nos deixar aqui para descobrirmos sozinhos o que fazer.

— A gente vai se afogar! — grita um dos homens que não consigo ver. — A maré tá subindo.

Isso inquieta vários campeões, e o burburinho agudo e agitado começa a ecoar nas paredes da gruta.

Meu coração parece sapatear dentro do peito — mas, mesmo sendo uma reles oferenda que se tornou contadora, aprendi algumas coisas durante o treinamento. Lidar com o medo é uma delas. Então fecho os olhos e penso.

De uma coisa tenho certeza: algo pior está vindo, e não seremos capazes de enfrentar nada atados a esses postes.

26
SE VIREM

— A maré não tá subindo. — Neve está falando consigo mesma, mas capto as palavras. Seu sotaque canadense parece mais forte, talvez por causa do perigo. — Tá baixando.

Abro os olhos e presto atenção na água. Ela está certa. O nível está mais baixo do que quando chegamos. O que significa que preciso trabalhar ainda mais rápido para me soltar, já que a água sustenta parte do meu peso.

Amarrada como estou, não consigo pegar nada dentro do colete, então usar uma das ferramentas para cortar as cordas não é uma possibilidade.

Uma movimentação à minha esquerda atrai meu olhar, e descubro que Dex deu um jeito de girar e está subindo pelo mastro.

Caramba, ele foi rápido em pensar numa solução. Talvez seja uma boa aproveitar a dica. Meus pulsos estão amarrados, mas meus pés não. Uso o movimento da água para balançar de lado — devo estar parecendo uma minhoca tentando se soltar de um anzol.

Preciso tentar várias vezes, mas consigo envolver o poste com uma das pernas, a corda girando comigo. Espero a água retroceder, depois passo a perna ao redor da estrutura. Os mastros de madeira áspera claramente não estão há muito tempo na água, porque a superfície não parece escorregadia.

Me inclinando para trás, envolvo a corda com as mãos. Ela é fina, mas minhas luvas ajudam com a aderência. Puxando a corda enquanto envolvo o poste com as coxas, começo a escalar. Consigo usar a subida das ondas para me ajudar nos primeiros impulsos; assim que ultrapasso a linha d'água, porém, não passo de um saco de batatas enxarcado, puxando meu peso — exacerbado pela água — poste acima enquanto meus músculos berram.

Caralho, era mais fácil na minha cabeça.

— Olha eles! — grita alguém de um ponto próximo.

Eles? De canto de olho, vejo Neve subindo no próprio mastro, só que com *muito* mais eficiência do que eu. Ela já está quase chegando no topo. Do outro lado, Dex já conseguiu se safar. Não me surpreendo com Neve, ela sempre me pareceu do tipo independente, "foda-se o mundo" e tal; muito menos com Dex, que é bem alto, mas esguio como os lobos no inverno, quando o frio os deixa com a aparência mais ameaçadora.

— Como vocês fizeram isso? — pergunta outra pessoa.

— Vira e usa as pernas e a corda — respondo com um grito, e escorrego um pouco por causa do esforço.

Depois prossigo, totalmente focada no que estou fazendo. Boto uma mão em cima da outra, arrasto as pernas para cima, tento não escorregar.

— Pelos deuses... — rosna Neve à minha esquerda. — Chega de murmurar, porra.

O ruído morre na minha garganta. Sério, preciso retomar o controle sobre esse hábito. Quando enfim chego ao topo do mastro, não faço ideia de como me erguer para me sentar na superfície plana. E minha energia está acabando rápido.

Me forço a focar. Meus pulsos ainda estão amarrados. Agora que tenho espaço para olhar para os nós, sei que não vou conseguir soltá-los com os dentes. Preciso da minha relíquia, mas ela está fechada por um zíper no bolso da minha lombar.

Não vou conseguir alcançar.

Perco a aderência e escorrego alguns centímetros pelo poste, mas consigo me prender.

Pensa, porra.

Dos meus dois lados, Neve e Dex, que acho que não têm lâminas, estão se esforçando para chegar ao topo do poste. Dex conseguiu se puxar o bastante para se deitar de barriga na parte de cima. Neve está ofegante, as sobrancelhas enrugadas numa expressão feroz. Alguns dos outros campeões também estão subindo pelo poste.

Minha relíquia é a resposta. Eu sei. Mas como...

Solto um grunhido quando uma ideia me ocorre. Estou assumindo um risco imenso e tenho só uma tentativa de fazer isso dar certo, se tiver sorte, mas é a única opção que consigo imaginar.

Me prendendo com as coxas trêmulas, ergo as mãos amarradas sobre a cabeça e começo a puxar o colete. Minha camisa vai se erguendo junto. Mais de uma vez, as coxas escorregam e preciso parar para me segurar. Enfim, arranco a peça com um puxão.

Adoraria respirar um pouco, mas minhas pernas parecem geleia e estou escorregando mais. Me mexendo tão rápido quanto possível, consigo abrir o zíper nas costas do colete e tiro o machado do bolso. Primeiro, corto a corda que prende as amarras dos meus pulsos ao poste. Minhas pernas cedem e caio para dentro da água, derrubando o colete. Ainda segurando a arma e sem poder fazer nada, observo ele afundar até se enroscar numa pequena protuberância nas rochas, a uns dois metros de profundidade.

Merda, merda, merda.

Quando subo para respirar, deixo o corpo trêmulo flutuar e corto desajeitada as amarras nos pulsos, tentando não me machucar. A corda não é grossa, então logo me livro dela. Estou tremendo de frio, preciso sair da água antes que não consiga mais seguir — todos nós precisamos. Afundo para nadar até o colete, puxando a peça com dificuldade até voltar à superfície.

— Parem de escalar! — grito para os outros. — Vou cortar as cordas de todo mundo.

— Não acreditem nela — resmunga Neve. — Ela vai é acertar a gente com aquele machado.

— Ela já ajudou todo mundo — grita Meike, a franja grudada na testa pela água. — *Todo mundo* conseguiu os presentes, e foi por causa dela.

Na direção do mastro mais próximo da entrada da gruta, ouço algo cair na água. Me viro a tempo de ver Kim Dae-hyeon — o primeiro campeão homem de Ártemis — xingar quando uma mochila pesada afunda.

Que merda. Espero que consiga recuperar as coisas dele.

Batendo as pernas para me manter na superfície quando outra onda vem, grito para Dex:

— Você que sabe. É só voltar até a água se quiser minha ajuda.

Dex está descendo. Vou esperar ele terminar, então primeiro passo nadando pelo poste de Neve até chegar ao de Trinica Cain, campeã de Hefesto... uma das participantes da virtude da Coragem. Trinica é a única outra campeã dos Estados Unidos — de algum estado do Sul, acho.

Seus cachos castanhos pendem sobre o rosto, e olhos perspicazes me encaram por entre as madeixas.

— Você vai me estripar como ela falou?

Já gostei dela. Sem noção e direta.

— Não. Mas preciso subir no seu mastro pra chegar até as suas mãos, então vou ter que encostar em você. Não vai me morder ou algo assim, beleza?

Ela assente.

Tentando não me apoiar muito nela para não machucar suas mãos, consigo subir e cortar as cordas. Ela cai na água e volta tossindo e arregalando os olhos.

— Preciso das mãos!

Pulo no mar, libero seus pulsos tão rápido quanto possível e ela volta a se segurar no poste.

— Vai até a parede. — Aponto.

Ela assente com a cabeça e então vou de mastro em mastro, pulando a campeã de Apolo — Rima Patel, neurocirurgiã de primeira linha transformada em isca de pesca —, que já se libertou. Em seguida vou ajudar Zai, que ao menos conseguiu se sentar no topo do poste; a julgar por seu estado abalado, porém, o esforço físico foi considerável. Ele me dispensa, entretanto.

— Por enquanto, tô seguro aqui em cima. Vai ajudar os outros.

Quando chego em Isabel, tudo está mais difícil porque a água continua recuando. Rápido demais. Não é uma maré normal.

A mulher murmura, em espanhol, xingamentos sobre a água gelada, deuses sádicos e por que caralhos ela está aqui. A gente *precisa* ser amigas. Assim que liberto suas mãos, ela tira o cabelo loiro do rosto e prende num coque enquanto bate as pernas para ficar acima da superfície.

— Você tem mais alguma coisa cortante com você? — pergunta a campeã. Percebendo minha hesitação, ela acrescenta: — Vai ser mais rápido se trabalharmos juntas.

Isabel está certa.

— Tenho isso — respondo, pegando o alicate de corte do colete e entregando a ela.

Nadamos tão rápido quanto possível até os outros campeões, além do mastro ao qual eu estava atada. Já posso ver que Samuel Sebina, campeão de Zeus, parece ter rompido as cordas na base da força bruta e está ajudando Meike, do outro lado de Dex. Enquanto isso, o próprio Dex já desceu do poste — mas está nítido que, com o nível da água mais baixo, seus braços e pulsos estão doendo.

— Vai logo — grunhe ele para mim.

— Aguenta aí.

Ouço o seu resmungo:

— Como se eu tivesse escolha...

Como a corda está mais tensionada por causa do peso, ela rompe como um graveto assim que a toco com a lâmina do machado. Sigo o campeão até a água e liberto seus punhos. E, num borrão de movimento, ele arranca a arma da minha mão.

27
OS AVISOS NA PEDRA

Antes que eu possa reagir, Dex me ataca, mas uma onda o empurra para fora do alcance antes que a lâmina me atinja.

Com o coração batendo forte, nado para trás, abrindo mais distância entre nós.

— Golpe baixo...

— Foi mal, mas vim pra ganhar.

Nota mental: ficar longe de Dex daqui pra frente.

— Eu vim pra *não morrer* — rebato. — Pode ficar com a vitória.

— Ah, tá, sei. — Ele chacoalha minha relíquia no ar. — Mas valeu por isso.

E, com movimentos firmes, sai nadando para longe, na direção da entrada da gruta. Que caralhos...? A ideia dele é nadar daqui, onde quer que aqui seja, até a costa?

Ok, o funeral é dele...

As pérolas. Guardei quatro das seis num dos bolsos do colete. Poderia dar o fora daqui se quisesse; Hades me encontraria no Submundo caso eu acabasse por lá.

Não. Apenas em caso de extrema necessidade.

— Tem umas palavras! — Trinica aponta para um ponto além do conjunto de pedras que escalou.

A maré baixa revelou palavras escavadas nas paredes da caverna. No começo, mal são visíveis acima da água, mas a maré desce rápido o bastante para que logo dê para ler tudo. Assim que assimilo as inscrições, medo se revira no meu peito.

SE ESTÁ VENDO ESTAS PALAVRAS, PODE CHORAR.

Isso não parece nada bom. Nada bom *mesmo*.

De soslaio, vejo que quase todos os outros estão livres agora. Isabel está ajudando o campeão de Afrodite a descer do mastro, mas Zai ainda está sozinho sentado lá em cima. E agora não tenho como cortar a corda dele.

— Isabel! — grito. — O Dex pegou meu machado. Ajuda o Zai quando terminar?

Ela ergue a cabeça e acena para informar que ouviu. Começo a abrir caminho na direção oposta do aviso marcado nas rochas, para o fundo da plataforma de pedra onde estão Trinica e outros campeões.

Estou quase chegando à parte traseira da gruta quando vejo os olhos de Neve se arregalarem assim que ela encara a inscrição, atrás de mim. Trinica parece ver a mesma coisa, porque seus lábios formam a palavra "fodeu" antes que ela comece a acenar e gritar para todos nós.

— Todo mundo pra fora da água! Todo mundo pra fora da água!

Se tem uma coisa que aprendi na vida é a não hesitar quando gritam para correr. Nado com intensidade, o coração saltando no peito como se quisesse atravessar as costelas. Mesmo assim, com os músculos retesados por causa do frio, acho que não estou sendo rápida o bastante. Sinto que a qualquer momento algo vai me agarrar pelos pés e me puxar para o fundo.

Toda vez que ergo a cabeça para respirar e garantir que estou nadando pelo caminho mais curto até a plataforma onde aguardam os outros, vejo o rosto deles mais pálido, repuxado pelo medo e pelo choque. Alcanço as rochas e tento subir, mas, ao contrário dos postes, as pedras estão escorregadias.

— Vai. Vai. Vai... — resmungo para mim mesma, correndo as mãos de um lado para o outro.

Estou tentando encontrar uma protuberância para me puxar para cima, qualquer uma, quando uma mão imensa surge diante de mim. Meu cérebro foca nos dedos longos e finos antes que ele me agarre pelo pulso.

Olho bem nos seus olhos, escuros como a noite, que iluminam um sorriso.

— Peguei você — diz Samuel, com voz grave e um sotaque acentuado, mas que não consigo identificar de onde é.

Então ele me puxa da água usando um braço só, como se eu fosse uma pena enxarcada.

Assim que meus pés tocam na pedra começo a comemorar de alívio, mas Samuel berra:

— Cuidado!

Ele me envolve com braços fortes e se joga comigo no chão, absorvendo boa parte do impacto quando caímos nas rochas.

Isso não ajuda a amenizar o horror que me toma ao ver a coisa voltando para dentro da água, tendo passado a centímetros de onde a gente estava até um segundo atrás.

28
DEUSES AMAM MONSTROS

Puxo os pés para longe da borda.

— De onde, em nome de Hades, saiu aquela merda?

— Parece que tem uns ovos embaixo das palavras gravadas na pedra. — Samuel me solta e nós ficamos de pé.

E, de fato, olho para o lado a tempo de ver um objeto do tamanho do meu pulso, preto e vermelho. Ele está metade fora e metade dentro da água, preso à parede da caverna como um crustáceo, logo abaixo da inscrição. Uma onda sobe, depois baixa, e um monstro irrompe do ovo. Menor, muito menor do que o que acabou de nos atacar.

Ali perto, a versão gigante da criatura aterrorizante surge acima da superfície. Num instante, antes que mergulhe de novo, aproveito para observar com mais atenção. Ela é preta com as bordas vermelhas e parece um cavalo-marinho, só que do tamanho de um pônei. A diferença é que as partes ondulantes são feitas de apêndices de aparência folhosa, como algas de cores vibrantes. Em vez de uma adorável carinha de cavalo-marinho, o bicho tem um focinho longo e estreito, dotado de dentes afiados que se fecham no ar. A forma como se encaixam sugere que são feitos para arrancar carne dos ossos. Uma serpente marinha crocodiliana?

A agitação da água deixa claro que ela está indo na direção de Isabel, que tenta alcançar Zai.

Abro a boca para avisar, mas Samuel é mais rápido.

— Isabel, cuidado! — berra ele.

Ela se vira bem a tempo de ver o mostro dar o bote com os dentes. A campeã ataca com o alicate de corte que lhe emprestei, e o bicho geme e volta para a água, mas não se afasta. Em vez disso, começa a nadar ao redor do mastro enquanto Isabel escala freneticamente para se juntar a Zai, perto do topo. Presas que o monstro vai tentar colher como frutas de uma árvore.

Um estalido asqueroso ecoa na caverna quando outro pequeno monstro marinho se liberta do ovo e cai na água. Agora há três deles. E pior: conforme o nível da água diminui, consigo ver as silhuetas de pelo menos outros nove ovos sob a superfície.

Como assim... Um para cada campeão? O que está fazendo eles saírem da casca?

Acima do rugido das ondas e dos gritos dos campeões, capto um estranho ruído úmido vindo de um ponto próximo. Há água pingando atrás de nós. Mas as gotas não estão vindo do teto — estão se materializando em pleno ar, alguns metros acima do patamar de rochas.

Sinto um calafrio. De onde isso está vindo?

Samuel balança a mão como se estivesse agitando o ar, mas ouço um baque abafado antes de Dex surgir do nada. Algo de metal cai no chão ao lado dele com um estalido. Samuel agarra Dex pelo pulso e arranca meu machado de sua mão. Olhando nos meus olhos, ele devolve a relíquia para mim e empurra Dex para longe.

— Não conseguiu fugir nadando, pelo jeito.

— Tem uma parede invisível — diz Dex. — É impossível sair.

O olhar de desprezo no rosto de Samuel diz tudo: ele acha que Dex é um covarde. Eu não acho. Ele está tentando sobreviver, como o resto de nós.

— Se eu tivesse a oportunidade de escapar, também tentaria — digo.

E cada um deles me olha de um jeito diferente — um com uma expressão ressentida, outro com o semblante especulativo.

Pelo menos agora descobrimos um dos presentes de Dex — o Elmo da Escuridão, capaz de deixar o campeão invisível. A questão é: Samuel também precisou usar um dos seus presentes para enxergar Dex?

— *Alguém* faz alguma coisa! — grita Isabel.

O monstro marinho salta, agitando a cauda longa para se jogar no ar, tentando morder os pés de Zai enquanto ele e Isabel se espremem no topo do poste.

Sou a única que tem uma arma, então acho que é comigo.

— Vou tentar chegar até eles — digo às pessoas ao meu redor, mas não sei se ligam. Há outros campeões espalhados pelas rochas, que dão a volta em toda a gruta. — Alguém tenta descobrir qual é a dos ovos e como impedir que eles eclodam.

Avançando pela superfície irregular, atravesso a caverna tão rápido quanto consigo, ondas batendo nas minhas coxas e me derrubando a cada punhado de metros enquanto dou a volta e me aproximo de Isabel e Zai. Não tem como nadar mais rápido do que as criaturas. Mas pelo menos eles não conseguem subir nas rochas e...

— Recua! — grita alguém.

O monstro gigante voa com quase o corpo todo fora da água e cai nas rochas, errando por pouco Jackie e Amir, campeões de Afrodite e Hera. Com um chiado, a criatura escorrega de volta para a água. Merda. Outra criatura está circulando Isabel e Zai, e já está grande, o que significa que os bichos estão saindo do ovo e crescendo *rápido*. Assim que ficarem um pouco maiores, vão conseguir subir aqui. Não estamos seguros por muito tempo.

Precisamos achar um jeito de matar essas coisas. Será que meu machado basta? Como eu chegaria perto, e onde deveria acertar para deter um monstro desses?

— Puta merda... — murmuro. Porque tenho uma ideia, mas é uma bosta precisar usar ela assim tão cedo.

Samuel está vindo na minha direção, o que é uma coisa boa. Preciso dele para meu plano funcionar.

— Se prepara pra puxar a gente rápido da água — digo.

Ele já me salvou uma vez, então vou confiar nele. Chego na beirada das pedras, me agachando até colar os joelhos no peito.

— O que você tá fazendo? — berra Isabel.

Se eu conseguir, vou entrar na água sem os bichos perceberem.

— Um dos meus presentes pode ajudar a gente, mas preciso de terra!

— *Terra*? — guincha ela.

Mais longe da borda, Trinica balança os braços para chamar minha atenção.

— Consigo ver eles daqui — diz ela. — Mergulha quando eu disser.

Então, em vez de olhar para baixo, encaro Trinica enquanto ela analisa a água, a expressão determinada. Ela tem idade para ser minha mãe, o que explica a forma como se mantém calma sob pressão. A campeã ergue uma das mãos, mexendo a cabeça enquanto acompanha os movimentos das criaturas.

— Vai!

Entro na água da forma mais cuidadosa possível, sem fazer barulho, e então afundo para nadar até o leito. Tateio a parede de rocha, a pressão fazendo meus ouvidos doerem, mas continuo seguindo até — graças aos deuses — alcançar uma faixa de areia. Abrindo o compartimento onde coloquei os dentes de dragão de Boone, remexo o conteúdo.

Tenho a impressão de ouvir a voz de Hades na minha cabeça gritando: "Mais rápido, Lyra!".

Enfio três dentes na areia e os enterro, depois nado até a superfície, arfando. Não tenho tempo para saber se estou ou não alucinando. Isso vai ter que ficar para depois.

— Quando virem os esqueletos, pulem na água e nadem até o Samuel. Ele vai puxar vocês pras pedras — grito para Zai e Isabel.

— Esqueletos? Ela tá meio doida — diz Zai para Isabel.

— Fala isso na cara dela quando a gente escapar dessa com vida — dispara Isabel. Depois se vira para mim: — Volta pras pedras.

Mantendo a cabeça acima da água para ouvir qualquer aviso de perigo, sigo nadando. A qualquer instante, meus soldados de ossos vão surgir. A qualquer instante.

Estou quase alcançando a mão de Samuel quando Meike grita:

— Cuidado, atrás de você!

Não sei se ela está berrando para mim ou para os outros, mas basta olhar por cima do ombro para descobrir. Uma crista preta e vermelha com aparência de alga irrompe da água, serpenteando como uma cobra direto na minha direção.

Me empurro para longe de Samuel e afundo, ignorando o ardor nos olhos enquanto fito os arredores, a arma em riste. Não vou morrer hoje, porra. Não no meu primeiro Trabalho.

O monstro está concentrado em mim, cortando o caminho pela água numa velocidade atordoante. Desesperada, procuro seus pontos fracos, um lugar para perfurar aquele corpo delgado e cheio de apêndices folhosos. Se eu errar agora, vou só irritar a criatura.

Com a sorte que eu tenho...

Enquanto o monstro dispara, a mandíbula escancarada, pulo para o lado e vejo outra saída. Em vez de acertar o bicho, decido me agarrar em sua pele escorregadia e montar nele como se fosse um cavalo bravo.

A criatura enlouquece, se chacoalhando de um lado para o outro. Tenta saltar para fora da água, e respiro assim que irrompemos na superfície. Quando afundamos de novo, em vez de tentar se livrar de mim ele se vira na minha direção — não para tentar me morder, e sim para envolver o corpo serpentino ao meu redor. O bicho é tão rápido que quase consegue prender meus dois braços, mas consigo livrar um deles.

A criatura vai me apertando enquanto me carrega para o fundo, com cada vez mais força. Se não me afogar primeiro, vai me esmigalhar. Acerto seu corpo várias vezes com o machado, mas não está funcionando. Não estou atingindo nada vital o bastante para deter seu ataque.

De repente, uma lâmina branca corta a água, acertando em cheio a cabeça do monstro. Imediatamente, ele desfalece.

29
DENTES DE DRAGÃO

Encaro o soldado esquelético, com direito a escudo e espada, tudo feito de ossos muito brancos. Em vez de pernas, porém, ele tem uma cauda de sereia. Será que eles se adaptam ao ambiente no qual nasceram? Se sim, esse é um ponto forte.

Quando consigo me livrar do corpo do monstro marinho, com muita dificuldade por causa das partes folhosas, meus pulmões estão quase estourando. Empurro as rochas do fundo para tentar subir à tona o mais rápido possível. Meu corpo berra, desesperado por ar, mas ainda não cheguei à superfície. Não consigo. Acabo engolindo água salgada no instante em que Samuel agarra minha mão e me puxa.

Caio de barriga no chão, tossindo e cuspindo. Levo um bom tempo para expulsar a água dos pulmões. Cada respiração é tão dolorosa que tenho a sensação de que vou começar a expelir sangue.

— O que são aquelas coisas? — grita alguém na outra extremidade.

Sei exatamente para o que estão olhando. São três. A quantidade de dentes de dragão que usei.

— Matem os monstros marinhos! — ordeno aos soldados feitos de ossos.

A água se agita numa batalha de criatura contra criatura enquanto assistimos horrorizados.

— Isabel, Zai, nadem pra longe daí! — berra Samuel.

Ambos saltam do mastro e vêm até nós. Samuel iça os dois para fora da água, um por vez.

Isabel cai nas rochas ao meu lado.

— Você tá sangrando — digo.

Me sento para analisar melhor sua perna.

Duas fileiras de dentes afiados furaram seu calcanhar, que agora verte sangue. O monstro marinho deve tê-la mordido enquanto ela estava pendurada no poste.

Isabel arranca a camiseta, ficando só de top esportivo, e amarra o tecido em volta do ferimento.

— Zai acha que você se arrisca muito — diz ela. — E tô inclinada a concordar. — Depois ergue o olhar e sorri. — Mas eu gosto de quem se arrisca.

Gostaria de sorrir de volta, mas estou ocupada demais recuperando o fôlego.

— A gente conseguiu!

Um dos campeões está de pé acima das palavras de alerta escavadas nas rochas, junto com Rima e Amir. Diego, acho que esse é o nome dele. É mais velho, deve ter quarenta e poucos anos. Tem estatura média, corpo magro, mas forte, um volumoso cabelo prateado e um sorriso genuíno que o faz brilhar como um farol. É o campeão de Deméter, e está usando um macacão bordô — o que significa que sua virtude é a Emoção, e não a Razão. Interessante.

Não consigo decifrar Rima muito bem, mas a arrogância de Amir parece ter desaparecido quando ele sorri, o rosto estampado com um orgulho quase infantil assim que o campeão da Emoção dá um tapinha em seu ombro. Os dois homens tiraram a camiseta e a calça enxarcadas e as enrolaram ao redor dos ovos não chocados, cobrindo-os completamente. As roupas de baixo de Amir estão grudadas no corpo magro ainda em formação, e o campeão juvenil de Hera parece pequeno demais para o desafio. Pelo jeito como Diego se coloca entre o adolescente e as águas, mortais até agora há pouco, ele também acha. Noto como o gesto é paternal e me pergunto — não pela primeira vez — sobre a família que meus colegas campeões deixaram para trás.

— Eles eclodem quando em contato com o ar — diz Zai, ao meu lado, usando um tom pragmático, como se esse fosse um fato científico muito interessante que acabou de descobrir.

De repente, a água fica silenciosa. Apenas o movimento natural do oceano perturba a superfície enquanto encaramos as profundezas.

— Estão todos mortos? — pergunta Meike.

— Pelos deuses, espero que sim — murmura Jackie.

Com um som de chapinhar, um dos esqueletos se ergue acima da superfície, sustentando o peso na calda óssea. Ele presta uma continência para mim e se desfaz no mesmo instante, os ossos se espalhando e afundando até o leito da caverna. Os outros dois provavelmente seguiram o mesmo destino.

— Os monstros já eram. — Me largo nas rochas de barriga para cima, encarando as formações rochosas com aparência geométrica acima da minha cabeça. Abro um sorriso de puro alívio. — Um Trabalho já foi.

Uma risada escapa dos meus lábios. Ouço os outros soltando sons similares, algo entre alívio, choque e horror absoluto — estão absorvendo a realidade.

Passamos por um Trabalho. Ninguém morreu.

Ao meu lado, Isabel grita de repente — um som de tamanha agonia que fico surpresa de a caverna inteira não despencar na nossa cabeça. Fico de pé num salto e a vejo desenrolando a camiseta ensanguentada da perna com movimentos desesperados.

No lugar em que os dentes a atingiram, em vez de rasgos, vejo... buracos. Buracos escuros como cinzas, que vão ficando mais fundos e largos conforme assistimos com nojo, e se espalham como se estivessem comendo Isabel viva.

— Alguém ajuda! — grita uma pessoa.

Isabel se debate e grita, agarrando a parte de cima da perna como se pudesse parar aquilo, mas o veneno da mordida segue consumindo sua carne muito rápido, e já está quase atingindo o joelho. Arranco um pedaço de corda de um dos bolsos do colete e amarro sua coxa num torniquete para impedir que a corrosão — ou o que quer que isso seja — continue subindo, mas a linha que marca a carne queimada passa pela corda como se a contenção sequer estivesse ali.

Isabel arqueia as costas, os guinchos horrendos ecoando na gruta. Minhas entranhas parecem sangrar com ela, já que cada grito me mata por dentro. Nunca ouvi um som tão horrível. Chego mais perto e seguro sua mão. É tudo que posso fazer.

Ela olha para mim, e não é só agonia ou medo o que vejo em seus olhos... mas certeza. Ela *sabe* que vai morrer e que ninguém pode fazer nada para impedir.

— Eu tô aqui — digo.

O que mais posso dizer?

Depois Isabel respira fundo, e solta uma mistura de grito e gemido antes de revirar os olhos. Ela desmaia, com certeza por causa da dor. Mas seu corpo ainda está lutando, o peito subindo e descendo rápido, braços e pernas se agitando enquanto ela tenta resistir. A esta altura, a carne queimada já alcançou o peito da campeã. Tudo que posso fazer é assistir, impotente e paralisada, enquanto a coisa a consome. Enfim, com um último suspiro, junto a um gemido que escapa por seus lábios negros como carvão, ela fica imóvel e para de respirar.

Para de sofrer.

Parece um cadáver retirado de uma casa em chamas, como nos filmes — queimado além de qualquer reconhecimento. O que os filmes não conseguem reproduzir é o cheiro podre que um corpo emana nessas condições. Me dou conta de que ainda estou segurando sua mão, e a solto com delicadeza antes de limpar seus resquícios das minhas roupas.

Samuel tira a camiseta e cobre a campeã tão bem quanto possível, depois pousa uma mão no meu ombro. Me encolho ao toque.

— Ela se foi.

Não parece possível. Isabel estava aqui até agora. Estava...

— Parabéns! — retumba a voz de Zeus, vinda do céu.

Zeus, não Poseidon. O deus do oceano deve estar puto por ter criado um desafio que acabou eliminando a própria campeã — e, portanto, tirou a si mesmo do páreo. Ótimo. Espero que ele se afogue em derrota.

— Vocês completaram o primeiro Trabalho, campeões. — As palavras ecoam ao nosso redor. — Ótimo.

Não foi todo mundo que completou, babaca. Não consigo olhar na direção do cadáver de Isabel.

— E quem venceu a competição de hoje foi... o campeão de Deméter, Diego Perez, que descobriu o que fazia os ovos eclodirem e deteve o processo. — O deus faz uma pausa, provavelmente dando a oportunidade para que a gente aplauda ou coisa do gênero. Sinto um embrulho no estômago. — Diego, por conta da vitória de hoje, você vai ganhar uma bênção: o Anel de Giges.

Vejo de relance um lampejo na caverna, mas não me viro para ver Diego aceitar a porcaria do prêmio.

O tom de Zeus é benevolente.

— Esse artefato mágico garante o poder da invisibilidade a quem o utiliza.

Ficar invisível não foi de muita ajuda para Dex.

— Vai em frente, campeão — diz Zeus.

Enfim me viro e me deparo com Diego parado acima das palavras de alerta entalhadas nas rochas. Um anel de ouro grosso como meu polegar flutua no ar diante dele. Ele não se move; em vez disso, olha de soslaio para onde o corpo de Isabel está, parcialmente coberto, ao meu lado.

— Pega — encoraja Zeus. — É seu.

30
QUANDO HADES FICA PUTO

A sensação borbulhante que acompanha o processo de sumir e surgir em outro lugar me leva de onde estou, sentada ao lado do corpo de Isabel na gruta, até um chão de mármore. Ainda estou molhada e triste. Dois pés calçados em botas surgem no meu campo de visão. Se pés pudessem ficar putos, essa seria a imagem.

— O que deu em você, Lyra? — rosna Hades. Não, ele não rosna... ele estoura como fogos de artifício no Ano-Novo.

A última coisa de que preciso é que gritem comigo depois de ter passado por tudo isso. E ele está bravo com o quê, afinal? Eu não venci, mas também não morri, porra.

— Dentes de dragão? — solta Hades, logo depois.

Ah.

A menção aos dentes de dragão me lembra da impressão de ter ouvido a voz dele dentro da minha cabeça, mas não pergunto.

Não digo nada.

— Onde você... — Hades se cala. Depois, a voz dele fica mais suave. — O ladrão que te trouxe coisas. Ele deu os dentes pra você.

Não vou botar Boone em apuros por ter me ajudado.

— Ele também te deu o machado? — pergunta Hades.

Ergo o olhar.

— Eu...

Do nada, Hades materializa outro machado — um que parece exatamente igual ao meu.

— É um par — diz ele. — Odin deu os dois de presente pra mim, o filho mais velho de Cronos, depois que a gente prendeu os titãs no Tártaro.

Então *esse* é o símbolo no cabo — achei que era de Zeus, mas é de Odin. Aposto que Zeus *adorou* ter sido passado para trás por Hades, dado que ele já era o rei dos deuses àquela altura.

— Uns dez anos mortais atrás, achei que tinha perdido um dos dois. — Ele olha intensamente para o machado que ainda estou segurando. — Pelo jeito, não perdi.

Arregalo tanto os olhos que dói.

— Ele simplesmente apareceu, e não tinha nada que eu fizesse que desse fim nele — falo.

Hades prende o machado num dos anéis do suspensório de couro que voltou a usar.

— Isso não importa. Você já usou na frente dos deuses.

— Eles devem achar que é um daqueles de lâmina retrátil.

— Garanto que eles sabem *exatamente* o que é isso — dispara ele. — O que faz com que você tenha duas relíquias, e nenhuma delas é minha. Porra, Lyra. A gente já tava forçando as regras com as pérolas.

Essa é a última das minhas preocupações no momento.

— Não tem nenhuma regra na Provação que impede que eu traga minhas próprias relíquias — digo baixinho. — É só contar pros daemones onde eu consegui isso.

Foi a coisa errada a se falar, com base na forma como Hades me açoita com seu silêncio.

— Isso por acaso é engraçado pra você? — murmura ele, depois de um tempo.

De jeito nenhum.

— Não estou dando risada — digo.

— Só outros dois campeões usaram os presentes hoje. Um pra sobreviver, e o outro pra *vencer* o Trabalho.

Franzo a testa.

— O Diego usou o dele pra vencer?

— Você só pode estar de brincadeira comigo — resmunga Hades entredentes. — O que acha que era aquele brilho?

Brilho? Que brilho?

— Eu perdi essa parte. Estava ocupada demais tentando não morrer.

— O presente dele é o Halo de Heroísmo, que reforça cada uma das quatro virtudes: Razão, Emoção, Coragem e Força. Apareceu em cima da cabeça dele enquanto trabalhava na resolução do problema.

Puta... merda.

— Com esse presente, ele é imbatível.

— O que você *deveria* estar perguntando — agora a voz de Hades troveja de novo — é por que nenhum dos outros campeões usou os presentes quando poderia ter usado.

Ele está certo. Está mesmo, mas não posso lidar com isso.

Me deito no chão gelado e jogo um dos braços sobre os olhos. De maneira vaga, já me dei conta de que estamos de novo na casa de Hades no Olimpo. Só não tenho energia para me importar.

— Você vai tirar a porra de um cochilo, é isso mesmo?

Sinto ele pairando sobre mim.

Não abro os olhos.

— Será que você pode... me dar um tempinho? — peço.

O silêncio agourento que ocupa o cômodo cria dentes e garras conforme passo mais tempo ali deitada. Enfim sou tomada pela exaustão, o choque e o luto que ainda me mantêm num estado de atordoamento.

Respiro fundo.

— Quanto tempo faz que alguém deixou você esperando?

— Eu. Não. Espero. — As palavras saem curtas, como se Hades estivesse cuspindo cada uma.

Não sei o que me irrita mais no fato de que ele está sendo um cuzão nesse momento — talvez a arrogância egoísta, talvez o tom de "sou um deus todo-poderoso". Só sei que solto uma gargalhada. Um som abrupto, tão surpreendente para mim quanto para Hades, que logo é engolido pelo silêncio de sua ira crescente.

Mas agora que comecei, não consigo parar. O riso escapa da minha boca, violento e carregado. Me forço a me sentar, mas é sério. Não consigo parar.

Rio por tanto tempo que Hades se ajoelha na minha frente, franzindo o cenho.

— Lyra?

Lágrimas escorrem pelas minhas bochechas. Balanço a cabeça, o rosto e a barriga, que começa a doer por causa da hilaridade traumática que ainda me prende.

O semblante de Hades é tomado pela frustração, e ele aperta seus lábios perfeitos até que não passem de uma linha fina.

— Lyra, para com isso.

Depois, ele me segura pelos ombros. No instante em que encosta em mim, as gargalhadas param abruptamente e o encaro.

Então tudo me atinge ao mesmo tempo.

Prometi a mim mesma que não ia chorar. Não vou chorar, porra. Conter as emoções exige toda a minha força. É quase como se precisasse me obrigar a ficar amortecida para não sentir. Sei que estou diante de Hades, mas não o vejo, de tão focada que estou no meu interior. Se tivesse feito algo similar na frente de Felix ele teria dito para me recompor, ou talvez até me desse um tapa para me despertar do choque.

Preciso ficar de pé. Trocar de roupa e pensar nos próximos passos. Não demonstrar esse tipo de fraqueza. Para ninguém.

Muito menos para Hades.

Então quando ele se senta ao meu lado no chão, em silêncio, as pernas voltadas para a direção oposta e o corpo tão próximo que consigo sentir seu calor nas minhas roupas úmidas, não sei o que fazer. Não é um ombro no qual chorar, exatamente, mas sim um apoio silencioso.

Eu toleraria se ele tivesse gritado, ido embora, me culpado ou até jogado coisas pro alto.

Mas é como se aquela compreensão mínima, uma merdinha de nada, tivesse aberto um buraco na fortaleza emocional que construí ao longo dos anos, e as lágrimas escapam. Mordo o lábio com força, tentando impedir.

E Hades faz a coisa mais inesperada de todas — fica ainda mais gentil.

Aninha meu rosto numa das mãos, o polegar correndo delicadamente pelo lábio, do qual acabei arrancando sangue. Seus olhos mudam de aço cortante para um redemoinho de mercúrio, e o que vejo neles é... compreensão.

— Não fica assim.

O nó na garganta me impede de falar, então só balanço a cabeça.

— Você vai ficar bem — continua ele. — Prometo.

Não consigo lembrar a última vez que alguém disse algo remotamente parecido para mim, e isso me pega em cheio. Depois, balanço a cabeça — não é isso. Não é sobre mim. Não mesmo. Aquilo não devia ter acontecido. Isabel não merecia.

— Eu... — Preciso engolir em seco. — Fiquei segurando a mão dela enquanto... — Eu mal conhecia a mulher, mas parecia que não era capaz de soltar. — Ela sentiu tanta dor...

Tanta, *tanta* dor...

— Eu sei — murmura Hades, enxugando com o polegar as lágrimas que escaparam dos meus olhos. — Eu sei.

Não consigo tirar a imagem do rosto de Isabel da cabeça — o pânico, os olhos aterrorizados, tomados pela certeza assombrosa de que iria morrer enquanto berrava sem parar.

— Eu não soltei. Nem quando... Nem depois que...

Não consigo completar a frase. Não em voz alta. Isso tornaria tudo mais real, pior, cimentado em minha mente.

— Eu vi — diz Hades.

O retumbar suave de sua voz me cerca, e algo tranquilizador no som enfim consegue me penetrar. O aperto no meu peito se atenua um pouco.

Envolvo o pulso dele com a mão e cedo, me entregando ao seu toque, fechando os olhos, ouvindo Hades inspirar e expirar, tentando sincronizar minha própria respiração ao som, a ele. Ajuda.

Estar... com ele.

Seu conforto. Seu apoio. Seu toque.

O toque do deus da morte.

Que porra de ideia é essa?

Meus olhos se abrem e vejo que ele está me observando.

Hades coloca o dedo sob meu queixo, me fazendo olhar para ele.

— Se eu disser que prometo cuidar dela no Submundo, que vou arrumar um lugarzinho lindo pra ela no Elísio... você vai se sentir melhor?

31
CONHEÇA O INIMIGO

Encaro os olhos de metal rodopiante. Quando me dou conta de onde estamos sentados e de como estamos próximos, sou tomada pelo constrangimento. Devagar, o sentimento brota dentro de mim e faz cada parte do meu corpo se enrijecer, até que eu esteja hiperconsciente de todos os pontos onde nossos corpos estão se tocando. Ou de como quero chegar ainda mais perto, enterrar meu rosto no peito dele.

Tenho vinte e três anos, e agora, mais do que nunca, é gritante o fato de que nunca estive nos braços de um homem. Jamais. Preciso me tirar dessa situação antes que faça algo estúpido, tipo me sentar no colo dele, deitar a cabeça em seu ombro ou pedir que me abrace.

— Lyra? — Hades quer uma resposta à oferta que acabou de fazer.

Não estou conseguindo processar os pensamentos. Meu cérebro parece ter dado curto-circuito — e, por mais estranho que pareça, a única coisa aleatória que se passa pela minha cabeça é...

— Você também é afetado pela minha maldição?

Ele hesita, e aí está a minha resposta. Hades não é capaz de sentir algo real ou duradouro por mim. Ninguém é.

— Preciso de você — responde ele, enfim.

Pisco os olhos, tentando não permitir que a afirmação me faça sentir algo. Foco na realidade.

— Certo. Você precisa de mim pra ganhar, e pra isso tenho que estar funcional.

Uma vez, encontrei um cachorrinho perto da entrada dos túneis do covil. Oferendas não podem ter animais de estimação, então levei o filhote até o abrigo de animais mais próximo. E o olhar dele quando o deixei lá... Por um segundo, é disso que me lembro quando olho para Hades. Ele parece tomado pela dor do abandono.

Mas a expressão desaparece sob uma máscara de tédio na piscadela seguinte, tão rápido que questiono se foi real, enquanto ele afasta a mão do meu rosto.

— Se você se sente melhor acreditando nisso, vai nessa — diz ele. — Quer ou não aceitar minha oferta?

A oferta de ajudar Isabel.

Ai, pelos deuses. Cá estou eu, pensando em me sentar no colo de Hades quando deveria estar refletindo sobre o que aconteceu. Minha mente está uma zona.

— Sim. — As palavras saem num sussurro severo e acusatório. — Ninguém merece morrer daquele jeito.

O deus da morte faz questão de me olhar nos olhos.

— Não mesmo.

— Esses Trabalhos são uma sacanagem.

— Eu sei.

— A gente não é descartável — afirmo, a raiva tomando o lugar do desespero. — Vocês deuses brincam com mortais como se achassem que a gente é de brinquedo.

Hades solta um suspiro quase tão pesado quanto o que sinto no peito.

— Os outros brincam mesmo. Pra eles, mortais vêm e vão. São um nada. É como a expectativa de vida de uma borboleta da perspectiva dos mortais: curtíssima... — Ele dá de ombros. — Vocês podem pensar nelas como coisinhas bonitas, mas condenadas, que uma hora estão aqui e na outra já foram embora. Rápido demais pra se apegar.

— Mas a gente não se deleita brincando de esmagar coisinhas bonitas.

Hades não tenta se justificar ou defender as divindades, e ergo o olhar para analisar seu rosto. Enxergo além do olhar que está me dirigindo.

— Você falou que os outros deuses brincam com a gente — falo devagar.

Ele ergue as sobrancelhas.

— E...?

— Quer dizer que você não é assim?

— Não.

— Por que não?

A expressão de cachorrinho abandonado volta.

— Porque todos vêm até mim no final.

As sete palavras carregam um fardo tão grande que não entendo como não o esmagam.

É quando entendo pela primeira vez que o rei do Submundo é exatamente isso, um *rei*. O governante de todas as almas que algum dia acreditaram em deuses gregos e que foram parar no reino dele após a morte. Um governante que deve punir e recompensar com base na vida que cada alma viveu. Um governante que deve saber o quanto o coração das pessoas que ficam para trás sofre quando alguém morre, porque ele também encontra essas almas um dia.

— Não somos borboletas pra você — sussurro. — Somos eternos.

Seus olhos lampejam com algo selvagem, mas ele não fala nada.

Sinto as sobrancelhas se juntando enquanto penso nisso, chacoalhando a cabeça.

— Mas você me forçou a entrar na Provação como se estivesse pouco se fod...

— Acreditei que você era forte o bastante pra sobreviver. Tem outros motivos também, mas achei isso de verdade. — Ele se encolhe como se estivesse sofrendo. Sério, Hades *se encolhe.* — Não me dei conta de que você tinha um coração delicado por baixo da casca grossa. Sinto muito.

Encaro Hades.

— O que foi? — pergunta ele.

— Você pediu desculpas. — Estou chocada. — Achei que deuses fossem incapazes disso.

Sua boca se curva levemente de um lado, dando um vislumbre de sua covinha.

— Não deixa isso subir à cabeça, minha estrela.

— Certo.

O apelido faz uma pequena parte de mim pensar que talvez ele se importe de verdade, pelo menos um pouco, ainda que de forma vaga e culpada.

Não sei muito bem como me sentir. É fácil pensar nele como um deus insensível e egoísta, talvez até malicioso, brincando com a gente — comigo, em especial — por pura diversão.

— Você ficou muito puto com o que eu fiz — sussurro.

De que profundezas do Submundo isso veio?

Hades nega com a cabeça.

— Eu fiquei... — Ele desvia o olhar. — Frustrado. Quando eu estiver puto, você vai saber.

Não faço questão.

— Você pode mesmo garantir que Isabel fique... *bem* no Submundo?

— Sim.

Meu queixo treme irritantemente.

— Obrigada por isso.

Após uma breve hesitação, ele assente. Depois se levanta, me ajuda a fazer o mesmo e se afasta um passo. O desconforto das roupas molhadas enfim começa a se infiltrar nos meus ossos e estremeço, puxando a camiseta para longe do corpo.

Ele me observa e tento ignorar o calafrio que sinto com o seu olhar. Sem nenhuma ideia do meu esforço, Hades estala o dedo. Agora estamos ambos de roupas secas e é como se eu tivesse tomado um banho — estou completamente limpa, embora meu cabelo esteja seco. Visto jeans, como ele, além do meu colete tático sobre uma camisa social branca com as mangas enroladas. Imagina o tanto de tempo que daria pra economizar todo dia com esse truque.

— Eu estava doida por um banho de banheira... — resmungo, mais para mim do que para dele.

Hades dá de ombros, como se não tivesse nem considerado a possibilidade.

— Tudo que você teria feito na banheira seria se encolher e chorar.

— Eu não costumo ser assim.

Bem, eu não estou sendo quem costumo ser desde que vim parar aqui. Minhas bochechas coram de constrangimento.

Tentando focar em qualquer coisa que não nele, corro os olhos pelo cômodo. É o mesmo onde Hades me beijou, ontem mesmo, e de repente é só nisso que consigo pensar. É só isso que consigo sentir: os lábios dele nos meus.

Para de pensar em beijar o deus da morte, Lyra.

— Ei. — A voz dele volta à suavidade de antes, envolvente e severa ao mesmo tempo. — Não faz isso. Não precisa segurar o choro.

Quase caio na risada. Se ele ao menos imaginasse o que eu estava mesmo segurando... Ainda bem que ele não sabe.

— Essa é a pessoa em que a vida me transformou. — Olho ao redor de novo, correndo a mão pelo cabelo. — Mas e aí? E agora?

— Primeiro, você precisa se sentir em casa aqui.

Não consigo me conter. Apoiando a mão no quadril, digo:

— Então é melhor te expulsar. Odeio visita.

Os lábios dele nem se movem.

— Acabou?

Tombo a cabeça para o lado.

— Você falou que eu podia ser eu mesma.

Ignorando o cutucão, ele faz um gesto para que eu o siga. Obedeço.

Passamos pela porta que leva ao resto da casa olimpiana de Hades, que é toda decorada em preto e vermelho com detalhes dourados aqui e ali. Assim como na cobertura em San Francisco, não há fotos. Mas, enfim, eu também não tenho fotos. Oferendas não têm permissão de tirar retratos ou fazer vídeos de si mesmas. Não pode existir prova alguma da nossa existência caso alguém nos pegue.

Ele me leva para fora, para um pátio que fica no centro da casa. O espaço é repleto de vasos de plantas floridas e fontes, tudo banhado pela luz rosada do fim de tarde. Hades não se detém, passando por um portão que leva a uma rua de paralelepípedos, que por sua vez dá vista para o glorioso lar dos deuses.

É tão impressionante quanto da primeira vez. Talvez mais ainda, porque os céus estão em um tom escuro de lilás que se mistura ao laranja brilhante no horizonte, onde o sol começa a afundar, e as cores refletem o branco das construções, iluminadas por dentro.

Enrugo a testa.

— Não era de manhã?

A competição de Poseidon começou bem no início do dia.

— A gente tá muito longe de lá, minha estrela.

Certo. O mundo é grande, e às vezes preciso ser lembrada desse fato.

— Preciso ir. — Hades aponta para a rua além do portão. — Nada de sair enquanto eu estiver fora, ouviu?

— Eu... — Penso no que ele acabou de dizer. — Calma. Pra onde você tá indo?

Hades me observa.

— É sério, Lyra. O próximo Trabalho é amanhã.

Amanhã? Ah, vai se foder. E ele acha mesmo que vai simplesmente me abandonar aqui hoje?

— Se for amanhã, ficar enfurnada na sua casa não vai ajudar em nada. Preciso fazer aliados e...

— Você não vai conseguir nenhum.

As palavras me atingem bem no meio do peito.

Tento esconder a reação, mas ele percebe e contrai o maxilar. Mesmo assim, não volta atrás.

— Não é seguro pra você andar por aqui sozinha — insiste Hades.

Ele acha que eu quero sair para dar um rolê?

— Os deuses não podem tocar em mim.

Hades dá um passo adiante, ameaçador.

— Você acha que não vão testar os limites dessa regra? E os outros campeões? Essa limitação não vale pra eles.

É exatamente por esse motivo que ele devia *ir comigo*, caralho.

— Eu preciso fazer isso.

— Não.

Estou considerando seriamente meter meu machado na cara dele.

— Eu não posso só ficar aqui como uma cagona, torcendo pra passar pelo próximo Trabalho sem ser devorada viva.

Ele agita a mão no ar.

— Deixa de ser cabeça-dura, Lyra.

Cabeça-dura? É *isso* que ele acha que sou?

Ter sido largada na Ordem tão novinha, e com a maldição que carrego, me fez crescer numa correria desgraçada. Eu cuido de mim mesma, e sempre foi assim, porque ninguém mais vai cuidar. Até mesmo tentar jogar uma pedra no templo de Zeus tinha seu propósito.

Volto a cruzar os braços, fulminando-o. Em vez do machado, o que jogo na cara dele são palavras.

— Depois de hoje, sei com certeza que não vou sobreviver a todos esses Trabalhos sem pelo menos um aliado. Não tenho tempo de esperar sentada enquanto você vai pra... Pra onde você tá indo, afinal? Não respondeu isso ainda.

O músculo de seu maxilar não para de tremer.

— Preciso resolver umas coisas no Submundo.

— Passa a tarefa pra outra pessoa, ué — disparo. — Isso é importante.

— E almas como a de Isabel não são?

Recuo um passo, sentindo uma mistura tóxica de mágoa e raiva.

— Você sabe que não foi isso que eu quis dizer.

Bufando entredentes, ele bagunça os cabelos de um jeito muito sexy, e eu me sinto uma escrota por prestar atenção nisso.

— Não tem como resolver depois? — pergunto.

— Nesse caso, não.

Nem fodendo que eu sou eternidade para esse deus. Não passo de mais uma borboleta. Será que ele não enxerga que outro Trabalho sozinha é o equivalente a uma passagem só de ida para o Submundo? Ou ele é tão solitário que isso não é óbvio?

— Nem eu.

Hades me encara, severo.

— Você não vai ceder, né?

— Você vai?

— Porra... — murmura. — Beleza. — Então ele se aproxima e me encara bem de perto, os olhos cintilando como facas afiadas. — Mas fica com aquela porcaria de machado e uma das pérolas na mão o tempo todo. Vou tentar ser rápido.

De perto, consigo ver o tom mais leve de prata que envolve suas íris.

— Tá bom — respondo, tão seca quanto ele.

Hades hesita, descendo o olhar para os meus lábios. Será que está conferindo se a marca que ele deixou continua aqui para me proteger, caso eu precise usar uma das pérolas? O calor em mim se transforma em gelo no instante em que ele se afasta.

E, num piscar de olhos, ele some.

Encaro o espaço vazio à minha frente, sem acreditar nos meus próprios olhos.

Ele realmente me deixou aqui.

Enquanto isso, vou precisar me virar e tentar o impossível com minha falta de charme, minha maldição e minha conexão com o deus da morte, que ninguém quer que vire o rei dos deuses. Nunca.

Por que isso foi acontecer comigo?

Sabendo que estou certa, que a oportunidade de encontrar aliados até amanhã é mesmo importante demais para desperdiçar, avanço até o portão e saio na rua.

Sinto a pele formigar com a brisa. Não uma brisa boa, mas uma que dá impressão de que há olhos acompanhando cada movimento meu.

32

O PODER MAIS FORTE

Eu devia ter perguntado para Hades onde procurar antes de ele ir embora.

Encaro os picos e vales conectados por rios serpenteantes, com construções imaculadas espalhadas entre as paisagens deslumbrantes, e tento evitar o pensamento de que posso não estar aqui para aproveitar a vista depois de amanhã.

Suspiro, girando uma pérola entre os dedos enquanto ando a esmo.

Depois de um tempo, chego em um cruzamento e decido virar à direita. De repente, me dou conta de que a casa de Hades está numa fileira de catorze casas alinhadas de um lado da rua, com vista tanto para a frente quanto para o fundo. Não tem nem como confundir quem mora nas outras treze.

Cada casa — ou melhor, cada mansão — reflete a divindade que vive nela, assim como suas armaduras, a ponto de parecerem uma coisa só. A de Poseidon tem um tema oceânico, a de Zeus é cheia de raios, a de Deméter tem a ver com colheita e assim por diante. Será que eles ficam tão focados em suas funções divinas que nunca pensam em ser outra coisa?

É melhor eu não esbarrar com os olimpianos sozinha, independentemente das regras, então passo rápido pelas mansões e cruzo um pequeno lago entre duas montanhas, alimentado pelas cintilantes águas azuis de Poseidon. À frente e acima há várias construções ao longo da encosta, que me fazem pensar num vilarejo montanhês, e decido seguir nessa direção.

Até que, enquanto atravesso um campo imenso, vejo um pégaso à distância.

Não só um, na verdade, e sim um bando. Há criaturas de todas as cores, pastando pacificamente num campo de gramíneas altas misturadas a flores vibrantes por todos os lados.

É só quando passo por uma ponte sobre um riacho borbulhante que me detenho. Apoio os braços no parapeito, fitando uma pégaso rosada. Apesar da dor persistente do que aconteceu com Isabel, meu coração se acalma quando a fêmea ergue a cabeça para me encarar de volta, como se estivesse enxergando minha alma. Ela está perto da estrada, e consigo ouvir as penas farfalhando umas contra as outras quando ela agita as asas enquanto pasta.

O único sinal de que não estou mais sozinha é o som distante de alguém correndo. Isso e a pégaso erguendo a cabeça de novo.

Giro a tempo de ver Dex, o ímpeto assassino estampado na cara, seus olhos castanhos reduzidos a fendas enquanto ele investe na minha direção.

— Você me fez parecer um covarde! — ele berra.

Pego minha relíquia na parte de trás do colete tático, brandindo o machado com as duas mãos. Ergo acima da cabeça e me preparo para um golpe.

Por favor, não me obriga a fazer isso.

— Já? — Ao som de uma voz feminina que parece achar graça, nós congelamos no lugar.

Abaixo o machado enquanto Afrodite se aproxima. Ela olha para Dex com um sorriso de dar inveja a qualquer sirena.

— Será que você não quer...

Largo o machado, que bate no chão com um estalido enquanto cubro os ouvidos. Não faço ideia do que ela diz a seguir, mas Dex de repente relaxa, os braços caindo ao lado do corpo, e volta a caminhar sem me olhar.

Devagar, destampo os ouvidos, encarando a deusa.

E ela sorri, os olhos cintilando.

— Pelo jeito, o Hades te avisou sobre isso.

— Avisou mesmo.

Ela não parece preocupada, observando Dex se afastar.

— Não gosto de valentões.

— Nem eu — acrescento num murmúrio enquanto ela reduz a distância entre nós. — O que você mandou ele fazer?

O sorriso dela assume um ar de mistério.

— Nada *muito* malvado.

Esta é uma Afrodite que imagino que poucas pessoas já viram. Parece ter a minha idade, está usando calça de ioga e moletom e prendeu num coque o belíssimo cabelo escuro. Nada de maquiagem, nada de joias, só a beleza pura da deusa — do tipo que inspira poetas e guerras.

Ela se agacha, pega minha relíquia e a analisa de perto.

— Hades abriu mão de um dos preciosos machados dele?

— Não — falo, com cautela.

Afrodite ergue uma das sobrancelhas, curiosa, enquanto me devolve o objeto. Deve ter se dado conta, pela minha expressão, de que não planejo dizer mais nada.

— Você teria mesmo atingido o Dex com ele? — questiona ela.

Pego o machado, viro o cabo de ponta-cabeça e o enfio no bolso escondido do colete, o peso do metal se ajustando confortavelmente contra minha lombar.

— Sim.

— *Mesmo?* — insiste ela.

Para ser sincera, não tenho a menor noção. Mas ser sincera com uma deusa que não é a que represento parece uma péssima ideia.

— Claro.

Afrodite se apoia no parapeito da ponte e olha para a pégaso rosada, que ainda me observa enquanto mastiga mais um punhado de grama.

— Você foi bem hoje.

Encaro meus pés. Esse não é um elogio que eu gostaria de receber, visto o que aconteceu.

— Fala isso pro Hades.

— Meu irmão te deu uma bronca? Ele é um grosseirão por fora, mas... — Ela abre uma careta. A expressão teria feito alguém como eu parecer um monstro, mas nela... Caramba. — Bom, Hades pode machucar, se quiser, mas só faz isso quando precisa. — Afrodite me olha da cabeça aos pés. — Um pouco como você e seu machado.

Estou começando a compreender isso também.

— Ele... foi de boa.

O olhar dela assume um tom pensativo.

— Aquela morte foi horrível.

— Foi.

— Posso fazer você se sentir melhor. — A deusa chega ainda mais perto, tocando minha mão. Começo a sentir um calor soltando meus músculos e... — Será que você não quer...

Puxo minha mão e cubro os ouvidos.

— Obrigada, mas eu prefiro resolver isso sozinha. — Devo estar falando alto demais agora.

Afrodite faz um biquinho, depois vejo seus lábios se moverem para formar um "Tudo bem, então".

Quando baixo as mãos, ela diz:

— Hades não é muito divertido, vou te falar. Eu só queria te livrar da tristeza. Só por um tempinho. Trocar por prazer.

Se o ínfimo momento de calor que experimentei serve de pista, tenho uma boa ideia do que ela quer dizer com "prazer".

— Éééé... legal da sua parte oferecer.

Parece a forma de Afrodite de tentar ajudar. Pelo menos ela não está tentando me machucar. Olho ao redor, notando que estamos realmente sozinhas.

— Mas Hades te disse pra não aceitar — arrisca ela.

Não consigo reprimir uma risadinha.

— É um pouco isso, mas principalmente... Essa tristeza tem justificativa. Prefiro sentir o que tenho pra sentir.

A deusa vira a cabeça para me observar melhor, e tento não me inquietar sob seu olhar direto e questionador.

— Bom pra você, pequena mortal. Outros da sua espécie aceitariam o alívio sem pensar duas vezes.

E talvez eu esteja sendo tola por não fazer o mesmo.

Ela aponta para o caminho.

— Se você seguir por ali, passando pelo bairro do entretenimento, até o outro lado, vai encontrar os templos aonde a gente vai pra ouvir as preces. Talvez queira homenagear sua campeã perdida por lá.

Minha campeã perdida. Como se a deusa à minha frente não tivesse nada a ver com isso. Mas, como Hades disse, somos borboletas para eles, e Afrodite está sendo gentil. Imagino que divindades, assim como mortais, sejam complicadas.

— Mas cuidado. — Ela olha para a arma na minha mão. — Espero que saiba como usar essa coisa.

Em outras palavras, é melhor ficar de olho aberto. Entendi.

— Você é gente boa. — As palavras saem sozinhas, e resmungo um: — Foi mal.

Afrodite ri.

— Não conta pros outros. — Ela revira os olhos. — Já é difícil ser levada a sério quando tenho apenas o amor como arma, em comparação a tempestades, guerra, conhecimento ou morte.

— Pra mim, o amor é capaz de acalmar tempestades, botar fim nas guerras, fazer com que pessoas inteligentes sejam meio burras e cruzar a barreira entre a vida e a morte. Não acha que isso faz dele a coisa mais poderosa?

Afrodite me encara com algo que lembra... admiração. Emana calor de uma forma que me faz ter vontade de me banhar um pouco mais nesse brilho.

— Por conta disso, Lyra Keres, vou te contar um segredo. — Eu pestanejo, e ela continua: — Dois, na verdade, porque descobri que gosto de você. — Ela sorri. Não é um sorriso de tirar o fôlego, mas sim um meio autodepreciativo, como se nem ela estivesse acreditando que admitiu isso. — O primeiro é que meu Trabalho vai ser sobre a pessoa que você mais ama no mundo.

Meus ombros murcham, e minha mente se revira com um medo que eu nem sabia que guardava. Eu não amo *ninguém*. Sim, tem o Boone, mas acho que ter uma quedinha por alguém — ou admiração, que seja — não conta como amor. Não tem mais ninguém. Ninguém mesmo. Nem o Felix ou meus pais. Aprendi há muito tempo que seria idiotice deixar qualquer pessoa entrar no meu coração — uma viagem só de ida na direção do sofrimento, considerando minha maldição.

Dispenso a memória de estar nos braços de Hades. Isso também não é amor.

E se eu não tiver ninguém? Pelos deuses... Vou aparecer no Trabalho de Afrodite com o mundo imortal inteiro assistindo. Hades vai estar assistindo. Se *ninguém* aparecer para mim, vai ser algo muito mais do que *humilhante*.

Afrodite dá um sorriso de conforto e diversão quando vê o puro horror tomar minhas feições. Ela dá um tapinha desajeitado no meu ombro, depois tosse e continua:

— O segundo segredo tá mais pra... um aviso. — Espero ela prosseguir. — Hades é um dos meus favoritos — confidencia a deusa do amor. A brisa sopra fiapos de cabelo que lhe escaparam do coque e cobrem seu rosto de uma forma artística. — Mas ele tem uma motivação secreta pra ter entrado na Provação. Ainda não entendi qual é, mas eu *conheço* meu irmão. Ele não faz as coisas sem motivos específicos.

Acreditei que você era forte o bastante pra sobreviver. Tem outros motivos também, mas achei isso de verdade. As palavras de Hades se reviram na minha mente.

Outros motivos.

— Você tá me dizendo pra não confiar nele? — pergunto.

— Tô dizendo que, com meu irmão, nada é o que parece. — Ela dá de ombros como se isso fosse insignificante, mas me encara por um tempo. — E, quando ele quer alguma coisa, é capaz de ser o mais cruel de nós.

33
INIMIGOS E ALIADOS

Meu tornado insano de pensamentos engole o alerta de Afrodite e não me deixa em paz. Repasso cada palavra enquanto sigo adiante na trilha.

Não presto muito atenção nos arredores até me dar conta de que estou novamente cercada de prédios, enfileirados ao longo de uma rua de paralelepípedos que parece a versão da Grécia antiga de uma idílica avenida importante dos Estados Unidos ou de uma praça central europeia.

E nem de longe sou a única aqui. A rua está cheia de deuses, semideuses, ninfas, sátiros e centauros, todos de roupas modernas — os que usam roupas, ao menos. A maioria não presta atenção em mim, embora eu desperte curiosidade aqui e ali. Ainda assim, parece seguro, mesmo com o crepúsculo escurecendo o céu.

Este deve ser o bairro do entretenimento que Afrodite mencionou. Nunca em minha vida eu pensaria que deuses e deusas precisam de entretenimento. Sempre achei que os mortais já eram diversão o bastante. Mas quando me viro para absorver tudo, vejo vários restaurantes, uma galeria de arte, uma biblioteca, um spa e até uma danceteria, com os graves retumbando porta afora.

Acho que às vezes os deuses também só querem curtir.

Muita gente me olha, mas ninguém tenta falar comigo. Me esforço para não baixar a guarda, ainda assim. Escuto risadas mais à frente na rua e acompanho o som até um estabelecimento na esquina com uma placa que diz: CANTINHO DO BACO.

Dionísio usa seu nome romano aqui?

Para de focar em bobagem, Lyra.

A coisa mais interessante é que, ao que parece, o deus do vinho e da folia tem um bar no Olimpo.

— Faz sentido — murmuro para mim mesma.

Não só por quem ele é — o que não falta são histórias de deuses bêbados (e dos bebês resultantes), o que me leva a crer que Dionísio enche o rabo de dinheiro com um estabelecimento desses.

Talvez um dos outros campeões esteja aqui.

Parece um bom lugar para conferir, então entro.

O bar é... decepcionante.

Parece qualquer outro pub mortal que já vi. Estava esperando algo tão espetacular quanto o exterior, mas dou com os burros n'água. Um balcão se estende ao longo de uma das paredes — de mármore branco, mas mesmo assim — e há várias mesas de tamanhos diversos, além de janelas que dão para a rua e televisões, sintonizadas em canais mortais de esportes, notícias e K-drama, pendendo acima do bar. É isso, acho eu, que mais me surpreende. Não imaginava deuses e deusas de bobeira por aí com uma cerveja, assistindo à televisão.

O espaço está lotado. Não reconheço todos os rostos — há deuses demais para decorar quem é quem, e acho que nem todos aqui são gregos. Mas vejo Irene, deusa da paz; Hybris, deus do comportamento imprudente, e Trasos, deus da audácia. Pera, isso tá parecendo uma piada. Uma campeã entra num bar e...

— Lyra?

Congelo. A bartender está olhando direto para mim.

— Eu... — Me viro, mas não tem ninguém atrás de mim. — Como você sabe meu nome?

Vestida em estilo gótico, com mechas de um vermelho profundo marcando o cabelo preto e maquiagem nos olhos, ela abre um sorriso que emana um ar de "que mortal mais tolinha!".

— Depois de hoje, todo mundo te conhece, querida.

Certo. Sou a campeã de Hades na Provação. Todos os deuses estão assistindo.

— Mandou bem no primeiro Trabalho — acrescenta ela.

Acho que vou precisar me acostumar a ser parabenizada por sobreviver a algo que matou outra pessoa bem na minha frente. Sem querer ofender, eu assinto.

— Eu sou a Lete — ela se apresenta. — Deusa do esquecimento e da deslembrança. Parece que isso cairia como uma luva pra você.

Sinto uma faísca de frustração por ser tão fácil de ler.

— Eu tô bem. Tô procurando meus colegas campeões. Viu alguém por aí?

— O Hades vem?

Ela olha por sobre meu ombro.

Será que admito que estou sozinha?

Demoro demais para responder, e ela semicerra os olhos com perspicácia.

— Nesse caso, melhor você dar o fora daqui.

— Desliga essa merda — berra alguém do canto, as palavras um pouco embaralhadas.

Uma voz familiar, que ouvi hoje de manhã.

Cautelosa, me viro e depois inclino o corpo para olhar além de um pilar. Como imaginava, vejo Poseidon sentado a uma mesa, ainda com as calças de escama de peixe e o cabelo azul preso num coque masculino todo desleixado, bêbado como um gambá e ostentando um olho roxo fenomenal.

Merda. Lete está certa. Eu não devia estar aqui.

Franzindo o cenho, acompanho o olhar dele, focado em uma das televisões, e meu estômago embrulha. Não consigo ouvir a transmissão, mas não preciso. As palavras estampadas na tela dizem exatamente quem a mulher é. Está falando num palanque cheio de microfones, cercada pelo que parecem ser familiares, e meu coração se aperta.

A legenda diz: O CORPO DA SUPERMODELO ISABEL ROJAS HERNÁIZ FOI DEVOLVIDO PELOS DEUSES. SUA PARCEIRA DE MAIS DE DEZ ANOS, ESTEPHANY ROSCIO, CRITICA A PROVAÇÃO E O PANTEÃO GREGO.

A devastação que marca o rosto da parceira de Isabel — incluindo seus olhos vermelhos e inchados de chorar — é tão crua, tão brutalmente profunda que mal consigo olhar para ela.

Lete está servindo uma bebida para outro cliente, mas aponta com o queixo o canto dos fundos.

— O Poseidon tá de mau humor. Eu ficaria longe, se fosse você.

— O que rolou com a cara dele?

— Foi a Ártemis.

A bartender não diz mais nada, como se a resposta explicasse tudo.

Um estrondo ecoa pela sala, e quase morro do coração. A violência inicial segue com um estalo alto pontuado por um chiado eletrônico. O tridente de Poseidon agora está enfiado na tela que exibia a família de Isabel.

— Ei! — repreende Lete, seguindo até um ponto onde consegue enxergar melhor o cliente. — Você vai comprar outra?

— Aquela mortalzinha acha mesmo que eu queria matar minha própria campeã? — berra Poseidon para a tela quebrada.

Uma ninfa sentada a seu lado tenta acalmar o deus dos oceanos.

— Claro que não. Os mortais não sabem o que aconteceu. Os daemones só devolveram o corpo e anunciaram o campeão do Trabalho. Não explicaram *como* ela morreu, ou o porquê. — Não parece funcionar, então ela acrescenta: — De qualquer forma, todo mundo tá botando a culpa no Hades.

Quando as pessoas ao redor balançam a cabeça, concordando, engulo a bile que sobe pela garganta. Poseidon se larga na cadeira e pigarreia, cruzando os braços.

Lete faz uma careta, depois seu foco volta para mim.

— Sério, é melhor você dar o fora antes que ele te veja.

Concordo plenamente, o olhar alternando entre Poseidon e a porta. Mas fico sem ar quando me dou conta de que a atenção irritada do deus acabou de recair... sobre mim.

34
ZAI ARIDAM

Num piscar de olhos, saio pela porta e retorno à rua. Só volto a respirar em paz quando deixo o bairro do entretenimento para trás, seguindo a oeste na direção dos templos.

Como foi Afrodite que deu a sugestão, decido orar por Isabel no templo dela, então me dirijo à construção que grita "deusa do amor", com um brilho rosa saindo de dentro. Ao que parece, Hades não é o único que, em público, assume a identidade que esperam dele, mas em privado é algo completamente diferente.

Quando passo pelo santuário dedicado a Hermes, porém, o movimento lá dentro chama a minha atenção, e me detenho. Os ombros ossudos de Zai Aridam são difíceis de confundir. Ele está de costas para mim, e vejo seu cabelo encaracolado cortado rente à nuca.

A hesitação faz meus passos vacilarem. Ele está claramente orando — e talvez, assim como eu, esteja achando difícil lidar com o que aconteceu mais cedo. Em qualquer caso, eu devia simplesmente dar um pouco de privacidade ao campeão, mas...

Preciso de aliados. É a única razão pela qual estou arriscando a pele ao vir aqui.

Será que isso faz de mim uma vagabunda oportunista? Provavelmente, mas entro no templo mesmo assim.

Iluminado por lamparinas a óleo presas às paredes e entre colunas, o espaço é um cômodo circular com um altar na frente — belamente esculpido, incluindo uma representação muito realista de Hermes em pleno voo, com o elmo e as sandálias aladas. Ele está segurando um bastão numa das mãos como se fosse uma arma, e nuvens espiralam de seus pés. Serpentes e asas adornam o teto abobadado, e vejo duas palmeiras em vasos posicionadas dos dois lados do altar.

Zai está parado bem em frente à estátua, de cabeça baixa. Há um incenso recém-aceso queimando, a fumaça se erguendo numa trilha ondulante enquanto preenche o espaço com o aroma de canela, cravo, lavanda, limão e açafrão que me é muito familiar — é o cheiro de estar voltando para casa. No fim das contas, ele é o deus para o qual ofereci mais preces até o momento.

— Você veio aqui orar pro deus dos ladrões?

A pergunta de Zai parece vir do nada, já que ele mal ergue a cabeça. Eu nem tinha me dado conta de que ele havia notado minha presença.

— Não. Eu ia... — Hesito, olhando ao redor. Falar num templo sobre orar para outra divindade provavelmente é uma péssima ideia. — Eu te vi.

Ele ergue a cabeça, virando devagar para olhar para mim.

— Entendi. — Zai parece analisar minha expressão. Não sei muito bem o que acha que vai encontrar. — Então você veio pra me matar?

Não consigo evitar a reação assustada que me faz estender a mão na direção dele.

— Não!

Seus olhos cor de carvalho se enchem de confusão.

— Não?

Nego com a cabeça.

— Não.

— Você não me culpa? Pela morte da Isabel? — Zai está completamente imóvel. — Ou talvez ache que a morte dela foi um golpe de sorte. Uma competidora a menos.

Endireito os ombros.

— Se essa é sua visão das coisas, a gente não tem nem o que conversar.

Dou as costas a Zai, e estou quase chegando na porta quando ele fala:

— Não é.

Quando me viro, ele está meio encolhido e com os olhos semicerrados, como se esse pequeno afloramento de emoções tivesse custado toda a energia que ele ainda tinha e agora fosse difícil até parar de pé. Não pela primeira vez, me pergunto qual é a da saúde dele. Será que está doente? Zai passou os últimos cem anos no Olimpo, afinal... Será que a comida daqui não é nutritiva o suficiente para mortais?

Penso em deixar ele descansar.

— Sobre o que você quer falar? — pergunta, abrindo os olhos por completo.

— Zai! — grita alguém de lá de fora. — Zai!

Seu rosto se contorce numa expressão de pavor.

— Se esconde — chia ele para mim.

— O quê? Eu...

— É meu pai. Se ele te vir aqui comigo... — Zai balança a cabeça, mas é fácil captar que as consequências seriam nefastas para mim.

Não há muitos lugares pra me esconder aqui, então me espremo entre uma das colunas e a parede e torço para que Mathias Aridam não venha para este lado do templo. Felizmente, a luz oscilante da lamparina não me denuncia projetando minha sombra na parede.

Assim que saio de vista, Mathias entra a passos largos.

— Achei você, garoto. Ainda gastando sua preciosa energia sentindo culpa por aquela mulher?

— Ela tinha um nome, pai — diz Zai. — Isabel.

Franzo o cenho ao notar a diferença na voz de Zai em comparação a um segundo atrás — agora ela está neutra, desprovida de emoções.

— Um nome que não vale a pena decorar. Ela já morreu.

Uau. Que coração de ouro.

Zai fica em silêncio.

— Você ficou parecendo um idiota hoje. — Mathias cospe as palavras como uma serpente. — Por que Hermes não escolheu um dos seus irmãos? Isso não me entra na cabeça. Qualquer um deles teria *vencido* o Trabalho em vez de agir como um rato afogado precisando de salvação. Isso interfere na *minha* imagem.

Lembro dos dois jovens que estavam com Mathias quando os deuses nos apresentaram ao vencedor anterior e sua família. Ambos são homens altos e robustos, então Mathias provavelmente não está errado.

Zai continua em silêncio.

— Alergia... — Mathias bufa. — Que desculpa esfarrapada pra ser fraco.

Então é de alergias que Zai sofre? Deve ser algo pesado, para fazer com que ele pareça tão abatido.

— Todo mundo tá culpando você. — Mathias nem espera o filho responder. — Estão dizendo que aquela mulher morreu por sua causa. O que você achou que estava fazendo?

Felix pode ser uma figura paterna e um chefe severo, mas — mesmo com a minha maldição — nunca me dirigiu palavras tão cruéis como estas.

Mathias Aridam é um bosta.

— O *senhor* me falou pra não confiar em ninguém — diz Zai. A neutralidade do tom de voz ainda está lá, quase como se ele estivesse citando fatos de um livro didático. — Então não deixei a Lyra cortar as cordas.

— E ela te fez parecer mais fraco do que é, se expondo daquele jeito.

Babaca.

Zai mal dá ouvidos para o que o pai disse.

— O *senhor* me disse pra não usar os presentes que o Hermes me deu até que eu não tivesse outra escolha. Não usei... nem quando poderia ter salvado a Isabel.

Cubro a boca com a mão enquanto meu coração retumba dolorosamente. Zai poderia ter salvado Isabel? Ele se sentou ao lado dela, tão perto quanto eu, depois de ela se machucar ajudando a salvá-lo, e ficou só olhando enquanto ela morria. Não à toa ele está aqui rezando.

— Não bota isso na minha conta... — rebate Mathias.

— O *senhor* me disse pra deixar os outros campeões se matarem nos Trabalhos mais físicos. Eu obedeci. — Ele faz uma pausa. — Até o momento, o problema parece ser dar ouvidos ao senhor.

Um estalo alto ecoa no lugar. Conheço esse som — um tapa.

— Você sempre foi um fedelho ingrato, mas não ouse me desrespeitar, garoto. Além de seu pai, sou um vencedor da Provação.

A voz de Zai sai neutra e gélida como um iceberg.

— Um pai que morre de medo de ser mandado de volta pra Superfície como uma relíquia que não funciona mais. Você *precisa* que eu vença pra continuar aqui, vivendo da forma com a qual se acostumou ao longo do último século.

Um estalo de outro tapa ecoa rápido e alto, seguido pelo som de passos se afastando, que deixam claro que Mathias foi embora.

Ouço um suspiro baixo.

— Pode sair.

Dou a volta na coluna e vejo Zai parado no meio do templo. A marca vermelha de uma mão estampa sua bochecha esquerda. Apesar disso, ele está com as mãos unidas atrás do corpo, os ombros retos, a cabeça erguida e o olhar focado no meu.

— Você ia me pedir pra eu me aliar a você.

Não é uma pergunta; ele sabe do que está falando. Zai não protesta, não comenta sobre o perigo que corre devido às alergias severas, não dá desculpas ou faz pedidos.

— Você tem alergia? Bom, Zeus me amaldiçoou um tempão atrás pra que ninguém pudesse me amar. Acho que você precisa saber disso de antemão.

Ele sequer hesita antes de assentir.

Eu o observo por um bom tempo.

— Você é claramente inteligente, e essa pequena cena que presenciei também me diz que tem personalidade.

Zai segue sem dizer nada, ouvindo e me fitando sem se mover.

O problema é que quase posso ouvir Hades resmungando quando eu contar dessa interação.

— Se eu ajudar com as partes físicas dos Trabalhos, você me ajuda com as intelectuais?

— Lyra Keres! — grita alguém. A voz parece embriagada e pastosa.

Me encolho. Poseidon deve ter vindo atrás de mim. Ou isso, ou alguém apontou por onde eu havia seguido. Dedos-duros.

— Lyra Keres — berra o deus. — Vou te pegar!

35
BEIJO DE DESPEDIDA

Nem preciso dizer para Zai dar o fora — afinal, é muito plausível que o deus dos oceanos também ache que a culpa é dele. Mas o outro campeão apenas leva um dedo aos lábios enquanto aponta para trás do altar.

Uma rota de fuga?

Certo. Ele cresceu aqui. Deve conhecer o Olimpo como a palma da mão.

Com passos silenciosos, escapamos para a noite por uma portinha nos fundos do templo. O problema é que acho que estresse é um gatilho para asma alérgica, porque Zai começa a espirrar e tossir no mesmo instante. Com movimentos eficientes e ágeis de quem já está acostumado, ele tira uma bombinha do bolso, balança e inala. Duas vezes.

Faço uma careta ao ouvir o barulho. Não tenho ideia de quão boa é a audição dos deuses.

Zai aponta o dedo para mim e indica uma direção, depois sai correndo para o lado oposto — montanha acima, para o meio das árvores perenes, os pés esmagando as pedras com um barulho considerável. Nada de árvores para mim, então. Dou meia-volta e corro no outro sentido, para o canto da construção, conferindo o caminho com cuidado.

— Lyra Keres! — berra Poseidon.

O som parece vir de baixo, então disparo entre os templos de Hermes e Atena na direção da estrada. Lá, me detenho e me escondo entre as sombras. Não ouço Poseidon vir imediatamente na minha direção, então dou a volta até o outro canto do templo de Atena e estendo a cabeça. O sol enfim se pôs, e respiro um pouco melhor. Talvez consiga voltar para a casa de Hades no escuro sem incidente algum.

Num borrão de mãos e sombras, sou agarrada por trás e espremida contra um corpo alto e de torso forte, um braço envolvendo minha cintura enquanto a mão segura uma faca contra meu pescoço. Não me corta, mas a pressão é suficiente para me fazer arquejar, acelerar meu coração e enevoar minha mente de medo. Estou com os dois braços presos. Não consigo nem alcançar o machado ou a pérola.

— Você — diz Poseidon. — Por sua causa, minha campeã morreu.

Fodeu.

Fico imóvel e em silêncio. Minha mente rodopia, pensando em maneiras de escapar. Qualquer coisa que eu possa fazer ou dizer.

Pensa, Lyra.

Tem que ter um jeito de parar Poseidon.

— Acha que você tem condições de vencer a Provação? — questiona ele, a respiração quente no meu rosto, fedendo a cerveja. — Não tem. Acha que alguém vai se aliar de verdade a você?

Pelos deuses... Será que ele ouviu a conversa?

Poseidon solta uma risada rouca.

— Até aquele fedelho patético do Aridam vai soltar sua mão. Os outros campeões já estão planejando te usar pra passar pelo próximo Trabalho e depois te eliminar. Ele só tá te fisgando.

Ouvir isso acelera ainda mais minha espiral de pensamentos.

Será que é verdade? Estou sendo passada para trás? Experiências pregressas e certa maldição dão o ar da graça na minha mente.

Foco, Lyra. Você precisa sair daqui com vida. No Zai você pensa depois.

Se eu ao menos conseguisse alcançar a pérola...

— Pelo Tártaro, o que meu irmão tinha na cabeça quando te escolheu? — No escuro, os olhos dele parecem pretos. — Ele deve estar é com fogo no rabo pra ir pra cama com alguém, depois que a Perséfone morreu.

Arquejo.

— Não é...

— Espero que tenha aproveitado, mortalzinha. Porque vou fazer com que essa tenha sido sua última foda. — Poseidon intensifica o aperto, a faca pressionando minha garganta com mais força. O lampejo de dor me faz gemer. — Que se foda o que os daemones acham que podem fazer comigo — rosna ele. — Já que eu não vou ganhar, vou garantir que o Hades também não ganhe. Nem fodendo.

Meu coração disparado parece vacilar.

— Você tá mesmo ameaçando a campeã do deus da *morte*? — questiono, a voz baixa e trêmula.

A lâmina se afasta uma fração de milímetro. Perguntas fazem as pessoas reagirem assim enquanto pensam. Ao que parece, o mesmo ocorre com deuses.

Num piscar de olhos, dou uma cabeçada para trás e acerto o nariz e o queixo de Poseidon. Ele grunhe na minha orelha, os braços caindo ao lado do corpo em choque, e aproveito para dar uma cotovelada na sua barriga. Talvez por estar bêbado, ele vai para trás.

— Vou empalar você com o meu tridente! — grita ele.

Corro para a esquerda, já levando a pérola à boca.

Só que, quando me viro, trombo com os braços fortes de Hades, a expressão severa na noite, embora ainda mais familiar para mim na escuridão — talvez porque foi dessa forma que nos encontramos pela primeira vez.

Não faz muito tempo que o conheço, mas nunca vi o deus da morte tão furioso. Nem mais cedo, quando gritou comigo.

Aquela raiva era exagerada, alta e marcada pela frustração. Agora ele parece gélido e contido, e sinto um calafrio.

— Ele te machucou? — A voz de Hades sai áspera como fuligem.

Depois, sinto suas mãos correndo por todo meu corpo. Não de forma sexual, mas sim clínica, procurando por ferimentos. Ainda assim, sinto um calor se infiltrar por cada ponto tocado.

Ele envolve meu rosto com as mãos.

— Você está ferida, Lyra?

O calor irradia para o meu peito, que fica mais quente a cada instante. Eu não deveria sentir meu coração se aquecer com o deus da morte, por mais que pareça que ele se importa comigo. Essa é uma ideia péssima.

— Eu tô bem.

Ele se tranquiliza um pouco. Só por um instante, seu olhar fervente sustenta o meu, e... já basta. Aquela sensação vence. Ele está parado diante de mim, apenas tocando meu rosto, mas poderia muito bem estar com a boca na minha, saboreando meu gosto.

Até que seu olhar desce ao meu pescoço, e a sensação desaparece de imediato enquanto ele congela. Hades deve ter visto o corte que a faca de Poseidon fez na minha pele. Ele semicerra os olhos, e a fúria fria e contida faz a temperatura cair mais uns dez graus, até que meus calafrios estejam sentindo calafrios.

Ah, pelos deuses. Essa é a cara de uma pessoa muito, muito puta.

— Ela tá sangrando — diz ele, as palavras ríspidas e curtas.

Não está falando comigo, e sim com Poseidon, ainda caído no chão e meio abobado. O deus dos oceanos fica pálido de medo.

Hades se aproxima e agacha ao lado do irmão.

Ele pega a faca da mão mole de Poseidon e ergue para o alto, a lâmina afiada brilhando sob o luar e cintilando. Hades brande a arma na minha direção sem desfazer o contato visual com o deus dos oceanos.

— Ela é *minha*. E eu protejo o que é meu.

Hábil, ele vira a faca, a lâmina agora apontada para a coxa de Poseidon, e a ergue acima da cabeça.

— Não! — Minha voz sai suave, mas Hades para na mesma hora, o olhar se chocando com o meu. — Não por mim — acrescento.

O deus da morte estreita os olhos de uma forma que faz Poseidon, que agora está suando em bicas, se afastar — mesmo com Hades olhando para mim.

— Não por você? — questiona ele com suavidade, a voz parecendo uma lixa em chamas. — Certo. Então vai ser por mim mesmo. Porque você é *minha*, e ele ousou te ameaçar. Ele ousou *te fazer sangrar*.

Aquela palavra de novo.

Aquela palavra possessiva do caralho. Eu devia protestar. Devia bater de frente, me revoltar, porque não pertenço a ninguém — nem mesmo à Ordem. O que eu *não* devia é reagir com essa coisa sombriamente sensual que se espalha pelo meu corpo, me despertando de dentro para fora com uma tolice gloriosa, angustiante e calorosa. E definitivamente não deveria *gostar* disso.

Mas é o que acontece. Eu gosto. Muito.

Não. Nem pensar. Sentir tesão pelo Hades só vai acabar em desgraça.

— Exatamente — falo. — Sou sua. Você me escolheu, e eu estava quase resolvendo as coisas sozinha.

De onde caralhos essas palavras saíram?

Concordar que sou dele é a última coisa que eu deveria estar fazendo.

Algo lampeja nos olhos de Hades. Algo perigoso. Algo tão sedutoramente triunfante que meu corpo estremece por instinto.

Não sei qual reação eu esperava, mas não era ele fincando a faca no chão ao lado da perna de Poseidon, fazendo o deus dos oceanos guinchar de medo.

— Vai dormir e deixa a bebedeira passar, irmão — diz ele numa voz que é puro fogo e enxofre, a pele se tensionando sobre as maçãs do rosto. — Você perdeu, agora aceita.

Hades desaparece, mas surge diretamente à minha frente, me envolve com os braços e faz nós dois sumirmos juntos.

Sei que estamos de volta na casa de Hades no Olimpo por conta do vermelho e do preto que me cercam, mas não consigo ver qual é o cômodo porque ele imediatamente me prende contra a parede e leva seus lábios aos meus.

E... *Ah, pelos deuses.* Estou ferrada. Porque retribuo o beijo.

Este é diferente do primeiro.

Aquele começou por um motivo não relacionado à lascívia e se transformou. Já este? Este é outra coisa.

Ele faz o calor e o tremor correrem descontrolados por mim, se transformando em milhares de sensações que fazem minha mente enevoar e tocam fogo no resto do meu corpo. Nunca fui beijada antes dele, mas já sonhei com isso. Nunca imaginaria algo assim, porém. É como se Hades quisesse me devorar. E como se eu *quisesse* que devorasse.

O controle afiado do deus está começando a falhar.

Por causa de mim.

Eu não sabia que poderia me sentir assim. Meu corpo se tensiona cada vez mais, se condensando como se a sensação não tivesse uma via de escape, e um gemido sai pelos meus lábios enquanto ainda nos beijamos.

Mas, ao ouvir esse mísero som, Hades fica completa e abruptamente imóvel. Depois se afasta, encostando a testa à minha.

— Caralho — murmura ele.

E me dou conta de que eu estava errada. A perda de controle não tem a ver comigo — tem a ver com o fato de que sou sua campeã. Ele se assustou com o que rolou hoje porque poderia ter perdido seu lugar na Provação. Se ele está com tanto medo assim de perder, suas motivações devem ser imensas.

Respiro fundo para falar algo. Qualquer coisa.

Mas Hades já desapareceu, deixando apenas um fiapo de fumaça onde antes me pressionava contra a parede, o odor sulfúrico intenso nas minhas narinas. Estremeço quando o calor do seu toque some, deixando para trás apenas o frio.

E o arrependimento.

36
O TRABALHO DE HERMES

Não sei como raios consigo adormecer depois de tudo isso, mas consigo. E durmo tão profundamente que todo meu treinamento me abandona, e não tenho ideia de que há alguém no meu quarto até Hades estar me chacoalhando.

— O segundo Trabalho já vai começar, Lyra.

Pisco para espantar o sono e foco o olhar embaçado no rosto pairando acima do meu — em seus lábios. O que ele faria se eu o beijasse agora?

Hades semicerra os olhos.

— Lyra?

— O quê?

Deixo a cabeça cair no travesseiro.

Eu deveria ficar instantaneamente alerta com a presença de um deus no meu quarto, mas pareço lenta e grogue. E não é culpa só de Hades. Passei a noite inquieta, sonhando com a mão dele descendo pelas minhas...

— O próximo Trabalho, Lyra. — Ele puxa o travesseiro de debaixo da minha cabeça. — É o do Hermes. Coloca a roupa, rápido...

Ele arranca as minhas cobertas... e solta um palavrão.

O xingamento badala como um sino do qual estou perto demais, ou talvez seja a sensação borbulhante do olhar de Hades fixo na minha barriga desnuda. De uma forma ou de outra, meu cérebro acorda com um pico de adrenalina — tarde demais, porque já estou desaparecendo.

Sem meu colete tático.

— Fodeu — diz Hades.

Não desvio o olhar, focando no cinza de seus olhos enquanto sumo.

E tudo em que consigo pensar é que estou de pijama, sem minhas roupas ou ferramentas... sem sapatos, inclusive. Mas também sem as pérolas e os dentes de dragão que sobraram e, especialmente, sem minha relíquia.

Tudo isso se revira na minha mente junto com o pensamento de que os olhos de Hades têm traços dourados misturados ao prata... como os meus.

— Você consegue, minha estrela. — A voz dele me acompanha vazio adentro. — A gente se vê em breve.

Não são palavras tão reconfortantes, considerando que ele é rei do Submundo.

Quando meu corpo ressurge por completo, solto um berro e tento me equilibrar... no nada. Meus braços rodopiam enquanto cambaleio numa protuberância retangular, mas respiro de alívio assim que sinto minha bunda bater numa parede às minhas costas.

Me endireito, tanto quanto possível, e meus dedos buscam desesperados um ponto de apoio na superfície rochosa atrás de mim.

Fico assim por cerca de um minuto inteiro, me equilibrando e esperando meu estômago parar de se revirar enquanto meu coração retumba no peito. Expiro devagar. Essa foi por pouco. Bem diante de mim vejo o cume de montanhas... e *nuvens*.

Hermes. Eu devia ter imaginado que seria algo no alto. Esse deus gosta de voar.

A raiva lampeja no meu estômago — não a ponto de consumir o medo, mas me dando o empurrão de que preciso para fazer mais do que ficar parada tentando não cair. Quando olho para baixo, descubro que o pequeno patamar onde estou não é parte da encosta atrás de mim: estou sobre o que parece ser um bloco de cimento, com cerca de trinta centímetros de cada lado, fincado na montanha. O espaço é suficiente apenas para caber meus pés.

Com os braços estendidos para trás para me agarrar à montanha, olho para cima e vejo estrelas — no topo de uma espécie de cilindro de vidro ao meu redor. Me sinto um inseto num pote destampado.

— Só pode ser zoeira.

Minha voz ecoa nas paredes de vidro que me cercam de três lados, que estão a uns sessenta centímetros uma da outra e *não* encostam na plataforma onde estou.

Minhas palavras se perdem de imediato no zumbido do vento rodopiando aos meus pés, que entra pelo vazio ao redor das plataformas e faz a barra da calça de seda lilás se repuxar nos meus tornozelos. Sinto calafrios quando o vento se junta ao frio do bloco de cimento nos meus pés descalços, e ainda mais quando penso que, com um único passo adiante, posso cair pelo vão entre a parede de vidro e a beira da plataforma.

Uma queda sem fim, a julgar pelo eco da minha voz, e a morte esperando pacientemente lá embaixo.

Olho de soslaio para a esquerda e para a direita e me dou conta de que não sou a única de pijama. Divisórias de vidro me separam de outros campeões equilibrados precariamente em seus próprios blocos de cimento, a uns três metros de distância um do outro. Isso explica por que estou ouvindo apenas murmúrios abafados dos outros competidores. Zai está diretamente à minha esquerda, e, quando seus olhos arregalados encontram os meus, não consigo evitar lembrar da provocação de Poseidon.

Abro um sorriso hesitante, depois viro o pescoço para a direita e engulo em seco.

— Que vá tudo pro Tártaro...

Preciso bater um papo sério com Hermes.

Dex está à minha direita, a cabeça raspada virada para o lado oposto enquanto tenta chamar a atenção de outra pessoa. Como é possível que ele já esteja de uniforme? Será que dormiu assim pronto? Seu corpo esconde uma silhueta menor, atrás dele, mas tenho um vislumbre do rosto de Rima, os olhos castanhos arregalados e os lábios grossos franzidos de medo.

Depois dos dois, consigo ver o rosto de Kim Dae-hyeon, campeão de Ártemis, quando inclina o corpo — ele não está vestido com o verde da Força porque está de pijamas, como eu e Zai. Certo, então não fomos os únicos pegos de surpresa. Mas como Dae-hyeon parece tão à vontade enquanto o resto de nós está claramente morrendo de medo?

Ao longe, vejo de soslaio o cabelo ruivo de Neve, e, além dela, vislumbro ainda o topo da cabeça de Jackie — a única loira, e também a mulher mais alta do grupo. Seus ombros largos devem estar dificultando as coisas, porque ela não para quieta. Minha vontade é gritar pedindo que sossegue, mas ela não vai me ouvir. Não consigo ver os demais participantes devido à curvatura da montanha, mas tenho certeza de que estão todos aqui.

Por favor, que ninguém tenha caído ainda.

As nuvens do lado de fora da barreira de vidro se agitam. Hermes, acompanhado por dois daemones de cada lado, se ergue graciosamente no céu noturno até estar pairando à nossa frente. As asas de suas sandálias batem num borrão, como as de um beija-flor. Ele é mais franzino do que a maioria dos outros deuses, e uma inteligência intensa nos encara através dos olhos pretos e quase felinos que espiam sob a franja. A pele muito clara brilha como se a lua fosse seu holofote particular.

— Bem-vindos, campeões, ao segundo Trabalho da Provação.

Lá vamos nós.

— A tarefa hoje tem a ver com esperteza e estratégia — anuncia Hermes. — Vocês vão precisar agir de forma racional. — Ele dá um sorriso de vilão de filme B. — O desafio é resolver um enigma.

Meu estômago se revira num nó cego. Sou *péssima* em resolver enigmas. Eu me dava bem na escola (sim, ladrões vão à escola), mas enigmas? De jeito nenhum.

— Já passo o quebra-cabeça para vocês — diz Hermes. — Antes, as regras.

Claro que há regras.

Hermes desenrola um pergaminho — juro.

— Tenho uma lista aqui. Vou ler apenas uma vez, então prestem atenção. Cada um de vocês vai ter direito a apenas três perguntas pra resolver o enigma.

De soslaio, vejo Zai com a atenção fixa em Hermes, os olhos semicerrados.

— Vocês devem ter percebido que estão num patamar com trinta centímetros, certo? — continua Hermes, olhando para cada um de nós. — Toda vez que um campeão fizer uma das três perguntas a que tem direito, a plataforma de todos os outros vai recuar cerca de um centímetro e meio.

Engulo em seco, esfregando as mãos subitamente suadas no pijama. De quanto espaço preciso para não cair? Os campeões mais altos, que provavelmente têm pés maiores — Samuel, Dex, Jackie —, devem passar mais apuro, mas trinta centímetros não é muito espaço para ninguém.

— Já o campeão que fez a pergunta ganha quinze centímetros na própria plataforma.

Certo, entendi. Os centímetros encurtados pelas perguntas dos outros vão ser compensados pelo aumento de espaço gerado por nossas próprias perguntas. Uma equação que nos força a agir — mas todos começamos com trinta centímetros, então vai ficar tudo bem. Espero.

— Assim que um de vocês fizer a terceira pergunta, terá cinco minutos pra descobrir a resposta. Se não responder a tempo, a plataforma desaparece. Se responder a tempo, mas errar, vai perder os centímetros com os quais estão começando, e é melhor torcer para que os outros não façam todas as próprias perguntas.

Sempre capcioso.

— A primeira pessoa a resolver o enigma ganha a minha Talária, que poderá ser usada durante toda a Provação, e também será transportada desta montanha.

As sandálias aladas, que poderão servir para escapar dos outros Trabalhos, valem seu peso em ouro. Já posso sentir alguns dos competidores pensando melhor sobre o que fazer para ficar com elas.

— Depois que o vencedor for determinado, os campeões remanescentes que ainda estiverem vivos vão ter que descer a montanha escalando.

De pijama e descalços?

Ao que parece, Hermes pode ser tão cruel quanto os outros deuses.

— A descida é traiçoeira, e é possível que alguns não sobrevivam.

Por que tenho a sensação de que o Trabalho de verdade não é o enigma, e sim sobreviver à descida da montanha? E, sem calçados e de pijama, tenho certeza de que se eu não vencer esse desafio... não vou escapar daqui com vida.

37

ANDOU NA PRANCHA...

Hermes acena, e três mulheres surgem à nossa frente. Estão sentadas de pernas cruzadas sobre nuvens fofas, e fica óbvio quem são porque sequer pararam o que estavam fazendo antes. Cada uma brande diligentemente linha, medidor e tesoura, sem se dar ao trabalho de erguer a cabeça para olhar para nós.

— As Moiras — sussurro, distraída demais com o lampejo de fascinação. Hermes paira acima delas.

— Vocês devem conhecer essas moças. — Ele aponta para uma das mulheres, que gira um fuso. Uma nuvem de cabelo grisalho envolve seu rosto marrom cheio de rugas. — Cloto tece o fio da vida.

Depois gesticula para a próxima, cujo cabelo prateado foi trançado e enrolado no topo da cabeça. Ela tem uma espécie de régua numa das mãos, a pele de um tom mais escuro do que o da outra Moira.

— Sua irmã Láquesis usa um bastão para medir o fio da vida de cada mortal.

Com um gesto abrangente, ele indica a última mulher, que morde o lábio inferior enquanto analisa o comprimento dos fios com os intensos olhos escuros, o cabelo cinzento raspado rente à cabeça.

— E a outra irmã, Átropos, corta o fio, escolhendo como cada pessoa vai partir.

Átropos usa sua tesoura — uma de verdade, feita de metal brilhante e prateado — para cortar o fio bem no ponto certo.

Sinto um calafrio. É isso, alguém acabou de morrer. Será que Hades sabe que ganhou uma nova alma para governar? Não consigo deixar de especular se o deus da morte sentiu acontecer ou não.

— Mas agora — prossegue Hermes — elas vão representar algo diferente, além de responder a cada uma das suas perguntas.

Devo admitir: o Trabalho de Hermes é fascinante, mas suas habilidades de apresentação não estão no nível de Zeus ou Poseidon. Não há fanfarra, trombetas, pássaros soltos no ar, fogos de artifício ou coisa assim. Ele quer pular direto para a parte em que nos vê sofrer. Estou reconsiderando a ideia de ele ser meu deus favorito.

— Agora, hora do enigma...

O vento sopra um pouco mais forte, chacoalhando as paredes de vidro e me alcançando por trás. Dessa vez tenho certeza de ouvir choramingos de outros campeões. Hermes precisa ir logo para que a gente possa dar um jeito de sair dessas plataformas de pedra fria.

O deus espera o vento sossegar com um sorrisinho enigmático que de repente me faz considerar a presença de Noto, deus do vento sul e portador das tempestades de verão — um dos quatro Anemoi, os invisíveis. É bem possível que ele esteja aqui para complicar ainda mais as coisas.

— Das três Moiras — começa Hermes, puxando minha atenção de volta para ele e o enigma —, uma é Verdadeira e só fala a verdade. A outra é Falsa e só fala mentiras. E uma é Aleatória e pode responder com verdades ou mentiras. O padrão de respostas de cada uma não muda. Usem suas perguntas, que precisam ser de "sim" ou "não", pra descobrir quem é quem.

Ele sobe e desce de leve enquanto flutua. Será o vento brincando com ele?

— O tempo começa... agora.

E Hermes desaparece, deixando as Moiras à nossa frente, puxando, medindo e cortando fios enquanto esperam nossas perguntas.

Imediatamente, um brilho ilumina a noite logo além da curva da montanha. Deve ser Diego, manifestando o Halo de Heroísmo para ajudar com o elemento Razão deste Trabalho. Com a Coragem também, imagino. Merda.

Dex olha para a direita, gesticulando para Rima. Não, não só para Rima. Ele, Neve e Dae-hyeon parecem estar discutindo com Rima. Será que as virtudes da Força e da Razão estão se aliando? Que maravilha. Zai também é da Razão. Será que está com eles?

Consigo entreouvir palavras de Dex aqui e ali. Cogito ousar me abaixar para chegar mais perto da borda do vidro e ouvir melhor.

— ... derrubar eles... plataforma... esperar...

Ai, pelos deuses. Meu coração acelera.

Acho que estão debatendo a ideia de fazerem perguntas ao mesmo tempo. Talvez várias. Se fizerem isso, vão derrubar do topo da montanha todas as pessoas que ainda não tiverem feito pergunta alguma. Será que matariam mesmo oito pessoas de uma vez só? Será que sobrariam perguntas o bastante para que pudessem descobrir a resposta? Fora que só um deles vai poder acertar no final.

Não consigo enxergar além de Jackie, mas minha plataforma não se moveu. Assim, sei que ninguém perguntou nada até o momento.

Ao que parece, o motivo de nada ter acontecido ainda é Rima. Não compreendo se ela está discordando da matança ou se quer tentar resolver o enigma e, para isso, precisa economizar perguntas. De uma forma ou de outra, não sei se temos muito tempo.

Com cuidado, me viro para Zai. Ele está segurando um livro grande de capa de couro, o miolo feito de papel grosso que lembra pergaminho. Onde conseguiu isso? Deve ser um dos presentes de Hermes. O campeão folheia as páginas e resmunga consigo mesmo.

Está tentando resolver o enigma. Eu deveria fazer o mesmo.

Pensa, Lyra.

Minha plataforma desliza delicadamente e sem fazer ruído, voltando um centímetro e meio para dentro da montanha, e sou forçada a acompanhar. Não sou a única a cambalear, me agarrando à montanha para sobreviver.

Depois o bloco de concreto se move de novo, e sinto o coração quase subir pela garganta.

Quando olho para a direita, vejo Dex, Neve e Dae-hyeon saindo das plataformas para se agarrar precariamente à encosta. Não sei se planejam derrubar os demais agora ou se só estão tentando ficar fora da equação por Rima.

Ladrões aprendem a escalar — algo em que nunca fui boa, mas por uma fração de segundo considero imitar os outros campeões. A questão é que talvez eles precisem se agarrar ali pelo resto da próxima hora, e não passou muito tempo ainda. Eles vão estar com os músculos moles como geleia quando precisarem descer da montanha.

Mas posso estar mais preparada do que agora. Virada de costas para a montanha, o recuo do bloco vai me fazer cambalear para a frente sem muita chance de me segurar — exceto, talvez, caindo de cara na parede de vidro. Voltada para a montanha, porém, posso tentar me agarrar. Na ponta dos pés, vou descrevendo um círculo cuidadoso e, devagar, me viro na plataforma.

— Não cai, não cai, não...

O bloco de concreto se move no instante em que me viro para a escarpa. Quase tropeço, sentindo um frio na barriga.

Com uma das mãos na pedra e a outra chacoalhando para me equilibrar, me recupero.

Tiro um segundo para pressionar a testa contra a rocha e fecho os olhos, soltando um suspiro de alívio.

— Olimpo, se essa montanha for sua... — sussurro para um dos óreas. Montanhas diferentes têm seus próprios deuses, e acho que ainda estou no Olimpo, então faz sentido. — Rezo pra que nos proteja da... — Quase falo "morte", mas uma parte de mim sabe que pedir para ser salva de Hades o deixaria muito chateado. Não sei se é por lealdade a ele ou outra coisa, mas as palavras nos meus lábios mudam. — ... do perigo.

Juntando os cotovelos ao corpo, pouso as mãos na escarpa, na altura dos ombros, procurando protuberâncias em que possa me segurar. Minha mão direita encontra uma, mas a esquerda continua solta.

É quando a plataforma se move de novo. Agora estou com os calcanhares bem na beirada. Campeões maiores talvez já estejam precisando ficar na ponta dos pés. Os outros estavam certos: a melhor coisa é sair da porcaria do bloco de concreto. Viro a cabeça, apertando o rosto contra a pedra, e arquejo. Algo ao redor do pescoço de Dae-hyeon brilha em azul. Um colar, talvez. A plataforma dele está mais comprida também. O campeão fez uma das suas perguntas.

Viro a cabeça para ver que Zai também tem mais espaço do que eu, o que significa que fez uma das suas também. Se *alguém* perguntar mais qualquer coisa, estou ferrada.

Preciso de mais plataforma. E rápido. Minha mente se agarra à primeira coisa em que consigo pensar.

— Cloto? — chamo, embora não possa ver a Moira. — Meu nome é Lyra Keres?

— Sim. — A voz dela ecoa dentro da minha clausura de vidro.

Imediatamente, minha plataforma recua, e me ajusto ao novo tamanho. Assim que me firmo, porém, meu pequeno suspiro de alívio fica preso na garganta enquanto me dou conta do erro que cometi.

Sim, com a pergunta, ganhei quinze centímetros e um tempo extra (tem uma piada obscena em algum lugar por aqui), mas a resposta de Cloto não serviu para nada. Ou serviu?

A Verdadeira diria "sim", e a Aleatória tem cinquenta por cento de chance de responder "sim". Mas a Falsa responderia "não", correto? Então Cloto é ou a Verdadeira ou a Aleatória. Uma emoção borbulha no meu peito. Consegui decifrar *algo*, ao menos. Talvez o enigma não seja tão difícil quanto imaginei.

No mesmo instante, meu bloco encolhe de novo e entro em pânico. Não sei mais o que perguntar. Não tenho tempo para pensar. Fodeu.

Fecho os olhos e tento bloquear qualquer outro pensamento. Como posso chegar mais perto da resposta? Se estivesse no meu pequeno escritório no covil da quadrilha, trabalhando numa planilha, tentando descobrir qual ladrão trouxe cada item, quais perguntas eu faria?

Antes que eu possa pensar num plano, porém, minha plataforma fica menor e um grito ecoa à minha esquerda. Viro a cabeça para me equilibrar enquanto ouço, vindo de algum ponto abaixo, o som horrível de um corpo escorregando pela pedra. Ele parece cair para sempre antes de produzir um baque surdo horrível.

Depois... silêncio.

38
DECIFRA ISSO PRA MIM

Após um silêncio longo e retumbante, minha plataforma começa a se mover de novo.

Rápido.

Até eu ficar na ponta dos pés.

E, como estou virada na direção de Zai, sei que ele fez uma das perguntas porque sua plataforma está mais comprida. Sua testa enrugada e a forma como folheia as páginas daquele livro esquisito indicam que ainda não decifrou por completo o enigma.

Será que posso confiar em Zai? As palavras de Poseidon se reviram na minha cabeça, mas tenho certeza de que não sou capaz de resolver essa porcaria sozinha. Se a gente trabalhasse juntos, como os outros... Mas como?

— Zai! — chamo.

Não tenho espaço o bastante para chutar o vidro. Pelos infernos, como posso me comunicar com ele?

A lembrança da voz de Hades sussurra na minha mente.

As tatuagens.

Ele disse que elas poderiam ser usadas para obter informações. Será que são capazes de... falar?

Encaro meu antebraço e uma ideia se forma. Hades me disse para não usar os presentes dele até que fosse absolutamente necessário, mas estar prestes a cair de uma altura como esta é um momento de vida ou morte.

Vou precisar arriscar e tentar trabalhar com Zai.

Após certa manobra, erguendo os braços acima da cabeça, consigo traçar uma linha que liga o interior do pulso ao cotovelo.

Assim como aconteceu com Hades, as linhas cintilantes surgem na minha pele. Coruja, pantera, raposa e tarântula piscam para mim, se movendo conforme ganham vida. Ele me disse para pensar nas habilidades de cada uma e usá-las com sabedoria, mas essa parece óbvia. Bom, isso se eu estiver certa e os bichos forem capazes de se comunicar com pessoas.

— Ei, amiguinha. — Cutuco de leve a coruja, que bate as asas. A sensação lembra um formigamento sob minha pele. — Preciso que você mande uma mensagem pro Zai.

A coruja tomba a cabeça de lado, os olhos redondos focados no meu rosto.

— Fala que, se ele prometer me carregar lá pra baixo caso vença, conto a pergunta que já usei e qual foi a resposta. — Depois descrevo o que descobri ao questionar as Moiras. — Diz também que ainda tenho duas perguntas, caso ele precise.

Minha amiga coruja escancara as asas e salta do meu braço, assumindo tamanho e aparência reais no instante em que se separa da minha pele. Um movimento chama minha atenção. Olho para cima, pressionando a barriga contra a parede da montanha, e meu estômago se revira. Um dos daemones está bem ao lado da minha clausura de vidro, o olhar focado em mim... e no meu braço.

Mas ele não me detém, nem me mata ou me arrasta para longe gritando, então... acho que tudo bem?

A coruja, sem dar a mínima para o daemon, paira rente à extremidade debaixo do vidro e entra no espaço de Zai, pousando sobre o livro em suas mãos.

Arquejo ansiosa quando Zai se sobressalta. Ele bambeia, mas não cai.

O daemon, nesse meio-tempo, se afasta — mas não muito. Que ótimo.

Não consigo ouvir a conversa, mas minha coruja deve ter entregado a mensagem: Zai olha para mim, os olhos escuros iluminados, depois pestaneja e faz uma cara confusa antes de se inclinar um pouco para me encarar de novo. Rima parece focada em tentar resolver o enigma, e os outros três competidores estão gritando e gesticulando entre si. Será que ele está preocupado com essa aliança aparente? Ou já é parte dela?

Mas Zai acena para mim e diz algo para a coruja, que presta atenção.

É quando vejo o brilho em seus olhos combinando com o curvar de seus lábios.

Será que ele descobriu?

Zai continua falando com a coruja. Quando ela volta para mim, ele fecha o livro com tanta força que quase consigo ouvir o ruído, depois faz um gesto sobre o objeto que o faz desaparecer.

A coruja pousa no meu ombro. Não move o bico, mas ouço uma voz na minha cabeça — não exatamente uma voz mortal, mas uma série de pequenos pios que se transformam em palavras.

— *Faz a seguinte pergunta...* — E a coruja enuncia a questão de Zai na minha orelha.

Fito o outro campeão.

Ele revira os olhos e aponta. Compreendo na hora: "Pergunta logo".

Continuo agarrada à montanha.

— Láquesis, Paris é a capital da França, se e somente se você for a Verdadeira? Sim ou não?

— Sim — diz a entidade, sem hesitar.

Minha plataforma aumenta em quinze centímetros. Alguém grita à minha esquerda, e desejo com toda a força que o som não signifique que matei alguém.

Não escuto nada escorregando pela rocha ou caindo lá embaixo.

— Sim! — grito para Zai, enfatizando a resposta com a cabeça.

Ele assente, depois se vira para as Moiras. De repente, nossas plataformas começam a diminuir de novo. Não um ou dois centímetros, mas vários de uma vez. Não tenho mais escolha.

Estou pendurada pelas mãos e um dos pés, procurando outra protuberância para apoiar os dedos enquanto rezo para que Zai não caia. Depois viro a cabeça para ver.

— Parabéns! — A voz de Hermes ressoa no céu. — O vencedor é meu próprio campeão, Zai Aridam!

Ele parece estar nas nuvens de tão feliz — mas, felizmente, não é para as nuvens que vai: agora é Zai quem precisa das sandálias aladas.

— Vai, Zai — sussurro para mim mesma. — Rápido, por favor. Mantém sua promessa e não me larga aqui, e...

— Cheguei.

A voz dele soa tão próxima e inesperada que dou um grito e quase caio. Felix iria querer morrer se pudesse me ver agora.

Zai pousa as mãos na minha cintura, e consigo sentir seu corpo flutuando graças as asas nos pés.

— Será que a sandália aguenta nós dois?

— Claro. — Ele dá uma risadinha. É um som agradável, surpreendentemente baixo e caloroso.

Só vou rir quando tiver ido embora desta montanha em segurança.

— Agora, solta a mão direita e tenta segurar no meu pescoço — propõe ele. Consigo, e seu braço esquerdo me envolve. — Quando eu falar, você pula e joga as pernas por cima do meu braço direito, entendeu?

— Entendi.

— No três. Um, dois... três!

Zai chia com o esforço de erguer meu peso, mas consigo enrolar os braços nele como um bebê bicho-preguiça preso à mãe. Abraçando-o dessa forma, a fragilidade de seu corpo fica ainda mais óbvia.

Estou em segurança.

Graças não aos deuses, mas a Zai Aridam.

O alívio que dispara pelas minhas veias poderia muito bem ser uma onda, e a adrenalina me faz tremer.

— Zai, você venceu o segundo Trabalho — diz Hermes. — Já os demais...

Os demais.

— Ai, pelos deuses... Quem caiu?

182

— O Amir. Mas ele tá se mexendo.

Então ele não morreu? Ainda. Impossível não ter se machucado. Cutuco o ombro de Zai.

— Você devia me deixar aqui e descer com ele.

— Eu volto depois pra buscar o garoto.

— Mas...

— Vou ser rápido.

Ele parece determinado. Franzo o cenho.

— Os outros...

— Todo mundo se salvou — diz Zai, tentando me acalmar.

Solto mais um suspiro.

— Por enquanto.

Hermes pigarreia, como se tivesse sido interrompido.

— Os outros campeões podem começar a descer. Boa sorte pra todos.

Zai flutua com a gente assim que o vidro ao nosso redor desaparece. Ouço um pio e olho além dele, onde minha coruja bate as asas para se manter flutuando. Espremendo Zai com mais força, estendo a mão esquerda, e a bela criatura amarronzada, com penas que lembram chifres no topo da cabeça, voa até mim. Ela não pousa, e sim salta direto para a minha pele, diminuindo e se transformando em linhas azuis cintilantes. A tarântula acena as patas dianteiras para ela, e a raposa se esfrega na coruja como amigos se cumprimentando.

— Que presente útil — diz Zai.

De uma forma bem inesperada.

— É mesmo.

— Os daemones não parecem nem um pouco felizes.

Espio por cima do ombro de Zai e vejo quatro deles enfileirados, batendo as asas para permanecer no ar. Me observam com tanta intensidade que meu estômago se revira. Duas vezes. Hades deve ter ensinado esse olhar a eles.

— Percebi.

— Toma cuidado — diz o outro campeão.

Assinto, depois mudo de assunto, sem querer encarar o nó de medo que sinto no estômago com a possibilidade de ter os daemones como inimigos.

— Como você decifrou o enigma, afinal? — questiono. — Usando o livro?

— Não só. Ele não é tipo internet. Não dá respostas diretas, e sim ensina como obter conhecimento por si próprio. A resposta que você compartilhou ajudou a esclarecer as coisas.

Ele mergulha numa explicação atordoante sobre perguntas de "se e somente se", mas acho que consigo entender. Ouço de bom grado ao longo de todo o caminho até o chão, tentando acompanhar o raciocínio principalmente para não me preocupar com um novo problema — encarar Hades de novo.

Agora, com um novo aliado. Acho.

Depois de perder dois Trabalhos.

Depois daquele beijo.

39
DÁ PRA CONFIAR?

Zai pousa delicadamente, como se estivesse terminando de descer uma escada. Parece que sempre voou com as sandálias de Hermes. Seu peito começa a chiar, mas ele não me solta de imediato.

— Obrigada — agradeço. — Se tudo der certo, ajudo mais na próxima.

Os olhos escuros de Zai — mais claros olhando de perto, com faixas de um marrom dourado ao redor das pupilas — continuam sérios.

— Você mandou muito bem — responde ele. — Sou um campeão da Razão, e você é...

Acho que ele se dá conta do que está prestes a dizer, porque seu pescoço se tinge de vermelho.

— Exatamente — digo, seca. — Nada. Eu não sou nada.

Ele nega com a cabeça.

— Hades é um rei, além de deus. E, diferente de Zeus, ninguém nunca tenta tirar esse título dele. Se *ele* é alguma coisa, então você também é.

Zai está tentando ser gentil, então não discuto com ele por calcular meu valor com base em algo que não posso controlar. Em vez disso, digo:

— Acho que nós dois ocupamos lacunas.

— Exato. — Ele me coloca no chão, mas sinto relutância em seus movimentos, como se não estivesse realmente pronto para me soltar. Depois ele baixa os olhos, juntando as sobrancelhas. — Poseidon encontrou você noite passada?

Se encontrou? Ele cortou meu pescoço. Encolho os ombros.

— Sim, mas eu dei um jeito.

— Como? — pergunta ele, depois estende a mão para tocar num ponto logo abaixo do corte no meu pescoço.

Engulo em seco, de repente ciente de que estou perto de um homem bonito — e de que estamos os dois de pijama.

— Acho melhor a gente ir trocar de roupa — falo, olhando por cima do ombro na direção da casa de Hades.

É uma surpresa ele não estar aqui ainda, chateado por eu ter perdido outro desafio.

Quando me viro, Zai está corado de novo.

— Eu... Será que a gente pode se encontrar mais tarde? — Ele tosse e esfrega o peito. — Acho que devíamos falar sobre estratégia e outros potenciais aliados.

Assinto, entusiasmada. Dex quase matou a gente com sua aliança desgraçada.

— Com certeza.

— A gente podia se encontrar na casa do Hermes, ou talvez... aqui. — Ele olha além de mim, um pouco tenso.

Escolher entre ter Hermes ou Hades bisbilhotando nosso papo? Não, valeu.

— Que tal o bar na cidade? Público demais?

Zai considera a possibilidade, depois balança a cabeça.

— Tem uns lugares mais reservados no andar de cima.

— Ótimo. Te encontro no portão da casa do Hermes e a gente caminha até o bar juntos. Perto do meio-dia, o que acha? A gente almoça por lá.

O olhar dele se aviva com interesse, e um sorriso largo toma seu rosto.

— Beleza. Até mais, então.

Sem aviso, ele se inclina e me envolve num abraço que é... uma delícia. Fico tensa a princípio, mas depois relaxo. Fecho um pouco os olhos tentando absorver a sensação, porque imagino que meu próximo abraço deve ser só daqui a uns anos. Zai abraça bem, de um jeito carinhoso e apertando na medida certa, sem exagerar.

Ele semicerra os olhos, achando graça, enquanto se afasta.

— Não tá acostumada a abraçar?

Solto uma risada.

— A gente não faz muito isso na Ordem dos Ladrões. — Tombo a cabeça de lado. — Mas me surpreende você ter esse costume.

— Influência da minha mãe.

Ah.

— Já gosto dela.

— Eu também — ele responde, e depois acena, o que encaro como minha deixa para ir embora.

— Melhor você ir lá buscar o Amir logo.

Os olhos de Zai se arregalam como se ele tivesse se esquecido, e o campeão olha para trás na direção da montanha.

— Pode ir — diz.

Ele fica me observa enquanto entro pelos portões e avanço pelo pátio. Ainda me pergunto se Hades está ou não em casa. Franzo a sobrancelha quando me dou conta de que não tem travas nas portas. Com deuses e campeões infelizes comigo, isso parece... insensato.

— Tem alguém aí? — chamo.

Minha voz ecoa. Caramba, este lugar é um mausoléu.

Ninguém responde.

Vou até o primeiro andar, planejando seguir para o quarto, mas vejo Hades assim que chego no topo da escada.

Ele está parado diante de uma janela imensa que dá para o pátio, de onde tem uma visão perfeita da rua em que eu estava parada com Zai. Está usando um jeans, e é muito injusto o quanto a bunda dele fica gostosa nessa calça mesmo que, empertigado e com as mãos nos bolsos, ele esteja claramente puto.

De novo.

Se ele acha que vou ficar por aqui ouvindo desaforo depois de outro Trabalho ao qual sobrevivi, ele que vá se foder.

Me viro e sigo para o quarto.

— Zai Aridam? — Hades pronuncia cada sílaba de forma destacada. — Malditos sejam os deuses.

As palavras saem cortantes, com o mesmo tom que um carrasco usaria para ler uma sentença de morte.

40
CONSEQUÊNCIAS

Sair andando só ia deixar Hades mais puto, então o encaro. Cruzo os braços, mas abrindo um sorriso deliberadamente doce.

— Você acabou de se amaldiçoar, é isso mesmo?

— Quê?

Ele ainda encara a paisagem além da janela, de costas para mim.

— "Malditos sejam os deuses."

Hades se vira devagar e me fulmina com um olhar que seria capaz de empalar um touro bravo.

— *Você* escolheu a escória como aliado. Sequer conversou comigo antes. Com esse seu coração mole, inesperado e absurdamente inconveniente, eu me sinto amaldiçoado mesmo.

— Não chama ele de escória. — Olho para o deus da morte com uma paciência intencional. — E, pela lógica, já que foi *você* quem me escolheu, você amaldiçoou a si mesmo.

O olhar de Hades fica afiado como um par de adagas.

— Parece que sim.

— Que bom que a gente concorda em algo. Vou tomar um banho e tirar um cochilo...

De repente, a postura dele muda. Só um pouco, de um jeito que é difícil especificar. Ainda está irritado, só que agora de uma forma mais suave. É como a diferença que existe entre um urso enlouquecido e uma cascavel enrolada.

— Tá começando uma coleção, é?

Suspiro como se estivesse lidando com um mosquito irritante.

— Como assim?

Ele estreita os olhos, mas abro bem os meus e o encaro com minha melhor expressão inocente. Se está tentando provar alguma coisa, com certeza não vou ajudar.

— Primeiro, aquele "ladrão que não é seu amigo" — diz ele. — Agora, um dos campeões. Caindo aos seus pés.

Caindo aos meus pés? Minha risada sai amarga. Ele sabe da minha maldição.

— Tá sendo cruel de propósito porque não te consultei sobre o Zai?

Se olhares perfurassem, eu estaria sangrando.

— É possível que a maldição não seja exatamente o que você imagina. Eles parecem gostar bastante de você.

— Mas não gostam.

— Se não enxerga, você é que tá fazendo questão de ser inocente.

— E você tá alucinando. Um é só um aliado. O outro falou na minha cara que somos só amigos. Não tem ninguém caindo aos meus pés. Isso *não é possível*, e você sabe.

Na verdade, a pessoa que chegou mais próximo de contrariar minha maldição foi Hades. Com aquele beijo noite passada. Embora tesão e amor sejam coisas completamente diferentes — e isso eu já cansei de ver. Nunca entendi muito o interesse das pessoas por um sem o outro, mas enquanto encaro o carnudo lábio inferior de Hades, começo a compreender. No papel, minha atração por Boone não passou, mas ele nunca me deixou tão descontrolada como Hades. São coisas diferentes, como um fogo aconchegante num forno a lenha versus um incêndio consumindo uma casa.

— Vamos voltar pro seu *aliado* — diz Hades, felizmente alheio aos meus pensamentos.

O olhar intenso com que ele me fita quase me faz derreter. Aperto o nariz.

— O que tem o Zai? A gente fez um acordo.

Hades fica ainda mais tenso, como se isso fosse possível. Seus olhos parecem rochas.

— E você acredita nele?

Agora ele está me chamando de inocente *e* de descuidada. Ergo o queixo.

— Agora sim. Um pouco.

Hades fica em silêncio por alguns segundos.

— Você não pode confiar naquele cara. — Mas seu controle vai embora com as próximas duas palavras rosnadas. — Porra, Lyra.

Não ligo que gritem comigo, mas engolir desaforo e palavrãozinho? Não. Ergo uma das sobrancelhas, cruzando os braços.

— Vai usar esse tom comigo mesmo?

Hades percorre o espaço entre nós, e tenho a impressão de ver fiapos escuros de fumaça subindo dele.

— Vou. Vou usar a porra desse tom.

E não para de avançar. Apesar do estômago embrulhado dizendo que eu talvez tenha ido longe demais, me nego a recuar como uma covarde. Ainda assim, preciso plantar os pés no chão para não sair correndo.

Ele se detém a um palmo de mim, irradiando milhares de camadas de frustração.

— Você vai ser o meu fim, Lyra Keres.

— Por quê? — ele aperta os lábios, e ergo as mãos. — É uma pergunta legítima. Ter me aliado a Zai hoje deu certo. *Funcionou*.

— Você teve sorte.

Solto uma risada sarcástica.

— Escolhi o aliado certo, Hades. E, crescendo como cresci, eu sei o que procurar. Ladrões são, por natureza e treinamento, pessoas desleais, traiçoeiras e ardilosas. Só porque não submeti minha decisão à análise do seu comitê ditatorial não significa que não foi inteligente.

Hades me encara, o maxilar tenso como se estivesse tentando descobrir como lidar comigo — algo que não deve ser muito frequente pra ele. Quando enfim fala, sua voz sai mais suave.

— Lyra, juro que se você não levar isso a sério...

— Se Zai não tivesse descoberto a resposta a tempo, eu teria que descer escalando. — Com sorte, sem incidentes. O que me lembra... — Os outros...

— Todos sobreviveram à pior parte da descida. Ainda estão andando o resto do caminho. E o campeão que caiu sobreviveu.

Solto um suspiro de alívio.

— Amir.

— Ele não pode ser curado, já que não é da virtude da Razão, mas estão cuidando dele.

Assinto.

— Que bom.

Hades grunhe.

— Essa sua teimosia de querer salvar todo mundo ao seu redor...

— Talvez não o Dex — murmuro com o canto da boca.

— O quê?

Como assim "o quê"? Ele não estava prestando atenção?

— Dex Soto. O campeão da Atena. Ele me atacou com minha própria relíquia. Tentou me matar no caminho até a cidade ontem e...

— Ele *o quê*? — A voz dele assume um tom furioso.

Ignoro a interrupção.

— Ele tá na minha lista de "salvar por último".

Hades me encara com o tipo de incredulidade geralmente reservada a Felix, e talvez outras oferendas. Só que no caso deles é... depreciativo. Com Hades, é como se eu tivesse conquistado uma pequena vitória.

— Quer dizer que você anda fazendo listas agora? — questiona ele, devagar.

— Eu sempre faço listas.

— Tipo quem salvar por último? E não quem *não* salvar de jeito nenhum?

Dou de ombros, e Hades continua:

— Você devia saber que a bênção que Atena deu a Dex Soto é o dom da previsão. Suspeitei disso no primeiro desafio, quando ele começou a subir no poste logo de cara, mas dessa vez ele já estava vestido e preparado.

— Rima também.

Hades dá de ombros.

— Confia em mim. Dex tá recebendo de antemão informações sobre os Trabalhos. Só não sei com quanta antecedência.

— O Kim Dae-hyeon tem um colar que brilhou quando fez uma pergunta às Moiras — acrescento, já que estamos catalogando ameaças.

Hades assente, depois diz:

— Não é problema nosso. Acho que você vai precisar acrescentar mais nomes à sua lista.

Meu coração salta uma batida.

— Por quê?

— Você não viu a cara dos outros campeões quando Zai te levou voando para longe. Com certeza fez mais inimigos hoje.

Bom... que seja. Hora da minha maldição dar o ar da graça.

— O que mais eu podia ter feito? Encarado todos os desafios sozinha?

— Você tem a minha...

Um fiapo de fumaça rodopiante surge de repente no cômodo atrás de Hades. Quando se dissipa, revela um imenso cachorro preto com três cabeças. Três cabeças dotadas de dentes gigantes e afiados como lâminas.

41

O DOGUINHO DO HADES

Engulo o grito, mas o cão não ataca imediatamente.

E que bom que o pé-direito é alto por aqui, porque a criatura tem pelo menos uns quatro metros na cabeça do meio. A pelagem é sedosa e brilhante, e deixa antever cada relevo de seu corpo musculoso. O bicho usa uma armadura com espetos ao redor do pescoço e dos ombros, presa embaixo do peito, além de peças sobre cada um dos focinhos e no topo das três cabeças. Todas as orelhas estão em pé, eriçadas e alertas.

— Ah, pelos deuses — sussurro, me aproximando de Hades. — Esse é o...

— Cérbero. — Hades não parece tão feliz. — Tá fazendo o que aqui, vira-lata?

Cutuco Hades com o cotovelo.

— Não chama ele de vira-lata.

Ele me fulmina, como se me desafiasse a retrucar de novo.

— É *meu* cachorro. Eu chamo como quiser.

Cérbero rosna, e congelo no lugar.

— Ele vai me devorar?

— Não é pra você que ele tá rosnando — resmunga Hades entredentes.

Pisco devagar.

— Ele tá rosnando pra quem, então? Pra *você*? — Não consigo evitar o sorriso. — Posso fazer carinho? Ele é lindo.

— Não.

Sim, bela mortal. Pode.

Uma voz de idoso sábio ressoa na minha cabeça como se eu estivesse em uma catedral, suave como um rio e tão profunda que seria impossível descobrir até onde alcança.

Cérbero está falando comigo. Na minha mente. Sério, esse é o melhor dia da minha vida.

Gostamos de ganhar carinho de moças gentis, acrescenta uma voz similar, mas ligeiramente diferente. Parece um pouco mais aguda e ávida.

Atribuo a voz à cabeça da esquerda, que tem uma língua gigante escapando de um dos lados da boca como se estivesse com o focinho para fora da janela de um carro.

Permissão concedida, finaliza uma terceira voz, mais áspera e direta, o focinho erguido no ar.

Encaro o cachorro. Três vozes. Cada uma com uma personalidade. Talvez eu devesse estar questionando ou hesitando, mas Hades está bem aqui. O que poderia dar errado? Me aproximo de Cérbero, que tomba as três cabeças de lado.

— Lyra. — Hades me segura pelo cotovelo. — Eu falei...

— Ele disse que eu posso.

— Ele disse...? — O olhar do deus da morte recai sobre Cérbero. — Traidor.

— Por que traidor?

Ergo as sobrancelhas.

— Ele só fala comigo. — Hades troca o peso de perna antes de acrescentar: — E com o Caronte.

O barqueiro que atravessa o rio Estige com almas em troca de uma moeda. O pensamento me faz lembrar da realidade. Esqueci por um segundo, enquanto a gente discutia, quem exatamente Hades é. Rei do Submundo, com um monstro como animal de estimação e um ceifador como porteiro.

— Cérbero deve estar sentindo meu cheiro em você — fala Hades.

Franzo a testa.

— *Seu cheiro?*

— Por causa do meu presente. — O olhar dele recai sobre minha boca, e é quase como se tivesse deslizado seu polegar suavemente pela pele.

Ah. Certo. Isso. Quase ergo a mão e toco os lábios formigantes, mas consigo me deter. Hades está olhando.

Tô falando com a moça porque ela gosta de mim.

Acho que é a cabeça da direita que diz, porque se inclina um pouco adiante.

Ela me chamou de lindo. Ninguém gosta de mim além de você.

Essa é a cabeça com a língua de fora.

A rabugenta não fala nada — é a menos falante das três, imagino.

— Pois é, o senso de autopreservação dela claramente veio com defeito — fala Hades. — A menina é atraída pelo perigo.

— Para. — Finjo estar com vergonha. — Assim você vai me fazer corar.

Me aproximo de Cérbero, que se deita de barriga para cima.

Mentalmente, dou nome às cabeças. Vou chamar de Cér o que está no controle, porque ele é tão elegante que parece um *sir*. Bê é o rabugento, porque por dentro deve ser um bebê. Rô vai ser o boboca, porque é o nome mais engraçadinho.

Estendo a mão e coço a orelhinha do que acho que é a cabeça boboca, à esquerda.

— Pelos deuses, que pelo mais macio!

O que você esperava? Escamas de lagarto? A língua de Rô cai para fora da boca numa risadinha canina, e sinto o bafo de enxofre.

Olho para Hades, que está nos observando com uma irritação resignada, e não consigo conter a risada.

— Pelo Olimpo...

— O que foi? — As palavras dele saem secas como poeira.

— É cara de um, focinho de outro. — Alterno o olhar entre deus e cão, levando a mão ao queixo e fingindo analisar os dois como se fossem obras de arte. — Com essa careta, você podia até se inscrever pra ser uma das cabeças do Cérbero. São praticamente quadrigêmeos.

— Caramba, que engraçado — resmunga Hades.

Cér deita a cabeça entre as patas.

Esquece. Eu sou muito mais bonito.

A cara de merda de Hades fica ainda pior, e rio de novo.

— É verdade.

O deus da morte mira o cão infernal.

— Vamos ver quem vai ganhar uma vaca extra no lanchinho antes de dormir.

Faço uma careta.

— Você come uma vaca de lanchinho antes de dormir? — pergunto para Cérbero.

Você não?, questionam as três cabeças em uníssono.

— Ela pelo menos tá morta antes de...

E qual seria a diversão?, resmunga Bê.

Ergo uma das mãos.

— Não quero mais detalhes.

Não se preocupa, fala Cér. *São vacas carnívoras e sabem lutar.*

Nem sei o que dizer.

— Cada um com seus costumes.

Outra risada canina sopra mais daquele bafo de enxofre em cima de mim.

A gente pode ficar com ela?, pergunta Rô para Hades.

Uma centelha quentinha se acende no meu peito. Essa é a sensação de ser querida?

— De jeito nenhum. Eu nunca mais teria um dia de paz — responde Hades. — Por que você veio, vira-lata?

Cérbero funga — as três cabeças — e depois se levanta gracioso, se elevando acima de mim. Bato mais ou menos nos ombros dele.

Você foi requisitado, diz o cão, as vozes todas juntas.

Alterno o olhar entre elas. Requisitado?

Os lábios de Hades se apertam. Não é irritação, como um segundo atrás, nem a raiva de quando cheguei. É...

O que é isso?

Não pode ser culpa. Tenho quase certeza de que deuses não sentem culpa. Muito menos este.

Ele me dispara um olhar que não consigo interpretar.

— Já volto — diz Hades.

Cérbero assente, Rô esfrega a cabeça em mim, e depois o cão infernal desaparece como surgiu — com uma nuvem de fumaça.

Eu não deveria perguntar. Não tenho nada com isso.

Mas pergunto mesmo assim:

— É Isabel?

— Não.

— Então quem...

— Você devia ir se trocar.

Ele obviamente não quer me contar, mas isso só me faz querer descobrir mais.

— Mas é importante?

— Sim.

Curto e grosso.

— Tá bom, então...

Giro devagar.

— Não estarei aqui quando você terminar.

Hesito antes de olhar por cima do ombro.

— Imaginei.

Ele não exprime nenhuma reação.

— A gente precisa conversar quando eu voltar. Trabalhar na melhor estratégia pra continuar.

— Não se preocupa — digo. — Zai e eu vamos almoçar juntos e falar sobre estratégias. Deixa comigo.

— Vocês não vão almoçar juntos nem ferrando...

Nem me dou ao trabalho de ouvir as próximas palavras, fechando a porta do quarto na cara do deus da morte.

PARTE 4

AMIGOS POR PERTO, INIMIGOS MAIS AINDA

Já falhei tantas vezes que não conseguir
agora é estatisticamente impossível.

42
JÁ PERDI MEU ALIADO?

Depois de tomar banho e me vestir, coloco meu colete tático e saio do quarto. Acho que Hades deve ter ido embora enquanto eu estava no chuveiro. Tento não notar como a casa parece silenciosa e solitária sem sua presença espalhafatosa.

A caminho da escada, percebo uma porta aberta — uma que esteve fechada desde que cheguei aqui — e minhas pernas vacilam.

Em silêncio, entro no cômodo estreito e sem janelas — é quase um armário, na verdade. Pintado inteiramente de vermelho, só há uma coisa nele. Bem... várias coisas, mas que fazem parte de um único elemento maior.

Um altar.

A luz amanteigada do sol entra de uma claraboia no teto, preenchendo o espaço e destacando o santuário. Meu coração se aperta aos poucos, e sinto uma dor incômoda entre as costelas enquanto analiso os detalhes. Já vi altares para amores perdidos antes, é claro, mas nada assim.

É colorido, com buquês e mais buquês de flores de narciso — quase todas de tons alegres de amarelo e branco intensos, mas também há focos de roxo, laranja e vermelho. Elas cercam uma tocha que irrompe do meio da mesa feita de obsidiana preta. Um crânio cintilante forma o pedestal no topo da tocha, onde crepitam chamas de um vermelho profundo que faíscam no ar.

Dois pés de romã, um de cada lado, se curvam sobre o santuário, tocando-se no topo como amantes abraçados. O verde-escuro das folhas é interrompido aqui e ali pelo vermelho de imensas frutas maduras com sua distinta base em forma de estrela.

Perséfone.

Este altar é para ela.

Ela já partiu há uns bons anos. Pelo menos um século. Mas, pensando na natureza da vida de Hades, não faz muito tempo. Agora, para ter um monumento desses aqui, mesmo em uma casa que visita tão pouco... ele ainda deve estar sofrendo muito com o luto.

De repente, sinto que me intrometi em algo tão particular, tão sagrado, que jamais deveria ter colocado os olhos nisso.

Faço uma reverência, oferecendo um pedido de desculpas silencioso à falecida deusa da primavera e rainha do Submundo, depois recuo e fecho delicadamente a porta atrás de mim.

Mas a imagem e a descoberta desse altar pesam no meu coração. Remoo o sentimento ao longo de todo o caminho até o portão da casa de Hermes, onde devo me encontrar com Zai.

Ele ainda não está aqui, então aguardo, conferindo o relógio. Cheguei na hora marcada, e ele não me parece do tipo que se atrasa. Será que eu devia entrar? O problema é que, se trombar com Hermes, posso piorar as coisas para Zai.

Tento decidir o que fazer. Até considero enviar uma das tatuagens atrás dele. De repente o portão se abre, mas não é o campeão. Um sátiro com cascos roxos, chifres e pelagem verde-clara na metade inferior de cabra aparece e me entrega um bilhete, depois volta para dentro sem falar nada.

É de Zai. Há uma única frase no papel.

Me encontra atrás do templo do Hermes. ~Z

A preocupação de Hades está começando a fazer sentido. Zai sentir a necessidade de se esconder e mandar bilhetes não é um bom sinal. Ele deveria estar seguro na casa de Hermes, certo?

Percorro a rua a passos acelerados, olhando por cima do ombro várias vezes, como uma fugitiva. Tomo mais cuidado ainda quando entro na rua principal, e relaxo apenas ao alcançar o templo.

Mas Zai também não está lá.

Já estou assoviando o sinal para sair do esconderijo quando me lembro de que ele não é uma oferenda, e portanto não vai entender. Mesmo assim, ouço um farfalhar à direita, e uma cabeça surge do meio de galhos.

— Pelos deuses, Zai. — Tento manter a voz baixa, e ele gesticula para que eu fale baixo, e depois me encara de trás de uma árvore.

— Alguém te seguiu? — sussurra ele.

— Acho que não, mas você...?

— Tem certeza?

Ergo uma das sobrancelhas.

— Tanto quanto possível. O que tá rolando?

Ele olha ao redor de novo, a cautela marcando seus olhos escuros, depois sai de trás da moita onde estava se escondendo. Está com uma cara péssima.

— O que, pelo Tártaro, aconteceu com você? — questiono baixinho.

Ele faz uma expressão que acho que é de nojo de si mesmo, mas é difícil dizer por trás de tanto inchaço.

— Tenho alergias graves a... Bom, terra, basicamente.

— E mesmo assim decidiu se esconder no meio do mato?

— Te conto quando a gente chegar em algum lugar onde eu não vá morrer.

Que horror. Melhor mesmo.

— Tá, então o que você quer fazer?

— Sobe nas minhas costas. Tenho uma ideia.

Aperto os lábios, olhando Zai de cima a baixo. Subir nas costas dele? Nesse estado atual de saúde, será que ele vai conseguir me sustentar?

— Eu vou ficar bem. — Ele é sucinto. — Só sobe.

Dou de ombros. Ele conhece os próprios limites.

O campeão grunhe quando dou um salto e vacila um pouco ao segurar meu peso, mas não cai. Depois já estamos voando — não só perto do chão, mas sim ganhando altitude rapidamente. Zai contorna montanhas, permanecendo pouco acima da copa dos pinheiros e rente às rochas — assim ninguém vai ver a gente, imagino. O vento zune por nós, embaraçando meu cabelo enquanto aceleramos. Ele está cada vez mais hábil com as sandálias.

Não sei dizer aonde estamos indo até perceber que estamos muito acima de tudo, perto do cume das montanhas. É quando Zai faz uma curva, e o impressionante templo principal do Olimpo se ergue diante de nós, brilhante em sua glória de mármore branco contra o céu.

Assim de perto, as cabeças de Zeus, Poseidon e Hades, com suas cachoeiras multicoloridas, são ainda maiores do que imaginei. As esculturas têm muitos detalhes; é como encarar Hades de cara feia quando ele implica comigo — o que tende a fazer o tempo todo.

É para lá que estamos indo? Para o templo?

Zai de fato pousa no caminho que sobe até a construção.

— Nenhum poder funciona nos limites desses templos, incluindo poderes de deuses e deusas — explica ele. As sandálias de Hermes desaparecem; Zai fez isso com a força da mente? — Este é o único lugar no Olimpo onde é proibido usar violência. Mesmo que o Dex e os outros nos encontrem aqui, não vão conseguir machucar a gente.

Não estou muito certa sobre o "não conseguir", mas eles demorariam um bom tempo para subir aqui, de todo modo. Aproveito a oportunidade e ergo os olhos. Mais. E mais.

O santuário em si é... Sério, não tem como descrever.

O Templo de Zeus em San Francisco, que já é muito impressionante, é como uma velinha ao lado de um incêndio florestal comparado a este. O teto é sustentado por ao menos uma centena de altas colunas caneladas, duas fileiras circundando todo o espaço. Uma escultura de um pégaso empinando com as asas escancaradas adorna o topo do telhado triangular. Calhas em formato de cabeça de leão enfeitam os quatro cantos, e estátuas de daemones pairam de cada lado da porta que leva ao interior do templo.

Tudo contribui com a sensação avassaladora de que sou muito pequena diante da imensidão do universo.

— A gente vai entrar? — pergunto.

— Não dá pra conversar lá dentro — diz Zai. — Os deuses podem ouvir.

E vamos discutir estratégias, então entendo. Não posso impedir meus ombros de murcharem um pouco.

Zai segue até uma escadaria que corta a encosta da montanha, seguindo até o que parece um mirante logo acima das três cachoeiras. Há uma neblina pairando ao nosso redor, nos cobrindo com um resplendor fresco, e ficamos imersos no rugido abafado da água.

— Ninguém vai conseguir ouvir a gente aqui. — Zai ergue a voz até um grito, depois começa a tossir.

Ele me encaminha até um banco com as costas voltadas para a beira da cachoeira.

— O que aconteceu? — pergunto, me sentando. — Por que você não quis aparecer andando comigo?

O campeão faz uma careta.

— Por causa do Dex.

Arregalo os olhos.

— Ele te machucou?

Zai nega com a cabeça, sem parar de me encarar.

— Não. Fez coisa pior.

43
ALIANÇAS

Procuro freneticamente por ferimentos em Zai; além das alergias graves, porém, ele parece ileso.

— O que pode ser pior do que a morte? — pergunto, depois estremeço pensando em como a afirmação depõe contra Hades.

Os ombros de Zai se curvam, e ele encara o pé enquanto chuta uma pedrinha.

— Dex caiu durante a descida da montanha e ficou todo ralado. Mas como eu venci, todos os campeões da Razão podem ser curados, então ele foi primeiro até o Asclépio. Rima conseguiu chegar em casa antes dele. — O campeão suspira. — E me avisou que o Dex estava irritadíssimo não só por eu ter decidido não me aliar a meus colegas da virtude da Razão, mas principalmente por ter me aliado a você. Justo você.

— E agora você tá com medo de que o Dex tente te machucar também.

— Ah, não — diz Zai. — Dex sempre pensou assim. Mas agora ele convenceu Rima a me expulsar da casa que a gente divide.

Enrugo a testa.

— Vocês dividem uma casa?

Ele olha para mim, confuso.

— Claro, ué. Tem uma casa pra cada grupo de campeões da mesma virtude.

Ah, então nada pra mim porque... Hades.

Ainda bem que sou acostumada a ser a excluída, ou estaria toda complexada a essa altura.

— Achei que você morava com Hermes. Devia ter me contado antes.

Caraca. Quer dizer então que ele mora com Dex?

Agora entendo. Ele perdeu seu lugar no grupo ao ser expulso por Dex. Engulo o nó na garganta. Como alguém cuja maior vontade sempre foi pertencer a um lugar e ter uma família, entendo plenamente como, para Zai, isso pode ser pior do que morrer.

Baixo o olhar para o colo, entrelaçando os dedos.

— Sinto muito. — Encaro o campeão. — A gente não precisa se aliar se você...

— Nem vem — diz Zai, gentil. — Me aliar a você me deu um par de calçados voadores. — Ele me cutuca com o cotovelo. — Além disso, quando fiz minha escolha, eu sabia que isso podia acontecer.

Meu sorriso parece contido.

— Claro.

— Vou encontrar outro lugar pra ficar. Talvez com Hermes. — Ele se ajeita no assento. — Não que ele esteja muito feliz, tampouco.

Dada a reação que Hades teria caso eu fosse expulsa do meu time, posso imaginar.

— Fica comigo.

Zai se empertiga tão rápido que é uma surpresa sua coluna não quebrar.

— Com Hades? Melhor não.

— Ele não vai te machucar.

Não tenho ideia do que faz eu me sentir tão confiante. Zai claramente não tem a mesma certeza.

— Ele é o deus da morte, Lyra.

— Mesmo assim. Eu tô vivíssima, não tô? — argumento.

— Verdade. — Ele não parece muito convencido. — Mas Hades precisa que *você* esteja viva. Eu, não.

É justo.

— E se ele prometer te manter em segurança enquanto você estiver na casa dele? O que acha?

Tento não me encolher ao ouvir minhas próprias palavras. Ótima ideia contrariar a regra de Hades de não decidir nada sem falar com ele antes.

— Nesse caso, talvez role — fala Zai, ainda imerso em dúvidas.

Assinto, sem insistir mais. Um problema resolvido. Mais ou menos. Hades vai *amar* saber disso quando chegar em casa.

— Você perguntou pra Rima por que ela se aliou ao Dex? Digo, sei que ele também é da virtude da Razão, como vocês dois, mas...

Paro de falar quando vejo a careta de Zai.

— Ela não tá *aliada a ele* — diz o campeão, devagar. — Só tá *contra você*.

44
QUANDO LADRAS SÃO PÉSSIMAS NO PRÓPRIO TRABALHO

Rima está contra mim.

Estou determinada a não deixar isso me abalar. Tenho muita experiência em não me incomodar quando outras pessoas não gostam de mim, ou acham que sou esquisita, ou tentam me evitar, ou até mesmo esquecem que existo. Toda essa experiência, infelizmente, não ajuda muito.

Ainda dói.

— Eu? — pergunto. — O que eu fiz pra Rima?

Fingir que não sou amaldiçoada e não tenho ideia do que está acontecendo é como sempre lidei com as oferendas. Zai é diferente. Um aliado. Talvez eu deva contar sobre minha situação para ele. Afinal de contas, caso isso signifique perder aliados, ele merece saber.

Zai balança a cabeça.

— É mais uma questão de ela abominar o deus que você representa.

Estou tão acostumada a não poder ser amada — obrigada, Zeus — que demoro um instante para absorver o fato de que não sou o problema nesse caso.

— Ela não quer que Hades se torne o rei dos deuses — continua ele, fazendo uma pausa como se não tivesse certeza se deve ou não contar a próxima parte. — Rima parece... aterrorizada com a ideia. Pálida e trêmula, resmungando sobre como você vai acabar vencendo e isso seria o fim de todos nós.

Bufo.

— Baseada em quê? Você foi o principal responsável pela última vitória.

— Graças a você — insiste Zai, a expressão assumindo um toque obstinado enquanto pousa sua mão sobre a minha no banco.

A provocação de Hades sobre Zai estar caindo aos meus pés farfalha na minha mente. Fingindo estar me ajeitando, viro de lado para olhar para ele, interrompendo o contato físico.

— Certo, então vamos falar de estratégia. Eu estava pensando: como nós já não somos da mesma virtude, talvez seja bom conseguir pelo menos um aliado das outras três, né?

Zai assente e semicerra os olhos, colocando aquela cuca para funcionar.

— Neve e Dae são da Força, e pareciam estar trabalhando com Dex hoje. Não sei sobre Samuel e não consegui ver os outros pra saber se já formaram alianças fortes com os membros da mesma virtude.

— Nem eu.

— Mas os campeões da Coragem estão com um a menos. Talvez a gente possa começar com eles.

— Quem?

— Bom... Amir é obviamente forte e corajoso, mas deve ser jovem e imaturo demais. Também é meio arrogante.

Pelo jeito, não sou a única prestando atenção.

— E a gente não sabe o quanto ele se machucou na queda hoje — acrescenta Zai.

Não queria que isso fosse um fator na hora de escolher aliados, mas é.

— Trinica parece esperta, capaz e calma durante crises. Mas é um pouco mais velha, e talvez não tão forte quanto os outros — continua Zai. — Ela é diretora de uma escola, sabia? Pra adolescentes.

Ergo as sobrancelhas.

— Então deve lidar com vários pepinos, hein. Que tal a gente falar com os dois juntos? Assim, eles não precisam escolher entre eles ou nós.

— Talvez funcione — diz Zai, devagar.

— Você quer...

— Olha só quem a gente achou... — zomba uma voz vinda do nosso lado esquerdo.

Zai e eu nos viramos ao mesmo tempo e saltamos do banco ao ver Dex nos encarando — e acompanhado. Rima não está com ele, mas Neve está, assim como Dae-hyeon e... Samuel. Isso responde à dúvida. Os campeões da Força e da Razão estão juntos.

Depois da ajuda de Samuel no primeiro Trabalho e do modo como atuamos bem em parceria, meu coração dói mais do que eu gostaria de admitir. Sou forçada a desviar o olhar.

É quando fica claro como o dia o erro que Zai e eu cometemos.

Estamos sem poder algum. Nadinha. Nem sequer as sandálias para sair voando daqui.

Felix teria um treco se visse como errei feio em não garantir mais de uma rota de escape.

— Por que você precisa ser tão babaca, Dex? — Devolvo a provocação, sem deixar que ele veja como estou tremendo.

— Nada pessoal, Lyra — fala Samuel, sem me olhar nos olhos. — Hades seria o pior rei dos deuses em toda a história. A gente tem família em casa pra proteger. Não podemos deixar que você continue na Provação, muito menos que ganhe.

Eles estão a alguns degraus de distância de nós. Será que tem como dar o fora antes que nos alcancem?

Agarro a mão de Zai e o puxo na direção do parapeito. Falo alto o bastante para que ele escute acima do rugido da água:

— A gente precisa pular!

— Pular? — Ele arregala os olhos. — Não dá. As sandálias não estão aqui. — Zai nega com a cabeça. — Além disso, eles não podem machucar a gente.

— Estamos em menor número e desarmados. Dex e Samuel não precisariam nem de ajuda pra nos arrastar pra fora dos limites do templo e depois matar a gente.

— Isso é violência.

— Quer mesmo testar sua teoria? — Olho por cima do parapeito. — Vamos agarrar um ao outro. As sandálias devem reaparecer depois de alguns metros de queda, não?

— Acho que sim...

— Alguma outra ideia?

— Você quer viver, Aridam? — fala Dex, avançando. — É só trocar de lado agora.

Estão quase chegando em nós. Temos no máximo alguns segundos.

— Viu? Vem logo, Zai!

O rosto dele assume uma expressão tensa.

— Vamos.

Nós dois subimos no parapeito e nos equilibramos ali.

— Pelo jeito hoje é o dia oficial de se pendurar em montanhas... — murmuro.

Zai agarra minha mão com força.

— Agora!

O salto exige fé e uma boa dose de confiança. É quase como se eu pudesse sentir nós dois suspensos no ar por um segundo antes de despencar, meu estômago quase saindo pela boca durante a queda.

— Caralho, eles pularam! — exclama Dex.

Fica claro muito rápido que há duas coisas que calculamos errado nesse maravilhoso plano de fuga. A primeira é a força nos braços de Zai — percebo que deveria ter me agarrado nas costas dele porque, no instante em que as sandálias reaparecem e a queda é interrompida, sou jogada para longe com tanta força que meu ombro dói com o sacolejo. Agito as mãos no ar em vão, vendo o horror na expressão de Zai enquanto assiste à minha queda.

Então ele mergulha na minha direção.

E é nesse momento que o segundo erro de cálculo fica evidente. A cachoeira de Hades está a uma distância muito menor de nós do que eu imaginava, e se estende bem mais além da montanha.

Atinjo a superfície das águas escuras e sou imediatamente sugada pela furiosa correnteza do rio.

45

VIAGEM ÀS ENTRANHAS DA TERRA

Conforme o rio me carrega na direção do buraco que leva para o interior da montanha, sou violentamente chacoalhada por correntezas tão turbulentas que tudo que posso fazer é não me deixar afundar ou trombar com as rochas ao longo das margens.

Vislumbro Zai duas vezes acima de mim, me seguindo frenético pelo ar, com o rosto manchado e aos berros. Não que dê para ouvir algo. Afundo e sou jogada de um lado para o outro até não saber mais em que direção fica a superfície. A água é tão preta que a luz não a penetra.

A força das correntes me mantém submersa. Meus pulmões queimam até eu não aguentar mais, mas nesse momento sou atirada de novo para a superfície. Arquejo e me engasgo, me debatendo. De alguma maneira, por trás do cabelo e da água nos meus olhos, consigo ver Zai voando até mim.

Com um impulso desesperado, bato as pernas e me jogo na direção do campeão, estendendo uma das mãos. Ele tenta com todas as forças me alcançar, e acho que talvez...

Mas as águas me puxam de novo, e o rosto dele desaparece.

Quando volto à tona, cuspindo água, está escuro como o breu, e sei onde estou — no túnel que segue até o Submundo e desemboca no rio Estige.

Por favor, deuses, permitam que a água siga um percurso que não vai me matar. Imagino cavernas subterrâneas preenchidas de água até o topo, sem espaço para respirar. Imagino corredeiras rápidas que vão me pulverizar contra pedras irregulares. Imagino um túnel tão estreito que não vou ser capaz de passar por ele.

Enquanto tais imagens me ocorrem, caio de uma altura considerável, soltando um berro capaz de acordar os mortos. Despenco com a água, abalada e confusa, sem saber se devo tentar me agarrar a algo ou me preparar para o impacto. Mergulho e sinto a correnteza me puxando ainda mais para o fundo, sigo rodopiando e girando. Quando sou empurrada de novo para a superfície, respiro fundo, bem a tempo de ser sacolejada mais uma vez.

Não sei quanto tempo isso vai durar, ou até quão fundo segue o rio. Só estou tentando não me afogar. Deve ficar mais devagar em algum momento, certo? Com certeza não estou me permitindo pensar no fato de que o rio Estige é fatal para os mortais.

Em determinada altura, a correnteza fica menos violenta e arranco os jeans enxarcados que estão pesando mais do que minha relíquia. Bati nas paredes — ou em pedras maiores, quem sabe? — tantas vezes que tenho quase certeza de que minha cabeça está sangrando.

Mas a pior parte é a exaustão.

Não sei dizer o que é mais perigoso: as águas revoltas ou meus músculos exaustos. A esta altura, em vez de lutar, faço tudo que posso para manter a cabeça acima da água, deixando meu corpo ser jogado de um lado para o outro como uma boneca de pano quebrada e ensopada.

Estou prestes a ceder. O mais perto que já estive de desistir e permitir que os deuses me levem.

Seria fácil demais só fechar os olhos e ir. Mas não posso. Não vou. Continuo nadando, inalando tanto ar quanto posso cada vez que volto à tona.

Quase desmaio ao ser jogada numa nova caverna — uma onde as águas se acalmam rápido e enfim sou capaz de nadar sem ser chacoalhada ou afogada.

Respiro fundo na escuridão total, esperando a próxima coisa horrível acontecer comigo — é quando me ocorre que tenho uma fonte de luz. Corro o dedo pelo braço, e meus animais ganham vida.

— Não quero que saiam da minha pele — digo a eles. — É só me ajudar a enxergar pra onde eu tô indo.

Estendo o braço, permitindo que o brilho das cores do arco-íris banhe as águas calmas até eu me recuperar. Parece um imenso lago subterrâneo. A margem fica tão longe que não sei se sou capaz de chegar até lá — mas não paro, rolando para boiar de costas quando sinto que não consigo dar nem mais uma braçada.

Minhas mãos enfim roçam no chão sólido sob a água e quase soluço com o alívio, que me percorre com tanta força que estremeço. Me arrastando, me puxando com as mãos, rastejando — o que quer que meus membros consigam fazer —, saio da água e me largo de barriga no chão. Sinto pedras do tamanho de besouros gigantes me cutucando, mas não dou a mínima.

Eu não morri.

Consigo ouvir apenas minha respiração ofegante; meu pulmão parece gorgolejar, um pouco úmido, mas esse é um problema para depois. Não sei quanto tempo demora, quanto tempo fico deitada até meu corpo enfim sossegar, sorvendo o ar ao qual não tive acesso pelo que pareceram eras.

— Eles deviam colocar *isso* na porra da Provação — murmuro para mim mesma.

Depois solto uma risada. Um tanto histérica, imagino.

Morro de orgulho de não me entregar ao desespero. Nunca. Isso significaria a vitória de Zeus, com suas maldições e surtos, e me recuso a permitir que aquele bundão me derrote. Mas, neste momento, sem ninguém olhando, é tentador demais ceder às sensações rodopiando dentro de mim. É como se minhas emoções tivessem ficado para trás no caos da água e agora estivessem me alcançando, me fazendo sacolejar tudo de novo.

Nem se tentasse eu saberia dar nome ao que estou sentindo. A maior parte é a dor da perda, acho. Em relação a tudo que minha vida poderia ter sido.

Rolo de costas e me forço a abrir os olhos porque, se sucumbir à exaustão, sei lá o que vai acontecer comigo. Ainda estou em algum lugar do Submundo e preciso achar um jeito de sair.

E se eu ficar presa aqui?

Cubro o rosto com as mãos, apertando as palmas para conter as lágrimas. Não vou chorar. Não por causa disso. Não depois de ter sobrevivido. Não sabendo que o beijo de Hades me protege aqui. Chorar é para os momentos tristes, porra — e ainda assim prefiro evitar.

O que você tá fazendo, mortalzinha?, pergunta uma voz sedosa e séria na minha mente.

Dou um berro e afasto as mãos do rosto só para me deparar com as imensas, aterrorizantes, preciosas e belas cabeças de Cérbero.

46
SALVO-CONDUTO

— Não morrendo — digo para o monstruoso cachorro de três cabeças de Hades, soltando um grunhido. — É isso que tô fazendo aqui.

Agradeço às Moiras pelo que quer que tenham feito para garantir que Cérbero me conhecesse *antes* de eu parar aqui, e não depois, independentemente do que Hades diga sobre a marca nos meus lábios.

Então, você está indo bem, diz Cér.

Bê ergue a cabeça para olhar ao redor.

Como veio parar aqui embaixo?

Meus braços estão cansados demais até para erguer a mão e apontar.

— Eu caí na cachoeira de Hades no Olimpo.

Fogo e enxofre... Isso parece ridículo até para mim, e olha que passei pela coisa toda.

Você caiu...?

As três cabeças soltam um latido rouco que acho que é uma risada.

Só pode ser brincadeira.

Rô late de novo.

Solto um gemido.

— Não é.

Cér me cutuca gentilmente com o focinho.

Você diz a verdade.

— Sim.

Bê solta um grunhido de descrença.

Só um semideus sobreviveria a algo assim.

— Pelo jeito eu tenho o pé quente.

Toma essa, Zeus. Não precisa de amor para sobreviver a essa viagem.

Não sei o que ter o pé quente tem a ver com isso, diz Cér. *Mas presumo que seja uma expressão sarcástica. Hades também gosta de sarcasmo.*

Abafo uma risada, porque ele gosta mesmo.

— Sou melhor nisso do que ele. — Engulo em seco, e minha garganta parece ter sido raspada por dentro com uma lâmina. — Vocês podem me ajudar a voltar pro Olimpo?

Quer dizer... Cérbero surgiu do nada lá na casa de Hades, no meio de uma onda de fumaça. Por que não?

Não desta parte do Submundo.

— Ótimo — murmuro, e cubro os olhos doloridos com o braço, que parece um peso morto. Depois, uma parte do meu cérebro é ativada, e baixo o braço de novo para encarar o cachorro infernal. — Calma. Como vocês sabiam que eu estava aqui?

Pela marca do Hades. Rô mostra os dentes num sorriso aterrorizante. *Sempre que você entra no Submundo, ela me avisa.*

Sempre vou ser capaz de te encontrar, pequena mortal, afirma Bê.

Acho que a intenção foi que a afirmação saísse como um alerta, mas, para mim, soa como uma promessa. Proteção.

Além de Hades, ninguém nunca me protegeu. Nem mesmo a Ordem — apesar do fato de que, para eles, sou um investimento. Para Hades, sou um meio para um fim.

— Pode me chamar de Lyra.

Cér e Rô balançam a cabeça, mas Bê tomba a dele para o lado como se não estivesse muito certo disso. Em uníssono, eles falam:

Não posso te ajudar a voltar pro Olimpo, mas posso te levar para um lugar melhor do que este.

Depois, Cérbero pousa uma das patas sobre meu peito. Uma pata maior do que uma mesinha de centro, com unhas de ônix dignas de pesadelo. Ele não é muito gentil, então solto um grunhido, mas o som se perde no silêncio da viagem. Não tenho ideia de como estou viajando — se no tempo, no espaço ou em outra coisa — e também não dou a mínima.

Deuses, monstros e magia.

Reaparecemos num piscar de olhos, com fumaça se dissipando rapidamente à nossa volta. Como estou deitada no chão, porém, ela enche minhas vias respiratórias já torturadas. Levo um minuto para parar de tossir.

Ainda estou no subterrâneo, *muito* no subterrâneo, mas há luzes acima de mim pontilhando o telhado — uma iluminação de um azul brilhante e fluorescente. Não sei qual é a fonte. Micro-organismos, talvez? Que seja. Parecem estrelas no aveludado céu noturno contra a pedra escura do teto da caverna.

— Obrigada — digo para minhas tatuagens, permitindo que voltem a dormir.

O som de água batendo rítmica e suavemente em alguma coisa me força a apoiar sobre o cotovelo o peso do corpo abatido e dolorido. Logo vejo que estou deitada numa doca, na margem de um rio amplo que brilha no mesmo tom de azul que os pontos de luz no teto.

Inclino sobre a borda do cais para ver melhor. A água não brilha. É como se as correntes lá no fundo estivessem se agitando, fazendo cintilar fragmentos de luz que rodopiam e dançam, criando padrões como se fosse um caleidoscópio.

Sussurro as palavras que Hades me disse:

— Não é preta no Submundo.

É hipnotizante de assistir.

— Esse é o Estige? — pergunto a Cérbero.

Sim, responde Cér. *Não toque na água, é mortal para você.*

Franzo a testa.

— Achei que as águas que me trouxeram até aqui alimentassem esse rio.

E alimentam.

— Então por que não morri?

Cérbero solta um som do fundo da garganta que parece tanto uma versão canina de "putz" que quase dou uma risada.

Ah, caramba. Mais um feito alcançado por deuses e magia. A lista está ficando longa rápido.

Um barulho entre um lamento horrível e uma buzina de nevoeiro — algo familiar pra mim, já que vivi em San Francisco — se eleva acima da água.

Lá vem ele!

Rô ri, alegre com a expectativa.

— Quem? Hades?

As três cabeças se chacoalham numa negativa.

O Caronte.

Caronte.

Demoro alguns segundos para absorver a informação. Mais tempo do que deveria, mas ainda estou com a mente atordoada de exaustão.

— O barqueiro dos mortos?

Três cabeças assentem.

Cérbero me trouxe até Caronte? Meu estômago se embrulha. Ouvi tantas descrições... Algumas dizem que ele é puro osso, sem carne, enquanto outras falam que seus olhos vão me assombrar para sempre se eu olhar diretamente para eles, e há ainda mais referências a chifres, caudas e pele vermelha como sangue. Mas o que *todas* as descrições desse deus têm em comum é que... ele é assustador.

— Vocês não podem ir buscar o Hades? — questiono.

Cérbero nega com a cabeça.

Ele me disse que, sempre que você surgisse aqui, não deveria permitir que transitasse sozinha. Sou seu salvo-conduto.

Ah.

E o Caronte quer te conhecer.

Caronte quer...

Que o Elísio me salve.

47
O BARQUEIRO

Antes que eu possa fazer outra pergunta surge uma balsa na extremidade da doca, vinda do nada — e quero dizer do nada *mesmo*. Não chega remando devagar pelo rio. E não é uma embarcação onde cabem umas dez pessoas: é um troço maior do que um navio pirata, e de estilo similar.

Uma prancha bate no cais com um baque surdo que consigo sentir de longe, e um pessoal começa a deixar o barco. Pessoas atordoadas que são... Encaro com um pouco mais de intensidade conforme se aproximam de onde estou deitada. Sim. Elas são translúcidas.

Almas de gente morta. Estou olhando para a porra das almas de gente morta.

Cérbero passa da doca para a margem, abrindo caminho para os recém--chegados. Vários o encaram com olhos arregalados e receosos, abrindo uma distância ainda maior. Ele apenas fica ali, porém, com Rô ofegando. As almas nem dão bola para mim, como se eu não existisse.

Elas seguem para a margem, percorrendo uma série de degraus que parecem desaparecer na parede da caverna. A primeira a alcançar a escada se detém até que todas estejam enfileiradas, e não consigo não rir.

— Pelo jeito tem fila até pra morrer.

Depois, a alma na liderança do grupo segue até o topo. No momento em que toca a parede da caverna, uma rachadura se abre no que achei que era rocha sólida, fazendo um som de pedra contra pedra e revelando um portão. Dos dois lados há tradicionais colunas gregas caneladas, repletas de entalhes da base ao teto. E além...

Um arquejo escapa pelos meus lábios.

Tenho a sensação de que estou arquejando muito ultimamente — mas sou só uma mortal, afinal de contas.

Além disso, a visão é digna de admiração.

Porque além da passagem, mesmo sentada onde estou, consigo ver o início do Submundo... e não é como imaginei. Degraus — muitos e muitos degraus — numa encosta levam a um mundo que não é de fogo e enxofre. Não aqui, ao menos. Aqui é... encantado.

Acima, no que parece um céu noturno mas na verdade é o teto da caverna, milhares de metros acima, *tudo* brilha — como o rio e o teto de onde estou, só que de forma mais intensa. Vários tons de azul e roxo e verde e branco e rosa. Há flores, árvores, cipós, caminhos que levam a montanhas milhares de vezes mais magníficas do que o Monte Olimpo.

De onde estou tenho apenas um vislumbre do lugar, mas é tudo de que preciso para entender por que Hades não vive com os outros deuses, por que ele prefere ficar aqui.

— É tão... — Não consigo encontrar a palavra certa. — Por que Perséfone odiava este lugar?

— Ela não odiava.

Me viro e vejo um homem parado acima de mim. Preciso tombar a cabeça para trás para vê-lo.

Não pode ser Caronte. Pode?

Ele é... bem gostoso.

Digo, não como Hades. Mas esse ser que é descrito como todas as coisas mais horrendas é qualquer coisa, menos horrendo. Alto e esbelto, tem cabelo castanho-claro que parece quase loiro contra a pele bronzeada e olhos sorridentes que ficam entre o azul e o verde. Ele não tem o tipo de beleza estonteante e sombria que eu esperava, dado o título "Barqueiro dos Mortos". Em vez disso, é... amigável... com olhos gentis e o tipo de expressão convidativa que dá vontade de chamar o cara para tomar uma cerveja.

Ele inclina a cabeça para o lado com um sorriso que me faz querer sorrir de volta.

— Fiquei curioso sobre você, Lyra Keres.

— Eu... Mesma coisa aqui.

Aperto a mão que ele me estende, mas não consigo me levantar. Ainda estou exausta demais depois da minha aventura aquática.

Ele deve notar, porque se abaixa para sentar ao meu lado, pousando os pulsos nos joelhos erguidos. É assim que me dou conta de que ele está vestindo jeans, como Hades. Jeans e uma camisa verde-clara de gola reta e botões.

— Tenho a sensação de que Hades vai chegar logo menos pra te buscar — diz ele.

— Duvido. Ele não tem a menor ideia de que caí daquela porcaria de cachoeira, pra começo de conversa.

Os lábios de Caronte se abrem num grande sorriso.

— Cérbero me contou o que aconteceu.

— Ele... — Me viro e encaro o cão. — Quando?

Agora mesmo.

Me viro de novo e vejo o barqueiro me analisando com um interesse explícito.

— Posso ver o que ele vê em você.

— Oi?

— Hades. Você é destemida de um jeito que faz sentido ele... admirar. Me inclino um pouco adiante.

— Não é ser destemida. É ter uma péssima capacidade de julgamento e uma falta de filtro absurda. — E uma vida inteira encarando tudo sozinha. — E, a julgar por como ele destaca essas minhas características específicas, não sei se você conhece Hades tanto assim.

Caronte ri.

— Conheço sim. Como não tenho muito tempo, preciso te contar algumas coisas, bem rápido. Beleza?

Sério?

— Como uma pessoa com qualquer senso de curiosidade recusaria uma oferta dessas?

Apoio os cotovelos nos joelhos.

Os olhos do barqueiro cintilam.

— Primeiro, uma pergunta. Por que você não usou uma das pérolas enquanto estava no rio?

É difícil manter a expressão neutra.

— Não sei do que você...

— As sementes de romã da Perséfone. — Caronte me corta, como se não tivesse tempo para joguinhos. — Hades não pode te falar mais sobre elas porque configura uma interferência, mas essa restrição não se aplica a mim. Eu não sou um deus olimpiano, afinal de contas.

Paro de fingir que não sei do que ele está falando.

— É que elas estão no meu colete, e eu estava ocupada me afogando.

A expressão dele é a de um professor decepcionado.

— Você não pode cometer esse erro de novo. Elas podem te levar pra onde quer que você queira ir.

Pestanejo.

— Achei que só me trariam até aqui.

Caronte nega com a cabeça.

— Você precisa imaginar claramente um destino na cabeça. Pode ser um lugar ou uma pessoa, não importa. Depois, é só engolir uma das pérolas.

Será que teria como usar uma delas para voltar à Superfície? Não que haja algum lugar lá em cima onde eu possa me esconder.

— Só use se não tiver outra opção — alerta Caronte, como se pudesse ler meus pensamentos. — Você já está em apuros com as relíquias.

Dessa parte eu sei.

Caronte chega mais perto.

— Você vai ser punida se um dos daemones souber das sementes. É sério. Só se não houver outra opção.

Hades não me falou desse detalhe.

— Tá.

O barqueiro franze a testa, me encarando. Encaro de volta.

— E qual é a outra coisa? — continuo, tentando quebrar o climão.

Caronte ergue um pouco o queixo, analisando minha expressão como se estivesse tentando decidir se deve ou não me contar.

— Hades valoriza a lealdade acima de tudo.

— Lealdade. — Desvio o rosto, deixando o olhar correr pelas águas e pelo teto fluorescentes. Lealdade tem tudo a ver com o deus da morte.

— Ele não confia facilmente nas pessoas. — A afirmação tem um toque de alerta. — Ele teve dois amigos na vida, e um deles sou eu.

Três, corrigem as cabeças de Cérbero em uníssono.

Caronte dispara um olhar de diversão para o cachorro.

— Três — diz, dando um tapinha na pata de Cérbero. O animal solta uma pequena chama pelas narinas de Bê, mas relaxa.

Noto durante toda a interação que Caronte não menciona a terceira amizade — imagino que seja Perséfone.

— Por que você tá me contando isso?

— Porque Hades é um escroto...

Baixo as sobrancelhas, e minha coluna estala quando me viro para encarar o barqueiro.

— Sim, ele é. Mas como suposto *amigo* dele, achei que você teria mais...

— Lealdade? — Caronte me corta de novo, abrindo um sorriso encantado.

Ele está me testando?

Ainda estou vibrando com o surto imprudente de raiva que acabou de me acometer. Por que daria a mínima para o que Caronte diz sobre Hades?

— Não gosto de ser testada.

Caronte dá de ombros.

— Eu seria mais sutil se tivesse mais tempo. E tô falando isso porque suspeito que Hades poderia... te considerar uma amiga também.

Se Caronte tivesse me dado um tapa, o impacto teria sido o mesmo.

O barqueiro olha por cima do meu ombro e sorri.

— Não acha?

— Não preciso da sua ajuda pra fazer amigos. — O distinto resmungo de Hades irrompe da escuridão e corre pela minha pele como um calafrio delicioso, que desliza, acaricia e desperta conforme avança.

Ele se ajoelha na minha frente, correndo as mãos pelo meu corpo como fez após o Trabalho de Poseidon. Dessa vez, há uma camada de inquietação nas suas ações e na expressão fechada.

— Você se machucou?

— Provavelmente.

— Não tô no clima pra brincadeira, Lyra. Responde direito.

— É sério. Acho que tô em choque. Mas não parece ter acontecido nada grave.

Hades cerra o maxilar, mas assente, ainda conferindo se estou bem. Ele passa as mãos pelos meus braços, depois afasta o cabelo molhado do meu rosto e chia. É quando vejo: preocupação. Preocupação de verdade. Sei porque passei a vida sonhando que alguém — meus pais, Boone ou até mesmo Felix — me olhasse desse jeito. Os olhos dele se escurecem de um jeito que faz meu coração disparar.

Ele desliza a ponta do dedo pelo meu rosto, e faço uma careta por conta da dor que faz minha cabeça latejar.

— Foi mal — murmura ele.

Mas não para, correndo os dedos pelo meu cabelo, procurando mais hematomas devido aos choques com as pedras. E preciso de cada grama do meu febril autocontrole para não permitir que os dois deuses aqui presentes descubram o que acabei de perceber.

Hades pode ser uma presença desagradável, e é arrogante e mandão, sem falar em misterioso e fechado. E ele me arrastou para a Provação. Mas... eu gosto dele.

Gosto de quem ele é.

Gosto de brigar com ele porque sei que não vai me machucar, e porque só briga quando se importa mesmo com alguma coisa. Gosto de seu senso de humor. Gosto de como ele disfarça o riso. E gosto de como ele se ergue sozinho contra o mundo e todos os outros deuses. Gosto de como quebra regras para me ajudar. Definitivamente gosto de como ele beija.

E na verdade *gostaria* de ser amiga dele.

Na lista de todas as péssimas ideias do mundo, essa é uma das piores.

— Você deve ter sofrido uma concussão.

O olhar de Hades enfim se encontra com o meu.

— É — sussurro.

Não sei o que ele vê nos meus olhos, mas é algo que o faz pestanejar, e depois ele se afasta devagar. Seus dedos se desembaraçam do meu cabelo quando ele se inclina, e qualquer toque de preocupação some diante da máscara de indiferença que ele é tão bom em projetar.

— Tá precisando de um amigo, minha estrela? — A voz de Hades sai sedosa e arrastada como sempre, mas agora está marcada pela graça, e tenho a impressão de ouvir um tipo supremo de satisfação nela.

Retiro o que disse. Caronte estava certo. Hades é um babaca.

A única forma de reagir a isso em que consigo pensar é ir na ofensiva, então suspiro.

— Você parece um predador se esgueirando assim pra perto da gente.

Como esperava, isso desperta sua arrogância.

— Já fui associado a panteras e...

— Não, panteras não. — Bato a ponta do polegar contra os lábios, fingindo analisar Hades, depois estalo os dedos. — Um polvo. É isso que você parece.

Ouço um bufar que pode ser a risada de uma das cabeças de Cérbero. Hades me encara.

— Um polvo?

— Aham. É bizarro. — Encaro o deus com um olhar solar e inocente. — A fumaça é como tentáculos enquanto você se esgueira para os lugares. Definitivamente um polvo.

Caronte reprime uma risada.

— Pelos deuses, Done, ela tá certa.

Done?

Mas não tenho oportunidade de perguntar, porque Caronte ainda está rindo.

— Nunca tinha notado antes, mas...

Ele se interrompe quando Hades o fulmina com o olhar.

— Qual é o problema? — exijo saber. Depois que você irrita uma pessoa, o único jeito é continuar em frente. — Polvos são bem inteligentes e astutos. Você devia se sentir lisonjeado.

Hades grunhe, olhando para baixo como se assim pudesse encontrar paz. Depois de ter visto tanto o Olimpo quando o Submundo, compreendo por que ele fita o chão, e não o teto.

— Seu aliado, Zai, veio correndo até mim e me contou sobre sua viagem rio abaixo — diz ele. — Sorte sua que eu já tinha voltado pro Olimpo.

— Aliado?

Ele vai parar de brigar comigo sobre isso agora?

Hades assente.

— Ele conquistou o título com aquela demonstração de lealdade a você.

Para ir sozinho contar a Hades que caí no rio Estige, ele sem dúvida precisou de coragem.

— Ainda bem — falo. — Porque ele vai ficar com a gente na sua casa.

Tanto Cérbero quanto Caronte se engasgam.

Achei que Hades protestaria imediatamente, mas ele não faz isso. Me encara com olhos semicerrados antes de assentir, resignado.

— Faz sentido. Não tem como ele morar com Dex se quiser sobreviver.

— Eu esperava uma discussão.

— Eu também — murmura Caronte, o que faz Hades fulminar o amigo com um olhar especulativo.

Depois o deus da morte se inclina sobre os calcanhares, o olhar mercúrio correndo pelas minhas feições.

— Tá aumentando a coleção? — me pergunta numa voz suave, olhando de soslaio tanto para Caronte quanto para Cérbero.

219

Reviro os olhos.

— Então você admite que tem ciúmes do seu melhor amigo e do seu cachorro?

Caronte também ri.

— Concordo, Cérbs. Gosto dela também.

Hades fica de pé e encara o amigo com um olhar frio.

— Você tá aqui há tanto tempo que ia gostar até de um fungo.

— Você acabou de me comparar com *um fungo*?

Mesmo oscilando um pouco eu me levanto, ignorando sua mão estendida. Pouso as mãos nos quadris, prestes a dar um chilique quando ele me interrompe.

— Agora não, Lyra. O terceiro Trabalho já vai começar.

Ah. Cada palavra que estou prestes a dizer se dissipa em fumaça, deixando para trás uma névoa de medo.

O terceiro Trabalho. Já.

Dessa vez não hesito em aceitar a mão estendida, enquanto meu estômago se revolve como se eu ainda estivesse no rio e Hades fosse minha única margem.

48
O TRABALHO DE DIONÍSIO

— Bem-vindos ao terceiro Trabalho — anuncia Dionísio num tom jovial uma hora depois, a voz grave ecoando nas paredes da imensa caverna antes de se espalhar por pelo menos quatrocentos metros em todas as direções.

Vestido para impressionar, o deus é o epítome de um playboy hedonista com muito tempo livre e acesso ao dinheiro do papai.

Desvio o olhar dele para conferir os arredores.

Com base na vegetação, estamos numa floresta tropical — só que dentro de uma gruta imensa e úmida. O som de água pingando ecoa pelo espaço. No alto, há uma pequena abertura circular que permite a entrada de luz do sol.

Tive tempo apenas de tomar um banho rápido e colocar meu uniforme antes de começar a desaparecer de novo, e a umidade faz a roupa grudar no meu corpo de formas péssimas. Olho ao redor, puxando o tecido das pernas para amenizar o desconforto.

Ao meu lado, Meike bate palmas quando vê o seu patrono. A campeã parece ter uns trinta anos de idade, mas seus olhos brilham como os de uma criança enquanto encara Dionísio com uma expressão de adoração.

— Você sabe o que vem pela frente? — sussurro para Meike.

Ela nega com a cabeça, a franja voando de um lado para o outro enquanto um sorriso repuxa os cantos da sua boca.

— Ele insiste em jogar segundo as regras e não tinha autorização para me contar nada — sussurra ela com seu forte sotaque alemão.

O deus do vinho e das celebrações acabou de subir alguns pontos no meu conceito.

Os outros campeões também estão aqui, vestidos com macacões da cor de suas virtudes. Não tive muito tempo para observar os outros uniformes durante o trabalho de Poseidon. O da Força é de um verde profundo, com folhas de carvalho bordadas no peito com uma linha cintilante cor de bronze. Os campeões da Coragem usam roxo, é claro, o tecido adornado por bordados de cornisos dourados. O uniforme da Razão é turquesa com sequoias acobreadas, e o da Emoção é carmim com bordados prateados na forma de flores de cerejeira.

221

Já eu estou usando preto com borboletas em ouro rosê. Não é de se admirar que Hades tenha ficado irritado aquele dia na cozinha. Ele sabia que tinham tentado me passar a perna com aquele traje cinzento meia-boca com letras de prisão.

Que ninguém diga por aí que deuses não são mesquinhos.

— Este lugar esplêndido — Dionísio estende as mãos, olhando ao redor — é a Caverna Perdida.

Nunca compreendi muito bem o dom do charme natural, mas Dionísio tem isso de sobra. Ele abre um sorriso tão caloroso, com os olhos azuis brilhando como se realmente estivéssemos prestes a nos divertir, que me pego relaxando um pouquinho. Talvez a gente vá *mesmo* curtir o Trabalho.

— Os mortais ainda não descobriram este sistema de cavernas — diz ele. — Mas os deuses daqui foram gentis o bastante de emprestar o lugar pra nossa farra.

Os outros campeões ficam visivelmente empolgados.

"Farra" parece promissor.

— Como podem ver... — Ele aponta para o buraco no topo da caverna. — Estamos em uma dolina, formada pelo colapso do chão lá em cima sobre a caverna logo abaixo, que permitiu que um ecossistema único de floresta tropical prosperasse aqui. Tem até clima próprio. Este Trabalho vai testar a sua Emoção.

Dionísio abre os braços, magnânimo, e vários caixotes surgem cintilando diante de nós, como se estivessem se materializando a partir da neblina.

Franzindo a sobrancelha, olho mais de perto. Os outros campeões fazem a mesma coisa.

— Vodca? — pergunta Samuel, incerto.

Não uma vodca qualquer — é uma de qualidade, caríssima.

Dionísio sorri.

— A missão de vocês é ir daqui até a última cachoeira, na segunda dolina. O campeão que conseguir fazer isso carregando o maior volume de vodca vence o Trabalho.

Sinto que todos nós suspiramos de decepção. Seu conceito de "farra" parece duvidoso.

— Qual é a distância? — pergunta Meike para o deus que representa.

— Mais ou menos um quilômetro. — Ele aponta na direção da entrada de um túnel escuro e aperta os lábios. — Mas não esperem que seja fácil. Na verdade, talvez prefiram trabalhar em equipe. Pelo menos no começo.

Ele olha ao redor com uma expressão radiante, como se estivesse esperando que ficássemos igualmente empolgados com a "diversão" que ele planejou.

Digo... Pelo menos não tem monstros ou quedas iminentes.

— Quem vencer vai ganhar a Taça Infinita da Abundância. Vocês têm até o nascer do dia, mas cuidado com a noite. — Dionísio estende de novo os braços, dessa vez como se quisesse nos abraçar. — Boa sorte, campeões.

O deus do vinho e das festanças desaparece num piscar silencioso.

Não sou a única a girar no lugar, analisando a caverna. Um quilômetro não é muito, mas o terreno é irregular. Carregar só duas garrafas não vai fazer com que nenhum de nós vença. Aquele pequeno comentário quase casual sobre a noite me faz pensar que é melhor ser rápida — mas se eu quiser me livrar dessa porcaria de maldição, preciso vencer um Trabalho logo. E este parece fácil o bastante para tentar.

— Vamos começar do começo — Dex interrompe meu debate mental.

Fico tensa, já ciente do que vem pela frente. Como esperava, ele me encara, e o resto dos campeões o acompanha ou alterna o olhar entre nós, numa expressão de dúvida. Apenas Zai dá um passo para o lado para se juntar a mim.

— A gente concorda que Hades não pode ser rei, certo? — pergunta Dex para o grupo, sem nunca descolar os olhos de mim.

Alguns assentem. Outros não.

Tombo a cabeça para o lado.

— Ele consegue te ouvir e te ver. Você sabe disso, né?

Com base na forma como os olhos escuros de Dex se estreitam, tais quais os de alguns outros como Amir, Dae, Samuel e Neve, já sei que fazer uma ameaça não foi a melhor maneira de começar.

— O que você quer? — pergunto diretamente para Dex. — Posso prometer não vencer.

Que se dane me livrar da maldição. Já estou acostumada, de toda forma, e não vou poder aproveitar muito a ausência dela se estiver morta.

— A gente não acredita nisso — fala Dae, correndo a mão por seu brilhante cabelo preto. — Rima disse que...

Rima o interrompe, o rubor marcando sua pele marrom naturalmente cálida.

— ... que você é perigosa — completa a campeã.

Encaro a mulher mais de perto. A forma como ela afirmou isso parece... suspeita. Como se quisesse impedir Dae de falar outra coisa.

Ela faz uma breve careta para mim, o que pode ser um pedido de desculpas.

— Hades já deixou claro que vai quebrar as regras pra te ajudar. Aquele machado não é um item do mundo dos mortais. Ele...

— É uma relíquia que ganhei há uns dez anos, quando alcancei certo nível como ladra — informo a eles. — Todos os ladrões ganham uma em algum momento.

Claro, nunca virei uma ladra de verdade, mas ninguém precisa saber disso.

Eles se entreolham, o semblante marcado pela dúvida.

— E o colete, antes que me perguntem, também é meu desde antes. — É verdade que Boone o trouxe depois que fui nomeada campeã de Hades, e ele pode ser usado por qualquer oferenda, não só por mim, mas isso são detalhes. — Não fui a única que trouxe ferramentas mortais.

Além da mochila que acho que Dae perdeu, porém, não sei se é verdade. Mas *poderiam* ter trazido, e esse é o ponto.

— É tudo mentira — chia Neve, jogando o cabelo ruivo sobre um dos ombros. — Eles estão roubando, e a gente sabe. Tenho certeza.

Ai, porra... A coisa desandou rápido.

— Se juntem a nós — anuncia Dex para os outros. — A gente vai tirar a Lyra da equação esta noite, e isso elimina o Hades dos Trabalhos. É a única opção.

Recuo num salto, já procurando um lugar onde me abrigar.

Samuel pigarreia.

— Não sou a favor de matar e...

— Não falei que a gente precisa matar ela — diz Dex.

— Uau, que alívio — murmuro.

— Você não tá ajudando — sussurra Zai para mim.

Dex nos ignora.

— Se ela ficar machucada demais pra competir, já tá fora. E não pode receber cura mágica a menos que vença o Trabalho.

Eles me encaram, e prendo a respiração.

Realmente estão cogitando isso. Todos.

Será que eu já deveria estar correndo?

O desespero surge dentro de mim, bruto e afiado, enquanto meu olhar salta de um campeão para o outro. Me pergunto quem vai atacar primeiro.

49
CORRER OU NÃO CORRER, EIS A QUESTÃO

— Tenho uma dica sobre o Trabalho de Afrodite — solto.

Dex revira os olhos. Neve também.

— Mais mentiras — dispara ela.

Nego com a cabeça e encaro Dex.

— Ela falou comigo no dia em que você tentou me atacar na estrada.

A dúvida domina seu semblante, depois some atrás de uma careta reforçada de desdém.

— Não acredito em você.

Dou de ombros.

— Eu posso contar... pra qualquer um que não me machucar durante este Trabalho, e não machucar qualquer outro campeão. Eu conto qual foi a dica depois que todo mundo sair da caverna.

Dex fecha as mãos em punhos ao lado do corpo, mas é Rima quem fala:

— Vamos considerar que qualquer pessoa que ajudar a Lyra tá do lado dela.

Vejo Dae estender a mão para apertar o braço de Rima, que assente de forma sutil.

— Não pedi pra ninguém me ajudar — anuncio. — Não precisam se aliar a mim. É só tentar não machucar outros campeões, inclusive eu. Acho que é justo.

Dex abre a boca, mas Rima é mais rápida.

— Quem quiser se juntar a nós pode vir agora pra pensar numa estratégia — diz ela aos outros. — Depois a gente volta pra pegar a vodca.

Ela dá um empurrãozinho em Dex, que permite que Rima o guie para longe de onde estamos. Neve e Dae acompanham. Samuel também, mas só depois de me encarar por um tempo.

Será que ele está mudando de ideia? Imagino que não o bastante para se opor a Neve e Dae, seus companheiros da virtude da Força.

— Foi mal — diz Jackie enquanto se afasta, prendendo o cabelo louro num rabo de cavalo. — Passei boa parte da vida sendo alvo de valentões. Não sei por que ele quer tanto assim vencer, mas não posso entrar na lista de desafetos do Dex. Não vou me juntar a ninguém. Já falei pro Diego e pra Meike que planejo passar sozinha pela Provação.

Ela olha para os dois companheiros da Emoção com um olhar sentido, como se pedisse desculpas. Enquanto Neve tem a capacidade de fazer seu sotaque canadense soar ameaçador, as vogais cálidas do inglês australiano de Jackie fazem até essa rejeição parecer amigável.

Com isso, ela se debruça sobre um dos caixotes e pega duas garrafas. Depois, imensas asas de penas brancas surgem do nada nas suas costas. Ela as escancara e salta no ar, voando pela passagem até a segunda dolina.

Diego encara a campeã, pousando as mãos nos quadris, depois tomba a cabeça para trás e suspira.

— Eu quero ficar com a Lyra e o Zai — diz Meike.

Zai e eu olhamos para ela, incrédulos. Não tivemos a chance de conhecer direito os outros campeões. Não houve tempo o bastante. Já consigo ouvir os argumentos de Hades contra ela, dada sua baixa estatura e o comportamento alegrinho em geral, mas vou aceitar toda a ajuda que me oferecerem.

Diego considera a ideia por um longo momento. Depois, sem rancor algum na expressão, assente.

— Também acho que vou encarar este Trabalho sozinho.

Com o Halo de Heroísmo, ele é o que tem a melhor chance de se dar bem sem ajuda. Não o julgo pela escolha.

Meike vai até Diego e o envolve num abraço.

— Se cuida, D — diz ela.

Ele retribui o abraço, também pega algumas garrafas — quatro, que precisa equilibrar desajeitado —, e depois acena para o resto de nós, seguindo floresta adentro na direção oposta à de Dex e os outros. Antes que esteja fora de vista, desaparece completamente, usando o prêmio que ganhou ao vencer o Trabalho de Poseidon.

Isso faz com que só restem dois. Amir olha para Trinica com seu olho bom — o outro ainda está inchado da queda, além das faixas envolvendo as costelas, a bota ortopédica num dos pés e hematomas que desaparecem gola da camisa adentro. Está estampado em seu olhar que ele vai fazer o que ela decidir. Depois de perder Isabel, os dois são os únicos que restaram da virtude da Coragem.

A campeã encara Zai e eu com o olhar fixo. Não é hostil — é mais como se estivesse pesando as opções.

— Não vou dizer que somos aliados — diz ela, enfim. — Mas Amir e eu vamos nos juntar a vocês neste Trabalho. É mais seguro trabalhar em grupo. E qualquer dica que a gente possa ter sobre o próximo Trabalho, por menor que seja, já vale a pena.

— Se não machucarem ninguém, vou contar o que sei de qualquer forma. Não precisam nem ficar com a gente.

Olho de soslaio para Zai. Hades estaria puto, mas ele só confirma com a cabeça.

A expressão de Trinica se suaviza.

— Agradeço. Ainda assim, trabalhar em grupo é mais seguro. Além disso, você tá de novo com esse colete, então imagino que tenha mais ferramentas.

Ela está certa. Sorrio, e ela responde erguendo as sobrancelhas, um sorriso diminuto iluminando seus olhos.

— Tá, vamos descobrir um jeito de carregar o maior número de garrafas possível — diz Zai.

Juntos, nós cinco começamos a discutir as alternativas sem ideia alguma de por que andar carregando vodca por uma caverna testaria nossas emoções.

Pelo menos não tomei uma surra.

Acho que posso considerar uma vitória... por enquanto.

50
NÃO ENCOSTA

Enxugo o rosto com a manga, limpando o suor. Não que ajude muito. Não está tão quente na caverna, mas a umidade gruda no corpo. Apenas vinte minutos se passaram, mas a luz do sol já está desaparecendo. O aviso sobre a noite paira sobre nós enquanto nos mexemos o mais rápido possível.

Com um impulso, enterro a lâmina do machado num pedaço de bambu, errando o ponto do último golpe. Merda. Jogar o machado? Sou ótima nisso. Consigo acertar um alvo exatamente onde e como quero. Cortar com ele? Aí já não mando tão bem. Mas decidimos construir um pálete para arrastar nossa parte da vodca, então continuo tentando.

Uma pequena rama cai diante de mim, e estendo a mão para afastá-la.

— Não encosta nisso! — exclama Meike.

Puxo a mão de volta como se tivesse sido mordida por uma cobra enquanto ela corre na minha direção. Ela aponta para a planta.

— É uma hera venenosa. Tá vendo esse grupo de três folhas, bem brilhantes? Não encosta nunca nisso, Liebes.

Atrás de Meike, Trinica ergue as sobrancelhas.

— Você entende de plantas?

— É um dos presentes que ganhei do Dionísio. — Ela passa a informação como se não fosse nada de mais.

Será que sou a única se perguntando o que isso pode significar para nós hoje? Parece que os deuses dão presentes que ajudam seus próprios campeões em seus próprios desafios. Mas conhecer plantas não parece tão útil assim, ainda que Meike tenha *mesmo* me salvado de dias de urticária.

— Certo. Nada de tocar em três folhinhas brilhantes. — Assinto, assim como os outros.

Olho para o céu quando uma sombra passa lá em cima. Zai está usando a Talária para ter uma visão de águia — em partes para estar longe do contato com as plantas, em partes para montar guarda. Está com a Harpa de Perseu em mãos — a famosa espada usada para cortar a cabeça de Medusa foi um dos presentes originais que ele ganhou de Hermes. Só por garantia.

Dex e seu time vieram e levaram metade da vodca — depois de uma discussão acalorada em que dissemos que íamos permitir que levassem tudo.

Espero que ainda estejam se preparando, como a gente; o problema é que eles são da virtude da Força. Só o Samuel já deve conseguir carregar um pálete sozinho.

Além disso, um dos presentes de Dae é uma espécie de sentido aguçado que permite que ele nos espie — aparentemente, foi assim que soube onde Zai e eu estávamos no Olimpo. Por isso Zai está de olho, caso o outro grupo ataque. O maior medo é Dex usar seu elmo — faz sentido nos machucar para que não possamos carregar muita coisa. E Zai não o veria se aproximando.

A cada farfalhar, a cada som de passos atrás de uma moita, a cada sussurro do vento, todos nós ficamos tensos.

E se eles já tiverem começado há horas? E se a gente estiver perdendo tempo? E o que, em nome de Zeus, acontece quando a noite cai?

— Ouviu isso? — pergunto para Zai.

Ele não desvia o olhar do que está fazendo, mas ergue os polegares. Volto a partir pedaços de bambu com o machado.

— Tô falando, demorar tanto assim vai acabar matando a gente — diz Amir atrás de mim, num tom repleto de arrogância.

Não sei se ele age assim por ser um adolescente, um riquinho, alguém lidando com o medo ou as três coisas ao mesmo tempo, mas seus comentários críticos já fizeram os trinta minutos que passamos aqui parecerem bem mais longos.

Amir está sentado num tronco, o pé envolto na botinha ortopédica e estendido, ajudando Trinica a arrancar folhas de cipós e atando as pontas para produzir uma corda. O sisal que eu tinha no colete não foi suficiente. Ela dá um empurrãozinho no garoto com o ombro.

— A gente já tá quase acabando aqui.

Amir revira os olhos. Que os deuses me livrem de garotos de dezesseis anos.

— Por que você não vai buscar mais cipó? — sugere Trinica, erguendo o pedaço no qual ela está trabalhando.

Amir olha para mim, para Trinica e depois de novo para mim.

— Prefiro ficar cortando bambu.

Posso praticamente ouvir Hades grunhindo para que eu não entregue minha arma — minha relíquia — para outro competidor. Até meu próprio bom senso diz que é uma péssima ideia. Mas Trinica e Amir assumiram um risco ao se juntar a nós para este Trabalho — e criar confiança precisa começar com um primeiro passo.

— Você provavelmente vai mandar melhor que eu, de toda forma.

Estendo o machado para ele.

Amir pestaneja, e Trinica se empertiga um pouco. Claramente os surpreendi — mas Amir se recupera rápido.

— Bom... — diz ele enquanto aceita a arma, solene como o sacerdote de um templo. — Os deuses me abençoaram com todos esses músculos por uma razão.

Não consigo olhar para Trinica ou Meike ou vou cair na risada, e não quero ferir os sentimentos do rapaz.

Amir começa a golpear o bambu — e, como esperado, é bem melhor do que eu. Olho para trás e vejo Trinica me observando. Ela dá de ombros. Eu dou de ombros.

— Verdammt! — exclama Meike num sussurro rouco, tropeçando pelo caminho de volta do riacho onde estava bebendo água.

Todos congelamos.

— O que foi? — questiona Trinica.

Meike enfia a mão no rio, gemendo. Trinica e eu corremos até a campeã, que puxa a mão de volta. Um chiado escapa dos meus lábios quando vejo o vergão do tamanho de uma moeda de dólar surgindo em sua palma.

— O que caralhos aconteceu? — pergunto, enquanto ela bota a mão na água mais uma vez.

Lágrimas escorrem por suas bochechas, o rosto retesado de dor, mas ela consegue apontar para uma planta. Há mais hera venenosa escondida atrás de uma folha larga.

— Isso não é normal — murmura ela.

Fodeu. Eu sabia que este Trabalho não seria tão fácil assim. A gente só deu sorte de não acabar enroscados nessa merda.

— Ei, cuidado! — grita Trinica para Amir. — A hera venenosa causa umas bolhas horríveis. Não encosta nela por nada!

Então ela tira um rolo de atadura autoadesiva de um bolso. Notando meu olhar, ergue os ombros.

— Ferramentas mortais.

Depois disso, trabalhamos com mais cuidado, mas a porcaria da hera está escondida por todos os lados, e quando Zai termina de montar o pálete com o bambu, o sisal e os cipós que juntamos, é o único que ainda não tem ferimentos provocados pela planta. O meu é na lateral do pescoço, e a impressão é a de que minha pele está sendo corroída por ácido.

Enquanto a luz do sol vai evanescendo, carregamos o pálete e começamos a arrastar a vodca, nos revezando para dividir o esforço. Dois por vez, sustentamos a plataforma pelas barras de bambu de cada um dos lados.

Leva apenas cinco minutos para nos darmos conta de que vai ser muito pior do que imaginávamos.

É difícil avançar, e a gente precisa parar o tempo todo para atravessar áreas repletas de vegetação, manobrar ao redor de moitas de hera venenosa e erguer o pálete acima de pedras grandes. Às vezes precisamos tirar toda a vodca para passar pelos obstáculos, recarregando tudo do outro lado.

Desse jeito vamos demorar uma eternidade para percorrer a porra de um quilômetro.

E, a cada segundo, a caverna fica mais escura.

Mas seguimos, avançando na direção do túnel ou da caverna escura que Dionísio nos indicou, a entrada ficando maior conforme nos aproximamos. Até que chegamos ao topo de uma encosta de pedra e vemos o que nos espera.

— Que merda é essa? — dispara Trinica, e todos encaramos a cena de boca aberta.

O túnel que leva à segunda dolina é um precipício rochoso que conecta o ponto onde estamos até um pequeno riacho subterrâneo que não parece muito fundo. Não consigo enxergar o outro lado, mas há um círculo de luz baixa vindo do meio da escuridão. Só pode ser a outra dolina.

Mas não é isso que nos deixa de queixo caído.

E sim o fato de que tem hera venenosa... por todos os lados.

51
FORMANDO UM TIME

— Bom, pelo menos só tem hera venenosa no teto e nas paredes — diz Meike.

Trinica olha para ela de canto de olho.

— Você é *sempre* animada assim?

Meike encolhe os ombros.

— Há um tempo, decidi que só tem dois jeitos de encarar a vida: ser irritada e amarga ou enxergar cada dia como uma aventura. Escolhi o segundo. — Ela dá uma piscadela para Trinica. — E isso aqui definitivamente é uma aventura.

Será que é esse mesmo o nome disso?

A luz começa a mudar, cada vez mais fraca, como se o sol moribundo estivesse nos lembrando de nos apressar.

— Bora acabar logo com isso — digo.

A gente vai ter sorte se conseguir chegar na beirada da encosta de pedra antes de escurecer.

Ágil, Zai acrescenta uma barra de bambu à parte de trás do pálete para que nós quatro possamos carregar o peso juntos enquanto avançamos pelas pedras. Descemos desajeitados, grunhindo, suando e discutindo. O fato de Meike ser tão pequenininha e Amir estar todo ralado não ajuda. Zai respira com dificuldade, mas as sandálias de Hermes ao menos o ajudam a se manter de pé.

Tentamos atravessar um rochedo íngreme. Estou na parte de baixo com Trinica, aguentando todo o peso, com Meike e Zai do lado de cima.

— Calma aí — fala Trinica, a voz tensa. Apoiando o bambu no ombro, ela se inclina para conferir algo embaixo do pálete. — Não consigo ver direito.

Uma luz se acende de repente ao meu lado. Quando olho, Amir está segurando o celular com a lanterna acesa.

— Valeu — agradece Trinica. — Enroscou aqui numa protuberância na rocha.

Juntos, erguemos a plataforma um pouco mais, meus músculos já tremendo. Depois nos movemos com passos desajeitados. Com muitas sessões de descanso entre rodadas de carregamento de peso, e alternando quem suporta a maior parte da carga, enfim chegamos à base da caverna. O riacho borbulha alegremente ao nosso lado.

Depois de respirar fundo, como se concordássemos em silêncio que precisamos seguir em frente, voltamos a adaptar o pálete para que seja carregado por duas pessoas. Aqui, onde o chão é de pedra, e não de terra, arrastar a plataforma faz um barulho horrível — o que significa que o tempo todo olhamos para a escuridão adiante e atrás de nós, preocupados em chamar a atenção dos outros.

Atravessamos o riacho raso que serpenteia pelo nosso caminho pela terceira vez. No momento, meus pés estão congelando por conta da água gelada encharcando meus tênis. Assim que chegamos à área seca da caverna, Trinica escorrega e o pálete tomba para o lado.

— Cuidado! — grita Meike.

Um dos caixotes escorrega, e ela tenta impedir a queda. Quando agarra a madeira, num ângulo torto, uma das laterais se solta. Uma garrafa escorrega e se quebra na pedra, espalhando cacos de vidro para todos os lados.

Todos nos detemos, ainda erguendo o canto do pálete em que estou.

— Tudo bem aí? — Ouço Zai perguntar. Não sei se está falando com Meike ou com Trinica.

— Vocês precisam ver isso — diz Meike, e Amir vira a lanterna na direção dela.

Coloco meu canto da plataforma no chão para dar a volta.

— Puta merda! — As palavras escapam quando vejo Meike.

Ela está com a calça erguida, mostrando as feridas em processo de cura.

— A vodca caiu em cima de mim — diz ela.

Nem. Fodendo.

Olhamos um para o outro. Zai pega outra garrafa do caixote, abre a tampa e joga um pouco da bebida nas mãos. Suspira na hora.

— Funciona mesmo.

Dionísio, o deus das pegadinhas.

O que estamos carregando até a linha de chegada é também o antídoto para o veneno da hera. Vamos ter que escolher sentir dor se quisermos vencer.

— A gente merece outra garrafa — diz Zai.

Quando todos concordamos, passamos a bebida de um para o outro, tratando nossas várias queimaduras. Depois de um ardor inicial, as bolhas ficam abençoadamente frescas, passando de vermelho para uma cor menos irritada. Chega de ácido.

Gastamos quase toda a vodca da garrafa para aliviar a todos.

A gente precisa a todo custo se manter longe dessas merdas de hera. Aqui, não é tão difícil. Tomara que não tenha tanto da planta na segunda dolina quanto na primeira.

Continuamos a avançar com Amir na frente, iluminando o caminho. Trinica, que está consideravelmente bem, apesar do escorregão, volta a arrastar o pálete.

Vários minutos se passam até Amir perguntar:

— Você é mesmo uma ladra, Lyra?

Hesito. Só porque, até agora, tentamos poupar energia ficando em silêncio enquanto avançamos pelo quilômetro mais longo do mundo. Dou de ombros e desvio da questão, sem querer admitir que talvez não tenha as habilidades que o grupo acharia úteis para me manter por perto.

— Então... — Arfo por causa do esforço. — Meus pais me entregaram pra Ordem quando eu tinha três anos pra pagar parte da dívida da nossa família.

Amir para, olhando para mim por cima do ombro.

— E eu... — Ele tosse. — E eu achando ruim uma babá atrás da outra e vários internatos.

— Amir... — diz Trinica, numa mistura de sussurro com chiado.

Ele a encara, de olhos arregalados.

— O que foi?

Solto uma risadinha.

— Tá tudo bem. Já fiz as pazes com isso há muito tempo.

Ou quase. Ultimamente comecei a me perguntar o que meus pais fariam se eu desse as caras depois de vencer, já sem a maldição. Será que enfim me amariam? Me aceitariam? Ou ao menos me dariam um lugar para ficar enquanto tento planejar uma vida nova?

— É por isso que você murmura? — É a próxima pergunta de Amir. — Faz parte do seu treinamento?

Nego com a cabeça.

— Eles tentaram me treinar pra *não* fazer isso, na verdade. Ensinam a gente a trabalhar em silêncio. Qualquer barulho, mesmo baixinho, pode denunciar nossa posição.

Como se um rato tivesse me ouvido, um farfalhar irrompe à nossa direita. Todos encaramos a escuridão crescente. É difícil de ver agora que estamos tão longe. Nenhum monstro ou campeão do outro time aparece, então continuamos. O garoto retorna às perguntas.

— Então você faz isso quando tá com medo ou algo assim?

— Não. — Onde quer que esteja, Hades está assistindo a isso e gritando para que eu pare de contar coisas a Amir agora mesmo. — Faço isso quando estou focada.

Mas realmente deveria me esforçar mais para controlar esse hábito. É uma mania que pode me meter em confusão nos Trabalhos.

Quando uma sombra oscila, todos olhamos para cima, e Zai pousa para carregar o pálete por um tempo.

234

— Até onde consigo ver, não tem ninguém por perto — diz ele. — Mas continuem alertas.

A última parte faz todos nós nos endireitarmos um pouco.

Analiso Zai de canto de olho, sem querer passar a impressão de estar sendo maternal com ele. Seu pulmão chia. Faço um gesto para que ele se aproxime.

— Como você tá?

O campeão dispara um olhar para os outros e ergue a gola da camisa, o que me indica que não quer que os outros saibam.

— Eu trouxe minha bombinha — sussurra ele de volta. — E também tô com uma caneta de adrenalina caso as coisas fiquem realmente ruins. Tá no bolso de zíper do lado esquerdo da minha calça.

Assinto, e ele pega a plataforma pelo pedaço de bambu, os músculos esbeltos se retesando enquanto assume o lugar de Meike.

Trabalhamos sem dizer nada por um tempo, mas Meike enfim quebra o silêncio.

— Então... Tá nítido que Dex quer ganhar essa coisa. Tenho certeza de que tem suas razões. Alguém de vocês espera vencer? Talvez tenham família precisando de uma bênção?

Todo mundo se detém, encarando a campeã. Será que ela acha que vamos ser amigos?

Ela pestaneja, nos encarando.

— Eu posso falar primeiro, se ajudar. Divido a casa há muitos anos com uma pessoa, minha melhor amiga. Mas a gente tá feliz com o que tem. — Ela dá de ombros. — Então não faço questão de ganhar.

— Você não tem mais nenhum familiar? — questiono.

Seus olhos assumem um brilho distante, e sei que ela já não está me vendo, mas resgatando memórias.

— Meus pais já morreram, e eu era filha única.

O seu sorriso faz meu coração doer um pouco.

— Sinto muito — diz Zai.

— Eu também — falo.

Trinica se aproxima para apertar a mão de Meike.

— Também perdi meus pais e me divorciei há milênios. Meu ex e eu temos um relacionamento amigável. Somos bons pais, mas não nos vemos muito, porque nosso filho já é crescido. E meu menino Derek vai se casar. — Ela sorri para si mesma, erguendo os olhos para o teto escuro e repleto de hera venenosa. — Eu gostaria de vencer. — O sorriso de Trinica fica mais amplo. — Adoraria usar minha bênção pra ajudar meus futuros netos.

— E você, Amir? — pergunta Trinica.

Ele volta a golpear a vegetação rasteira com o machado; todos entendemos o recado e seguimos em frente.

235

— Meus pais estão vivos, mas a gente nunca foi muito próximo. — O tom de Amir é casual. Se eu não estivesse olhando diretamente para ele, teria perdido a forma como seus ombros murcharam. Babás, internatos. Ele devia ser um garoto muito...

— Parece solitário — diz Zai, roubando a palavra de dentro da minha cabeça.

Se tem alguém que entende como é se sentir solitário mesmo tendo família, é ele.

— Eu não acharia nada ruim vencer se isso significasse um novo começo — diz Amir, sem se dirigir diretamente a Zai. — De qualquer forma, não acho que minha família iria se importar.

De repente, compreendo de forma ainda mais profunda que os campeões que os deuses e deusas escolheram não são apenas lutadores na mesma arena que eu. São pessoas de verdade.

Pessoas com esperanças, sonhos e entes queridos... Vidas das quais foram abduzidos. Nós — todos nós — só estamos tentando voltar para casa.

Bom, talvez não Dex.

Ao que parece, estamos pensando mais ou menos na mesma coisa, porque nos calamos. Dá para ouvir apenas nossos arquejos ao arrastar o pálete e os estalidos das garrafas de vodca se tocando. O círculo vagamente menos escuro à nossa frente — a outra dolina — está chegando perto. E de repente, acredito que vamos alcançar o destino.

— Minha vez — diz Amir, um minuto depois.

Quase como um agouro, no instante em que pousamos a plataforma no chão para respirar e alternar os carregadores, a escuridão consome a caverna.

A noite caiu.

Algo à minha direita farfalha.

— O que é isso? — sussurra Amir.

— Deve ser um sapo ou um ratinho de caverna, algo assim — falo, torcendo para estar certa.

À distância, vejo um leve brilho se movendo à nossa frente. Diego?

A iluminação se projeta ao seu redor, mas a única coisa que consigo enxergar é um único ramo de hera venenosa enrolado numa pedra próxima.

Não tinha notado como havia ramos da planta tão perto de nós.

Amir entrega o telefone com a lanterna para Trinica e assume meu lugar no pálete. Dou um único passo para passar à frente deles quando algo me agarra pelo pé e me puxa para o lado. Tento me equilibrar, mas o chão aqui é repleto de pedras soltas, então tropeço e rolo até parar bem longe dos outros.

Bem numa região repleta de hera que parece se fechar ao meu redor, pendendo do teto e das paredes como teias de aranha.

Uma dor flamejante explode de imediato por todo o meu corpo.

E, de um ponto adiante, alguém começa a berrar.

52
É A PEGADINHA QUE VAI MATAR A GENTE NO FIM

Luto para me libertar como um animal selvagem, mas não consigo me livrar da hera. Parece que quanto mais me debato, mais a planta intensifica o aperto. A dor brota por todos os lados, mesmo por baixo da minha roupa.

Noto de forma vaga que o grito de quem quer que esteja à nossa frente silencia. Agora, são só meus lamentos que preenchem a caverna enquanto esperneio.

A situação parece se estender para sempre. Alguns minutos se passam até alguém me agarrar pelos tornozelos, mais com pressa do que com cuidado, as pedras ralando minhas costas. A hera ainda me agarra enquanto seguimos, e tenho a impressão de ouvir Zai xingar. Enfim, paramos. Não há mais hera. Quase não ligo, porque estou ocupada demais me encolhendo em posição fetal. Minha garganta está se fechando, as expirações saindo em chiados dolorosos.

Não consigo respirar.

Não está passando ar o bastante pela minha garganta, como se de repente ela fosse dez vezes menor.

Entro em pânico e olho freneticamente ao redor. Meu olhar pousa e persiste em Zai.

— Ah, pelos deuses... — murmura Trinica. — A hera tá matando ela.

Solto um som que lembra um latido seco a cada tentativa de respirar, e minha cabeça começa a flutuar.

Meike surge ao meu lado num lampejo, jogando vodca em cima de mim. A dor melhora... mas não o bastante. Fiquei muito tempo em contato com as plantas, acho.

Nego com a cabeça, em frenesi.

Zai salta adiante e vejo o brilho de um cilindro na mão dele. Experiente, ele puxa a tampa de uma das extremidades, e arregalo os olhos quando entendo — é a caneta de adrenalina dele. O campeão golpeia minha perna com a extremidade laranja e a segura ali pelo que parece uma eternidade.

Mas em seguida... é como se os músculos da minha garganta estivessem começando a relaxar, há mais ar chegando aos pulmões.

Me sinto um pouco tonta conforme a adrenalina faz efeito; quanto mais tempo passa, porém, melhor consigo respirar. A dor vai cedendo também. Com uma das mãos atrás da minha cabeça, Zai me ajuda a sentar, o rosto bem perto do meu, os olhos castanhos e calorosos tomados pela preocupação.

— Olha — fala Amir.

Baixo o rosto e arquejo. As bolhas estão encolhendo. Devagar, mas a dor parece diminuir no mesmo ritmo.

Funcionou.

Quando compreendo o que acabou de acontecer, encaro Zai.

— Aquela era a sua única caneta de adrenalina?

A duração do seu silêncio diz tudo que preciso saber antes de ele dar de ombros.

Porra.

Ele fez isso por mim.

Ninguém faz coisas por mim. Ele pode morrer aqui sem a caneta.

— Zai... — sussurro, balançando a cabeça.

Depois faço uma careta, porque me mexer dói.

Os lábios do campeão se curvam de leve.

— A gente dá um jeito.

— Ai! — exclama Meike.

Amir varre os arredores com a lanterna bem a tempo de ver ramos de hera se enrolando nas pernas da campeã. Como se a planta estivesse... viva.

— Ai, pelos deuses... — sussurra ela.

E tem tempo apenas de nos fitar com olhos tomados pelo horror antes de a hera a derrubar e arrastar seu corpo para longe.

Zai dispara atrás de Meike, a Talária fazendo um som frenético como as asas de um beija-flor, mas a escuridão logo os engole.

Ouvimos gritos e o campeão exclamando o nome de Meike, mas ficamos ali encarando o vazio escuro. Nos encolhemos a cada farfalhar, conferindo o chão para ver se tem mais hera se aproximando.

É *isso* que acontece à noite.

As heras.

Com um lampejo, Zai surge voando na nossa direção, a uns trinta centímetros do chão, com Meike nos braços. A lanterna de Amir ilumina Zai por um segundo, e meu estômago se revira com força. As heras do teto estão se esticando na direção dele, se debatendo e descendo cada vez mais. Ele chega até onde estamos esperando.

O campeão pousa ao nosso lado, deitando Meike no chão. Tem mais bolhas nas mãos e no rosto, mas Meike...

— Fiquem de olho nas heras — diz ele.

Pego meu machado e giro para encarar a escuridão mal iluminada pela luz fraca do celular de Amir, depois volto a olhar por cima do ombro. Meike está gelada, coberta de feridas sob as roupas, mas ainda respira.

Aquelas heras miram na pele exposta. Pelo inferno.

— O que a gente faz? — pergunta Amir.

— Sacrificamos mais vodca — diz Trinica, sombria.

Nenhum de nós discute. Sem perder tempo, Amir e eu continuamos olhando enquanto Trinica e Zai pegam duas garrafas e começam a banhar Meike com a bebida.

De repente, um berro se eleva e ecoa pela caverna. Não vem de uma única pessoa — e sim de várias, de algum ponto atrás de nós.

— É a equipe do Dex — diz Zai.

Assinto.

— As heras devem ter pegado eles.

A gritaria continua. Será que ainda não sabem que a vodca tem poder de cura?

Troco um olhar tenso com Zai.

Será que o outro campeão está pensando na mesma coisa que eu? Que a gente descobriu o que este Trabalho tem a ver com Emoção? Podemos deixar nossos colegas sucumbirem a um choque anafilático ou voltar e contar a eles como lidar com o problema.

— Eu posso voar até lá — diz Zai.

— Não — responde Trinica. — Talvez Meike precise que você voe com ela pra longe daqui.

Amir não consegue se deslocar muito rápido com a botinha ortopédica e as costelas quebradas, e precisa continuar abrindo caminho com meu machado. Trinica já está tendo mais dificuldades físicas do que eu. Mas tenho epinefrina no meu sistema agora — o que, digo a mim mesma, vai me proteger do veneno.

— Eu vou — digo.

Zai assente para mim uma única vez.

— Toma. — Amir enfia o celular na minha mão. Aceito e corro sozinha escuridão adentro.

Não demoro muito para chegar ao grupo de Dex. Preciso me abaixar e pular várias vezes para evitar os ramos de hera, que agora parecem chicotes tentando me agarrar. Por sorte o grupo não está muito para trás, e a gritaria me ajuda a encontrá-los.

Vejo os outros campeões na beirada de um fosso cheio de hera venenosa. Dex está de bruços na beirada, puxando Dae — que está com os dentes cerrados de dor — enquanto as heras tentam arrastar o campeão de volta. Nesse meio-tempo, Rima, Neve e Samuel, mesmo com toda sua força, se contorcem no chão.

Corro até eles e ajudo a puxar Dae. Depois, abro um dos caixotes de vodca.

— Sério que vai roubar a gente na cara dura? — pergunta Samuel com um grunhido, os olhos arregalados tomados por um tom acusatório à luz da lanterna do celular.

— Vagabunda — murmura Neve, tentando ficar de joelhos, talvez para vir até mim.

Uma hera serpenteia da escuridão, indo na direção dela.

Ignoro a campeã, abro a garrafa e jogo a bebida na cabeça de Dex.

— Mas que porr... — No instante em que os efeitos de cura começam, ele engole as palavras. — Caralho.

Abro um sorriso sombrio enquanto me ajoelho ao lado de Samuel, que parece tenso.

— É isso aí, vou salvar vocês hoje.

Preciso usar quase metade das garrafas deles para curar as feridas até que consigam sair dali, especialmente porque os ramos de hera continuam se esgueirando até nós e produzindo mais machucados. Mas pelo menos nenhum deles desmaia como Meike.

— Conseguem correr? — pergunta Rima para a equipe.

Samuel ergue o caixote acima da cabeça, tipo o Super-Homem.

— Vamos.

E avançamos pela caverna.

Não precisar arrastar um pálete ajuda, mas a hera está cada vez mais agressiva. Consigo ouvir os ramos pela caverna agora, farfalhando e se movendo... nos procurando. É como um covil de cobras avançando das paredes e do teto.

Conseguimos não parar até alcançar meus aliados, e tropeço ao ver Meike ainda inconsciente no chão. Alguns dos vergões estão sarados, mas outros parecem péssimos. O chão está coberto de garrafas vazias de vodca.

Trinica olha para mim, os olhos repletos de dor.

— Ela não tá melhorando — diz a campeã. — E a gente usou a bebida *toda*.

53
SEM ESCOLHA

Rima cai de joelhos ao lado de Meike, analisando-a rapidamente com movimentos precisos e profissionais. Certo. Ela é neurocirurgiã, afinal.
Sei que é grave quando ela sussurra para si mesma:
— Pela deusa misericordiosa.
Uma rama de hera surge da escuridão e Samuel a empurra para longe, soltando um chiado de dor com o contato.
Rima alterna o olhar dele para mim.
— Meike não vai sobreviver se não receber ajuda agora.
— Que merda... — Acho que é Dex quem fala, de algum ponto atrás de mim.
Neve pisa em outro ramo de hera.
— Se a gente ficar aqui, estamos todos mortos.
É nítido que Meike respira com cada vez mais dificuldade. Seu corpo reage ao veneno, e estamos sem opções.
Samuel poderia carregar a campeã, mas precisamos avançar rápido e ele é quem consegue carregar mais vodca, algo de que todos precisamos no momento — não para vencer, mas para sobreviver. Jackie já voou para longe, caso contrário eu pediria sua ajuda. Mas mesmo que Zai pudesse carregar Meike usando a Talaria, isso não resolveria a condição dela. Não até o restante de nós cruzar a linha de chegada e finalizar o Trabalho.
Fecho os olhos com força. Não posso permitir que ela morra aqui.
Fodeu.
Acho que sou a única que consigo ajudar. Se usar uma pérola.
— Porra... — sussurro.
Já prevejo outra discussão com Hades quando voltar ao Olimpo. Caronte me avisou para não fazer isso, mas não hesito.
— Eu consigo tirar a Meike daqui.
Foi mal, Hades.
— Como? — indaga Trinica.
— Vocês vão ver. Mas... — Hesito. — Não tenho certeza nem se consigo carregar uma única pessoa comigo. Eu não...
Amir dá um tapinha no meu ombro.

— Leva a Meike. A gente se vira.

Olho diretamente para Dex.

— Eles vão precisar usar sua vodca caso...

— Vai logo — diz ele. Claramente não está feliz com a situação, mas pelo menos significa que posso deixar os outros na sua presença.

Olho para Zai, que me encara com um tom urgente e profundo.

— Zai...

— Vai — fala o campeão. — Tenho outras na gaveta de cima no meu quarto.

Canetas de adrenalina, ele quer dizer. Assinto e tiro uma pérola do bolso de zíper do colete.

O rugido dos daemones explode na caverna e tenho certeza de que o som sozinho é responsável por fazer o chão balançar. Eles estão vindo me pegar. Sei que estão.

Jogo a pérola na boca e agarro Meike. A última coisa que vejo quando a engulo são os rostos enfurecidos dos daemones saindo do breu e mergulhando na minha direção.

Imediatamente, é como se alguém tivesse me laçado pela cintura e me puxado pelo tempo e pelo espaço num túnel de vento que sopra tão forte que não consigo abrir os olhos, e é tão barulhento que não consigo ouvir. Me agarro a Meike com as mãos doloridas, morrendo de medo de que o vento a arranque dos meus braços.

A campeã está quase escorregando quando o vento para de repente de chicotear ao nosso redor. Abro os olhos e me vejo ajoelhada no meio do quarto de Zai na casa olimpiana de Hades.

A cabeça de Meike tomba para o lado, a respiração entrecortada enquanto os lábios se tornam azuis.

— Merda.

Corro até a gaveta e encontro o remédio bem em cima. Assim como vi Zai usar a caneta em mim, golpeio a perna de Meike com a extremidade laranja, depois pressiono... e aguardo.

Observo seu peito e rosto por qualquer sinal de que a epinefrina esteja funcionando. Enfim, quando meu pânico atinge um pico febril, ela arqueja.

E eu também.

— Lyra — rosna uma voz acima de mim.

Quando ergo a cabeça vejo Hades em pé ao meu lado, o rosto retorcido por uma tempestade furiosa.

— Eu...

O choque ricocheteia por mim uma segunda vez quando ele cai de joelhos ao meu lado.

— A gente não tem tempo. Eles estão vindo atrás de você.

O deus da morte me puxa contra o peito, me envolvendo com os braços, e desaparece.

Quando reaparecemos estou às margens do rio Estige, ainda abraçada a Hades. Antes que possa absorver o fato de que Caronte está presente, Hades me solta e aninha meu rosto entre as mãos, inclinando adiante para que a gente se encare olho no olho.

— Os daemones não vão levar muito tempo pra nos encontrar. — Ele não está falando nem um pouco como Hades. Está preocupado.

Preocupado tipo... assustado por mim. Vejo pela tensão ao redor dos seus olhos e sinto pelo toque das suas mãos. Até suas palavras saem entrecortadas e atropeladas. Queria ter tempo para me permitir sentir como é ter alguém com medo por mim.

Engulo em seco. Caronte me avisou.

— Eles estão vindo atrás de mim?

Porque usei a pérola.

Hades assente.

Se a cara dele é essa...

— Vai ser muito ruim? — questiono.

Frenético, Hades busca meu olhar, depois se inclina e toca meus lábios com os seus no mais suave e doce dos beijos, que parece ao mesmo tempo o paraíso e um pedido de desculpas. Talvez seja até mais poderoso do que nosso beijo anterior, porque dessa vez sei que é algo que ele quer.

Sinto o corpo de Hades se enrijecer contra o meu, a cabeça se erguendo. Por cima de mim, olha para Caronte. Não sei exatamente o que acontece entre os amigos, mas compreendo que uma pergunta foi feita e respondida em silêncio, pois vejo Hades assentir.

Depois ele volta a me fitar, os olhos pretos como ônix, e o que vejo neles faz meu coração já galopante acelerar ainda mais.

— Hades...

Tudo o que eu poderia dizer fica entalado na minha garganta enquanto ele desliza de leve o polegar pela minha bochecha, depois faz uma careta.

— Eu não devia ter te trazido pra cá, minha estrela.

Tudo em mim fica imóvel — até meu coração, que agora mesmo quase explodiu. Como assim? Me trazer para o Submundo ou... para a Provação?

Estou perdida. A sensação é de que ele está se despedindo. Será que a punição dos daemones pode ser tão ruim *assim*? Nem consigo me forçar a repetir a pergunta.

— Eu devia ter encontrado outro jeito — diz ele. — Não devia ter dado ouvidos a... — Hades engole em seco. A determinação toma seu semblante. — Não vou deixar que te levem.

O deus da morte me empurra na direção de Caronte, que me pega no instante em que o som horrendo de quatro daemones preenche a caverna, ecoando das paredes e do teto.

Eles aparecem em pleno ar, bem à nossa frente, as imensas asas pretas agitando as águas do Estige abaixo deles enquanto quatro pares de olhos furiosos pousam em mim.

— Lyra Keres — dizem em uníssono. — Você precisa vir com...

Hades estende os braços, os punhos unidos.

— Eu me ofereço no lugar da Lyra.

— O quê? Não...

Caronte me puxa quando tento correr até Hades.

— Fui *eu* quem quebrou as regras — diz o deus da morte, sem olhar para mim. — Me levem.

— Não faz isso — berro. — A culpa foi minha... — Estendo a mão como se pudesse alcançá-lo, deter seus movimentos de alguma forma.

Eles o seguram pelos braços. Quando o colocam de pé, voando para longe, Hades enfim me encara.

— Por favor — eu peço. Imploro. — Não...

— Já está feito.

E, com isso, eles desaparecem.

54
CULPA

Caronte e Cérbero me recebem no café da manhã exatamente como nas duas manhãs que se passaram desde o Trabalho de Dionísio. Zai está sentado na outra extremidade da mesa do terraço, bem longe deles. Acho que ele tem mais medo de Cérbero do que de Hades. Ou talvez seja por causa das alergias.

Ele conseguiu sobreviver com os outros. Por pouco. Precisaram usar todo o resto da vodca. Diego também usou seu estoque. O que fez Jackie vencer, com apenas duas garrafas.

Hades, no entanto, não volta para casa desde que os daemones o levaram. Hoje não é exceção.

Encaro a cadeira onde ele deveria estar. O aperto no estômago é um novo companheiro inseparável. Não estou preocupada apenas com o fato de que eu talvez não sobreviva à Provação sem Hades. É muito mais do que isso.

Mas eu *não quero* sentir mais.

— Novidades? — pergunto enquanto pouso o machado, que Amir me devolveu, sobre a mesa.

Caronte me observa atentamente, como se eu fosse uma granada prestes a explodir.

— Sim.

Sem nem me dar ao trabalho de me servir da comida no aparador, me largo com tudo na cadeira ao lado dele.

— O quê?

Caronte não falou, mas tenho certeza de que a ausência de Hades por dias está causando todo tipo de caos no Submundo. Ainda assim, ele escolheu ser levado. Para longe da coisa que o faz ser quem é.

— Fala, qual é a novidade? — insisto.

— Você precisa saber que os daemones já vieram buscar o Hades uma vez antes disso — diz Caronte, em vez de responder. Cérbero assente com as três cabeças.

— Como assim? — Me empertigo na cadeira. — Quando?

Quando você usou os dentes de dragão e o machado, responde Cérbero.

Exatamente como Hades me avisou que aconteceria. A única coisa que ele não disse é que tinham ido atrás *dele*. Isso parece... mais sério.

Ele convenceu os daemones de que eram relíquias que você já tinha e havia trazido com você.

— Mas *são* — falo. — Por que ninguém me contou isso antes?

Caronte se reclina na cadeira.

— Ele pediu pra não contar.

Claro que pediu.

— Então por que estão contando agora?

— Porque ele tá sendo um idiota teimoso.

Me apego à parte importante da afirmação.

— "Sendo"? Quer dizer que você viu o Hades? Falou com ele? Ele está...

— Ele vai ficar bem — garante Caronte.

Meu estômago se revira.

— O que significa que não está bem agora, é isso? O que fizeram com ele?

Caronte troca outro olhar com Cérbero.

Ele não teve escolha a não ser explicar como te deu as pérolas no diadema antes de os Trabalhos começarem oficialmente, sem te contar, explica Cér. Acho que está tentando ser gentil, embora seja difícil com a voz rouca. *Os daemones ameaçaram te matar porque ele desobedeceu às regras.*

Ameaçaram...

Consigo sentir o sangue sumir do meu rosto.

Caronte fala devagar, como se estivesse escolhendo cuidadosamente as palavras.

— Ele os convenceu de que nenhuma regra foi quebrada e pediu pra receber uma punição menor no seu lugar.

— Puta merda — murmura Zai, depois faz uma careta. — Esses deuses...

Volto a atenção para Caronte e sussurro através dos lábios endurecidos:

— Que punição?

O barqueiro desvia o olhar.

— Cortaram as palmas dele com a Adaga de Órion. Em mortais, a lâmina cria um ferimento que nunca cura. Em deuses... Ele vai sarar, mas vai levar mais alguns dias.

Engulo em seco.

— Por que o Hades não me avisou? — Estou perguntando mais para mim mesma do que para eles.

— *Eu* te avisei — rebate Caronte, a voz mais severa do que jamais usou comigo.

— Não o bastante — disparo. — Você disse que eu seria punida. Achei que a gente estivesse falando de restrições alimentares, confinamento numa solitária ou coisa assim. Não isso.

Olho para minhas palmas, imaginando os talhos, e meu estômago se revira.

— Se soubesse, você teria deixado de usar a pérola? — replica Caronte.

Não consigo olhar nos olhos dele porque não sei a resposta. Meike provavelmente teria morrido se eu não tivesse usado.

— Hades devia ter me contado. Tudo. Por que ele tá fazendo isso tudo, afinal? Qual é o motivo real?

— Isso você vai precisar perguntar pra ele — responde Caronte, me encarando.

Chacoalho a cabeça.

— Por que vocês mantêm todo esse segredo sobre o assunto?

O barqueiro faz uma careta.

— Em partes porque, quanto mais gente sabe de um segredo, mais difícil é fazer com que continue bem guardado. Mas também pra te proteger contra a retaliação...

Então *há* um motivo.

— E em partes por outro motivo?

Caronte passa a mão pelo cabelo.

— Ele jamais admitiria, mas depois da Perséfone o Hades resguarda ainda mais as emoções, os motivos e as ações dele.

Não gosto de como meu coração se aperta — pela perda de Hades, mas também porque...

Não, não vou dar nome ao que estou sentindo. Isso daria poder ao sentimento.

— Ele devia amar muito a Perséfone pra ter ficado assim, tão devastado.

— E amava mesmo. — Caronte tomba a cabeça de lado. — Mas não da forma como você imagina.

Franzo as sobrancelhas.

— Como assim?

— Eles não eram parceiros. Ela não era a esposa dele.

— Mas... ela era a rainha de Hades.

As histórias e os acólitos dos templos não podem ter entendido tudo tão errado assim, podem?

— Não por casamento. Ele fez um pacto com ela, dando à deusa parte do seu reino.

Será que é verdade?

— Qual parte?

— O Elísio.

E agora Hades precisa governar tudo sem a ajuda dela.

Caronte sorri.

— Perséfone tinha o coração mais mole e doce do mundo.

O exato oposto de mim, então.

— E é por causa dela que Hades fez questão que flores desabrochassem no Submundo: pra que ela nunca sentisse saudades da primavera enquanto estivesse por lá.

— Pra mim, isso parece amor.

Caronte e Cérbero negam.

— Ele a via como uma amiga. Talvez até como uma irmã mais nova.

Meu coração se contrai e depois parece se expandir com a informação, batendo forte. Eu não devia. Não devia me importar. Não faz diferença alguma para mim. Me importar com isso só me faria ser mil vezes burra.

— Meu conselho é que você entregue a ele sua confiança... — Um lado da boca de Caronte se curva. — E uma boa dose de paciência. Para de fazer perguntas. As Moiras vão assumir a partir daqui.

Minha confiança eu já entreguei. Quanto à paciência, anos trabalhando para pagar uma dívida ensinam sobre isso muito rápido. Mas parar de fazer perguntas?

Fito o chão, chutando o pé da mesa.

A ausência contínua de Hades está me assustando, porque acho que comecei a depender dele mais do que imaginava. Sim, ele tem seus pontos negativos — é arrogante, gosta de discutir, me arrastou para esta merda de competição.

Mas, desde o primeiríssimo dia da Provação, nunca senti medo dele. E tem uma coisa que o deus da morte com certeza é — *constante*.

Estável. Consigo confiar em algo estável. É a inconsistência que me deixa cautelosa.

— Com licença, Lyra?

Um dos sátiros surge ao meu lado. Está segurando uma bandeja de prata com dois bilhetes.

Um deles é endereçado a mim.

Franzindo de leve a sobrancelha, pego o envelope amarelo com letras douradas e o abro.

— O que é isso? — questiona Caronte.

— Um convite pro próximo Trabalho.

Leio de novo as palavras brilhantes e depois olho para Zai, que está lendo a mensagem dele.

Ao que parece, precisamos comparecer à casa de Apolo num horário determinado para começar o próximo Trabalho.

Vamos competir em outro Trabalho. Amanhã.

E Hades ainda está sendo punido. No meu lugar.

— Merda. — Ergo os olhos para Caronte, tentando não entrar em pânico. — Ele tem autorização pra aparecer por lá?

55
OS GÊMEOS

A casa de Apolo no Olimpo é... meio que perfeita.

Eu estava esperando ouro e sol para todos os lados, além de algumas referências a música e filosofia — o que, por fora, é verdade. Por dentro, porém, a casa é como uma vivenda italiana, ou o mais perto que já cheguei de uma (fotos na internet e as versões californianas desse estilo de arquitetura).

É difícil assimilar tudo, porém. Não porque estou prestes a entrar em outro Trabalho, o que deveria ser a única coisa na minha mente — as grandes chances de eu *morrer*, no caso. O problema é que Hades não estava no café da manhã hoje, de novo.

E não gosto nada do aperto no meu peito.

As paredes de um branco imaculado — com elaborados murais retratando cenas pitorescas aqui e ali — complementam o chão de lajotas com intricados padrões geométricos. Seguindo o sátiro que está me escoltando, vejo uma sala de estar que é puro conforto e elegância, com sofás em nichos escavados no chão, almofadas espalhadas pelo espaço, mantas, livros e uma imensa lareira que seria capaz de aquecer uma cidade inteira.

Mas não é para lá que o sátiro me leva.

Depois de aguardar na antessala até a exata hora do meu convite, ele me encaminha a uma câmera que me faz pensar nas antigas saunas ou nos banhos comunais que aparecem em programas de história na televisão. Ao longo das paredes há bancos de mármore branco repletos de deuses, deusas e seus campeões. Pelo jeito, meu horário era o último. Nenhuma surpresa até aí.

Zelo está parado num dos lados como um carcereiro silencioso.

Antes mesmo que eu possa pensar, caminho direto até ele e imito sua postura, cruzando os braços.

— Quero ver o Hades.

— Não. — Nem um lampejo de emoção cruza seu semblante.

— Você sabe que não houve violação das regras.

— Estou ciente — diz ele, entredentes.

— E puniu o Hades mesmo assim?

Enfim, o daemon olha diretamente para mim.

— Foi para servir de exemplo.

Bufo, zombeteira. De algum ponto atrás de mim, Zai chia meu nome — um alerta que nem me dou ao trabalho de ouvir.

— Vocês deviam estabelecer regras mais firmes se não querem que os deuses encontrem brechas — argumento. — A culpa não é dele. É de vocês.

Nem dou a Zelo a chance de responder, me largando com tudo no único espaço vazio no banco mais próximo, ao lado de Zai e Hermes. Não cumprimento Trinica e Amir. Eles não são meus aliados oficiais. O último Trabalho tinha a ver com a segurança que se encontra em grupos maiores, e não vou piorar o relacionamento deles com o grupo de Dex. Espero que saibam disso.

— Às vezes, coragem não é exatamente coragem — murmura Hermes. — É só tolice embrulhada num papel bonito.

— Às vezes, deuses são só uns babac...

Zai cobre minha boca, abafando o que eu ia dizer.

Uma porta se abre, e Apolo surge. Zai suspira de alívio e baixa a mão.

O deus parece estar à vontade, irradiando calor e luz. Apolo tem a pele mais escura do que a da irmã gêmea, que é negra e aveludada. Ele emana um brilho quase tangível que me faz querer absorver um pouco da sensação, mas são seus olhos que mais me fascinam — parecem de ouro puro, como se capturassem parte dos raios dentro de si, enquanto ele dirige sua carruagem solar pelos céus, e agora a luz estivesse tentando escapar. Estou tão cativada que quase ignoro o fato de que Ártemis entra logo atrás dele.

Apolo sorri, e é impossível não se sentir atraída pelo deus.

— Bem-vindos, campeões, ao quarto Trabalho! — Seu sorriso fica mais largo quando ele olha para Ártemis.

Ela, ao contrário do irmão, não é sorridente.

— *E ao quinto Trabalho também* — anuncia ela.

— Como assim? — É Neve quem protesta. Bem alto. — Ninguém falou que podiam ser dois ao mesmo tempo.

Ares permanece sentado ao lado da campeã, estoico. A julgar pelo seu semblante retesado, porém, acho que não está tão feliz com a reação de Neve.

Ártemis a atravessa com um único olhar nada impressionado e Neve se cala, embora não pare de fulminar a deusa.

— E ninguém falou que não podia acontecer — afirma ela, num tom de voz que mostra ao restante de nós que discutir é algo inútil e que chama atenção. — Somos gêmeos. Fazemos tudo juntos desde o útero.

Dae, sentado ao lado de Rima no banco, abre um sorriso presunçoso para a aliada. Desvio rápido o olhar para que ninguém perceba que notei, mas não consigo não imaginar se há algum tipo de rixa dentro do grupo.

Apolo aponta para a porta por onde entrou.

— Pra chegar até o Trabalho de Ártemis, primeiro vão precisar completar o meu.

Dois em um? Claro, porra... Por que não, né?

Estou muito além do medo ou da esperança. Acho que já cheguei na fase "foda-se todo mundo" da Provação.

— Pro meu Trabalho, cada um de vocês vai ter dois minutos sozinho naquele cômodo — continua Apolo. — O objetivo é encontrar o gatilho que abre a porta; pode ser algo físico ou não. Se não descobrir a resposta nesses dois minutos...

— Deixa eu chutar — resmunga Neve. — A gente morre?

— Você quer morrer agora mesmo? — pergunta Ares ao lado dela, num tom baixo e grave que me faz sentir um calafrio. E olha que ele nem está falando comigo...

Neve cala a boca e nega com a cabeça, os cachos ruivos balançando.

Apolo sorri.

— Não. Vocês vão voltar pra cá. Vou definir a ordem de entrada de vocês, e cada um pode tentar quantas vezes quiser até encontrar a solução.

O que significa que quem responder mais rápido vai começar o Trabalho de Ártemis com vantagem.

— Podem discutir o que descobrirem com os outros campeões, se quiserem, mas nunca com seu deus ou deusa — prossegue Apolo. — Eles serão transportados pra outro lugar quando a gente começar.

— E se a gente não descobrir mesmo assim? — pergunta Zai.

— *Aí* vocês morrem. — A resposta é dada no mesmo tom que Apolo usaria para anunciar que um banquete chique está na mesa. Como se fosse um desfecho agradável.

Depois de conhecer Hades, estou começando a concordar com ele.

Solto o ar pelo nariz, frustrada, e preciso de toda a minha concentração para manter o corpo imóvel. Outro Trabalho planejado para tornar a competição injusta. Não é de se admirar que Hades tenha encontrado brechas nas regras.

— Como a gente vence o seu Trabalho? — questiona Rima, as delicadas mãos de cirurgiã aninhadas sobre o colo.

Apolo assente de leve para a campeã, como se apreciasse o fato de que pelo menos uma pessoa está jogando para ganhar.

— Quem encontrar a resposta (e não, não é um enigma) vai receber uma coisa. Outra porta vai se abrir, dando início ao Trabalho de Ártemis. A primeira pessoa que conseguir fazer isso vence meu Trabalho, e o prêmio vai ser entregue após o fim do segundo desafio.

Ele se afasta, dando espaço para que a irmã descreva o próprio Trabalho.

É isso? A gente não precisa fazer mais nada? Só encontrar a resposta e abrir uma porta?

— No quinto Trabalho, como meu irmão explicou, vocês vão receber algo quando a porta se abrir — diz Ártemis. — Esse *algo* é um conjunto de quatro bandeiras que vão usar presas ao corpo. Uma pra cada virtude: Força, Razão, Emoção e Coragem.

O olhar dela recai sobre mim. Estou ficando realmente cansada de ser a única campeã com algo diferente.

Ártemis enfim desvia os olhos.

— Essas bandeiras ficarão presas às partes do corpo que vocês já devem imaginar: Força no braço, Emoção sobre o coração, Razão numa faixa na cabeça e Coragem nas costas. A missão é não perder suas bandeiras enquanto percorrem uma pista de obstáculos.

Pista de obstáculos. Murcho como uma bexiga furada. Sou péssima nessas coisas.

— A gente pode arrancar as bandeiras dos outros? — É Dex quem pergunta, óbvio.

Ártemis nega com a cabeça.

— Em cada um dos obstáculos haverá criaturas esperando. Elas é que vão tentar roubar suas bandeiras. Se conseguirem, vocês vão saber: quem perder a bandeira da Razão vai sentir confusão; a da Força, dor; a da Emoção, cansaço; e quem ficar sem a bandeira da Coragem vai ser tomado pelo medo.

Sempre tem um "porém", né.

As divindades merecem pontos pela criatividade e pela sede de sangue.

— Quem perder as quatro bandeiras não vai conseguir passar pelos obstáculos remanescentes — diz ela. — Vai ficar sobrecarregado demais. Aqueles capazes de atravessar todo o percurso vão precisar ir até a linha de chegada e tocar no deus ou deusa que representa, pra quem entregarão as bandeiras restantes. Quem terminar com mais bandeiras vence. Depois que o vencedor cruzar a linha de chegada, os demais terão uma hora para finalizar a tarefa. Aqueles que não conseguirem... Bom, ficarão à mercê do monstro final.

Opa, formas extras de morrer hoje. Que maravilha.

— Eu estava mesmo achando que não me senti desafiada o suficiente no último Trabalho — murmuro, baixinho.

Tenho a levíssima impressão de que Hefesto precisa disfarçar a risada enquanto Dionísio fecha a cara.

Apolo e Ártemis dão as mãos.

— Os Trabalhos começam...

— Espera — falo.

Ártemis franze o rosto, irritada, mas Apolo mal ergue as sobrancelhas na minha direção.

— O Hades ainda não voltou. — Fito Zelo com a expressão amarga. — Quem vai me esperar na linha de chegada?

— Seu deus devia ter pensado nisso antes de explorar as... brechas — diz Ártemis.

Em seguida, os gêmeos anunciam em uníssono:

— Os Trabalhos começam... agora.

E, no instante seguinte, todas as divindades desaparecem. A porta se abre, exibindo uma sátira com pelagem dourada e prateada que segura um pergaminho na mão. Não consigo enxergar muito além dela — é só um cômodo com mais mármore branco e um monte de luz, e ele parece vazio.

— O primeiro — anuncia a sátira — é o Zai Aridam.

56
O TRABALHO DE APOLO

Zai não avança imediatamente. Antes, olha para Rima. Todos olhamos.

Ela é a campeã de Apolo. Por que o deus do sol não a manda primeiro, dando vantagem sobre o resto de nós? Rima nos encara de volta com os olhos arregalados, e não sei dizer se está ou não surpresa. De uma forma ou de outra, não parece chateada.

Zai respira fundo, depois olha para Meike e para mim, assentindo para nós antes de entrar no cômodo e fechar a porta atrás de si. Dois minutos depois... ele volta. Mau sinal.

— Neve Bouchard — chama a sátira.

Enquanto isso, Zai se reúne com Meike e comigo num canto.

— Tem uma harpa lá dentro — diz ele. — Ela não tá fazendo nada, só tá parada no lugar. É um pouco grotesca, na verdade.

— Grotesca? — questiona Meike.

Zai assente.

— Eu não quis chegar muito perto.

Então tá...

— Não tem mais nada além disso — continua ele. — Tateei as paredes da esquerda e da direita tentando encontrar alavancas e botões escondidos, ou até mesmo uma saída, mas meu tempo acabou.

A porta se abre, e Neve sai de cara feia. Ela segue direto até Dex, Dae e Rima — Samuel não se junta a eles.

Encaro Dex de olhos semicerrados; ele escuta com atenção o que Neve tem a dizer.

— Meike Besser — convoca a sátira.

Zai e eu aguardamos. Dois minutos depois, Meike também volta.

Trinica é a próxima.

Meike corre até a gente.

— Tateei as duas outras paredes. Nada.

— Acho que vou conferir o chão — falo, e ambos assentem. — Zai, tem alguma coisa no seu livro?

Ele nega com a cabeça.

— Já procurei.

Meike chega mais perto e baixa a voz.

— Eu tenho o Espelho de Ariadne, meu outro presente do Dionísio. Ele supostamente mostra o caminho que devo seguir. Talvez me ajude a descobrir por onde sair. — Ela hesita, franzido a testa. — Devia ter usado na minha primeira tentativa, né? Foi mal. Pensei só em olhar as paredes que o Zai não tinha conseguido conferir.

Tenho vontade de apertar a mão dela só por compartilhar isso com a gente. Não precisava.

— A harpa precisa estar lá por um motivo. — Olho ao redor. — Será que tem algo a ver com música?

— Vou tentar tocá-la na próxima rodada — fala Zai.

E esperamos. Nunca imaginei que dois minutos para cada pessoa faria com que tudo fosse tão lerdo, mas faz.

Quando Dex sai após sua tentativa, a expressão marcada pela irritação, não consigo me segurar.

— Pelo jeito, o presente que te avisa sobre as coisas não é tão útil quanto parece.

Dex se sobressalta.

Atrás dele, Neve franze os lábios.

— Você não contou pros seus aliados, mas contou pra *ela*? — E aponta para mim, acusatória.

A expressão de Dex fica mais sombria.

— Como caralhos você sabe disso? — pergunta ele para mim.

Nem tento esconder o sorriso.

— Não sei, na verdade. Não tinha certeza, mas agora tenho.

Ele avança na minha direção, cerrando os punhos ao lado do corpo.

— Se encostar nela, vai ter que se ver comigo — diz Samuel. Ele não se move, não ergue a voz, mas Dex se detém mesmo assim.

Eu estava certa. Eles perderam o campeão como aliado no último Trabalho. Não sei o porquê, mas estou feliz de ter um inimigo a menos.

Assinto para Samuel. Ele pode ter se juntado a Dex e aos outros no início do desafio anterior, mas agora estamos quites.

Depois de um momento visivelmente lutando com a raiva, Dex volta a passos largos até seus aliados. Continuamos a rotação de campeões, e é claro que sou a última. Apolo poderia ao menos ter me colocado no meio para variar um pouco.

A primeira coisa que faço quando chego ao cômodo é arregaçar as mangas e acordar as tatuagens de Hades. Mando a raposa farejar o espaço e a tarântula escalar as paredes, procurando por uma saída enquanto tateio o chão.

Meus dois minutos terminam rápido. Já com as tatuagens de volta ao lugar, saio de mãos abanando. Zai é o próximo com a harpa. Depois de dez segundos lá dentro, ouvimos um grito alto e todos encaramos a porta.

255

Fico decepcionada quando ele retorna. Os outros, porém, sorriem satisfeitos.

Voltamos a nos reunir.

— Aquela porcaria de harpa me mordeu — sussurra Zai.

Se encolhendo para que os outros não possam ver, ele mostra a mão para nós, que tem marcas de dentes nas costas e na palma. Marcas de dentes humanos.

— Te mordeu como? — pergunto.

— Aquela coisa... — Ele faz uma careta. — Ela é feita de pedaços humanos. Tem um esterno, e acho que as cordas são de cabelo. Quando dedilhei uma delas, a parte de cima criou dentes e deu o bote. Acho que mirou no meu pescoço.

Ele estava certo mais cedo. É algo grotesco mesmo.

É a nova tentativa de Meike, mas o espelho não mostra nada a ela. Depois que tentamos de novo sem sucesso e todos passamos por uma terceira rodada, a sala de espera começa a entrar num desespero silencioso.

Eles não matariam todos nós se ninguém encontrar a resposta... certo?

Nem Zai consegue ter novas ideias, e seu livro de respostas tampouco sugere algo. Pelo menos não somos os únicos frustrados. Acho que Dex está prestes a ter um aneurisma.

— Lyra Keres — chama a sátira.

Lá vou eu para a quarta tentativa. Entro na sala e, dessa vez, fecho os olhos e tento fazer meu coração parar de bater desesperado para me concentrar.

De início, nem percebo o que estou fazendo. Quando me dou conta de que estou murmurando, porém, ouço um som *bem baixinho*, e depois sinto faixas se enrolando ao redor da minha cabeça, do meu peito e do meu braço.

Pisco, e quando abro os olhos vejo uma grossa porta de mármore se abrindo, expondo a entrada do que parece uma caverna. *Outra* caverna. Muito menor do que aquelas das dolinas. Agora estou usando faixas que prendem as quatro bandeiras ao meu corpo.

Meu queixo cai.

Música. A harpa não queria ser tocada — queria *ouvir* música.

— Eu consegui. — As palavras saem da minha boca num sussurro.

Fico empolgadíssima, como se tivesse feito o melhor assalto do mundo, e preciso engolir um berro de alegria.

Eu ganhei!

Digo, não que tenha sido de propósito. Foi só um feliz acidente, mas não estou acostumada a felizes acidentes.

Pelos deuses, eu ganhei!

Ganhei a porra de um Trabalho.

Hades vai ficar nas nuvens — ou a versão disso para o deus da morte.

Depois de quatro Trabalhos, ainda não morri *e* estou empatada com Diego, Zai e Jackie em número de vitórias. Pela primeira vez desde que Hades me nomeou sua campeã, sinto uma pontada de confiança. Talvez eu possa ganhar essa bagaça. Talvez até consiga me livrar da maldição.

E enfim possa ser amada.

A alegria se espalha pelas minhas veias e saio quase saltitando com a energia que corre quente por mim. Acho até bom que Hades *não* esteja aqui, porque tenho quase certeza de que me jogaria nos braços dele agora.

Espio pela porta, sem querer que o mundo divino que está assistindo saiba o que estou sentindo neste momento.

Depois de respirar fundo, adentro a caverna escura e sinistra.

57
NÃO ME ARREPENDO DE NADA

Depois de um único passo caverna adentro, minhas pernas vacilam.

Zai e Meike continuam na etapa anterior, assim como os demais campeões.

Preciso tomar uma decisão. O problema é que eles vão morrer se não descobrirem a resposta. Se isso não estivesse em jogo, eu ajudaria Zai e Meike e deixaria os outros se virarem.

Meus braços caem para o lado do corpo enquanto fecho os olhos e solto um rosnado. Não *posso*. Abrindo as pálpebras, olho para cima. Sei que, não importa o que eu faça, o Olimpo todo vai estar assistindo.

— Foi mal, Hades — falo, alto e claro.

Ele vai dar um chilique quando sair da cadeia divina ou de onde quer que esteja preso — isso se quiser falar comigo.

Mal posso esperar para discutir com ele sobre *qualquer* coisa.

Foco, Lyra.

Recuo até o chão de mármore que leva à caverna e fecho a porta. Cerca de trinta segundos depois, a sátira abre a porta que dá na sala de estar. No instante em que os outros veem que estou com as bandeiras atadas ao corpo eles ficam de pé, soltando algumas exclamações e uma boa dose de xingamentos.

Ergo a mão para que fiquem quietos.

— Todo mundo precisa jurar pela própria vida que, se eu der a resposta, vocês não vão machucar ou prejudicar qualquer outro campeão nos Trabalhos de hoje.

Trocar informação por segurança funcionou no último desafio, certo? Depois, hesito. As consequências têm um significado diferente para mim agora.

Espio Zelo pelo canto do olho.

— Isso é contra as regras?

— Não.

— Beleza, então. — Encaro os campeões.

Há uma série de expressões diferentes me encarando de volta — choque, dúvida, raiva. Mas a prova de que sei a resposta está no meu corpo, na forma de quatro bandeiras.

— Vocês precisam prometer, ou vou contar só pros meus aliados e o resto de vocês que corra o risco de acabar no Submundo.

— O que você tá fazendo? — pergunta Zai, movendo apenas a boca.

— Foi mal — respondo, igualmente em silêncio, para ele e Meike.

Ela ao menos faz um joinha. Pelo jeito, me entende.

Neve me encara como se eu fosse um inseto que quer esmagar.

— Por que caralhos você daria a resposta pra gente, sua tonta? — diz ela, o sotaque canadense ainda mais marcado do que o normal. — Podia só contar pros seus aliados e deixar a gente se ferrar — completa, o que deixa claríssimo que é o que ela teria feito.

— Vamos dizer que não sou muito fã da morte como punição.

Espero que os deuses e deusas estejam ouvindo. *Anotem aí*, digo para eles em silêncio. *Vou acabar com a diversão de vocês fazendo isso toda maldita vez.*

Depois olho para uma pessoa. Só uma.

Dex.

Me encarando de volta com os olhos castanho-escuros ainda semicerrados, ele aperta a mandíbula com força por vários segundos. Depois, com os lábios comprimidos, assente num gesto rápido.

— Prometo.

Depois de uma pausa surpresa, os outros respondem da mesma forma — todos eles.

Pronto. Pelo menos consegui tirar algo disso tudo que vai ajudar a mim e ao meu time: Dex e seus aliados não vão ficar no nosso pé hoje.

— Música — digo a eles. — Produzam música, cantarolando ou cantando. Mas não tentem tocar a harpa, porque ela morde. Cantem até a porta se abrir. — Olho para Zai e Meike. — Vou esperar vocês no início do próximo Trabalho.

E não vou precisar aguardar muito: Zai fica logo atrás de mim na ordem de tentativas, e Meike vem pouco depois.

Me viro para retornar, mas a sátira se coloca no meu caminho.

— Sinto muito, Lyra Keres, mas as regras são claras. Quem volta precisa esperar sua vez.

— Rá! — exclama Neve. — Bem-feito.

— Cala a porra da boca, Neve — dispara Dae. — Ela acabou de salvar sua vida, caralho.

O rosto dela fica vermelho como um pimentão, e Neve abre e fecha a boca algumas vezes.

— Ela não é sempre assim. — Dae olha para o resto de nós. — Acho que não, pelo menos. Só que o presente de Ares é um espírito competitivo aguçado e parece que isso deixou ela meio... — Ele gesticula na direção da campeã. — Desse jeito.

Dex dá um tapinha na nuca do outro campeão.

259

— Para de contar as coisas pra eles.

Dae comprime um pouco a mandíbula, teimoso.

— Não vai ajudar eles em nada e pelo menos não vão odiar a Neve por isso.

— Zai Aridam — chama a sátira.

Zai para diante de mim antes de entrar.

— Meike e eu vamos te esperar.

Nego com a cabeça.

— Eu sou a última. Todos os outros vão passar na nossa frente. Com sua sandália alada você tem uma chance de passar pelos obstáculos. Melhor você tentar ganhar.

Alguém — Dex, talvez — bufa, zombeteiro.

Ignoro.

— Não esperem por mim — insisto. — Ajudem um ao outro. Se eu conseguir alcançar vocês, me viro.

Zai olha para Meike, ao seu lado. Depois de conferir minha expressão, ela assente, relutante. Sem aviso, Zai me envolve num abraço.

— Se cuida, tá bom? Não quero me sentir culpado por outra morte.

Meu coração se aperta tanto que dói. Ele se sente culpado por me deixar para trás e está me abraçando para fazer eu me sentir melhor. Como isso é possível? Minha maldição deveria fazer com que ele se sentisse... indiferente, no mínimo. Absorvo a sensação como uma esponja seca enfim entrando em contato com a água.

— Vou me cuidar. Se cuida você também — sussurro, e lhe dou um abraço.

Com um sorriso para mim e outro para Meike, ele entra.

Dois minutos depois, a porta volta a se abrir e a sala está vazia.

58
O TRABALHO DE ÁRTEMIS

Sou a última a entrar na caverna do próximo Trabalho.

Passo pela porta e piso numa superfície úmida de rocha. Recuo rapidamente quando Diego surge das sombras. Ele terminou o Trabalho anterior logo antes de mim, então não faz tanto tempo que ele entrou, mas...

— Por que você ainda tá aqui? — pergunto, olhando para o campeão com uma expressão cautelosa.

Ele prometeu, como os outros, que não vai machucar ou prejudicar ninguém.

E está com um olhar cálido e gentil como o sorriso, o que alivia um pouco minha tensão.

— A gente não teve muito tempo pra conversar. Alguém te contou que sou pai?

Encaro o homem e depois nego com a cabeça. Ele tem uns quarenta e tantos anos, porém, então não é muito surpreendente.

O campeão assente.

— Tenho dois filhos, Marisol e Gabriel. Eles têm dez e doze anos de idade, e são minha vida.

Não consigo evitar a vontade de gostar desse homem, que é meu adversário.

— Talvez nunca saibam o que aconteceu comigo... — Os ombros dele murcham. — Mas quero que tenham orgulho do papá deles, não importa o que aconteça. Então vou passar pelos Trabalhos com integridade.

Meu coração se revira. Afastar um pai de seus rebentos, um que claramente se preocupa com eles... Como Deméter foi capaz de fazer isso, sendo que acabou de perder a própria filha?

— Você conquistou o direito de começar este Trabalho antes de mim — diz ele. — Por isso esperei.

Ah. Ele está falando sério — está *mesmo* competindo com integridade.

— Tenho *certeza* de que seus filhos estão orgulhosos — digo. — Você é um homem bom.

— Gracias. — Depois sorri. — Mas você só acha isso porque a bênção que ganhei da Deméter foi uma dose extra de carisma.

Ela fez com que ele fosse *gostável*. Deve ser maravilhoso.

Balanço a cabeça.

— Sei quando as pessoas são boas, e não só simpáticas.

A expressão do campeão fica um pouco mais séria, e ele abre um sorriso sincero. Depois, respira fundo e dá um passo para trás, me urgindo a ir primeiro.

Só então consigo dar uma boa olhada no início da pista de obstáculos de Ártemis. O que vejo é uma caverna iluminada por lamparinas penduradas em estalactites, cuja luz banha uma série de traves de equilíbrio. Olho para baixo e vejo que a altura até o chão é de apenas cinco ou seis metros — o problema são as milhares de estalagmites que o cobrem, parecendo dentes.

Não há daemones por perto — não que eu possa ver, ao menos. Mas isso não significa nada.

— Tenho certeza de que ia me estropiar se caísse dali — murmuro para mim mesma, mas Diego ri.

— Cuidado pra não demorar muito — diz ele. — Morcegos. São eles que vêm tentar arrancar suas bandeiras aqui. Tem uns pequenos e outros grandões, de cara feia, que podem derrubar você se quiserem.

Quer dizer que vou ter que dançar com os vampirinhos? Estremeço.

— Que beleza.

Volto a olhar para baixo.

— Alguém... — interrompo a pergunta na metade. Não quero saber. Só não vou olhar para baixo. Assim não vejo os corpos, caso haja algum.

— Não nessa parte — diz Diego. — Mas ouvi...

Um uivo de dor vem do outro lado da caverna, e tenho quase certeza de que é Samuel. O que *raios* ia fazer com que ele gritasse desse jeito?

— ... berros — completa Diego. — Vindos do outro lado.

Só melhora. Respiro fundo e dou o próximo passo. A trave não se move e é bem sólida. Tem só uns quinze centímetros de largura.

Não pensa nisso.

Se eu parar, vou ter a sensação de que estou caindo, então tento passar rápido pelas traves. Faço meu melhor virando para a esquerda e para a direita e encarando as diferenças de altura. Dou algumas cambaleadas e balanço os braços aqui e ali, mas ainda estou firme. Quando ouço passos atrás de mim, sei que Diego está vindo.

Estamos mais ou menos na metade da travessia quando ouço um guincho, seguido por outro guincho, e outro, e o som de asas farfalhantes. Diego grita:

— Aperta o passo!

Meu coração está martelando no peito quando olho para a direita e vislumbro um bando de morcegos bloqueando a luz de uma das lampa-

262

rinas, depois de outra, mais próxima, e depois de uma terceira. Os guinchos de ecolocalização dos animais preenchem o recinto.

Vou em frente. O mais rápido possível, parando uma ou duas vezes para não cair na passagem de uma trave para a outra. Estamos quase no fim, onde a última trave dá acesso a uma plataforma rochosa que leva para um pequeno túnel redondo.

Quase lá.

Com um farfalhar de asas, os morcegos nos envolvem. Tropeço quando piso na plataforma e caio, metendo o joelho com tudo no chão. Solto um grunhido, mas não tenho tempo para me preocupar: dois braços fortes e invisíveis me puxam de volta.

Os morcegos rodopiam e mergulham como um tornado, tentando arrancar nossas bandeiras. Diego praticamente me empurra para o túnel, que parece uma tubulação feita de metal corrugado. É tão baixo que preciso ficar apoiada nas mãos e nos joelhos para avançar.

No instante em que entramos no breu, os morcegos param. Param *mesmo*, não só voam de volta para onde estavam pendurados. É como se tivessem deixado de existir.

— Um obstáculo já foi. — Diego parece irritantemente animado.

Não consigo ver o sujeito — ele claramente está usando seu anel da invisibilidade.

Um já foi, mas sei lá quantos ainda temos pela frente.

— Você perdeu alguma bandeira?

— Não.

Esquisito demais falar com o nada.

Solto um suspiro de alívio. Odiaria se ele tivesse perdido alguma por minha causa.

— Ótimo. Nem eu. — Me viro para encarar o vazio à minha frente.

Esse tipo de escuridão é... sufocante. Como se eu nunca fosse ver a luz de novo. Mas vivi no subterrâneo por boa parte da minha vida: medo do escuro é algo que eu não tenho.

A inércia é o verdadeiro perigo — isso aprendi do jeito mais difícil.

Ficando de joelhos, tateio rapidamente as laterais redondas da tubulação de baixo para cima.

Quando chego a apenas quinze centímetros do chão, tomo um baita choque. Dou um grito, puxando a mão. A fagulha da descarga ilumina o que definitivamente é um tubo de drenagem. Balanço a cabeça, respirando apesar da dor que começa a se transformar numa queimação na lateral da minha palma, onde levei o choque.

— Não encosta em nada além do chão — digo para Diego.

Presumo que, mesmo invisível, ele ainda pode tocar nas coisas.

— Entendi.

Continuamos.

Meu joelho, já machucado depois de cair saindo das traves, não está gostando nada dessa brincadeira. Ainda assim, cerro os dentes e tento fazer meu melhor para não me concentrar na dor. Não é como se eu tivesse opção.

Depois de uns dez metros, algo me agarra pelo lado. Grito e tento me desvencilhar, batendo com força na lateral do túnel. Outra faísca ilumina o túnel, e o horror expulsa o ar dos meus pulmões. Há buracos na parte de cima e nos lados do cano, de onde irrompem mãos tentando agarrar nossas bandeiras ou nos empurrar para sentirmos mais dor.

— Caralho — murmuro. — Viu isso?

— Vi o que te pegou.

Descrevo o resto, e Diego solta um grunhido.

— Que tal se... — começa ele.

De repente, o túnel inteiro se ilumina. O brilho vem de um ponto atrás de mim. O sorriso de Diego é audível em sua voz:

— Às vezes, o brilho pode ajudar.

Graças ao halo.

Solto uma risada.

— Às vezes, aposto que só atrapalha.

Mas ele tem o anel para ficar invisível, então compensa. O halo funciona mesmo.

— Vamos logo — diz o campeão.

Ir logo parece ser o tema aqui.

— Bora.

E seguimos. Mesmo conseguindo ver as mãos estendidas na minha direção, perco a conta de quantas vezes sou jogada contra a parede e tomo choques. Agradeço às estrelas pelo meu cabelo curto, que as mãos tentam agarrar mas não conseguem. É difícil dizer, mas Diego parece estar indo muito melhor do que eu.

Não sei dizer quanto tempo nos arrastamos até a luz surgir à minha frente.

Quase lá. Quase lá.

A luz fica mais abundante conforme a gente vai chegando ao final. Uma mão me empurra, e bato com o rosto no metal do outro lado. O choque parece derreter o osso da minha têmpora por baixo da pele e não consigo evitar um berro gutural, mas sigo em frente.

Até sentir a bandeira da Coragem ser arrancada com força das minhas costas. O medo me atinge tão rápido e com tanta intensidade que meus músculos se contraem, e caio de cara no chão.

59
O MEDO É MEU AMIGO

O terror que parece tentar arrancar minhas entranhas pela boca a cada grito é paralisante, mas consigo respirar fundo uma vez. Depois outra.

— Você perdeu uma bandeira? — pergunta Diego.

Preciso de pelo menos mais duas respirações até conseguir relaxar a mandíbula, rígida como a de um cadáver, e responder.

— Me dá... um segundo.

Foco em respirar. Consigo ver o fim do túnel, de onde vem uma luz fraca. Estou quase alcançando a saída. E minha experiência — anos num lugar onde era forçada a gerenciar meu medo para não parecer a fracote que os outros ladrões achavam que eu era — vem com toda força a cada respiração. Graças aos deuses, porque o medo não é uma fraqueza. Não quando se está acostumada a ele. Não quando você o compreende. É um aviso, a forma de o seu corpo lhe incentivar a viver — seja lutando, correndo ou parando de vez no lugar.

O medo é uma ferramenta.

Uma que venho aprendendo a usar desde que me conheço por gente.

Claro, este medo é mais forte do que estou acostumada, e também não vem de dentro de mim, então demoro um tempo extra para conseguir respirar. Para deixar a adrenalina atingir meus músculos e, em vez de me paralisar, me deixar mais forte.

— Lyra? — pergunta Diego.

— Eu tô bem. Já vou continuar.

— Tá bom.

Me ajeito para conseguir me arrastar sobre as mãos e os joelhos e avanço rápido. Quando faço isso, a adrenalina aparece, pulsando pelas minhas veias, impulsionando meus músculos, amortecendo a dor de todos os machucados, os hematomas e as queimaduras dos choques.

Continuo em frente e não paro até chegar à luz. Na verdade não paro nem depois, dando espaço suficiente para que Diego também saia por completo da tubulação antes de me jogar no chão, estremecendo. Posso ver o outro campeão se jogando ao meu lado — ele deve ter tirado o anel.

O medo ainda não passou, mesmo agora que estou fora da caverna, segura, descansando numa pequena clareira. Mas sou capaz de controlar a sensação. Ainda estou no controle. Mais ou menos. Quer dizer, estou com as mãos cerradas e parece que tem um pedregulho pesado em cima do meu peito — mas não estou gritando ou em posição fetal, então considero uma vitória.

Acho que se tivesse que escolher uma bandeira para perder, teria escolhido exatamente essa.

Viro a cabeça na direção de Diego.

— E você, tá bem? Perdeu alguma bandeira?

Ele nega com a cabeça, depois abre um sorriso imenso.

— Dois obstáculos já foram! — Ele ergue dois dedos.

Solto uma risada e um gemido ao mesmo tempo, depois rolo para cumprimentá-lo com um tapinha. Gemo de novo quando Diego acerta sem querer uma das marcas de queimadura.

O campeão franze as sobrancelhas.

— Foi mal.

Parando para pensar, toda vez que o túnel se acendeu foi porque *eu* tomei um choque.

— Você não tomou um único choque?

Ele nega com a cabeça, a expressão inocente.

Ficamos de pé e olhamos para o próximo obstáculo. Preciso me abaixar, apoiando as mãos nos joelhos para conter de novo o medo pouco natural.

O desafio parece ser um ferro-velho imenso com um caminho bem óbvio passando pelo meio. Há pilhas e pilhas de tralha de todos os tipos: pedaços de metal, carros esmagados, pneus. Montanhas e mais montanhas disso. Há até um arco de metal enferrujado indicando a entrada para esta parte do desafio.

Algo ruim vai acontecer no instante em que a gente botar o pé ali. Tenho certeza.

Honestamente, se eu não pudesse morrer por não terminar este Trabalho, agacharia bem aqui e esperaria até tudo acabar. É tentador. Muito tentador. Mas não hoje.

— Vamos continuar — sugiro.

Diego assente.

Respiro fundo, me preparando para qualquer que seja o horror que vai pular de algum dos bilhões de esconderijos na montanha de lixo em minha direção, quando uma mancha roxa atrai meu olhar para um ponto atrás de uma caminhonete enferrujada. Com cuidado para ainda não entrar no ferro-velho, caminho até a parte esquerda do arco e vejo Amir agachado atrás do veículo, enfiando algo na boca. Algo branco. Depois ele se revira no chão, como se estivesse sentindo uma dor excruciante.

266

Antes que eu possa gritar seu nome, o campeão salta de pé e sai correndo pelo caminho. Acho que eu estava errada sobre a dor: ele se move normalmente, mesmo com o pé envolto pela bota ortopédica.

— Vamos. — Diego me puxa e entramos juntos no obstáculo.

Eu sabia. No instante em que a gente passa pelo arco, ouço um terrível ruído metálico. Um não... centenas, vindos de todos os lados.

Pássaros. Estão surgindo da sucata no ferro-velho de um jeito parecido com o modo como minhas tatuagens saem do meu braço. A diferença é que se destacam dos pedaços de lixo, deixando buracos. E não é qualquer tipo de ave...

São aves do lago Estínfalo.

Não são tão grandes quanto dizem os registros históricos — parecem ter o tamanho de corvos. O metal dos bicos nervosos faz o sol refletir em centenas de lampejos, assim como as caudas e as longas penas das asas que podem se transformar em latão quando bem entendem.

Ao se libertarem, as criaturas alçam voo e, juntas, mergulham direto na nossa direção.

Uma dose extra de adrenalina dispara pelo meu sangue. Graças aos deuses, porra.

— Corre! — berro.

Com o coração aos saltos, corro pelo caminho entre as montanhas de sucata até minhas pernas estarem queimando e meus pulmões doendo. Quase caio quando olho para trás tentando ver quão perto estão os pássaros, mas retomo o equilíbrio e me detenho.

As aves sumiram.

— Essa foi por pouco — digo para Diego, arfando.

Não que eu consiga ver o outro campeão, graças ao seu anel. No silêncio, porém, me dou conta de que não ouço seus passos ou sua respiração como antes.

— Diego! — chamo baixinho, mas ele não responde.

Talvez tenha passado na minha frente.

— Ótimo — murmuro. Estou sozinha agora.

Mas espera... Quando comecei a precisar de outras pessoas para encarar as coisas?

O metal ao meu redor guincha de novo conforme mais aves do Estínfalo se esforçam para sair da sucata.

Não vão roubar minhas bandeiras. Hoje não. Forçando as pernas, corro entre as montanhas de lixo, mas o vislumbre de um uniforme verde e um cabelo ruivo me detém. Olho para trás mais uma vez, à procura dos pássaros, que ainda não me alcançaram.

Vejo Neve encolhida no meio de uma pilha de carros destruídos.

Ela está no chão, com os joelhos grudados ao peito, balançando de um lado para outro enquanto geme de dor e repete a mesma coisa várias e várias vezes:

— A Nora vai morrer se eu não vencer. Ela vai morrer. Ela vai morrer.

Devo ter só mais alguns segundos antes de os pássaros me alcançarem. Tento pegar Neve pelos ombros, mas ela grita e se debate. A bandeira da Força não está mais em seu corpo, o que significa que está inundada pela dor como eu estou pelo medo. A diferença é que Neve não consegue controlar sua desvantagem — talvez porque também esteja sem a bandeira da Razão. Confusão e dor.

Quando ouve o som de uma ave se descolando do metal bem ao nosso lado, ela berra.

— Os pássaros. Os pássaros. — E começa a se arrastar por um túnel feito de sucata. — Preciso me esconder — murmura.

Enrugo a testa enquanto ela se puxa para fora do meu campo de visão. Devo ficar? Ou deixo Neve para trás, agora que já perdi parte do meu tempo?

— Ai, caralho... — Fico de joelhos e vou atrás da campeã.

E é nesse momento que um dos pássaros arranca a bandeira da Força do meu braço.

A dor — como se alguém estivesse queimando cada nervo do meu corpo com um lança-chamas — se espalha por mim e me faz berrar. Mas ainda consigo raciocinar e, embora cada movimento seja uma tortura excruciante, me forço a ir atrás de Neve.

O medo me diz para desistir. Para me deitar e morrer, assim me livro logo do desespero que está me partindo ao meio.

Me arrastando ainda mais longe, forço mãos e pernas a se moverem, e não paro até encontrar Neve. Ela está encolhida numa lixeira de metal virada de lado, se balançando de um lado para o outro enquanto balbucia sobre Nora, quem quer que seja ela, as lágrimas escorrendo pelo rosto.

Também entro no espaço e fico bem quietinha. Quando estou parada, a dor não é tão ruim. Mas os pássaros continuam guinchando lá fora, então o medo aumenta e toma espaço dentro de mim enquanto dúvidas começam a me ocorrer. E se nós duas ficarmos presas aqui, ambas entregues à dor, ao medo e à confusão? E se as aves nunca mais deixarem a gente sair? E se eu não conseguir ir embora sozinha? E se eu não conseguir levar a Neve comigo?

Sinto que vou começar a me balançar e falar sozinha a qualquer segundo. Fecho os olhos e murmuro baixinho, focando numa única imagem.

Hades.

Tão de repente quanto começaram, os ruídos metálicos lá fora param, e abro um dos olhos. Os pássaros apocalípticos se foram?

Cada nervo meu berra para que eu pare, mas consigo me virar e passo a me arrastar, grunhindo a cada movimento. Quando Neve agarra meu tornozelo, solto um grito e preciso me concentrar para não vomitar. Ela puxa o braço para si com um chiado, balançando a mão. Sim. Qualquer toque dói pra caramba — nós duas sentimos.

— Ainda não — sussurra ela.

Será que está conseguindo se livrar da confusão?

Aguardo, mas ela continua em silêncio.

— Tá pronta? — murmuro.

Ela pisca para mim como se tivesse esquecido que estou aqui e não fizesse ideia do que estou falando.

— Você consegue me seguir? — pergunto.

Outro piscar lento, e acho que aquela coisa competitiva que ela ganhou de Ares dá o ar da graça, porque seus olhos azuis cintilam por um segundo e ela assente.

Juntas, nos arrastamos dali.

Depois que voltamos para o caminho, me forço a ficar de pé, embora todo o meu corpo trema com o esforço.

— Não deixa elas te verem — diz a campeã, em sons entrecortados.

Respirando fundo, ela cerra os punhos ao lado do corpo e uma armadura — de bronze brilhante, salpicado de estrelas — cobre seu peito e ombros até o quadril, além de proteções reforçadas de prata nos tornozelos e antebraços. Ela grita, provavelmente por conta do toque das peças contra a pele, mas se move ainda assim.

Vou atrás.

Em vez de correr — o que não sei se conseguiria fazer de toda forma —, andamos com cuidado, ficando perto das pilhas e montes de sucata para usar as sombras e fendas como esconderijo. Cubro a boca para não murmurar baixinho e fico em silêncio — porque, após a segunda vez que um gemido de dor escapa pelos meus lábios, Neve se vira para mim. Ela é uma das campeãs da Força por uma razão, isso eu garanto.

Depois de um tempo, eu vejo.

O fim do caminho.

Ele dá num campo com gramíneas amarronzadas e mais altas do que minha cabeça.

O que vem pela frente?

Ouço o terrível guincho metálico das aves atrás de nós, e meu coração parece que vai explodir. Não temos mais escolha.

— Corre!

Com um berro que vem do seu âmago, Neve dispara, movida por pura determinação. Caramba, como ela é rápida com aquelas pernas compridas, mesmo morrendo de dor. Não consigo acompanhar seu ritmo. Ela mergulha no meio da vegetação e desaparece.

Ela me deixou pra trás.

Ela me deixou aqui para morrer. Como todo mundo. Todo mundo me abandona.

O medo tenta me agarrar pelo pé e me retardar, me impedir de seguir. Mas a gritaria das aves atrás de mim é suficiente para forçar o mesmo medo a me impelir adiante, e corro matagal adentro. E dói — quando as gramíneas roçam na minha pele, sinto que estou sendo cortada por navalhas várias e várias vezes.

Preciso parar e respirar, apesar da agonia; quando faço isso, porém, vejo uma mão irromper do meio da vegetação. Antes que eu consiga pensar em sacar meu machado e me defender, ela arranca a bandeira da Razão da minha cabeça.

Imediatamente, a confusão se junta ao medo e à dor — tudo junto, numa névoa pesada.

Por um segundo, fico perdida. Como se algo tivesse me jogado no meio de um pesadelo e eu não tivesse ideia do porquê, tudo se combinando de um jeito avassalador.

Levo as mãos aos ouvidos, o que só piora a dor, enquanto me encolho e caio no chão. Solto um berro capaz de acordar os mortos. Um rugido responde de imediato, vindo de um ponto não muito distante, e cubro a boca. Um segundo ruído animalesco faz a mata se curvar pela força de um vento repleto de fumaça.

Então o pânico me atinge com tudo.

O mato é tão alto que deveria bloquear minha visão, mas mesmo assim consigo ver as asas de um preto-arroxeado, subindo e descendo, não muito longe daqui. O medo, acredite ou não, abre um buraco na minha confusão, como o sol dissipando a neblina.

É um dragão.

Preciso fugir de um *dragão*.

60
MORTE ANTES E DEPOIS

Dragões significam fogo — e fogo num campo de gramíneas altas e secas é uma armadilha mortal. De algum ponto próximo Neve grita de novo, depois surge de repente abrindo caminho pelo campo. Em seu rastro, vejo a fonte das mãos que arrancaram minha bandeira da Razão.

Leimáquides. Ninfas das pradarias.

Não estão tentando nos machucar, só arrancar as bandeiras. Elas dançam e esvoaçam e desaparecem no meio do mato.

Quando puxo meu machado, a confusão ataca de novo e minha cabeça gira.

É quando o fogo irrompe acima da minha cabeça.

O calor é tão insuportável que me deito de barriga no chão e tento me proteger com os braços. Sinto a roupa sendo chamuscada nas minhas costas. A dor me preenche, e tremo tanto que meus dentes começam a bater apesar do calor. Meu coração bombeia sangue com tanta força que consigo ouvir o pulsar nas têmporas. É meu fim.

Há um estalar indiscutível de chamas atrás de mim. Fogo nos prados. O medo limpa a confusão de novo e, sem pensar muito, saio correndo. Outra mão se estende das gramíneas, mas a atinjo com a lateral do machado. O braço some com um grito.

Eu deveria ter pensado nisso antes.

Pensar em quê? Tropeço, mas não chego a cair. *Onde estou?*

Uma explosão próxima limpa minha mente o bastante para que eu lembre a resposta e siga em frente. Sem aviso, irrompo num campo aberto. Uma camada grossa de fumaça rodopiante cobre o solo como neblina pesada. A grama é mais baixa aqui — não tenho onde me esconder. É amarronzada, porém. Só palha, esperando para...

O quê? O que acontece com palha? Onde estou?

Ouço um som abafado atrás de mim, depois outro, e uma sombra me encobre.

É isso. A porra de um dragão.

Nem olho. Não quero olhar. Se fizer isso, sei que o medo vai me paralisar, e aí já era.

Corre!

Disparo. O rugido do dragão soa próximo e alto, estremecendo meus ossos. A fumaça é tão espessa que não consigo enxergar nem respirar. Entope e queima minha garganta e minhas vias aéreas até eu estar tossindo a cada respiração. Continuo correndo.

O fogo queima uma porção ampla de grama à minha esquerda. Meus olhos lacrimejam como torneiras, e preciso apertar as pálpebras com força. Mas minha dor e meu medo ao menos estão detendo a confusão.

Lá na frente vejo o rosto de Caronte por um segundo, e meu coração se aperta. É Caronte quem está aqui, não Hades. Será que vai ser suficiente chegar até ele para encerrar o Trabalho?

Uma garra imensa se abate sobre um ponto à minha esquerda, e o solo vibra. Tenho a sensação de que a criatura está baforando no meu pescoço. O terror que ricocheteia dentro de mim está tentando me esmagar.

Cerro os dentes e acelero.

A qualquer momento aquela porra de lagarto incendiário vai me queimar viva ou me partir no meio com os dentes gigantescos que tenho certeza de que preenchem toda aquela boca cuspidora de fogo.

Hades.

Vejo seu rosto. Só um vislumbre em meio à fumaça. Bem à frente. Ou será que estou delirando?

Grito de dor quando o fogo pega de raspão no meu braço.

Por favor, deuses, que seja Hades.

Esse único pensamento é suficiente para me manter de pé, e corro apesar da dor.

Não consigo ver o deus ainda, e o medo vai abrindo buracos na esperança de que ele ao menos esteja aqui.

— Hades. — O nome escapa pelos meus lábios num sopro. Quase um grunhido.

Uma súplica.

— Eu tô aqui. — A voz dele me cerca em meio à fumaça, como se estivesse em todos os lugares. Como se estivesse me tocando.

Mas ele não está.

O medo me impele adiante, apesar dos protestos violentos do meu corpo. Um gemido me escapa. Lágrimas rolam pelas minhas bochechas. E, do lado de fora da fumaça que flutua na rasteira das chamas, vejo Hades.

Inteiro.

Ele não pode correr até mim?

Claro que não. Seu corpo esbelto permanece imóvel.

Seus olhos encontram os meus.

Não consigo ouvir sua voz, mas seus lábios formam as palavras "Vem, minha estrela".

Depois ele ergue o rosto, observando algo logo acima de mim, e seus olhos se arregalam um pouco antes de voltarem a encontrar os meus. O deus da morte faz um gesto minúsculo para a esquerda, e eu desvio para a direção apontada sem hesitar, exatamente quando a boca do dragão se fecha no local onde eu estava um segundo atrás. O monstro recua com um rugido frustrado.

E sei que ele está vindo de novo.

Não vou conseguir.

O olhar de Hades mira um ponto acima de mim de novo, e sei que é minha última chance.

Coloco uma dose extra de velocidade nos meus movimentos.

E, enfim, os braços de Hades me envolvem com força.

Num piscar de olhos, o dragão e a fumaça, assim como as doses insuportáveis de medo, confusão e dor, desaparecem. Atordoada, tenho uma vaga noção de que agora estamos num campo com um gramado verde e exuberante, com o céu mais lindo do mundo lá em cima. Enlaço os braços no pescoço de Hades e ele me puxa até meus pés estarem fora do chão, o rosto enterrado no meu cabelo.

Ele respira com dificuldade, como se tivesse percorrido a pista de obstáculos comigo.

— Porra, Lyra. Você me deu um susto do caralho.

Uma risada irrompe da minha boca, mais de choque do que qualquer outra coisa. Quando paro, noto que estou tremendo.

— Achei que você não ia estar aqui. — As palavras saem como um sussurro rouco. — Tive tanto medo...

Ele passa a mão pelo meu cabelo, me tranquilizando.

— Eles não tinham como me manter longe de você.

Ainda de olhos fechados, inalo seu cheiro. Chocolate amargo. Acho que vou associar esse cheiro à segurança pelo resto da vida.

— Só sobrou a Emoção pra te encontrar — digo. Estou falando da bandeira.

Ele solta um som que pode ser tanto uma risada quanto um grunhido.

— Eu sei — diz ele. — Não precisamos de mais nada.

PARTE 5

CONFIANÇA DEVE SER CONQUISTADA

E, agora, já é hora de se divertir?
Não foi um amigo que perguntou, não. Fui eu mesma.

61

OS DEUSES ESTÃO DE OLHO EM MIM

Espio por cima dos ombros de Hades — e dou de cara com olhos azuis e especulativos.

Zeus está nos observando.

Ao lado dele, no chão, Samuel está completamente imóvel, o rosto pálido, encarando o solo como alguém que acabou de ver um fantasma e está tentando disfarçar.

Atena também está ali, me encarando assim como Zeus. E como Hera, à direita dela.

— Me coloca no chão — sussurro para Hades. — Eles estão olhando.

Hades continua me abraçando.

— Não tô nem aí.

— Mas eu tô.

Por mil razões.

Ele pousa meus pés no chão, me larga e recua um passo. Sua expressão assumiu de novo o manto do meu deus enigmático, arrogante e provocativo — mas também sei, com toda certeza, que essa máscara é para eles e não para mim.

— Você chegou em último lugar, minha estrela. — A voz dele soa raivosa; de costas para os outros deuses, porém, ele sorri com os olhos.

Sorri?

— Eu dei a resposta do quarto Trabalho pros outros campeões. Você não tá bravo...?

Ele ergue uma sobrancelha.

— O que acha? — Sua boca se curva, e uma covinha pisca para mim. Flerta comigo, até.

O que está acontecendo?

Reprimo uma risada. Mas a adrenalina está deixando meu sistema rápido, porque várias verdades me atingem de uma vez.

A primeira é que sobrevivi ao Quinto trabalho. Só faltam sete. Quase metade.

A outra é que cheguei em último neste, mas...

— E o resto do pessoal?

— Todo mundo conseguiu. — Ele faz uma careta e aponta os campeões com a cabeça. — Alguns numa situação pior do que outros, mas todos vivos. Samuel perdeu todas as bandeiras, mas ainda assim alcançou a linha de chegada. Rima usou um manto de penas de fênix e fingiu ser um filhotinho de dragão, o que foi esperto, mas Dex conseguiu chegar primeiro enquanto ela distraía o bicho.

— Ai, não...

Mas Hades nega com a cabeça.

— Ele não venceu. Dae se complicou com as aves do Estínfalo e chegou em quarto lugar, mas foi o primeiro com as quatro bandeiras, então a vitória foi dele. Zai e Meike não se machucaram.

Juntando meu alívio com toda a energia que gastei — física, mental e emocional —, de repente sou inundada pela exaustão. Exaustão e... dor. Mas o Trabalho acabou. Franzo a sobrancelha. Por que sinto dor?

— Lyra?

A voz de Hades vem de muito longe. Mal consigo ouvir suas palavras enquanto o desespero me rasga de dentro para fora. É como se o alívio tivesse dado às minhas terminações nervosas a permissão de voltar à vida. Meu braço lateja tanto que sinto a agonia por todos os lados.

Caio no chão, as pernas cedendo enquanto o corpo treme.

— Asclépio! — ruge Hades.

Imediatamente, o curandeiro surge ao meu lado.

— Ela venceu um Trabalho — argumenta Hades. — Pode curar ela agora.

— Eu sei — diz Asclépio com uma voz reconfortante e paternal que só faz a expressão de fúria (fúria real, dessa vez) de Hades ficar ainda mais profunda.

— Então por que não tá curando ainda, pô?

Isso não vai ajudar em nada com os olhares especulativos das outras divindades.

— Eu tô bem — digo, entredentes.

Mas que inferno, nem eu mesma acredito em mim.

— A queimadura é profunda — diz Asclépio, depois balança a cabeça. — Fogo de dragão.

O dragão era de verdade?

— O que isso significa? — questiona Hades.

— Preciso levar ela comigo para tratá-la.

— Espera, antes... — Apolo atravessa o campo a passos largos, deixando Rima sentada na grama com uma expressão neutra. — Seu prêmio.

— Depois — rosna Hades.

As sobrancelhas de Apolo se erguem e ele alterna o olhar entre nós dois. Agora nos fita de forma mais intensa, como os demais presentes.

Se eu não estivesse tentando conter os berros de dor, teria feito uma careta. Não preciso de mais razões para que os deuses e seus campeões não gostem de mim.

Ignorando Hades, Apolo se ajoelha diante de mim. Seus olhos dourados são ainda mais impressionantes de perto.

— Por acalmar minha pobre harpinha, te apresento as Lágrimas de Eos. — Com um floreio, ele me estende um frasco claro que contém um líquido iridescente, que cintila como arco-íris sobre águas cristalinas. Só algumas gotas.

Hades resmunga algo e pega o objeto, enfiando o frasco no bolso dos jeans.

Os dentes de Apolo brilham no rosto quando ele abre um sorriso provocativo.

— As lágrimas são da minha filha, a deusa da aurora. Quando derramadas nos olhos, vão permitir que você enxergue no escuro e não sinta o efeito de truques, feitiços e magias. Tenho a sensação de que você é a campeã que vai achar isso mais útil.

Ah, entendi. Hades. Escuridão. Apesar da dor, consigo revirar os olhos. Apolo dá uma piscadela.

— Mas cuidado — alerta ele. — Elas duram por pouquíssimo tempo. Além disso, depois que o efeito passa, a escuridão fica avassaladora até seus olhos se ajustarem. Há relatos de que alguns mortais enlouquecem com a sensação.

— Claro que justo o meu presente vem com uma punição depois de cada uso — consigo soltar.

— Recomendo que usufrua com sabedoria — alerta Apolo.

As palavras nem terminaram de sair de sua boca quando Hades toca meu ombro e desaparecemos num piscar de olhos junto com Asclépio.

62
CURA

O som da televisão — mostrando todas as celebrações dos mortais e especulando à exaustão sobre o que pode estar acontecendo com os deuses e seus mortais durante os jogos — não me distrai como imaginei.

Estou deitada numa cama branca e imaculada, com lençóis e cobertas igualmente brancos e imaculados.

Minha cama na casa de Hades.

Ele não sai do meu quarto, exceto quando Cérbero ou Caronte insistem. Mesmo nesses casos, não passa muito tempo fora. No momento, está parado diante da janela, as mãos enfiadas nos bolsos, os ombros empertigados enquanto Asclépio examina meu braço.

Equipamentos médicos foram trazidos para me monitorar, mesmo com o curandeiro dizendo que não seria necessário. Ainda assim, Asclépio precisou de três dias e quatro rodadas daquela coisa cintilante dele para curar meu braço. Ao que parece, corpos mortais só podem sarar em determinado ritmo, mesmo quando o processo é acelerado. Os primeiros dois dias foram... Vamos dizer que nunca mais quero experimentar aquele tipo de dor. As queimaduras foram *profundas*. Fogo de dragão, descobri, continua queimando mesmo depois de apagado. Basicamente, a sensação é de ter sido atingida pelo sol, por magma vulcânico e por ácido ao mesmo tempo.

Estamos na quarta rodada de cura agora, que provoca muita coceira.

Um puxão no meu braço me faz gemer, e Hades se endireita de novo.

— Cuidado — resmunga ele por sobre o ombro.

O pobre do Asclépio vive fulminado pelos olhares preocupados de Hades.

O deus da morte não está irritado, entediado ou ardiloso. Ele está... alguma outra coisa. Uma coisa que me faz desejar mais.

Mas mais seria perigoso.

Não seria?

— Estava pensando em quem a gente pode chamar pra se aliar a nós agora — digo, casual, tentando distrair Hades. Distrair nós dois, na verdade.

Ele resmunga, então sei que me ouviu.

— Dex vai ficar ainda mais competitivo com outros campeões alcançando a vitória enquanto ele ainda não ganhou nenhum Trabalho — continuo.

Hades responde com outro resmungo.

— Caronte te disse que Meike agora é nossa aliada?

Isso faz com que ele se vire devagar.

— Não.

Como pode uma única palavra soar tão agourenta? Sorrio.

— Ela ganhou o Espelho de Ariadne. Pode ser útil, né?

— Outra nanica... — Hades murmura entredentes.

— Que grosseiro, você. Tamanho não é documento — argumento. — Relaxa aí e deixa que eu tomo minhas próprias decisões.

Ao meu lado, Asclépio reprime uma risada.

Pestanejo para Hades.

— A gente já se reuniu pra conversar sobre estratégias.

Não dava para esperar Hades voltar. Zai, Meike e eu nos encontramos algumas vezes enquanto ele estava fora.

— Claro que já.

— Você não tava aqui — digo, e imediatamente me arrependo quando um músculo no canto da sua boca se curva. — Não quis que soasse como uma alfinetada — acrescento, a voz mais baixa.

Olho para a luva negra na mão de Hades, cerrada ao lado do corpo. Ele se negou a me contar sobre sua punição, mas ainda está sarando. Fez isso por mim.

Hades acompanha meu olhar, e sua expressão se ameniza um pouco.

— Eu sei.

Um nervo dispara no meu cotovelo, e eu me detenho, apertando os olhos. Quando a dor passa, abro os olhos de novo e vejo que Hades se aproximou da cama.

Ele encara Asclépio.

— Por que ela ainda tá sofrendo?

— Já tá quase sarado — responde o curandeiro.

— Não é rápido o bastante... — Hades se interrompe quando puxo sua manga e olha para mim.

— Ele não tá tentando me fazer mal — afirmo. — Tá tudo bem.

O deus da morte força o maxilar por um segundo antes de puxar uma cadeira e se sentar ao meu lado, os olhos cor de nuvem de tempestade correndo pelas minhas feições.

— Você precisa parar de dizer que tá bem quando isso não é verdade.

Reviro os olhos e abro um sorriso para Asclépio.

— Peço desculpas pelo Hades, tá?

— Tá tentando falar por mim de novo? — resmunga o deus.

— Às vezes, é necessário.

— No seu caso, não no meu.

— Tudo pronto — diz Asclépio. O alívio na sua voz é tão palpável que preciso engolir uma risadinha. — Agora é só ficar de cama mais uma noite, depois tá livre.

Hades se ergue para se inclinar sobre mim, inspecionando os ferimentos com os olhos semicerrados. O curandeiro parece prender a respiração.

— E as cicatrizes? — indaga Hades.

Do ombro ao pulso, a pele do meu braço está roxo-prateada e brilhante. Asclépio faz uma careta.

— Fiz o meu melhor.

Cutuco Hades com o cotovelo do braço bom.

— O que foi? — pergunta ele.

Apontando com a cabeça para o curandeiro, digo:

— Você mandou muito bem. Tá ótimo. Melhor do que ótimo. — Em especial quando comparado à situação de hoje de manhã, penso. — Obrigada.

Cutuco Hades de novo.

— Sim — diz ele. — Obrigado.

A forma como as sobrancelhas do curandeiro sobem até quase a testa me diz que deuses não usam muito essa palavrinha mágica. As suas bochechas ficam meio ruborizadas, e ele assente e se apressa a deixar o quarto.

— Coitado — murmuro. — Acho que você assustou ele.

Hades olha de soslaio para a porta.

— Ele tá bem.

— Sim, mas... Seja mais gentil da próxima vez. Asclépio tá tentando ajudar.

Hades se senta e toca o próprio rosto com a mão enluvada.

— Melhor que não tenha uma próxima vez.

E, quando vê que estou encarando a luva, puxa a mão para o colo.

— Eu quero ver.

Ele se ajeita na cadeira.

— Não tem por quê. Já está quase boa.

— Entendo você não querer me chatear enquanto eu estava me recuperando, mas eu tô melhor agora. — Estendo a palma adiante. — Por favor. Se não vou imaginar coisas piores.

Hades ergue uma das sobrancelhas, mas pousa a mão sobre a minha. Com cuidado, tiro a luva e arquejo ao ver a miríade de cortezinhos. Não feridas abertas — não mais, pelo menos. Na verdade, a aparência é muito similar à do meu braço. Continua avermelhada e irritada, ainda em processo de cura. E já faz *dias*.

Minha garganta se aperta, e pigarreio.

— Olimpo misericordioso — sussurro.

Ele tenta puxar a mão de volta.

— Não é nada de mais, Lyra.

— Pra mim, é sim.

Ele foi punido no meu lugar. Ninguém jamais fez isso por mim. Piscando rápido, deslizo o dedo com gentileza sobre as cicatrizes macias.

Hades grunhe baixinho, e ergo o rosto para encarar olhos que foram de nuvens furiosas para prata rodopiante.

— Por quê? — questiona ele.

Não consigo desviar o olhar.

— Como assim?

— Eu te arrastei pra Provação. Por que sequer se dá ao trabalho de chorar por mim?

Não tenho resposta. Tenho certeza de que psicólogos dariam um nome para isso. Algum tipo de síndrome. Odeio esses rótulos, odeio me colocar em caixinhas perfeitas e organizadas. A vida, as emoções, a humanidade — nada disso é nem de longe perfeito e organizado. Todos estamos apenas tentando fazer o nosso melhor, e que se foda quem diz o contrário.

Nunca tinha me dado conta de que talvez os deuses também sejam assim.

— Eu poderia fazer a mesma pergunta. Por que você se preocupa comigo? Na verdade... — Balanço a cabeça. — Como *consegue* se preocupar? Porque não deveria sentir merda nenhuma por mim.

Ele força tanto o maxilar que fico surpresa que seus dentes não rachem.

A televisão quebra o silêncio entre nós.

— Hoje falo com Brad e Jessica Keres, pais de Lyra Keres.

Desvio o olhar para encarar a tela, o coração retumbando tão alto nos meus ouvidos que não sei se vou conseguir escutar qualquer coisa que digam.

Um jovem repórter enfia um microfone na cara de duas pessoas que nunca vi na vida.

Ao menos... eu acho que não.

— Qual a opinião de vocês sobre sua filha ter sido escolhida por Hades para essa Provação? — questiona o repórter.

63
FAMÍLIA NÃO SE ESCOLHE

Estreito os olhos, tentando conectar os rostos na televisão a alguma memória. *Qualquer* memória.

— A gente tá morrendo de preocupação com nossa Lyrazinha — diz o homem.

Me endireito na cama, apertando Hades com mais força.

O homem está abraçando a mulher pela cintura. Seu sorriso parece falso.

— O que caralhos...?

O sujeito tem idade para ser meu pai. Alto, de ombros largos e barriga avantajada, tem o mesmo cabelo preto que eu... acho. Mas seus olhos são castanhos, e a forma do rosto é diferente da minha. Ele ri para a câmera. Não me lembro da cara do meu pai, mas tampouco recordo sorrisos como esse.

A mulher é mirrada como Meike. O cabelo castanho está ficando grisalho nas raízes, mas ela tem olhos verdes. São como os meus, com um halo dourado no meio? Ela está longe demais da câmera para ver.

Será que reconheço essa pessoa? Quer dizer, o rosto dos meus familiares não passa de um borrão na minha cabeça depois de todo esse tempo. Eu tinha só três anos quando me largaram aos cuidados de Felix. Minhas lembranças deles se resumem a algumas em que estou comendo um monte de sanduíches de pasta de amendoim e outras da minha mãe cantando para mim. Fora isso, porém, tenho só uma leve noção de que já tive pais.

— Eles nunca me chamaram de Lyra — digo. Mais para mim mesma do que para Hades.

Esse não era meu nome antes de eu me juntar à Ordem. Não lembro qual era, mas não era Lyra.

— Até onde sabemos, a Lyra está trabalhando na Ordem dos Ladrões para quitar uma dívida da sua família — diz o jornalista. — Também dizem que a Ordem está recebendo ameaças. Parece que muitos não querem que Hades se torne o rei dos deuses. Qual a opinião dos senhores sobre isso?

Olho para Hades, franzindo a testa.

— É verdade?

— Tá surpresa?

Não. Na real, não.

Perdi a resposta dos meus pais, mas volto a atenção para a televisão a tempo de ouvir a próxima pergunta.

— A Lyra se voluntariou para pagar suas contas? Pelo pouco que conseguimos encontrar da sua vida pregressa, ela não parece o tipo de gente que faria isso.

Abro uma careta. O mundo acha que sabe alguma coisa sobre mim, é isso?

Meu suposto pai deixa a expressão mudar de uma de tristeza adequada à situação para outra de remorso. Cerro os punhos ao redor do corpo, sem acreditar em nada.

— Ela nos pediu para ir — afirma ele.

Quando eu tinha três anos, porra?

— Ela sempre foi corajosa e independente. A gente não podia entrar em contato com ela, claro. São as regras da Ordem. — O sujeito seca os olhos. — Não querem que as oferendas sejam distraídas por influências externas enquanto trabalham.

— Nada a ver — murmuro entredentes.

O homem está cuspindo tantas mentiras que perco a conta.

— Mas a Ordem manteve contato com a gente ao longo dos anos — prossegue ele. — E sabemos que nossa dívida tá quase paga, o que significa que logo nossa Lyrazinha vai voltar pra gente.

— Tira meu nome da boca, seu babaca.

Ainda bem que ele está do outro lado da tela, ou não sei o que eu faria.

Ouço um bipe ao fundo — vindo de um dos equipamentos médicos aos quais estou conectada. Não dou atenção para isso, porém.

— Quantos anos ela tinha quando entrou na Ordem? — É a próxima pergunta.

— Lyra, você precisa se acalmar.

Hades envolve meu rosto com as mãos, mas sua voz parece estar vindo de um túnel muito distante.

Tudo que consigo ver e ouvir são meus supostos pais.

A mulher abre a boca, mas o homem aperta sua cintura e ela a fecha de novo.

— A gente assinou um documento que não permite falar sobre isso — diz ele. — Mas ela já tinha idade para decidir.

— Mentiroso!

De alguma forma meu machado veio parar nas minhas mãos, e jogo a arma na televisão. A lâmina atinge a tela com tudo, se fincando no centro. A superfície racha, e a imagem desaparece.

Hades se senta na cama ao meu lado, e tudo o que vejo é seu rosto. Ele está com os olhos escuros de... de quê?

Raiva?

De mim? Deveria direcionar isso àquelas duas pessoas que...

Ele usa a ponta do dedo para limpar as lágrimas que nem percebi escorrendo dos meus olhos tolos e traidores. Aquelas pessoas não valem meu choro. Ponto. Fim da história.

Depois do que vi, nem sei se havia de fato uma dívida. As roupas que o casal estava usando, sua aparência de gente bem alimentada, o iPhone de última geração na mão do meu pai... Não parece que eles têm problemas financeiros.

Hades me chama.

De repente, noto que a máquina está apitando no ritmo das batidas do meu coração. Estou olhando para Hades, mas não vejo ou escuto nada. Apenas repasso várias vezes na mente aquelas poucas perguntas e respostas que vi na televisão. Balanço um pouco a cabeça, como se a rejeição de tudo isso saísse na forma de movimento. Se eu não deixar isso transbordar em algum momento, o sentimento vai se aprofundar e supurar. Talvez no fundo eu saiba disso.

Cubro os olhos com a mão.

— Quer que eu oblitere eles por você? — questiona Hades.

Isso chama minha atenção. Olho nos olhos dele e pisco várias vezes.

— Você pode?

O olhar que ele me dirige não é repreensivo, mas paciente e... caloroso. Aperto os lábios e balanço a cabeça ao mesmo tempo.

— Não. Não faz isso.

Tenho quase certeza de que ele sabe que essa seria minha resposta. Cubro os olhos de novo. Por que eu não consigo parar de choramingar?

— Eles me mandaram pra Ordem quando eu tinha *três* anos. — As palavras saem baixinho.

Desvio o olhar de Hades. A expressão dele é de pura compreensão, e essa empatia só faz eu querer chorar ainda mais.

— Essa gente não vale minhas lágrimas.

De novo, não me dou conta de que estou dizendo os pensamentos em voz alta até ele responder.

— Não, não vale.

Aperto a manta que cobre minhas pernas.

— A Ordem não avisou pra eles que tô quase terminando de pagar a dívida porque eu já terminei há anos. Só não tinha pra onde ir. Ninguém sabe disso. — Olho para o deus da morte. — Só você. Cada palavra que saiu da boca daquele cara é mentira. Como posso... — Me detenho, balançando a cabeça de novo.

— Como pode o quê? — pergunta Hades.

— Como posso ter vindo de mentirosos como *esses*?

— Poderia ser pior — murmura ele. — Você podia ter sido engolida viva quando bebê pelo seu pai titã.

Mas ainda estou presa na minha própria mente, que gira como um tornado sugando mais e mais destroços.

— E minha mãe só ficou lá sem falar nada. Nem ela acreditou naquele sujeito. Dava para ver na cara dela. Mesmo assim, não fez nada. Foi assim que ela agiu quando ele quis me usar pra pagar a dívida deles aos três anos de idade? Simplesmente... deixou? — Estremeço. — Se tem uma coisa que eu sei é que *não* vou voltar pra eles.

Hades acomoda uma mexa de cabelo atrás da minha orelha, os dedos gentis e calmantes.

— Você não precisa. Já passou faz tempo o limite legal que faz de você uma adulta no mundo mortal. Eles não podem te forçar a fazer nada.

Meu coração está batendo rápido, o apito da máquina acompanhando seu ritmo. Queria que Asclépio tivesse desligado essa coisa. Queria que meu coração simplesmente parasse de bater.

Eles não valem nada disso.

Fácil de pensar, difícil de absorver de verdade. Talvez se eu continuar repetindo...

— Eu não tenho família — sussurro para mim mesma, mais do que para Hades. — Não tenho ninguém.

Hades me puxa contra seu corpo, acomodando minha cabeça no seu ombro.

— Vocês mortais costumam falar uma coisa. — A voz dele soa grave e rouca no meu ouvido. — "Família acima de tudo."

Franzo o cenho contra seu ombro.

— Tá me dizendo pra perdoar aqueles dois e me reencontrar com eles?

O espanto faz minhas lágrimas cessarem.

— Não. — Hades se inclina para longe, me encarando. — Estou dizendo que se vocês precisam desse tipo de frase pra definir o que é família, não surpreende que familiares às vezes passem a perna uns nos outros. — Então, devagar, como se estivesse considerando cada palavra, como se estivesse tentando não cutucar a ferida aberta, ele acrescenta: — Mas você pode criar sua própria família. Pessoas que te ergam, que apoiem seus passos. Mesmo sem laços de sangue.

Engulo em seco e olho para ele. Isso é possível, mas só se eu ganhar a Provação. Preciso que ele tire a maldição de mim.

— Caronte e Cérbero são sua família?

— Bem mais do que meus irmãos.

Hades dá de ombros.

— E Perséfone? — pergunto, não sei por quê.

Achei que ele faria a mesma coisa que faz sempre que o nome da deusa é mencionado: que se fecharia.

Em vez disso, Hades desvia os olhos — acho que para encarar meu monitor cardíaco. Noto que minha pulsação desacelerou e se estabilizou.

— Sim, Perséfone também — diz ele. Devagar de novo, mas não relutante. Está pensando no que vai ou não me contar, acho. — Mas não como mortais imaginam. Nem mesmo como a maioria dos deuses imagina.

Caronte falou a mesma coisa.

— Pra você é difícil falar sobre ela?

A tristeza que escurece seu olhar é inconfundível — assim como a pontada de ciúmes no meu coração. Talvez eu não devesse ter perguntado. E se não gostar da resposta?

64
ENXERGAR ALÉM DAS NOSSAS MÁSCARAS

— Sim — responde Hades. — É difícil falar da Perséfone.

Eu estava certa. Não gosto da resposta.

— Ela era divertida e doce — continua ele. — A deusa da primavera. Como poderia ser diferente?

Isso parece amor para mim.

— Mas não me apaixonei por ela.

Pestanejo, e ele solta uma risadinha.

— Eu consigo ler sua expressão como se você estivesse pensando em voz alta, minha estrela.

Esse é um problemão — um para depois. Ergo a mão e desconecto o monitor cardíaco.

— Eu amava a Perséfone — diz ele, pegando os fios da minha mão e os enrolando em cima da máquina. — Mas como se ela fosse minha irmã. Minha filha, até. Ela tem o coração mais gentil e carinhoso dentre todas as pessoas com que esbarrei ao longo dos meus anos como rei do Submundo. A morte dela foi devastadora pra todo mundo.

Quanto mais ele fala, mais consigo perceber a diferença na sua tristeza. Perséfone foi importante para ele de outra maneira, simplesmente por ser quem era. Não como esposa, rainha ou amante. Me pergunto como é amar alguém dessa forma.

— Sinto muito — sussurro. — É por ela que você tá participando da Provação desta vez?

Hades não desvia o olhar, mas algo em sua expressão muda.

— Eu preciso me tornar o rei dos deuses. Isso vai me dar mais poder.

— Pra quê? Pra se vingar? Libertar o que os infernos guardam?

Não acho que ele faria algo assim, mas preciso saber.

— Pra resolver algumas questões. E não, não quero libertar nada.

— Eu acredito em você.

— Você acredita em mim... — Ele ecoa minhas palavras com um toque de desagrado. Em seguida se inclina na minha direção, olho no olho, seu cheiro pecaminoso me envolvendo. — Você confia nas pessoas com muita facilidade, Lyra.

289

— Talvez — concordo. — Já você *definitivamente* evita sentir demais.

Estou começando a compreender isto sobre ele. Esse verniz frio que apresenta ao mundo é exatamente isto: uma fachada. Não é uma questão de Hades não se preocupar com as pessoas — só não quer que a preocupação seja usada contra ele.

Algo que entendo bem até demais.

Agora ele está me fulminando com o olhar de novo, mas não sinto medo. Não dele. Talvez de mim mesma. De tudo que estou sentindo, sem dúvidas, mas dele? Nem um pouquinho.

— Ela era sua amiga — falo. — Como uma filha pra você. Será que ela ia querer te ver sofrendo desse jeito?

Seu olhar desaprovador se desfaz enquanto ele me encara.

— Você não acabou de falar que é bom eu sofrer? — As palavras saem num sussurro gutural.

A voz dele soa como lixa e acordes graves de um baixo, se atritando com minhas próprias emoções até eu me sentir em carne viva.

— Não. — Talvez eu não devesse ser tão honesta assim. — Não quero que você sofra.

— Por quê?

— Porque... — falo devagar, depois suspiro. — Esse é meu jeito de ser amiga de alguém.

— Ser... amiga — ele pronuncia as palavras lentamente, como se estivesse saboreando cada uma.

— Sim. — Caronte disse que Hades precisava de uma. — E uma amiga diria que debaixo de toda essa intensa arrogância divina e da necessidade de estar no controle o tempo todo, e apesar de ter me obrigado a competir na Provação como um babaca, ainda vejo quem você é, e... — Encolho os ombros. — Eu gosto de você.

Os olhos dele se transformam em metal derretido, cintilando em uma centena de tons de prata, cinza e até preto.

— Quem você acha que vê, minha estrela?

Uma lixa? Nada a ver. A voz dele voltou a soar como seda, e sinto um calor no ventre.

Sorrio.

— Vejo a mesma pessoa que você via na Perséfone. Alguém de coração mole que se preocupa demais com os outros. É mais do que as outras pessoas veem, porque você faz questão de esconder. Porque ninguém pode saber disso, ou então tiraria vantagem de você.

Ele ergue a mão livre, roçando de leve meu pescoço antes de deixar os dedos correrem pelo meu cabelo até aninhar minha nuca, me puxando mais para perto.

— E você, Lyra? — pergunta o deus da morte. — Você tiraria vantagem de mim?

Ele está perto demais, os lábios à distância de um sussurro, os olhos cintilando com um calor que me envolve. De repente fico *extremamente* ciente de que estou numa cama, usando roupas quase transparentes. Graças aos deuses já me desconectei do monitor cardíaco, senão a esta altura ele estaria berrando como um doido.

— Não se eu puder evitar — sussurro de volta.

— Porra... Queria que você não tivesse dito isso.

E, com um suspiro, Hades baixa a cabeça, buscando meus lábios para um beijo que estou mais do que disposta a dar. Sem pedir nada em troca.

Este único toque me joga num vórtice de sensações — a maciez dos seus lábios docemente sorvendo os meus, o calor da sua mão no meu cabelo, que faz minha nuca se retesar com uma pontada de dor que só aumenta meu desejo. É como se o beijo anterior, o que me protege para andar pelo Submundo, ainda estivesse aqui, sob minha pele. Minha boca formiga, e solto um gemido.

Hades se afasta devagar e encosta a testa na minha, de olhos fechados, o coração retumbando sob minha mão.

— Se apaixonar por mim é perigoso — sussurra.

Enrijeço. Ele está me lembrando da minha maldição, ou falou isso só porque é um deus? Sinto o orgulho irromper.

— Quem falou de paixão?

Não é isso. Não sei o que é. Atração? Claro. Curiosidade? Definitivamente. Como seria encontrar prazer por si só em alguém? Sabendo que sequer uma amizade verdadeira seria possível, querer qualquer coisa além disso já faz de mim uma idiota.

Já fui uma boba da corte por anos tendo aquela maldita queda pelo Boone.

Hades abre os olhos, me encarando cheio de dúvida.

Dou um sorriso, torcendo para que esconda o pânico que rodopia dentro de mim.

— É que eu gosto do seu beijo, só isso.

Em vez de rir, ele estreita os olhos.

— Você não sabe...

— Ora, ora, ora. — Uma voz feminina conhecida vem da porta. — Que coisinha mais... deliciosamente safada.

Congelo no lugar e abaixo a cabeça, enterrando o rosto quente e provavelmente vermelho como um pimentão no pescoço de Hades. Ele está me protegendo da visão dela, inclinado sobre mim.

— Dá o fora daqui, Afrodite — grunhe ele, sem se virar.

— Eu até faria isso, queridinho. Você sabe como eu amaria deixar vocês voltarem pro que quer que estivesse rolando aqui, e até me ofereceria para participar, se permitissem, mas infelizmente não posso.

— O que você quer?

Um toque de irritação toma a voz de Afrodite.

— Zeus não gosta de jogar limpo, e todo mundo ficou sabendo que a Lyra tá se recuperando devagar. Só queria dar a ela tempo o bastante pra estar pronta.

— Pronta pra quê? — dispara Hades.

Com meu corpo pressionado contra o seu, consigo sentir a frustração vibrando por ele, ainda que seja sutil. Fui eu que o fiz se sentir assim. Sorrio contra seu pescoço. Ele ainda está rígido contra mim — e, se formos minimamente parecidos, seu corpo está gritando para que a gente termine o que começamos. Me ajeito, abraço seu torso com um pouco mais de força e ele solta um grunhido. Sorrio ainda mais.

— Ai meus... — solta Afrodite, num suspiro, e consigo vê-la se abanando. — Eu poderia ter um orgasmo só de ver esse tesão emanando de vocês. Mas é melhor não deixar que os outros vejam.

Ela diz isso como um alerta de verdade.

— Você queria dar um tempo pra Lyra se preparar para o quê, Dite? — questiona Hades, entredentes.

— Zeus acabou de me avisar que preciso começar meu Trabalho daqui a uma hora.

Ai, pelos deuses. Meu estômago se embrulha. Esse é o Trabalho que envolve a pessoa que mais amo na vida.

65
O TRABALHO DE AFRODITE

— Até o momento, essa foi com certeza a forma mais peculiar de começar um trabalho — digo para Afrodite, que abre um sorriso enigmático e balança os cílios ridiculamente longos.

Ela volta num piscar de olhos a seu modo gostosuda sensuelen, toda de rosa-bebê, com um macacão sem alças grudado no corpo que — é claro — contrasta maravilhosamente bem com a pele de um bege cálido e o cabelo preto, solto em cachos exuberantes nas suas costas.

— Fica ainda mais peculiar, garanto — diz ela, com uma voz rouca que só torna mais difícil tirar da cabeça o que eu estava fazendo com Hades uma hora antes.

O que eu estava *sentindo* por Hades uma hora antes.

Por Hades.

O deus da morte.

Não vou ser clichê e me perguntar em que raios eu estava pensando. Sei exatamente em que estava pensando... e a sensação era boa pra caralho.

E tudo bem, sem problemas, mas a pergunta que não quer calar é... Depois que isso acabar, supondo que vou sobreviver, o que vai ser da gente?

Não existe futuro possível pra uma mortal e um deus.

Além disso, eu *deveria* estar focando agora mesmo em mais um Trabalho — senão vou morrer, e aí tchau para qualquer plano. Se bem que, pelo modo como esse desafio está começando, sei lá o que vai acontecer.

Porque estou presa a uma cama.

Sim, uma cama de solteiro confortável e com lençóis rosa de seda — é Afrodite, afinal de contas. O que está me prendendo são algemas de pelúcia, também rosa, nas mãos e nos tornozelos. Estão conectadas às barras de ferro na cabeceira e nos pés da cama. Eu até poderia pensar que essa foi a forma que Afrodite encontrou para se divertir comigo caso os outros campeões também não estivessem aqui, presos a camas parecidas e agrupados por virtudes, formando um estranho arco-íris com as cores dos uniformes. Preto por último, claro.

— Bem-vindos ao sexto Trabalho — ronrona Afrodite. — Dessa vez, o foco não é a sobrevivência de *vocês*, mas do amor. Hoje, sua missão vai ser encontrar alguém especial.

A pessoa que mais amo no mundo.

Pensar nisso faz surgir no meu peito uma dor que tento ignorar com toda a força.

O que acontece se ninguém estiver esperando por mim? Ou — e talvez isso seja pior — se tiver alguém e for vergonhoso?

A imagem de Hades me provoca.

— Dois deuses vão me ajudar hoje — explica Afrodite. — Hipnos vai colocar todos vocês em um sono profundo. Depois, Morfeu vai fazer com que sonhem. Nos seus sonhos, vão precisar encontrar o mortal que mais amam no mundo.

Mortal. Quase solto uma risada. Nada de conversa constrangedora com o meu deus patrono.

Me concentro em Afrodite. Parece fácil demais para os outros, que ao menos já devem sabem quem essa pessoa é — então é nítido que ainda falta um "porém". Se eu pudesse, cruzaria os braços esperando a revelação.

— Essas pessoas estarão presas em seus próprios sonhos, num lugar importante para elas. Para encontrá-las, vocês vão precisar descobrir quem é a pessoa e pensar apenas nela. Seus sonhos os levarão até lá. Talvez não seja exatamente quem imaginam que é.

É pior do que achei que seria. Preciso *pensar* na pessoa?

— Quando encontrar a pessoa em questão, basta dizer que a ama para libertar os dois de seus respectivos sonhos. Depois, vocês precisam trazer seus amados para o Olimpo. Se isso não acontecer antes do pôr do sol, seus entes mais amados vão morrer.

Viu? Sempre tem um "porém". Sempre tem a morte de alguém em jogo.

O sorriso de Afrodite fica mais astuto.

— Se conseguirem acordar a pessoa, ela vai poder ajudar no próximo Trabalho como... uma parceira.

Outro "porém"? Ah, caramba, que sorte. Acho que Afrodite quer ser melhor do que os outros deuses só para provar que pode.

Ela ergue uma das mãos e, com uma chuva de faíscas cor-de-rosa, dois objetos surgem flutuando no ar acima de sua palma — um arco e uma aljava cheia de flechas.

— A primeira pessoa a libertar seu amor vai ganhar o arco e as flechas de Eros. Elas induzem uma adoração temporária, que dura no máximo algumas horas. Nesse tempo, porém, qualquer criatura, seja homem, monstro ou... — Ela olhou para mim? — ... deus vai ser incapaz de resistir ao seu charme ou negar qualquer pedido que você faça.

Supondo que o vencedor consiga usar o arco e as flechas bem a ponto de mirar direito em alguém, vai ser divertido de assistir.

Afrodite encara cada um de nós, fazendo contato visual direto, e é o suficiente para me fazer relaxar um pouco. Como se ela tivesse o poder de alcançar minha alma com um simples olhar, me dizendo que vai ficar tudo bem.

— Agora... — A deusa do amor faz um aceno teatral com a mão. — Sonhem e vão encontrar seu amor.

Hipnos é exatamente como eu imaginava: pele bem branca, cabelo longo e liso de um roxo tão escuro que parece preto, e uma beleza similar à de todos os outros deuses — não fossem os olhos horripilantes por serem inteiramente brancos. Ele se move em silêncio de cama em cama, apertando a palma brilhante na testa de cada um de nós. Quando o faz, os olhos da pessoa estremecem e seu corpo relaxa. Como sempre, sou a última, então assisto ao procedimento várias vezes. Só quando chega a minha hora, porém, é que noto que a palma da mão dele é marcada por um redemoinho que brilha num branco intenso.

Se Morfeu aparece, não consigo ver.

Enfim, chega minha vez. O brilho da mão de Hipnos emana algo parecido com os raios de sol banhando meu rosto no inverno, quando é gostoso só fechar os olhos e se deliciar com o calor que vem do céu.

Quando as pálpebras se abrem de leve, porém, ainda estou deitada na cama.

Será que... funcionou?

Acho que não.

Afrodite não está mais aqui. Nem Hipnos. Viro a cabeça e vejo todos os outros campeões ainda deitados em suas camas, de olhos fechados num sono profundo.

Um misto de emoções faz meu estômago embrulhar — decepção, constrangimento e algumas outras coisas que não sei nomear.

Viu? Eu estava certa. Não tem ninguém aguardando por mim.

Eu já esperava isso. Sabia o que vinha pela frente. Ainda assim, parece que alguém fincou uma lança no meu peito.

Me sinto quebrada.

Vou só ficar deitada aqui, curtindo minha humilhação até os outros voltarem.

— Venha até mim, mortal. — Um homem de bronze (e quando digo "de bronze" é literalmente isso, com pele, cabelo e olhos feito do material) surge ao lado da minha cama.

Há fiapos de... fumaça? Acho que sim. Há fiapos de fumaça, também de bronze, rodopiando ao redor dele.

Eu já tinha ouvido falar que o mito do João Pestana era baseado em Morfeu. Agora entendo o porquê.

Ele estende a mão na minha direção; embora eu ainda esteja presa à cama, ergo a minha para alcançar a dele. Vejo que estou... translúcida. Ele me ajuda a levantar da cama. Quando olho para baixo, me deparo com meu corpo mortal ainda deitado ali. Minha alma está deixando meu físico para trás para viajar para onde quer que Afrodite e seus ajudantes queiram me levar.

— Cada campeão vai alcançar seu amor de uma forma diferente — diz ele para mim. — No seu caso, minha senhora escolheu algo divertido.

Morfeu me guia até uma pequena passagem, depois por um corredor de chão de mármore xadrez em preto e branco. As paredes são de um branco imaculado, decoradas na parte de cima com uma sanca preta simples. No fim da passagem, portas duplas dão numa sacada; nela, há uma pégaso me aguardando. Aquela rosa, que fiquei admirando outro dia. Ela balança a cabeça para mim algumas vezes, no que imagino ser um cumprimento equino.

Estou tão absorvida pela ideia de montar a pégaso que quase esqueço a necessidade de focar no desafio.

Preciso pensar na pessoa que mais amo, e o sonho vai me levar até ela.

Vamos começar com a parte fácil. Monta no bicho, Lyra.

Nunca cavalguei antes, então vamos apenas dizer que viro uma verdadeira atração para o bando de imortais que estão me assistindo lutar para montar a criatura neste momento. Depois a pégaso decola, e aperto seu corpo com as pernas enquanto abraço o pescoço macio. E berro.

Montar na pégaso envolve segurar firme como se minha vida dependesse disso, tentando muito não escorregar por um dos lados. Deve ser mais difícil do que cavalgar num cavalo normal, né? Porque o bicho dispara como se estivesse correndo, me jogando para frente e para trás; ao mesmo tempo, porém, seu corpo inteiro é impelido pelas asas, que me faz quicar para cima e para baixo.

Felizmente, depois que ganha a altitude máxima (o que não é muito), a criatura alinha o corpo na horizontal. Fica mais fácil continuar sentada, as mãos agarrando a crina e as coxas apertadas com força.

A pégaso joga a cabeça de lado, me olhando de soslaio.

Preciso pensar na pessoa que mais amo na vida.

Sei quem *não é* a pessoa em questão. Nenhum dos meus pais, por exemplo. Felix também não. Bom... a lista é curta. Mas me forço a lembrar que há tipos diferentes de amor, e três rostos surgem de imediato na minha cabeça.

Fecho os olhos e me concentro.

Uma das pessoas está ocupada no momento, já a outra não é um mortal. O que me deixa com...

Minha pégaso dispara, e preciso abrir os olhos de novo para não cair. Ela sobe, passando por sobre uma montanha, depois desce em espiral para adentrar as nuvens que cercam a base do Olimpo. Elas me lembram da neblina que se espalha pela baía de San Franscisco, úmida, gélida e turva. Estou acostumada com isso. Quando emergimos do meio das nuvens, estamos justamente em San Francisco. Impossível ignorar as imensas colunas da Golden Gate.

Em vez de virar para a cidade, porém, minha pégaso me carrega para longe. Para o outro lado da ponte, além do Promontório de Minos. Passamos pela cidade de Sausalito, até chegarmos às imensas sequoias de Muir Woods.

Nunca estive neste lugar.

Será que eu estava enganada?

Agora, a cada bater de asas, começo a duvidar de quem escolhi como minha pessoa mais amada... Ou não é ninguém, e isso tudo é uma piada de mau gosto.

A pégaso mergulha entre as gigantescas árvores de casca vermelha e folhagem de um verde intenso. Tomba de um lado para o outro, evitando os amplos troncos e os galhos compridos enquanto desce.

Conforme nos aproximamos do chão, a pégaso empina nas patas traseiras, abrindo as asas rosadas para frear no ar. Ela chega ao chão galopando; sacolejo adiante, envolvendo seu pescoço com os braços mais uma vez.

Depois de passar para um trote e enfim parar gentilmente (um favor para mim, não tenho dúvidas), a pégaso balança o corpo e afofa as asas. Entendo isso como um sinal de que é hora de descer. De novo, não sou muito boa com equinos, então mais despenco do que desmonto, mas ao menos caio de pé. Depois, o animal usa o focinho para apontar um agrupamento de árvores. Uma parte mais densa da floresta.

Como assim? Devo ir naquela direção?

Ela assente de novo, dessa vez com mais vigor. Chacoalha a crina rosada, então só dou de ombros e começo a caminhar. Após chegar ao topo de uma pequena colina, perdendo de vista a égua alada, me dou conta do problema: como vou achar o caminho de volta até ela? Os arredores parecem todos iguais. Iguaizinhos da Silva. Com certeza vou me perder aqui. Sou uma garota da cidade, que precisa de pontos de referência para se orientar.

Arregaço a manga e desperto minhas tatuagens, soltando um suspiro de alívio quando elas brotam para a vida.

— Talvez você possa me ajudar a andar por aqui — digo para a raposa.

E, com um toque, ela salta do meu braço.

O animal sorri com dentes afiados, depois se senta. Empina as orelhas pretas, farejando o ar com o narizinho escuro. Em seguida ouriça a cauda fofa de ponta marrom e começa a trotar — saltitar, melhor dizendo — na direção apontada pela pégaso. Vou atrás.

Ainda bem que peço ajuda da raposa, porque ela pega uma rota diferente da que eu tomaria — direto para o centro do bosque escuro. Além do topo de outra colina, avisto uma pequena choupana de madeira que parece antiga. Dá para notar que já teve dias melhores. Fica bem numa clareira entre duas das maiores árvores que já vi na vida, a base de cada tronco quase tão ampla quanto a choupana.

Que é protegida por duas aranhas imensas.

66

O MENINO QUE MAIS AMEI

Grito para o céu:

— Tá de brincadeira comigo? Você não falou nada sobre pesadelos.

Isso é claramente um. Não meu, talvez, porque não morro de medo assim de aranhas. Não das de tamanho normal, ao menos — essas são um pouquinho diferentes. Parecem capazes de arrancar minha cabeça com um só golpe das presas.

O toque de um focinho úmido na minha mão chama minha atenção. A raposa choraminga, depois aponta o desenho da tarântula no meu antebraço. O grande aracnídeo vermelho e peludo estremece, ergue as patas da frente e as agita.

— Você consegue ajudar?

A raposa solta outro guinchinho agudo quando a tarântula agita de novo as patas, o que presumo ser um "sim". Então encosto na tarântula e ela deixa minha pele. Fico imóvel enquanto ela desce fazendo cócegas pelo meu braço até chegar ao solo coberto de vegetação. Bem de longe, só observo enquanto a tarântula segue até as aranhas que poderiam esmagá-la sem hesitar.

Com vários estalidos e mais globos oculares do que seria necessário se virando na minha direção, as criaturas parecem conversar entre si. Depois, as aranhas monstruosas enfim recuam para o meio das árvores. Não muito: ainda consigo ver a luz do sol refletindo nos seus olhos.

Minha tarântula acena. Sem bobear, corro o resto do caminho até a porta. Ela está destrancada, então entro com tudo.

É um cômodo único.

Nele, deitado numa cama encostada na parede, com os olhos fechados e perfeitamente imóvel...

Meu coração acelera, depois se aperta. Por um instante, tenho a impressão de que é Hades.

Não é, porém. É...

— Boone — sussurro o nome dele.

Faz sentido, mas ao mesmo tempo não faz. Quer dizer, eu sabia que tinha uma queda por ele. Sabia que o admirava, que ansiava por sua atenção.

Mas amor? Isso é mesmo amor? Ou ele só está aqui porque não tenho mais ninguém?

Me agacho ao lado da cama. Não toco na mão dele porque parece errado, de alguma forma. A gente nunca se encostou assim.

Então seguro seu antebraço e chacoalho de leve, mas ele não abre os olhos. Pela trilha de poeira cor de bronze sobre seu travesseiro e sua testa, vejo que Morfeu passou por aqui.

— Boone? — Franzo a sobrancelha e chacoalho com mais força. Ainda nada.

É quando me lembro do que preciso fazer. Vai ser mais fácil com ele dormindo, ao menos.

— Preciso te contar uma coisa.

— Ai, pelos deuses, você tá morta — dispara uma voz baixa e repleta de horror vinda de trás de mim.

Com um grito, dou um pulo e giro na direção da voz de Boone. Há uma versão translúcida dele parada no canto oposto do cômodo, que estava vazio até segundos atrás. Será que ele me enxerga do mesmo jeito? Como um fantasma?

Depois seu olhar recai no corpo na cama, e, se é que é possível, ele fica mais pálido.

— Espera... — A voz soa meio oca e cheia ecos. — *Eu* tô morto?

— Não! — Ergo as duas mãos. — Morto não. Eu só... Nós estamos os dois vivos — garanto, rápido. — É só que... Éééé... A gente tá sonhando.

Ele une as sobrancelhas enquanto olha para mim, depois para o próprio corpo na cama, e então para mim de novo.

— Certeza?

— Sim.

Após um segundo de hesitação, ele assente. Está encarando as coisas surpreendentemente bem.

— Não tô entendendo nada. Se a gente tá sonhando, por que estamos na minha choupana?

Isso me faz recuar, olhando ao redor.

— Sua?

Ele dá de ombros.

— É, eu comprei faz um tempo.

Arregalo os olhos, mas não importa.

Não para este Trabalho.

— Acho que seu sonho trouxe a gente pra um lugar que é importante pra você. Eu precisava te encontrar.

Agora vem a parte difícil. E, por "difícil", quero dizer que vai fazer nós dois querermos enfiar a cabeça num buraco de tão constrangedor.

Ai, deuses. Preciso falar isso na cara dele. Digo, ele já ouviu o rumor, mas não significa que é verdade. Não até eu dizer... o que estou prestes a ser forçada a dizer... em voz alta.

— Você foi trazido pra Provação por alguns dias — começo. Sim, estou enrolando. — Preciso te contar uma coisa... importante... e depois te levar até o Olimpo comigo. Pode ser?

Ele cruza os braços, os pés plantados no chão, e um sorriso intrigado repuxa os cantos da sua boca.

— De boas, contanto que eu não esteja morto. Vai, me diz que coisa tão importante é essa.

Certo. Hora de ir em frente. Abro a boca, mas fecho logo em seguida.

Só fala, Lyra. São só palavras.

Abro e fecho a boca de novo. Não sai nada, porque não são só palavras. É vulnerabilidade.

Assinto. Talvez seja melhor ir aos poucos.

— Lembra quando... — Não. Acho melhor ir direto ao ponto. Arrancar o bandeide. — Eu precisava...

— Ei — começa Boone, atraindo minha atenção. Desvio o olhar dos meus próprios pés e o encaro. — Não pode ser tão ruim assim, vai?

Solto uma risada inesperada.

— Eu te amo.

As três palavrinhas se atropelam e solto um suspiro no fim, levando as mãos ao quadril enquanto baixo os olhos de seu rosto para seus pés.

Só que não parece certo. Talvez nunca tenha sido. Mesmo assim, cá estamos.

Boone não diz nada. Por um bom tempo. Tanto que começo a ficar desconfortável.

Ele continua sem dizer nada.

Ai, deuses. Isso é pior do que imaginei.

Olho para seu rosto e o encontro me encarando com uma expressão confusa. Como se minhas palavras e minha expressão não tivessem conexão. Pelo jeito é possível corar nos meus sonhos, já que sinto um calor subir pela pele. Tenho vontade de abanar minha própria cara transparente.

— Não sei se entendi — diz Boone, devagar.

Achei que arrancar as palavras de mim seria difícil, mas pelo jeito pode piorar.

— Precisa que eu explique?

As rugas no rosto dele ficam ainda mais destacadas.

— Não a parte de você me amar. Só não entendo por que teve que me contar isso agora.

Ah.

Fecho os olhos e suspiro. Pode piorar muito, muito mesmo. Ainda sem abrir as pálpebras, digo:

300

— Preciso encontrar a pessoa que... — Não acredito que estou prestes a admitir isso. — A pessoa que mais amo no mundo, e dizer isso pra ela. Era o único jeito de te acordar.

Só que ele não acordou. Será que escolhi a pessoa errada? Não. Boone está aqui, então obviamente é a pessoa certa.

Mais silêncio.

Abro os olhos devagar, e meu coração escorrega até meus pés como uma folha de outono caindo de uma árvore.

Porque o rosto franzido de Boone é pura pena, além do que eu temia: constrangimento. Ele não quer olhar para mim.

— Foi mal — diz ele. — Eu... — O garoto nega com a cabeça. — Eu não sinto a mesma coisa.

Engulo em seco, tomada pela impressão de que meu coração deveria estar se partindo. Mas, para ser sincera...

— Eu sei. Tá tudo bem.

— Digo... Eu fico lisonjeado, Lyra Piradinha, mas...

— Para. — Ah, inferno. Tombo a cabeça entre as mãos. — Sério, não precisa. Eu só precisava te falar isso. É assim que o Trabalho funciona. Pode esquecer isso agora.

Por favor esqueça isso. Para sempre.

— Trabalho? — questiona ele.

Um barulhinho de algo batendo na janela chama nossa atenção, e consigo ver a silhueta da minha tarântula agitando as patas.

— Só pode ser zoeira — murmura Boone atrás de mim.

Aranhas. Ele morre de medo delas. Quase ninguém sabe disso. Só sei porque está no seu arquivo, e eu sou responsável pela contabilidade. É assim que também sei que Boone já pagou sua dívida muito antes de mim.

A tarântula dá outra batidinha no vidro, e ouço a raposa dando seu grito agudo lá fora. É quando compreendo algo, e meus pulmões travam. A noite está caindo, as sombras roxas das árvores ficando cada vez mais longas.

Como?

A gente começou o Trabalho à tarde. Eu tinha horas antes do pôr do sol. E não voei muito tempo com a pégaso...

Se demorei tanto para chegar até Boone, uma das pernas da viagem foi muito mais longa do que pareceu. E se eu não tiver tempo o bastante para voltar com ele até o Olimpo?

Estou ficando realmente exausta de ter a noite como prazo. Ou melhor, de prazos no geral. A palavra assumiu um significado completamente novo para mim.

Levo a mão a uma das pérolas escondidas no colete, mas compreendo que, embora as coisas pareçam reais aqui, não são. As tatuagens são parte de mim, mas as pérolas — as de verdade — estão lá no Olimpo.

E Boone ainda é um fantasma.

Por quê? Confessei meus sentimentos mega constrangedores. Ele devia ter acordado.

— A gente não tem tempo — digo, atravessando o cômodo às pressas.

Agarro o garoto pela mão e o puxo até a porta. Eu a escancaro, mas as duas aranhas gigantes vêm correndo do meio das árvores e protegem a passagem. Boone estende a mão por cima do meu ombro e bate a porta, apoiando as costas contra ela. A superfície chacoalha e treme enquanto as aranhas tentam forçar a entrada. O rapaz está arfando quando enfim consegue manter a passagem bloqueada.

— Isso é ruim — digo.

— Você acha?

— Não. — Nego com a cabeça. — Digo, acho que seu sonho se transforma num pesadelo que não permite que você saia daqui enquanto ainda estiver adormecido.

Boone olha de soslaio para a janela e se assusta — talvez porque agora há um monte de globos oculares forçando a superfície, olhando para nós.

— Então me acorda — exige ele, recuando devagar.

— Eu tentei. Falei pra você o que eu precisava falar.

A porta da frente treme.

— Me fala de novo então — implora Boone. — Talvez eu estivesse chocado demais pra ouvir direito. Ou fala para *aquele* eu. — Ele aponta o corpo na cama.

De novo? Preciso falar de novo? Que merda.

Atravesso o cômodo, me ajoelho ao lado de Boone e pego suas mãos nas minhas. Preciso pigarrear duas vezes. Melhor acertar agora.

— Eu te...

Meu coração se aperta, e engulo a palavra final. *Ainda* não parece certo. Não era como eu planejava contar.

Então mudo minha estratégia. Só um pouco. Ainda é a verdade. Talvez mais até do que eu planejava admitir, mesmo para mim mesma, até hoje.

— Eu tenho uma quedinha por você desde os meus quinze anos — digo, as palavras se atropelando. — Você foi a única pessoa minimamente gentil comigo. É vergonhoso, eu sei bem. E você não precisa sentir nada por mim. — Sei que ele não vai. Não devia ter que lidar com a culpa por causa disso. — Só saiba que sempre te amei um pouquinho, por fazer meu tempo no covil da quadrilha ser um tico mais agradável.

O corpo de Boone não se move. Ele não pisca, nada.

Olho por cima do ombro, mas... ele se foi.

Se foi. Se foi mesmo. Não é só uma questão de não estar encontrando o garoto — a choupana tem um cômodo só. Não teria como ignorar a presença dele aqui.

302

— Boone?

Giro para encarar seu corpo. Ele parece mais pálido ainda ou é impressão minha? Olho pela janela. O mundo lá fora parece escuro, mas estamos numa floresta. Será que demorei demais?

— Ai, pelos deuses! — O sussurro corta minha garganta, e cubro a boca com as mãos. — Ai, pelos deuses, é tarde demais. Eu matei o Boone.

67
A BÊNÇÃO DE HERA

Fecho os olhos com força, incapaz de lidar com o que fiz. Minhas mãos, ainda sobre a boca, começam a tremer, e a vibração vai descendo pelos braços até tomar todo o meu corpo.

Eu matei o Boone. Matei ele. Demorei demais. Ai, pelos deuses, eu...

— Abra os olhos, mortal.

Conheço essa voz. Meus olhos se escancaram e noto que Morfeu está parado ao meu lado. E, na cama, deitado junto ao corpo de Boone, vejo o meu. Não mais atado à cama no Olimpo.

As aranhas ainda estão batendo para entrar na choupana.

— Vem. — Morfeu me pega pela mão e me ajuda a deitar de volta no meu corpo.

Assim como quando me puxou para fora, não sinto nada. Achei que a sensação seria a de estar sendo atraída por algo, talvez afundando na areia movediça. Mas... É, não sinto nada mesmo. Me deito. Fecho os olhos e, quando os abro de novo, voltei a ser mortal e Morfeu se foi. Assim como as aranhas.

— Ei. — Alguém pousa a mão no meu ombro, e solto um grito enquanto salto da cama.

Olhos castanhos afetuosos me encaram.

Vivos, não mais translúcidos.

Meus próprios olhos se arregalam quando o analiso da cabeça aos pés — sentado ao meu lado, respirando, nada morto. Boone.

— Mas você... — Meu olhar corre por ele. — Você tinha sumido. Tava morto. Eu demorei demais e...

Boone deve notar a histeria na minha voz, porque de repente me puxa num abraço de urso.

— Eu tô aqui. Tô aqui, e você não me matou.

Eu não matei Boone.

A realidade da situação está começando a superar o horror profundo do que achei que tinha acontecido.

— Você tá bem? — sussurro.

Ele vibra contra mim como se estivesse rindo, disfarçando para não ferir meus sentimentos.

— Tô, de verdade.

Depois me solta e pega uma das minhas mãos, pousando a palma contra seu coração, que ainda bate num ritmo calmo e constante.

— Viu? Vivo. Não tô sonhando. Não sou um fantasma. Não morri.

Me dou conta do que estamos fazendo e me desvencilho.

— Ufa, ainda bem que não sou uma assassina.

E, na minha cabeça, faço uma careta. Porque o que eu deveria dizer é "ainda bem que você não morreu". É como estou me sentindo. Mas ainda sou pura confusão em relação a Boone, então as palavras saem como sempre saíram quando falo com ele: desajeitadas e sarcásticas.

Em vez de retrucar, porém, ele sorri.

Lá fora, a raposa começa a soltar gritos frenéticos. Está com pressa. A gente também deveria estar. Precisamos voltar ao Olimpo.

— Vem.

E arrasto nós dois para fora da choupana. As aranhas foram embora, exceto a minha. E agora a pégaso está parada no jardim.

— Uau — sussurra Boone.

— Ei — digo para a égua alada. — Você tava com medo de chegar perto das aranhas?

Ela empina de levinho.

Certo, vamos logo.

Depois de reconvocar a raposa e a tarântula para o braço, murmurando um agradecimento, estou prestes a começar minha tentativa constrangedora de me arrastar para cima da criatura alada quando duas mãos fortes me pegam pela cintura e me erguem. Antes que eu possa protestar ou agradecer — ainda não sei muito bem qual prefiro —, Boone está montado atrás de mim. Ele passa os braços por debaixo dos meus, o peito apertado contra minhas costas.

E ainda estou tentando ignorar tudo isso quando decolamos.

— Agora me conta o que caralhos tá rolando — exige saber o garoto. — Quero detalhes, Lyra.

Porque ele não sabe nada, só que está sendo arrastado para algo que tem a ver com a Provação. E, bem, que eu o amo. Mas a Provação ainda é um mistério total para ele. Atualizo o rapaz de forma rápida e sucinta, ciente de que ele vai ficando cada vez mais preocupado a cada palavra que digo.

— Se eu pudesse, mataria esse deus da morte — murmura Boone de forma agourenta quando termino.

No mesmo instante, irrompemos das nuvens e o Olimpo aparece, os raios de sol banhando bem de leve o pico.

Sinto Boone se empertigar, mas é só quando passamos pelo topo da montanha que ele tem um bom vislumbre do lugar.

— Fantástico. — A voz baixa retumba às minhas costas, a respiração fazendo cócegas na minha orelha. — Eu nunca...

— Eu sei — interrompo. — E o Submundo é ainda mais sensacional.

Ele enrijece o corpo, agarrando a crina da pégaso com mais força.

— Você já foi até o Submundo? — A voz de Boone sai marcada por mais do que raiva. Preocupação? Não sei. Ao que parece, meu radar de emoções não funciona muito bem.

Aponto para as três cabeças e suas cachoeiras.

— Eu já caí no rio preto que leva até o Submundo. Mas tá tudo bem. Eu tô...

A pégaso inclina de repente e desce numa espiral para pousar na varanda da casa de Afrodite. No instante em que seus cascos tocam a pedra, consigo respirar um pouco melhor.

A gente conseguiu.

Antes que eu possa dizer qualquer coisa, um grito de desespero ecoa pelo corredor branco e preto, saindo para a sacada onde estamos. Com Boone no meu encalço, corro até o cômodo com as camas e paro deslizando diante da porta.

Afrodite está sentada na beirada do colchão de Dae, segurando a mão dele, lágrimas escorrendo de suas belas bochechas. Eu nem sabia que divindades eram capazes de chorar.

Pior ainda são os quatro daemones prostrados nos cantos do cômodo, as mãos entrelaçadas diante do corpo, com a cabeça baixa e as asas murchas de modo que as penas roçam no chão. Parecem tomados por uma tristeza profunda e desamparada.

O corpo mortal de Dae está na cama, não mais atado mas *ainda* adormecido, preso no que só pode ser um pesadelo. Há outros campeões no quarto, junto com as pessoas que mais amam. Todos os campeões, na verdade, agora que consigo olhar direito.

Amir está na extremidade mais distante, rente à parede, voltado para a janela de um jeito que me faz pensar em Hades no meu quarto mais cedo. Uma mulher pequenina de sari azul, com a pele de um marrom rico e profundo e os cabelos castanhos já grisalhos trançados às costas, levemente cobertos, dá tapinhas no ombro de Amir com a mão envelhecida, murmurando baixinho.

Dae grita de novo, tão alto que seu peito se ergue da cama.

Por que ele não acorda? Não se levanta? O que o prende?

Zai deixa uma mulher que é uma versão menor e mais suave de si mesmo e vem se juntar a mim e a Boone. Depois de fitar meu amigo, ele para atrás de mim, voltado para Dae.

— Ao que parece, a bênção da Hera tá dando o ar da graça.

— É isso que tá fazendo o Dae gritar?

Zai assente.

— A bênção é vingança. No último Trabalho, Amir perdeu a bandeira da Força por causa do Dae, e a bênção da deusa funciona fazendo com que qualquer campeão que prejudique ou machuque Amir durante a Provação colha os frutos dos seus atos no desafio seguinte.

Dae berra de novo, por tanto tempo que a voz morre, embora sua boca continue aberta.

Faço uma careta.

— Calma, tá tudo bem — murmura Boone para mim.

Zai o encara com o cenho franzido.

Uma maldição. Sinto o sangue sumir do rosto, me deixando atordoada.

— Ele tá sentindo dor? — sussurro.

A expressão de Zai é tomada por uma preocupação relutante.

— Não. A maldição o prendeu no próprio corpo. Não é culpa do Amir, ele não tem controle sobre os efeitos. Só... é assim e pronto. — Zai olha pela janela. A tarde quase engoliu toda a luz do sol, pintando o céu de um azul profundo exceto na parte mais a oeste do horizonte, onde o firmamento ainda está assumindo um tom intenso de roxo.

— Dae não pode salvar a pessoa que ele mais ama.

— Quem é?

— A avó.

Fecho os olhos quando entendo, e até consigo imaginar como deve ser difícil para Dae. Sua avó, a pessoa que ele mais ama no mundo, vai morrer, e ele não pode chegar até ela. Não pode salvar a mulher.

O fervor e o timbre do grito de Dae aumentam ainda mais. Os sacolejos que agitam seu corpo só escalam, ficando cada vez piores. Lágrimas escorrem pelos cantos dos seus olhos, até ele enfim se calar e ficar horrivelmente imóvel.

De soslaio, vejo que o sol se foi, levando consigo o dia.

É tarde demais.

A avó de Dae está morta.

Ele pisca e abre os olhos devagar, encarando o teto por um longo e silencioso momento. Depois cobre o rosto com as mãos e começa a soluçar.

68
EU... E ELES

— Pelo jeito, você sobreviveu. — Hades está esperando na antessala de sua casa quando Boone e eu entramos.

Está parado, com as mãos casualmente guardadas nos bolsos da calça do terno preto, as mangas da camisa cinza arregaçadas até os cotovelos. Por que ele está vestido assim?

Seu tom e olhar são de novo do tipo frio, calculista e letal. Não há sinal algum do homem que compartilhou pequenas partes de si comigo no meu quarto.

— Vocês dois.

Nunca vi Boone ficar tão imóvel como agora, encarando o deus da morte.

— Quer dizer que você é o cuzão que colocou a vida da Lyra em risco forçando ela a participar desse campeonato de merda?

Hades não reage.

— Quer dizer que você é o ladrão que entrou e saiu da minha casa achando que eu não percebi nada?

Boone franze a testa, olhando para mim e para Hades e então assumindo uma expressão astuta com a qual estou mais do que familiarizada. Ele está tramando algo.

— Você percebeu, é? — Boone envolve minha cintura com o braço, apertando de leve. — Só tentei ajudar.

— Eu sei. — Hades sequer olha para o braço ao meu redor. — É por isso que deixei você viver.

Ah, qual é.

Me desvencilho do toque de Boone, que não é nada sincero. Ele só quer provocar Hades.

— Por que vocês não se acomodam enquanto eu troco de roupa? — sugiro.

— A gente não tem tempo. — Hades estala o dedo, e de repente Boone e eu estamos usando roupas novas.

Agora ambos os homens estão usando ternos pretos e camisas imaculadas — a diferença é que a camisa de Boone é branca. Nunca o vi tão bem-

-vestido. Já eu estou com um terninho sério com calças de boca larga e mangas compridas, uma borboleta bordada no peito com linha brilhante.

Olho para Hades, mas ele continua fechado e carrancudo.

— A gente tem uma... festa... pra ir — diz ele.

Uma *o quê?*

— Só pode ser piada.

Hades apenas nega com a cabeça. Vamos atrás dele, que sai pela porta e segue até a casa de Zeus — sim, com raios e nuvens adornando tudo e itens de decoração cheios de brilho, lampejos e exagero. O deus se daria bem como designer de cassinos em Las Vegas.

Num grande salão de baile (pois é, Zeus tem a porcaria de um salão de baile em casa, com um mural cheio de ninfas e querubins servindo a ele, e só a ele, pintado no teto), somos convidados a nos sentar diante de uma das duas longas e belamente decoradas mesas de banquete, voltadas uma de frente para a outra. Ficamos na extremidade da mesa, perto de portas abertas que levam a uma sacada. Ares, Neve e uma garota que aparentemente é irmã da campeã estão à esquerda de Hades, eu e Boone à direita. Estou presa no meio deles, por assim dizer. Dae, é claro, não veio. Ártemis está sentada numa mesa, sozinha, sem campeão ou pessoa amada, chamativa como um farol. E Afrodite não está com Jackie e o jovem que a acompanha — seu irmão, acredito.

Isso é um pesadelo.

Talvez eu não tenha resgatado ninguém e Hipnos e Morfeu ainda estejam com meu corpo adormecido.

Zeus entra no salão com Samuel e sua amada, uma mulher de mais ou menos a mesma idade que ele. Até Boone se empertiga quando o deus do trovão aparece.

— Em nome de Afrodite, dou as boas-vindas aos nossos novos convidados — retumba Zeus. Ele está à vontade, recebendo pessoas nitidamente maravilhadas com sua presença. — Afrodite ficou bem abalada com o resultado do Trabalho dela.

— A Provação é assim — murmura Hera num tom que parece adequadamente triste, embora sua expressão não demonstre nenhuma tristeza. — Ela sabia dos riscos quando planejou o Trabalho. Não precisava ter sido tão cruel.

Ao lado de Hera, o rosto de Amir fica vermelho como um pimentão. Ele mal consegue se forçar a olhar para sua deusa, encarando, em vez disso, a mulher idosa sentada ao seu outro lado. Uma de suas babás, talvez? Pelo que ele disse sobre a própria família, não acho que seja sua mãe.

Volto o olhar para Hera.

A questão, por mais cruel que possa parecer, é que ela não está errada. Afrodite não precisava ter feito com que seu Trabalho terminasse com uma morte, em caso de derrota. Já entendi que as divindades amam uma contagem regressiva, e a morte de alguém sem dúvida é um incentivo, mas tem outros jeitos. Quanto à bênção que Hera deu a Amir... Agora que todo mundo sabe as consequências, ninguém vai arriscar encostar a mão nele. *Esse sim* foi um toque de mestre da deusa.

O modo como ela revelou isso, porém, poderia ter sido melhor.

Zeus repreende Hera com o olhar.

— Vou ser o anfitrião de hoje no lugar da Afrodite. A gente pensou em adiar o evento, mas nossos "convidados" só vão ficar aqui por três dias antes do início do próximo Trabalho.

Só alguns dias de intervalo? De novo? Argh.

Digo, sei que ainda tem muita coisa pela frente e que a Provação só dura um mês, mas ainda assim.

— Primeiro eu gostaria de parabenizar Neve por ter vencido o desafio de hoje, já que foi a primeira a voltar com a irmã.

Ele abre um sorriso dissimulado.

— As recompensas por vencer o Trabalho, o arco e as flechas de Eros, já estão no seu quarto — continua ele.

— Obrigada — diz Neve, educada.

Pela cara dela, ser educada assim é um sacrifício.

— Agora — prossegue Zeus —, enquanto nos deliciamos com esse banquete magnífico, gostaria que cada campeão apresentasse aos demais a pessoa que mais ama. — Ele abrange a sala num gesto enquanto se senta.

Ah, que maravilha. Meu pesadelo pessoal está atingindo níveis torturantes — falar em público *e* tentar explicar quem o Boone é para mim. Diante do deus que eu estava beijando hoje cedo.

— Isso é mesmo necessário? — pergunta Hades, a voz arrastada, enquanto se reclina indolente na cadeira com a expressão entediada.

Zeus o fulmina com o olhar, depois a mim.

— Não tem como você dar um jeito nele, Lyra?

Ah, vai se foder. Esse foi um comentário calculado para irritar um de nós, talvez os dois — e provavelmente Boone também.

Deliberadamente, imito a postura desleixada de Hades e tombo a cabeça de lado. Não olho para Zeus, e sim para o deus da morte, como se o estivesse analisando.

— Não sei. Nenhum de *vocês* conseguiu dar um jeito nele nos vários milênios desde que ele saiu das entranhas do Cronos — digo.

Os olhos raivosos de Hades me prendem na cadeira com um lampejo de satisfação, tão violentamente rápido que só percebo porque ainda estou em choque comigo mesma.

Pigarreio e me forço a encarar Zeus, que está com uma expressão petulante.

— Não sei por que acham que eu, uma mera mortal, sairia melhor na missão — completo.

Zeus se acomoda na cadeira, ereto.

— Vamos começar logo as apresentações — diz, dando de ombros. — Como sabem, o amor de Dae era sua avó.

A abordagem direta faz com que as palavras dele morram no silêncio.

Rima está sentada bem perto de mim, então ouço seu sussurro:

— Não sei se foi melhor ou pior ele ter perdido a avó em vez do namorado.

Sem ouvir o comentário, Zeus acena para Samuel, que fica de pé.

Felizmente, não sou a única que não parece entusiasmada com isso tudo. O cômodo assume uma atmosfera pesada enquanto cada campeão faz uma apresentação rápida de sua pessoa amada. Na maior parte dos casos, não há surpresa alguma. A parceira de longa data de Samuel está aqui, assim como o irmão mais velho de Jackie. Meike está com sua companheira de apartamento. Trinica resgatou o filho. A mulher com Zai é sua mãe, como imaginei. Para a surpresa de ninguém, Diego está com a esposa — e Deméter, mostrando seu lado maternal, nos assegura que os dois filhos do casal estão aos cuidados dos avós. O marido de Rima também está aqui.

Neve fica de pé.

— Essa é minha irmã mais nova, Nora.

Devagar, me inclino um pouco adiante para enxergar além de Hades e vejo a mulher sentada ao lado dele. Parece ter uns vinte e poucos anos, então deve ser pouco mais nova do que Neve. Essa é *a* Nora? Quem a Neve estava murmurando que ia acabar morta?

Boone assovia baixinho para mim — os outros sequer notam, menos ainda compreendem. Ele está usando o sinal das oferendas para me perguntar o que acho de interessante nisso tudo.

Respondo com o assovio que diz *nada* ou *irrelevante*.

Não é verdade, é claro. Nora parece muito com a irmã, com a diferença de que seu cabelo é de um ruivo mais escuro e os olhos são mais verdes do que azuis. Algo intermediário. Ela também sorri de forma mais doce... Ou melhor, ela sorri, ponto-final.

Neve ergue o queixo.

— Nossa família é... dona de um negócio importante na comunidade. Ares me informou que alguém de fora ameaçou a vida de Nora caso ele se tornasse rei dos deuses, mas agora que ela tá protegida comigo... — Ela semicerra os olhos, determinação estampada em seu semblante. — Eles vão pagar por esse erro.

Espera. A família de Neve é tipo um cartel do crime ao estilo canadense?

É difícil imaginar aquele sotaque sendo usado durante atos criminosos, mas isso explicaria *muita coisa*.

311

Boone bate com o dedo na minha mão para me chamar atenção e ergue a sobrancelha, como se fizesse uma pergunta. Eu nego com a cabeça.

Ele se acomoda na cadeira enquanto Dex se levanta e aponta para o garoto que está com ele.

— Esse é o Rafael... Rafe — diz Dex. — É meu sobrinho, filho da minha irmã, e tem só dez anos.

Dez? Que novinho. Tenho vontade de guardar o garoto num potinho e esconder em algum lugar, ou pedir que Hades o proteja até o fim do próximo Trabalho. Amir, com dezesseis anos, já é novo demais. Uma criança de dez não deveria ser exposta a isso.

— Meu pai morreu antes de eu nascer, e minha mãe... tá doente — Rafe fala com sinceridade, olhando para Dex como se ele fosse seu herói. — O tio Dex ajuda a me criar.

Tenho dificuldade para conciliar os elementos da cena à minha frente. O menino fala de Dex como se só faltasse uma capa de super-herói nele. Como isso se encaixa com o competidor que ele foi até o momento?

Mas o afeto nos olhos do campeão quando ele bagunça o cabelo de Rafe é inconfundível e real. Até a Provação, achei que lia bem as pessoas. Será que estou lendo Dex errado?

Boone se inclina para sussurrar no meu ouvido:

— Tô aqui pensando: o que você vai falar sobre mim?

Não que tive uma queda por ele durante anos.

— Que você é um pé no meu saco?

— Para, assim vou ficar todo vermelho...

Solto uma risada discreta.

Depois, hesito. Nossa relação parece um tanto... diferente. Mais fácil.

De soslaio, vejo que, à minha esquerda, Hades está se inclinando para longe, falando com Nora. Até sorri para ela. Não vejo as covinhas — ainda assim, o deus da morte exala tanto charme que ela retribui com um sorriso amplo, visivelmente deslumbrada. Pelo jeito, ele tem um dom todo especial de deixar mortais à vontade.

Neve é bonita, mas devo dizer que Nora é fascinante, com a pele macia imaculada contrastando com a abundância do cabelo acobreado, fora o sorriso, que poderia competir com o de Afrodite. E mais: ela não parece ter medo de Hades.

Aposto que ele gosta disso nela.

Desvio o olhar e começo a brincar com a minha taça de vinho.

— Lyra?

Boone me cutuca com o pé por debaixo da mesa. Quando me viro, Zeus está me encarando. Todas as pessoas no cômodo, exceto Hades e Nora, estão voltadas para mim.

Ah, acho que é minha vez. Quantas vezes será que o deus precisou me chamar?

Me levanto, como os outros, e faço uma careta quando minha cadeira solta um guincho ao ser arrastada pelo chão de mármore.

— Esse... — Aceno meio constrangida para a esquerda. — Esse é o Boone Runar. Ele é uma oferenda na Ordem dos Ladrões comigo.

Volto a me sentar, e minha bunda já está a meio caminho da cadeira quando Atena me pergunta:

— Vocês são amigos?

O cabelo castanho e cacheado da deusa tem toques dourados que refletem a luz do fogo nos braseiros, e ela sorri calorosamente como se eu pudesse confiar nela. Mas suas sobrancelhas erguidas e os olhos intensos de um avelã profundo transmitem a impressão de uma inteligência que não deixa nem o menor detalhe passar. A inclinação de seu queixo demonstra obstinação, e já notei antes como ela se move com a graça perambulante de uma lutadora. É a deusa tanto da sabedoria quanto da guerra, afinal. Não está para brincadeira.

Aonde Atena quer chegar com isso?

Aguardo um pouco, depois me levanto.

— Eu...

— Sim, somos amigos. — Boone abre seu sorriso típico, e não fico nem um pouco surpresa quando ao menos metade do grupo retribui.

Ele sempre teve esse efeito nas pessoas. Muito parecido com Dionísio, de certa forma, apesar do exterior durão.

Não falo nada. Não consigo.

— A pessoa que você mais ama no mundo é... só um amigo? — Atena claramente tem um objetivo aqui. Acho que estou começando a ver qual é. — E seus pais? — questiona ela. — Eles pareciam muito carinhosos na televisão.

Que. Grande. Vadia.

— Quer mesmo levar a noite pra esse lado, Tena?

Achei que ele não estivesse ouvindo, mas agora Hades olha diretamente para Atena.

Infelizmente, isso só faz os olhos da deusa brilharem com mais interesse. Ela me analisa.

— Namoradinhos?

— Quê? — indago.

O sorriso dela assume um tom malandro.

— Você e o Boone, é claro. Por que, achou que eu estava falando de outra pessoa?

Sinto a mesma faísca de irritação que marcou o início da minha relação com Hades, quando nos encontramos no templo de Zeus em San Francisco.

— Sim, achei que tava falando do Hades. — Retribuo o sorriso, doce. — Não somos namoradinhos, não.

O vislumbre de surpresa em seus olhos vale a pena. Hades, porém, não reage, já virado de novo para Nora como se nada no mundo pudesse irritá-lo.

— *Ainda* não — esclareço, só para ver o que ele faz.

E ele não faz nada, no caso.

Está imerso demais no que quer que esteja discutindo com Nora — tanto que Neve capta minha expressão e alterna o olhar deliberadamente entre os dois antes de abrir um sorrisinho presunçoso.

Fico tentada a lembrar que salvei a pele dela dois Trabalhos atrás, mas não faço isso.

— Boone é a oferenda mais talentosa que a gente tem — digo a todos os presentes. — E é meio malandro também. Melhor ficarem de olho nos seus pertences.

— Ei! — protesta Boone. Mas sei que ele está reclamando do fato de eu ter dito isso em público, e não da afirmação em si.

Nora ri de repente, mas os demais — exceto Hades — estão focados em Boone e em mim.

— Bom, essa fofoca é boa demais para ignorar — diz Dionísio, se juntando à conversa. O interesse dele parece genuíno, ao menos. — Tem alguma história interessante a respeito?

Centenas, mas só porque prestei atenção nele todos esses anos. Ergo uma das sobrancelhas para Boone.

— Qual escolho? São tantas...

Em vez de ficar irritado ou constrangido, ele ri para mim.

— Que tal aquela vez que eu segui a Lakshmi até o museu e roubei a peça em que ela tava de olho antes mesmo de ela perceber que eu tava ali? — O ladrão se vira para os presentes. — Voltei pro covil com o artefato e a Lyra quase me matou quando ficou sabendo que eu tinha passado a perna em outra oferenda. — Ele dá de ombros.

Os sorrisos se transformam em gargalhadas e... Que porra tá acontecendo? Como foi que a gente virou a atração da noite?

Nora ri de novo. Para Hades.

Torcendo para ter acabado, volto a me sentar. Mas Boone puxa minha cadeira para mais perto da dele, e não ignoro o fato de que deixa o braço apoiado no encosto. Não sei o porquê, exceto talvez para evitar que eu fique ainda mais constrangida. Vou perguntar depois.

Boone sorri.

— A Lyra ficou tão puta que fez questão de...

Piso no pé de Boone e ele para de falar, me encarando com olhos brilhantes e repletos de interesse.

Esqueci de dizer para ele que Hades é o único que sabe que cuido apenas da contabilidade — e Boone está prestes a revelar que coloquei o rendimento do roubo na conta da Lakshmi, não na dele. É parte do meu trabalho. Com certeza isso atrairia perguntas.

— Fez questão de quê? — questiona Meike.

Sério, ela e Dionísio poderiam ser irmãos gêmeos.

Boone pigarreia.

— Ela ligou pra polícia e me deixou amargando a vida na cadeia por alguns dias antes de mandar outra oferenda pra me tirar de lá.

— Talvez tivesse sido melhor ela aprender algo com você — diz Dex.

Ele parece sério. Ao seu lado, Rafe assente, a expressão ávida.

Mas estou perto o bastante para ouvir como minha cadeira estala quando Boone aperta o espaldar mais forte, e seu sorriso desaparece atrás de um olhar de raiva tão intenso que pestanejo. Só o vi assim uma vez, quando um dos aprendizes acabou morrendo por conta de um erro que um ladrão--mestre visitante cometeu.

— A Lyra ficou puta comigo com razão — explica ele. — Quebrei duas regras essenciais com aquela atitude, o que acabou colocando outras oferendas da Ordem em perigo. Ela me ensinou uma lição que *eu* precisava aprender. — Ele se inclina adiante, o olhar tão afiado que poderia cortar. — E já que estamos falando disso... os deuses podem não ter autorização de interferir na Provação, mas essa restrição não se aplica a mim. Ouvi falar que o presente que te avisa o que vai acontecer não funciona assim tão bem, então talvez seja melhor ficar de olho enquanto eu tô por aqui.

O rosto de Dex se retesa tanto que ele fica parecendo um boneco de plástico irritado.

— Bom, pra mim já serve estar vivo e na competição. Temos estilos de jogo diferentes. Minha terra natal ia se beneficiar muito das bênçãos dos deuses, e tenho uma família pra... — Ele se detém, olhando para Rafe, depois continua: — Tenho uma família para a qual voltar.

— Igual a todo mundo — dispara Boone. — E você vê os outros usando isso como desculpa pra ser babaca? Boa sorte vivendo com o resultado das suas ações e decisões depois que tudo isso acabar. — Ele olha para Rafe, a expressão intensa. — Algum dia o menino vai ter idade o bastante pra te ver sob um olhar menos encantado e inocente. — Depois Boone aponta com o polegar para Zai, sentado na outra mesa. — Pergunta pra ele, se estiver curioso. Ele cresceu com um pai que usou a mesma estratégia que você pra vencer a Provação.

Claramente, contei coisas demais para Boone naquele voo de pégaso. Assovio baixinho o sinal de *parar agora*.

Boone fica ereto e se vira para mim, e posso ver a dúvida nos seus olhos. Ele teria ido para cima de Dex se Rafe não estivesse aqui, não tenho dúvida. E meu peito se aperta com a reação. Se eu não soubesse que é impossível, se não houvesse uma maldição dentro de mim, acharia que ele realmente se preocupa comigo.

Assovio de novo, agora o sinal de *tudo na boa*.

Boone aperta os lábios, mas enfim assente.

Os outros ainda nos encaram, fascinados. Menos Dex, que nos fulmina com o olhar.

— O que foi esse barulho? — pergunta Atena.

É a primeira vez que vejo a deusa sair do seu modo calculista. Seu corpo todo parece desperto com curiosidade. *Essa* é a sede por conhecimento que todos esperamos dela.

— Meus ladrões usam assovios pra se comunicar. — É Hermes quem responde, convencido.

Mas afinal, como deus mensageiro, entendo o orgulho pela solução inteligente.

— A ideia foi da Lyra — diz Boone para os outros. — A gente tinha nossos criptocódigos, mas precisava de algo pra usar durante a ação. Usávamos gestos e língua de sinais, mas isso só funcionava se estivéssemos no campo de visão um do outro. Ela inventou essa coisa dos assovios quando tinha seis anos.

Meu único grande feito, no que diz respeito à Ordem.

Não consigo evitar o rubor que sobe pelas bochechas. Ninguém nunca se gabou sobre algo que fiz.

A sensação é... boa.

A risada súbita dc Nora qucbra o silêncio c mc faz cndircitar a postura, me aproximando ainda mais de Boone. Um lampejo de compreensão toma seu rosto quando ele olha além de mim, para Hades, depois de volta para mim. Mas ele não diz nada.

E então Zeus, sem dúvida querendo voltar a ser o centro das atenções, bate palmas.

— Bem-vindos de novo, convidados. Aproveitem o banquete.

Acho improvável.

69
TRAGO PRESENTES

A batidinha na minha porta não me acorda. Depois da festa, Boone disse que queria explorar o Olimpo e Hades foi embora com outras divindades, então Zai e eu caminhamos juntos até a casa da mãe dele. Ela, inclusive, é um amor, mas definitivamente muito tímida.

Só tive tempo de colocar o pijama e escovar os dentes. O banquete se estendeu, e as estrelas ainda salpicam o céu preto como tinta — tantas que, por aqui, nem precisamos do luar para iluminar o caminho.

Franzindo o cenho, abro a porta.

Dou de cara com Boone apoiado no batente, um dos tornozelos cruzado sobre o outro. Na mão estendida, como se estivesse me entregando um presente, ele traz o Elmo da Escuridão.

— Cacete! — Agarro seu braço e o puxo para dentro do quarto, olhando para os dois lados do corredor.

Espero Dex aparecer correndo atrás de Boone, mas isso não acontece. O corredor está vazio, e fecho a porta antes de me voltar para ele.

— Que ideia de jerico foi essa?

O sorriso satisfeito de Boone some, se transformando em algo que lembra uma acusação direcionada a mim.

— Porra, a ideia é que sou um ladrão, Lyra. E você?

Sustento a posição, cruzando os braços sobre a blusa do pijama, um tanto ciente de que não estou usando sutiã.

— O que tem eu?

Ele se aproxima um passo.

— Você pode estar meio enferrujada, mas no segundo em que aquele babaca do Dex deu a entender que quer acabar com a sua raça, você devia ter pegado isso. — Ele ergue o elmo. — E você sabe que eu tô certo. É como as coisas funcionam aqui.

Boone joga o item sobre a minha cama.

— Eu não vou me rebaixar assim. — Ergo o queixo.

— Dex vai sobreviver sem o elmo. — Ele cerra os punhos. — Você talvez não, considerando como *ele* pode usar esse negócio pra chegar perto de você. O cara te mataria antes de você se dar conta.

— Eu já tenho mais ferramentas do que os outros — falo. — E o Hades já foi punido por causa disso. Não vou pegar o que pertence ao Dex só porque não gosto dele.

— Não gosta dele? — Boone está quase berrando. — Ele quer *te matar*, Lyra.

Meu queixo cai, e sei que estou encarando, mas a forma como ele se exaltou...

Boone deve notar minha confusão, porque se acalma um pouco enquanto me observa.

— O que foi?

— Parece até que você se importa comigo.

— Eu me importo.

Nego com a cabeça.

— Não é possível.

A tensão o faz endireitar os ombros, e ele desvia os olhos.

— Não *desse jeito*...

Ah, pelos infernos.

— Não. — Faço questão de impedir que ele continue. — O que quero dizer é que não é possível que você se importe o bastante pra se preocupar comigo desse jeito. Zeus me rogou uma maldição no dia em que nasci. Não posso ser amada. Ninguém é capaz de gostar ou cuidar de mim.

Boone fica imóvel como um bom ladrão, o olhar correndo por mim como se nunca tivesse me visto antes.

— Sério isso?

Dou de ombros.

— Não poder ser amada... — murmura ele para si mesmo, como se estivesse tentando compreender. — Isso é... uma grande bosta.

Por mais surpreendente que possa ser, dou uma risadinha.

— Pois é. É uma grande bosta.

— Quem mais sabe?

— Felix. Hades. Meus pais. — Meus supostos pais. — E é isso.

As sobrancelhas de Boone caem.

— Não faz sentido.

— Mas garanto que é verdade.

Ele chacoalha a cabeça.

— Eu sempre te admirei.

Admirou?

— Você é inteligente e vê coisas que outros não veem — continua o rapaz. — Tipo, cada detalhe. É o que faz de você ótima no seu trabalho na Ordem.

Boone acha que sou uma ótima contadora. Uma bolha de alegria repleta de surpresa se expande no meu peito, mas eu a estouro sem pensar.

— Admirar não é o mesmo que se importar.

— Claro que é — insiste ele. — Eu já quis até ser seu parceiro em alguns assaltos.

Recuo um passo.

— Como assim?

Ele sorri.

— Sério. Mas você sempre ergue um muro ao seu redor, com uma placa imensa no portão que diz NÃO CHEGA PERTO, PORRA. Você sempre mantém as oferendas a certa distância, então ninguém consegue te conhecer direito. Ou fazer amizade com você.

Eu faço isso? Não acho que é bem assim.

— A maldição...

Boone se agacha — ele é realmente muito alto — para me encarar nos olhos, e eu posso ver a franqueza nos olhos dele.

— Eu posso não estar apaixonado por você, Lyra, e talvez seja por causa dessa maldição. Mas eu gostaria de ser seu amigo.

Uau.

— Sério? — sussurro.

O sorriso dele é lento e doce, sem nenhum sinal de pena.

— Sério.

Não sei muito bem se acredito nele. Talvez ele se sinta assim porque a gente está no Olimpo. Talvez o lugar amenize os efeitos das maldições. Sei lá. É só ver como Zai quis se aliar a mim. Ou como Meike me trata exatamente como trata qualquer outro competidor. Eu definitivamente não sou invisível aqui, embora isso talvez tenha a ver com o fato de que represento Hades. Ele não é muito do tipo que passa despercebido.

Qualquer que seja a razão, a parte de mim que quer um amigo desde que entendi que jamais poderia ter — a parte de mim que silenciei e ignorei e mantive bem escondida — sente isso. É algo que me deixa leve, como se eu pudesse sair flutuando.

— Certo — digo. — Amigos.

O sorriso dele se alarga, ficando presunçoso.

— Ótimo. Agora, sobre Dex...

Reviro os olhos e dou uma empurradinha nele.

— A gente vai devolver o elmo.

— Me escuta. — Boone ergue a mão. — Dex vê você como a competidora mais forte, a representante de um deus poderoso. A irmã dele tá morrendo de câncer, então acho que ele vai pedir a cura dela caso vença.

Pestanejo.

— Co... Como assim? Como você sabe?

Ele me encara.

Tá, entendi.

319

— Na cabeça dele, você é o obstáculo entre ele e a salvação da família — explica Boone. — Sim, ele quer ajudar seu povo. Mas mais importante do que isso é saber que vencer significa poder dar *tudo* para a irmã e o sobrinho. — Ele aponta para o chão. — Luxos, vida longa, bênçãos... tudo mesmo.

Em vez de me inflamar, as palavras me fazem murchar como uma bexiga furada, o assovio do ar escapando devagar. Penso em Rafe e em como ele olha para o tio.

— Em outras palavras... — começo baixinho, esticando o pescoço. — Ele tem um objetivo nobre e vai fazer tudo pra chegar lá.

Boone me encara por um bom tempo antes de se virar para atravessar o quarto a passos largos, depois gira de novo e pousa as mãos no quadril.

— Beleza, vou devolver o elmo. Sei que não adianta discutir quando você empina o queixo desse jeito.

Quase corrijo a postura, mas isso é importante.

— Ótimo.

Os olhos dele brilham, malandros, e fico um pouco confusa. O que acabou de acontecer?

— Vamos pelo menos testar essa belezinha, vai... Os deuses vão se encontrar pra discutir algo importante. A gente devia ir lá espiar.

Isso é a cara do Boone. Pular de cabeça nas coisas, sem planejar, só com a confiança absoluta de que vai dar certo todas as vezes.

Sei que ele percebe minha incerteza quando tomba a cabeça, o olhar focado em mim.

— Você sabe que quer fazer isso, Lyra Piradinha.

Reviro os olhos.

— Odeio quando você me chama assim.

— Eu sei. — Boone dá uma risada. — Eu queria inventar um apelido pra você.

Como imaginei.

— Depois me dei conta de que ele te deixava adoravelmente irritada e que consigo te provocar com isso — continua ele.

Bufo.

— Nada a ver. — De todo modo, vou até o elmo e o pego da cama. Feito de latão, com uma proteção para o nariz entre os buracos dos olhos, o item é surpreendentemente pesado. — Mas dessa vez, vou ceder. Vamos lá espiar. Talvez a gente descubra algo útil.

Boone pega o elmo das minhas mãos, coloca na cabeça e imediatamente desaparece. Estendo a mão e toco o abdômen sólido e musculoso sob sua camiseta; no mesmo instante, desapareço também.

Afasto os dedos e volto a aparecer.

— Uau. Que útil.

— E torna o que eu vou fazer mais difícil, também. — A voz dele vem bem de perto. Perto demais.

— Como assim? — pergunto.

Depois de um piscar de olhos, sinto seus lábios contra os meus. O beijo é doce e casto. Solto um gritinho de choque e ele ri, ainda bem perto.

— Caceta, Boone — resmungo. — O que rolou aqui?

— Só queria que... que você sentisse isso. Como um agradecimento por me amar. — A voz dele está séria, e eu queria poder ver seu rosto. — Mesmo que seja só um beijo de amigo.

Antes de Hades me escolher como sua campeã, essa definição teria doído. Em vez disso, o que sinto é... carinho. Como se Boone tivesse me dado algo precioso.

Sorrio na direção em que imagino que seu rosto está.

— Eu sabia que estava certa tendo crush em você. Você é um cara massa.

— Psiu, quieta... Tenho uma reputação a zelar.

— Sei, sei. Vamos logo.

Um pequeno silêncio se interpõe de novo entre nós. Depois ele reaparece de repente, com o elmo na mão e os olhos castanhos cheios de malícia.

— Outra coisa antes de a gente ir. Sabe o que estão falando sobre você e o Hades aqui pelo Olimpo? Que vocês são *amantes*.

A palavra sai com uma profundidade extra.

Engulo em seco e solto um grunhido. Se os deuses tivessem visto o que Hades e eu fizemos hoje cedo, saberiam com certeza que não me oponho nada à ideia. E passei a noite pensando no momento em que entrei na choupana de Boone e achei que era Hades. A questão é: colocando de lado os sentimentos por Boone, e tendo ou não futuro nesse relacionamento, eu desejo o deus da morte. Mesmo que seja só uma pegação rápida, em nome da satisfação mútua, vou guardar a lembrança pra sempre.

— E...?

— Os deuses já se opõem ao Hades assumindo a posição de rei dos deuses. Assim como os mortais, por sinal. Você só tá dando mais motivos pra todo mundo te odiar. — Ele suspira quando vê que não vou falar nada. — É verdade?

Aperto os olhos.

— Não é da sua conta.

— Então é. — Ele prende o elmo sob o braço. — Agora que somos oficialmente amigos, você devia saber que não vou ficar olhando você se engraçar com o deus da *morte*. Isso não tem futuro, Lyra.

— Eu sei.

Ele ergue meu queixo devagar num gesto delicado, então não tenho escolha a não ser encará-lo nos olhos.

— Talvez mais do que qualquer outra pessoa no mundo eu entendo

321

seu histórico, seu passado, quem você é e o que precisou superar pra chegar até aqui. Pra onde você vai voltar depois que a Provação acabar?

Aonde ele quer chegar com isso?

— Só digo que, agora que você tem um amigo, talvez seja mais fácil — continua Boone. — Você tem um futuro pelo qual pode ansiar na Superfície.

Um futuro pelo qual ansiar. Eu tinha planos. Agora, porém, não preciso estar sozinha.

Ele me encara.

— Só pensa a respeito, pode ser? — Boone baixa o elmo e desaparece de vista. — Vem.

O rapaz segura meus dedos — a mão grande e quente envolvendo a minha num gesto protetor — e também desapareço.

70
OFERENDAS

Andar por aí invisível é estranhamente libertador. Eu me sinto invencível. Nada nem ninguém consegue nos ver, o que significa que nada pode nos fazer mal.

De mãos dadas comigo, Boone nos guia confiante por entre as construções — não na direção do vilarejo, mas para o outro lado, até a última das residências da fileira. O lugar em si é imenso, muito maior do que boa parte das outras mansões; fora o tamanho, porém, é só um caixotão simples de pedra cinza-escura. Esculpido sobre o batente do portão do pátio, há um ornamento de dois martelos de forjador cruzados.

Boone assovia baixinho. *Por aqui.*

Ele me puxa pela lateral da casa até a parte de trás, onde subimos os degraus que levam até os fundos através de uma série de terraços. Não é de se admirar que ninguém liga muito para trancas aqui. Esses lugares são escancarados.

Mas, enfim, quem ousaria roubar uma divindade?

Preciso reprimir uma risada. Boone ousaria, óbvio.

Para conhecer o caminho desse jeito, ele já deve ter vindo até aqui. Claramente se ocupou enquanto eu voltava para casa pensando em tudo que aconteceu. Ele me guia pelos cômodos, que lembram os de uma cabana na montanha. Ou melhor, uma cabana de gente rica na montanha — há muitas vigas de madeira, granito cinza e imensos móveis maciços.

É a casa de Hefesto, afinal de contas.

O deus dos ferreiros, da forja, da carpintaria, do artesanato e do fogo sempre foi um dos meus favoritos. Provavelmente porque penso nele como uma divindade meio subestimada, que os outros tendem a ver como inferior — talvez por ser tão quieto. Mas é por causa dele que Zeus tem seus raios, Hermes tem seu elmo e suas sandálias, Aquiles tem sua armadura e Apolo tem sua carruagem. Até o arco e as flechas de Eros só existem graças a ele.

Hefesto é brilhante.

E também corajoso. Há muitas histórias que explicam por que os pés de Hefesto são voltados para trás, o que faz o deus mancar enquanto caminha.

Mas a teoria em que acredito, ainda mais agora que o conheci pessoalmente, é que, quando era apenas um menino, ele protegeu a mãe — alguns acreditam ser Hera, outros não; mas definitivamente é uma das deusas — dos avanços indesejados de Zeus. Depois disso, o rei dos deuses jogou o garoto do topo do Olimpo. Hefesto caiu por um dia inteiro antes de bater com tanta força no chão que quase morreu. Foi salvo pela imortalidade, mas sua cura divina atuou de forma acelerada demais e seus pés cicatrizaram voltados para trás.

Ouço outro assovio. É o sinal de *silêncio total*.

Aperto a mão de Boone, indicando que entendi.

Ele nos leva por uma porta que chega numa escada; depois, com passos silenciosos enquanto subimos os degraus, seguimos com calma por uma varanda que dá a volta em toda a lateral da casa. A luz vaza para a noite através de várias janelas altas.

Vamos caminhando até chegar à primeira delas. Espiamos pelo vidro e vemos quatro daemones parados nos cantos do cômodo, além dos treze deuses e deusas — incluindo Afrodite, de olhos vermelhos — sentados ao redor de um tampo imenso e perfeitamente redondo feito de mármore que serve como mesa de conferência. Não há lugares de destaque.

Zeus deve odiar a ideia.

— A gente não tá aqui pra falar sobre seu Trabalho — diz Poseidon para Hefesto.

O deus que mais parece um lenhador está reclinado na cadeira, os braços musculosos, grandes como troncos, cruzados sobre o peito largo. Ele combina com a atmosfera da casa — é bronzeado, como se passasse o dia inteiro trabalhando ao ar livre, todos os dias. Também tem o cabelo castanho-escuro cortado curto, mas meio bagunçado, combinando com a barba desgrenhada que deve exigir vários dias sem raspar para chegar a essa aparência displicente. Os olhos vivos não se desviam de Poseidon.

— Então por que você e Zeus convocaram a gente? — questiona Hefesto, sem deixar o semblante impassível denunciar qualquer coisa.

Os irmãos trocam um olhar, mas é Poseidon quem fala. Ele é o único deus cuja campeã não está mais no jogo, então me surpreende o fato de ter se dado ao trabalho de estar aqui.

— Como a gente sabe — começa o deus dos oceanos —, esta edição da Provação tá meio... caótica.

Ah, jura? Reviro os olhos invisíveis.

— Bom, a gente sabe o porquê — dispara Deméter.

Todos se viram para o deus sentado à direita de Hefesto. Hades está largado na cadeira, com uma das pernas cruzadas, parecendo ainda mais entediado do que durante a festa. Ele ergue uma das sobrancelhas.

— O que eu tenho a ver com o caos, posso saber?

— Você entrou este ano — argumenta Atena. — Nunca na história da Provação a gente teve treze campeões, incluindo um representando o rei do Submundo, que já governa um reino. Isso traz caos por si só. Mas não é tudo. Ainda tem a sua campeã.

Hades não move um único músculo.

— A Lyra é uma das únicas encarando a competição com integridade — diz Hades, daquele jeito calmo que significa que por dentro está completamente puto.

Atena é a única corajosa o bastante para se inclinar adiante e se dirigir a ele.

— Mas você precisa admitir que ela parece espalhar o caos por onde passa.

Hades parece relaxar com a fala.

— Não é culpa minha.

Os outros sossegam um pouco — mas não deveriam. Como sei disso? Não faço ideia. É só... óbvio para mim.

— O que tanto te interessa naquela mortalzinha? — questiona Zeus.

A expressão de Hades fica mais intensa, e acho que os outros param juntos de respirar.

Tanto Atena quanto Dionísio olham preocupados pela janela, para além de onde Boone e eu estamos, fitando as belas terras do Olimpo.

Pela primeira vez me pergunto qual deles destruiu a região durante as Guerras Anaxianas.

— Sinto muito se seus próprios campeões não conseguem lidar com ela — diz Hades, sem sequer se dar ao trabalho de considerar a pergunta de Zeus. Secretamente, dou um sorrisinho. — Mas os Trabalhos foram feitos para serem brutais, pra satisfazer sua sede de sangue. Não reclamem agora e não botem a culpa em mim ou na Lyra.

Hades se levanta devagar, ficando mais alto que todos os demais — até mesmo Zeus — de uma forma que os faz parecer pequenos e mesquinhos.

— Hefesto não vai contar como vai ser o Trabalho dele. As regras não vão mudar, a menos que me permitam acrescentar meu próprio desafio à competição. — Ele fita as divindades e os daemones. Ninguém fala nada. — Então, sugiro que parem de se preocupar com as minhas coisas e se virem sozinhos.

Depois, ele ergue o rosto e me encara. Me atravessa com o olhar. Bem no coração.

Hades sabe que estou aqui.

Fodeu.

71
REIVINDICAÇÕES E MAIS REIVINDICAÇÕES

Com os deuses se espalhando pelo Olimpo e indo sei lá para onde, Boone não retira o elmo no caminho de volta até a casa de Hades, e nós dois permanecemos calados. Durante o percurso todo sinto que estamos sendo observados, o que é impossível. Mas se eu estiver certa e Hades souber que estive espionando, é só uma questão de tempo até ele compartilhar seu desgosto.

Entramos pelos fundos, como fizemos na casa de Hefesto. Se alguém visse portas da frente abrindo e fechando sozinhas, iria desconfiar.

Assim que chegamos ao terraço que leva à casa de Hades, Boone solta minha mão e tira o elmo. Ficamos visíveis imediatamente, e ele passa os dedos pelo cabelo.

— Esse elmo arruína minha beleza.

A fala é a cara dele. Em vez de disfarçar, solto o riso bem alto. Engraçado como saber que uma pessoa se importa com você muda sua percepção sobre ela.

— Melhor você devolver isso. — Aponto para o item.

Boone fita o elmo, depois se vira para mim e dá uma piscadinha.

— Certeza? É muito útil. — Ele faz uma careta. — Bem melhor do que dentes de dragão.

— Eles já me salvaram, viu? — solto sem pensar.

— Sério? Como?

Cruzo os braços.

— Te conto depois que você voltar.

Boone suspira.

— Você não sabe se divertir... Tem certeza?

— Certeza. Antes que alguém descubra.

Ele semicerra os olhos.

— Antes que o *Hades* descubra, você quer dizer.

— Isso mesmo. — Uma voz rouca vem da escuridão ao redor da casa. As lamparinas se avivam de repente, iluminando Hades. Ele parece frio, completamente no controle, apesar da fumaça que o envolve em tentáculos rodopiantes. — Foi isso mesmo que ela quis dizer.

Boone faz o que deve ser a pior coisa possível: entra na minha frente, como se para me proteger de Hades. Tem tanta tensão irradiando dele que o ar ao meu redor esquenta. O ladrão está segurando o elmo com uma das mãos, mas fecha o punho do outro lado do corpo.

— A ideia foi minha.

— Ah, jura? — murmura Hades.

Faço uma careta ao ouvir o tom. Está cada vez mais suave.

Boone apruma os ombros.

— Não vou deixar você machucar a Lyra.

Será que seria má ideia dar um abraço nele? Provavelmente. Não consigo ver Hades, mas todo esse silêncio não pode ser coisa boa.

Preciso botar um fim nisso, o que quer que isso seja, então dou um passo para a direita. Boone acompanha meu movimento, mas pouso a mão no braço dele e aperto de leve.

— Ele nunca me machucaria, Boone.

O rapaz volta o rosto na minha direção sem desviar o olhar de Hades.

— Não tem como saber.

— Mas eu sei — afirmo. — É uma das poucas certezas que tenho na vida.

É suficiente para que Boone olhe para mim em vez de para Hades.

— Você nunca foi idiota de sair confiando assim nas pessoas, Lyra.

Hades solta um grunhido animalesco. Um som de outro mundo que faz os cabelos da minha nuca se eriçarem.

— Não tô sendo idiota agora — falo para Boone. — Vai devolver o elmo enquanto eu converso com ele.

O rosto de Boone assume um ar teimoso — o maxilar cerrado e os olhos espremidos — que conheço muito bem.

— Nem por todos os reinos do Submundo vou deixar você sozinha com ele.

Talvez uma péssima escolha de palavras.

— Vai. — Empurro o garoto com gentileza na direção da escada. — Vai ficar tudo bem.

— Não...

Uma corda de fumaça envolve o peito de Boone, e de repente ele é arrastado — ou melhor, atirado — para o outro lado do cômodo, o corpo se agitando no ar até bater numa parede e despencar no chão. O baque do impacto ecoa com o estalido metálico do elmo contra o mármore.

Mais rápido do que um piscar de olhos, Hades chega ao outro lado do recinto, as mãos envolvendo minha nuca enquanto os olhos flamejam.

— Lyra! — grita Boone, e vejo de canto de olho quando ele se levanta.

Hades solta outro gemido, os olhos ficando escuros como nuvens de tempestade.

— Não machuca ele! — peço, desesperada.

O deus da morte pestaneja enquanto o rapaz corre na nossa direção. Uma parede de fogo da altura do teto se acende entre nós e ele. A explosão do calor contra a lateral do meu rosto, o rugido e os estalidos das chamas próximas... Nada se compara a Hades me encarando.

Mas ele não machuca Boone. Consigo ouvi-lo gritar do outro lado das labaredas, embora não consiga vê-lo.

— Em que caralhos você estava pensando? — questiona Hades. O grunhido de sua voz é tão baixo, tão sombrio, que estremeço.

Pelo fogo dos infernos, eu estava certa. Ele sabe que a gente esteve na casa do Hefesto. Ergo o queixo.

— Achei que ladrões deviam usar suas habilidades.

— Pra roubar presentes e espionar deuses. Porra, Lyra, eles podiam ter te *matado* hoje.

— Isso teria sido interferência direta. Os daemones não iam permitir.

— Não se achassem que você tava quebrando as regras... E invadir a casa de um deus definitivamente é quebrar a porra das regras.

Minha própria raiva se avulta, imitando a dele. Curvo os dedos ao redor do punho de Hades, mas não afasto sua mão.

— Boone é bom pra caralho no que faz, e hoje ele queria conseguir informações pra me ajudar. E outra coisa... Não foi *você* o primeiro a sugerir que eu usasse minha bênção — aponto para os animais escondidos no meu antebraço — pra espionar os outros campeões e até os *deuses* que eles representam?

Hades solta uma risadinha amarga, mas não responde nada do que perguntei. Babaca.

— Boone sabe sobre sua maldição?

Encaro o deus com a expressão fechada.

— Sim.

Ele semicerra os olhos, me fulminando com as pupilas prateadas.

— Eu sempre vou te repassar qualquer informação importante e que possa te ajudar a sobreviver à Provação, Lyra.

Hades quase parece... ferido só de imaginar que eu pensaria o contrário.

— Eu sei. É por isso que precisei fazer isso. Você já foi punido por minha causa antes.

Ele faz uma cara que sugere surpresa com a resposta. Depois, os dedos dele se espalham a partir da minha nuca, se entrelaçando ao meu cabelo, e meu corpo reage instantaneamente ao toque, que agora é familiar para mim. Algo atrás de seus olhos muda, o calor se transformando de raiva em... Ah, caramba.

— Você se arriscou pra me proteger? — indaga Hades.

Não estou pronta para admitir isso.

— Eu usei a oportunidade que tinha em mãos. Só isso.

Ele me encara, ainda me ancorando a ele com uma das mãos, como se pudesse adentrar as profundezas da minha mente e do meu coração com um simples olhar.

Depois fita meus lábios, e tenho a impressão de ver um lampejo prateado em seu olhar.

— Ele beijou você.

72
MEU MAIOR MEDO

Ai... meus... deuses... Será que ele consegue *ver* o beijo de Boone? Na marca que deixou comigo como seu presente? Será que sente isso de algum jeito, talvez?

Minha vontade é dizer que foi um beijo de amigo, mas ainda sou orgulhosa o bastante para conter as palavras. Não é da conta de Hades quem eu beijo ou deixo de beijar, assim como não é da conta de Boone. Sim, eu estava tascando um beijão em Hades hoje cedo, mas ambos sabemos que isso é o máximo que pode acontecer entre nós.

Para ele, não passo de uma campeã que ele espera que vença a Provação em seu nome. Só isso.

Então por que não estou me desvencilhando dele agora? Abrindo distância entre nós? Insistindo que ele não me toque? Ele obedeceria, se eu pedisse. Sei que obedeceria.

Sem nunca desviar o olhar do meu, Hades baixa devagar a cabeça, e tudo em mim — cada pedacinho — foca apenas nele. Nele e no redemoinho de desejo no meu peito, na *expectativa* que me consome.

Eu quero isso. De novo.

Pelos deuses, não deveria. Mas quero.

Ele roça os lábios nos meus, bem de levinho, depois solta um grunhido que vem do fundo da garganta. Entrelaça os dedos nos meus cabelos enquanto me beija mais forte. Mais forte e com mais intensidade. Isso é uma reivindicação. Uma pilhagem.

Ele me segura pela cintura e me coloca sentada na mesa onde tomamos o café da manhã, abrindo minhas pernas para que consiga me puxar contra seu corpo rígido. Não afasta os lábios dos meus, e o calor nas minhas costas combina com o que estamos emanando juntos.

— Era nisso que eu estava pensando durante aquela palhaçada de reunião — grunhe Hades contra meus lábios. Depois me beija de novo, forte. — Sentir seu gosto de novo. Fazer você resplandecer pra mim.

Ele corre os lábios bem de leve ao longo do meu maxilar até o ponto sensível atrás da minha orelha.

— Porque você resplandece, Lyra. Estrelas são feitas de fogo. Feitas pra queimar.

As mãos dele estão no meu quadril, me apertando, me puxando contra seu calor enquanto chupa meu pescoço, e solto um gemido. Agarro o deus da morte, tombando a cabeça para facilitar o acesso.

— Eu queria voltar pra cá. Fazer isso de novo. Pra você. Com você. Eu queria... — Ele ergue a cabeça de repente. Está me fulminando agora, a expressão rasgada pela batalha entre a raiva e o desejo, ambos escaldantes. — E aí vi você do lado de fora daquela janela. Eu conseguia *sentir* minha marca em você. *Minha* marca. E você estava com ele. Sendo que é minha.

A acusação me desperta um pouco do atordoamento de desejo em que mergulhei tão prontamente. Pisco e respiro fundo.

— Por enquanto.

Ele se afasta um pouco.

— Como assim?

— Só até a Provação acabar. Certo?

A expressão dele se fecha, se obscurecendo, e as estrelas no céu lá fora poderiam muito bem ser lascas de gelo me resfriando.

— Nunca vou te forçar a fazer algo que você não queira — diz ele num tom que arranha a minha pele. — Mas não se engane, Lyra. Quero que você seja minha. Não uma campeã. Não uma ladra. Não uma mortal. *Minha*. — Ele rosna a palavra. — E de mais ninguém.

Hades me dá mais um beijo intenso. Quando ergue a cabeça, olha por sobre meu ombro, diretamente para as chamas que mantêm Boone longe de nós. Chamas que achei que eram altas e intensas demais para que Boone visse através delas. Hades sorri.

Um sorriso sombriamente triunfante de desafio.

Minha mistura de confusão, tesão, desejo, calor e o que mais que tenha sido derramado no caldeirão de emoções dentro de mim é consumida num único lampejo de raiva. Foi tudo uma demonstração de poder. Empurro Hades para longe e salto da mesa.

— Quer que eu seja sua? — indago. — Não acho que você sabe o que isso significa. Como poderia? Você é um deus — solto. — Com seu poder, consegue o que quer, quando quer, pra sempre, mas isso te transformou num mimadinho do caralho. Eu, sua? — Minha voz está ficando um tanto aguda, mas não dou a mínima. — Se quisesse mesmo que eu fosse sua, não me beijaria só por causa do Boone, só pra se mostrar. Me beijaria porque é incapaz de *não* beijar. Porque *eu* sou a única coisa que consegue enxergar.

Tive um bom tempo para imaginar exatamente a sensação.

Uma fúria equivalente à minha faz os lábios de Hades se curvarem. Ele empertiga os ombros e ergue o queixo quadrado, e de repente assume a postura do deus arrogante, fervilhante e poderoso que tem exibido cada vez menos quando está perto de mim.

— Você colocou ideias na sua cabeça sobre assuntos que desconhece totalmente — diz ele, e se afasta de mim.

A parede de chamas se apaga no instante em que ele a alcança. Quando avança a passos largos por Boone, Hades solta:

— Se você tivesse o mínimo de juízo, não encostaria mais a porra do dedo na minha campeã. E vai logo devolver aquele elmo antes que alguém note que sumiu. Você. Não ela.

Por um segundo, tenho a impressão de que Boone vai socar a cara de Hades, mas em vez disso o garoto corre na minha direção.

— Você tá bem?

O alívio por pensar que ele talvez não tenha visto nada desembaraça as emoções que se reviram dentro de mim como um covil de cobras se contorcendo. Assinto.

Boone fulmina Hades com o olhar.

— Você age como se eu tivesse feito alguma coisa errada, mas não fiz. Nem a Lyra.

Hades se detém, de costas para nós, enquanto Boone prossegue:

— Isso é culpa sua. Você não tinha nada que ter arrancado ela da vida dela, não tinha nada que ter colocado a Lyra em risco desse jeito.

Ele está certo. Isso tudo *é mesmo* culpa de Hades.

E por uma razão... Hades não faz nada sem um objetivo específico em mente. Pela primeira vez desde que garantiu que teve suas razões para me escolher, sem dizer quais, eu sinto que preciso descobrir. Sinto que *mereço* saber.

Hades fala por cima do ombro, mal virando a cabeça de lado.

— Cuida da Lyra no próximo Trabalho, Boone.

Pra quê? Para que eu possa vencer pra ele?

— Eu sei cuidar de mim mesma, porra.

O deus da morte se detém e vira na minha direção, me fulminando com o olhar.

— Sei que você acredita nisso, e é o que faz com que você seja um perigo.

Retribuo o olhar irritado.

— Eu *não sou* um perigo, eu...

— Você me mata de medo, Lyra. — Ele cai num silêncio mortal, mas não de raiva. É um silêncio que me amedronta milhares de vezes mais do que um grito. Isso soa como derrota. — Você — repete ele. — Não os outros campeões, não os deuses ou o que eles especulam sobre nós, nem mesmo esse cara. *Você* me faz morrer de medo como nenhuma outra coisa que já vivi. E isso diz muito.

Depois, o rosto dele se contorce com um tipo diferente de raiva — uma queimação que acho que é direcionada para seu interior, a si mesmo, por ter admitido isso. Balançando a cabeça, Hades desaparece casa adentro.

E permito que ele se vá.

73
O TRABALHO DE HEFESTO

Passamos três dias no Olimpo. Três dias sem Hades. Acho que ele deve ter ido para o Submundo porque, quando pergunto aos sátiros, eles só dão de ombros e dizem que o deus não está entre nós.

Será que ele não sabe que, depois que os daemones o levaram, fiquei aterrorizada pela ideia de nunca mais o ver? Seu novo sumiço me faz sentir tudo aquilo de novo. Entendo que esteja irritado, mas não consigo engolir a ideia de ele tirando um tempo só porque está bravinho.

Quando Trinica e Amir vêm até nós querendo oficializar nossa aliança, aceitamos. Achei que Hades fosse aparecer para tentar me dissuadir, dizendo que isso só significaria duas pessoas a mais com as quais me preocupar, mas ele não aparece.

Ainda não apareceu.

O que significa que hoje, Boone e eu nos aprontamos para o próximo Trabalho, o que vamos encarar juntos, sem a presença de Hades.

Roupas brotaram do nada no quarto de Boone. São iguais às minhas — só que, em vez da borboleta no meio do peito dele, há uma crisálida bordada na gola alta. O colete e as ferramentas de Boone também surgiram em seu quarto. Estamos prontos. Jantamos cedo. E depois, com os outros onze campeões e as pessoas que mais amam, nos reunimos na casa de Hefesto.

Finjo admiração enquanto adentramos o lugar, fazendo todo um espetáculo para parecer que nunca estive aqui. Paro ao ver o rosto pálido de Dae. Ele está amuado e calado, guardando os pensamentos para si. Dex dá um tapinha no ombro dele, murmurando algo que não consigo ouvir, e Dae se afasta.

Ele não tenta esconder que está destruído. Não acho que devia, mesmo. Talvez ver isso faça os deuses repensarem a Provação. Ou não, né — a morte de Isabel não fez.

— Todos aqui? — pergunta Hefesto.

Nenhum dos outros deuses está conosco hoje, o que é interessante. Não que Hades esteja por perto para participar, de todo modo.

Com um aceno satisfeito de cabeça, Hefesto ergue a mão, e então uma linha cintilante e aquosa surge no chão e começa a subir. Ao mesmo tempo, a casa dele se transforma em um mundo diferente. É como uma miragem, consumindo devagar nossos arredores para revelar outro lugar. Quando ultrapassa a altura da nossa cabeça, a linha brilhante desaparece em uma chuva de faíscas, como a de um martelo batendo em metal aquecido, e nos vemos dentro de um círculo de pedras grandes numa floresta tão escura e vazia que até o vento passando por entre as árvores soa solitário.

— Uau... Agora sim — murmura Boone. Ergo as sobrancelhas, e ele dá de ombros. — Sei que você me contou como foram os outros Trabalhos e já participei de um com você. Ou quase. Mas é diferente quando a gente tá *realmente* dentro da Provação.

— Nem me fala...

Estamos cercados de pinheiros. Não tão altos quanto as sequoias em Muir — essas árvores são mais magrelas e baixas, mas tão densas que obscurecem a luz do sol.

Na parte de cima do círculo, postes grossos de madeira apoiam um bloco horizontal de pedra, formando uma passagem. No batente rochoso está esculpido o desenho de dois martelos e, entre eles, as palavras:

OUSE. OUSE.

Franzo a sobrancelha. Por que isso me parece familiar?

Hefesto é o estereótipo perfeito do lenhador dos contos de fadas, com a barba desgrenhada e os músculos avantajados. Só ficaram faltando a camisa de flanela vermelha e preta, as botas e um machado.

Levo a mão às costas do colete para conferir minha arma.

O deus cruza os braços e abre as pernas com seus pés voltados para trás, o que faz seu corpo tombar de leve para longe de nós.

— Bem-vindos ao sétimo Trabalho, campeões. E bem-vindos, convidados.

Ele fala baixo, o que faz com que todo mundo precise se inclinar um pouco para tentar ouvir melhor.

— Primeiro, queria dar os parabéns. Vocês perderam apenas um campeão, batendo assim o recorde de menos baixas até a metade da Provação. Muito bom.

Minha garganta se aperta. Quando deito a cabeça no travesseiro, ainda consigo ver os olhos de Isabel repletos de horror e dor. E, dada a forma como Dae aperta os lábios e desvia o rosto, não sei se ele gosta muito da ideia de ver a avó excluída da lista de perdas.

Não sei o que Hefesto esperava. Comemorações ou palmas, talvez. Todos o encaramos em silêncio. Mesmo assim, ele não se abala.

— Hoje, vocês e seus parceiros vão competir pelo melhor tempo, só isso.

Uma novidade, enfim.

— As largadas vão ser intervaladas, e o percurso não permite que os campeões interfiram no desempenho dos demais.

— Uma pista de obstáculos? — sussurra Boone para mim. — Moleza.

— É que você não viu como foi a última.

Depois da prova de Ártemis, não posso dizer que estou muito animada de encarar um desafio similar.

Mas Boone não sabe da queimadura. Não viu a cicatriz prateada no meu braço.

Ele abre um sorriso convencido.

— Vou te ajudar a chegar no fim.

Reviro os olhos.

— Não é uma pista de obstáculos. — Hefesto nos encara, sério.

Faço o possível para parecer adequadamente repreendida.

— Vocês vão precisar achar o caminho por estas matas até uma torre — continua o deus. — Lá dentro, no térreo, vão encontrar um dos meus autômatos. Ele precisa ser derrotado pra que possam ir pro próximo andar, onde outro autômato vai estar esperando. São todos diferentes entre si. Contra alguns, vão precisar lutar. Outros vão exigir habilidades diferentes.

— Parece um filme que eu vi uma vez — sussurra Boone, se inclinando na minha direção.

Hefesto nos olha de cara feia de novo.

— Shiuuuu — chio. — Você sempre me mete em confusão...

— Eu não — diz ele. — Você é que é um ímã de confusão. — Ele acena, apontando para onde estamos metidos, afinal.

— Será que vou precisar separar vocês dois? — indaga Hefesto, a voz de alguém que chegou ao limite.

Eu pigarreio.

— Ele vai ficar quieto agora.

— Sempre botando a culpa em mim... — sussurra Boone, depois se empertiga quando Hefesto o encara.

O deus enfim desvia o olhar.

— Quando passarem por um andar, a porta pro próximo abrirá automaticamente. Quem completar o desafio no menor tempo vence.

Boone olha para mim e dá uma daquelas suas piscadelas confiantes e metidas, mas eu não retribuo o sorriso. Tem mais alguma coisa por trás disso. Sempre tem um porém.

— Depois que uma das duplas já tiver progredido o bastante, a próxima vai ter autorização pra começar. Se não conseguirem terminar o desafio dentro das quatro horas reservadas para cada dupla, não vão morrer — diz Hefesto. — Vão ser simplesmente desclassificados do Trabalho.

Bom, pelo menos a morte não é um incentivo extra dessa vez. Viu? Eu sabia que ia gostar desse deus.

— Os andares já são mortais por si só — acrescenta Hefesto.

Esquece o que eu falei.

— Duas cabeças pensam melhor do que uma, claro, mas vocês *têm* escolha — prossegue o deus. — O campeão e o convidado podem colaborar e competir em dupla, ou o campeão pode ir sozinho.

Todas as pessoas no círculo parecem inquietas, virando-se umas para as outras com os olhos cheios de dúvida. *Os andares já são mortais por si só.*

Hefesto olha para Dae, a expressão se amenizando.

— Sinto muito, mas você não tem escolha, Kim Dae-hyeon. Vai precisar competir sozinho.

Dae assente com um aceno brusco da cabeça.

Murmúrios irrompem entre nós, mas Hefesto ergue a mão.

— Vocês vão poder discutir a decisão em breve. Antes, tenho um último lembrete. Tudo que precisam fazer é chegar ao topo da torre mais rápido do que os outros. A maneira como farão isso, independentemente do desafio encontrado em cada nível, cabe a vocês. Ainda assim, é impossível seguir para o andar seguinte sem vencer o anterior. E, como desafio extra, seus presentes não vão funcionar além do circuito, então não tem como ir por fora. — Ele baixa a mão. — Agora, decidam quem vai e quem fica. A primeira dupla começa em cinco minutos.

Me viro para Boone, a boca já aberta com argumentos e pontos que reuni na mente, mas ele leva o indicador aos meus lábios.

— Nem pense em ir sozinha.

74
UMA ENCRUZILHADA NA FLORESTA

Reviro os olhos para Boone, tentada a morder seu dedo. Em vez disso, me afasto um pouco.

— A gente não precisa botar *duas* pessoas em risco — argumento.
— Não.

Fulmino o garoto com o olhar.

— Deixa de ser cabeça-dura.

Ele bufa.

— Disse ela, a cabeça mais dura da face da Terra. Além disso, já falei que sempre quis trabalhar com você.

Solto um arquejo. Foi um golpe baixo, só para me deixar sensível e me fazer concordar — e ele sabe.

— Você devia se salvar. Eu ia me sentir melhor e...
— Se algo acontecesse com você, imagina como *eu* ia me sentir? Principalmente considerando como sou bom nesse tipo de merda.

Agora ele está apelando ao meu lado lógico, de contadora. Definitivamente, Boone não vai deixar isso passar.

— Beleza. Lá vai você colocar o seu na reta. Vou fingir que não me importo.

O sorriso lento do ladrão me faz sentir um frio na barriga. Só um pouquinho. Não como acontece com Hades, mas mesmo assim. Quando Boone escolhe ser charmoso, é difícil resistir.

Hefesto ergue a mão, pedindo silêncio.

— O primeiro a ir é Amir, começando com a convidada Zeenat.

Mas Amir e a mulher — que, a esta altura, todos sabemos que foi sua babá — ainda estão discutindo. Ela é pequena, mas insistente, e dá para ver que sua expectativa é que ele a obedeça como fazia quando era criança.

— Amir? — insiste Hefesto.
— Não, ayah — dispara o rapaz, olhando de lado para o deus. — Eu *não vou* obedecer. Não dessa vez. Não te salvei no último Trabalho só pra te perder agora. Eu... — Sua voz hesita um pouco e ele desvia os olhos, engolindo em seco. — Eu não ia suportar.

Zeenat analisa o rosto do garoto que conhece e nitidamente ama desde a infância, depois dá um tapinha na mão dele.

— Certo. Vou esperar, então.

O alívio o faz murchar os ombros, e Amir se inclina para abraçar a mulher.

— Obrigado. Vou me sair melhor se não precisar me preocupar com a senhora.

— Sempre de coração bom, esse meu Amir.

Ele sorri. O garoto arrogante e que no início achei que estava acostumado a ter as coisas sempre do seu jeito se transformou em outra pessoa. Depois de beijar Zeenat na bochecha, ele sai e passa pelo portão, floresta adentro.

Depois, é só esperar. Para mim, ao menos. Hefesto não diz com todas as palavras, mas conforme os nomes vão sendo chamados, não tenho dúvidas de que Boone e eu seremos os últimos. Como sempre.

Amir não é o único que escolhe competir sozinho para poupar seu amor. Zai faz o mesmo com a mãe. Assim como Meike, que salva a companheira de apartamento — que acho que é pelo menos uns dez anos mais velha do que ela.

E Rafe discute com Dex até o último segundo.

— Eu sou forte.

O rosto de Dex é uma máscara de pena e determinação.

— Eu sei que é, sobrinho, mas sua mãe jamais me perdoaria se...

— Ela ia querer que eu fosse o homem da casa. Os deuses me escolheram pra te ajudar, tio Dex.

Eles continuam nesse joguinho até Hefesto chamar o campeão.

Rafe corre na direção do portão, mas Dex o segura pelo braço. Cada um dos trinta anos do homem de repente parece vincado em sua expressão zombeteira enquanto leva o sobrinho até o deus.

— Segura ele pra mim?

Para minha surpresa, Hefesto prende o garoto sob um dos braços como se ele fosse uma bola, ignorando como ele chuta e se debate. Dex agradece com um gesto de cabeça e corre mata adentro.

— Dex! — O tom com que Rafe grita o nome do tio faz apertar até o coração mais frio do mundo.

E essas são as decisões mais fáceis, acho. Os demais brigam por mais tempo ainda. Trinica está determinada a permitir que o filho se case e lhe dê alguns netinhos, algo que não vai poder fazer se estiver morto — mas ela não vence a discussão. Neve tampouco convence Nora a ficar.

Diego, por outro lado, ganha o debate com a esposa, Elena, insistindo que as crianças precisam de pelo menos um dos pais caso algo dê errado. O beijo que trocam antes de ele partir... Preciso desviar os olhos, dar a eles um pouco de privacidade, mas esse amor é uma preciosidade. Algo raro. Algo digno de luta.

Um sentimento que Zeus roubou de mim.

Na verdade, cada despedida hoje faz meu coração se apertar de tristeza e se comover com as evidências de amor no mundo mortal. A crueldade dos nossos deuses e deusas transparece em cada palavra, cada olhar, cada abraço.

Espero que a porra do mundo esteja vendo isso e prestando atenção.

Os convidados que não vão participar do percurso são escoltados para longe pelos daemones, sem dúvida para esperar que seus campeões terminem o desafio.

Por favor, que eles sobrevivam a isso.

Egoísta, penso que não vou ser capaz de encarar outra perda como a que Dae sofreu só alguns dias atrás.

A espera fica cada vez pior a cada dupla convocada. Meu coração se atropela. Não por mim, mas por Boone. E pelos outros. Não há sinal de que alguém já terminou o percurso, nenhuma forma de saber se chegaram ao topo com vida.

— Lyra — chama Hefesto. — Você é a próxima.

Essa foi rápida. Trinica foi chamada só alguns minutos atrás. O intervalo foi muito maior entre as duplas anteriores. Mas faz sentido, acho: ela já contou que a bênção que recebeu de Hefesto foi a inventividade, a habilidade de ver e entender mecanismos, como os autômatos. Hefesto sem dúvida presenteou sua campeã com algo que lhe desse vantagem no próprio Trabalho. Um sorrisinho brota nos lábios dele, então sei que estou certa.

Boone gira para me encarar e estende a mão.

— Pronta, Lyra Piradinha?

Quero trabalhar com ele há anos. Anos ao longo dos quais vi outras pessoas se juntando ao ladrão enquanto eu ficava para trás, cuidando de papelada.

Mas não queria que fosse assim.

Preciso tentar pelo menos uma última vez.

— Você pode esperar por mim e...

— De jeito nenhum. — Ele começa a caminhar, me puxando até a gente passar pelo portão e não ter como voltar.

Tudo o que há ao redor é o silêncio da floresta, quebrado aqui e ali pelo sussurro ocasional do vento entre as agulhas de pinheiro. Respiro fundo e tento domar meu coração, tento encontrar uma calma que não consigo alcançar. A gente não precisa ganhar. Só precisa chegar ao final com vida.

Uma curva no caminho nos leva a uma área mais densa da mata. Não é sombria, e sim quase encantadora, cheia de vaga-lumes que flutuam ao nosso redor. Logo, chegamos a outro portão. Este leva a uma ponte levadiça suspensa sobre um fosso de água escura que cerca uma única torre de castelo de topo ameado.

Como o primeiro portão, o batente tem entalhes. O martelo de Hefesto de novo, além de novas palavras:

OUSE. OUSE.

MAS SEM EXAGERAR.

— Eita... — solta Boone. — Meio agourento, né?

Não são palavras de encorajamento — são um aviso. E da última vez que tivemos um aviso entalhado em pedra, as coisas não terminaram muito bem.

Enquanto encaramos as palavras, me lembro de onde as conheço. Tempos atrás, uma das oferendas afanou um livro de contos de fadas celtas que rodou de mão em mão. Tinha uma história sobre um homem que matava mulheres em seu castelo, e a noiva descobriu a verdade horrenda. Isso só aconteceu porque ela tinha curiosidade a respeito desse castelo sobre o qual ele falava mas que nunca lhe apresentara; assim, a moça foi sozinha atrás do lugar.

No fim das contas, a curiosidade salvou sua vida.

Ou é assim que interpreto a história, ao menos. Acho que é por isso que me lembrei dela. Também significa que não fico nem um pouco surpresa com as palavras entalhadas acima da porta da torre em si quando atravessamos o fosso.

OUSE. OUSE.

MAS SEM EXAGERAR.

OU O SANGUE DO SEU CORAÇÃO VAI GELAR.

— Que encorajador — murmura Boone.

Ele já não está tão bem-humorado como antes, mas assumiu seu estado de "vamos resolver essa merda logo".

Paro com a mão na maçaneta em estilo antigo e ergo o olhar, inspecionando a torre de pedra. Não vejo janelas, fendas ou qualquer coisa que indique quantos níveis há.

— O que você acha? — pergunto. — Uns sete ou oito andares?

— Acho que é mais ou menos isso mesmo.

Precisamos sobreviver a sete ou oito andares. Mas mesmo que a gente não chegue ao topo a tempo, não vamos morrer. Isso já é alguma coisa.

A maçaneta range em protesto quando levo a mão até ela. Juntos, eu e Boone entramos.

75
VENCER, PERDER OU MORRER

Não sei o que eu esperava do primeiro autômato de Hefesto, mas com certeza não era uma criancinha toda feita de ouro parada no meio de um cômodo circular.

A porta se fecha atrás de nós, deixando o espaço iluminado pelas lamparinas e uma única janela do lado oposto. O menino autômato, que parece ter uns três anos de idade, ergue devagar uma faca com aparência terrível, e sua boquinha se abre num sorriso de pura maldade. O riso de deleite enche a sala quando ele dispara na minha direção, golpeando loucamente.

— Eita, porra! — berro.

Levo a mão às costas para pegar meu machado, mas estou tão abalada pela criança assassina que erro o bolso. Tateando, desvio e corro. Boone se coloca entre nós e joga a criatura de metal para o outro lado do cômodo. O autômato atinge a parede, mas logo se levanta e dá risadinhas antes de atacar de novo. Dessa vez, já desisti do machado. Não tenho estômago para retalhar uma criança, mesmo que seja uma mecânica.

Desviando da coisinha homicida e risonha, puxo do colete o resto de sisal que Zai me devolveu depois do Trabalho de Dionísio.

Boone vê o que estou fazendo e, sem dizer palavra alguma, começa a me ajudar.

Ele precisa empurrar o autômato de novo, e continuamos trabalhamos juntos, nos desviando do troço outras três vezes até que eu enfim consigo derrubá-lo pelas costas enquanto ele persegue Boone. Envolvo a criatura com sisal até seus braços metálicos estarem presos ao lado do corpo. No segundo em que ele para de se debater e derruba a faca, fazendo um estalido, uma porta oculta se abre à nossa direita.

Agora entendo como passar por este percurso sozinha seria uma desvantagem.

— Nada mal, Keres — diz Boone.

Ele nem sequer está sem fôlego. Eu estou.

Atrás da passagem há uma escada caracol, de pedra, desgastada por séculos de pés utilizando seus degraus. Quando chegamos ao topo, a porta já está aberta.

Do lado de dentro encontramos uma coruja de latão empoleirada diante de um tabuleiro de xadrez.

Solto uma risada.

Xadrez é o único jogo que a Ordem permite em seus covis. Na verdade, ela insiste que todas as oferendas aprendam a jogar e joguem bem, alegando que pensar estrategicamente é uma ferramenta chave para todos os ladrões. Ladrões inteligentes, ao menos.

Nisso eu sou boa de verdade. Assim como Boone.

Rá!

Boone e eu analisamos o tabuleiro, que já está com um jogo iniciado. Depois, nos sentamos nas cadeiras disponíveis e começamos a pensar. Após quatro movimentos, ele gentilmente cobre minha boca com a mão.

— Foi mal, mas você precisa dar um jeito nessa mania de murmurar. Isso vai acabar te matando um dia desses.

Franzo o nariz, afastando a mão dele.

— Eu sei.

Demoramos mais do que eu gostaria para terminar a partida, principalmente porque Boone e eu precisamos parar para discutir estratégias, mas enfim, após sete movimentos, damos o xeque-mate na coruja. Outra porta se abre.

Boone sorri.

— Caramba, você é boa. Quando a gente voltar pro covil, vou pedir pro Felix colocar nós dois como parceiros.

Ele diz isso tão casualmente, com tanta naturalidade, que sei que não foi calculado ou dito só por pena. Boone realmente quer trabalhar comigo. Ele acabou de riscar esse sonho da minha lista sem nem perceber que estava fazendo isso.

Só que...

Por que de repente é tão difícil me imaginar de volta à Superfície? Longe de Hades?

— Jogou bem — digo para a coruja.

Engrenagens a fazem virar a cabeça, depois ela solta um pequeno pio que me faz sorrir. Após dois andares, estou mais confiante de que ao menos nossa sobrevivência está garantida.

Sigo na direção da porta; quando chego na base da próxima escada em caracol, porém, um assovio familiar soa atrás de mim.

Giro e vejo Boone sentado — sim, sentado, como se não fosse nada de mais — no parapeito de madeira da janela, as pernas penduradas para fora e um sorriso besta no rosto.

— O que você tá fazendo? — pergunto, correndo na sua direção.

Olho para a distância até o chão. Estamos no segundo andar, o que significa apenas uns seis metros até o chão, mas o fosso não encosta na torre. Há uma faixa estreita de terra entre a parede e a água, toda coberta de espigões fincados na terra. Centenas de estacas amedrontadoras, como os espinhos de um porco-espinho raivoso.

Boone passa uma perna para fora, despreocupado.

— Hefesto disse que não importa como a gente vai chegar ao topo. Só precisamos chegar. — Ele olha para a parede acima de si. — Acho que a gente tá indo pelo caminho mais difícil.

Me inclino para fora da janela e acompanho seu olhar.

E, por todos os infernos, ele está certo. Agora que dá para contar as janelas, vejo que há sete andares. As paredes do castelo são facilmente escaláveis, feitas de pedra áspera cheia de protuberâncias — inúmeros suportes e ganchos que chegam até o topo.

Definitivamente seria mais rápido ir por fora, especialmente para Boone — que, claro, escala muito bem. Também é bem mais seguro do que encarar os autômatos. Isso se eu conseguir subir, claro. Não sou a pior em escalada, mas também não sou a melhor — e não temos cordas.

Boone deve ler minha mente, porque dá uma piscadela.

— Eu te ajudo a chegar lá em cima.

É sincero.

— Vai logo então. — Aceno, impaciente.

Com uma risada, ele sai do parapeito e começa a escalar a parede pela lateral. Me sento e passo as pernas para fora também, depois procuro os melhores apoios para as mãos e os pés. Em segundos, também estou dependurada do lado do castelo, olhando para cima, tentando me lembrar do meu treinamento para mapear a primeira série de movimentos.

— Pra esquerda? — pergunto.

— Não. — Boone aponta. — Tá vendo aquele relevo maior?

— Saquei.

Começamos a escalar. Meu coração está batendo tão forte que posso sentir o sangue sendo bombeado nas minhas orelhas e têmporas. Pelo menos uma vez, vejo o cintilar através de uma janela perto do topo. Deve ser o halo de Diego, ou talvez o colar de Dae. Há gritos saindo de vários dos andares. Tomo cuidado e sigo devagar, tentando manter boa parte do peso nas pernas e não nos braços, enquanto passamos por uma das janelas. Estamos chegando ao parapeito seguinte quando Boone sussurra:

— Você tá murmurando de novo.

Corto o som na garganta.

— Foi mal.

Em silêncio, nos separamos e damos a volta na abertura, cada um por um lado.

O parapeito está mais ou menos na altura da minha cintura quando paro, procurando outro apoio para as mãos. Viro a cabeça, e um lampejo de algo prateado dispara de dentro da torre. É um borrão, rápido demais. Tudo que sei é que Boone se joga para se colocar entre mim e o que quer que tenha nos atacado de lá de dentro.

Vejo ele levar o impacto, as mãos se curvando ao redor do parapeito enquanto seu corpo sacoleja. Ele grunhe. Alto.

Depois, sem pausa, estende a mão na minha direção. Tentando me tirar do caminho ou garantir que não vou despencar — não sei exatamente qual das duas coisas. Tudo acontece muito rápido. Quando ele se vira, de repente vejo a mancha vermelha já se espalhando pela sua camiseta e um grande corte no seu peito.

Mas a coisa prateada dá o bote de lá de dentro antes que eu tenha chance de respirar. Quando vejo, Boone está no ar.

Seu rosto se retorce de choque enquanto ele gira os braços. Estendo a mão na direção dele, em vão, agarrando o nada enquanto ele cai.

— Não! — Tenho a impressão de gritar enquanto o vejo despencar.

Parece que o mundo está em câmera lenta, e a queda demora uma vida toda.

Gotas de sangue o seguem como chuva, e seus olhos horrorizados nunca desviam do meu rosto. Nem quando ele atinge os espigões. Mesmo daqui de cima consigo ouvir o baque, e o som de algo se esmigalhando.

— Lyra. — Não ouço a palavra; só vejo seus lábios se moverem.

Depois, ele tosse mais sangue.

Um minúsculo vaga-lume se afasta da segurança das árvores para cintilar diante dele, curioso. Boone o vê... e sorri. Depois ergue o olhar, me procurando como se quisesse que a gente compartilhasse aquele momento, e não a realidade do que está acontecendo. Seus olhos ficam fixos nos meus, mesmo enquanto a vida se esvai deles. Boone não desvia o rosto nem uma vez, até sua cabeça tombar para trás e seus músculos desfalecerem ao redor das lanças que atravessam seu peito, seu ombro e sua perna, mantendo o corpo suspenso.

— Boone! — Dessa vez, tenho certeza de que estou gritando, e o tempo volta a passar num turbilhão.

Meu grito seguinte demora o que parece uma eternidade, e não paro até minha garganta estar em carne viva.

Solto um soluço rápido. Ele é interrompido por uma pontada de dor quando um borrão prateado vindo de dentro da torre me acerta, quase me derrubando também. Dessa vez, consigo ver o que é, mesmo com as lágrimas e a dor anuviando minha visão: um tentáculo em forma de chicote, com uma ponta afiada de aparência letal. Foi isso que derrubou Boone da torre.

Quando me dou conta, estou com o machado em mãos, bem na hora em que o tentáculo investe de novo.

Desço a lâmina com tudo nele; a ponta corta o metal, prendendo a coisa contra a madeira do parapeito. Depois, continuo escalando.

Não tenho escolha.

Não me permito olhar para baixo. Se eu vir o corpo retorcido de Boone de novo, sei que vou surtar. Preciso chegar ao topo. Uma sombra voa lá em cima — provavelmente um dos daemones, mas nem olho. Evitando as janelas, escalo sem parar até chegar às ameias no topo. Consigo usar as fendas estreitas entre os blocos de pedra para me puxar, os músculos queimando e o coração acelerado.

No instante em que meus pés tocam o telhado, giro para me inclinar e procurar Boone. Antes que eu o veja, porém, braços me envolvem por trás. Hades. Tenho certeza. Ele não me dá a oportunidade de vislumbrar de novo meu amigo ou reagir de qualquer modo antes de desaparecermos.

Não para uma floresta, nem onde estão os outros que já terminaram, ou que ainda esperam seus entes queridos passarem pelo percurso. Não para retornar ao terceiro andar ou recomeçar desde o princípio, como cheguei a imaginar, dada a trapaça para alcançar o topo. Nem sequer para voltar à casa de Hades no Olimpo.

Quando reaparecemos, estou entre os braços do deus da morte, minhas costas contra o calor de seu corpo. Estamos numa biblioteca. Colunas — não caneladas ou em estilo grego, mas sim incrustradas com turquesa e ouro — ladeiam uma escada dividida que conecta pelos dois lados três andares a um domo de vidro, que por sua vez mostra um céu aveludado que não corresponde ao céu lá fora. E há livros para todos os lados.

Estou com ele no Submundo.

Em seu lar.

Tenho certeza.

Hades apoia a testa na minha nuca.

— Lyra. — Sua voz sai num murmúrio. Hesitante. Nada típico dele.

E é isso que enfim rompe a bolha de entorpecimento na qual me envolvi para conseguir chegar ao topo daquela porra de torre. É quando a imagem do rosto de Boone enquanto caía e a visão cruel de seu corpo quebrado naqueles espigões esfregam a realidade na minha cara. Ao contrário do que aconteceu no último Trabalho, não posso acordar Boone desta vez. Não há magia alguma envolvida nisso. Ele realmente se foi.

Minhas pernas cedem.

E Hades me segura.

PARTE 6
PERDA TOTAL

O que poderia ser agora nunca vai se concretizar.
Isso é o que mais dói.

76
O QUE FOI QUE EU FIZ?

Hades me levanta e me senta numa imensa poltrona de couro, me puxando para seu colo, curvando o corpo ao redor do meu como se quisesse me proteger. Fui tomada pela imobilidade.

Não é um torpor.

A dor está bem aqui, me comendo viva. Mas não quero me mover ou falar, e definitivamente não vou me permitir chorar. Sei, de alguma forma, que as coisas vão ficar piores se eu fizer isso.

— Lyra — murmura Hades, acariciando meu cabelo devagar.

Inspiro. Tento respirar, ignorando a sensação.

— Não reprime o sentimento, amor... — insiste ele, mas isso só faz eu me fechar mais.

Não quero sentir isso. Não quero me deixar levar. Mas a única coisa que não posso deter são as memórias.

Momentos de Boone ao longo dos últimos doze anos. Momentos que agora vejo com outros olhos.

Aquele sorriso metido me provocando em cada esquina. A forma como ele costumava se aproximar de mim na fila da comida, geralmente para roubar algo da minha bandeja — "O que você tá aprontando hoje?", dizia ele.

Boone amava panquecas. Nunca vi ninguém meter tanto xarope de bordo nas coisas como ele. E ria quando se metia em confusão por usar calda demais — algumas coisas não eram tão abundantes no covil —, porque ele simplesmente ia e roubava um pouco mais.

Também me recordo da vez em que ele roubou aquela porcaria de pintura, debaixo do nariz da Lakshmi, uma lembrança fresca na minha mente depois que ele tocou no assunto de novo outro dia.

Memórias novas também passam pela minha mente. Ele dizendo que gostaria de ser meu amigo.

Hoje de manhã mesmo, quando a gente tomou café da manhã juntos.

Ele estava comigo *hoje de manhã*.

Minha garganta aperta.

Respira, Lyra.

Naquela noite com os deuses, Boone não contou essa parte da história do roubo da pintura, e na época achei que ele só estava tirando sarro da minha cara, mas agora é capaz de a memória me assombrar pelo resto da vida. "Eu peguei ela pra você, Lyra Piradinha. Não vai ficar linda na parede do seu quarto?", disse ele. Será que já estava tentando ser meu amigo? Como ele sabia que, no fundo, eu cobiçava mesmo a beleza daquela paisagem? Nunca contei isso para ninguém. Depois, ele apontou para outro quadro que havia roubado. "Esse a gente pode dividir." Não que eu acreditasse nele, ou que Felix fosse deixar Boone ficar com as obras.

Ai, pelos deuses. A culpa é *minha*. Ele está morto por minha causa. O autômato dentro da torre soube da nossa posição porque eu estava murmurando baixinho e...

— Lyra. — A voz de Hades parece tomada por um leve tom de preocupação.

— Não quero deixar os sentimentos saírem — digo a ele, minha voz tão insignificante quanto me sinto.

— Por quê?

— Se eu me sentar e chorar, se ceder a isso, não sei se vou conseguir levantar de novo.

E essa não sou eu. Sou a pessoa que vai lá e faz, que nunca para quieta, que acha soluções para o problema à frente — porque sempre tem algum — e depois resolve o problema seguinte, e o seguinte, até chegar o dia em que todos estarão resolvidos.

Só que esse eu não consigo resolver.

Hades me aperta com mais força e ficamos ali sentados em silêncio. Não sei por quanto tempo. Ele não insiste para que eu pare de reprimir o sentimento, e as memórias começam a chegar mais rápido. Não consigo interromper a torrente.

É como descobrir que o tecido do meu passado formava uma trama cujo padrão só consegui ver ao me afastar. Um milhão de momentos que ignorei ou desprezei por conta da minha maldição.

Um milhão de oportunidades perdidas.

Minha mente retorna ao garoto magrelo que surgiu quando eu tinha onze anos e ele treze, só cotovelos e joelhos, mas já exibindo sinais do homem que se tornaria. Boone me olhou, sorriu e disse que eu era pequena demais para ser uma ladra, e que talvez a Ordem devesse me deixar na rua.

Deuses, ele é um pentelho.

Era.

O pesar envolve meu coração e aperta com força.

Boone *era* um pentelho.

Não é mais.

Quantas coisas teriam sido diferentes se eu não tivesse erguido muros ao meu redor, como ele disse? Se eu tivesse tentado com mais afinco?

Agora, nunca vamos saber.

Boone está morto.

Posso ver a expressão dele enquanto cai da torre.

A cena lampeja entre todas as outras memórias, batendo com mais força a cada vez. Ele nunca desviou o olhar. Me encarou até o final.

Boone não morreu rápido o bastante. Não foi na hora. Ele *sentiu* aqueles espigões...

Por que não consigo parar de reviver a cena? Preciso parar. Preciso bloquear isso.

Ah, deuses...

— Boone. — O nome sai num sussurro por entre meus lábios.

Me aninho no abraço de Hades, agarrando sua camiseta, fechando os olhos com força.

— Sinto muito — murmura Hades. — Sinto muito. — Ele corre a mão pelo meu cabelo, me acalmando. — Sinto muito.

Suas palavras são como uma bandagem de calor envolvendo meu coração — não afastando a dor, mas a amenizando, tornando-a mais suportável. Retarda as memórias que não quero reviver.

Fico encolhida contra seu corpo.

— Será que você pode arranjar pro Bo...

Minha garganta se aperta quando tento dizer seu nome.

Respira.

Começa de novo.

— Será que você pode colocar a alma dele num lugar bom no Elísio? Como fez com Isabel? — sussurro, a voz embargada. — Sei que ele é um ladrão, mas...

— Não se preocupa. Vou cuidar disso.

Será que Boone já está lá embaixo? Cruzando o Estige no barco de Caronte? Caminhando sozinho pelo Campo de Asfódelos?

— Eu posso ver ele?

Hades se empertiga um pouco.

— Não. Não é bom para as almas ver entes queridos logo depois da passagem. Assim elas ficam confusas e sofrem, querendo voltar. É desse jeito que as almas presas na Superfície se transformam em fantasmas.

— Ah. — Puxo a camiseta dele. — Obrigada.

— Não... Não me agradece, Lyra.

A frase é a primeira que faz as memórias pararem por completo. Eu deveria estar grata, mas franzo a testa contra seu peito.

— Por quê?

— Ele tava certo. A culpa é toda minha. Você veio parar aqui por minha causa. Ele também. Fui eu que fiz isso. — A voz dele está pesada pela culpa. — Eu sinto muito, Lyra.

Ergo a cabeça. Olhos cinzentos e opacos me encaram, e meu coração se aperta. Tive que ser tostada por um dragão e perder Boone para que Hades enfim se dê conta do que realmente significa para mim ter sido envolvida na Provação. A questão é que...

— Eu não tô brava com você — digo para ele.

Hades não consegue sustentar meu olhar e desvia o rosto.

— Deveria.

— Você me contou sobre a Perséfone. — Respiro fundo. — Pode não querer me contar qual é a relação da Provação com isso, mas sei que não faria algo assim comigo só por capricho.

Ele volta a me fitar, procurando meu olhar. O que está buscando? Verdade nas minhas palavras? A raiva que acha que eu deveria estar sentindo?

— Você não faz nada sem um motivo específico, Hades. Um bom motivo. Tô errada?

Não me diga que estou e que você é mesquinho como os demais. Não sei se eu ia suportar.

Hades engole em seco.

— Um dia vou te contar tudo e acho que você vai concordar que era um bom motivo. Na verdade, tenho certeza de que vai. Mas agora não sei se é bom o bastante pra compensar o preço que *você* tá precisando pagar. Eu não imaginava que seria assim.

Eu sabia. Lá no fundo do meu coração. Não estou aqui porque um deus caprichoso está brincando comigo a troco de provocação, diversão ou sede de poder. Boone não ia morrer sem motivo.

Só de pensar nele sinto o ardor das lágrimas. Fecho os olhos e tensiono o rosto, engolindo o choro. Tento focar em Hades, na distração que ele oferece.

— Por que você não pode me contar agora? Talvez me ajude a me sentir melhor.

Hades nega com a cabeça.

— É perigoso demais agora. Mas, se você vencer, eu vou... — Ele se interrompe.

Me forço a abrir os olhos, apesar da ardência, e os direciono para cima, vendo a parte de baixo do seu queixo.

— Você o quê? Me conta.

Ele se endireita contra meu corpo, assumindo de repente uma expressão determinada.

— Se você vencer. — Hades olha diretamente para mim, e posso sentir as emoções vibrando por seu corpo. — Se você vencer, posso salvar o Boone.

352

77

O PODER DA SOBERANIA

Arregalo os olhos.

— Oi? — A palavra sai rasgando pela minha garganta. — Como assim?

— O rei ou rainha dos deuses, e só ele ou ela, tem a habilidade de transformar mortais em novas divindades. Se você vencer a Provação, eu...

— Vai virar rei — sussurro. — Mas, espera, você já é. Por que não consegue fazer isso?

— Eu sou o rei do Submundo, não dos deuses. Pra salvar algum mortal, precisaria transferir a ele todos os meus poderes divinos junto com meu título.

Encolho os ombros. *Fora de cogitação, então.*

Ele tira um cacho de cabelo da minha testa.

— Mas se você vencer, posso transformar seu amigo em imortal. Num deus. Samuel venceu o Trabalho hoje. Não tem ninguém com mais de uma vitória, incluindo você. O que significa que só precisa ganhar mais uma ou duas provas. Ainda dá tempo.

A esperança é uma coisinha peculiar, aterrorizante e dolorosa. Ela me inunda numa torrente. Hades poderia salvar Boone. Poderia salvar meu amigo. Tudo que preciso fazer é vencer.

Hades solta um suspiro, murmurando palavras que não compreendo, mas que soam como uma oração. O que não faz sentido. Para quem ele iria orar?

— Certo — sussurro.

O deus da morte fica imóvel.

— Certo?

— Eu vou vencer.

Tentar é para pessoas que esperam perder. Eu não tenho escolha. Preciso vencer agora. Por Boone. Talvez possa arranjar um pouquinho da confiança metida dele. Seria muito útil.

Queria que ele estivesse aqui agora para me ensinar como fazer isso.

Os braços de Hades me envolvem com mais força enquanto ele ergue a cabeça, analisando minha expressão.

— Tem certeza? Vencer é uma jornada perigosa.

— Eu sei. Mas pelo Boone... e por qualquer que seja o seu motivo, também, eu consigo.

Hades me fita de novo, como se não estivesse acreditando muito.

— Mesmo sem eu te falar o motivo?

— Sim. — Essa parte é mais fácil do que deveria ser, acho. — Eu confio em você. Você já me mostrou quem é.

As sobrancelhas dele se unem, intensas.

— Porra, Lyra. Eu... — O deus balança a cabeça.

Ver Hades ficar sem palavras é uma coisa incrível. Minha vontade é enrolar aquele cacho branco no dedo, tirar as madeixas da sua testa. Mas não faço isso.

— Só me promete que vai salvar o Boone se eu ganhar.

— Juro pelo Estige que, se você vencer a Provação, vou trazer o Boone de volta — diz ele, solene.

Uma promessa que sei que significa muito para um deus. É algo inquebrável.

— Ótimo.

Aguenta firme, Boone. Não acho que ele consegue me ouvir, mas me dirijo a ele mesmo assim. *A gente tá indo te salvar.*

É quando me dou conta de algo: Zai, Meike, Amir e Trinica. Meus aliados. O que faço com eles? Juntos, estávamos tentando apenas sobreviver. Vencer não era um objetivo.

Bom, um problema por vez. Posso resolver isso amanhã. Talvez eles entendam, se eu explicar.

— Obrigada. — Faço menção de abraçar Hades, mas no instante em que ergo o braço direito a dor atravessa meu abdômen.

Dou um grito e me encolho, levando a mão ao local.

— Lyra? — A voz de Hades é urgente. — O que foi?

— Eu... — Afasto a mão da barriga, e ela volta manchada de um vermelho vivo.

Fico olhando minha palma, abobada.

— Caralho — Hades cospe a palavra. — Como você se machucou?

— Eu me machuquei? — pergunto ao mesmo tempo.

Não me lembro de ter me ferido... Talvez aquela dor quando o autômato quase me empurrou, mas... Nada parecia real depois que Boone começou a cair.

Num piscar de olhos, Hades me deita no sofá diante de nós. Não consigo esticar as pernas porque faz repuxar o ferimento que, ao que parece, a adrenalina, o choque e o luto estavam mascarando — não é mais o caso, porém. Gentil, ele puxa minha camiseta para cima e solta outro palavrão, e encaro horrorizada o corte imenso na minha barriga. Hades confere minhas costas, e basta um vislumbre do seu olhar sombrio para saber que o tentáculo deve ter me atravessado.

— Vou buscar o Asclépio — diz ele.

— Não! — Agarro seu pulso, principalmente porque não quero que me deixe. — Ele não pode me curar. Eu não ganhei esse Trabalho.

A série de xingamentos que saem da sua boca fariam um demônio corar.

— Certo — diz Hades. — Tenho almas lá embaixo que foram médicos em vida. Caronte! — grita ele, enquanto puxa a manta das costas do sofá e a rasga em duas.

A parte de mim meio atordoada pela perda de sangue registra mentalmente que existem mantas no Submundo, o que parece esquisito. Já não é quente aqui?

Num instante, o barqueiro surge no quarto conosco. Analisa a cena num único olhar rápido.

— O Asclépio não pode vir. — Hades aperta o tecido contra meu ferimento, e grito com a dor lancinante. — Leva ela pra qualquer médico lá embaixo se isso for necessário — ordena ele.

Caronte não faz perguntas. Só obedece.

E é a última coisa que vejo antes de mergulhar na inconsciência.

78

PRA QUE LADO FICA EM CIMA?

Eu sei que está se aproximando. Sei e não consigo evitar.

Pois desde que desmaiei estou presa num pesadelo, revivendo o mesmo momento várias e várias vezes. Parte de mim sabe que é um sonho, mas parece real. Toda vez.

Movo a cabeça para ver um lampejo prateado que irrompe do interior da torre. É um borrão, rápido demais. Tudo que sei é que Boone grunhe, e depois está no ar.

Seu rosto se contorce de choque enquanto ele gira os braços. Estendo a mão em vão na direção dele, agarrando o nada enquanto ele despenca.

— Não! — Acho que foi o que gritei enquanto o vejo cair.

Alguém me sacode pelos ombros.

— Lyra!

Mas não acordo. Ainda estou presa no pesadelo.

— Não! — grito enquanto o vejo cair.

Parece que o tempo fica mais lento e a queda demora uma vida toda.

Os olhos aterrorizados de Boone nunca se desviam do meu rosto, mesmo quando ele atinge os espigões.

— Lyra! — Outro chacoalhão me desperta do pesadelo, e estou de volta à realidade.

Minha respiração sai ofegante e rouca, misturada a arquejos de horror enquanto o momento vai arrefecendo.

— Boone... — choramingo.

— Lyra? — A voz de Hades vem de muito, muito longe.

Franzo a testa. Sei que estou acordada agora. Onde estou? No meu quarto, adormecida?

Não, não é o meu quarto.

Mas minhas pálpebras não se abrem, como se houvesse sacos de areia segurando-as.

— Você vai se sentir péssima — informa a voz dele através da escuridão, da confusão e do tipo atordoado de consciência em que estou tentando navegar.

Sinto uma picada no braço, seguida de uma onda de dor, como se a picada estivesse despertando todos os outros nervos do meu corpo...

— Ai.

— Tá doendo? — pergunta Hades, acho. Depois: — Por que ela tá com dor? — indaga numa voz muito diferente, espero que para outra pessoa.

— Hummm... Calor. — Por que estou com tanto calor? Transpiro tanto que meu corpo parece grudento, o cabelo encharcado.

Sinto um tecido frio contra o rosto.

— Eu sei — diz Hades. — Você tá com uma infecção, por isso a febre.

Infecção? Por quê?

Provavelmente faço a pergunta em voz alta, porque Hades responde:

— A coisa que jogou o Boone da torre deve ter atravessado seu corpo com o golpe.

A coisa que...

Boone.

É real. Não era um pesadelo. Ele morreu. Lágrimas começam a escorrer dos meus olhos ainda fechados, por mais que eu tente reprimir.

— Não, não, não. — As palavras saem arrastadas e tento me encolher.

Mas as mãos nos meus ombros não se afastam.

— Não se mexe, meu amor. Você vai estourar os pontos, e tá toda cheia de fios.

Fios. Pontos. Porque me machuquei.

Me lembro agora. O sangue. A dor. Hades em pânico.

Forço os olhos a se abrirem e vejo a parte de baixo de um maxilar com a barba por fazer.

— Você... precisa... se barbear.

— O que ela disse? — questiona outra voz no cômodo.

Franzo as sobrancelhas e estendo a mão para roçar seu queixo.

— Deuses... se... barbeiam?

Hades baixa a cabeça para me analisar, as sobrancelhas quase se juntando sobre os olhos, e o encaro em sofrimento.

— Ela tá delirando.

— Quem disse? — indago. Ou tento.

Os olhos cinzentos se enrugam nos cantos, e ele balança a cabeça.

— Se deuses pudessem morrer, você seria o meu fim, minha estrela.

— Eu gosto quando você me chama assim.

Será que falei isso em voz alta?

As rugas na testa dele voltaram. Acho que falei.

— Ela definitivamente tá delirando — diz ele.

Estou? Eu me sinto melhor, na verdade. Só olhar para Hades já ajuda. Mergulho a cabeça no travesseiro e continuo com o olhar fixo em seu rosto. Depois, as memórias voltam na esteira da exaustão.

— A gente... pode... salvar... ele? — resmungo.

Aquilo foi real também, não foi? Se eu vencer, Hades pode salvar Boone?

O deus da morte solta meus ombros, pegando minha mão e pressionando os lábios contra os nós dos dedos. Ele sequer olha para mim, porém.

— Claro. Mas primeiro a gente precisa que você melhore.

Por que isso soa esquisito?

O sono está me puxando para o fundo de novo, cada vez mais pesado.

— A gente... precisa... salvar... o Boone.

O rosto de Hades borra, e apago.

— Não! — grito enquanto o vejo cair.

A queda demora uma eternidade.

Os olhos aterrorizados de Boone nunca se desviam do meu rosto, mesmo quando ele atinge os espigões.

— Lyra! — Hades me chama, me puxando para si.

Hades, que estava aqui comigo toda vez que eu me livrava de um pesadelo só para mergulhar em outro. Hades, que nunca saiu do meu lado.

Paro de me debater, ainda respirando com dificuldade, mas o pior acabou. Não sei quantas vezes revivi o mesmo momento. Parece um milhão. Pelos deuses, eu me sinto péssima.

— Boone morreu — consigo sussurrar, apesar da garganta mais seca do que o deserto do Saara.

— Eu tô aqui, Lyra Piradinha — diz Boone de algum ponto próximo.

Solto um gemido ao ouvir sua voz dizendo meu nome. Meu coração se atropela. Estou sonhando. Alucinando. Ou Morfeu está pregando uma peça terrível em mim, me provocando.

— Sou eu mesmo — diz Boone. — Para de ser covarde. Abre os olhos e vê se não é verdade.

O esforço é imenso, como se minhas pálpebras estivessem grudadas, mas consigo obedecer. Estou num cômodo mergulhado em penumbra, conectada a equipamentos mortais que apitam sem parar. Meu corpo ainda está em chamas — não do tipo bom —, doendo pra caramba e, no geral, me sinto um zumbi.

Mas não importa.

Hades está sentado ao lado da minha cama, segurando minha mão.

E Boone está parado ao pé dela... olhando para mim com aquele sorrisão metido.

— E aí — diz ele.

79
TENTANDO DE TUDO

Solto uma risada — uma mistura de alívio, choque e alegria —, só que isso faz uma pontada de dor cruzar minha barriga e abro uma careta.

— Não me faz rir...

Ele solta uma risadinha pelo nariz.

— Eu só falei "e aí".

— E sorriu. — Meu rosto se contorce, reprimindo as lágrimas. — Achei que eu nunca mais ia ver seu sorriso. — Me viro para Hades. — Você fez Zeus transformar Boone num deus? Não preciso mais vencer?

O olhar que recebo como resposta tem milhares de camadas de pesar.

— Pedi, mas ele não aceitou. Os daemones disseram que seria interferir na Provação — responde Hades.

Franzo o cenho.

— Mas... — Olho Boone com mais atenção e... Ah, deuses... Ele está translúcido.

Não como o Boone do sonho. É diferente. Ele é um fantasma. Uma alma. Ainda está morto.

— Você falou que não seria bom ele me ver agora. — O sussurro sai severo, uma acusação direcionada a Hades, mas não desvio o olhar de Boone.

— Você precisava de mim. — Meu amigo tomba a cabeça de lado. — Ficou me chamando o tempo todo enquanto dormia. Então eu vim.

— Mas e se você ficar confuso? E se quiser voltar e acabar preso?

Preciso me levantar e expulsar ele daqui.

— Eu tô de boa — afirma Boone.

Hades faz algum gesto para o lado — de um jeito que eu não consiga ver, acho — e Boone olha para ele.

— Não posso ficar por muito mais tempo. Preciso que você me escute.

Depois de um momento lutando contra o tumulto de emoções, consigo assentir.

— Preciso que faça algo por mim, Lyra.

Confirmo de novo, balançando a cabeça.

— Eu sei. Vencer.

— Não. — Ele balança a cabeça. — Preciso que lute, por *você*. Não quero te ver aqui embaixo comigo. Não ainda. Tá me ouvindo? Para de se preocupar comigo. Eu tô bem. — Seu sorriso é ao mesmo tempo verdadeiro e forçado. — Tô ótimo, na real. Mas você vai morrer se não me deixar ir e tentar viver.

— Não...

— Me deixa ir. Vou te ver de novo daqui a uns oitenta anos, depois que você tiver tido uma vida longa.

Ele começa a desaparecer.

— Boone...

— Me promete que vai sobreviver, Lyra. — A voz dele vem de muito longe. — Promete.

— Eu prometo. — Engulo em seco. — E vou te ver antes de oitenta anos. Vou vencer a Provação. Já tá no papo.

Ele balança a cabeça de novo — acho. Mal dá para ver Boone agora.

— Você vai viver por nós dois. Vai ser suficiente.

Não o vejo mais.

— Oitenta anos, Lyra Piradinha — sussurra a voz ao meu redor. — Vou ficar contando os dias.

E, depois, some. Consigo sentir quando ele vai embora.

Cubro a boca com a mão livre, reprimindo a vontade de chorar.

Hades assente para alguém e, pela primeira vez, me dou conta de que tem outro homem aqui. Um que não conheço. Ele insere uma agulha no injetor do meu soro e abre o controlador de fluxo. Imediatamente, uma calor atinge meu sangue, subindo pelo braço até o peito, depois se espalha pelo resto do meu corpo.

Viro a cabeça, encarando Hades enquanto minhas sobrancelhas ficam mais pesadas.

— Por quê? — sussurro.

Ele contorce o rosto.

— Talvez agora você se permita dormir, se curar... e lutar.

Por mim. Ele trouxe Boone aqui por mim.

— Obrig... — Acho que nem termino a frase antes de adormecer de novo.

Os pesadelos cessam. Agora é como se eu estivesse presa no meu próprio corpo, me afogando em calor e dor. De vez em quando consigo subir à tona para respirar. O que quer que estejam tentando fazer, não está funcionando. Não estou melhorando.

Mas estou seguindo em frente, ao menos.

A voz de Hades é minha âncora.

Seu toque. Mesmo quando estou nas profundezas, consigo sentir sua presença. Quando chego perto da superfície, ele nunca está longe demais.

Em uma das ocasiões em que consigo subir à tona e abrir os olhos, ele está discutindo com alguém. Caronte, acho, embora eu só veja uma silhueta perto da porta. Em outro momento, vejo Hades dormindo numa cadeira, a cabeça tombada sobre o peito. Ele parece péssimo. Exausto, com olheiras roxas sob os olhos. Não sabia que deuses eram capazes de chegar à exaustão. Estendo a mão na direção dele, mas já estou afundando de novo.

80
A ÚNICA VOZ QUE EU ESCUTO

A sensação me arrebata na escuridão e me puxa para a consciência.

— O quê...? — Escuto minha própria voz como se viesse de muito longe.

Como uma brisa fresca vinda da baía depois de um dia quente de verão, a sensação se espalha por mim de novo, quebrando o calor da febre. Não acaba com ela, mas é a minha primeira migalha de alívio desde que fiquei presa no meu corpo.

A preocupação irrompe do alívio como uma minhoca, e acho que franzo o cenho; por que iria me preocupar? Isso é... alívio.

— Tá funcionando? — A voz de Hades vem de um ponto ainda mais distante.

O que está funcionando? Será que estão tentando outro medicamento? Outro tratamento?

"O banho de gelo de novo não", penso em dizer, mas meus lábios não se movem.

Aquilo foi desesperador. Fogo e gelo ao mesmo tempo.

Outro pulso de frescor, como se o alívio estivesse dentro de mim. Nas minhas veias.

Depois outro, mais parecido com uma onda, e suspiro de alívio. Alto. Sei porque soa alto na minha cabeça.

Mas outra emoção sombria se desenrola no meu âmago. Dúvida? Medo? Esperança?

Não parece que os sentimentos são meus.

— Acho que tá funcionando — diz alguém. Mais perto agora.

Ou sou eu que estou mais perto da consciência. O alívio do calor e da dor está me puxando para a superfície. Por favor, que isso não termine.

— Lyra? — Há um toque de urgência na voz de Hades.

Quero responder, falar que estou bem — mais do que bem. Mas ainda tenho dificuldade para fazer a boca e os olhos funcionarem.

— Qual é o problema? Tá matando ela? — O pânico na voz dele seria adorável se não parecesse envolver meu coração e apertar com força.

Como se eu estivesse assimilando seu pânico como meu.

Tento estender o braço na direção dele, pegar sua mão, mas não consigo me mover. A exaustão ainda está tentando me afogar.

Outra onda do frescor abençoado.

Consigo fazer a boca funcionar.

— Hades.

— Tô aqui. — A voz dele parece... torturada. — Tô aqui, Lyra.

Ele segura minha mão, me ancorando à realidade, e esse simples toque parece o paraíso.

— Tá melhorando — tento dizer. Tenho a vaga noção de que as palavras saem atropeladas.

Sinto mais uma pontada de preocupação.

— Alguém ajuda! — ordena Hades, numa voz digna do rei do Submundo. Cheia de autoridade. Cheia de poder.

— Precisa deixar agir um pouco — diz outra pessoa, a voz vacilante. — Peço perdão, senhor Hades.

Há tanto medo nessa voz. Medo de Hades. Medo dele tentando me proteger.

— Hades — sussurro.

Ele solta minha mão e choramingo num protesto. Depois ele aninha meu rosto entre as suas mãos, dizendo:

— Eu tô aqui.

O toque, a proximidade, a voz dele... É tudo de que preciso.

Uma última torrente de alívio adentra minhas veias, se espalhando por mim, e a sensação é de que meu corpo está sendo acalmado, limpo e reconstruído de dentro para fora. Começa nos ossos e segue na direção da pele.

Logo depois vem... o medo.

Não um medo meu. Eu não estou com medo. Estou aliviada. O que está acontecendo?

Ouço Hades sussurrar:

— Que o Elísio me acuda. — Sinto sua respiração nos meus lábios. — Ela tá...

— Eu tô... melhor — resmungo, a exaustão já me alcançando. Mas é de um tipo diferente, o tipo de sono que cura em vez de prender a pessoa no próprio corpo torturado. — Muito melhor.

A sensação esquisita recua, então percebo que a emoção que se espalha por mim não é a mesma coisa. E definitivamente não é minha. Agora tenho certeza.

Choque, alívio e compreensão seguidos por uma suprema satisfação masculina, maculada por preocupação.

A coisa se move como um raio pelo meu peito, com uma clareza eletrizante, e depois some, me deixando atordoada.

Não eram sentimentos meus...

E sim de *Hades*. Eu senti o que ele estava sentindo.

Como?

81
EU PROMETO

Franzo a sobrancelha, as mãos de Hades ainda no meu rosto. Isso não pode estar certo. Sentir as emoções dele dessa forma. Será que estou alucinando? Mais sonhos?

Alguém no cômodo pigarreia.

— Eu diria que funcionou muito bem, Done — diz a pessoa. É uma voz masculina. De Caronte, acho. Ele é o único que já ouvi chamando Hades de Done.

Silêncio.

— Lyra? — diz Hades, ainda perto de mim. — Consegue abrir os olhos?

Mas eu não quero. Meu corpo está à deriva, a exaustão dando lugar a algo que parece conforto.

— Por favor. — Hades não é do tipo que implora, mas é o que está fazendo agora.

Obrigo os olhos a abrirem, forçando a visão na luz da única lamparina acesa do espaço, e o rosto dele entra num foco meio vago.

O deus da morte solta um suspiro que acho que só eu escuto.

— Graças às Moiras. Não queria ter que fazer isso antes de você acordar.

— Fazer... — Preciso pigarrear, porque minha garganta parece coberta de chapisco. — Fazer o quê?

Ele ergue um cálice de bronze na minha frente. É simples, com o símbolo do bidente e o cetro gravados nele.

— Tô tentando fazer uma coisa perigosa.

Isso não soa nada bom. Franzo as sobrancelhas enquanto o rosto de Hades paira acima do meu.

— O quê?

— Você não tá melhorando nada, Lyra. Então eu te dei um pouco do meu sangue.

Meus lábios se contorcem numa tentativa de sorriso. Icor, o sangue dourado dos deuses, famoso por ser capaz de... fazer praticamente tudo, sob o ponto de vista da humanidade.

— Eu sou... uma deusa. — É quando me dou conta do que ele está me dizendo, e abro os olhos tanto quanto possível. — Ah. É por isso... que... tô melhor agora?

Ele nega com a cabeça.

— Não. Isso é pra que você consiga sobreviver à próxima parte. Espero. Próxima parte? Do que ele está falando?

Hades ergue o cálice de novo.

Ah. Tá. O que tem isso?

— É água do Estige.

Pestanejo enquanto minha mente tenta dar algum sentido ao que acabei de ouvir.

— Veneno — sussurro.

— Por isso te dei meu sangue.

Agora as coisas estão fazendo certo sentido. Poucos mortais sobreviveram à experiência de tocar na água do Estige. Aquiles é um deles. A experiência o tornou invencível, exceto por seu calcanhar — onde a mãe segurou quando o mergulhou no rio. Esse pedacinho mortal se tornou a sua única fraqueza.

Será que Aquiles sobreviveu porque tinha sangue divino correndo nas veias? Ele era filho de Tétis, uma ninfa do mar. Talvez isso fizesse dele semideus o bastante para sobreviver.

Hades deve estar desesperado.

— Eu tô... tão ruim... assim? — questiono.

Ele hesita, depois assente.

Analiso seu rosto.

— Você tá... péssimo.

Hades contorce os lábios.

— Você devia ver sua cara, minha estrela.

— Uau. — Solto uma respiração entrecortada que me faz estremecer. Está ficando difícil continuar acordada. — Acho... melhor... você ir logo... então.

Ele não faz nada, porém. Hesita visivelmente. Essa coisa deve ser perigosa pra cacete.

— Se você morrer, eu vou cuidar de você — diz o deus. Sinto outro lampejo de emoção e, agora, tenho certeza de que pertence a Hades. Dessa vez é desespero. — Prometo.

Hades está sendo dilacerado pela culpa. Não vou dar conta.

— Parece que... — Lambo os lábios rachados. — Você tá... cuidando... de um monte... de almas... ultimamente.

A expressão dele muda, e meu coração retumba pesado com a combinação estranha de exasperação e carinho em seu rosto.

— Espero que não seja por influência sua — diz ele. — Sempre correndo, tentando salvar os outros.

— Que os deuses... me livrem. — Tento rir, mas uma tosse faz a dor lancinar meu corpo inteiro. — Mas... não se preocupa... com a minha.

366

— Com a sua o quê?

— Minha alma. Eu... gosto... daqui.

— Ai, caralho... — murmura Hades, sombrio.

— Se você for mesmo fazer isso, Done, é melhor fazer agora. — A voz de Caronte vem do meio das sombras. — Antes que os efeitos do seu sangue passem.

Mãos frias erguem minha camiseta. O ar parece estranhamente gelado contra minha pele, e olho para baixo. Solto um grunhido com a visão — meu ferimento não fechou e agora parece um buraco de pele preta, como se o ácido tivesse me corroído. Como Isabel, só que diferente. Veias escuras se espalham em todas as direções a partir do ferimento, marcando a pele macilenta ao redor.

Não sou médica, mas até eu sei que isso não é nada bom.

— Vai doer e... — Hades nem termina o aviso antes de despejar o conteúdo do cálice sobre o ferimento.

Agonia e fogo. Mil vezes pior do que a queimadura do dragão. Nunca gritei tão alto na vida, o som rasgando a garganta, meu corpo se curvando na cama como se estivesse tentando escapar de si mesmo. Hades não para. Despeja mais e mais do líquido em mim. Depois me rola para o lado e despeja mais água na parte de trás da ferida.

Berro até minha voz ficar rouca, depois a escuridão se estende e me arrebata tão rápido quanto a corredeira da cachoeira de Hades no Olimpo.

— Não! Lyra! — Ouço ele gritar para mim.

Mas eu estou muito no fundo da escuridão, e, pela primeira vez, encontro um vazio total e verdadeiro.

82
A ESTRELA DELE

Quando abro os olhos, minha mente não está mais enevoada. Ainda me sinto meio dolorida por ter ficado tanto tempo deitada, mas não há outras dores. Além disso, removeram todos os fios que me ligavam aos equipamentos médicos, o que também é melhor. Quem está ao meu lado agora é Caronte, e não Hades, lendo um livro de romance. Abro um sorrisinho. Não achei que esse gênero fizesse o tipo dele.

— Bom livro? — falo, rouca.

Ele baixa o exemplar, sorrindo para mim, e pestanejo. Deuses são extraordinariamente belos.

— Fiquei aqui pensando se ia te chamar de Bela Adormecida ou de Branca de Neve.

Acho que a água do Estige fez o que tinha que fazer, e o sangue de Hades me manteve viva. A sensação, porém, é de que quase bati as botas. Demorou vários dias ou... sei lá quanto tempo. Não é como se eu estivesse prestando muita atenção no calendário. Só lembro fragmentos do que aconteceu, mas ao menos parte deles não envolve dor, febre ou delírio. Apenas exaustão enquanto meu corpo se curava.

— Os dois contos de fadas não são sobre narcolepsia?

— Sim. Por isso a indecisão. — Ele coloca o livro na mesinha de cabeceira ao lado da cadeira. — Dada a sua palidez e o seu cabelo preto, estou tendendo mais para Branca de Neve.

— Hefesto poderia muito bem ser o caçador.

Caronte solta uma risada.

— E Afrodite é a Rainha Má?

Nego com a cabeça.

— Não foi intenção dela as coisas degringolarem assim.

Vi como a deusa do amor chorou até ficar com o rosto inchado após a morte da avó de Dae. Aquelas emoções eram reais.

— Hummm... E o Príncipe Encantado? — Ele ergue o olhar, curioso. Não de forma desinteressada. — Parece que você tem algumas opções.

Não tem por que negar.

— Um é um fantasma, que até me ama, mas como amiga. O outro é um deus. Nenhum deles tem um futuro muito promissor.

— Isso sem falar no seu aliado — diz Caronte.

— Que também é um amigo. — Enquanto estamos na Provação, ao menos.

O que não conto é que Hades foi a rocha em que me agarrei ao longo desse processo todo. A visita de Boone ajudou a aliviar minha culpa, me dando um objetivo pelo qual trabalhar e algo pelo que viver. Mas Hades?

Ele foi minha paz. Minha força. Meu porto seguro.

Definitivamente não previ isso. Deveria, porém.

— Eu nunca vi o Hades... abalado antes — admite Caronte. — Não desse jeito.

Por um minuto tenho medo de ter falado o que pensei em voz alta, ou de Caronte ter lido meus pensamentos. Mas, enfim, assimilo as palavras que ele disse e sinto meu rosto corar.

— Sério? — Tento ser casual, mas falho miseravelmente.

Caronte analisa minha expressão.

— Tanto que me assustou.

Paro de correr o dedo pela coberta e olho para ele com mais atenção.

— Assustou?

Ele dá de ombros.

— Hades é rei aqui, mas não consegui tirar ele do seu lado por *dias*. Hoje foi a primeira vez que ele saiu deste quarto desde que te trouxe pra cá, e mesmo assim precisei insistir. Se ele despirocar... — Outro chacoalhar dos ombros.

Entendi a mensagem.

O monitor cardíaco começa a apitar um pouco mais rápido, e o som repetitivo e óbvio. Odeio essas máquinas. Balanço o dedo para arrancar o objeto do dedo.

Uma linha horizontal toma a tela, e Caronte desliga o monitor com um sorriso não muito disfarçado.

— Você não acha que tem futuro com ele? Por quê? Porque ele é um deus e você uma mortal?

Não quero conversar sobre isso agora, então fico calada.

Caronte não larga o osso, porém.

— Você não parece do tipo que se distrai por detalhes.

— Como assim?

— O que ele te falou sobre a Perséfone?

Volto a afundar no travesseiro. De onde veio isso?

— Que ela era como uma irmã pra ele. Que ficou devastado quando a perdeu.

Caronte desvia o olhar.

— Pelo menos isso.

— Como assim?

369

O barqueiro do Submundo nega com a cabeça.

— Isso significa que ele foi sincero com você. — O deus me encara com um olhar intenso. — Hades só compartilha informações por dois motivos: ou você faz parte do seletíssimo círculo íntimo dele, ou ele quer algo de você.

— E em que grupo eu me encaixo?

Ele corre a mão pela nuca.

— Espero que no primeiro.

— "Espero" não soa muito promissor.

Caronte solta uma risadinha e ainda assim parece querer que eu dê a Hades algum tipo de chance.

Minha.

A reivindicação de Hades, a palavra que usou, ecoa no meu âmago.

Mas a forma com que ele cuida de mim parece mais do que possessividade com sua campeã.

Tento me erguer na cama; Caronte pega um travesseiro e o acomoda gentilmente às minhas costas. Só de tentar me situar perco toda a disposição de lutar e fecho os olhos por um segundo. Não quero voltar a sucumbir. Chega de escuridão.

Quando volto a abrir os olhos, Caronte ainda está aqui.

— Por acaso ele te contou que...? — começa ele.

Quando um estalido vem da porta, porém, me viro e dou de cara com olhos mercúrios.

No instante em que Hades vê que estou sentada, parece que toda a tensão escoa dele. E uma memória me atinge. Uma real, acho. Encaro o deus enquanto a lembrança me ocorre.

Um momento no meio da noite em que nadei à tona da consciência, depois de ser banhada pela água do Estige, e o rosto borrado de Hades surgiu no meu campo de visão.

— Pode ir embora, tá bom? — lembro de falar, as palavras atropeladas. — Não vou morrer agora.

— Isso é questionável — ele disse, depois franziu a sobrancelha. — Ou quer o Boone de novo?

Suas palavras saíram marcadas pela irritação, mas também pela genuinidade da pergunta.

Tentei negar com a cabeça, mas meu corpo não cooperou.

— Não. Você.

— Você me quer? — O rosto dele fez aquela coisa maravilhosamente satisfatória. Quando não é irritante, sua arrogância me cativa um pouco. — Ótimo. Melhora, então, e aí a gente pode dar um jeito. Eu tenho uns planos.

Não consigo me lembrar do que aconteceu depois. Provavelmente adormeci de novo.

Mas o que me chamou a atenção foi ele dizer que tinha planos.

Minha. Minha estrela. Planos.

Para mim? Para nós? Será que tem algo a ver com a Provação? E se ele estiver só provocando?

Hades adentra mais o quarto, ficando sob a luz da lamparina, e arquejo.

— Caralho. — Caronte fica de pé. — É ruim assim?

E não o culpo. Hades parece horrível, visivelmente lúgubre, o que acho que deve ser sua versão de abalado. Está com os lábios cerrados, os olhos afundados no rosto emaciado. Ele parece... Bom, parece a morte requentada.

Hades ergue uma das sobrancelhas para Caronte.

— O que acha? — questiona ele, a voz despida de qualquer emoção.

O barqueiro faz uma careta.

— Interrompi alguma coisa? — questiona Hades, o tom neutro ficando sedoso.

O barqueiro nem olha para mim.

— Na verdade não. Eu tava só atualizando a Lyra sobre o que ela perdeu.

O que eu perdi? Minha mente se move com a velocidade de um bicho-preguiça, então não consigo acompanhar direito a conversa.

— Deixa isso comigo — sugere Hades.

Um ganido de cachorro vem do corredor. Atrás do deus da morte, uma das cabeças de Cérbero se inclina para espiar dentro do quarto com um dos olhos.

— Ei, amigão.

Você está bem?, diz Rô, e abro um sorriso.

— Bem melhor. Daqui a um ou dois dias acho que já consigo voltar pros Trabalhos.

A gente não gosta disso. Não consigo ver as outras cabeças, mas é Cér falando.

Eu também não gosto, mas tem mais coisas em jogo do que meu bem. Muito mais. Meu olhar recai sobre Hades, e de repente tudo que vejo é um homem que faria qualquer coisa pelas pessoas que mais ama.

Hades quase não muda a expressão, mas um lampejo de uma desconfiança sombria se espalha por mim — tenho um momento de clareza, e me dou conta de que não é um sentimento meu. Está vindo de algum outro lugar.

Eita.

Preciso me esforçar para não arquejar, não deixar o choque estampado na minha cara.

Aquilo era real, né? As emoções dele que senti. Não foram alucinações ou projeções. Foi *real*.

Por causa do sangue de Hades? Só pode ser. Talvez passe. Será que ele sabe?

E o que o deixou assim desconfiado? A menção à Provação? Ou o que

Caronte estava me falando? Não que ele tenha tido a oportunidade de me contar muita coisa.

Me viro para o barqueiro, que não olha nos meus olhos.

— Melhor voltar pra labuta — murmura ele, apertando de leve minha perna por sobre as cobertas. — É bom ver você finalmente lúcida, Lyra.

Ele troca um olhar inescrutável com Hades enquanto se afasta.

— Vem, Cérbero. Vamos dar um pouco de privacidade pra eles.

Cérbero resmunga, mas se afasta com Caronte.

Mas eu estou preocupada demais analisando Hades para me importar.

— Onde você estava? — pergunto.

83
TARDE DEMAIS

— O Pântano do Estige.

A encruzilhada do Submundo. Onde as almas são julgadas e enviadas para destinos diferentes de acordo com o modo como viveram na Superfície. Dizem que Hades precisa julgar os melhores e os piores casos para distribuir bênçãos ou punições. Considerando a cara dele, não é preciso ser muito inteligente para chutar o que ele acabou de decidir antes de vir para cá.

— Quer conversar? — questiono.

Numa reação imediata, a negação se espalha por suas feições, mas então ele se detém e se apoia no batente da porta.

— O julgamento não foi a parte difícil. Essa alma era de um sociopata que torturou e matou um monte de gente sem demonstrar misericórdia ou remorso. — Ele dá de ombros, mas consigo ver o peso de como a pessoa era.

Aguardo em silêncio pela parte mais difícil.

— Mas a alma da mãe dele tá nos Asfódelos e... — Ele tomba a cabeça contra a madeira. — Ela me implorou pra que sua punição fosse amenizada, me contou sobre o pai abusivo do cara. Eu vi tudo, claro.

— Foi muito ruim?

Hades se afasta da porta e larga o corpo onde até há pouco estava Caronte, puxando a cadeira para chegar mais perto. Depois pega minha mão entre as suas, traçando as linhas da minha palma.

— Nenhuma alma nasce má. Existem propensões, coisas que se aprende. Mas, assim como carbono vira diamante quando é comprimido e aquecido, pressão e dor podem transformar almas em algo horrível.

A empatia que Hades esconde do mundo dá o ar da graça. Ele lamenta por aquela pessoa e pelo que a tornou um monstro, e também pela mãe dele.

— Às vezes, quando as almas vêm até mim, consigo ver futuros alternativos. O que poderia ter sido se as coisas se desenrolassem de outro jeito.

— Esse foi um dos casos?

Ele assente.

— Tantas vidas arruinadas...

É com isso que o rei do Submundo precisar lidar.

— Eu queria poder ajudar.

Hades busca meu olhar, com um sorrisinho curvando os cantos da sua boca.

— Queria?

O calor faz meu rosto ruborizar, mas mantenho a mão onde ela está.

— Sim.

As covinhas dele aparecem por uma fração de segundo, depois somem de novo.

— Queria sim. — Ele inspira devagar, depois solta o ar de uma vez. — Bom, vamos mudar de assunto.

Sei como é precisar de um espaço para as emoções, então tento não me incomodar com a distância no seu tom de voz. Retiro minha mão das dele e coço o braço.

— Os outros deuses ficaram putos por terem que esperar por mim?

Hades solta um grunhido.

— Que tal um terceiro assunto?

Péssimo sinal.

— O que aconteceu?

— Eles mandaram o Asclépio e os daemones pra cá — explica Hades. — Entenderam que era necessário, considerando sua condição.

A voz dele está soando esquisita.

— Agora me conta as notícias ruins. Vai logo. Arranca de uma vez, tipo um curativo.

Ele se inclina na cadeira.

— Nunca entendi essa expressão.

A pose casual não me engana.

— Então você nunca usou um bandeide que acabou grudando nos pelinhos da área do machucado. — Fito o deus com um olhar intenso. — Você tá enrolando, Done.

— Tô nada. — Ele nega com a cabeça. — E não me chama assim.

Franzo as sobrancelhas.

— O Caronte chama.

— Sim.

— Então por que eu não posso?

Hades cruza os braços.

— Minha estrela... alguém já te chamou de teimosa na sua cara?

— Você continua enrolando...

Ele parece entediado, como na noite em que nos conhecemos.

— Beleza. Não vou te chamar de Done — continuo. — Mas, enfim, voltando pro bandeide... Vou imaginar coisas muito piores. É melhor você contar logo e acabar com isso.

Hades olha para a direita, para uma janela com cortinas fechadas.

— Os outros deuses não esperaram.

Meu coração vai parar no pé.

— Seguiram com o próximo Trabalho sem mim? — Merda. — Quem ganhou?

— O Diego.

Merda em dobro. Agora ele venceu dois Trabalhos, e Boone depende de mim.

— Começa do começo e me conta tudo — ordeno.

Hades passa a mão no cabelo, o cacho branco caindo na testa fazendo o deus parecer desmazelado.

— Pelos infernos...

— O que aconteceu com a sua expressão inabalada? — provoco, abrindo um sorrisinho. — Agora preciso mesmo que você me conte.

Ele desvia o olhar, e consigo perceber que está hesitando. Depois de um tempo, porém, sua expressão assume uma resignação sombria.

— Beleza.

Respiro fundo. Hades poderia ter negado até o fim.

— Samuel ganhou o Trabalho do Hefesto; foi só dois segundos mais rápido do que Trinica — continua ele. — O prêmio foi uma bússola feita pelo Hefesto que sempre aponta o caminho certo a se seguir.

— Três vitórias seguidas da virtude da Força — falo. — Você não tem a impressão de que os Trabalhos são meio manipulados?

Hades ergue uma única sobrancelha.

— E desde quando meus irmãos jogam limpo?

Ótimo ponto.

— O oitavo foi o da Deméter — continua. — Ela fez os campeões correrem pelos Campos do Esquecimento. Quem se perdesse era perseguido por tempestades. — Depois de uma pausa, a voz dele sai mais suave. — Neve não sobreviveu.

Meu estômago se revira várias vezes. Outro campeão se foi?

Engulo em seco, apesar da garganta apertada por causa do luto, e assinto para que ele continue.

— Diego venceu, e o prêmio dele foi a Marca Protetora de Algea. Ela o torna incapaz de sentir dor. Física ou mental. O nono...

Ergo a mão.

— Espera. — *Não. Jura que eles fizeram isso? Diz que não...* — Os deuses seguiram com mais Trabalhos enquanto eu estava apagada? — pergunto devagar.

Hades assente.

Fodeu.

— Quanto tempo fiquei desacordada?

— Quase duas semanas.

— Duas... — Sinto o sangue sumir do rosto.

375

Achei que tinham sido dias. De repente, Hades está parado ao meu lado, levando um copo de água aos meus lábios. Dou um gole, o que ajuda. Antes do meu ferimento, o ritmo da Provação era de alguns dias entre cada Trabalho, no máximo. Quase duas semanas?

Hades pousa o copo de lado e pega de novo minha mão entre as suas, uma boia salva-vidas de força estável.

— Quantos já foram? — questiono.

— Você está chateada e deveria estar descansando. A gente pode falar disso depois...

— Não. Agora. — Fulmino Hades com o olhar.

As emoções que me atingem desta vez são uma mistura de pesar e relutância.

— Três Trabalhos. O oitavo, o novo e o décimo.

— Três — sussurro.

Três trabalhos. Só faltam dois.

— Me conta o resto. — Não sei mais se quero mesmo saber.

— O nono foi o da Hera. Como deusa das estrelas, ela colocou uma constelação nova no céu. Os campeões precisavam descobrir qual era. O mundo ficou no escuro até o fim da tarefa, e ela ainda incitou Deimos e Fobos contra os campeões pra dificultar tudo.

Os deuses do medo e do pânico? Com o mundo já escuro como breu?

— Aposto que foi tenso — murmuro.

— Rima e Zai descobriram juntos.

Me permito abrir um sorrisinho.

— Empataram?

Hades assente.

— Hera deu presentes diferentes pra cada um. Zai levou uma pedra que, quando engolida, cancela o efeito de qualquer veneno. E Rima recebeu um frasco de fogo de dragão.

Estremeço. Lutei apenas contra um dragão enfeitiçado e deu pra mim.

Mas a boa notícia é que, com isso, Zai e Diego têm duas vitórias cada. Ainda dá para vencer. Só preciso ganhar os próximos dois Trabalhos.

— E o décimo? — questiono.

— Foi o do Ares — responde Hades.

Faço uma careta. De todos os Trabalhos, o que eu mais temia era o dele. Não posso dizer que lamento por ter ficado de fora.

— Uma batalha?

— Era de se esperar que fosse, considerando que ele é o deus da guerra — fala Hades. — Mas ele lembrou os campeões que, no mundo ancestral, quase todo deus da guerra era focado em proteger sua comunidade, seu povo. O Trabalho girou em torno disso. Cada competidor recebeu uma quimera filhote. Precisavam devolver a criatura ao ninho sem serem feridos pelo bicho, ao mesmo tempo que evitavam que a mãe destruísse a cidade de Larissa, na Grécia, pra onde os filhotinhos foram levados.

Interessante.

— Samuel se machucou gravemente — continua Hades.

Arquejo.

— Mas ele não...

— Não — responde o deus da morte. — Ainda não. Emprestei pra Zeus os médicos que cuidaram de você.

O que significa que nenhum dos competidores da Força venceu o Trabalho de Ares, ou Asclépio o teria curado.

— Obrigada por isso.

Faço uma pausa, analisando Hades. Não sei se ele teria feito isso por conta própria. Mas, por mim...

Não. Que ideia boba, Lyra.

Forço a mente a voltar aos Trabalhos. Quase não quero perguntar sobre a próxima parte.

— Quem ganhou?

Ele hesita de uma forma que significa que não quer responder. Eu já sei a resposta.

— Diego.

Ai, pelos deuses.

— O prêmio dele foi uma lança que fica pequena a ponto de caber no bolso. — A voz de Hades soa distante, como se estivesse vindo de um túnel.

Fecho os olhos para conter o pânico, empurrando o desespero e a terrível verdade para um ponto onde não podem me machucar. Onde não posso pensar neles.

Zai venceu um Trabalho. Isso faz com que ele tenha duas vitórias. E Diego... três, agora. Na melhor das hipóteses, com apenas duas tarefas restantes, consigo no máximo empatar na liderança. E, para isso, vou precisar ganhar do Zai.

— O que acontece se a Provação terminar em empate? — Me forço a abrir os olhos para ouvir a resposta.

— Depende — começa Hades, devagar. — Mas nunca permitem dois vencedores. Só pode existir um governante divino.

Fodeu.

Sinto vontade de gritar. Gritar por causa da injustiça. Só... gritar.

Não. Cerro o punho livre sobre o colo. Tem muita coisa envolvida, e não tenho tempo para lamentar ou surtar. Preciso pensar.

— Tenho que tentar mesmo assim. Um empate ainda é uma chance.

A expressão afiada de Hades seria capaz de arrancar concreto de um vergalhão.

— Você mal tá em condições de se sentar.

Retribuo a cara feia.

— Então é melhor levantar a bunda da cadeira e ir pro Olimpo conseguir mais uns dias de folga pra mim, porque eu vou seguir competindo.

Ele passa a mão pelo cabelo enquanto se levanta da cadeira, girando para ficar de costas para minha cama. Mesmo seus ombros rígidos passam a impressão de ele estar reconsiderando todas as formas possíveis de me impedir de fazer isso.

— Não me força a te submeter a mais merda — diz ele, num tom de voz que nunca tinha ouvido dele antes.

Será que ele não vê? Se eu não for em frente, vou me odiar para sempre.

— Hades — pronuncio o nome baixinho. Suas costas ficam ainda mais eretas, como se ele fosse quebrar a qualquer momento — Por favor. Eu *preciso* continuar.

— Ô, caralho — ele murmura. Depois leva as mãos ao quadril enquanto a cabeça tomba para a frente, os ombros subindo e descendo num sussurro. — Beleza. Vou falar com os outros deuses.

84
SE NÃO FOR PELA CONFIANÇA, QUE SEJA PELO SUBORNO

Quando se tem tudo a perder, você começa a idealizar o plano que vai acabar com a sua vida.

É o que a gente vai fazer hoje à noite. A qualquer minuto, na verdade. *Moiras, por favor... Estejam do nosso lado e permitam que isso funcione.*

A gente precisa tomar muito cuidado para evitar que Hades desobedeça a regra de não interferir na Provação. Então, a meu pedido, ele trouxe... convidados... para sua casa. Caronte quase caiu duro quando Hades contou. Não tenho ideia de como puderam ir e vir do Submundo sem uma marca parecida com a que Hades me deu — e não pergunto. Mas, até onde o pessoal sabe, esta é uma festinha para todos os campeões — algo do tipo "Uhu, tô melhor, vamos papear pra eu me atualizar das fofocas!".

Dado o tamanho da casa de Hades aqui, seria de se imaginar que diversão seria um ponto forte. "Mansão" não define bem o que este lugar é. "Castelo" chega mais perto. Fui encorajada a caminhar muito pelo comitê de médicos fantasmas que me atendeu, então saí por aí explorando tudo.

A esta altura, tenho quase certeza de que só percorri metade da propriedade. Registrei pelo menos treze suítes e dois salões de jantar — um formal e outro informal, a céu aberto. Tem também uma sauna, um salão de massagem, a biblioteca para onde Hades me trouxe depois da morte de Boone (que deixa no chinelo a biblioteca da Fera dos contos de fadas), três áreas de convivência internas e pelo menos três outras externas; uma delas fica no terraço, onde estou agora. Outra é perto da piscina, e a terceira num jardim de tirar o fôlego. Encontro também duas cozinhas do lado de dentro — uma para uso pessoal de Hades e outra, imensa, para os criados que o servem — além de uma terceira do lado de fora. Isso sem falar na piscina coberta, na academia e na piscina aberta, que na verdade é uma série de piscinas incorporadas à exuberante paisagem que se estende misturando espaços de naturezas diferentes — pontes, grutas e até mesmo choupanas em ilhas cercadas por água.

Chupa essa, Olimpo — é o que a casa de Hades no Submundo parece gritar.

Os outros campeões vão ter uma bela surpresa quando chegarem.

Quase rio só de imaginar a cara deles. A opulência e o luxo estão ao mesmo tempo escancarados e disfarçados. Como a cobertura em San Francisco, é eclética. Uma mistura de elementos de todo o mundo.

O diferente é que parece mesmo um lugar habitado. Os cômodos e as decorações não parecem intocados, nem são desconfortáveis ou exagerados. Cada espaço aqui é... aconchegante. Quero me enfiar em cada cantinho e apenas relaxar — ler, tirar um cochilo, assistir à televisão, planejar um assalto.

Hades está comigo em cada uma dessas fantasias. Não sei muito bem como fazer isso parar.

Estou esperando no terraço. Daqui, tenho uma vista de trezentos e sessenta graus da montanha sobre a qual a casa é construída e das terras além com suas colinas, campos e rios etéreos, tudo envolto por uma caverna de teto tão alto que poderia muito bem ser o céu. Tem uma espécie de dia e noite aqui, imitando a Superfície, mas as cores são mais vibrantes. Especialmente à noite.

Suspiro e absorvo a vista pelo que talvez seja a última vez.

Amanhã, vamos voltar ao Olimpo para o décimo primeiro Trabalho. Hades conseguiu um tempo a mais. Os daemones ajudaram, voltando para me analisar e concordando que os desafios finais deviam esperar que todos os campeões ainda vivos pudessem participar.

Hades não me contou mais nada sobre os três Trabalhos que perdi, apesar de eu ter insistido sem parar — um mau sinal, indício de que não vou gostar do que vou ouvir, mas não importa. Hoje à noite, de um jeito ou de outro descubro o que houve.

Uma brisa agita meu cabelo e acaricia minha pele.

Há uma brisa perene aqui no Submundo. Eu imaginava um vento para combinar com os campos em chamas, mas não é assim aqui no Érebo, a Terra das Sombras. Aqui o ar é fresquinho e perfeito.

Estou com um vestido de verão que, dentre todas as cores, é de um amarelo bem radiante. De algum jeito, Hades sabia que eu sempre quis um desse. Oferendas usam roupas básicas ou peças que se misturam ao ambiente quando estão a trabalho, mas não ficamos com elas. E nunca cheguei nesse ponto, de toda forma.

Encaro a visão e suspiro de novo, porque acho que poderia ficar aqui para sempre sem sentir falta de outro lugar. Talvez, porém, isso tenha a ver com o deus que chama este espaço de lar.

Sinto a presença de Hades antes de ouvir ou ver o deus se aproximando de mim, perto do parapeito. Não tem relação alguma com suas emoções — não senti mais nada nos dias extras que ele descolou para que eu descansasse e me recuperasse.

Mas agora há esta tensão.

Como se houvesse um pavio estendido entre nós, e se a gente chegar perto demais... Qualquer faísca pode fazer com que acabemos chamuscados. Então, agora, tomamos muito cuidado quando estamos próximos.

A gente não se encosta.

A gente não se olha ou se encara.

A gente não fica sozinho um com o outro por mais de alguns minutos.

A gente não ultrapassa as paredes invisíveis que delimitam nosso espaço pessoal, como bolhas de vidro ao nosso redor.

A gente não se insinua. Não provoca. Não bota o outro em tentação.

E graças a esses mandamentos implícitos... estou queimando de desejo reprimido.

— Você ainda tá determinada a ir em frente? — pergunta Hades.

Todas as nossas discussões desde que parei de dormir o tempo todo foram focadas em estratégia. Em como vencer a Provação.

— Sim. — Por Boone. Por mim. Por Hades, também.

— Lyra! — Quando Meike me chama, viro e dou de cara com ela, Zai, Trinica e Amir subindo as escadas para o terraço.

Não preciso olhar, porque já senti que Hades desapareceu. Ele não pode estar aqui com os campeões. Nenhuma das divindades pode. Não para o que tenho em mente.

Com passos apressados, Meike vem até mim e me puxa num abraço.

— Graças aos deuses — diz ela. — A gente achou que... — Ela faz uma careta enquanto se afasta.

— Graças ao Hades, porque só tô viva por causa dele.

Ela olha ao redor como se fosse encontrá-lo por ali.

A esta altura, Zai já se juntou a nós e também me abraça.

— A gente não sabe o que aconteceu com você.

— Vou contar tudo.

Trinica para um pouco mais para trás, observando com cautela. Amir vem ao seu lado. Não é como se eu estivesse presente na maior parte dos Trabalhos em que foram oficialmente nossos aliados.

— Estou feliz que vocês quatro puderam contar uns com os outros enquanto fiquei apagada — digo.

— A gente sentiu saudades — afirma Amir, abrindo um sorriso juvenil.

Trinica só assente, mas a tensão cautelosa sumiu.

Eu os guio até um dos grandes sofás da área externa, disposto em forma de ferradura ao redor de um braseiro.

— A gente não tem muito tempo pra conversar — digo a eles. — Os outros chegam daqui a uns quinze minutos.

Zai se reclina um pouco.

— Outros?

— Eu convidei todos os campeões.

Os quatro trocam olhares.

Meike franze a sobrancelha.

— Não parece uma ideia muito boa.

E, geralmente, ela é a otimista do grupo.

Solto uma meia risada, mas não consigo evitar a careta.

— Sim, chamei todo mundo. Até Dex. Tenho meus motivos. — Junto as mãos sobre o colo para as manter imóveis. — A gente não tem muito tempo, então vou ser direta e reta, beleza?

Eles assentem.

Olho para trás, na direção das escadas, depois começo a contar tudo em velocidade máxima. Falo sobre Boone. Sobre como Hades pode transformar o rapaz num deus, mas só se eu vencer e ele se tornar rei.

— Por que tá contando isso pra gente? — questiona Zai, devagar, a mente estratégica em ação.

Consigo ver nos seus olhos que ele já entendeu aonde quero chegar.

Agora, há certa distância entre nós. Entre todos nós. Não é algo palpável ou ruim, ela só... existe. Não sei se é porque eles sobreviveram a outros três Trabalhos sem mim, ou se é algo mais.

— Porque vou propor uma coisa a todos os campeões, mas vocês são meus aliados mais próximos. Então, queria que soubessem primeiro.

Uma movimentação na escada me faz virar de novo. Nós cinco ficamos de pé quando primeiro Jackie e depois todos os outros seguem até onde estamos.

Hades não está por perto. Nem Caronte. Nem outros deuses ou deusas. Só a gente.

85
UMA ARTIMANHA

Conforme chegam, os outros campeões encaram os arredores com o queixo caído, e sorrio enquanto dou a eles a chance de absorver a visão. Certo, a reação deles foi ainda melhor do que imaginei. Quase parece que aqui é *minha* casa e que estou orgulhosa de exibir sua beleza.

Mas por todos os infernos, Lyra. Se controla e começa logo.

— Obrigada por terem vindo — digo.

— Que porra é essa, Keres? — indaga Dex.

Acho que a bênção de presciência dele só funciona com os Trabalhos — embora ele tenha tido razão ao dizer para Boone que pode até não estar vencendo nada, mas segue aqui.

— Por favor, vamos sentar. Prometo que vou contar tudo. Depois vocês podem voltar pro Olimpo, não importa o que aconteça.

— Que tipo de coisa? — Jackie pergunta devagar, analisando meu rosto não com desconfiança, mas com preocupação.

Quando nos acomodamos, alguns parecem mais relutantes do que outros. Cutuco Zai com o cotovelo.

— Parabéns, aliás — digo, e ele abre um sorriso que não parece totalmente sincero. — Qual foi a constelação que a Hera criou?

Todos olham para Dae, que se inclina para trás como se tentasse ver as estrelas. Mas não dá pra ver as estrelas daqui — pelo menos não as mesmas —, apenas os pontinhos brilhantes espalhados pelo teto da caverna, então ele abaixa a cabeça.

— Uma chamada Halmeoni — diz ele.

Não é inglês — nem grego, acho. Ergo as sobrancelhas, em dúvida.

— Significa "avó" — afirma ele, baixinho. — Em coreano.

Para ele? Minha garganta se aperta, dolorida. Talvez o coração de Hera não seja tão de pedra quanto parece.

Dae me encara e, nos seus olhos, consigo ver certa compreensão. Uma espécie de dor compartilhada. Nós dois perdemos as pessoas que mais amávamos.

— Talvez ela te dê uma constelação também, pelo Boone — diz ele. O campeão até sorri um pouco, os olhos cheios de gentileza. — A constelação do Ladrão, quem sabe.

Retribuo o sorriso, baixando os olhos para as mãos, agora repousadas no meu colo.

— Acho que ele amaria.

Olho ao redor, para os outros.

— Cadê o... — Quase não quero perguntar. — Cadê o Samuel?

Meike segura minha mão.

— O que te contaram?

Encaro cada rosto.

— Me contaram um pouco sobre cada desafio e quem venceu. E falaram da... Neve. Ela morreu nos Campos dos Esquecidos?

— É uma forma de colocar as coisas — murmura Dex, sombrio.

Franzo a testa, e Jackie diz:

— Ela usou a armadura pra se proteger, segundo ela, por causa do que rolou depois do último trabalho envolvendo um campo. Quando ela se perdeu e as tempestades vieram, aquilo se tornou um para-raios. Foi... — A campeã precisa parar e engolir em seco.

— Grotesco — diz Trinica, o rosto duro como pedra. — Foi grotesco.

Olho para os demais. Agora que consigo prestar mais atenção, fica óbvio: estão todos numa espécie de estado de choque — é o único jeito de descrever. Como se já tivessem passado por um monte de tragédias e saído diferentes do outro lado.

— Ai, deuses... Eu sinto muito.

— Ela era uma vagabunda competitiva — diz Dae, furioso, e seus lábios se repuxam num sorriso amargo. — Mas era *nossa* vagabunda.

Dex e Rima desviam o olhar.

Dae me analisa.

— Nora ficou acabada quando a morte da Neve foi anunciada na Superfície.

Olho de novo para o colo, tentando não reprisar mentalmente a imagem de Boone caindo.

— Ártemis me levou junto pra que eu pudesse falar com ela — diz ele, e ergo a cabeça. — Pra contar os detalhes do que aconteceu.

Gosto mais de Dae por ter feito algo assim. E de Ártemis também, inclusive.

— E o Samuel? — pergunto de novo. — Ele não...

— Ele ainda tá vivo. — É Dex quem fala. — Mas bem mal. Ele tentou conter a quimera mãe enquanto a gente devolvia os filhotes. Acontece que aquele bracelete de metal dele era a Égide. Quando usou o escudo pra se proteger, acabou ficando preso na boca de serpente da cauda da quimera. Não conseguiu se libertar. A cabeça do leão... — Dex faz uma careta. — Arrancou a mão direita dele.

Meu estômago se revira. Já vi vídeos do que leões são capazes de fazer com suas presas.

É quando me dou conta de que, enquanto os outros parecem visivelmente chateados, Diego está só parado, meio que sorrindo.

Zai deve notar o desvio da minha atenção, porque cutuca Diego com o cotovelo. Diego franze o rosto em confusão, e logo depois seu semblante é tomado pela frustração. Ele mal falou esta noite. Talvez porque não apenas sobreviveu como também está na liderança agora.

— Foi mal, Lyra — diz ele. — Meu prêmio por vencer o Trabalho da Deméter me faz não sentir dor física nem mental. Isso inclui a dor do luto.

Ah. Não sei o que falar.

— Enfim — diz Dae. — O Samuel ainda tá se recuperando.

— Que bom. Ele é um cara do bem. — Olho para Diego. Ele também é, apesar dessa marca.

— Você arrastou a gente pra cá pra enfiar o dedo na ferida? — questiona Dex, grosseiro. — Pra ficar sabendo de tudo de ruim que rolou com a gente enquanto você tava tirando uma folg...

Ergo o vestido, sem me preocupar com o fato de que dá para ver minha calcinha, e ele empalidece. O resto da acusação morre antes de sair dos seus lábios.

O Estige deixou marcas em mim. Curou meu corpo, mas o padrão em teia de aranha, de um preto sólido, está registrado na minha pele para quem quiser ver. Na frente e nas costas.

— Vocês não foram os únicos lutando pra sobreviver. — Sustento o olhar até ele desviar o rosto.

— Pelos deuses, Lyra. — Zai se ajeita no assento.

Rima aninha as mãos no colo.

— Então por que você chamou a gente pra cá?

Baixo o vestido, alisando o tecido sobre os joelhos. Agora vem a parte difícil.

— Tenho uma história pra contar e depois... uma proposta pra fazer pra todos vocês.

Dex se levanta num salto.

— Se você acha que a gente vai se aliar a...

Ergo a mão, interrompendo o campeão.

— Não é essa a proposta.

86
ME MOSTRE QUEM VOCÊ É

Falo o que tenho que falar e fico no terraço enquanto os outros campeões retornam para o Olimpo. Depois que vão embora, me sento num dos sofás confortáveis e puxo os joelhos junto ao peito, abraçando as pernas e encarando — sem realmente ver nada — o horizonte do Érebo.

Um calafrio sobe pelas minhas costas.

Não por causa da brisa que agita meu cabelo — o clima aqui é perfeito. O motivo é não saber se acabei de entregar uma arma nas mãos dos meus inimigos.

Dei a eles até o dia seguinte para pensar na minha proposta.

— E aí, o que acharam?

Me sobressalto quando ouço a voz de Hades, mas não viro a cabeça.

— Difícil dizer.

Ele dá a volta para se sentar no divã, voltado para mim, com os cotovelos apoiados nos joelhos.

— Você contou que jurei pela água do Estige que vou cumprir minha parte do acordo?

Confirmo com a cabeça.

A parte dele do acordo. Foi tudo ideia minha, ou os daemones estariam aqui embaixo acabando com ele.

Hades me prometeu que, se vencer e se tornar o rei dos deuses, vai garantir que todos os que pereceram na Provação façam uma escolha: receber um lugar no Elísio ou ser resgatados do Submundo junto com Boone. Isso se aplica a Neve e Isabel, assim como à avó de Dae e a qualquer outra pessoa que possa morrer até o fim da competição.

Se eu vencer os próximos dois Trabalhos. *Se* fizer dele o rei da Superfície, também.

Governar os dois reinos vai dar a ele o poder de fazer almas transitarem de um mundo para o outro.

— Agora sei qual é o outro presente do Dae — conto a Hades. — Ele usou. Aquele pingente pendurado numa corrente ao redor do pescoço dele é a Lamparina de Diógenes.

Hades fica em silêncio por um instante, considerando o que falei.

— Então eles sabem que você tá falando a verdade.

— Sim.

— Ou seja, seriam uns idiotas se não aceitassem a oferta. — Ele junta as mãos. — Desse jeito, todo mundo ganha.

Dou de ombros.

— Mortais...

Dizer isso faz os lábios dele se curvarem. Ele anda fazendo isso com frequência. Sorrindo. Meu coração se alegra um pouquinho com a visão.

— "São mesmo abobalhados"... — murmura ele. Shakespeare, acho. Literatura nunca foi meu forte.

Apoio o queixo sobre os joelhos.

— Deuses não são muito melhores.

— Eu é que não vou contrariar a afirmação.

Ele baixa o olhar, fitando o chão, o cacho branco caindo sobre a testa. Minha vontade é ajeitá-lo para o lado, mas isso quebraria uma das nossas regras não ditas.

— Quero te mostrar uma coisa. — Hades ergue o olhar, analisando meu rosto.

— Tá.

O deus resmunga — não achando graça, mas surpreso — e balança a cabeça um pouco.

— O que foi?

— Nada, só achei você... tão confiante logo de cara.

— Já disse que confio em você. Qual é a surpresa?

— Acho que não estou acostumado.

Ele se endireita devagar, e seu rosto assume um tom cauteloso.

Depois, ele estremece como se estivesse despertando de um devaneio, e então fica de pé, me estendendo a mão.

— Vem.

Eu o encaro, o calor percorrendo meu corpo até se acomodar no meu peito.

Toque. Isso quebra as regras tácitas.

Ele grunhe, impaciente, e me forço a me levantar casualmente e dar a mão a ele. Me policio para não deixar escapar nenhum som que denuncie como a sensação é boa, como aquele único ponto de contato me agrada.

Uma conexão.

Minha visão e minha audição se apagam, depois voltam mais rápido do que de costume, e me vejo parada num lugar ainda mais lindo do que o Érebo.

— O Elísio — solto com um suspiro. Hades não precisa dizer. É óbvio.

Esta parte do Submundo também é conhecida como as Ilhas dos Abençoados. O lugar reservado às almas mais merecedoras: as heroicas, as puras e as gentis. Os campeões, se tudo der certo, não importa quando morrerem. Se bem que alguns deles vão ser... adições interessantes ao local.

Este lugar está além de qualquer tempo, de qualquer espaço e de qualquer descrição que alguém como eu poderia ter esperanças de elaborar. Até poetas teriam dificuldades.

— Quer ver mais? — pergunta ele.

— Posso?

O olhar de Hades cintila.

— Sim. Acho que você vai achar interessante. O Elísio é o lugar perfeito pra cada alma.

— Como?

— Eu permito que seja assim. — Ele voltou a ser o mistério arrogante de sempre. — Aqui. Vou te mostrar.

De repente, estou parada em praias brancas, olhando para águas azuis e cristalinas, e há uma casa feita de vidro que se estende até o oceano. Depois, surgimos numa cidade. Paris, acho. Ela brilha num tom rosado sob a luz do fim da tarde.

— Algumas pessoas enxergam seu lar da Superfície. Outras, as coisas mais puras que sua imaginação pode criar.

Deixamos Paris, e a próxima coisa que recebe meus olhos me faz soltar uma risada alta de admiração.

— Uau — sussurro.

Ele sorri, as covinhas surgindo com tudo. E agora estou com dificuldades de respirar direito, porque este é Hades na sua versão mais verdadeira. Quem ele devia ser: o rei do Submundo, que se sente mal pelas almas sob seus cuidados. Ele está permitindo que eu o veja assim...

— É uma recriação do Candy Land — diz ele. — A menininha que vive aqui amava o joguinho.

Ainda hesitando um pouco e relutante de desviar os olhos de sua expressão aberta, me forço a encarar de novo a paisagem. Não costumava jogar jogos de tabuleiro quando eu era criança (nós, oferendas, só tínhamos um tabuleiro de xadrez), mas já vi esse negócio. É algo que eu imaginava fazer com amigos um dia, na época em que ainda me dava ao trabalho de vislumbrar esse tipo de coisa. Nesta versão no mundo real, vejo a Floresta de Hortelã com o que acho que deve ser o Castelo de Caramelo à distância.

— O Precipício do Chiclete deve ser incrível.

Ele assente.

— Posso ver como seria o Elísio pra mim?

Hades suspira.

— A visão de lugar ideal muda ao longo da vida da pessoa. Só se solidifica quando a alma chega aqui.

— Ah. — Seria muito legal saber. — Dá pra ver como seria se eu morresse agora?

— Não... — A garganta dele sobe e desce quando ele engole a seco. — Você não tá pensando nisso, né?

Abro um sorriso tranquilizador.

— Meu plano é evitar a morte a todo custo.

— Ótimo.

— E você? — questiono. — Tem um lugar perfeito? Digo, mesmo sendo um deus e tals?

Ele observa a paisagem e dá de ombros.

— Eu vejo muitas coisas.

Não sei muito bem se isso é uma resposta.

Dou um último longo olhar, depois me viro para Hades.

— Por que você tá me mostrando isso?

— Porque, aceitando ou não a proposta, este vai ser o lar de todos os campeões no final. Seja morrendo na Provação ou de velhice. Vou garantir que todos os participantes, de edições passadas e futuras, sejam transferidos pra cá. Prometo, Lyra. E... — Ele vira a cabeça, observando o Elísio, o maxilar ligeiramente tenso. — Se você não vencer os próximos dois Trabalhos... queria que visse que o Boone vai ficar bem.

Bem. Ele vai ficar bem. Melhor do que bem: na sua própria versão do paraíso. Assim como os demais.

— E os entes queridos de todos? — pergunto. — Eles não deviam ficar sozinhos aqui.

— Vou cuidar disso também. — A voz do deus da morte sai marcada pela diversão.

— As almas podem interagir umas com as outras aqui?

Hades faz uma pausa.

— Sim.

— Mas como, se cada um tá na sua própria versão do além?

— Quando pessoas têm a mesma versão de paraíso, ou uma versão similar. Há famílias inteiras reunidas aqui. Amantes, amigos.

Mas só se o paraíso for igual para eles? Então talvez eu nunca mais veja a cara do Boone, e ele sabe disso. Já sabia quando me visitou como espectro.

— Você e Perséfone transformaram o Elísio no lugar mais incrível que já vi — falo, ainda olhando para a paisagem. — E o mais solitário.

Isso me diz muito sobre ambos.

Hades fica imóvel. Será que feri seus sentimentos? Que o ofendi?

— O que você vê *de verdade*? — questiono.

Ele relaxa um pouco os ombros.

— Talvez eu te mostre algum dia.

Mas não hoje. Ele nem precisa dizer com todas as palavras.

— A gente pode voltar? — pergunto.

— Claro. — Imediatamente desaparecemos e reaparecemos na sua casa, no jardim perto das grutas.

A pequena cachoeira que esconde a entrada da caverna preenche a noite com um gorgolejo baixinho. Sempre amei o som de água corrente.

Olho na direção das luzes da casa. Por que ele nos trouxe aqui em vez de lá para dentro?

— Achei que ver o Elísio ia fazer você se sentir melhor. — Ele analisa o lado do meu rosto que é visível de onde está.

— E fez. — Talvez eu não o veja de novo, mas meu amigo vai ficar bem de qualquer jeito, o que torna tudo... mais fácil. Franzo a sobrancelha. — E se o Boone não quiser voltar?

É o paraíso, afinal de contas. E ele está mais do que em segurança. Está sendo muito bem cuidado. Porque iria querer voltar ao nosso mundo...

— Eu perguntei pra ele.

— Você... perguntou.

Girando devagar, encaro Hades.

Sei que estou só repetindo suas palavras, mas elas não fazem sentido.

O rei do Submundo solta meus dedos e enfia as mãos nos bolsos. Não sei dizer se era para parecer um movimento casual, porque parece justamente o contrário.

— Quando trouxe o Boone pra te ver enquanto você tava mal, perguntei se ele queria ficar no Elísio ou receber a imortalidade ao ser transformado num deus, caso fosse possível.

Ele perguntou. Hades perguntou para Boone — de quem não gosta muito — o que ele preferia. Ofereceu transformar meu amigo num deus imortal.

— Por que você perguntou?

Hades deu de ombros.

— Alma alguma deveria ser forçada a algo que não quer ou não merece. Em especial se as consequências forem permanentes. — Ele desvia o olhar, murmurando: — Depois de todo esse tempo, aprendi isso da forma mais difícil.

Ele está falando de... mim?

Ainda estou presa ao fato de que ele perguntou ao Boone.

Hades perguntou *por mim*. Talvez seja absurdamente presunçoso presumir isso, e tenho certeza de que toda a coisa de não forçar almas a fazer algo tem seus motivos, mas ele fez isso por mim. Diferentemente de quando ajudou Samuel a se curar, desta vez sei que o pensamento não é bobo. Tenho certeza. Hades fez isso porque eu estava sofrendo. Ainda assim, quis garantir que minha dor egoísta não sobrepusesse o que Boone escolheria para si mesmo.

Hades continua tentando fingir casualidade, mas posso ver que suas mãos estão cerradas em punhos dentro dos bolsos.

Um terremoto de carinho por esse deus abala minhas estruturas.

As regras não ditas que se danem. Estou prestes a quebrar cada uma delas.

87

EU OFEREÇO UMA ESCOLHA...

Me aproximo de Hades, adentrando seu espaço pessoal cujos limites nós estávamos tomando muito cuidado para não ultrapassar, e espalmo as mãos no seu peito. Ele fica tão tenso que poderia muito bem ser uma versão de si esculpida em mármore frio. Ignoro isso enquanto fico na ponta dos pés e beijo o canto da sua boca.

Ele solta um grunhidinho baixo.

Não desvio o rosto, encarando seus olhos. Estão desconfiados, mas também atenciosos, absorvendo todas as nuances de mim.

— Obrigada — sussurro. — Por tudo.

Ainda sem deixar de encará-lo, recuo até a piscina atrás de mim. Ao mesmo tempo, tiro devagar o vestido amarelo pela cabeça, depois jogo no caminho de pedra do jardim. Não estou usando sutiã, e a brisa perfeita da noite acaricia minha pele.

O olhar dele vai primeiro para a cicatriz em teia na lateral do meu corpo, e tenho a impressão de ver seu rosto assumir um tom irritado — é mínimo, mas eu vejo. Depois, porém, como se não pudesse evitar, seus olhos passeiam pelo resto do meu corpo preenchidos por um tipo predatório de ânsia, mudando de mercúrio para aço cortante.

— O que você tá fazendo? — A voz dele sai baixa e cautelosa.

As íris prateadas dizem outra coisa. Ele está me devorando com o olhar. O calor lambe minha pele enquanto Hades se mantém furiosamente imóvel.

Sorrio.

— Tô mudando as regras do nosso jogo.

Ele dá um passo adiante, tirando as mãos dos bolsos e as fechando em punhos ao lado do corpo. A frustração brilha no seu semblante.

— O que existe entre nós não é um jogo, Lyra.

Estou na beirada da piscina, e chuto as sandálias dos pés.

— Eu sei. Por isso que tô mudando as regras.

Hades balança a cabeça.

— Vou embora.

Mas ele não se move. Nem um centímetro. Nem mesmo para desviar o rosto.

Fico de costas para ele, virada para a água. Tiro a calcinha e a chuto para o lado. Meu coração retumba contra a caixa torácica com tanta força que acho até que ele consegue ouvir. Posso ser uma espertalhona e uma ladra amaldiçoada. Posso bater de frente com deuses e fazer o que acho que é certo a qualquer momento, mesmo que as consequências não sejam tão boas para mim. Fui chamada de tola por mais de uma pessoa na vida.

Mas isso é diferente. Isso é vulnerabilidade *de verdade*.

Não só porque estou exposta fisicamente, mas também porque estou *me* colocando em evidência. Estou mostrando de forma direta que, se Hades me quiser, sou sua. Que se dane a impossibilidade do futuro. Vou aceitar o que posso ter aqui e agora.

A Provação me ensinou isso.

Agora, a escolha é de Hades. Ele ainda pode se virar, rejeitar o que estou oferecendo e ir embora.

Vai doer pra cacete se isso acontecer.

Mas alguns riscos valem as consequências dolorosas, e este é um deles.

Olho por sobre o ombro e o vejo imóvel. Observando. O maxilar cerrado, com a aparência de alguém que estilhaçaria ao menor empurrão. Não vou mais flertar com ele de forma tão explícita. Essa não sou eu. Em vez disso, ofereço um sorriso sincero. Contrariando todos os dias da minha vida no covil, dessa vez não escondo o que estou sentindo.

Permito que ele veja meu desejo. Mas também minha afeição, meu carinho e... minha esperança.

E ele se encolhe. Meu golpe o acertou com tudo.

Um músculo se contrai no canto da sua boca. Meu deus da morte está tentando se conter com toda a força. Saber disso me faz sorrir ainda mais. Ao menos ele não parece friamente imune, como acho que quer que eu o veja.

— Tô me oferecendo pra você — digo, só para ser clara como água. — Nada de acordos. Nada de troca de favores. Nada de expectativas.

Pauso, analisando Hades inteiro enquanto ele processa o que ouviu.

— Você pode se juntar a mim... ou não. A escolha é sua. — E me viro, fechando os olhos para tentar ignorar a horrível consciência de que ele pode muito bem escolher *não* fazer isso. Especialmente vendo a forma como está resistindo aos ímpetos. — Mas eu adoraria que viesse.

E, com isso, mergulho.

Como todo o resto das coisas neste lugar, a água é perfeita — fresca, mas não gelada, tocando a minha pele como seda enquanto nado.

Meu coração bate tão rápido que preciso voltar à superfície para respirar antes do que gostaria. Tento fingir casualidade. Não sei se Hades ainda está olhando. Ele pode muito bem ter se virado.

Me forço a não olhar, a seguir nadando preguiçosa até a entrada da

393

gruta. É lindo aqui também, a pedra natural banhada pelo brilho da lamparina. Aquelas coisinhas no teto da caverna sobre o Estige cintilam como estrelas azuis.

Mas, enquanto nado, sinto que estou suspensa sobre o Submundo num fantástico santuário flutuante. Estou ao mesmo tempo gloriosa e desinibidamente exposta.

E Hades não está aqui.

Ele não me seguiu.

Enfim viro para trás e murcho imediatamente ao me deparar com a solidão. Não há ninguém atrás de mim, nenhuma perturbação na água além da causada por mim, nenhum agito dentro da gruta.

A resposta dele é "não".

Ele não me quer. Não o suficiente.

Respiro fundo, reprimindo o aperto no meu peito, e nado atordoada até a beira da caverna, de onde a água cascateia para outro lago mais abaixo. Tão longe quanto consigo chegar da encosta e dele, estendo os braços sobre a superfície de pedra, pousando o queixo sobre eles com um suspiro.

Ao menos escolhi um lugar legal e privado para esconder meu sofrimento e minha humilhação. Por mais absurdo que pareça, faço meu melhor para focar no segundo sentimento, tentando muito *não* reconhecer a decepção que começa a acumular um peso avassalador ao redor do meu peito.

Passei boa parte da vida sozinha. Vou ficar bem.

Mas este caso é diferente.

Significa algo, é mais do que apenas desejo. Sou idiota de permitir que isso me afete desse jeito? Provavelmente. Todos os mesmos argumentos contra ceder a esta atração estão aqui. Não desapareceram como poeira ao vento só porque Hades me mostrou um pedacinho de quem é lá no fundo, só porque demonstrou que me conhece e porque me apoiou, me protegeu e foi punido por minha causa.

E fui em frente e me ferrei.

— Que merda — sussurro.

Sem aviso, braços fortes me envolvem, e sinto um peito nu pressionado contra minhas costas. Hades pousa a testa na parte de trás da minha cabeça, e ouço ele sorvendo meu cheiro. Ainda há resistência em sua postura, na inflexibilidade do seu abraço, na forma rígida como está se portando.

— Preciso que você entenda o que isto não pode ser... e o que pode — rosna ele.

Um aviso sério. Uma promessa sombria.

88
A RENDIÇÃO

Mesmo com Hades encostado em mim, mesmo sentindo como está lutando contra o desejo, preciso ter certeza de que sei o que ele está afirmando.

— Me diz, só pra confirmar — murmuro, e não posso evitar um sorriso.

Minha vontade é inclinar o corpo na direção dele, tomada pelas ondas intensas de euforia, mas me forço a esperar.

— Não posso te oferecer um futuro, Lyra — diz Hades. — Não sou capaz de estar com você como mortais precisam. Não sou assim. Mas eu te quero.

Direto. Rigoroso. Real. Não quero acreditar que é só isso para ele, mesmo com minha maldição, mas tento.

— Isso já tá mais do que claro.

Não nos movemos.

— Você me deu uma escolha — ele diz, sua respiração fazendo cócegas na minha nuca. — Agora estou te dando outra.

Fecho os olhos e boto minha exigência em palavras.

— Preciso saber que você só tá aqui agora porque me quer. *Me* quer. Porque eu importo pra você a ponto de te fazer precisar disso, mesmo sabendo que não devemos, por uma série de motivos. Mesmo que minha maldição não permita mais do que isso. Mesmo que esta provavelmente seja a única vez e que nenhum de nós possa oferecer nada além disso.

— Eu quero você — afirma ele. — Mesmo que seja a perdição pra nós dois.

Ele ainda está resistindo? Não vou mais pressionar. Fiz minha escolha e a deixei clara.

Depois de um momento tenso de silêncio, ele não ergue a cabeça, mas sinto o abraço se intensificar devagar. Ele me puxa contra seu corpo, que é tão quente que aquece a água ao nosso redor. Hades aperta minhas costas com o peito, depois desliza um dedo provocante e questionador pela minha barriga e desce até os pelos macios e ondulados entre as minhas coxas.

Com um roçar leve, ele passa o indicador bem no ponto que faz meu corpo estremecer.

Arquejo, pousando a cabeça em seu ombro, e sinto um lampejo de suas emoções disparando por mim.

Satisfação e tesão avassaladores — e algo mais. Um tipo determinado de controle.

A coisa some antes que eu possa entender o que é, mas só torna o movimento que Hades está fazendo com a mão, assim como a sensação de seu membro endurecendo atrás de mim, muito mais... intensos.

Ele me estimula de novo, de novo e, pelos deuses, de novo. Até eu estar movendo meu quadril para buscar seus dedos. Até minha respiração começar a vacilar. Até eu erguer os braços para trás e envolver seu pescoço, nos ancorando juntos.

Eu acho que imaginava isso sendo rápido e intenso. Mas carinhoso e provocante... Pelos deuses, não vou aguentar.

A mão livre dele sobe pelas minhas costelas até aninhar a parte de baixo do meu seio, antes de o envolver por completo; depois, ele acaricia de leve meu mamilo. O desejo se espalha fervilhante dali até o ponto pulsante ainda estimulado por seu outro dedo.

Dedo este que desce mais um pouco, abre minhas pernas e me penetra, me provando, e eu não conseguiria deixar de gemer nem que quisesse. Não que eu queira.

Então ele para, assim, com o dedo dentro de mim. Me torturando.

— Não para — imploro. Choramingo, quase. É isso que ele faz comigo.

Sinto seu sorriso, e depois ele planta um beijo tão doce e suplicante na minha nuca que sinto como uma marcação a ferro. Ele está me assinalando como sua, mas é diferente do beijo da bênção nos meus lábios — esse não tem nada a ver com proteção.

— Tem mil razões pra gente não... Pra *eu* não... — sussurra ele, a voz áspera perturbando meus sentidos. — Mas eu te quero, Lyra. Quero você há tanto tempo...

A respiração de Hades estremece contra mim, puro poder e desejo contidos. Um controle absolutamente determinado.

Ele move os dedos — um provocante, outro entrando e saindo —, arrancando de mim um tremor.

— Eu te quero como as estrelas queimam — continua ele. Os dedos se movem de novo numa tortura, mas são as palavras que me deixam doida. — Quero você como uma tempestade paira sobre as montanhas antes de ceder ao alívio violento.

Com o dedo ainda dentro de mim, ele começa a deslizar o polegar no mesmo ponto de antes. Mas são suas palavras que envolvem meu coração e o fazem bater mais rápido. É saber que ele me quer desse jeito — eu, alguém que foi invisível e indesejada a vida toda. Isso me faz estremecer por Hades. Gemer por Hades.

Desejar Hades.

Os lábios dele se movem até logo atrás da minha orelha.

— Quero você como os primeiros mortais na natureza ansiaram um ao outro e davam vazão a seus... *desejos*.

A última palavra é um ronronar repleto de promessas, que me arrebata tão completamente que tenho vontade de ouvir o som pelo resto da minha efêmera vida mortal.

— Ótimo. — Suspiro em reação ao seu toque atormentador, depois baixo o braço para posicionar a mão atrás de mim, entre nós. Envolvo seu membro e aperto, me deleitando com a maneira como Hades grunhe contra minha pele. — Então a gente se quer da mesma forma.

Nunca toquei ninguém desse jeito, e ainda assim é muito... natural.

A sensação dele na minha mão é de ferro coberto de seda, e a forma como ele pulsa... Eu o fiz ficar assim.

Imaginando... subo e desço a mão. Duas vezes.

Seu corpo fica todo rígido e ele grunhe. Dou um sorriso, satisfeita.

— Agora, o que quero... é que você pare de se conter.

Ele fica imóvel. Consigo ouvir sua respiração entrecortada, sentir seu peito nas minhas costas. Ele ainda está lutando por controle. Depois, diz:

— Não quero te machucar. Se eu perder o controle...

Seguro seu membro duro com mais força e me deleito com o gemido que ele solta.

— Eu quero que você *me parta ao meio*.

— Porra, Lyra...

Hades recua e afasta as mãos de mim de repente. Mal tenho tempo de me decepcionar ou achar que acabou, pois logo em seguida ele me pega pelos quadris de um jeito tão urgente que seus dedos afundam com força na carne enquanto ele me gira para me observar de frente. Eu arquejo ao ver seus olhos. Pura prata derretida.

A visão faz meu coração vacilar, o calor e algo mais preenchendo aqueles olhos lindos — caramba, ele é todo lindo — com uma luz que esquenta cada parte de mim.

Tenho um piscar de olhos para absorver tudo antes de ele capturar minha boca num beijo que transforma meu corpo num incêndio, provocado pela primeira faísca da junção dos nossos lábios.

Sou consumida — nós dois somos, acho — pela inquietude enquanto suas mãos correm pelo meu corpo, acariciando cada área, se demorando nos pontos que me fazem arquejar. Provocando impiedosamente, me fazendo gemer.

E, com cada nova descoberta, com a sensação das suas mãos em mim e das minhas no corpo dele, ficamos ambos mais frenéticos. Já que a gente só tem o pouco que ele pode oferecer — o que nós podemos oferecer —, então vou aceitar tudo e oferecer tudo de volta.

Mas minha energia incessante não se satisfaz apenas com suas mãos e sua boca.

Eu quero *mais*.

— Hades — gemo, envolvendo seu pescoço com os braços, praticamente subindo no seu colo para envolver a cintura dele com minhas pernas.

Perco o fôlego quando ele me ergue da água de repente e me coloca na beira de pedra, que tem uns trinta centímetros de largura. Por instinto, olho por cima do ombro. O precipício parece se estender para sempre, íngreme e mortal. Me seguro nos braços de Hades enquanto meu estômago se revira; quando olho de novo para ele, estou respirando com dificuldade, os olhos arregalados, e meu coração só bate mais rápido quando vejo a intensidade da satisfação no seu rosto.

E outra torrente de suas emoções se espalha por mim.

Fascinação.

— Eu sabia. — As palavras dele saem num sussurro. — O perigo faz você querer lutar, te faz viver, incendeia seus sentidos.

Você sabe porque me vê.

Acho que ele sempre enxergou minha versão real. Porque é um deus, ou talvez porque é o deus da morte, ou talvez porque Hades é assim e pronto. Ele me vê.

Assim como eu o vejo.

Ele estende a mão e aninha minha nuca, puxando meus lábios até os seus como se minha resposta só tivesse elevado o desejo dele em mais um nível. O beijo é intenso, exigente. Hades mordisca meu lábio inferior e depois o acaricia com a língua antes de recuar. Quando me dou conta, estou gemendo dentro da sua boca, tentando me aproximar de novo.

Hades está certo. Aqui, meu corpo parece... *primal*. Assim como o ar em nossas respirações misturadas, me sinto flutuando, voando e vivendo ao bel-prazer dele.

O deus da morte se afasta de repente, as têmporas vermelhas.

— Se curva pra trás.

É uma ordem.

Quando obedeço, todo o fogo nele se aglutina em um olhar de calor selvagem, provocação perversa e veneração carinhosa.

Meu coração estremece com a veneração.

— Se segura em mim, minha estrela — alerta ele. — E não solta.

89
ACABA COMIGO

Antes que eu possa imaginar o que ele vai fazer, Hades afasta minhas pernas e baixa a cabeça. Estou tombada sobre o abismo, me segurando nos seus braços, as mãos dele ainda na minha cintura, e a sua boca...

Com aquela língua pecaminosa, ele lambe meu ponto mais íntimo. Pega toda a sensação que estávamos construindo juntos e a intensifica, até meu corpo pulsar. Ele me penetra com um dedo, depois outro, me abrindo, se movendo dentro de mim no mesmo ritmo da sua língua.

E ah... Pelos deuses...

A explosão de sensações me cega. Sem aviso. É como se eu estivesse explodindo, e grito quando tudo ao redor se contrai e depois se expande. Grito de novo quando ele me ergue de supetão da borda, me puxando para si.

— Enrola as pernas na minha cintura. Agora.

Obedeço, e, olhando nos meus olhos, ele me baixa até que a cabeça rígida e intumescida do seu pau pressione a área já úmida com o prazer que me fez sentir. Ainda estou pulsando. As covinhas de Hades aparecem com força total quando ele abre um sorriso safado.

Depois ele está me penetrando, me alargando, me preenchendo.

Hades para. Uma vez. Deixa que eu me ajuste, que meu corpo se acostume. Depois, como se já soubesse que estou pronta, continua até estar fundo dentro de mim, e meu mundo se afunila para uma nova realidade. Um lugar onde somos um.

Ele enterra o rosto no meu pescoço, arfando. Depois ergue a cabeça e busca meus lábios de novo.

Ele me beija até eu não conseguir mais respirar, até que essa seja uma necessidade secundária. Mas depois sinto algo diferente. Abro os olhos e vejo que não estamos mais na água, e sim deitados numa das camas. Cortinas etéreas balançam ao nosso redor e ele me penetra mais fundo, o peso do seu corpo sobre o meu intensificando a sensação de ser reivindicada.

Suas mãos, livres para se mover agora que não precisa mais me segurar, correm pelas minhas coxas em movimentos frenéticos. É como se ele estivesse me pintando, memorizando minhas curvas com o toque.

— Cuidado com o que pede, minha estrela — avisa Hades.

Meu corpo se contrai com as palavras, a ânsia se revirando dentro de mim. A satisfação toma seu semblante um instante antes de ele se mover.

Não é lento. Não é provocante. Não é contido.

Eu achei que ele já tinha se soltado por completo, mas isso é totalmente diferente. Seus movimentos são... implacáveis. Focados. E desesperados. Me contorço embaixo dele, envolvendo seu corpo com as pernas para me segurar. Mas, conforme ele perde o controle, o mesmo acontece comigo.

Me perco em Hades. Na sensação dele. Na sua força. Na forma como ele observa meu rosto para ver minha reação a cada movimento, a cada toque.

Quando corro as unhas pelas suas costas, ele ergue a cabeça com um grunhido de prazer. Um sorriso, que é também um aviso, faz sua boca se curvar. Ele prende minhas mãos com um aperto impiedoso, estendendo meus braços acima da cabeça.

Arregalo os olhos e sua risada é quase feral.

Ainda enterrado bem dentro de mim, ele baixa a cabeça, envolve um dos meus mamilos com a boca e chupa. Forte. Depois morde.

Estou prestes a voar da cama.

O toque áspero da sua língua contra a ponta sensível que vem em seguida, porém... Não consigo evitar e arqueio mais o corpo, buscando a sensação. Ele não para até eu estar oscilando, à beira do precipício. É quando ergue o rosto.

— O que foi? — resmungo. — Espera... Não para.

Outro sorriso feral, o cabelo desgrenhado caindo na testa; me dou conta de que corri as mãos pelas suas madeixas.

— Vou fazer você esperar e desejar, como eu esse tempo todo.

Pelos. Deuses.

Ele cai de joelhos. Suas mãos me erguem pelo quadril; ele muda o ângulo e penetra.

Solto um grito, cada nervo se avivando quando Hades recua antes de meter de novo. Com mais força.

— Caralho...

Isso o faz estender as mãos para segurar na cabeceira da cama. Resistindo. Sem nunca desviar o olhar, ele empurra com o quadril. Rápido. Forte.

De repente, uma fumaça começa a espiralar ao nosso redor, o cheiro repleto do toque de chocolate amargo que é tão... ele. Da forma como seus olhos se intensificaram, sei que este é seu poder, mas fora de controle. A fumaça se transforma em pequenos tentáculos.

E os tentáculos... se estendem na minha direção.

Tocam em mim.

Em cada parte de mim. Suaves e delicados. Escorregam como seda e então vão ficando mais duros, mais agressivos. Me tocam em todos os lugares. Como se usar só seu corpo material não fosse suficiente. Como se ele estivesse tão ansioso para explorar cada parte minha, para me levar ao máximo prazer, que aquela fosse a única maneira.

Não sei se é ele ou a fumaça que volta a tocar minha virilha, mas é como se eu estivesse sentindo o calor da sua boca em mim de novo. Gemidos escapam enquanto a sensação fica cada vez mais forte, me aproximando do êxtase.

Mas é o olhar dele, devorando as reações que não me dou ao trabalho de disfarçar, que realmente me catapulta cada vez mais alto.

Com todo o meu ser, despejo em Hades as sensações que ele provoca em mim. Despejo nele meu desejo. Despejo nele meu coração.

Esta deve ser nossa única vez, meu único momento assim com ele. Será que o deus da morte está pensando a mesma coisa? Está determinado a aproveitar o momento, e que se danem o amanhã e qualquer outra consequência? A pontada de desespero me faz querer que isto seja tudo. Para nós dois.

Para a mulher que sempre ansiou por amor.

Mas também para o deus solitário que gerencia a eternidade de almas sob seus cuidados com mais bondade do que qualquer outro deus jamais demonstrou conosco, mortais.

Seu toque, dentro de mim e por todos os lugares, é como fogo que pode tanto me consumir quanto me renovar, queimando ao seu bel-prazer.

Como Hades.

— Por favor — sussurro contra sua boca.

Estou tão fora de mim que nem sei mais o que estou pedindo.

Mas ele parece saber.

Nos beijamos, cada um capturando o som do prazer do outro com a boca.

Por uma fração de segundo sinto que é demais. Intenso demais. *Necessário* demais, como se eu não fosse capaz de respirar sem ele depois disso.

Hades se afasta um pouco, e seus olhos se arregalam com um cintilar do que pode ser choque. Depois, as profundezas de um cinza derretido começam a brilhar.

— Lyra...

Um sorriso faz meus lábios se curvarem. Eu provoquei isso. Fiz que um deus que valoriza o controle acima de tudo se perdesse completamente. Ele solta um grunhido grave que irrompe do peito antes de se inclinar e mordiscar meu pescoço, os quadris nunca diminuindo o ritmo até *nós dois* explodirmos.

A onda vem e ameaça me obliterar, quebrando em cima de mim, me chacoalhando de um lado para o outro. Hades me aperta forte, se juntando à torrente com um grito. Tenho a impressão de ver chamas com pontas de obsidiana se erguerem na fumaça ao nosso redor.

O prazer nos solapa, mas depois recua, nos puxando até que não passemos de náufragos no litoral na manhã seguinte a uma tempestade, as marolas nos tocando com gentileza.

Quando a fumaça se dissipa, tudo no mundo se afasta e deixa de existir para mim — dor, medo, passado, futuro, deuses e campeões, Superfície e Submundo, Olimpo.

Tudo é irrelevante neste momento. Nesta mistura incandescente de corpos, mentes, corações e almas.

Hades me puxa mais para perto, enterrando o rosto no meu cabelo enquanto respiramos juntos. Dessa vez, as emoções dele, quando vêm, me tomam com doçura — um prazer infinito e ardente, um maravilhamento destruidor e uma possessividade profunda.

Eu sou dele. Meu coração clama por ele enquanto ficamos ali abraçados. Mesmo que não possa ir além desta noite.

PARTE 7
MINHA ÚNICA ESPERANÇA

A vitória ou a cova.
A Morte vence de um jeito ou de outro.

90
A RESPOSTA É "NÃO"

Dizer que é atordoante acordar sozinha na minha própria cama gelada depois de adormecer maravilhosamente envolta nos braços do meu amor, na encosta de uma montanha, seria um eufemismo.

Eu não esperava dormir de conchinha ou declarações de amor eterno, claro. Bem... *quase* não esperava. O que meu coração secretamente deseja — que a noite passada tenha *significado* algo — é uma revelação que não vem como um raio. Está mais para as asas de uma borboleta.

É diferente da minha queda por Boone. Aquilo era o sentimento inocente de uma garota solitária, alguém que apenas queria uma conexão, enquanto ele era o único rosto amigável na multidão. Mas com Hades... é diferente.

Com Hades, é uma conexão — mas também é proteção, carinho e sobrevivência. É perigo, frustração, é ter confiado nele mesmo com todos os seus malditos segredos. É franqueza, respeito e compreensão.

É ver e ser vista de verdade.

E talvez... talvez pudesse ser mais.

Motivo pelo qual esta manhã é chocante, para dizer o mínimo. Sim, a gente esclareceu o que a noite passada seria, mas o que parece é que ele fugiu ou me abandonou. Porra... Não deixou nem um bilhete?

Tá, vou dar o benefício da dúvida, digo para mim mesma. Talvez Hades quis me dar privacidade. Ou esteja perguntando aos empregados quais são meus pratos preferidos para o café da manhã. Ou talvez goste de tomar banho assim que se levanta. Afinal, se deuses comem, dormem e transam, devem tomar banho também — muito embora o lance de estalar os dedos e aparecer limpo e vestido talvez indique o contrário.

Ou ele sabe que o próximo Trabalho é hoje e que preciso me concentrar.

Só que minha mente está em Hades. E não sei como fazer isso parar enquanto me banho e me visto, o que faço com mais pressa do que atenção até a hora de conferir o colete tático. Quando chego nele, dedico todo o tempo necessário para checar minhas coisas com cuidado. Felizmente, Hades pegou meu machado com Hefesto — ele tinha ficado preso no tentáculo daquele autômato na janela.

405

Mas Hades também não aparece no café da manhã. Já Caronte e Cérbero estão lá.

Coço a cabeça de Bê antes de me servir de torradas e chá. Tenho quase certeza de que meu estômago não gostaria de receber mais comida, e por vários bons motivos.

Caronte fita meu prato enquanto me sento.

— Hades entenderia se você decidisse não seguir na competição — diz ele, quase casual, enfiando um pedaço de maçã na boca e mastigando.

— Eu sei.

— Boone também entenderia.

— Eu sei também.

Caronte inspira e expira audivelmente, o cabelo cor de areia caindo sobre os olhos. Ele odeia o plano de eu vencer os Trabalhos seguintes desde o momento que contamos. O "nem fodendo" que ele rosnou foi um indicador claríssimo, o que fez Hades encará-lo com frieza. O barqueiro só sossegou quando expliquei que a ideia foi minha, mas continuou contrário.

Abro um sorriso.

— Você é meio maternal, sabia?

Rô solta uma risada chiada que preenche o cômodo com um cheiro forte de fumaça. Cér e Bê se juntam a ele quando Caronte remexe os ovos no prato, resmungando.

Depois, Bê se ajeita para olhar além de mim, cutucando as outras duas cabeças. Não preciso olhar. Soube que Hades havia chegado antes mesmo do cachorro, já que meu corpo está tão conectado com o dele agora que eu poderia muito bem ser seu GPS.

Caronte também olha além de mim.

— Fala pra Lyra não fazer isso.

Me viro devagar... e me deparo com uma muralha de absoluta indiferença.

Ele olha *através* de mim. De tão invisível, eu poderia muito bem ser apenas uma alma morta aqui embaixo. E se tem alguém que sabe como é parecer invisível, sou eu.

Só que isto é muito pior.

É como uma série de lâminas sobre minha pele, deixando milhares de pequenos cortes.

— Lyra sabe o que tá fazendo e o que quer — diz Hades para Caronte.

— E *você*, Done, sabe? — indaga o barqueiro. Depois fica de pé, a cadeira raspando contra o chão de pedra com um guincho de protesto. — Não vai foder tudo só porque...

Ele se interrompe quando a expressão de Hades se neutraliza.

— Eu é que devo me preocupar com ela, não você — diz ele, a voz entediada. — Fica à vontade pra ir se foder.

Reclino na cadeira. Posso não ter passado muito tempo com eles, mas não é *assim* que costumam falar um com o outro.

Com uma cara mortalmente feia, Caronte empurra o prato pela mesa e desaparece. Cérbero bufa antes de fazer o mesmo, me deixando sozinha com Hades.

O maxilar dele poderia muito bem ter sido entalhado em granito. Depois de um segundo, olha para mim como se precisasse se forçar a fazer isso.

— Pronta?

É isso?

É... *isso*?

Que se foda. Por que ele está agindo de um jeito tão estranho? Até onde sei, a gente teve uma noite de sexo incrível, consensual e completamente casual. Só isso. Não há a menor necessidade de ser um escroto comigo agora. Mas já entendi como a banda toca.

— Prontíssima. — Largo a refeição na mesa e atravesso o terraço... e deliberadamente não paro até estar diante dele, tão perto que um estufar do peito faria meus seios tocarem seu tórax.

Depois ergo a mão, como se estivesse empurrando a parede invisível que ele ergueu entre nós para delimitar seu espaço, mais alta e espessa do que antes.

E espero.

Espero até ele olhar nos meus olhos — e, quando faz isso, sorrio. *É só me tratar como antes*, é o que digo com o gesto.

Por uma fração de segundo a expressão dele se ameniza, e depois vejo um lampejo rápido de desejo carinhoso disparando na minha direção.

Mas a emoção desaparece no instante seguinte, obliterada por uma determinação diamantina que não faz sentido. Ele pressiona a palma contra a minha, e sumimos num piscar de olhos. Quando aparecemos de novo estamos diante do pátio de sua residência no Olimpo, mas ele não se afasta. Não baixa a mão.

Ficamos ali, bem próximos, palma com palma, enquanto encaro os olhos que me mostram apenas um cintilar da batalha travada atrás deles. Uma batalha que vai muito além da tolice de um deus se envolvendo com uma mortal.

O que raios está acontecendo com Hades?

Abro a boca para perguntar, mas seu olhar se estende além de mim enquanto a máscara do deus da morte fechadão e taciturno retorna.

— Você veio falar com a Lyra? — pergunta ele.

Olho por cima do ombro, quebrando a conexão entre as nossas mãos. Na hora, sinto como se Átropos tivesse cortado a linha dos nossos destinos.

Mas não posso deixar isso transparecer, porque Rima está parada pouco além do portão, observando.

Rima. Não os outros. Nem mesmo meus aliados.

— Sim — diz ela, alternando o olhar entre mim e Hades.

— Boa sorte no próximo Trabalho — diz ele para mim, os olhos focados na minha testa, antes de ir embora.

Fito o chão, tentando me concentrar ao máximo no som dos pés dele se afastando cada vez mais. Ouço um ruído baixo — a porta da casa se abrindo. Depois, uma pausa.

— E não morre, Lyra — diz ele, baixinho.

Depois da frase, que soa quase como uma súplica, o estalido da porta se fechando atrás dele parece estranhamente definitivo. Não consigo não me encolher.

Rima se aproxima, e me forço a olhar para ela. Me concentrar nela. A campeã olha de mim para a porta, como se estivesse com medo de chegar muito perto e Hades surgir para puni-la por ter nos interrompido. O medo nos seus olhos é inconfundível e impossível de ignorar.

— Ele não vai te machucar — garanto.

Seus olhos, as íris de um castanho profundo quase consumidas pelo preto das pupilas, pousam em mim. Ela balança a cabeça, e não sei se está rejeitando o que falei ou algo mais.

— Tô aqui pra dizer que a gente discutiu sua proposta.

Imaginei. Também consigo ver, pela expressão dela, que a decisão não me beneficia.

Um novo peso se junta àquele que cresce em mim lentamente desde que despertei sozinha esta manhã.

É um peso diferente, porém — feito de culpa, decepção e desespero.

— A reposta é "não"? — pergunto, e minha voz ameaça vacilar, mas me controlo.

— Isso.

— Todos vocês?

Meus aliados não poderiam ter vindo me dizer pessoalmente? Não pergunto isso em voz alta. Só demonstraria fraqueza.

— Sim.

Meu pulmão solta todo o ar, e aprumo os ombros enquanto meu coração se aperta.

— Posso perguntar por quê?

Ela endireita a postura.

— Zai queria vir te contar, mas insisti em vir no lugar dele. A gente tá falando que não... por minha causa.

Franzo as sobrancelhas.

— Por sua causa? Por quê? O plano pode beneficiar todo mundo...

— Minha bênção do Apolo é o poder da... — a última palavra sai num borrão hesitante — ... profecia.

Uau.

Mas e aí?

— Não entendo como...

— O problema é que não consigo controlar o presente. É como se escolhesse sozinho o que me mostra. — Ela abre uma careta. — Não foi muito útil nos Trabalhos porque só me mostrava a mesma coisa... Uma única visão, várias e várias vezes.

O pavor brota em mim como água estagnada num pântano.

— O quê?

— Hades como rei dos deuses.

— Eu sei que vocês não querem isso — começo, devagar. — Mas não tem por que temer. Ele é bom e...

— Na minha visão ele tá num acesso de ira... enquanto bota fogo no mundo todo. — Ela é direta. O tremor na sua voz passa para as suas mãos, o rosto assumindo um tom pálido com um leve toque de verde. Seu medo é tão intenso que não pode ser contido. — E ninguém... nenhum mortal, nem os deuses gregos, nem as divindades de outros panteões... é capaz de impedir.

91
O TRABALHO DE ATENA

— Bem-vindos ao décimo primeiro desafio, campeões.

Atena está parada diante de nós, bela, embora ainda marcial no macacão branco com ombreiras de invejar fashionistas dos anos 1980. Seu sorriso é mais assustador do que tranquilizador. Sinceramente, acho Atena intimidadora pra caralho. Não posso dizer que voltar à Provação justo no Trabalho dela é o que eu queria. Hera, com a coisa das estrelas e constelações, definitivamente teria sido melhor.

Quando cheguei, os outros campeões me encararam cautelosos, inclusive Samuel. Ele está um pouco abalado e pálido, mas de pé. Não vejo braceletes dourados no seu pulso bom.

Cumprimento os demais com a cabeça, esperando que vejam que compreendo por que não aceitaram minha oferta. Meus aliados, porém... Eles pediram desculpas, e fiquei me lamentando mentalmente para Boone enquanto garantia a eles que entendia.

E entendo mesmo. Mas agora preciso vencer este Trabalho, porque ainda quero ganhar. O que espero que *eles* entendam.

Estão parados ao meu lado agora, o que já é alguma coisa.

— Todo mundo acha que Ares seria um deus sedento de sangue — começa Atena.

Depois ela fecha o punho e o agita no ar. Uma lança surge na sua mão, a base atingindo o chão de pedra com um clangor metálico. Imediatamente o macacão branco se transforma em armadura, parecida com a que ela usava no dia em que os campeões lutaram por seus presentes.

Parece que foi há eras. Uma vida inteira entre o começo da Provação e agora.

No peitoral prateado há uma oliveira com uma cobra se entrelaçando ao tronco. O elmo imita uma cabeça de coruja, a cara emoldurada por chifres que formam proteções sobre as sobrancelhas. Penas de coruja irrompem do topo e da parte de trás do adereço da guerreira.

O rosto dela está pintado com runas e glifos de um branco cintilante. Ela segura a lança simples numa das mãos, e há um pingente no seu pescoço. Acho que é uma cabeça de Medusa, para proteção. Combina muito bem com ela.

A deusa do conhecimento e da guerra se exibe diante de nós.

Os quatro daemones, posicionados em cada um dos cantos da plataforma, caem de joelhos com a cabeça baixa, o punho cerrado contra o peito.

— De pé — diz ela.

Ué... eles não deviam ser neutros nos Trabalhos? Juízes? Para ser sincera, não gosto nada desse teatrinho. A julgar pela forma como os outros campeões parecem inquietos, tenho quase certeza de que têm a mesma opinião.

Atena estala os dedos, e todos os outros deuses surgem ao lado dos seus respectivos campeões. Hades pousa a mão no meu ombro e desaparecemos. Quando retornamos, já não estamos no Olimpo. Antes mesmo que eu possa respirar, Hades sumiu de novo.

É quando o rugido da multidão me atinge como uma onda congelante se erguendo acima da minha cabeça e me puxando para as profundezas.

Tento não deixar as pernas cederem quando me dou conta de onde estamos.

É o Coliseu, em Roma — mas não a versão em ruínas que já vi em fotos.

Estamos parados num pódio, construído na parte das arquibancadas onde imagino que os Césares antigos ficavam com seus familiares e sicofantas. Ao nosso redor, os vestígios da construção original se erguem em direção ao céu. As áreas onde a rocha se desgastou e se desfez foram reconstruídas ou preenchidas por... vidro opaco.

A estrutura inteira foi refeita dessa maneira, formando as arquibancadas e completando as paredes com suas passagens e janelas em arco, além de um teto abobadado — todo de vidro — que imagino que bloqueia a visão mortal de fora para dentro enquanto ainda permite a passagem da luz do sol.

O lugar está lotado.

As arquibancadas fervilham, mas não com mortais. Em vez disso, parece que todos os imortais da Grécia Antiga — deuses, semideuses, ninfas, sátiros e mais — também estão aqui para assistir ao espetáculo. Eles me lembram víboras prontas para dar o bote, estrangular e morder. Como se estivéssemos num jogo de futebol, berram e gritam nosso nome. Alguns estendem faixas para celebrar seu campeão favorito.

Não vejo nenhuma com meu nome ou com a borboleta de Hades.

Bandeiras turquesa com a coruja de Atena tremulam alto, mas aqui ela é conhecida por seu nome romano: Minerva. Os estandartes se misturam aqui e ali com faixas dos outros deuses olimpianos principais, todos com os nomes que usavam na Roma Antiga — Júpiter, Netuno, Juno, Vênus, Mercúrio, Apolo, Diana, Marte, Vulcano, Baco e Ceres. Tem até uma única bandeira para o meu deus, Plutão.

É chocante que Atena tenha conseguido o direito de realizar um Trabalho aqui. Mortais vão saber que tem alguma coisa acontecendo. Ou será que, por fora, o Coliseu foi encantado para parecer o mesmo de sempre?

Você tem preocupações maiores no momento, Lyra.

O chão da arena, que também é de vidro — este completamente translúcido —, permite que vejamos os túneis lá embaixo, onde gladiadores e prisioneiros costumavam ser mantidos antes dos julgamentos e das lutas. As colunas de pedra também foram preenchidas com vidro, formando uma superfície plana no nível da arena, mas ainda assim é possível ver o que parecem vários andares descendo até valas que, juntas, formam...

Um labirinto.

Um labirinto de vários andares.

É minha chance! Eu cresci morando num labirinto, os túneis sob minha cidade. Passei a infância explorando cada canto deles.

Isso eu consigo fazer.

Eu posso vencer!

— Não! — O grito vem de Trinica.

O horror contorce suas feições enquanto ela tenta se proteger de algo atrás de mim, tão rápido que tromba com Zai e os dois caem. Mas isso faz com que o resto de nós se vire, e preciso cobrir a boca para não vomitar a torrada e o chá do café da manhã.

Em estacas, estão expostas as cabeças das pessoas que perdemos — todos com pele macilenta, olhos embaciados pela morte e boca aberta, como se estivessem berrando.

Neve. Isabel. Mas também a avó de Dae... e Boone.

Seus olhos frios e mortos me encaram.

— É só uma ilusão — diz Jackie.

Ela sabe porque consegue ver além de ilusões e feitiços. Fiquei sabendo disso porque ela aparentemente usou o poder de forma mais aberta durante o Trabalho de Hera, quando Deimos e Fobos não exerciam efeito sobre ela.

Encaro as cabeças, enjoada. É uma ilusão, como muitos dos horrores que encaramos, mas o efeito não deixa de ser real. Como o fogo do dragão. Sei que Atena está jogando com nossa cabeça. Sei, mas não é simples de ignorar. Em especial quando Rima estende a mão em silêncio para segurar a de Dae, que treme.

Me viro para Atena, soltando um rosnar que deixaria Hades orgulhoso.

— Você é um monstro.

O coliseu inteiro arqueja e se vira para mim. Porque eles sabem: essa afirmação pode me garantir uma maldição que apenas deuses e deusas conseguem rogar.

— Matem ela! — grita um imortal com um senso de justiça meio descalibrado, quebrando o silêncio da multidão.

— Qual é o problema do Dex? — sussurra Jackie à minha direita.

Ao lado dela, Dex se balança para a frente e para trás, murmurando "matem ela, matem ela" numa voz aguda até Rima dar uma cotovelada nele.

412

Ninguém mais se junta ao coro.

Atena apenas sorri.

— Guerra e conhecimento são difíceis de conseguir, realidades pesadas que vocês mortais não parecem capazes de suportar. Ainda assim, existem. Inevitáveis, inescapáveis, e tão necessárias quanto respirar.

— Não precisa ser assim — argumento. Já estou ferrada mesmo, então o que é um peidinho pra quem já tá cagado? — Só monstros, bestas, demônios e os deliberadamente ignorantes fazem o mundo ser assim.

Ela ergue o queixo só um pouco, os olhos brilhando como ouro derretido.

— Me chama de monstro de novo pra você ver, mortalzinha.

Aposto que a parte dos "ignorantes" foi a que a deixou mais puta.

Consigo ficar quieta, mas não paro de fulminar a deusa, as mãos abrindo e fechando ao lado do corpo.

O sorriso dela assume um tom convencido. Um de provocação.

Um que me faz recuar um passo mentalmente. Será que ela *quer* que eu a desafie? Cacete, acho que quer. Atena quer que eu lhe dê uma razão para me punir sem que os daemones possam dizer que foi interferência. O que ela *não* quer é que eu continue na competição. É por isso que Boone está aqui.

Dex deve ter contado a ela sobre a minha oferta... e as motivações por trás dela.

Sabia que ele ia dar com a língua nos dentes. Será que fechou algum tipo de acordo com a deusa? Afinal de contas, é o campeão dela.

Quando nota que vou continuar calada e imóvel, Atena faz um biquinho decepcionado antes de passar por mim e pelos outros, seguindo até a primeira das estacas. Lá, pega uma grande tigela transparente cheia de aranhas. Tira a tampa e a sustenta sob a cabeça de Boone, coletando o sangue que pinga dela como se ele tivesse morrido há minutos.

O nojo me atinge como um tapa na cara quando as aranhas começam a crescer no mesmo instante. Atena as joga no labirinto abaixo de nós, onde correm para todos os lados à medida que ficam cada vez maiores.

— Olha, que bonito... — diz Dex, ainda com aquela voz esquisita.

Espio o campeão de relance e vejo seus olhos brilhantes de fervor. O que tá rolando com ele?

Atena faz a mesma coisa com uma tigela de escorpiões, que alimenta com o sangue de Neve, depois uma de formigas-bala que faz crescer com o sangue de Isabel, e por fim ela alimenta um ninho de vespas com o sangue da avó de Dae.

Todas as criaturas seguem para o labirinto de vidro.

Atena não perde tempo com explicações longas.

— Escapem se puderem. Vocês não podem usar suas relíquias pra fugir

do labirinto, só pra sobreviver a ele. Se não conseguirem sair em uma hora...
— Ela aponta para um relógio digital imenso que começa a contar sessenta
minutos. — ... Vão ser deixados aqui pra sufocar, ou serem devorados pelas
criaturas. O primeiro campeão a chegar ao fim do labirinto vence.

92

ARREPIANTE PRA CARALHO

Com um estalar de dedos de Atena, não estou mais na plataforma. Ressurjo nas valas de vidro e rocha — bem lá no fundo, provavelmente, porque o chão é arenoso e cede sob meus pés. O ar está estagnado e abafado. Ao menos parece que tem ar aqui, embora Atena tenha mencionado sufocamento, então imagino que não vai ser assim por muito tempo.

Os gritos da torcida agora não passam de um zumbido fraco ao fundo. O que mais escuto é o som da minha própria respiração. Não vejo nenhum dos outros campeões e não posso usar as pérolas para ir mais rápido. Tenho quase certeza de que Atena só criou essa regra para me ferrar.

Ouço um som de pés — não, é mais como patas — avançando pela mistura de areia e rocha. Talvez no túnel ao lado, porque não tem nada aqui comigo. Ainda.

Mais sons lá em cima, e quando ergo o rosto vejo ao menos dez criaturas se arrastando pelo andar superior, as múltiplas patas batendo no chão de vidro. Franzo o cenho ao olhar o labirinto de baixo para cima. A superfície de vidro parece ter sido sulcada. Para que a gente consiga correr mais fácil, será? Ou para facilitar a vida dos bichos?

Uma meleca amarela que vem se espalhando lá de cima me faz cambalear para trás a tempo de ver a sola do pé de Zai enquanto ele corre, com a Harpa de Perseu segura entre os dedos.

Vai, Lyra. Ele tá tentando vencer. Ele já subiu um nível.

Odeio precisar pensar assim.

Direita ou esquerda? Escolho a direita e, pouco adiante, o caminho mergulha nas sombras enquanto serpenteia sob o estádio até ficar completamente escuro. Sigo uns dez passos breu adentro, tateando para me orientar, quando elas vêm.

Aranhas.

Do meio da escuridão.

De repente, trombo com uma teia. Elas já teceram armadilhas que cobrem toda a largura do túnel. Consigo reprimir meu grito de surpresa, mas o mero toque na seda já alerta as criaturas. Após um estalido e um guincho estranho que me lembra da minha tarântula, me vejo coberta de criaturas do tamanho dos meus punhos.

Não consigo enxergar, mas sei que estou coberta por elas.

Obrigada, Ordem dos Ladrões, pelo treinamento torturante que fez com que eu não ligue para insetos e aracnídeos. Vi o tipo de aranhas que Atena usou e sei que não são mortais. Acho que vai doer se picarem, considerando seu tamanho, mas minha pele não vai apodrecer.

Com os olhos e a boca fechados, segurando a respiração, junto os dedos e passo as mãos fechadas como lâminas pelos braços, derrubando as criaturas. Uma pontada súbita de dor no meu pescoço me faz encolher — e graças aos deuses este não é o Trabalho de Ártemis com aquele lance do medo, da dor e da confusão, porque seria muito pior.

Me forçando a me mover com cuidado, jogo longe essa aranha também. Um segundo depois, no entanto, picadas menos dolorosas pinicam meus tornozelos por cima da calça.

Franzo o cenho. As aranhas não deveriam estar me picando. Não estou representando uma ameaça. Não estou me debatendo, gritando, mexendo ou matando as criaturas. Não é uma espécie agressiva.

Recuo enquanto continuo tentando me livrar dos bichos. Outra picada no meu quadril. E elas continuam vindo, mais e mais delas. Isto é um ataque.

É quase como se fosse planejado.

Meu coração acelera, a adrenalina inundando meu sangue, e preciso controlar a respiração porque elas cobrem meu rosto. Recuo mais rápido.

Estou tentando não agir agressivamente, mas sou picada de novo e entendo que não vai funcionar. Então cruzo a mão sobre o peito e, num gesto violento, derrubo tantas criaturas quanto possível. Ao mesmo tempo, me viro e corro, me encolhendo e me debatendo e estapeando meu corpo enquanto avanço.

Volto para a luz do sol, passo por ela e mergulho na escuridão do outro lado. Não é tão ruim, porque pelo menos consigo ver para onde estou indo.

Os guinchos e estalidos das presas e o som das patas correndo pelo vidro atrás de mim são de arrepiar. Não paro de correr, mesmo quando sinto mais duas picadas nas pernas. Os gritinhos que solto ecoam no vidro. Chacoalhando as mãos, derrubo mais aranhas e corro pelos corredores, sem ligar para onde. É curva atrás de curva, e elas continuam me seguindo.

Isso não está funcionando.

Arregaçando a manga, acordo a raposa e a pantera, que saltam da minha pele e se tornam reais enquanto correm comigo.

— Preciso de ajuda!

É quando a tarântula meio que se arrasta sob minha pele — o que, dada a situação em que estou, quase me mata do coração. Em vez disso, porém, olho para baixo e a vejo agitando freneticamente as patas.

Ela quer ser libertada. É claro — como posso ter me esquecido do Trabalho de Afrodite?

Toco na criatura, que salta da pele. Desta vez, porém, ela cresce até ficar bem maior do que o padrão da sua espécie. O som de patas atrás de mim morre de repente, o silêncio se torna palpável. Tanto que paro aos tropeços e viro para ver minha tarântula — agora, grande o bastante para preencher o túnel — encarando pelo menos trinta outras criaturas de tamanhos que vão de um punho a um cachorro grande. Não estão nas paredes da passagem, apenas no chão, que cobrem num mar móvel e inquieto de pretos e marrons, com os olhos — todos eles — focados na minha tarântula.

Ela move e pulsa os pequenos apêndices perto da boca. Algumas das demais aranhas também se mexem, como se estivessem acenando uma para as outras. Outras raspam os membros, fazendo um som de atrito. Outras estalam e guincham, e há uma vibração no ar que posso *sentir*. O tremor se espalha pelo meu corpo em ondas invisíveis.

Elas estão se comunicando.

Não tenho ideia do que minha tarântula diz, mas depois de um tempo as criaturas saem correndo na outra direção. Minha aliada diminui um pouco de modo a conseguir se virar no túnel e me encarar.

Prometi que você não vai matar nenhuma aranha neste labirinto. A voz dela é bizarra, uma mistura de raspados e zumbidos, mas consigo entender. *Em troca, elas não vão te atacar.*

Ainda estou sentindo dor e sangrando em alguns pontos, e devo começar a inchar e me coçar por conta do tamanho das picadas. Assinto.

— Prometo.

Com as outras criaturas eu não posso ajudar.

— Valeu. — Ofereço o braço, e ela retorna para minha pele.

Agora, preciso decidir o que fazer. Com sorte, minha corrida desesperada não fez eu me perder ou me enfiar mais para dentro do labirinto.

— Por favor, me ajudem a encontrar o caminho — peço para a raposa e a pantera. — Fiquem de olho em outros bichos.

Elas não hesitam, saltitando pelo túnel. Sigo trotando. Em pouco tempo, chegamos a uma bifurcação no labirinto.

— Vai, uma pra cada lado.

E espero. Fecho os olhos, tentando acalmar meu coração e organizar meus pensamentos acelerados. Preciso me concentrar nos meus sentidos. Ignorar as picadas de aranha. O ar à direita é ligeiramente mais fresco e um pouco mais doce.

O ruído de pernas vindo na minha direção me arrepia, e ao me virar dou de cara com uma formiga chegando cada vez mais perto.

93
LABIRINTO DE CRISTAL

Com um rosnado, a pantera salta por cima da minha cabeça, evitando por pouco o teto de vidro, e aterrissa em cima da criatura. As mandíbulas poderosas do felino mergulham na carapaça da formiga com o som nojento de algo se esmigalhando.

Com o machado em mãos, deixo os braços caírem ao lado do meu corpo numa espécie de realização anticlimática. Meus animais podem lutar por mim, além de me orientar? Hades não falou nada sobre isso, mas eu devia ter imaginado. Muito útil.

A pantera sai com o focinho todo melecado de verde, mas cospe a substância e limpa a cara com a pata.

Acima de mim, Samuel passa correndo, consultando com atenção uma espécie de disco de cobre. Hades disse que ele tinha vencido o Trabalho de Hefesto e que o prêmio era uma bússola que sempre aponta a direção certa — algo similar ao espelho de Meike.

Com um bufar, a pantera corre por mim e segue na direção por onde a raposa sumiu.

Vou atrás, de machado em mãos.

Nos deparamos com o animal voltando e corremos atrás dele. Trotamos e seguimos um pouco mais.

Chegamos a uma nova bifurcação: há um caminho que sobe e outro que segue no mesmo nível. Fazemos a mesma coisa de antes, só para garantir, mas a direção correta parece óbvia agora — e, de fato, a raposa volta e seguimos para cima, acompanhando a pantera.

Irrompemos no segundo andar. Ele é todo feito de vidro, entre o labirinto de pedra lá embaixo e o andar superior. A luz do sol já dissipa as sombras aqui... e há insetos e aracnídeos correndo para todos os lados. Vislumbro alguns outros campeões também; mais acima, vejo os imortais nas arquibancadas com o rosto tomado por fascinação e sede de sangue, seus gritos audíveis até aqui embaixo.

Bloqueio tudo isso e foco no que está à minha frente. Vamos primeiro resolver um problema, depois ir para o outro. A cada segundo espero ouvir a voz de Hades me dando conselhos, ou talvez sua borboleta me mostrando o caminho.

Mas isso não acontece.

Estou parada em mais uma encruzilhada quando uma batida no vidro me faz girar, o coração acelerando, e eu me agacho, pronta para me defender. O que encontro, porém, é Trinica parada abaixo de mim.

Ajoelho enquanto ela me encara.

— Pra onde eu vou? — Sua voz chega até mim meio abafada, por causa do vidro.

Como os túneis não têm pontos de referência, é impossível saber se já estive naquele lugar.

— Acho que é por ali, mas não tenho certeza — digo, apontando.

É fácil se confundir por causa de todo o vidro.

Ela franze a sobrancelha, pousando as mãos nos quadris.

— Você não tem certeza? Ou não tá me ajudando porque precisa vencer?

Olho para ela de cara feia.

— Eu *jamais* deixaria de te ajudar.

Depois de um segundo, ela olha para os sapatos e se vira de novo para mim.

— Tá. Acredito em você.

Mas não sei se acredita mesmo.

— Você consegue. O caminho correto sempre parece ter um ar mais fresco e um cheiro mais doce. É bem sutil — digo a ela.

— Sutil. Ótimo.

Espalmo as mãos no vidro.

— Te vejo do outro lado.

Que é quando uma cauda maligna com a ponta afiada surge das sombras, atrás dela.

— Escorpião! — berro.

Trinica se levanta de imediato, usando as manoplas e proteções nos punhos e calcanhares para escalar pelas paredes e pelo teto com aparente facilidade. O presente que Hefesto lhe deu, imagino. O escorpião segue por baixo dela, depois tenta subir mas escorrega nas paredes lisas. Tampouco consegue alcançar a campeã com a cauda.

Pendurada de ponta-cabeça, Trinica sorri para mim.

— Graças aos deuses as aranhas e os escorpiões não conseguem escalar pelo vidro. As aranhas não sem as teias, ao menos. — Ela faz uma careta. — Já as vespas e as formigas...

O escorpião desiste e segue caminho, e Trinica volta ao chão. Se despedindo com um aceno, corre na direção contrária.

No mesmo instante, sinto algo como um tiro à queima-roupa, como um projétil de metal rasgando minha coxa antes que a pantera possa jogar a formiga-bala para longe.

Já de joelhos, agarro a perna e balanço de um lado para o outro, tentando respirar apesar da dor.

— Caralho... — murmuro. — Não é à toa que essas desgraçadas se chamam formiga-bala.

A criatura morre em segundos, mas é como se *eu* estivesse morrendo lentamente também. Espero ver sangue escorrendo da picada, mas é só impressão — afinal, não existe bala alguma, só um ferrão do tamanho do meu polegar.

A pantera caminha e me cutuca com o focinho, como se estivesse pedindo perdão por não agir antes. No entanto, um segundo cadáver ainda escorrendo meleca, à minha esquerda, explica o atraso — é uma vespa, com um ferrão do tamanho de uma faca irrompendo da ponta do abdômen preto. Nem ouvi o inseto chegando.

— Valeu — agradeço entredentes.

A dor não está melhorando. Pulsa intensamente a cada batida do meu coração, mas não posso ficar aqui parada.

— Lyra?

Ergo a cabeça e, através de um borrão de lágrimas, vejo Dae parado na outra extremidade do túnel. Não há nada entre nós.

Ai, pelos deuses. É isso.

Ele vai me matar enquanto estou aqui, me revirando de tanta dor que não consigo correr ou lutar. Pego o machado, que derrubei no chão agora há pouco, e o ergo acima da cabeça. Estou pronta para atirar a arma. Miro no seu ombro, porém — não quero matá-lo.

O olhar desconfiado de Dae recai sobre minha pantera, porém, que está arreganhando os dentes para ele.

— Se você disser pros seus animais me deixarem passar, te dou a pétala que peguei com Amir durante o Trabalho da Ártemis — diz ele, devagar.

Pétala? Era o que Amir estava comendo no ferro-velho? O que será que ela faz? Cura? Espera... Se tinha algo assim, por que Amir não ofereceu ajuda a Meike durante o Trabalho de Dionísio? Ou talvez ele tenha oferecido enquanto eu ajudava os outros.

Não é sobre isso que eu deveria estar pensando. Encaro Dae. Será que ele está sendo sincero?

Seu olhar volta para mim, depois para a pantera de novo.

— Pelo Boone — fala ele. — Porque queria poder ajudar seu amigo.

Encaro o campeão por alguns segundos, mas é um acordo que vale fazer.

— Não machuquem o Dae — digo aos animais. — Ele pode passar.

O campeão passa por nós com a postura cautelosa, e no caminho joga uma pétala branca no meu colo.

— É só comer inteira — ensina ele.

Assinto, enfiando a coisa na boca.

— Na encruzilhada, você vira à direita — digo a ele. — Já conferi. Vou contar até sessenta antes de ir atrás.

Encaro seus olhos afiados e analíticos, e o campeão assente, reconhecendo, acho eu, que é *assim* que os jogos deveriam ser jogados, ao menos pelos campeões.

Os efeitos da pétala são imediatos — mas não curam, como imaginei. É mais como uma pontada de adrenalina atravessando meu coração, junto com uma sensação de invencibilidade. Não sei se eu precisava dessa parte. Na minha experiência, confiança demais tende a fazer as pessoas morrerem. Depois de esperar o tempo que prometi, volto a avançar pelo labirinto. A perna parece nova — ou pelo menos não estou *sentindo* mais a dor.

Valeu, Dae.

Não sei há quanto tempo estamos aqui embaixo, quantas vezes eu subi e desci andares ou quantas curvas já fiz — mas confio nos meus animais. Com cada vez mais frequência, passo correndo por carcaças em vez de insetos e aracnídeos vivos.

É só quando alcanço o nível mais superior e percebo o rugido da torcida fazendo o vidro tremer como trovões que sei que estou perto. Tanto que consigo sentir o gosto da vitória.

Só preciso ganhar mais uma vez. Por favor, Moiras.

Perco um tempo precioso para olhar para o relógio de Atena — faltam quinze minutos. Demorei quarenta e cinco para chegar aqui? Analiso os arredores, tentando me orientar. É mais fácil ver os vários túneis deste patamar, mas o vidro ainda torna difícil descobrir para que lado ir.

— Vai logo, Lyra — digo para mim mesma.

E saímos correndo de novo. Precisamos escolher o caminho mais duas vezes; estou na segunda bifurcação, esperando no que acho que é a metade deste andar, quando ouço o som de passos na minha direção, batendo com força no chão de vidro. Rodopio, com o machado pronto, mas não vejo ninguém. O barulho de passadas continua.

O horror se espalha por mim como as criaturas deste Trabalho.

Há duas possibilidades. Pode ser Diego, com o Anel de Giges que ganhou no primeiro Trabalho; porém, tenho quase certeza de que ele se identificaria, simplesmente pedindo para passar, como fez Dae. Então, só pode ser uma pessoa.

Dex.

Fodeu.

94

MONSTROS E ASSASSINOS

Eu sei que Dex está invisível, então, em vez de procurar por ele, olho para baixo. O chão de vidro me mostra as entranhas do labirinto, e me concentro no som dos passos. Mais perto. Mais perto. A respiração dele está ofegante.

Agora.

Me jogo no solo e rolo, e a cadência das passadas vacila quando Dex salta. Me levanto, com o machado estendido diante de mim, porque agora sei mais ou menos onde ele está. A pantera e a raposa estão rosnando e ganindo, pois sentem sua presença — sentem seu cheiro, ouvem os ruídos —, mas não o veem.

— Não me força a fazer algo de que nós dois vamos nos arrepender — alerto.

— Você vai perder. — Ele ainda está soando esquisito. Depois, ri como uma criancinha, passa por mim e continua correndo, o som de seus passos se afastando.

Engulo em seco, permitindo que o medo reprimido flua pelo meu corpo e depois recue. Pelos deuses, essa foi por pouco. Duvido que eu o teria matado antes de ser morta — mas o blefe funcionou, então que se dane. Aprumo a postura, olhando na direção em que ele sumiu.

Meus animais me incitam a continuar, e seguimos adiante. Com sorte, Dex não parou para me esperar. Depois de mais três curvas, o ar fica mais doce.

Será que estou perto da saída? Deve estar quase. E nada do outro campeão até o momento.

Chego a outra encruzilhada e mando um animal para cada lado de novo.

Parada ali, fico inquieta aguardando seu retorno, numa dança impaciente, ansiosa para sair daqui, quando um novo rugido da multidão faz o vidro vibrar. O som tem um timbre diferente dessa vez. Giro e vejo de relance um uniforme cor de vinho, um cabelo castanho-escuro e o cintilar da luz do sol num espelho.

Meike.

Não.

A verdade me atinge com tanta força que levo uma mão ao coração, como se o gesto pudesse me proteger do impacto. Não ajuda, então me inclino para botar as mãos nos joelhos. Fecho os olhos na tentativa de ignorar a realidade.

Meike venceu o Trabalho.

Ela venceu e eu perdi, é isso. Não tem mais como empatar com Diego. Não tem mais como libertar Boone. Hades não vai ser rei. Vou seguir com a minha maldição.

Fim de jogo.

Inspiro, tentando respirar apesar do fim da esperança que eu vinha acalentando desde que Boone morreu e Hades disse que poderia transformá-lo num imortal.

— Lyra? — É a voz de Zai, vindo da minha esquerda.

Fico onde estou, vendo Meike acenar para a multidão, tentando me lembrar de que posso ficar feliz por ela.

— O que aconteceu? — Ele está mais perto agora.

Viro a cabeça devagar. Trinica vem junto. A Harpa de Perseu, na mão de Zai, está coberta de meleca amarela e verde das criaturas, mas estão ambos vivos.

— Meike ganhou. — Tento fazer a frase soar positiva, mas ela sai sem emoção. Pelos deuses, sou uma péssima amiga.

Um súbito grito truncado reverbera, não pelas paredes de vidro, mas pelo túnel onde estou. Fico de pé a tempo de ver Meike ser claramente erguida do chão por... nada. Suas mãos se fecham ao redor de algo invisível, e ela chuta o ar enquanto luta. Dex remove o elmo e se revela para a multidão.

Trinica passa correndo por mim com um grito de desafio, atirando xingamentos como bombas enquanto dispara. Com o machado em mãos, sigo atrás pelos últimos corredores do labirinto, com Zai no meu encalço.

Meus animais nem precisam mostrar o caminho. Não paramos de correr, virando nas três últimas curvas.

Quando irrompemos na saída, o ruído nos atinge como uma parede física.

Talvez seja por isso que Dex não nos ouviu correndo na direção dele; com um grito que botaria inveja numa banshee, me jogo sobre suas costas. Ele derruba Meike e vem doido para cima de mim. Preciso me segurar para não soltar o machado. Nada de som. Nada de gritos. O único barulho que emito são os grunhidos de esforço enquanto agarro o campeão que se debate.

Vagamente, me dou conta de que Zai está tentando derrubar o rapaz enquanto Trinica dança ao nosso redor. Mas Dex se desvencilha, chuta os outros dois e me arranha, tentando se soltar, e não conseguimos detê-lo. Ele enfim rola, me jogando contra o chão de vidro com toda a força.

Quando me levanto, Dex também se põe de pé, com olhos assassinos, mas Trinica lhe dá um chute nas bolas que o faz cair de joelhos e se desdobrar com um gemido. *Graças aos deuses.* Talvez isso o retarde um pouco. Nós três paramos de lutar, respirando fundo.

Mas é só o tempo de ele dar o bote em Meike, ainda deitada no chão. No instante seguinte ele já está de pé de novo, segurando a mulher pelo pescoço com uma das mãos. Ela está com os olhos arregalados, a pele ficando roxa.

Atiro o machado, tentando deter Dex de uma forma não letal. A arma vai girando até enfim se fincar no ombro dele com um ruído alto, bem no ponto em que mirei. Só que, para nossa descrença, o golpe não interrompe seu avanço. Ele sequer diminui a velocidade. Ainda segurando Meike com uma das mãos, o campeão puxa o machado e o joga para o lado, causando um estalido quando bate no chão.

Dex força Meike a ficar de joelhos e, segurando com as duas mãos, torce seu pescoço. Ouço o estalo, apesar do escândalo da multidão. Pior: sinto o movimento nos meus próprios ossos. Sinto no coração quando ela desfalece, o corpo se reduzindo a um boneco molenga.

Morta.

Caio de joelhos quando Dex ergue as duas mãos e solta um rugido de triunfo. Agora é ele quem vai ganhar o Trabalho. Pouco além do campeão, vejo Atena na plataforma, ainda sorrindo.

Até que o rugido dos imortais nas arquibancadas ameaça quebrar o vidro sob nós.

São vaias.

Eles estão *vaiando* Dex.

Porque ele matou Meike, percebo.

Ele deveria ter vindo atrás de mim, não dela. Não da mais doce e gentil entre nós.

Eu deixei ele passar.

Minutos atrás, neste mesmo labirinto. Não lutei contra ele. Não tentei matá-lo. Só deixei que ele seguisse, e agora...

Os imortais assistindo ao Trabalho se agitam, frenéticos. Imagino que apenas a presença dos daemones evita que façam algo com Dex, que está no topo do labirinto. Ele está parado no meio do estádio, as mãos soltas ao lado do corpo, o choque congelando suas feições enquanto a turba grita pedindo justiça e sangue.

Dex vira a cabeça, olhando para Meike, e tenho a impressão de que ele diz o nome dela enquanto faz uma expressão confusa. Depois ele olha além dela, para mim, e a raiva feral que toma suas feições espalha por mim um terror absoluto.

— Ai, caralho... — Quem fala é Trinica, acho.

De repente, Dex está em cima de mim, tão rápido que nem tenho a chance de ficar de pé. Assim como fez com Meike, ele me ergue pelo pescoço, apertando com tanta força que vejo pontinhos pretos dançando diante dos meus olhos. Eu o arranho, chacoalhando meus pés no ar, mas ele é forte demais. Tento soltar umas das minhas mãos e a levo ao colete; ele me chacoalha com tanta força, porém, que não consigo puxar o zíper.

Trinica se joga em cima dele, mas isso nem sequer retarda seus movimentos.

A violência em seus olhos é tamanha que ele parece possuído.

Tenho um vislumbre de Zai, que se aproxima e enfia a espada na perna de Dex. Nem isso o detém, como se ele sequer fosse humano.

Depois, Dex me puxa mais para perto.

— Hora de morrer, Keres.

De repente, Trinica pula em cima dele, vinda da lateral. O impacto é tão forte que ele cambaleia, levando a gente junto.

E cai bem em cima da espada de Zai.

Ouço o ruído nojento da lâmina penetrando seu corpo, sinto quando ele é atravessado pelo golpe. Me sustentando no ar, Dex ainda oscila um segundo antes de nós três cairmos no chão com um baque abafado contra o vidro. Arranco suas mãos do meu pescoço e me arrasto para longe, caso ele ainda esteja enlouquecido.

Mas Dex já era.

A espada de Zai deve ter atingido algo vital, porque a vida já se esvaiu do seu rosto. Ele está com os olhos vazios.

Giro sobre os joelhos e as mãos, e meu estômago se embrulha. Sinto ânsia, mas não vomito.

— Lyra? — É Zai. Sua voz parece... baixa.

Me controlando, olho por cima do ombro e o vejo parado não muito longe, com a Harpa de Perseu pendurada na mão enquanto encara Dex, horrorizado. Depois, o campeão começa a chacoalhar a cabeça. Com força. E depois com mais força, até todo o seu corpo estar tremendo.

Não posso assistir enquanto ele sucumbe.

Parte de mim espera que Hades surja e me leve para longe, como fez quando Boone morreu, mas isso não acontece. Ergo a cabeça, procurando o deus da morte; ele não está entre as outras divindades, porém, todas reunidas na plataforma onde estão as estacas com a cabeça dos nossos mortos.

Todos os deuses olimpianos estão de pé. Meu olhar recai sobre Atena.

O sangue de Hades ainda corre nas minhas veias, ainda é parte de mim. Talvez a ira que me parte ao meio quando a vejo seja, na verdade, dele. Não importa.

Levanto num salto e aponto para Dex.

— O que você fez? Deu alguma coisa pra ele tomar? Amaldiçoou Dex pra que ele ficasse mais agressivo hoje? — berro para a deusa. — Bom, agora ele morreu, e esse é seu karma, seu monstro. — Dex era o campeão *dela*. — Você não vai ser mais a rainha dos deuses agora, né?

Os quatro daemones, ainda parados em seus postos nas extremidades da plataforma onde as divindades estão reunidas, de repente estendem as asas ao mesmo tempo com uma precisão afiada e militar.

E é aí que Caronte surge diante de mim e me arrasta para longe enquanto chuto e berro.

95
SOSSEGA

No segundo em que ressurgimos, tenho a leve noção de que estamos na casa de Hades no Olimpo, mas não processo muito mais do que isso. A fúria ainda me queima. Fúria de ver Dex matando Meike. Fúria de entender que alguém alterou o comportamento dele de alguma forma. Fúria pelo fato de que não consegui detê-lo, por nossas mãos estarem atadas. Fúria por Atena ter colocado aquelas cabeças em estacas. Fúria por toda a maldita Provação.

O sentimento me consome, me corroendo de dentro para fora como ácido e veneno, me deixando amarga. Tanto que começo a me debater nos braços de Caronte.

— Aquela vagabunda precisa pagar! Todos precisam!

Ele me abraça com tanta força que não consigo me mexer.

— Sossega — diz.

— Vai se foder.

Meike.

Pelos deuses, ela tinha um coração tão bom... Sempre sorrindo. Sempre disposta a se aventurar.

— Sossega, Lyra. — As palavras saem com um tom autoritário tão intenso que, apesar da raiva ainda pulsando por mim em ondas quentes, obedeço.

E fico imóvel.

Caronte não me solta, parado enquanto bufo como um touro prestes a atacar.

— Você vai se descontrolar de novo se eu te soltar?

Cerro os dentes, mas depois de uma pausa, nego com a cabeça. Uma vez.

— Tô mais calma agora.

Ele espera mais alguns segundos antes de afrouxar um pouco os braços. Quando vê que não vou me debater, ele me solta de vez e recua. Não me viro.

Também não volto a dar chilique.

A raiva foi substituída por algo muito pior — pesar. Por Meike, é claro. Por Rafe, o coitado do sobrinho de Dex, que agora vai sentir saudades do tio que adorava como um herói. Pela irmã dele, que perdeu o irmão que tentava ajudá-la a se curar. Por Zai, que vai carregar para sempre a culpa da morte de Dex e de Isabel. Por Trinica, que agora o está confortando sem mim.

Por mim.

— Hades mandou você em vez de ir me buscar. — As palavras que dirijo a Caronte não são uma pergunta.

— Ele tava ocupado.

Ocupado? Eu estava lutando pra não morrer e ele não pode nem... O que estava fazendo de tão importante assim?

— Ele ao menos assistiu?

— Hades foi... convocado.

Convocado?

— Por quem?

— Ele não me disse.

Há um tom afiado nas palavras do barqueiro. Será que Hades está rechaçando Caronte assim como eu?

Não. Não faz sentido.

Foco o olhar além dele, na janela às suas costas, observando o cintilar do Olimpo sob o sol. Nem vejo mais tanta graça no lugar agora que conheci o Submundo.

— Ele não teria ido se não fosse importante, Lyra.

— Não tenta justificar as atitudes dele. A gente dormiu juntos noite passada... — Tenho uma vaga noção de que Caronte se sobressalta, mas meus pensamentos seguem descontrolados. — E aí hoje ele nem se deu ao trabalho de ir assistir eu me matando pra vencer aquela porra de...

Me detenho, porque a raiva está cavalgando o ressentimento por Hades, por todos eles, além da sensação sobrepujante de que estou mais solitária do que nunca. É como se eu estivesse o tempo todo construindo um dique só pra ser destruído sempre que a água sobe. Várias e várias vezes.

Me forço a me mover, como se estivesse me desvencilhando, negando um toque.

— Ele me avisou que não tinha nada pra me dar além de... — Balanço a cabeça. — Só não achei que...

Me afasto. Se eu não me mexer, a raiva vai me afogar.

Caronte vem atrás, mas eu o ignoro, seguindo para os fundos da casa de Hades e depois pelos terraços. Continuo caminhando sobre o gramado macio e entre as flores de verão que levam à montanha mais próxima. Uma trilha chama minha atenção, e sigo por ela.

Não posso ficar parada.

Os degraus são pequenos, me forçando a diminuir o passo, e parece que só sobem. E sobem. E sobem. Acompanhando as curvas da montanha. A cada degrau, repasso o momento em que tentei jogar uma pedra no templo de Zeus.

Essa rejeição de Hades não parece certa. O tratamento grosseiro... É como se eu soubesse que ele não é assim. Não é quem se mostrou para mim. Me abandonar assim, só porque transamos?

O desfiladeiro à minha direita é tão alto que faria mortais com medo de altura grudarem o corpo contra a parede de pedra. Nem ligo, porém. Não vejo o fim do caminho até dar a última volta e parar, por um segundo arrancada dos meus devaneios e emoções por conta do choque.

É o observatório de Hera.

— Uau — sussurro.

Pilares coríntios brancos acompanham o caminho que segue por uma série de degraus suspensos — literalmente suspensos, flutuando sem conexão uns com os outros ou com o chão. Eles se erguem até uma construção abobadada, que também flutua num leito de nuvens. O observatório é feito de uma espécie de pedra rosada — talvez quartzo, porque dá para ver o brilho das lamparinas do lado de dentro. Acima dele há uma lua crescente de prata, intrincadamente entalhada e ereta como a vela de um barco. Ela fica sobre trilhos, e imagino que se mova com o telescópio para não bloquear a visão.

Mesmo de baixo, de onde estou parada, o céu aqui parece muito mais próximo. Muito maior. À noite, deve dar a sensação de que é possível estender a mão e tocar a lua. Sentir o calor das estrelas.

Estrelas.

Hades me chama de "minha estrela".

Você está bem, Lyra?

A voz séria de Cérbero flutua pela minha mente. Quando olho para baixo, vejo o cão infernal parado na trilha, atrás de mim, as três cabeças tombadas para o lado, cada par de olhos de cores diferentes refletindo preocupação.

Sinto sua angústia.

Será que eu tô bem?

— Não, na verdade. Não. — Nada bem.

Toda aquela raiva pulsante e inquieta me abandonou como Hades, deixando para trás confusão e um monte de outras merdas. Me largo no gramado.

Depois de um segundo, Cérbero se aproxima devagar e deita o corpanzil ao meu lado, me envolvendo como um escudo, posicionado de forma que eu possa repousar a cabeça no seu ombro, com seus três focinhos à minha direita e o quadril à minha esquerda. A cauda peluda repousa no meu colo como uma imensa manta com cheiro de fumaça.

— Hades não teria dormido com você se não sentisse nada — diz Caronte.

Pelo jeito, ele também me seguiu. Está parado onde as escadas vindas da montanha se juntam a este campo, parecendo pronto para virar e ir embora se eu assim desejar.

429

Suspiro e apoio a minha cabeça na de Cérbero, olhando para o azul brilhante do céu sem nuvens. Um clima chuvoso seria mais apropriado ao meu dia. Tempestades, talvez.

— Ele me disse que não podia me dar nada. Eu sabia que era... só físico.

E me convenci um pouquinho de que aquilo não era totalmente verdade para ele. Porque a forma como me tocou, como olhou para mim, como fez eu me sentir e as coisas que disse...

Caronte avança um passo.

A cabeça de Bê se ergue e ele arreganha os dentes.

Se ela ficar chateada por sua causa, vai ter que se ver comigo. O cão deixa claro para mim que está falando com Caronte.

Com todos nós, acrescentam as outras duas cabeças.

O barqueiro ergue as sobrancelhas.

— Agora entendi o que Hades quis dizer com a coisa da troca de lealdade — resmunga ele. — Vou tentar não chatear a Lyra, mas ela precisa ouvir isso.

Ouvir o quê, exatamente? Não tem nada que ele possa dizer que vá fazer Hades mudar de ideia.

Caronte se aproxima e se inclina à minha frente, apoiando o peso sobre um dos joelhos e com uma expressão sincera no belo rosto juvenil.

— Ele se comporta diferente com você.

Isso é verdade, completa Cérbero, num estéreo triplo.

Corro a mão pela cauda sobre meu colo.

— Porque precisa que eu vença.

— Porque ele sorri de verdade quando você está por perto — insiste Caronte.

Franzo as sobrancelhas.

— Ele também sorri perto de outras pessoas...

O barqueiro nega com a cabeça.

— Ele fica um pouco mais solto comigo e com o Cérbs. Relaxa um pouco. Mas relaxa mais ainda com você. E os sorrisos? Não tô falando dos calculados, e sim dos verdadeiros. Ele nunca sorri assim.

Não pode ser. Eu teria notado. Se bem que, ultimamente, meus poderes de observação andam meio avariados.

— Então eu sou um brinquedinho...

— Você sabe que isso não é verdade. — Caronte apoia o cotovelo no joelho, sincero. — Ele só precisa de tempo pra descobrir o que realmente tá sentindo. Se conseguisse libertar a Perséfone já ajudaria, mas...

Libertar? De onde?

— Do que você tá falando?

Caronte gagueja e se cala, a confusão fazendo suas sobrancelhas se juntarem acima dos olhos.

— Você falou que Hades te contou sobre a Perséfone.

Sinto um tremor nos músculos dos ombros e paro de acarinhar a cauda de Cérbero.

— Finge que ele não me contou tudo.

Caronte passa a mão no cabelo cor de areia, estreitando os olhos azuis.

— Caralho, Done... — murmura para si mesmo.

Eu me endireito.

— Agora você precisa me contar.

Ele grunhe, olhando para Cérbero, claramente debatendo sobre o que fazer.

O cão se ajeita embaixo de mim.

Conta pra ela, dizem as três cabeças em uníssono.

Fico olhando para Caronte, na expectativa, assistindo à batalha de indecisão cruzando suas feições. Ele já me contou um dos segredos de Hades sobre Perséfone, mas sinto que este é maior.

— Caralho — murmura ele de novo, depois me olha nos olhos. — Ela não morreu. Ela tá presa no Tártaro.

Uma risada, súbita como um tiro, rasga minha garganta.

Não é uma reação normal, eu sei.

Tenho a leve noção de que Caronte e Cérbero trocam olhares, mas estou surtada demais para conseguir lidar com eles.

Depois Cérbero rosna às minhas costas, as três cabeças se erguendo em grunhidos de alerta e os olhos focados na pessoa parada no topo do caminho que leva até onde estou.

Hades.

96
NEM VEM

O deus da morte, rei do Submundo. Como não o vi se aproximando? Por que não o mantive longe de mim, como Boone disse que faço com todo mundo?

Ele está no topo da escadaria que leva ao observatório, os olhos nublados de um cinza metálico fixos no meu rosto.

— Você chamou a Atena de monstro? — A voz dele sai quase inaudível de tanta ira, e estremeço.

Por um segundo.

Talvez o impulso de autopreservação entre em ação, porque o estremecer cede e tudo que sinto é uma aceitação fria.

Perséfone não está morta. Ela está no Tártaro. Acho que, de alguma forma, os outros deuses não sabem disso. E, se for verdade, essa é a razão pela qual ele se juntou à Provação. Hades precisa de algo que só o rei dos deuses pode fazer, porque assim vai conseguir libertar Perséfone.

Tudo faz sentido agora.

Ele me escolheu para vencer para ele. É isso. Todo o resto é uma mentira, um espetáculo para conseguir minha cooperação.

Será que ele chamava Perséfone de "minha estrela" também?

Ai, pelos deuses, eu tô com ciúme.

Uma risada rouca e incrédula escapa pelos meus lábios. É isso que sinto queimando. E também todas as outras coisas que já cataloguei. Mas, agora, neste momento... é ciúme romântico.

Cruzo os braços, a cabeça erguida e os olhos cegos enquanto analiso essa sensação estranha. Já tive toques disso antes. Momentos mortais normais. Mas não assim.

Parece... oleoso. Como um piche grosso que nunca vou ser capaz de arrancar de mim, por mais que tente. Uma substância fedorenta que vai macular tudo o que eu tocar.

Que emoção mais escorregadia, imprestável e zoada de se lidar.

Não gosto nada disso. Não vou embarcar nessa.

O que quer que, no fundo do meu coração, eu tenha achado que Hades e eu éramos ou poderíamos ser não existe mais. Qualquer amor que posso ter sentido por ele não passa de um cadáver no fundo de um lago congelado.

Fico de pé, e tanto Caronte quanto Cérbero me acompanham, parando logo atrás de mim enquanto encaro Hades.

— Eu tava errada? — pergunto, calma.

— O quê? — A voz dele sai num grunhido.

Acho que posso me acostumar a esse tipo de frieza. Nada pode penetrar meu coração agora. Nem amor, nem raiva, nem pesar... e não ele, definitivamente.

— Ela colocou a cabeça deles em estacas — falo. — Colocou a cabeça *do Boone* numa estaca. E sorriu quando o próprio campeão matou Meike depois de ela já ter vencido. Atena fez alguma coisa com Dex pra deixar ele daquele jeito. Ela é *mesmo* um monstro.

— Porra, Lyra! — rosna ele. — Ela é, mas você a xingou duas vezes. Com todo o mundo imortal olhando. Acha que ela não vai querer se vingar?

Solto uma risada indiferente.

— Ela pode me fazer virar a Medusa, se quiser. Pelo menos vou poder transformar gente escrota que nem você em pedra só de olhar.

Hades recua, com uma expressão de choque. Depois, estreita os olhos.

— Saiam daqui — ordena ele para Caronte e Cérbero.

Nenhum dos dois se mexe.

Na verdade, ambos olham para mim. Ainda estou fitando Hades, então vejo quando registra a informação — quando se dá conta de que seus dois únicos amigos estão me protegendo... dele.

E vejo o efeito que isso exerce sobre ele. Como absorve o golpe quase fisicamente antes de girar os ombros, endireitando a coluna. Seu rosto fica tão vazio de emoção quanto eu me sinto, a fumaça rodopiando ao seu redor como um fosso protetor.

— Tá tudo bem — digo pra eles.

O comentário não agrada nem o cão nem o barqueiro, mas ambos vão embora. Desaparecem da montanha num piscar de olhos, me deixando sozinha com Hades.

Não espero que ele assuma a liderança. Isso não lhe cabe mais.

— Eu já sei — digo a ele.

As sobrancelhas escuras se erguem.

— Sabe o quê?

— Que a Perséfone ainda tá viva. É por isso que você precisa virar o rei dos deuses?

Suas feições congelam aos poucos, como se eu o tivesse transformado em pedra com um olhar, uma palavra.

Eu estava certa. É verdade. É tudo verdade.

Hades avança um passo.

— Lyra, eu...

— Não. — Devagar, dou alguns passos para trás, ainda tão calma que mal parece real. Nada parece real. Tenho quase certeza de que a dor vai vir com tudo quando eu esfriar. — Você não vai querer se aproximar de mim agora.

Ele se detém.

— A noite passada foi sobre isso? Sobre dar um gás na minha confiança, uma tentativa de garantir que eu venceria? Você não sente nada por mim. Sou só uma ferramenta.

— Eu...

— Não foi uma pergunta.

Não quero ouvir que é verdade e não vou acreditar se ele negar. Dou outro passo lento e cauteloso para trás, mesmo que ele não tenha se mexido.

— Achei que conseguia enxergar você. Quem você é de verdade. Mas era tudo um teatro.

Encaro Hades, ainda sem sentir, e ele me encara de volta.

Não consigo suportar isso, fitar esse rosto dolorosamente belo, então baixo o olhar até seus pés.

— Você me fez queimar por você. — As palavras não saem da minha boca como uma acusação, e sim como um sussurro severo de humilhação e pesar.

— Porra. Lyra, me escuta...

Balanço a cabeça. Lá vem. A dor. Está começando. Preciso estar bem longe dele quando o sentimento realmente chegar.

— Não quero ouvir o que você tem a dizer. — Ergo o rosto até estar mirando seu queixo. — Eu perdi hoje.

Nem sei quem ganhou. Trinica, acho, já que ela foi a primeira a sair do labirinto depois da confusão. Depois de Meike e de Dex, que estão mortos.

— Eu sei — diz ele.

— Então não tem mais como eu vencer a Provação — concluo. Hades não responde, então prossigo. — Não tenho mais como te fazer rei, então você não precisa mais de mim.

Olho para meus próprios pés e me dou conta — aleatoriamente — de que estou péssima. Meus sapatos estão cobertos com a meleca daqueles bichos, tanto de matá-los quanto de correr entre seus restos. Há buracos nas minhas roupas, onde as aranhas e a formiga-bala me picaram. Sangue na minha camiseta.

Minha situação por fora representa muito bem como estou começando a me sentir por dentro.

A única coisa que me mantém de pé é o orgulho, o atordoamento dando lugar a tudo que não quero sentir. O que quero é me enrolar numa bolinha e desmoronar. É o que vou fazer mais tarde, quando ninguém estiver olhando. Quando ninguém puder me encontrar.

Depois do fim do último Trabalho, vou desaparecer para sempre. Forjar uma vidinha tranquila em algum outro lugar. Longe dele.

434

Hades se aproxima um passo, os olhos assumindo um aspecto de prata derretida.

— Ainda tem como conseguir a coroa.

Pestanejo, depois o encaro. A única forma de eu vencer é se Diego morrer. Analiso seu rosto, procurando qualquer sinal de que fazer essa insinuação o incomoda minimamente.

— E você acha que ser um babaca vai me fazer querer ganhar?

Uma emoção lampeja no seu semblante, rápido demais para que eu assimile.

— Se você me fizer rei vou te dar tudo que estiver ao meu alcance. É só pedir.

O fogo que ele acendeu em mim... agora se resume a um monte de cinzas.

— Quer voltar pros seus pais? Posso fazer isso *assim* — ele diz, estalando os dedos. — Quer ser rica? Claro. — Outro estalar de dedos. — Governar um país? É seu.

Ele definitivamente não me conhece para estar oferecendo esse tipo de coisa.

Nunca sequer se deu ao trabalho de me conhecer, e eu definitivamente não o conheço como imaginei.

— Não quero nada — falo para ele.

Não faz isso. Não me diz pra matar o Diego. Não me pede pra passar por isso. Me deixa só sobreviver.

De teimosia, ele está se aproximando.

— Todo mundo quer algo.

Recuo — não de medo. Não suporto estar perto de Hades. Não quero que ele se aproxime mais, de onde talvez veja a devastação massacrando meu interior.

— Não quero nada de você — falo.

Seus passos hesitam por um instante, depois ele continua avançando.

— É o orgulho falando, Lyra. Supera isso e aceita alguma coisa.

Enfio dois dedos no bolso com zíper onde guardo as pérolas que ele me deu.

— Se você chegar mais perto, vou embora.

O deus da morte se empertiga. Fúria e uma espécie de negação chocada perpassam seu belo rosto.

Além de traição.

Ele sente que *eu* o traí? Deuses são uns doidos da porra.

Uma sombra passa lá no céu, e o olhar de Hades se foca em algum ponto atrás de mim. Outro relâmpago de emoções me atravessa, vindas diretamente dele.

Um tipo muito diferente de sentimento.

É medo — metálico, urgente e afiado. Bate tão forte que eu engasgo.

97
RESCALDO

— Não! — Hades ergue uma das mãos.

Redemoinhos de fumaça disparam dele, mas são soprados para longe pela força das asas de quatro daemones.

Eles pousam ao meu redor, dois de cada lado, e me apodero do medo de Hades quando Zelo e outro daemon me pegam pelos braços.

Hades ergue o braço, e de repente seu bidente surge entre seus dedos — é feito de ônix e tem formato de lança, as duas pontas acendendo imediatamente com fogo infernal.

No mesmo instante, os jeans e a camiseta cinza que está usando são substituídos por uma armadura. Não intrincada como a dos outros deuses e deusas, nem ao estilo dos guerreiros de eras antigas. A dele é de um cinza metálico e... líquido.

Como seus olhos.

Como um exoesqueleto vivo, a peça se adéqua perfeitamente a seu corpo, cobrindo inclusive sua cabeça, de um jeito que o faz parecer inumano. Como um robô sem rosto de um pesadelo futurístico.

— Fodeu — murmura Zelo.

O daemon me solta, e outro assume seu lugar na missão de segurar meu braço enquanto Zelo avança um passo.

— Solta ela — ordena Hades numa voz que não retumba, mas me faz estremecer do mesmo jeito.

— Não — diz Zelo. Será que o daemon tem um último pedido? — Você concordou em...

Hades estende a mão e chamas irrompem da palma da sua armadura de prata derretida. O fogo atinge uma parede invisível, porém, e as labaredas são refletidas para longe.

Zelo sequer pisca.

— Ao se juntar à Provação você concordou com o contrato que protege nós quatro dos poderes de todas as divindades.

Hades atira o bidente tão rápido e com tanta violência que ele atravessa o espaço antes que eu possa sequer registrar. A arma também se choca contra o campo invisível — porém, em vez de quicar para longe, penetra um pouco a proteção antes de ser detida.

Tanto que Zelo precisa dar um salto para trás para evitar um golpe no peito.

— Porra, Hades, me escuta.

— Solta ela. — O rei do Submundo caminha na nossa direção, fumaça rodopiando ao seu redor em gavinhas como um vulcão prestes a entrar em erupção. — Solta ela ou mato todos vocês.

— Não! — exclamo.

Hades se detém. Não olha para mim — ou acho que não, já que é difícil saber com a estranha armadura sobre o rosto. Ele tampouco continua a avançar.

— Ninguém mais vai morrer por minha causa — informo a ele. — Se machucar um deles eu vou te odiar pra sempre.

A armadura líquida... tremula.

É a única forma de descrever o que acontece: ela oscila como se eu tivesse atirado uma pedra num lago imóvel.

— Eles vão te punir...

— Ela não vai se machucar — diz Zelo para ele.

Hades pausa, e então a armadura escorre da sua cabeça e é absorvida pelos ombros, de modo que agora seu rosto fica visível enquanto analisa Zelo.

— Promete?

— Sim. Ela vai pra prisão e vai ser tratada bem até o Trabalho final.

— Ela não pode sequer vencer — dispara Hades. — Por quê...?

— A Atena pediu pena de morte pra Lyra — diz Zelo. — Com um julgamento no Tártaro.

Puta merda. Morte. Me obliterar na hora só por ter dito na cara da deusa que ela é um monstro. Nada de Medusa ou outras maldições horríveis. Apenas uma passagem só de ida para a parte do Submundo reservada não só aos titãs, mas também às almas mais malignas e maliciosas. Almas enviadas para lá são punidas por toda a eternidade.

— Este é um... meio-termo — diz Zelo. — Você não vai ter acesso à sua campeã até pouco antes do próximo Trabalho, mas Atena também não.

Hades encara os quatro daemones, um por vez, como se quisesse conferir a sinceridade nas suas palavras. Depois seu olhar recai sobre mim, e o encaro nos olhos sem me encolher. Com uma violência contida, ele arranca o bidente da parede invisível e assente rápido com a cabeça.

Então os daemones decolam no ar. Me levando para longe da montanha e para longe de Hades.

98
PRISIONEIRA

Zelo acena, indicando que devo passar por uma porta e entrar no que é claramente a versão olimpiana de uma cela de cadeia.

Prisão divina.

Diz muito sobre meu estado mental o fato de eu precisar reprimir uma mistura de crise de riso e de choro.

— Entra, por favor — diz Zelo.

Ele não me empurra. Não demonstra raiva ou desconfiança. Até pede *por favor*.

Os daemones disseram que não vão me machucar, só me manter presa até o próximo desafio. Ainda assim, assimilei os detalhes de como chegamos aqui, das entradas e saídas do prédio que pude ver, dos cômodos no caminho e, agora, deste espaço.

Porque, da última vez, você tirou nota zero em escapada, diz uma voz sarcástica na minha cabeça.

— Hum — falo deliberadamente enquanto entro na cela. — Pelo jeito, as prisões do Olimpo são bem parecidas com as da Superfície.

Zelo franze a testa.

— Sério?

— Não, né? — Reviro os olhos. — Não tem nada a ver.

A prisão é, para começar, imaculadamente limpa e chique, com paredes de mármore branco. Bem iluminada. Tem uma escrivaninha, um computador, uma cama com travesseiros felpudos e um banheiro privativo com paredes de vidro opaco. As paredes externas da cela são de vidro translúcido em vez de barras de ferro. Mais paredes transparentes com as quais lidar. Ao menos aqui não tem criaturas, e fizeram buracos no topo para que eu possa respirar. Quanta consideração.

— Você tá lidando com tudo isso muito bem — diz uma daemon atrás de nós. Já ouvi Zelo se referindo a ela como Nice.

— Desde os meus três anos de idade, eu nunca estive tão protegida. — Consigo abrir um sorriso para Zelo.

Este deve ser o melhor lugar para mim, considerando que Atena quer minha cabeça. E não vou achar nada ruim passar um tempinho longe de Hades.

Zelo não expressa reação alguma, nem uma ruga ao redor dos olhos ou da boca.

Sim, nossa última interação consistiu basicamente em meus pedidos desesperados de libertar Hades — que devia estar preso aqui mesmo. Dada a confusão que armei, apostaria dinheiro que não sou a campeã preferida dos daemones.

Apesar dos luxos, ainda estou numa prisão. Um lugar com quatro paredes sem contato com o mundo exterior além de um visitante ou outro, sem rota de fuga e com um vigia dedicado.

Entro na cela, então Zelo a tranca e vai embora.

Nice se posiciona perto da passagem que leva aos corredores e à liberdade. Saca um celular e fones de ouvido, me ignorando completamente enquanto assiste a algo que a faz abrir um sorriso aqui e outro ali.

Pelo jeito, não terei privacidade. Não vou permitir que alguém me veja desmoronando.

Estou me segurando na base da pura força de vontade, fita adesiva emocional e vinte anos de aprendizado sobre como não demonstrar meus verdadeiros sentimentos quando não quero. Quem diria que a realidade sofrida da minha vida seria útil algum dia?

Ainda assim, começo a tremer.

Só um pouco.

Tentando encontrar uma forma de disfarçar e dar vazão ao tremor, ando de um lado para o outro da cela, conferindo o espaço todo. Testo o colchão. Ele é bom e grosso, e os tecidos são feitos de algum tipo chique de algodão com muitos fios — mil vezes melhor do que a merda fina e piniquenta das celas mortais. O papel higiênico no banheiro também é do bom — nada de papel fino e zoado para a bunda dos deuses, mesmo se estiverem na prisão.

— Posso...?

Nice arranca os fones de cara feia, me fitando desconfiada.

Certo. Beleza. Ela não está tão relaxada na minha presença como parecia. Ainda.

Ergo as duas mãos.

— Posso trocar de roupa? — Aponto para os trajes manchados de sangue e de meleca de bicho.

A expressão dela assume um tom de irritação, mas a daemon vai até a porta e transmite o pedido a alguém chamado Cráton. Dez minutos depois, me trazem um macacão branco.

— Pelo menos não é laranja — digo a Nice. — Laranja faz parecer que eu tô com icterícia.

Ela franze as sobrancelhas.

Daemones, sempre tão sérios...

Dando de ombros, entro no chuveiro.

O único lugar em que posso ficar sozinha é aqui. Abro o registro, tiro a roupa e entro debaixo do jato. Depois envolvo imediatamente o corpo, desmoronando enquanto tento conter a dor do coração partido.

Não sei quanto tempo fico debaixo da água, que encobre os sons que deixo escapar de vez em quando ao mesmo tempo que lava qualquer evidência do meu sofrimento.

— Já deu! — A voz de Nice chega em mim abafada pelas paredes, mas ainda consigo escutar.

Merda.

Preciso tentar três vezes antes de responder com uma voz normal.

— A meleca daqueles bichos é grudenta, ainda vou demorar um pouco.

Ela não responde, então considero uma concordância.

Ainda assim, me forço a parar de lamentar e começo a me limpar de verdade. Os artigos de higiene pessoal são básicos, mas dão para o gasto. Minutos depois estou de volta à cela, o cabelo molhado pendendo nas costas, me sentindo consideravelmente confortável com o macacão feito de um material macio e elástico.

Voltei a reprimir tudo. Tanto que me sinto um balão cheio demais. Se sequer roçar contra o tapete do jeito errado, vou explodir.

Enquanto isso, lá fora ainda está claro. Deve ser hora do almoço. Não posso me deitar, ir dormir e me esconder na escuridão.

E agora?

Vou até o computador. Ladrões da Ordem não têm e-mail ou qualquer outro tipo de presença on-line. Somos fantasmas digitais de propósito, então não tenho o que conferir. Em vez disso, abro um navegador.

A primeira coisa que vejo é uma manchete imensa que diz: MAIS DOIS MORTOS NA FASE FINAL DA PROVAÇÃO.

Imediatamente, as mortes de Meike e Dex voltam em detalhes à minha cabeça, de forma tão nítida que ouço Dex resmungando de novo, vejo a vida deixando seu corpo. Clico rápido para sair da página, mas demoro mais do que gostaria devido às mãos trêmulas. Fecho os olhos e tento não ver a imagem na parte de dentro das pálpebras.

— Você vai vomitar? — pergunta Nice, com uma indiferença que deixaria orgulhosos os carcereiros da Superfície.

Ela claramente não quer lidar com a sujeira.

— Não.

Me forço a abrir os olhos e encaro a tela, que agora exibe a página inicial de um serviço de streaming — a primeira coisa que vejo que parece neutra o bastante para clicar. A única questão é que o filme destacado, cujo trailer começa automaticamente, é uma história de ação sangrenta que envolve assassinatos e expurgos.

— Nem pensar — murmuro, depois rolo a página e clico na primeira coisa que não tem semelhança alguma com isso.

Um k-drama. Uma comédia romântica.

Certo. Melhor.

O som vai servir como um escudo. O computador também. Consigo encarar a tela fingindo que estou vendo algo para passar o tempo, e a daemon não vai prestar atenção em mim. Talvez eu até me distraia de verdade, embora ache improvável.

Imagino que vou passar vários dias aqui, pensando em nada além de...

Arranco o nome da minha cabeça antes que possa pensar nele. Não quero pensar nele.

Então pensa em outra coisa.

Como, por exemplo, em sobreviver ao Trabalho final e dar o fora desta porra de lugar. Como nunca ver o deus da morte de novo.

Ou talvez eu possa tentar fugir agora. Não passar pelo último desafio. Já que eu não posso vencer...

Ainda tenho cinco pérolas. Quanto tempo consigo me manter longe dos deuses com elas?

99
PLANOS E ESQUEMAS

Dou uma mordida no bolo gelado de manga e morango que dois sátiros fizeram para a minha sobremesa de hoje e solto um gemido.

— Caramba, Z, você precisa experimentar isso.

Zelo grunhe, encarando furiosamente as cartas na sua mão.

— Não me chama de Z.

Ele odeia o apelido, e por isso continuo usando.

Os daemones se revezam como babá. Não são tão ruins depois que os conheço melhor, e gosto da distração — eles são a única coisa aqui para me fazer companhia além do computador. Ainda preciso descobrir como fazer Zelo abrir um sorriso, mas ele aceita jogar cartas comigo — nós as trocamos usando as fendas destinadas à passagem da comida.

Depois de três dias aqui, estou pensando em nunca mais ir embora. Tenho paz, silêncio, diversão, alguma privacidade — pelo menos no banheiro — e refeições deliciosas. Os cozinheiros descobriram que adoro frutas e agora incluem pelo menos uma em todos os pratos. O pedaço de paraíso na minha boca agora mesmo é um exemplo.

E a cada segundo, todos os dias, tento me preparar psicologicamente para lidar com Hades antes do último Trabalho e seguir com a minha vida quando tudo isso acabar.

Além de tentar reprimir como isso faz eu me sentir.

Enfio outra colherada de sobremesa na boca, pego uma carta e sorrio.

— Truco. — A palavra sai embolada com a comida na minha boca quando desço a carta.

Zelo resmunga, depois revira os olhos, e solto uma risada.

— Eu tinha uma mão boa, mas não tanto — reclama ele, jogando as cartas da sua mão no chão com um bufado. Estreita os olhos, me encarando. — Você deve estar usando suas habilidades de ladra pra roubar.

— Não. Nunca dominei os truques com cartas o suficiente pra conseguir roubar no jogo.

O daemon me encara, desconfiado.

Engulo o pedaço de bolo.

— Você vai ter que recolher isso aí. Você sabe, né? Não consigo daqui deste lado.

Estou sentada de pernas cruzadas no chão; graças às asas, porém, ele não consegue se acomodar no corredor, então geralmente fica de pé andando de um lado para o outro enquanto pensa na próxima.

Zelo grunhe de novo.

Alguém bate na porta que dá para o corredor, onde há outras cinco celas; o daemon se aproxima e a abre com tudo.

— A Lyra tem um visitante — diz uma daemon chamada Bia. — Ele já entrou.

Mesmo sabendo que "ele" não pode ser Hades, já que o deus da morte não tem autorização para me ver, meu coração idiota — que aparentemente não aprendeu lição alguma — começa a galopar no peito.

Posso receber uma visita por dia, sempre à noite, depois do jantar. Cérbero e Caronte já vieram me ver, uma vez cada. Endireito as costas para ver quem está entrando.

É Zai.

Meu coração quase para.

Quando vê o interior da cela, o rosto dele exibe uma mistura de interesse fascinado e... culpa.

Fico de pé e aceno.

— Oi.

— Tão te tratando bem? — diz ele enquanto se aproxima, de olho em Zelo.

Sorrio, tentando mostrar para Zai que estou bem.

— Sim.

— Trinica e Amir queriam vir comigo, mas só permitem um visitante por vez.

Meike não, porém. Porque ela morreu.

— Eu sei, e fico feliz. Agradece a eles, por favor.

Zai faz uma careta.

— Devia ser eu aí dentro. Eu matei... — O campeão sequer consegue proferir o nome de Dex.

O que ele está carregando é tão pesado que consigo sentir, mesmo com uma parede de vidro entre nós. Eu *sabia*. Tinha certeza de que ele assumiria a culpa e sofreria com ela.

— Foi sem querer — digo. — Ele teria me matado, e só... aconteceu.

Zai desvia o olhar.

— Eu sei.

— Não tô aqui por causa disso — falo, seca como poeira.

Ele franze a sobrancelha.

— Qual é o motivo, então?

Começo a imitar uma voz de criança.

— Puquê eu xinguei a Ateninha e ela ficou muuuito titi.

443

— Porra, Lyra, você tá pedindo pra ser mandada pro Tártaro — murmura Zelo, sombrio, olhando ao redor como se estivesse esperando um raio na cabeça.

Com um dar de ombros despreocupado, cuidadosamente atuado, lanço um olhar significativo para o daemon.

— Dá licença?

Ele vai embora com um último resmungo, fechando a porta atrás de si. Ao menos me dão privacidade com meus visitantes, quando eu peço.

Assim que Zelo vai embora, foco em Zai.

— Enfim, é por *isso* que eu tô aqui. Fodam-se os campeões mortos, entendeu?

Ele pestaneja, parecendo uma coruja.

— Ah.

— Mas é bom te ver. — Me inclino para mais perto do vidro, olhando para ele. — Como você tá?

O campeão encolhe os ombros.

— Meu pai veio me dar parabéns pelo abate certeiro.

Caramba. Zai devia pegar a Harpa de Perseu e empalar aquele homem.

— Pesado, até mesmo pro Mathias.

Isso ao menos arranca uma risada de Zai.

— Ele disse que não sabia que eu era capaz de empunhar uma espada tão bem.

— Bom, ele vai voltar a ser mortal logo menos. Isso e lidar com a Superfície depois de viver praticamente como um deus vai ser um inferno.

— Pois é. — Zai abaixa a cabeça, escondendo o sorriso que tenho certeza de que sente que é inadequado.

Afinal, estamos falando sobre o pai dele.

De repente ele se aproxima do vidro tanto quanto consegue sem espremer o rosto na superfície.

— Eu vou tentar ganhar — diz ele, urgente. — E, se eu conseguir, Hermes já prometeu transformar Boone num deus.

Meu queixo cai.

— Como, em nome do Olimpo, você conseguiu isso?

— Ele é o patrono dos ladrões. — Zai olha por cima do ombro, provavelmente para garantir que nenhum dos daemones vá surgir correndo ao ouvir isso.

Não que eu esteja quebrando qualquer regra, mas ao menos tenho a chance de controlar minha própria reação. As lágrimas se acumulam nos meus olhos, ardendo com força e borrando minha visão.

— Você é um cara do bem, Zai Aridam — sussurro.

Ele balança a cabeça.

— Não me agradeça.

Enrugo a testa.

— Por quê? Você prometeu algo em troca pro Hermes? — questiono, a desconfiança me fazendo chegar ainda mais perto.

— Não. — Zai dispensa minha preocupação com um gesto da mão. — Ele que me procurou, na real.

Nem ferrando. Por que Hermes faria isso? Qual pode ser a razão?

— Não tem ninguém que você gostaria de trazer de volta? Alguém próximo de você?

Ele nega com a cabeça.

— Bom... Agradeço pelo Boone e por mim mesma. — Pouso a palma contra o vidro, e Zai imita meu gesto do outro lado.

O que mais posso dizer?

— Valeu por me pedir pra ser seu aliado — diz ele.

O sorriso que abre é um que imagino que amigos de longa data trocam, cheio de compreensão e aceitação e uma necessidade de estar próximo.

Gosto de pensar nele como um amigo. Boone disse que eu não tinha amigos — não por causa da minha maldição, e sim das paredes que ergo. Não fiz isso com Zai, e ele me aceitou quando jamais deveria. Com ou sem maldição.

— Acho que te trouxe mais problemas do que soluções — digo.

Seu sorriso se alarga ainda mais.

— Adoro resolver problemas.

A expressão dele é tão carinhosa que nem me dou ao trabalho de contar a verdade: mesmo que Zai vença o Trabalho final, não acho que vá vencer a Provação. Não com uma de suas vitórias sendo um empate com Rima. É o Diego quem vai vencer, sob qualquer hipótese. Não vou falar nada, porém. Só o gesto... já basta.

E também me dá uma ideia.

Hades não vai gostar nada — nem Caronte, por sinal. É uma espécie de traição, mas também é a coisa certa a se fazer.

— Zai... Preciso te pedir uma coisa.

— Que coisa? — questiona ele.

Sem cautela. Sem dúvidas. Só confiança.

Realmente escolhi o melhor aliado possível para este pesadelo.

— Você não vai gostar nada quando eu falar.

100
SÓ PODE TER UM

O fato de um uniforme novinho em folha ter sido entregue na minha cela junto com o jantar é sinal de que o próximo Trabalho será em breve. Ainda essa noite, provavelmente.

Comi. Me vesti. E fiquei sentada na cama, esperando. Eu devia descansar ou coisa assim, mas a energia nervosa... é ansiedade demais para compreender o resto das emoções rodopiando dentro de mim. Não consigo relaxar.

Então ando de um lado para o outro. E me sento. E ando de um lado para o outro.

E, ao longo da noite e do dia seguinte, fico encarando a porta, antecipando um rosto, ansiando por outro. Coloquei Zai numa posição difícil, mas tenho fé de que ele vai fazer o que pedi. O campeão precisou ser convencido, mas concordou.

À tarde, a porta se abre de repente — nem escuto os passos se aproximando do outro lado — e fico de pé. Imagino que sejam os daemones, ou talvez Hades, vindo me buscar para a última batalha.

Em vez disso... me deparo com uma deusa. Com um vestido esvoaçante de chiffon rosa, combinando com o ouro nos olhos e nos lábios, ela entra casualmente pela porta como se hoje fosse só mais uma terça-feira qualquer.

— Oi, queridinha — diz Afrodite, cantarolando.

Ela nem olha para Zelo, que abriu a porta. Em vez disso, analisa minha cela, franzindo o nariz.

— Que... sem graça — comenta. — Você deve estar de saco cheio.

— Tô me virando.

A deusa do amor me encara com um olhar repleto de malícia.

— Se quiser, posso te dar um orgasmo mental só pra iluminar seu dia sombrio.

Zelo endireita a postura, parado diante da porta.

A deusa está de costas para o daemon, e não vê como ela morde os lábios com lascívia. Está zombando deliberadamente dele.

— Daqui a pouco vou participar de um Trabalho — relembro.

Afrodite cantarola sugestivamente.

— Pela minha experiência, gozar é o melhor jeito de relaxar antes de uma batalha.

Batalha? Isso é uma pista?

Ela ergue as sobrancelhas, os olhos arregalados e questionadores.

Pigarreio, tentando reprimir a risada.

— Agradeço, mas vou passar.

Ela torce os ombros, incomodada.

— Consigo sentir daqui a tensão sexual não liberada de Hades, lá do outro lado do Olimpo. — Depois, me encara com um olhar insistente e cheio de significado. — Tem *certeza* de que não quer minha ajuda?

Depois olha para Zelo, como se estivesse pedindo que ele saia.

— Ah... Bom... acho que mal não vai fazer...

— Ótimo! — Ela bate uma palma, animada.

Zelo — cujo rosto inexpressivo está tão tomado de horror e fascinação quanto acho que ele é capaz de expressar — pigarreia.

— Vou dar a vocês duas um pouco de... privacidade.

E sai pela porta como um raio. Afrodite ri, o rosto atravessado por um humor genuíno, e não uma expressão planejada para provocar determinada resposta. Na minha opinião, ela é muito mais bonita assim. Real.

Ficando séria, a deusa me olha de cima a baixo.

— Por que você veio? — pergunto.

— Por causa da Deméter.

Arregalo os olhos. É a última coisa que eu esperaria, principalmente porque Zai e eu somos as únicas duas pessoas que sabem que, através dele, pedi a Deméter que viesse me ver. Mas eu compreendo muito rápido e faço uma careta.

— Ela não vem?

Afrodite hesita, depois nega com a cabeça.

— Ela disse que o bichinho de estimação do Hades não vale o tempo dela.

Essas divindades — teimosas, orgulhosas e arrogantes. É uma surpresa que continuem inteiras, se rasgando tão fácil por qualquer coisinha.

— Por que você queria falar com ela? — pergunta Afrodite.

Analiso sua expressão assim como ela fez comigo há segundos. Por mais estranho que pareça, dentre todos os deuses e deusas, é nela que mais confio. Até mais do que Hades, acho, tendo em vista todos os seus segredos e mentiras. Talvez seja porque ela me deixa ver seu lado real. Não sei, na verdade.

Compartilhar esse segredo com ela, porém...

Respiro fundo uma vez. Depois outra. *Por favor, que seja a decisão correta.*

— A Perséfone não está morta.

Pronto, falei. Tarde demais para retirar o que disse. Só posso seguir em frente.

A deusa do amor e da paixão arregala os olhos.

— Não é possível — sussurra entre os lábios apertados.

Meu coração acelera só de ver sua reação. Será que ferrei tudo?

— Melhor você se sentar.

Depois de nos acomodarmos em cadeiras, uma de cada lado do vidro, conto a ela o pouco que sei.

— É possível que o rei dos deuses liberte prisioneiros do Tártaro? — pergunto.

Um pequeno vinco surge entre suas sobrancelhas perfeitas.

— Não — diz ela, devagar. — O único jeito de abrir o Tártaro é juntar as sete divindades que prenderam os titãs lá dentro. Mesmo no caso da Perséfone, acho que a gente não conseguiria reunir os sete pra se arriscar e tentar. — O vinco se intensifica. — Como ela foi parar lá? — pergunta a deusa, mais para si mesma do que para mim. — E por quê?

Depois, Afrodite me olha nos olhos, a especulação substituindo a confusão.

— Você ia contar pra Deméter?

Confirmo com a cabeça.

— Diego é o campeão dela. A Provação já é dele, contanto que sobreviva a este Trabalho. Talvez ela pudesse descobrir como usar esse poder pra recuperar a filha. Você mesma disse... Hades sempre tem um plano.

Hades devia ter contado tudo para Deméter bem antes, mas é a cara dele esconder as cartas e tentar resolver tudo sozinho.

— Eu ia trocar essa informação por uma promessa de que ela transformaria Boone num deus — digo.

Afrodite resmunga, sedutora.

— Eu sabia que tinha motivos pra gostar de você. — Depois, sua expressão fica séria. — Por que agora? Por que se dar ao trabalho de fazer tudo isso em vez de contar em pessoa pra ela depois do desafio?

— Porque eu talvez não sobreviva — digo. — E ela merece saber.

A deusa assente, os lábios comprimidos.

— Mas ainda não sei no que Hades tava pensando — diz ela. — Abrir o Tártaro é perigoso, além de impossível, sem todos nós.

Afrodite desvia o olhar, parecendo analisar a imaculada parede branca do outro lado. Depois respira fundo, o que denuncia como está abalada.

— Se Jackie estivesse mais perto de vencer, eu ofereceria salvar Boone pra você.

Me inclino um pouco na cadeira. Minha proposta aos outros campeões realmente se espalhou por aí.

— Mas não a Perséfone. — Afrodite volta a me encarar. — Não vou contar esse segredo pra Deméter.

O choque se espalha por mim, me fazendo endireitar a coluna e erguer as sobrancelhas numa expressão confusa.

448

— Como assim? Por que não?

— Poderia começar outra guerra entre nós, e depois da última... — Os olhos dela escurecem de dor. — Não posso arriscar.

Uma guerra?

Há tristeza em sua expressão.

— A Deméter quase queimou o Olimpo no dia em que o Hades disse que a Perséfone tinha morrido. Ele ao menos foi esperto de mentir. Gentil, também. Se ela soubesse que a filha tá viva no Tártaro... — Afrodite dá de ombros. Depois, seu rosto se contorce aos poucos. — O Hades não quer que mais ninguém saiba, imagino?

Fico em silêncio.

A deusa do amor solta um assovio baixo.

— E ainda assim você confiou em mim pra contar isso? — Ela me encara, a expressão inescrutável, depois acrescenta: — É uma honra. De verdade.

Abro um sorriso torto.

— Acho que você é uma das boas.

O que a faz rir.

— Nós somos igualmente bons... e maus. Assim como os mortais.

— Alguns de vocês são piores — murmuro, sombria.

Afrodite revira os olhos.

— A Atena... é quem ela é. O Zeus também. Todos nós, na verdade. Somos o que nascemos pra ser. Melhor do que os titãs violentos, mas longe de perfeitos.

— Bom, de qualquer forma, depois que tudo isso acabar, vou começar a orar pra você com mais frequência.

O sorriso de Afrodite é sincero e por um instante demonstra como seu coração é bom.

— Cuidado no último Trabalho, Lyra. Adoraria receber essas orações. — Ela segue até a porta e ergue a mão para bater, mas antes pausa e abre um sorrisinho diabólico por sobre o ombro. — Você precisa gemer.

— Oi?

A deusa fica me encarando.

— O orgasmo mental, querida. Lembra? Tenho uma reputação a manter.

Ah.

Compreendo o que ela quer que eu faça: um espetáculo.

Que beleza.

Faço meu melhor. Me deito na cama e amasso os lençóis para parecer arrasada, o que é um pouco difícil no momento. Depois solto um gemido profundo, seguido de um animado "Meu deus!".

— Deusa — sussurra ela. — Não esquece que sou eu.

— Minha deusa! — exclamo mais alto. Depois repito, só para garantir.

Revirando os olhos, Afrodite bate na porta, que se abre, e então ela some no corredor.

Me deixando sozinha com uma série de pensamentos contraditórios.

No curto período de tempo em que fiquei presa aqui, repassei cada momento meu com Hades. Tudo que ele disse e fez. Na maior parte do tempo, meu coração partido me convenceu de que a forma como me tratou — o olhar, os toques, o fato de ter compartilhado partes de si comigo — foi só um jeito de me manipular. Que viu minha fraqueza por ele e a usou para me manter a seu lado, lutando para vencer os Trabalhos. Por um segundo, até me convenci de que a oferta dele de ajudar Boone foi uma mentira.

Acontece que ele jurou pelo Estige. Um juramento sagrado para os deuses.

Outra coisa que ele me disse retorna agora. *Um dia vou te contar tudo e acho que você vai concordar que era um bom motivo. Na verdade, tenho certeza de que vai. Mas agora não sei se é bom o bastante pra compensar o preço que você tá precisando pagar. Eu não imaginava que seria assim.*

O que eu estou precisando pagar.

Na época achei que ele estava falando de Boone, das mortes e do medo que tive que encarar. Mas... e se ele estivesse se referindo a outras coisas? E se estivesse se referindo a *ele*?

Meus pensamentos tomam outro caminho. Se distanciam de mim. Se distanciam da dor dos meus próprios sentimentos e em vez disso focam... nele. Em Hades.

Sou uma mentirosa treinada.

Uma das coisas que a gente aprende na Ordem é a usar uma quantidade de verdade suficiente para fazer uma mentira parecer real. Nem tudo que ele me mostrou, ou quem foi comigo, era falso. Não é possível.

Ele estava se contendo demais na montanha de Hera.

Ao mesmo tempo, porém, não estava sendo muito esperto. Para conseguir o que queria, ele deveria ter aproveitado as minhas preocupações, usando a determinação que demonstrei para ajudar os outros campeões. E por que, depois de dormir comigo, não continuou a usar meus sentimentos por ele contra mim? Em vez disso, pareceu estar tentando me fazer odiá-lo.

Será que estava sendo brutal e deliberadamente maldoso? Por quê?

Só consigo pensar em uma razão.

Sem o filtro parcial do amargor e da dor, e tentando muito olhar para a situação sem dourar a pílula, vejo que a forma como ele me tratou no dia em que dormimos juntos não faz sentido quando comparada à do dia seguinte. Naquela noite ele não precisava ter me contado as coisas que contou. Já me tinha na palma da mão.

Afrodite está certa quando diz que Hades sempre teve um plano? E Caronte? Será que Hades começou tentando me enganar, mas se enrolou na própria teia e, em vez disso, começou a gostar de mim? E, sem a maldição do seu irmão, será que poderia sentir ainda mais?

Com um estalido da fechadura, a porta se abre e Nice entra.

— Chegou a hora — diz ela.

101
UM ÚLTIMO GOLPE

Hora de competir no meu último trabalho. Ou não morrer, ao menos... e depois? Eu ia fugir, mas agora...

— Você pode me contar pra onde a gente vai? — pergunto para Nice enquanto ela destranca a cela.

A daemon nega com a cabeça.

— Tudo bem — continuo, tranquilizando-a. Não que ela pareça muito preocupada. — Imaginei.

— Vem comigo — diz ela.

Obedeço. Deixo meu bloco de celas e entro num corredor longo e estreito, que vai até um cômodo que poderia se passar pela versão chique de uma delegacia. Depois saímos para a noite.

— Não dá pra teletransportar de dentro da construção — explica ela. — Tem umas proteções.

Fiquei na expectativa de que ela voaria comigo ou me teletransportaria para longe. Em vez disso, porém, abre as asas e decola sem mim.

— Ei! — grito. — Pra onde eu...?

Hades aparece no silêncio repentino de um instante, a alguns metros de mim. Como se não conseguisse ficar muito perto. Seus olhos brilham prateados na luz da noite, enquanto ele me analisa com um único olhar, de cima a baixo.

— Trataram você bem?

É isso? Isso que ele tem a oferecer? Seria muito deselegante dar um soco na cara do deus que amo?

— Sim. — Encaro Hades. Não consigo evitar.

Sorvo cada gole dele depois de dias de distância, mas também procuro lampejos de que ele esteja odiando este momento tanto quanto eu. De que tem seus arrependimentos. De que estava me afastando numa tentativa torta de me proteger. De que ele tem um plano e está tentando salvar Perséfone, Boone e... eu.

É demais para suportar.

Antes, eu teria dito que isso era a cara dele. Lidar com tudo dessa forma, silenciosa e solitária.

Agora, não sei em que acreditar.

— Como seu deus, sou obrigado a te levar até o último Trabalho.

Obrigado? É como se ele não fosse estar aqui caso não fosse estritamente necessário. Assim como não assistiu ao Trabalho de Atena? Cruzo os braços.

— Achei que não iam te deixar chegar perto de mim.

— Eles ficaram com medo de que nenhum outro deus fosse capaz de deter Atena se ela decidisse te atacar no caminho.

— Ah.

Eu não tinha pensado nisso.

Hades se aproxima com seu andar felino; chega perto, mas não tanto. Depois, estende a mão para mim.

— Vem.

Me aproximo, mas ele não passa de uma parede. Nem uma única emoção, porra.

— Eu tentei contar pra Deméter. Sobre a Perséfone, digo...

Ele baixa a mão, devagar.

— Você o quê?

Me encolho, porque essa é uma raiva muito real. Mas não recuo, erguendo a ponta do queixo.

— Se o Diego ganhar, ela vai ser rainha. Poderia ajudar a própria filha. Ela merece saber.

Hades passa a mão no cabelo, andando de um lado para o outro.

— Não vão permitir. Ela teria que botar tudo abaixo, começar uma guerra...

— Foi o que a Afrodite disse.

Hades gira e junta as mãos atrás das costas como se estivesse se segurando fisicamente para não me atacar.

— Você contou *pra ela*...?

— Ela disse que guardaria segredo e não falaria nada pra Deméter. Pela mesma razão que você acabou de descrever.

— Porra, minha estrela...

— *Não*. Não me chama assim. — As palavras saem ríspidas, mas não vou tolerar ouvir o apelidinho. Não mais.

Ele fecha a boca.

— Não vou me desculpar — digo a ele. — Achei que tava fazendo a coisa certa com a informação limitada que eu tinha. Se você tivesse me contado tudo desde o começo, a gente estaria numa situação muito melhor.

Hades me fulmina com o olhar.

— Não tinha outro jeito de...

Dou um passo adiante.

— Mentira.

Ele cerra a mandíbula.

— Todas as pessoas em que confiei me traíram.

Minha vontade é de amolecer. Sinto o peito aquecer um pouco, mas não permito que ele perceba.

— Você devia ter confiado *em mim*.

Hades tomba a cabeça para trás devagar, a arrogância e a impaciência cobrindo seu rosto como um manto.

— Isso não vai ajudar ninguém.

Depois, ele se aproxima para me segurar pelo braço e desaparecemos. Quando voltamos, estamos parados com todos os outros campeões e seus deuses na terra plana e rachada de um deserto em algum lugar da Superfície. É noite — então estamos longe do Olimpo.

— Não morre — diz Hades quando me solta, já virando as costas.

— Você ia mesmo transformar Boone num deus ou era só uma mentira pra me fazer cooperar com você?

Ele hesita, depois vira a cabeça na minha direção de forma quase imperceptível. Tudo que vejo é a lateral de seu rosto, o maxilar apertado.

— Termina logo esse Trabalho e volta pra casa, Lyra. Esquece tudo que rolou aqui.

Em seguida, ele desaparece.

E, com isso, tenho minha resposta.

PARTE 8
OS ESPÓLIOS

Destinos, maldições e profecias que se fodam.

102
O TRABALHO DE ZEUS

Olho reto, dispersa, absorvendo o fato de que hoje isso acaba.

Tudo isso acaba.

É vencer, perder ou morrer.

Os nove de nós que ainda estão vivos para encarar este desafio foram enfileirados lado a lado. Zeus está à nossa frente, supreendentemente passivo. Não está de armadura, roupas chiques ou sequer modernas. Veste uma tradicional túnica grega antiga, presa nos ombros e atada por um cinto. Por cima, usa um manto verde-floresta que flutua atrás dele ao sabor da brisa, os pés calçados em sandálias de couro. Talvez queira nos lembrar de como é ancestral.

Sua expressão não é intensa, sedenta de sangue ou arrogante. Nada disso.

Zeus parece... sereno.

Olhos azuis e claros, sobrancelhas relaxadas e um sorriso tranquilo no rosto.

Isso é diferente de todas as vezes em que o vi. Como se ele soubesse algo que a gente não sabe.

Não confio nele.

Samuel *está* aqui, parecendo um pouco melhor e menos pálido. Ainda assim não pode vencer a essa altura. Usa um bracelete no punho bom — Égide, seu escudo. Zeus deve ter recuperado o item para ele. Bom. Como eu e a maioria, ele está aqui hoje só para não morrer.

De uma forma ou de outra, Zeus parece calmo demais, dado que o melhor resultado que seu campeão pode alcançar é o empate. Acho que se eu estivesse prestes a perder minha coroa e fosse um bebê chorão como o deus dos trovões, estaria um pouco mais desesperada.

Ele espalma as mãos, abrindo um sorriso de boas-vindas que me faz inclinar um pouco para trás, porque parece uma serpente sorrindo para um ratinho.

— Bem-vindos, campeões, ao seu último Trabalho.

Ninguém se move. Ninguém sorri. Esperamos a continuação.

Como sempre, ele não se abala por nossa falta de resposta. Talvez nem note.

— Vocês chegaram até aqui. Perderam aliados e amigos. Sofreram, mas também lutaram bem. Nós, deuses e deusas patronos, aplaudimos e agradecemos toda a luta em nosso nome como campeões nesta Provação.

Bom... Essa é nova.

Ninguém mais nos agradeceu. Eu meio que não estava esperando que ele o fizesse. Não faz parte da natureza das divindades reconhecer o sofrimento dos mortais — eles só querem saber do próprio umbigo.

O sorriso de Zeus desaparece, a expressão ficando séria e até marcada por preocupação.

— Como é tradição, o último dos Trabalhos é o mais difícil, e dessa vez não vai ser diferente. Os deuses e daemones não vão estar aqui para interferir caso vocês vacilem.

Olho para meus adversários. Será que captaram essa também?

Ele acabou de dizer que os juízes não vão estar aqui?

Zeus estende os braços, indicando o deserto ao nosso redor.

— Este é o Vale da Morte, no deserto de Mojave, no oeste dos Estados Unidos.

Analiso melhor meus arredores. O céu lá em cima está escurecendo, já pontilhado de estrelas — não tão brilhante como no Olimpo, mas quase. O pôr do sol banha tudo ao nosso redor com um brilho rosa alaranjado que só vai escurecer conforme o sol mergulhar mais no horizonte, ficando mais prateado à luz da lua cheia que já sobe no céu.

Estamos numa área plana de terra rachada, interrompida aqui e ali por agrupamentos de rochas e um ou outro cacto teimoso se apegando desesperadamente à vida.

Sei exatamente como esses desgraçados espinhudos se sentem.

À distância, há cordilheiras que avançam para os dois lados. Mesmo ao longe posso ver as faixas de cores que mostram todas as camadas diferentes de rocha e solo que foram construindo os picos ao longo de eras de calor avassalador. Não é à toa que Zeus escolheu realizar seu Trabalho à noite. Já ouvi dizer que o Vale da Morte é o lugar mais quente do mundo. Apesar do frescor cada vez maior no ar estagnado e seco, mormaços se elevam da areia e das pedras ao nosso redor.

— Vocês não vão poder se esconder aqui — alerta Zeus. — Mas correr...

Agora, ele está dando uma de sonso.

— E que rufem os tambores para o "porém"... — murmuro entredentes, e Zai reprime uma risada.

Zeus dispara um olhar de alerta para mim, e o encaro de volta com uma expressão de inocência. O deus pigarreia.

— Atrás de mim, há uma série de portões.

Me inclino para olhar além dele e de fato vejo um dos portões a uma distância de uns dois campos de futebol. É difícil dizer no escuro, mas parecem barras de ferro com as portas abertas. Qual é o sentido, porém? Não há paredes conectadas a ele. Só um portão no meio do nada. Ao longe, se ergue outro. E acho que... tem mais uns dois? Não dá para ver direito.

— São três portões — fala Zeus.

Pronto, é isso.

— A pessoa que passar primeiro pelo último vence este Trabalho. E... — Zeus ergue uma das mãos, o sorriso assumindo um toque de malícia. — Como bônus, o ganhador vai ter três vitórias acrescentadas à pontuação.

Engulo um arquejo enquanto um burburinho se espalha entre os outros campeões. Nem ouso olhar para os lados.

Zeus acabou de dobrar a aposta.

Qualquer pessoa pode vencer agora, e sem precisar matar Diego. Ou empatar com ele, no caso de quem ainda não venceu. Mas eu tenho uma vitória. Posso passar na frente.

Ai, pelos deuses, eu posso ganhar.

Por Boone. Por Perséfone. Por Hades...

Não, porra, não por ele.

Por *mim*.

Só preciso vencer essa corrida. Só isso. Passar primeiro pelos três portões.

— Não vai ser fácil, campeões — alerta Zeus. — Podem usar seus presentes e prêmios pra se defender, mas não pra escapar ou pular qualquer parte do desafio. E, pra alcançar cada portão, vão precisar passar por alguns dos monstros mais aterrorizantes de toda a história dos Trabalhos.

Maravilha.

— Começando com... — Zeus se vira, levantando as mãos para os céus como se estivesse erguendo algo.

Trovões atingem o solo à distância. Depois de novo, mais perto. E mais perto. E o último é tão próximo que o rimbombar faz meu ouvido zumbir. Depois o chão começa a tremer sob nossos pés — uma vibração pequena, a princípio, que vai ficando cada vez maior e mais violenta até estarmos todos lutando para continuar de pé.

Uma rachadura surge na terra, que se abre diante de nós numa longa fissura.

Quase espero vapor ou lava irromper dela — ou, como estamos falando de monstros, algo voando das profundezas. Nada acontece, porém.

Com um sorriso final, Zeus desaparece.

Nada ainda.

Ficamos nos encarando. Nenhum de nós é bobo o bastante para esticar a cabeça além da fenda e espiar o que tem lá no fundo. É a regra número um no guia de sobrevivência contra monstros nos filmes de horror.

Um bufar é a primeira coisa que ouço, seguido do que parece ser o som de pedras caindo e se chocando contra as paredes. Depois, um berro alto e distinto.

Todos os músculos no meu corpo se tensionam, já assumindo instintivamente o modo de lutar ou correr.

Nunca visitei uma fazenda na vida, mas pelo barulho parece um... touro.

Mãos surgem primeiro na beirada do buraco. Mãos humanas, mas não muito — os dedos imensos terminam em grossas unhas amareladas. Depois vêm os chifres. Gigantescos chifres brancos como ossos, que terminam em pontas mortais, com tamanha envergadura de ponta a ponta que a criatura à qual pertencem deve ser colossal.

Um minotauro.

103
NÃO OLHA PRA TRÁS

Zeus soltou um maldito minotauro em cima da gente.

— Não é um encantamento, como o dragão ou a névoa! — chia Jackie. — Ele é real.

O fogo de dragão já foi real o bastante no meu braço, então não sei se ligo para a diferença. E a gente não devia estar aqui parado, só olhando.

Com um berro, o minotauro desaparece, e uma nuvem de poeira e detritos irrompe da fenda em direção ao céu. Ele está com dificuldade de sair do buraco.

— Segundo minha bússola, não tem um caminho único — diz Samuel. Ele já está guardando o instrumento de cobre. — A única coisa é que a gente precisa passar por ele, não dá pra desviar. — Depois ele enfia algo na minha mão. — Toma. Apareceu no meu quarto, mas sei que isso é seu.

Quando baixo o olhar, estou com meu machado em mãos.

O que...

Estendo a mão na direção do bolso do colete onde mantenho minha relíquia; meu machado ainda está lá. Este outro não é meu. É... o de Hades. O gêmeo que completa o par que Odin lhe deu.

Zeus o *roubou* e entregou a arma para Samuel.

Não é uma relíquia ou ferramenta que o campeão já possuía, como meu machado e os dentes de dragão.

Isso é trapaça, porra.

Outro berro. O minotauro está puto. Ah, que beleza. Por que ainda estamos parados aqui?

— Corre! — Diego é mais rápido do que eu.

Seu brilho se apaga imediatamente quando o campeão some de vista. Como cavalos disparando por uma porteira, saímos a toda. Não juntos — é cada um por si, porque todos podemos vencer agora.

Inclusive eu, que devia estar correndo. Em vez disso, apoio o joelho no chão e estendo a mão na direção de um dos meus bolsos de zíper.

Ainda tenho alguns dentes de dragão. Uns quatro. Começo a cavar um buraco na terra, tão compacta e dura que não cede. Minhas unhas mal afundam. Então, em vez disso, enfio os dentes dentro de uma das rachaduras e torço para que seja suficiente. Com base na minha última experiência, vai demorar alguns minutos.

Os chifres voltam. Caralho, eu devia ter só saído correndo. Duas mãos imensas surgem no topo da fenda mais uma vez. Saco meus dois machados, erguendo as mãos. Não que possam fazer muita coisa contra algo desse tamanho, mas é melhor que nada. O minotauro aparece, de costas para mim — isso vai me dar um tempinho a mais.

Disparo no encalço dos outros, que já estão tão à frente que parecem pequenininhos à distância. Trinica é a mais próxima. Depois Samuel; talvez ainda enfraquecido por conta do ferimento, o campeão ainda não avançou muito. Jackie e Zai estão no chão, sem terem usado seus poderes de voar. Os outros já avançaram demais para que eu enxergue.

O minotauro consegue tirar metade do corpo do buraco, agora à minha direita, coberto por uma pelagem malhada de marrom e branco. A cabeça de touro está acomodada sobre um corpo humanoide — ombros gigantescos, torso coberto por couro bovino. A parte humana do monstro exibe camadas e camadas de músculos.

Corre mais rápido, Lyra.

O minotauro joga uma das patas para cima. Está usando uma espécie de calça que bate nas panturrilhas e revela que, como os sátiros, a parte inferior é do mesmo animal que a cabeça — de touro, também de pelagem marrom e branca. Com os dois cascos enfim fincados no chão e o peito subindo e descendo com a raiva e o esforço, o minotauro fica de pé. Ele se ergue em direção ao céu, ainda de costas para mim.

Mas a movimentação deve chamar a atenção do minotauro, porque ele gira para olhar para nós.

O rosto peludo é grotesco, um anel de latão preso no nariz franzido e úmido. De todas as partes do minotauro, incluindo o tamanho, o que mais assusta são os olhos.

Frios, vidrados e completamente pretos, como se a alma tivesse sido arrancada da fera muito tempo atrás.

Meu estômago se revira enquanto movo os braços e as pernas para correr com tudo.

Estou na parte de trás do grupo. Nitidamente a mais fraca. Estou ferrada.

Ele baixa a cabeça, tocando a areia ressecada com os pés cascados e chutando poeira. Seu corpo vibra com a raiva acumulada pela subida frustrante, e eu sou o alvo mais óbvio.

Dessa vez, seu berro estremece a terra.

O minotauro ataca, vindo direto na minha direção. Não tenho onde me esconder. Estou sozinha.

A descarga de adrenalina me acerta com tudo, e meu coração bate loucamente enquanto forço o corpo a cruzar a longa área plana que me separa do portão. O chão treme a cada pancada dos cascos conforme o minotauro se aproxima de mim.

Sei que não vou conseguir quando uma baforada úmida e fedida me atinge na lateral do rosto.

Com um grito, paro e me viro para a criatura, mas não tenho um plano. Antes que possa pensar em algo, porém, uma força mágica invisível puxa meus machados para cima, como se estivessem sendo atraídos por um ímã. Seus cabos se chocam e, no instante em que isso acontece, canalizam algo com tanta força que sou jogada no chão — assim como o minotauro.

Não fico esperando para descobrir o que acabou de acontecer. Já estou de novo de pé, correndo.

Não demora muito para que o minotauro volte a me perseguir. Tive sorte, mas agora não tenho escolha. Tento alcançar uma pérola no colete, pensando em usar o item para escapar, mas um borrão turquesa passa voando por mim e acerta o minotauro na cabeça. Outra mancha cor de vinho surge com asas brancas bem atrás da primeira, e a criatura chacoalha as mãos enormes no ar.

Jackie e Zai.

Zai consegue golpear com a Harpa de Perseu, acertando a testa do minotauro. Com outro grito de estremecer o chão, o bicho agita a cabeça e acerta Zai na barriga com um dos chifres imensos — graças aos deuses, não é com a ponta. O movimento catapulta o campeão no ar, as asas das sandálias batendo em vão para deter o movimento.

— Zai! — grito, o estômago se revirando enquanto o vejo rodopiar no ar.

O campeão se recupera antes de acertar o chão, e quase colapso de alívio.

— Vai! — grita ele para mim, depois voa de novo para cima do minotauro.

E eu corro.

Com o coração saindo pela boca, o que dificulta minha respiração, disparo tão rápido quanto posso na direção do portão. A qualquer segundo espero ouvir os ossos esmigalhados de um dos meus companheiros, mas não paro. Me deter só os manteria mais tempo em perigo.

O chão sob meus pés parece tremer.

Continuo a toda velocidade.

Lá na frente vejo Samuel passar pelo portão, onde Dae já espera por ele.

Outro tremor, dessa vez mais intenso, faz torrões de terra se soltarem. Depois há outra sacudida, ainda maior, e preciso diminuir a velocidade porque o chão sob meus pés está se movendo.

É quando quatro soldados de ossos do tamanho do minotauro irrompem do chão numa explosão de terra e areia.

Meus soldados esqueléticos têm forma humanoide, e não mais sereiana como da última vez. Carregam lanças e escudos, com elmos de osso cobrindo a cabeça.

A criatura para de tentar derrubar Jackie e gira para encarar a nova ameaça.

Aponto e grito ordens.

— Protejam a gente de todos os monstros.

Imediatamente, os soldados de ossos se agacham, com os escudos erguidos e as lanças de prontidão. Lado a lado, dão um passo na direção do minotauro. Depois, outro.

Os ossos estalam enquanto eles avançam, um som agourento. O som que imagino que a morte faz quando vem visitar.

A ameaça ao minotauro é clara; a criatura foca apenas nos soldados, sem dar atenção a Zai ou Jackie. Ele dá patadas no chão de novo. Também se agacha, o punho firmado no chão como um jogador de futebol americano, baixando a cabeça para encarar os soldados com os olhos semicerrados de fúria. Seu bafo ergue poeira do chão quando ele bufa e raspa o solo com os cascos. Depois, o minotauro estremece o corpo todo, os músculos se amontoando antes de investir com tudo.

Passo voando por portões de ferro tão altos que o próprio King Kong conseguiria atravessar, depois me viro de costas.

— Corre! — grito.

Trinica já me ultrapassou e passou pelo portão. Ela está com Dae e Samuel; nenhum dos três está seguindo para o próximo, focados nos retardatários ainda tentando passar pelo primeiro. Todos gritam e berram, incitando alguém.

Analiso a área, procurando os demais. Tenho um vislumbre de Rima por perto, com Amir logo atrás.

— Venham! — Gesticulo para os dois.

Zai e Jackie mergulham para passar voando por dentro do arco do portão, mas o minotauro fixa o olhar em Rima e Amir e investe na direção deles com um rugido.

Os dois soldados de ossos mais próximos disparam e chegam neles antes do minotauro, cada um pegando um campeão no colo.

— Fecha o portão! — exclama Jackie.

— O quê? Como assim?

O portão se ergue solitário no amplo e plano vale, distante de ambos os lados das montanhas. Ele é só simbólico, não é? Fechar a passagem não vai ser suficiente para deter a criatura, vai?

— Um muro! Eu consigo ver um muro. — Ela já empurra um dos lados do portão, mas a estrutura se move apenas alguns centímetros.

Nos juntamos à campeã e começamos a empurrar. Mesmo com a for-

464

ça de Samuel, o portão resiste. Será que todos precisamos passar antes que possa se fechar? Passar ou morrer. Imagino Zeus achando a ideia divertida.

Os soldados de ossos estão quase chegando — mas o minotauro é mais rápido, tentando se abater sobre eles como a morte encarnada.

Está os alcançando.

— Aqui! Samuel! — A voz de Diego vem do nada, e uma lança retrátil de latão surge em pleno ar.

Samuel pega a arma e a atira no minotauro, a força incrementada a fazendo disparar como um foguete. Ela atinge a criatura na bochecha, e o minotauro ruge, mas não diminui a velocidade. Samuel volta a empurrar as portas.

O minotauro dispara na direção do esqueleto que está segurando Amir; ele tropeça, mas continua avançando. Um depois do outro, os soldados esqueléticos saltam e mergulham pelo portão, escorregando de barriga.

Mas o minotauro está bem próximo, e os portões continuam abertos.

— Por favor, que isso funcione... — murmuro, e salto pelo vão do portão.

— O que, em nome de Hades, você tá fazendo, Lyra? — grita Trinica atrás de mim.

Ergo os dois machados e os cruzo à minha frente, depois tento não me encolher quando o minotauro investe. O som dos seus cascos compete com o retumbar do meu coração enquanto os outros campeões gritam para que eu saia do caminho.

— Fechem o portão! — grito de volta. Ainda é necessário que todos empurrem juntos.

Me preparo.

Dessa vez, quando o minotauro se choca, consigo ver: meus machados formam um escudo invisível à minha frente — muito similar aos muros de cada um dos lados do portão, imagino. O minotauro é detido como se tivesse se chocado contra uma montanha. Sou jogada para trás. Samuel me segura, mas o impulso faz nós dois cairmos, os machados voando cada um para um lado.

— Ai — resmungo.

— Cuidado! — grita Amir.

Ergo a cabeça do chão a tempo de ver um dos esqueletos ainda do outro lado da passagem, saltando como se estivesse tentando arrombar o portão com os pés. O minotauro o atira para o lado com facilidade, mas isso dá ao segundo tempo o suficiente para chegar até nós. Ele se espreme pela fresta para vir para o nosso lado; acho que eu estava certa sobre o portão só fechar depois da passagem de todos, porque ele se fecha de repente e depois se tranca, num piscar de olhos, antes de os chifres do minotauro o acertarem com um estrondo retumbante.

104
MONSTROS, MONSTROS POR TODOS OS LADOS

Apoio as mãos nos joelhos, respirando fundo.

— Essas porras... de deuses... sedentos de sangue! — murmuro para a terra rachada.

— Toma — diz alguém, acho que Dae, enquanto me entrega meus machados.

— Valeu.

O minotauro recua e tenta dar a volta no portão, mas quica na barreira invisível, qualquer que seja ela. Com um berro, levanta e corre de um lado para o outro da passagem, tentando passar pela muralha que não consegue enxergar.

Talvez seja por isso que não reconheço o tremor do chão pelo que de fato é.

Não até um tentáculo amarelo e nojento surgir, se retorcendo, da mesma fenda de onde o minotauro irrompeu — só que deste lado do portão.

Sem descanso pros fodidos aqui, pelo jeito.

Aponto para a fissura.

— Vamos...

Juntos, disparamos de novo; enquanto corro, olho de um lado para o outro, esperando.

O que, pelo Tártaro, Zeus mandou agora? Diversas criaturas mitológicas têm tentáculos, e nenhuma delas é boa. Mas será que se dariam bem fora da água?

Vislumbro um movimento e, depois de estreitar os olhos, percebo que é Dae. O que raios ele está fazendo, correndo na direção da fenda em vez de para o portão, como nós?

Ele está com a flecha de Ártemis na mão. O prêmio por ter vencido o quinto Trabalho.

Aquele doido vai tentar melhorar nossas chances. Arriscando a vida enquanto manca, ele dispara na direção do tentáculo e espeta a flecha na ponta serpenteante. Um uivo de dor, mistura de assovio e rugido, vem do buraco, e centenas de outros tentáculos irrompem das profundezas para se agitar e acenar na direção do céu escuro. Eles se debatem quando caem e se chocam com a terra; em seguida, porém, todos fazem força juntos e a criatura que surge do âmago do Submundo é puro pesadelo.

Assim como o minotauro, tem forma humanoide, com duas pernas, dois braços saindo de ombros largos e uma cabeça sobre eles.

Essas são as características humanas.

No restante do corpo, tentáculos de vários tamanhos se estendem formando mais braços, além de outros, mais finos, formando madeixas de cabelo comprido. Apêndices grossos se conectam à cintura, e aparentemente agem como pernas enquanto a criatura desliza pelo chão.

O rosto é longe de humano. Lembra o de um polvo, mas tem buracos no lugar dos olhos e fileiras de dentes afiados na fenda que imagino ser sua boca.

Um kraken?

Solto uma risada sob a respiração ofegante enquanto sigo correndo. Claro que é um kraken.

Uma, acho, com base nos seios e no formato do corpo humanoide. Ela arrasta um dos tentáculos que fazem as vezes de braço, provavelmente o que Dae perfurou com a flecha. Mas o golpe não a matou. Mal retardou seu avanço.

Ela tomba a cabeça aterrorizante para um dos lados, analisando os arredores, e tenho a impressão de que a fenda cheia de dentes... sorri.

Fodeu.

— A gente precisa se separar! — berro.

Dar a ela um alvo único é uma má ideia.

O medo se contorce como um calombo gelado no meu peito, e um estrondo ameaça me chacoalhar até arrancar meus dentes.

De um dos lados do primeiro portão, o minotauro ruge, e a kraken ergue a cabeça e rosna em resposta. Eles estão... se comunicando.

Fodeu, fodeu, fodeu.

Os soldados esqueléticos devem concordar comigo, porque ouço o estalar de ossos e, quando olho para trás, os dois que ainda estão com a gente se colocam naquela posição agachada, encarando a kraken. Em seguida as criaturas se chocam, e está feito o caos.

Os soldados posicionam o escudo e absorvem o impacto antes de empurrar a kraken para trás, mas ela consegue apoiar o pé numa rocha e agarra um dos escudos, jogando a criatura de ossos no chão.

De repente, nós campeões estamos correndo loucamente para ficar fora do caminho do embate de gigantes.

Disparo numa direção, mas freio quando um esqueleto cai à minha frente, jogando terra na minha cara. Ele aterrissa a uns trinta centímetros de mim, e seu maxilar se parte. Num instante, está de novo de pé, recolhendo a mandíbula do chão. Ele a coloca no lugar, depois a escancara num etéreo grito de vingança. Em seguida, se joga no ar, a lança erguida. Quando desce, a kraken já mudou de lugar — a ponta da lança acerta o chão, erguendo poeira e terra na direção do céu escuro e fazendo com que seja ainda mais difícil de enxergar.

Tossindo, chiando e piscando para tirar o pó dos olhos, sigo para o caminho contrário e preciso me jogar de barriga no chão quando um dos tentáculos da kraken passa voando acima da minha cabeça. Olho para a esquerda e vejo Trinica rolando na direção contrária.

Solto o ar dos pulmões com tudo. Deuses, essa foi por pouco.

Anda logo, Lyra.

Enquanto tento dar a volta na batalha, fico de olho na kraken por trás da camada de poeira. Não vejo Trinica sob os pés do monstro até ele estar bem acima do ponto onde ela ainda jaz de joelhos, piscando num estupor atordoado. De repente vejo que Samuel também está ali. Com os braços para cima, ele suporta todo o peso da kraken enquanto ela pisa neles. De onde estou, não consigo ver se a criatura os esmagou ou não.

Mais perto de mim, Rima salta sobre uma rocha e, com um grito, arranca a tampa de um pequeno frasco de vidro, de onde jorra fogo de dragão. O estouro resultante é tão alto que levo as mãos ao ouvido, as labaredas brilhantes a ponto de me forçar a fechar os olhos. Pisco algumas vezes, mas vejo apenas pontos pretos flutuando diante do meu rosto. Um cheiro sulfúrico preenche o ar.

A kraken com certeza morreu, né?

Minha visão retorna a tempo de ver a criatura cambaleando, as mãos sobre os buracos que correspondem aos ouvidos. Seu peito está maculado por uma queimadura, os olhos enlouquecidos.

Samuel está arrastando Trinica na direção do segundo portão. Não vejo Rima. É quando me dou conta de que a kraken está cambaleando na minha direção, mesmo atacada por um soldado de ossos.

Saio correndo de novo. O mundo parece um caos de sujeira e de batalha ao meu redor, os rugidos das criaturas furiosas e os estalidos de osso e carne enchendo o ar. Enquanto avanço, procuro por algo — uma pedra, uma rocha... eu já ficaria feliz se aqui fosse um leito de rio seco — para servir de esconderijo. Por isso, é tarde demais quando vejo o tentáculo golpeando na minha direção em meio à poeira que obscurece o ar. Cruzo os machados diante de mim de novo, me preparando para o impacto, mas algo me atinge pelo lado. Braços fortes me envolvem e sou erguida no ar.

Jackie.

— Deusa maravilhosa! — grito.

Ela sorri, passa voando comigo pelo segundo portão — de bronze, tão adornado quanto o primeiro — e então me deita no chão. Amir está enfiando uma pétala na boca de Trinica, deitada ao meu lado.

— Já volto. — Jackie dispara poeira adentro.

Samuel e Dae estão perto do portão. Aguardamos, posicionados para fechar a passagem assim que possível, nos encolhendo a cada estalido de ossos e explosões da kraken. Enquanto isso, os berros do minotauro ainda retumbam à distância.

— Ali! — Rima aponta.

Voando, Jackie dispara pelo ar repleto de poeira, com Zai logo atrás, segurando a Harpa de Perseu.

No segundo em que passam pela abertura, o portão se fecha sozinho, e a tranca estala de novo.

Já foram dois.

Falta um.

— O que, em nome do Submundo...? — murmura Samuel.

Todos juntos, nos viramos.

Trinica estreita os olhos.

— Não tem como isso ser bom.

105
TODOS OS MOTIVOS

A escuridão aqui é tão densa que bloqueia a luz das estrelas e da lua. Alguns metros à minha frente, é como se houvesse uma muralha de sombras, obscurecendo tudo.

O que significa que não só temos que lidar com qualquer que seja a próxima criatura sem saber de onde ela está vindo como também precisamos encontrar o portão.

Trinica tira do bolso uma estranha pedra rosa e a analisa. Foi o presente que ganhou por vencer o Trabalho de Atena — a Pedra de Imitacles, uma relíquia da qual nenhum de nós ouviu falar, mas que dá uma resposta verdadeira por dia.

— Acho melhor usar de uma vez — fala ela, depois fecha os dedos ao redor do item. — Como a gente passa por esse portão em segurança? — questiona.

A campeã fecha os olhos, mas não ouço ou vejo nada. Assim como os outros, imagino, porque ficamos todos só olhando e nos encarando. Enquanto isso, a kraken e meus esqueletos remanescentes continuam a lutar do outro lado do portão.

De repente, ela abre os olhos.

— A pedra disse "não escutem".

— Não escutem o quê? — pergunta Rima.

— O que isso significa? — questiona Diego, invisível.

É quando ouço. Acho que todos ouvimos, porque aprumamos a postura. Um canto.

Belas vozes entoando uma canção.

Não escutem.

— Sirenas — sussurra Zai atrás de mim.

— Vocês enfim chegaram — entoa uma voz, atraente como a de uma amante, vinda da escuridão. — Venham brincar com a gente.

Os outros todos avançam na mesma hora, os olhares sonhadores. Diego provavelmente tira o anel, pois de repente reaparece e é engolido pela parede de sombras.

Todos seguem em frente exceto eu, Jackie e... Samuel.

Jackie agarra o braço de Rima, mas ela se desvencilha com força e continua. Samuel estende a mão na direção de Dae, mas ele dispara numa corrida.

— Para! — Tento deter Zai, porém o campeão me joga no chão antes de desaparecer na escuridão como os outros.

A confusão faz meu estômago se revirar. A bênção de Jackie é ignorar encantamentos, então imagino que é por isso que está protegida das sirenas. Mas Samuel...

Ele nos encara, pestanejando com os olhos arregalados.

— Isso explica a cor dos seus olhos hoje — sussurra Jackie. — Você foi encantado.

Em outras palavras, Zeus fez algo para ajudar seu campeão a passar por isso.

— E por que você não tá sendo afetada? — pergunta ela para mim.

— Não faço ideia.

Não importa. Um de nós ainda precisa chegar ao portão. Se isso acontecer, talvez o Trabalho acabe e os outros fiquem bem. Mas duvido.

Todos encaramos a escuridão.

— A gente precisa ajudar os demais a atravessar o portão — diz Jackie.

E, sem esperar que a gente concorde, segue escuridão adentro.

Assentindo, Samuel ativa o escudo, erguendo a proteção diante de si enquanto também avança.

Pego o minúsculo frasco do colete — o prêmio que ganhei de Apolo — e derramo gotas das Lágrimas de Eos nos olhos. Imediatamente minha visão muda — é como se visse o mundo sob uma luz iridescente, como se a aurora estivesse banhando a terra ao meu redor com azul, bronze, laranja e amarelo, destacando os detalhes.

— Lá vamos nós — sussurro para mim mesma.

E entro nas sombras.

Mesmo com minha visão incrementada, a escuridão é sufocante. Parece que fui enterrada viva, ou que estou me afogando. A sensação é mais do que desagradável. Preciso de cada grama de foco que tenho para não ceder ao pânico que sobe pela garganta.

Ao meu redor, espalhados pela área ampla e erma, estão os outros campeões. Parecem estar andando em círculos, com passos embriagados e serpenteantes. Avanço devagar, um passo após o outro, com a guarda alta caso me depare com qualquer coisa perigosa.

Mas estamos sozinhos, só os nove campeões. Nada de monstros. Nada de sirenas. Nem mesmo as escuto agora.

— Sim! — Trinica ergue os braços para os céus como uma criança querendo colo dos pais. — Me pega!

Algo lampeja do céu para o chão, tão rápido que nem consigo enxergar, depois volta a subir com a mesma velocidade.

E Trinica desaparece.

— Porra! — exclamo, cambaleando.

— O que rolou? — pergunta Jackie.

— Não sei.

Sirenas se movem rápido? Para onde levaram Trinica?

Um som que lembra uma bandeira tremulando ao vento me faz girar a tempo de ver a mesma coisa arrebatar Diego.

Depois Jackie grita, e rodopio de novo para ver a campeã com as asas escancaradas, lutando com outra criatura alada que tenta puxá-la para o céu. A coisa consegue prender as asas e os braços da campeã e dispara com ela para longe.

Faz alguma coisa, Lyra.

Só que não tem nada que eu possa fazer além de cambalear de um lado para o outro.

Elas são rápidas demais.

— Cadê você? — Ouço a voz sedosa de uma sirena atrás de mim.

Quando giro, vejo o ser parado diante de Samuel, que está com o escudo erguido. Será que ela não consegue enxergá-lo? O escudo o protege delas ou algo assim?

— Estou te ouvindo — diz Zai, e a sirena se vira.

Quando vai atrás dele, preparo o machado e o atiro no ar. A arma atinge a sirena no braço, e ela grita. Mas outras duas mergulham e levam embora Zai e a companheira.

Meu machado cai no chão. Corro e o pego de volta, mas ouço aquele mesmo som vindo de um ponto mais próximo. Quando me viro, Amir sumiu.

Um borrão dourado atinge a sirena que está tentando pegar Rima. Samuel deve ter atirado sua Égide no que quer que esteja atrás da campeã. Mas ele erra e, após um piscar de olhos, também é capturado por uma sirena.

Depois Rima. E Dae.

E então... estou sozinha.

Digo, completamente sozinha. Abandonada no meio da terra deserta, seca e rachada sob meus pés. O silêncio me envolve. Até a kraken e o minotauro, presos atrás dos portões às minhas costas, ficaram em silêncio. A escuridão parece se abater sobre mim, cada vez mais pesada.

Não consigo respirar.

Todos os campeões se foram.

Engulo em seco.

Depois me sobressalto quando um borrão de movimento despenca direto na minha direção; quando dou por mim, há uma sirena parada bem à minha frente.

Mesmo com as Lágrimas de Eos pintando os detalhes do seu rosto e corpo em luzes e linhas singulares, ainda consigo ver a beleza e o perigo mortal da criatura. É uma mulher normal, exceto pelos braços substituídos por asas cujas penas tocam o chão. Está usando uma espécie de saia, presa com um cinto logo abaixo do quadril, com fendas nas laterais que expõem suas longas pernas nuas. Os seios estão cobertos por flores. Seu cabelo é feito de penas que descem pelo rosto como o adereço de uma guerreira, lembrando a armadura de Atena.

Não acho que sua pele é humana. É branca, com marcas intrincadas e rodopiantes que parecem penas e gotas ao mesmo tempo. Suas feições rivalizam com as de Afrodite em termos de perfeição simétrica.

A sirena ergue o queixo, virando a cabeça devagar de um lado para o outro, os olhos correndo por mim enquanto procura algo ao redor.

— Estou sentindo você, mortal. Por que não consigo te ver? — Pelos deuses, que voz. É como mel e música e o som suave de água corrente. — Vem até mim e me deixa te amar.

Fico imóvel, segurando a respiração para que meu peito não se mova.

Ela tomba a cabeça de lado, como uma ave de rapina.

— Vou te amar mais do que qualquer outra pessoa já amou — continua ela.

Por um brevíssimo segundo, o rosto de Hades toma minha mente. Depois a sirena olha na minha direção, e tampo a boca para abafar minha respiração.

Ainda assim, ela não consegue me ver.

É como se eu fosse invisível.

E é quando tenho certeza.

O que Homero não sabia quando escreveu a Odisseia, algo que agora nos ensinam na escola, é que sirenas não atraem gente apenas com música — elas anseiam pelo amor humano de forma quase doentia, então sequestram pessoas e as levam para seu ilhéu, onde não há comida ou água para sustentar mortais.

Meu estômago se revira em milhares de nós, meu peito tão apertado que não consigo respirar por conta da dor que ecoa no meu coração.

Hades não me escolheu porque viu alguma coisa especial em mim quando nos conhecemos. Foi o exato oposto, na verdade.

Minha respiração sai trêmula. Inspiro e expiro uma vez. Depois outra. Hades me escolheu pelo que não sou: capaz de ser amada.

106
A ESCOLHA SEMPRE FOI MINHA

Hades *sabia*. De alguma forma, ele conseguiu descobrir qual seria o Trabalho de Zeus e sabia que eu poderia vencer. Por causa da minha maldição.

Porque não posso ser amada.

E isso faz com que eu seja invisível para as sirenas.

Sem aviso, a criatura diante de mim estende as asas e voa para o alto. Veloz. Elas se movem tão incrivelmente rápido que não consigo acompanhar seus movimentos.

Procuro nos céus por qualquer sinal de que ela esteja por perto. E se eu me mover, a criatura notar e atacar? Arrisco dar um passo adiante.

Nada acontece.

Dou outro, e outro.

Nada ainda.

Depois, pestanejo e o portão está bem à minha frente. Não está perto — com sorte, porém, vou conseguir chegar nele antes que a sirena me encontre. Não sei dizer de qual tipo de metal o portão é feito devido à minha visão distorcida, mas tenho a impressão de ver adornos na forma de asas de anjos, como se fossem os portões do paraíso de outro deus.

O que representam para mim é a salvação. A linha de chegada. Eu posso vencer.

Posso encerrar o Trabalho para os outros também.

Vamos acabar com isso.

Avanço devagar, com passos cuidadosos, na direção dos portões e da linha de chegada. É uma sedução, assim como as sirenas. E chego — só preciso dar um passo para vencer. Um único passo.

Mas não consigo seguir. Todos os meus instintos berram que tem algo errado.

Com os punhos cerrados ao lado do corpo, fecho os olhos e tento pensar.

Será que os deuses deixariam seus campeões — depois de terem perdido a Provação — para morrer nas mãos das sirenas? Mesmo que eu encerre o Trabalho, não há nada que force os deuses a irem atrás dos meus companheiros. A Provação vai ter terminado. Eles não vão mais precisar dos seus campeões mortais, e divindades são conhecidas por sua mesquinharia.

Bom, quase todas.

Mas será que Hades conseguiria salvar os outros se quisesse, depois que eu terminar o Trabalho? Algo me diz que Zeus planejou este Trabalho final para que não restasse campeão algum além do dele — só não contava com a minha presença.

Mas se eu parar agora poderia perder tudo. Por Hades. Por Boone. Por Perséfone.

Minhas mãos tremem enquanto enfio os dedos num dos bolsos de zíper, tirando uma das pérolas. Analiso o objeto. Então... não consigo simplesmente deixar os outros morrerem. E não acho que Hades iria querer que eu fizesse isso.

A certeza firma minhas mãos por um segundo enquanto o último pensamento conecta todos os pontos de repente.

Hades não iria querer que eu deixasse os outros na mão. Mesmo odiando o fato de que, para isso, eu precisaria me arriscar. Mesmo odiando me ver perder. Ele sabe que não posso permitir. Sabe que eu nunca escolheria abandonar meus companheiros.

Arregalo os olhos quando me dou conta, de repente, da razão pela qual ele anda me afastando. Ele sabia o que isso me custaria e estava me dando uma escolha.

Ele sempre me enxergou com mais carinho do que qualquer outra pessoa, até mais do que eu, às vezes. Relembro o momento em que nos conhecemos, quando ele disse que minha habilidade de me colocar em primeiro lugar poderia ser útil. Achei que estivesse me chamando de egoísta — mas talvez já tivesse me visto com muita clareza. O fato de que, provavelmente devido à minha maldição e à minha necessidade de ser amada, acabo colocando todo mundo à minha frente. Mas, às vezes, preciso mesmo me colocar em primeiro lugar. Como agora.

Preciso tomar a melhor decisão para *mim*. Não por causa de Hades. Ou Perséfone. Ou até mesmo de Boone. Preciso escolher o que vai permitir que eu consiga dormir à noite — e isso significa salvar meus amigos.

E ele sabia.

Me lembro de como Hades me abraçou depois que Isabel morreu. A forma como nunca saiu do meu lado nas duas vezes em que me machuquei. Como se comportou quando estávamos juntos. Aqueles momentos foram reais. Não ele movendo peças num tabuleiro de xadrez. Real.

Ele não ia querer que eu vencesse agora se isso significasse viver com a dor de poder ter salvado todo mundo. Ou ao menos tentado.

Sei que isso é real também.

Porque se ele já sabia que eu poderia vencer este desafio, então também sabia que venceria por ele. Se eu não o odiasse, talvez escolhesse vencer *por ele*, em vez de salvar os outros. Então Hades fez com que eu o odiasse para que eu pudesse escolher por *mim*.

De seu próprio jeito, todo fodido, ele me disse exatamente o que está em seu coração.

Porque está disposto a sacrificar o que eu sentia por ele, até mesmo suas próprias necessidades, para me dar uma escolha. E não hesito em usar seu presente agora.

Engulo a pérola, imaginando exatamente onde quero estar.

Usar minhas pérolas é sempre atordoante. A força invisível enlaça minha cintura e me puxa até eu estar no topo de uma pedra que irrompe acima de imaculadas ondas azuis, que se abatem sobre a rocha e borrifam água em mim. Quando recuam, posso ver os detalhes de tudo no fundo do oceano.

Só que com cores meio esquisitas, graças às Lágrimas de Eos.

Há muitas outras rochas como esta em que me encontro, surgindo da superfície como lanças que formam uma coroa ao redor de uma pequena ilha. A pedra natural foi esculpida em portas, janelas e estruturas que parecem prédios. Por todos os lados — em fendas, em pedras, na água — há flores explodindo em cores... e ossos. Ossos humanos, muito brancos por conta do tempo e do sol. Milhares.

Antemusa. O Ilhéu das Sirenas.

Mas cadê elas? Não deveria haver pelo menos algumas aqui nessas rochas, atraindo marujos para a morte? Olho para o céu, mas não vejo criaturas voadoras.

Com cuidado, vou abrindo caminho pela pedra até chegar ao ilhéu em si. Não é imenso, mas vou precisar conferir vários espaços das construções escavadas. Ou ser pega.

Decido abordar o desafio de forma metódica: um cômodo por vez.

Antes de atravessar a primeira porta, porém, eu escuto. Alguém cantando. Mas é um canto tumultuado, como um bando de coiotes num frenesi de caça.

Maldito seja Zeus... Isso não é nada bom.

Tão rápido e tão em silêncio quanto consigo, conferindo cada canto e cada porta por onde passo, sigo o som, encontrando o caminho conforme ele fica cada vez mais alto, até quase trombar com elas.

Sirenas, milhares delas, estão reunidas num anfiteatro escavado na rocha do ilhéu. No centro, a pedra forma um semicírculo com fileiras de assentos que dão a volta no fundo plano, de frente para um palco que parece vários andares de pilares e portas escavadas.

Paro na sombra de um arco, no fundo, em cima de uma série de degraus íngremes que descem até o anfiteatro. É um ponto que me dá uma visão vantajosa da cena. No espaço plano diante do anfiteatro, também esculpidas em rocha, há cadeiras de encosto reto que parecem tronos. Cinco, nos quais mais sirenas estão sentadas. As líderes, talvez?

Ajoelhados diante delas, com o rosto flácido por conta do atordoamento mágico, estão Zai, Rima e Diego.

Nenhum deles está preso ou se debatendo. Parecem perfeitamente contentes de ficar ali sentados enquanto as sirenas parecem discutir, cantando. Para mim, as vozes se resumem a uma cacofonia. Não consigo decifrar o que estão dizendo ou sobre o que estão brigando.

Mas acho que é a respeito dos meus amigos.

Cadê os outros?

Analiso os arredores atrás de qualquer sinal deles e paro quando vejo duas sirenas mais jovens, de costas para uma porta que leva ao palco em si.

Só podem estar ali. Certo?

Você precisa de um plano, Lyra.

A ideia em si não demora, mas vai envolver pelo menos duas pérolas a mais — se tudo der certo. Justamente o número de pérolas que tenho.

Mas desde quando as coisas dão muito certo nestes desafios?

Fico tentada a orar para os deuses. *Por favor, deixem que eu tire todo mundo daqui sem precisar deixar ninguém pra trás.*

107
CONTADORA, ALIADA, AMIGA

Não sei quanto tempo demoro para dar a volta no anfiteatro e voltar aos fundos do palco, mas demoro um pouquinho. Consigo ouvir as sirenas o tempo todo, sempre à minha esquerda, graças ao terreno e às construções do ilhéu. De tempos em tempos uma delas sai voando, e preciso mergulhar em sombras para me esconder.

Só quando encaro a parte de trás da cabeça loira de Jackie acredito que realmente tem como esse plano dar certo.

Os outros campeões estão sendo mantidos numa pequena câmara com uma porta que leva às sirenas e uma janela — pequena demais para que seja possível entrar por ela — nos fundos. Não quero sobressaltá-los. Se fizerem barulho demais, vão chamar a atenção para nós.

Assovio baixinho.

Duas cabeças se voltam na minha direção — Samuel e Jackie.

Ela arregala os olhos oceânicos.

— Lyra! — meio grita, meio sussurra.

Faço uma careta, gesticulando para que ela se cale. Nós duas ficamos quase imóveis tentando ouvir as sirenas do outro lado. Elas não vêm. Olho para trás e não vejo ninguém. Mas a tensão já está fazendo os músculos dos meus ombros se retorcerem cada vez mais.

Os campeões se aproximam da janela.

— Me diz que você tem um plano, vai... — sussurra Jackie, bem mais baixo.

Mostro a pérola a ela.

— Preciso que vocês segurem nas mãos um do outro com força, e que você agarre a minha.

Samuel assente.

— Beleza.

Eles agem rápido, com Samuel carregando um a um até a janela e Jackie os organizando numa fila com as mãos dadas. Já posicionaram Dae e Trinica quando a gritaria se eleva do lado de fora do teatro, à medida que a discussão das sirenas se inflama. Algumas decolam, a sombra passando sobre mim. Depois, outras duas sirenas chegam correndo pelo canto, saindo de uma porta lateral que leva ao anfiteatro, e Jackie e eu congelamos.

Mas... elas não parecem me ver ou notar.

Meu coração está saindo pela boca, tentando me sufocar — mas tudo bem, porque já estou segurando a respiração quando elas passam ao lado de onde estou agachada com a mão estendida para dentro da janela. Sequer olham na minha direção.

Em algum lugar, a deusa da ironia deve estar rachando o bico.

Quando tem certeza de que elas não vão ouvir, Jackie murmura:

— O que, em nome de Hades, acabou de acontecer?

— Mais provável que seja em nome de Zeus — comento. Espero que o desgraçado esteja se engasgando de frustração agora. — Se apressem aí...

Samuel coloca Amir no lugar, ao fim da fila. Jackie confere de novo se estão de mãos dadas e depois vem até a janela, pegando a mão de Dae e a minha e apertando com força.

Por favor, pelo amor de Hades, que eu consiga levar todo mundo comigo...

Coloco uma das pérolas na língua e, enquanto engulo, deixo outras duas prontas na mão.

O peso de tantas pessoas juntas repuxa meu braço queimado pelo dragão. Mesmo no vácuo de som, um grito irrompe da minha garganta, saindo irregular quando surgimos todos embolados do outro lado do portão final.

— Onde eu tô? — ouço Dae grunhir.

Um alívio intenso me atinge, junto com um pico adicional de adrenalina.

— Atravessa a linha de chegada antes que as sirenas venham atrás de você — digo.

Depois engulo outra pérola.

Surjo bem onde queria — atrás dos meus amigos, ajoelhados no centro do anfiteatro.

É arriscado, mas achei que seria mais rápido assim do que me esgueirar até o lugar.

Fico imóvel, esperando as sirenas gritarem, atacarem ou reagirem de qualquer forma.

Nada.

Ainda estão discutindo entre si, e é como se eu sequer estivesse aqui.

Me inclino na direção de Zai e sussurro no seu ouvido:

— Segura a mão do Diego e da Rima.

Ele se afasta um pouco de mim, franzindo o cenho.

— Lyra? — pergunta.

Não sussurra. Diz em voz alta mesmo.

Uma das sirenas no assento que lembra um trono foca a atenção nele, curiosa.

— Você ouviu a Lyra? — Zai se inclina para perguntar para Rima.

— Quem? — ela fala ainda mais alto.

A sirena mais alerta apruma a postura.

Merda.

Pensa, Lyra. Pensa.

As criaturas já provaram como são rápidas, mas não vou dar conta dos três — e não tenho pérolas o suficiente para uma viagem extra. Preciso fazer com que meus amigos deem as mãos sem fazer escândalo.

Espera. Veneno.

Zai não tem uma pedra que é um antídoto para qualquer veneno, prêmio por ter vencido o Trabalho de Hera? Por favor, por favor, que a canção das sirenas esteja incluída nisso. Habilidades de bater carteiras nunca foram mais úteis na minha vida, e tateio até encontrar a minúscula pedra verde brilhante em forma de ervilha escondida num dos seus bolsos.

— Zai — sussurro de novo.

— Ei, é a... — No instante em que a boca dele se abre, enfio o antídoto na língua do campeão, que dá uma engasgada.

O efeito é imediato. Ele cai num silêncio profundo, pisca e depois abre os olhos com tudo.

— Não se mexe — sussurro para ele, urgente.

Zai consegue ficar quieto, mas a sirena está de olho nele.

— Você precisa fingir que tá tão atordoado e feliz quanto possível, sem falar nada — digo a ele. — Elas não conseguem me ver, mas conseguem ver você.

Tá, agora a parte complicada.

— Quando eu mandar, você vai pegar a mão do Diego e da Rima e segurar com força. — Envolvo sua cintura com um dos braços.

A sirena no trono fica de pé de repente, caminhando na nossa direção.

— Agora!

Como se engatilhada pela palavra, a sirena grita de repente e escancara as asas. O teatro explode em caos quando outras criaturas saltam e decolam no ar, mas Zai ao menos consegue segurar a mão de Rima e Diego.

Engulo outra pérola.

Quando aparecemos no deserto, alguém — Diego, acho — tromba comigo, e acabo esparramada de costas no chão de terra compacta, com poeira subindo ao meu redor. Tossindo, fico de pé com dificuldade.

— Vai! — Puxo Zai. — Atravessa logo a linha antes que elas cheguem!

As sirenas são rápidas. Vão descobrir para onde fomos e logo estarão aqui.

Rima e Diego estão de pé, e os três estão confusos, mas não mais enfeitiçados.

— O que rolou? — pergunta Rima com a voz pastosa.

— As respostas ficam pra depois.

Pego a mão de Zai e giro para longe, disposta a arrastá-lo se for preciso. De repente, porém, me detenho quando vejo os outros — Samuel, Jackie, Trinica, Amir e Dae — todos enfileirados.

Deste lado do portão.

Meu coração parece preso numa armadilha, batendo para escapar.

— Tão malucos? Passem logo! — Estou com os machados estendidos à minha frente, virada de costas para o grupo, todos claramente sob os efeitos do canto das sirenas. Talvez eu possa deter as criaturas até eles estarem em segurança. As Lágrimas de Eos me ajudam a enxergar, e nenhuma chegou ainda. Mas a qualquer segundo... — Elas estão vindo!

— A gente quer que você passe primeiro — diz Trinica.

— O quê? — Franzo a testa, olhando por cima do ombro e vendo que todos continuam ali. As palavras não fazem sentido. Ainda erguendo os machados, começo a arrastar Zai comigo. — Não tenho pérolas o bastante pra ir buscar vocês de novo.

Zai se desvencilha de mim.

— Então é melhor você correr e ganhar.

Com Rima e Diego, ele se junta aos outros. Esperando por mim.

E meu coração contido quer explodir diante da demonstração de solidariedade.

Por mim.

Eles querem que eu ganhe? Mesmo depois da visão de Rima? Mesmo achando que é perigoso? Eles não estavam errados em temer aquele futuro. Contorço os lábios para conter a emoção apertando minha garganta, o ímpeto de abraçar todos eles. A gente não tem tempo.

— Vamos juntos. — Corro até meus amigos em fila, ainda de costas para o portão, com meu escudo à frente.

— Você primeiro. — Samuel dá um empurrãozinho no meu ombro. Com a força extra que Zeus lhe deu, porém, eu passo cambaleando pelo portão.

Me detenho e encaro os outros campeões.

No piscar de olhos seguinte, tudo relacionado aos Trabalhos desaparece — o portão, a escuridão, os monstros, até mesmo a poeira pairando no ar. Restamos apenas nós — os campeões remanescentes — no Vale da Morte, com o sol espiando acima dos picos a leste, atribuindo à escuridão um tom levemente rosado.

A gente conseguiu.

Sobrevivemos.

Todos sorriem para mim. Solto os braços ao lado do corpo, a boca fechando para conter qualquer que seja o protesto que eu estava prestes a fazer. E, depois de uma batida em que parece que meu coração vai sair voando, sorrio de volta.

Só que mais nada acontece.

Cadê Zeus? O Trabalho terminou. Hora de me anunciar como campeã e botar um ponto-final nisso, certo?

Vejo dois dos meus soldados de ossos de prontidão à distância. Eles não deviam ter se desfeito? Sua tarefa de nos proteger dos monstros chegou ao fim.

É quando meus amigos, ainda parados em fila diante de mim, caem num silêncio mortal e arregalam os olhos, a expressão assumindo uma máscara de puro medo.

E ouço um trio de rosnados bem atrás de mim. Tão perto que consigo sentir o hálito quente no pescoço.

108
O GOLPE FINAL

Meu corpo é tomado por outra onda de adrenalina, medo e choque, e minha pele parece eletrizada.

Não pode ser.

Viro bem devagar e vejo Cérbero atrás de mim, maior do que nunca, como se tivesse crescido para ter proporções similares às dos outros dois monstros.

Mata a mortal, dispara Cér na minha mente. Ele ergue as três cabeças e fareja o ar. *Mata ela*, grunhe Rô. Bê só rosna, arreganhando os dentes feitos para arrancar carne dos ossos.

Sinto a bile amarga subir pela garganta; quando engulo, ela desce queimando.

Esse não é ele. Não pode ser. A raiva que toma o trio de vozes é... feral. Raivosa. É quando vejo os olhos de Bê. Pretos e sem alma, como os do minotauro. Zeus deve ter enfeitiçado os monstros. Todos eles.

Mas... o Trabalho acabou.

A gente cruzou a linha de chegada. Será que todo mundo precisa passar, como no caso dos outros dois portões? O problema é que a abertura no deserto já sumiu. Pensamentos voam na minha mente, em milhares de direções.

Corre. Se esconde. Ajuda o Cérbero.

Cadê Hades, caramba? Ninguém mais liga para a proibição de interferir na Provação. Zeus pegou a porcaria do bicho de estimação de Hades e está incitando a criatura contra mim, mesmo com o Trabalho já finalizado. Aquele desgraçado está trapaceando. Se o cachorro morrer, Hades nunca vai se perdoar. A gente não pode matar o Cérbero. Não vou permitir que os outros façam algo assim. Mas não posso deixar que ele os machuque também.

Erguendo os machados diante de mim, como numa barreira entre ele e os outros campeões, encaro o cão infernal.

— Não...

Uma pata negra me atinge na lateral do corpo. Ouço Cérbero grunhir quando, com um grito, voo pelo ar com os braços rodopiando loucamente. Quando aterrisso, meus machados escorregam para direções opostas; o ar é expulso do meu pulmão com tanta força que a próxima respiração sai como se eu estivesse morrendo.

O horrível som das minhas tentativas de respirar é obliterado de imediato pelos uivos de Cérbero, que deixa os outros campeões para trás e vem direto na minha direção.

Vejo meus amigos se separarem assim que ele se vira de costas, se ajudando mutuamente a tentar chegar a algum lugar seguro. Qualquer um. Meus pulmões ainda lutam, e alterno loucamente entre a necessidade de respirar e a de sair correndo. Os machados estão longe demais para que eu consiga chegar a qualquer um deles. Pego a última pérola antes mesmo que consiga pensar. É minha única rota de fuga. Não tenho onde me esconder.

— Cérbero — grito. Ele está perto demais, quase em cima de mim. — Não faz isso. Sou eu. A Lyra.

Cér sorri.

Eu sei.

O que acontece a seguir é tão rápido que nem me dou conta do que estou vendo até acabar. O cão salta na minha direção, e uma imensa lança feita de ossos irrompe no topo de sua cabeça, alarmantemente branca sob minha visão alterada.

— Não! — berro.

Tarde demais.

O soldado esquelético salta sobre Cérbero. Com um lamento patético, horrível e de cortar o coração saindo das três cabeças, o cão infernal dá a volta na criatura de ossos enquanto desfalece no chão.

Preciso me arrastar para não ser esmagada no processo.

— Não. — A palavra sai rasgando da minha garganta. Depois, cambaleio para dar a volta em Cérbero e deter o esqueleto. — Não machuca ele — ordeno.

O cão pode me devorar, eu não ligo. Não posso permitir que ele morra.

Meu protetor fica ereto imediatamente, esperando a próxima ordem.

Lyra? A voz de Cér agora sai trêmula na minha cabeça.

Não há mais fúria. Não há mais raiva irracional.

— Ai, deuses... — sussurro.

Estendo a mão, mas a puxo de volta quando sinto o sangue pegajoso. Cér se desvencilha do meu toque, ganindo. Sua respiração está ofegante, chiada. Bê e Rô estão apagados no chão, com os olhos fechados, inconscientes e imóveis.

Eu não te machuquei.

Dou um tapinha na cabeça dele.

— Não machucou.

Eu via o que tava fazendo, mas não conseguia evitar. Sua voz está ficando cada vez mais fraca.

484

— Já passou, já passou. — Estou tremendo tanto que minhas mãos abrem e fecham em espasmos, a náusea se espalhando pelo meu corpo. — Você consegue me levar até o Hades?

Cadê ele, aliás?

Tô muito... fraco...

— Como posso... consertar você?

Só... com o... Ele para, soltando um lamento de dar dó. *Estige.*

Depois, Cér grunhe, o som quebrado mas intenso quando vê algo atrás de mim. Os cabelos da minha nuca se arrepiam, como se eu tivesse tomado um choque. Não preciso nem olhar para saber, mas olho mesmo assim.

Zeus.

Ai, caralho. Eu realmente devia ter pegado meus machados antes de vir até Cérbero.

A expressão do deus é tomada por uma espécie de fúria incontida, mas não é isso que me faz recuar. A questão é que, com meus olhos ainda afetados pelas Lágrimas de Eos, estou vendo coisas agora. E o que enxergo é um véu cintilante cobrindo o rosto de Zeus. Sob o efeito das Lágrimas, o material brilha em todas as cores, como se eu estivesse olhando por um prisma, e combina com seu semblante como se tivesse sido pintado sobre sua pele.

O que raios é isso?

Um pavor frio e pesado toma meus membros; não consigo me mover nem falar. Queria muito que uma das minhas formas de responder a situações traumáticas não fosse congelar no lugar.

O rosto de Zeus se contorce, incrédulo.

— Nem ferrando — murmura ele, depois aponta o dedo para mim numa acusação. — *Você* era a bebê que amaldiçoei no meu templo? A que não pode ser amada?

Merda. *Agora* ele se lembra?

Ergo as mãos em rendição, virando para encará-lo diretamente.

Ele ri, o som descontrolado. Depois começa a andar de um lado para o outro e murmurar. Algo como: "Se ele sabia desde o começo, já planejava virar rei".

Enquanto Zeus está distraído, giro a pérola entre os dedos, me aproximando devagar de Cérbero. Vou levar ele comigo. Até o Estige, é claro. Talvez Caronte possa ajudar.

Estendo os dedos devagar na direção da cabeça de Cér.

— Não... — Zeus dá a volta em mim, e suas sobrancelhas se erguem num esgar tão sombrio, tão odioso, que transforma o rosto de uma beleza quase juvenil em algo deformado e aterrorizante. — Não posso deixar Hades vencer.

Tão rápido que mal registro o movimento, Zeus ergue os braços e uma armadura cobre seu corpo da cabeça aos pés. Minha mente e meu corpo mortais são lentos demais para reagir, e raios irrompem das suas mãos e me acertam na barriga.

Quando o estrondo colossal e o lampejo escaldante passam, vejo que não morri.

Ainda não.

Estou no chão, tossindo sangue. O gosto metálico na minha boca é a única coisa que parece real. Mal comecei a sentir a dor.

Tenho a vaga noção de que a explosão me jogou em cima de Cérbero. Minha garganta trancada faz cada respiração torturante sair com pontadas de dor. Não preciso olhar para o abdômen para saber que é ruim. Levando as mãos à barriga, consigo sentir o corte, o sangue jorrando de mim a cada batida do meu coração — rápido demais. Estou perdendo muito sangue. Meus membros são tomados pela tristeza e por um peso estranho que retarda minha mente. *Hades. Cadê você?*

Lyra...

É Cérbero.

— Ainda... tô... aqui... — consigo sussurrar. Acho que sussurro. Não sei se minha voz está funcionando.

Ainda estou segurando a pérola. Fecho os olhos, apertando as pálpebras com força. Eu estou morta. Já sei disso, mas talvez possa ajudar o cão antes de partir. Mesmo que o Estige não possa me curar dessa vez. Não rápido o bastante. Não sem mais sangue de Hades primeiro, e não temos tempo para isso.

Cér me cutuca com o focinho, fraco, depois cai para trás. É quando jogo a pérola na boca dele, a mão voltando coberta numa baba grossa e grudenta.

— Pensa no Estige.

Não...

Mas ele já partiu.

Me derreto no chão. Isso exigiu todo o resto da minha força. Agora... vou só me deitar aqui e morrer. Ao menos fiz algo bom com meus preciosos últimos segundos de vida. Encaro o brilho do céu e penso no Submundo. Logo estarei por lá.

Hades.

Ele vai se culpar quando descobrir o que aconteceu. Uma lágrima escorre do canto do meu olho. Os pés de Zeus surgem no meu campo de visão, bem diante de mim. Provavelmente para terminar o serviço.

E, honestamente, prefiro morrer rápido a ficar aqui sangrando.

— Vai logo, babaca.

109
O DEUS DA MORTE

Talvez eu seja uma covarde, apesar da bravata, porque fecho os olhos enquanto aguardo o golpe final.

— Nem. Ouse. Se mexer.

Meu coração já abalado vacila. Eu *conheço* essa voz. A pecaminosa voz feita de escuridão e fuligem.

Hades.

Estou apaixonada por ele.

Perséfone não morreu, mas eu estou quase. Também estou apaixonada por Hades.

Que hora mais idiota, horrível e péssima para descobrir esse tipo de coisa.

Me forço a abrir os olhos e, mesmo com os pontos pretos obscurecendo parte da minha visão, ainda posso ver Hades parado atrás de Zeus. Ele está com sua armadura líquida, o bidente na mão, o olhar assassino e afiado como uma lâmina de aço.

Aperto os olhos, tentando clarear a visão.

Nem dá tempo da minha mente confusa focar. A raiva contorce o rosto de Zeus por um piscar de olhos antes de ele correr na direção do irmão.

Acho que grito.

Mas o que vem depois acontece tão rápido que meus sentidos mortais já capengas não acompanham. Num segundo, Zeus está indo para cima de Hades. No próximo, está no chão, sangrando pelos ouvidos com Hades acima dele, o bidente fincado na garganta do irmão.

O corpo de Zeus vibra de fúria... e também com um medo visível. Ele fica ainda mais pálido, manchas vermelhas marcando sua pele.

— Vai me matar, irmão? — cospe ele para Hades.

Hades se inclina adiante, os olhos tão frios que parecem geada prateada.

— Nós dois sabemos que eu poderia fazer isso sem dificuldade alguma.

Zeus tenta se mover, depois para — provavelmente se dando conta de que, se o fizer, vai se cortar no bidente.

— Não vou deixar *você* ficar com o trono.

Por mais confusa que esteja minha mente, fica óbvio que Zeus está aterrorizado pela possibilidade. Não é só uma questão de se conformar com a derrota. Tem mais alguma coisa envolvida.

Será que ele tem mesmo tanto medo assim de Hades?

— Afrodite me contou. Sobre a Perséfone — diz Zeus. — Você vai usar a caixa pra libertar sua amiga. Pra dispensar os sete guardiões. É por isso que precisa do trono.

Não sei de que caixa ele está falando, mas o resto combina com o que já sei.

— Você não pode fazer isso — insiste Zeus. — Assim, vai soltar os titãs de novo pra arrasar o mundo.

O sorriso de Hades é determinado.

— Talvez eu queira que eles acabem com você.

— Você trapaceou. Nunca vão te entregar o trono.

Hades solta uma risada cômica.

— Quem trapaceia, quem *sempre* trapaceou, é você. Só nesta Provação, já fez muita merda... Arranjou dragões marinhos adicionais pro Trabalho de Poseidon, matou a Neve com um raio estrategicamente dirigido, enfeitiçou o Dex pra que ele fosse tomado por um ímpeto assassino, criou regras novas pro seu próprio Trabalho e deu pro Samuel um feitiço adicional contra as sirenas, isso sem contar meu machado.

— Mentira! — cospe Zeus.

— Ele tá falando a verdade.

É Zai?

Uma forma oscilante surge ao lado de Zeus. Tento focar e tenho uma visão mais clara por um segundo. Ele está segurando a Lamparina de Diógenes pela corrente — o presente de Dae, que está ao seu lado.

A lamparina cintila.

Quero me horrorizar por saber que Zeus fez isso. Ficar com nojo. Mas estou atordoada demais. Quase morta. Deitada numa poça do meu próprio sangue.

Depois, um horrendo coro familiar rompe a noite, mais alto do que a cacofonia das lutas anteriores contra os outros monstros. Os daemones surgem num redemoinho de penas e fúria. Hades recua enquanto eles seguram Zeus pelos braços, arrastando o deus irado para os céus. Eles o puxam para longe, chutando e gritando.

— Não! — berra ele. — Hades também trapaceou! Ele sabia sobre as sirenas. Nem devia ter sido autorizado a participar!

Os daemones o ignoram, voando cada vez mais alto. A última coisa que ouço é o grito desesperado de Zeus.

— Ele vai matar todo mundo!

E, no instante seguinte, Hades está comigo.

Ele está comigo.

Seu rosto está a centímetros do meu, as feições borradas mas inconfundíveis.

— Lyra.

Consigo abrir um pouco mais as pálpebras pesadas.

— Você... chegou tarde.

— Eu sinto muito, mesmo. Meu irmão me prendeu na cadeia junto com os daemones.

Parece que já passamos por isso — eu morrendo enquanto ele tenta me consertar, em pânico — vezes demais. Ser mortal é mesmo uma merda. Resmungo, os olhos se fechando enquanto o deus da morte afasta minha mão da minha barriga.

— Caralho...

Bom, então é ruim. Sabia que tinha muitas chances de eu estar morrendo, mas agora tenho certeza.

Ele aninha meu rosto nas mãos.

— Fica comigo.

Fixo o olhar no dele, tentando me concentrar apenas nele. A fraqueza, a dor e todo o resto se desfazem.

É só Hades.

— Você me fez... não te amar... de propósito. — Começo a tossir. São palavras demais, e meu corpo não vai permitir que eu as diga.

— Sim — responde ele, a voz agoniada. — Como você soube?

Quero estender a mão, acariciar seu rosto, mas não consigo.

— As sirenas — digo.

Preciso explicar mais, mas exigiria muito de mim. Não temos muito tempo.

— Você vai... ficar com o trono... mesmo que... eu morra?

— Não.

Que merda.

— Então vai... achar... outro... jeito.

— Lyra... — A voz rouca de Hades vacila ao dizer meu nome.

Capto sua respiração entrecortada, mais pela mão ainda encostada no meu rosto do que pelo som.

— Desse jeito, não — diz ele. — Não...

Vejo seu rosto entre piscadas, o ângulo mudando, já que não consigo manter a cabeça erguida.

— Me visita... no... Elísio.

— Porra. — Ele está tremendo; consigo sentir.

Me lembro da visão de Rima.

— Não... — Mal consigo proferir as palavras. Elas saem emboladas, então torço para que ele me entenda. — Não... bota fogo... no mundo...

A morte me faz mergulhar no nada.

O Submundo espera por mim.

110
E DEPOIS...

A luz penetra minha consciência, me acordando do vazio.

Sinto meu cenho franzir. Dizem que isso é comum no fim, não importa quais deuses você segue.

No início, a luminosidade é só um pontinho à distância, depois começa a se aproximar. Não tem nada a ver com um túnel que eu precise atravessar, porém. Ela está vindo até mim. Cresce e cresce até me banhar por completo, tudo ao meu redor parecendo radiante. Escancara a escuridão como se estivesse cavando para me resgatar e depois... toca em mim.

Calor.

Um calor agradável, glorioso e perfeito. Está dentro do meu corpo, em todas as partes de mim, mas não vem de mim.

O calor aumenta um pouco, mas nada insuportável.

Presente em todos os lugares, apenas.

Ainda não consigo ver nada além da luz.

Depois... uma pulsação de poder.

Me atinge com tanta força que é como um choque elétrico.

Será que Zeus me acertou com um raio de novo? Que babaca. Ele não sabe que já estou morta?

Outro choque. E, à distância, de algum lugar, uma voz me chama. Baixinho.

O que ela está dizendo?

Outro choque. Dessa vez, um chiado extra me enche de medo. A emoção é tão forte que me faz querer correr e me esconder.

Medo? Estou com medo do quê?

Outro choque. Depois, desespero.

— Vai, Lyra!

Hades. É Hades.

— Volta pra mim, minha estrela.

Outro choque, e o desespero se mistura às emoções que me percorrem.

É quando volto a mim numa enxurrada. Retomo meu corpo. Mas não exatamente. Porque não há dor ou fraqueza, só uma sensação incrível e pulsante de... vida.

Vida!

Outro choque — inundado de uma esperança súbita e arrasadora — e me dou conta de que o que estou sentindo é... ele. Suas emoções.

— Isso — sussurra Hades, como se não estivesse conseguindo fazer a voz funcionar. — É isso aí. Você consegue. Fica comigo.

Sempre. Quero ficar com ele para sempre.

— Abre os olhos, Lyra.

Eu abro.

Minhas pálpebras não hesitam, não oscilam. Só se escancaram.

E vejo que ainda estamos no deserto. Estou suspensa no ar, de pé. Vejo Hades ao meu lado com o rosto erguido e os campeões atrás dele, encarando atordoados.

E a luz... A luz está vindo *de mim*. Sou eu.

Hades sorri, as covinhas expostas, o rosto coberto de lágrimas, e todas as emoções que estava tentando esconder, ocultar de mim, que recusou compartilhar comigo até então, agora estão todas ali nos seus olhos, no sorriso que ele dá para mim e apenas para mim.

— Não acredito que funcionou — diz o deus da morte.

Uma alegria incandescente parece explodir no meu peito. A luz recua, como se meu corpo a estivesse absorvendo, consumindo, se transformando nela. E, quando desaparece, vou descendo na direção do chão até meus pés tocarem na terra seca.

Depois a luz some, e estamos parados um de frente para o outro.

— Hades?

O sorriso assume um tom sério enquanto ele analisa meu rosto; no instante seguinte, o deus atravessa o espaço entre nós, os braços me apertando tão forte que é difícil respirar.

E não me importo.

Não me importo, porque Hades está tremendo e é real, e está me abraçando.

— Eu não podia perder você — diz ele, a voz embargada.

— O que aconteceu? — sussurro junto ao seu peito. — Eu morri. Eu sei que morri. — Mas, antes que ele possa me responder, fecho os olhos tomados por uma compreensão horrível, intensificando o abraço. — Não vai me dizer que você...

— Se tá falando sobre eu ter dado minha coroa pra você, é tarde demais pra voltar atrás.

Arquejo.

— Pelos deuses... — Ele me deu a coisa mais importante para ele, que faz com que ele seja quem é? Eu morri. Ou seja, Hades não tem como ser coroado rei dos deuses. Ele abriu mão de *tudo*. Por mim. — Por quê?

491

— Eu não podia te perder. — Ele dá de ombros, como se não fosse nada de mais. — Na verdade, nem sabia se ia funcionar.

Fito seus olhos, que não transparecem dúvida alguma.

— Eu sou... a rainha do Submundo agora?

— Sim.

Cacete. Cacete. Cac...

— Puta merda — sussurro. — Eu sou uma deusa?

As covinhas ressurgem.

— Também.

— Do quê?

Ele solta uma risadinha abafada.

— Provavelmente da curiosidade e da confusão — murmura. Depois, mais alto, acrescenta: — Demora um tempo pra isso se manifestar.

Vagamente, me dou conta de que estou nos braços dele — cercada de outros deuses e deusas e seus campeões. Encaro meus amigos, com lágrimas escorrendo pelo rosto enquanto sorriem para mim.

Me viro para Hades e balanço a cabeça.

— Não acredito que você fez isso...

Ele acomoda a mão na minha nuca, me puxando para perto.

Enrolo os dedos na sua camiseta, enterrando o rosto no seu peito para inspirar o cheiro de chocolate amargo.

— Por quê? Por que abriria mão disso por mim?

— Sabe o que eu vejo no Elísio? — Ele está correndo o polegar pela minha bochecha em círculos ritmados.

— O quê?

— Nós dois. E você como minha rainha. Faz um bom, bom tempo que vejo isso. — Ele engole em seco. — Achei que era algo que eu alcançaria no pós-vida algum dia. Mas depois de ter você comigo, decidi que não esperaria tanto. Ser rei do Submundo sem sua companhia é como passar uma eternidade no meu próprio inferno pessoal.

Ele estremece contra mim, sem se conter agora.

Depois ergue a cabeça, as mãos se entrelaçando no meu cabelo para que possa fitar meu rosto.

— Seja a rainha aqui. Quero você a meu lado.

Mesmo que não tenha como voltar atrás e deixar de ser aquilo em que ele me transformou, Hades ainda está me dando uma escolha.

Então essa é a sensação. De ser amada. De ser desejada.

De ter alguém.

Sempre me perguntei como seria. Sempre sonhei que, algum dia... Mas nunca acreditei de verdade. Nem mesmo na noite em que nos entregamos um para o outro.

Não consigo conter o sorriso que quer irromper de mim.

492

— Chega de jogos?

Sei que Hades entende o que estou perguntando quando seus olhos mercúrios cintilam em prata.

— Só se eles forem divertidos.

111
COMO SURGEM SOBERANOS E DEUSES

Já fui chamada de muitos nomes nos meus vinte e três anos neste mundo: criminosa, trombadinha, vagabunda, mal-amada, amaldiçoada, campeã. Essas são só coisas que aconteceram comigo, porém. Não quem eu sou. Especialmente agora.

Eu tenho novos nomes.

Nomes melhores — amiga, deusa, sobrevivente, amante...

Me transformar em divindade cancelou minha maldição — embora Hades goste de dizer que a quebrou apenas com seu charme.

— Isso é ridículo — murmuro de canto de boca.

— Concordo, minha estrela. — Ele ergue nossas mãos unidas e planta um beijo nos nós dos meus dedos, erguendo a cabeça com um sorriso.

E derreto um pouco.

Ele anda doce desse jeito nesses dias após a Provação, enquanto estamos escondidos no Submundo nos deleitando com o novo lar que começamos a construir juntos. Mesmo Caronte e Cérbero — o Estige curou mesmo nosso cachorro — mal têm autorização para nos visitar, e com a condição de não nos contar nada do que está acontecendo por aí. Vamos lidar com a realidade em breve. Enquanto isso... *outras coisas...* Hades está me ensinando a governar o Submundo. Não é fácil.

Mas é recompensador.

— A gente vai ter que aturar a cerimônia — diz ele enquanto seguimos por um corredor longo numa construção do Olimpo que eu ainda não conhecia. — Eles vão ficar se vangloriando, dizendo que a gente perdeu. Mas eu não acredito; vou te mostrar o porquê quando voltarmos pra casa.

Um chiado de suas emoções — isso ainda não passou — percorre meu corpo. Desejo. Mas também uma satisfação maravilhada que me deixa meio zonza. Caronte diz que é nojento como Hades está feliz.

E isso apesar da nossa preocupação por não termos soluções para ajudar Perséfone ou Boone ainda. Ela continua presa no Tártaro. E Boone... Bom, Hades não tem mais uma coroa para abrir mão e o transformar em deus. Nem sabemos direito quem venceu a Provação, uma vez que a linha de chegada desapareceu assim que passei por ela. Imagino que tenha sido Diego, visto que ele tinha o maior número de vitórias antes.

Nos dias seguintes ao último Trabalho, Hades e eu conversamos. A gente conversa agora. A respeito de tudo.

E conversamos sobre esse assunto em detalhes. A gente decidiu que, se Diego for o vencedor, o plano é falar com Deméter — vamos ajudar a deusa a tirar Perséfone do Tártaro. Se bem que essa é a segunda coisa sobre a qual Hades ainda não me deu detalhes — como ser o rei dos deuses tem a ver com isso. Zeus falou algo sobre uma caixa.

O que descobri é que isso está conectado com como Hades descobriu que os Trabalhos envolveriam sirenas. Quando perguntei, a expressão dele assumiu um brilho malicioso seguido de uma risada e... uma expressão suspeita.

— Tenho minhas fontes — disse. — Alguém que pode ver o futuro.

Ergui as sobrancelhas.

— Um oráculo?

Oráculos não nascem há séculos.

Ele negou com a cabeça.

— Vou te contar em breve. Só saiba que essa pessoa pode ver múltiplos futuros. Foi através dela que eu soube das sirenas. Ela que me disse pra partir seu coração.

— Tenho certeza de que não gosto dessa tal fonte — murmurei na ocasião, sombria.

O que o fez rir.

— Ela que me falou pra te escolher como campeã. E a razão pela qual confiei na chance de você se dar bem é que minha fonte também me disse que eu seria o rei dos deuses. O que significa que você venceria.

— E você *acreditou*? — Cruzei os braços e o fulminei com o olhar. — Você não se tornou rei. Não sei se essa fonte é muito confiável.

Ele deu de ombros, parecendo despreocupado quando eu esperava vê-lo desconfiado ou irritado.

— Eu te falei: ela vê múltiplos futuros. — Depois me puxou para si, me abraçando com força e repousando o queixo no topo da minha cabeça. — Contanto que eu tenha você, a gente dá um jeito no resto.

Agora, tudo que precisamos fazer é passar por essa cerimônia que vai coroar quem quer que tenha vencido, depois criar um plano para ajudar nossos amigos. Espero que o novo governante não seja a porra do Zeus. Na verdade, se ele estiver na cerimônia, não sei o que Hades vai fazer. Ele fica fulminantemente silencioso todas as vezes que menciono o nome do irmão.

Com um som irritado, me remexo dentro do vestido que parece ter sido praticamente costurado ao redor do meu corpo. Já estou reclamando dele há um tempo.

Hades está vestido de preto de novo — acho que principalmente para me ver tirando sarro dele. Um terno moderno, feito para combinar com meu vestido. Sobre o seu coração há duas borboletas bordadas, uma de frente para a outra, as asas formando uma borboleta maior no meio de uma estrela negra.

O nosso símbolo.

Já eu estou num vestido diáfano do azul cintilante e peculiar do Submundo. Uma espécie de versão moderna dos trajes gregos clássicos — largo e solto, tem uma faixa passada por sobre um dos ombros e uma saia dividida em duas partes com fendas longas que vão até meu quadril. O material é translúcido, e, por conta do forro que combina com a cor da minha pele, parece que estou nua por baixo. Há borboletas bordadas ao longo de toda a barra com fios coloridos e iridescentes. Minha cintura está envolta por um cinto dourado, assim como os braceletes nos meus punhos, e o pingente de ouro no pescoço me faz precisar ficar com o queixo erguido — outra fonte de irritação com o traje.

Afrodite fez o vestido para mim. É só por isso que estou tolerando usá-lo.

— Você precisa entrar — diz ele. — Nice vai te escoltar até o ponto onde estarei daqui a pouco.

— Como assim?

É muito bobo eu não querer sair do lado dele?

Meu coração se aperta um pouco. Ainda estou traumatizada depois de tudo que aconteceu, acho.

O deus percorre o dedo pela minha bochecha e estremeço em resposta.

— Vou estar por perto, minha estrela. Prometo.

Quando assinto, ele planta um beijo nos meus lábios, depois me leva até a porta e a fecha atrás de mim. Hesito quando entro e vejo todos os outros campeões parados num cômodo grande sem janelas.

Zai me vê primeiro e fica imóvel, um sorriso lento surgindo no rosto.

— Lyra! — Trinica é a primeira a travessar o espaço e me puxar num abraço. — Deuses! — exclama ela. — A gente não sabia o que tinha acontecido com você.

Quando me solta, os outros já nos alcançaram, e me vejo indo de abraço em abraço enquanto rio.

Após os cumprimentos, fico um pouco mais tranquila. Esperei todo esse tempo para contar a eles.

— Vocês precisam saber que eu vi Isabel, Meike, Neve e Dex, e todos estão no Elísio agora. — Estico a mão e aperto o braço de Dae. — Sua avó também. Ela me pediu pra te dizer pra cuidar das suas irmãs e... — Repito as palavras em coreano que a senhora me ensinou, torcendo para acertar.

Os olhos dele marejam um pouco.

— Significa "minha família é minha força e minha fraqueza" — sussurra o campeão. — Ela costumava me dizer isso quando eu me irritava com as minhas irmãs. — Depois faz uma leve reverência. — Obrigado.

— Você é mesmo uma deusa, Lyra? — pergunta Amir.

Vejo oito pares de olhos focando em mim.

— Sim.

— Do quê? — pergunta Zai.

Dou uma risada.

— A gente não sabe ainda. Estamos no processo de descobrir.

— Bom, nem adianta esperar que eu ore pra você — diz Zai, abrindo um sorriso.

E rio de novo.

Nunca achei que teria isso. Rir com amigos. A sensação é... maravilhosa. Melhor do que eu imaginava.

Queria que a gente tivesse mais tempo. Devíamos ter chegado mais cedo, talvez.

Ao longo dos próximos minutos, trocamos atualizações. Estão todos hospedados no Olimpo. Aparentemente, os deuses passaram dias discutindo quem venceu, e os campeões ainda não sabem — assim como eu, porém, acham que Diego vai ser proclamado vencedor. Fico tentada a perguntar para Jackie se ela já viu aquele véu esquisito sobre o rosto de Zeus, graças à habilidade dela de ver através de encantamentos. Não é hora de resolver esse mistério, porém.

— Campeões. — Zelo e Nice entram no recinto. — Hora de se juntar aos deuses que representaram.

Cada um de nós é encaminhado por um corredor diferente. Sou a última, como sempre, e me vejo numa pequena sala com Hades. Com portas duplas imensas.

— Quando abrirem, a gente vai entrar num palco — diz Hades, pousando minha mão na dobra do seu braço. — Vai ter um palanque. Zelo vai nos apresentar, e depois vamos sentar.

— Tá.

Consigo ouvir as comemorações e o som abafado da voz de Zelo do outro lado. Não demora muito até que Nice apareça de repente, erguendo as sobrancelhas para mim. É a versão dela de um sorriso. Retribuo. Aqueles dias na cadeia com os daemones me arrebanharam mais alguns amigos, acho.

Um coro de trompetes soa lá fora.

Nice empurra a porta.

Saímos em meio ao rugir da multidão. Todos os deuses, semideuses e criaturas não assassinas do Olimpo estão reunidos num anfiteatro que se estende na direção do céu, como uma escadaria até as nuvens. Vamos até o centro do espaço, como fomos instruídos a fazer. Mal sentamos no palanque, a voz de Zelo já ribomba no ar.

— Antes de começar, pediram que eu anunciasse quem venceu a Provação deste século.

Olho por sobre o ombro, procurando o rosto dos meus amigos entre os presentes.

Zelo espera o burburinho da multidão passar.

— E quem venceu foi... Lyra Keres, único membro da virtude da Sobrevivência na Provação, campeã de Hades, deus da morte!

Fico chocada; a única coisa que me impede de cair dura é Hades, que fica rígido como pedra, prendendo minha mão na dobra do braço.

Calma aí.

Eu venci a Provação?

Olho loucamente ao redor.

Eu venci.

— Caralho. — A palavra simplesmente sai.

O público, já murmurando em choque, solta uma risada, mas não presto atenção. Volto o olhar aturdida para Hades.

Zelo ergue a voz acima do ruído.

— Os daemones decidiram por unanimidade que Lyra ainda era mortal quando cruzou a linha de chegada e depois foi morta por algo não relacionado ao Trabalho. Assim, como vencedora do desafio, também poderia ter sido curada, mesmo a ponto de a trazer de volta da morte. Com a regra de Zeus, três pontos foram somados ao que ela já tinha por vencer o Trabalho de Apolo, então Lyra terminou com a maior pontuação. Parabéns!

— Como você bem disse, minha estrela... — murmura Hades. Depois abre um sorriso que ilumina seus olhos e exibe as covinhas. — Caralho.

Então, chocando até a mim mesma, ele pega meu rosto entre as mãos e me beija na frente de todo mundo.

Depois ergue a cabeça e ri.

— E sua virtude não é Sobrevivência. É Lealdade.

Hades me beija de novo, e o vago som dos arquejos do público some sob a sensação dos seus lábios contra os meus.

Não é rápido e intenso. Nem suave e ágil. Ele leva todo o tempo de que precisa. Me beija de novo e de novo até eu suspirar com seu toque, até esquecer que todo o mundo existe e me inclinar na direção dele. E ele ainda não para. Não até estar totalmente satisfeito.

Quando isso acontece, já estou agarrada a ele.

Hades desacelera nosso beijo, acariciando meus lábios de forma cada vez mais suave até erguer relutantemente a cabeça, sorrindo para meus olhos atordoados.

— A gente vai poder resolver tudo agora — sussurra ele.

Nada de convencer outros deuses. Nada de negociar. Nada de subterfúgios ou acordos.

Pestanejo.

— E o Boone? — Depois franzo a testa. — Você vai precisar abrir mão de uma coroa pra transformar ele em deus, e você não tem mais as duas.

Os olhos dele cintilam.

— Mas, como vencedora da Provação, você vai receber uma bênção. Pode pedir que ele seja transformado em deus.

Meu coração se inflama, depois sossega.

— E a Perséfone?

Ele nega com a cabeça.

— Nem com seu presente a gente poderia tirar ela do Tártaro. Mas, agora que serei rei, tenho uma alternativa.

Uma alegria absoluta borbulha nas minhas veias.

Tudo resolvido. Boone. Perséfone. E, se tiver como — e sei que Hades vai me ajudar —, vamos botar um fim nessa porra de Provação.

É justamente de um novo governante que o Olimpo precisa.

Ele endireita meu corpo e, como se nada disso tivesse acontecido com todo o mundo imortal assistindo e segurando a respiração, Hades me pega pelo braço e vai comigo até o trono vazio onde Zelo aguarda.

Ele poderia muito bem estar batendo o pé no chão de tanta impaciência.

Olho direto para as divindades olimpianas sentadas ao redor do trono num semicírculo. Estão com suas melhores roupas e quase todos com cara de bunda. Seus campeões, meus amigos, estão ao lado de quem representaram.

Eles celebram por mim.

Não os deuses, porém — estão todos furiosos e, embora tentem esconder, estão também assustadíssimos com essa virada. Acho que a única coisa que os impede de surtar e sair guerreando agora mesmo é o fato de que *eu* sou a rainha do Submundo, então ao menos Hades não detém os dois títulos.

O que acontece a seguir é cheio de pompa e circunstância, uma bobajada que me forço a aguentar.

Seguro a mão de Hades enquanto Zelo coloca a coroa de louros de ouro na minha cabeça. Zelo, não Zeus. Ele não está aqui, graças aos deuses.

O que acho que, agora, significa que é graças a mim também.

Isso é algo com que ainda vou ter que me acostumar.

Hades precisa me soltar quando o poder de governar o Olimpo é atribuído a ele. Tudo que precisa fazer é se sentar no trono. Uma por uma, as divindades olimpianas caem de joelhos, curvando a cabeça. Quando o fazem, arcos multicoloridos irrompem deles até Hades.

— Você também, jovem deusa — murmura Zelo ao meu lado. — Precisa reconhecer no coração que Hades é seu rei, e sua magia cuidará do resto.

E assim o faço.

Quando a luz das cores do arco-íris jorra de mim, sinto o mais puro calor me envolvendo. Ao mesmo tempo, parte de mim é arrancada do corpo, flutuando através das cores até Hades.

Parece... correto.

Os daemones são os próximos. Depois, toda a multidão de imortais se ergue, ajoelha e se curva, e o céu se enche de arco-íris.

Nossa luz banha seu peito, fluindo para ele até que esteja cintilando com um brilho sobrenatural.

Quando o fenômeno se dissipa e todo mundo fica de pé, o resplandor ao redor de Hades some e se materializa como uma coroa na sua cabeça.

Não uma de louros dourados.

Não é nada dourado, na verdade.

A coroa é feita de ouro negro, lascas de obsidiana e fumaça. Ele vê como estou franzindo os lábios para conter uma risada e dá uma piscadela. Depois, a fumaça rodopia ao redor da minha cabeça e estendo a mão, tocando as pontas afiadas de uma coroa similar.

Acho que todo o mundo prende a respiração enquanto o poder crepita pelo corpo de Hades, a absorção se expressando no cinza-escuro e rodopiante dos seus olhos.

— Minha primeira ação como rei vai ser manter a promessa e garantir um presente à vencedora — anuncia ele, a voz sombria como a coroa. Depois, se vira para mim.

— Meu pedido é que Boone Runar vire um deus.

Hades estala os dedos.

Boone aparece no palanque. Parece um pouco mais translúcido desde a última vez que o vi. Ele pestaneja, depois analisa os arredores, visivelmente confuso até seu olhar pousar em mim. Arregala os olhos antes que as curvas dos seus lábios se ergam num sorriso prepotente.

— Já era hora, né? — diz ele, a voz ecoando.

— O que raios é isso, Hades? — questiona Poseidon.

Antes que qualquer um possa se mover, Hades ergue as mãos, emanando poder. A magia não é preta como seria de se esperar, e sim de um azul brilhante e intenso — a cor do rio Estige.

A silhueta fantasmagórica de Boone absorve a luz, depois vai ficando cada vez mais opaca e dotada de uma saúde radiante e inacreditável. De repente, um raio da mesma energia dispara de Boone e atinge Hermes onde ele está parado, junto com os outros deuses.

— Não! — Hermes ergue o braço para se proteger, mas é tarde demais.

Boone já conseguiu o que precisa, e o brilho ao redor dele se dissipa enquanto o sorriso metido fica mais amplo.

— Pelo jeito, tem um novo deus dos ladrões na área — diz ele.

Dado o jeito como Hermes o encara, é melhor Boone ficar esperto.

Meu amigo dispensa o deus mensageiro sem nem dedicar a ele um segundo olhar; em vez disso, se vira para me cumprimentar com uma mesura. Ele *me* cumprimenta, não Hades.

Retribuo o olhar antes de me voltar para o deus da morte, o sorriso mudando para um de gratidão.

— Obrigada — sussurro.

Ele nunca admitiria isso, mas sabe o que Boone já significou para mim — e, sem minha maldição, agora sabe que Boone é capaz de me amar de volta. Transformar meu amigo num deus deve ser a coisa mais altruísta que Hades já fez.

— E também fiz promessas aos campeões — anuncia ele a seguir.

Hades se vira para Zai, a expressão se suavizando.

— Primeiro, Zai. Por dar a Lyra o que ela sempre quis, um melhor amigo, você pode escolher uma bênção. E juro pelo rio Estige que nada de ruim vai te acontecer, então escolha algo *pra você*.

Depois Hades olha de soslaio para o pai de Zai de um jeito que o deixa tremendo, e sinto um quentinho no coração.

Zai endireita as costas e sustenta o olhar do deus da morte.

— Posso ter um tempo pra pensar? Por enquanto, quero continuar ao lado da Lyra. — Ele abre um sorrisão de orelha a orelha. — Quero ver o que ela vai aprontar no Submundo.

Hades estreita os olhos, mas assente, se virando para os outros campeões.

— Todos vocês vão receber as mesmas bênçãos que a vencedora da Provação: abundância pra sua família e pra sua terra. Além disso, cada um tem uma bênção especial. E não só quem tá aqui, mas também os que já foram pro Submundo.

Meus amigos encaram Hades de queixo caído.

— Você não pode fazer isso, porra! — grita Poseidon, saltando de pé.

Hades o cala com um olhar. Sem que sequer precise falar alguma coisa, o deus dos oceanos volta a se sentar, visivelmente abalado. As outras divindades estão trocando olhares preocupados.

Porque agora têm certeza.

Hades está prestes a mudar tudo.

Precisam *mesmo* ter medo.

Ele olha para mim, apenas para mim, e seu sorriso é tudo que deveria ser.

Não consigo me conter e retribuo o sorriso. Pronta para o que quer que venha a seguir, contanto que seja com ele.

— Um rei e uma rainha sombrios, comandando o Olimpo e o Submundo lado a lado — murmura Afrodite atrás de nós, a voz estranhamente embargada. — Isso vai ser interessante.

Hades ignora a irmã e se vira para Zelo.

— Como minha bênção por ser o governante do Olimpo e rei dos deuses olimpianos, exijo a Caixa de Pandora.

O recinto irrompe em caos quando uma caixinha ornamentada de madeira aparece de repente aos pés de Hades.

Segundo os rumores, o item tem o poder de libertar todos os males do mundo mortal. Engulo o pânico quando vejo o segredo que Hades ainda não tinha me revelado.

Ele me fita, os olhos repletos de culpa.

— Sinto muito, Lyra.

Epílogo
ATÉ OS DEUSES ERRAM

Estou na sacada da cobertura de Hades, encarando minha cidade à noite. Acho as luzes de San Francisco ainda mais bonitas agora que as vejo sob um novo olhar.

Está tudo em perspectiva.

Trovões ribombam acima do templo de Zeus à distância. Estou considerando derrubar aquela merda e transformar esta cidade em nossa quando braços fortes me envolvem. Hades apoia a testa na parte de trás da minha cabeça, e o escuto sorvendo meu cheiro.

— Certeza que quer fazer isso? — pergunta.

Faz só um dia que ele foi coroado. Depois de muita explicação por parte de Hades a noite passada e hoje, agora eu sei de *tudo*. A gente tem algo importante a fazer, e só temos uma tentativa.

Tudo se resume a salvar Perséfone.

Eu já sabia que ela não tinha morrido, que está presa de alguma forma no Tártaro. Usar a Caixa de Pandora é o caminho. É *por isso* Hades precisava virar o rei dos deuses. Para conseguir a caixa como sua bênção.

A Caixa de Pandora — o recipiente que surgiu não continha nada além de um frasco, que ele me disse que era muito grande quando foi forjado, mas depois foi encolhido para facilitar o transporte — é, ao que parece, uma porta dos fundos para o Tártaro. Um portal mágico que permite que uma única pessoa entre ou saia. Perséfone de alguma forma já sabe que precisa esperar do outro lado da passagem na hora marcada.

Mas a Caixa de Pandora só pode ser usada uma vez. E é perigoso.

Não são os males do mundo que ela pode libertar. Como vários mitos e lendas deste panteão, os mortais entenderam errado. A caixa tem o poder de libertar algo muito, muito pior: os titãs.

Mas Hades diz que não tem outra forma, e acredito nele. O deus já tentou todas as outras alternativas em que conseguiu pensar depois do desaparecimento de Perséfone. Além disso, foi informado com antecedência de que eu tinha chances de vencer a Provação. Pensando bem, quem contou tudo para ele ainda é vago. Preciso perguntar depois que a gente terminar de libertar Perséfone.

O que, obviamente, vamos fazer.

Depois de tudo em que ele me meteu para conseguir aquela porcaria de caixa, Hades está dando a *mim* a escolha final.

Pouso os braços sobre os dele e aperto, chegando mais perto.

— Sim, certeza. Para de perguntar.

Ele parece estranhamente inseguro desde que se explicou. Ou talvez esteja se sentindo culpado.

Hades respira fundo de novo.

— É a hora, então.

Num redemoinho de fumaça, Hades nos leva para o Submundo. Precisamos de três teletransportes por causa dos guardiões e da profundidade.

No instante em que chegamos, topamos com Caronte.

— Só pra te informar, Done, eu não gosto nada dessa ideia — resmunga ele.

O barqueiro já está esperando por nós do lado de fora dos portões do Tártaro junto com Deméter, Boone e Cérbero.

Hades revira os olhos.

— Você já me informou isso várias vezes.

Pouso a mão sobre um dos braços de Caronte.

— Se você estivesse preso lá, ia querer que a gente tentasse — argumento.

Caronte nega com a cabeça.

— Não se fosse perigoso demais.

— Isso *sem dúvida* é tolice — concorda Deméter, devagar. — Mas... minha filha não merece estar lá com... eles.

Ela morde o lábio trêmulo, os olhos avermelhados marejando ainda mais. Insisti noite passada para que Hades contasse a ela o que realmente aconteceu com sua filha. Como mãe de Perséfone, Deméter merecia saber. Merecia fazer parte da decisão, e agora ela está aqui para ajudar.

— A gente já falou sobre isso — disse Hades. — E concordamos.

Caronte desvia o olhar, depois assente. Talvez odeie a ideia, mas está apoiando o amigo mesmo assim.

Todos nós fazemos coisas idiotas pelas pessoas que amamos. E às vezes dá certo. De uma forma ou de outra, precisamos tentar.

A Provação me ensinou isso.

Num silêncio pesado, seguimos até a ponte estreita que cobre o poço sem fundo fazendo as vezes de fosso ao redor do Tártaro. Hades já avisou os ciclopes e os hecatônquiros que moram no abismo lá embaixo, protegendo os portões do lado de fora desde que foram libertados da mesma prisão. Eles não vão nos atacar hoje.

Parado diante das imensas portas de metal adornadas com arabescos que lembram vinhas espinhosas, Hades respira fundo. Coloca o frasco dentro de uma tranca escondida com a mesma forma e do mesmo tamanho, que apenas as sete divindades que criaram o portão do Tártaro podem ver. Depois que termina, ele se vira e olha para mim.

Analisa meu rosto, e é como se estivesse expondo sua alma. De repente, posso ver nosso futuro — seguro, forte, confiável e cheio de amor — bem ali na minha frente, pronto para ser conquistado. Quando sorrio, uma satisfação absoluta fervilha na prata derretida dos seus olhos.

Depois ele se vira para a porta e termina de encaixar a Caixa de Pandora no lugar com um clique que engatilha uma série de estalidos enquanto cada proteção é modificada.

Não sei o que eu esperava.

Achei que Perséfone simplesmente surgiria na nossa frente. Ou que os titãs fugiriam e começariam a destruir tudo. É por isso que os outros também estão aqui — reforços, caso as coisas fiquem feias.

O que eu *não* esperava era que a porta se abrisse normalmente, mas é o que acontece. Só uma fresta.

Não sei o que ele vê de onde está, mas de repente Boone grita "não!" e agarra meu braço. No mesmo instante, todos ficamos imóveis. Não de medo. O que quero dizer é que ficamos congelados, como se o tempo tivesse parado.

Depois, junto com Boone, sou sugada para dentro, passando por Hades. A porta da prisão se fecha atrás de nós com um clangor agourento seguido por uma série de estalos — as travas se fechando. O último ruído me desperta do choque.

Ou será que o tempo volta a correr?

Porque estou parada do lado errado do portão da prisão do Tártaro, encarando um homem que se parece tanto com Hades — apenas um pouco mais velho — que arquejo. Só pode ser um titã. O pior de todos.

Cronos.

— Lyra! — O grito sai tão fraco que mal posso ouvir.

Giro, espalmando as mãos contra as portas. *Pelos deuses... Hades.*

Meu peito se aperta quando as pancadas no portão ficam mais e mais altas, os gritos mais frenéticos enquanto ele tenta me alcançar. E ele vai. Sei que vai.

Nada vai impedir Hades de me salvar.

Um soluço escapa da minha boca quando dois pensamentos me ocorrem em rápida sucessão. Primeiro: ele vai se culpar pelo que aconteceu. Sei disso nos meus ossos, na minha alma.

E segundo: eu deveria ter prestado mais atenção à profecia de Rima durante a Provação — uma que achei, do fundo do coração, que a gente tinha impedido de acontecer.

A visão de Hades botando fogo no mundo todo.

Estamos fodidos.

AGRADECIMENTOS

Cara pessoa que lê este livro,

Espero que tenha amado o primeiro episódio da história de Lyra e Hades! Foi uma aventura e tanto. No instante em que esses dois apareceram juntos nas páginas, as palavras começaram a jorrar de mim. Adoro escrever esses personagens e esse mundo, e mal posso esperar para oferecer mais!

Agradeço a Deus todos os dias pela oportunidade de viver meu sonho de ser escritora, e tento absorver cada passo da jornada com gratidão e amor. Escrever e publicar um livro não acontece sem o apoio e a ajuda de um bando de gente incrível.

Às pessoas maravilhosas que leem minhas histórias: obrigada do fundo do meu coração por embarcarem nessas viagens comigo, pela sua gentileza, pelo seu apoio e por serem incríveis em geral. Amo me conectar, então espero que vocês apareçam para dar um oi nas minhas redes sociais! Além disso, se tiverem um tempinho, por favor considerem deixar uma resenha ou avaliação por aí.

Ao meu agente, Evan Marshall: obrigada por ter fé em mim desde o começo!

À minha editora, Liz Pelletier: seu brilhantismo não tem limite. Sou muito grata pela nossa amizade, pelas horas de conversa e por ter a oportunidade de trabalhar com você. Muito obrigada por tudo!

À minha equipe editorial: Mary, Hannah e Rae, assim como leitores internos, preparadores, revisores e minha mãe... Obrigada por fazerem com que este livro seja o melhor que poderia ser.

À minha família editorial na Red Tower/Entangled: é um sonho trabalhar com vocês, e seu apoio e amizade (sem mencionar a paciência) fazem uma diferença brutal, além de tornar a jornada muito divertida.

Às editoras ao redor do mundo que estão levando este livro a ainda mais pessoas: muito obrigada. Ver a resposta de vocês à publicação é um sonho realizado.

À equipe que trabalhou na capa e no projeto gráfico — Bree Archer, LJ Anderson e Elizabeth Turner Stokes: vocês me deixam de queixo caído todas as vezes.

À artista da folha de guarda do livro, Kateryna Vitkovska: obrigada por dar vida de forma tão especial ao Olimpo.

A Tracy Wolff, Alyssa Day e Devney Perry: obrigada por terem lido de última hora a versão preliminar deste livro e por terem dito coisas tão lindas.

A Heather Howland: esta jornada começou com você, e aprendi milhares de formas de ser uma escritora melhor trabalhando contigo.

Às minhas assistentes Izzy, Pam e Amy: obrigada por me manterem de pé e mais ainda por me fazerem companhia.

A todos os meus amigos e amigas que escrevem e à comunidade da escrita: vocês são a família que escolhi.

A Michelle, Nicole, Kait, Avery, Chrissy, Cate, Tracy e Steph: obrigada por me ouvirem falar sobre este livro à exaustão há tanto tempo, e em especial pela sua amizade.

Aos meus companheiros de sprint, leitores beta, parceiros de troca de críticas, ao pessoal do txrw, ao grupo de escrita da Cathy e ao pessoal incrível dos retiros de escrita: todas as discussões e feedbacks, além do seu apoio e da sua amizade, fizeram de mim uma escritora e uma pessoa melhor.

A todos os meus amigos, que moram perto ou longe: vocês são e sempre serão a luz da minha vida, e espero que eu seja luz na vida de vocês também.

À toda a minha família: obrigada pelo seu carinho e por me ensinar a ver o mundo com os olhos cheios de amor, esperança, alegria, fé, coragem, empatia e espírito aventureiro!

Enfim, ao meu esposo e aos meus filhos: amo vocês com todo o meu coração e a minha alma.

Beijinho,
Abigail Owen

P.S.: Ao T-Bone, nosso bebezinho peludo e companheiro de escrita ao longo de quase toda a minha vida de autora publicada — amor incondicional é o modo como você se entranhou fundo no nosso coração. Cada dia sem você é um pouquinho mais difícil. Espera a gente do outro lado da ponte de arco-íris, cachorrinho.

SOBRE A AUTORA

Abigail Owen é autora best-seller de mais de trinta livros. Adora mundos mágicos com histórias agitadas e envolventes, heroínas atrevidas, heróis apaixonados, uma pitada de sarcasmo e muitos finais felizes. Além de escritora, também é esposa, mãe, viciada em *Guerra nas Estrelas*, ex-paraquedista, chocólatra e muitas outras coisas. Vive no Texas, nos Estados Unidos, com seu próprio herói romântico, seus filhos adolescentes (quase sempre) angelicais e um bebê de quatro patas. *Os jogos dos deuses*, seu primeiro livro na Paralela, estreou em 1º lugar na lista de mais vendidos do *New York Times*.

TIPOGRAFIA Adriane por Marconi Lima
DIAGRAMAÇÃO Vanessa Lima
PAPEL Pólen Natural, Suzano S.A.
IMPRESSÃO Geográfica, março de 2025

A marca FSC® é a garantia de que a madeira utilizada na fabricação do papel deste livro provém de florestas que foram gerenciadas de maneira ambientalmente correta, socialmente justa e economicamente viável, além de outras fontes de origem controlada.